廣津和郎研究

坂本育雄

翰林書房

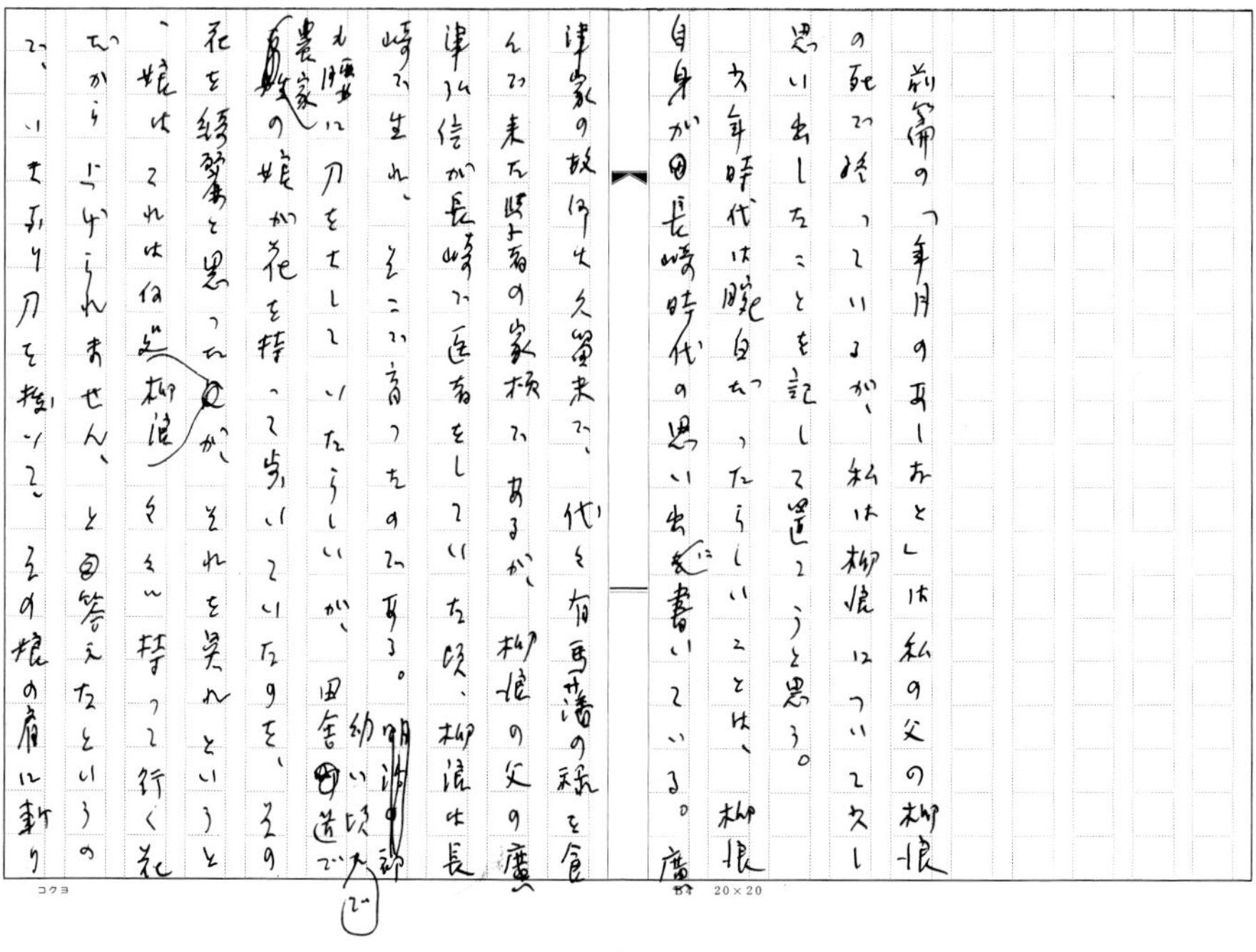
前篇の「年月のあしおと」は私の父の柳浪の死で終っているが、私は柳浪について少し思い出したことを記して置こうと思う。

少年時代は腕白だったらしいことは、柳浪自身が長崎時代の思い出に書いている。廣津家の故何代か久留米で、代々有馬藩の禄を食んで来た儒者の家柄であるが、柳浪の父の廣津弘信が長崎で医者をしていた頃、柳浪は長崎で生れ、そこで育ったのである。幼い頃で刀をさしていたらしいが、田舎道で農家の娘が花を持って歩いていたのを、その花を綺麗と思ったのか、それを呉れというと、娘はこれは仏さんへ持って行く花だからあげられません、と答えたというので、いきなり刀を抜いてその娘の肩に斬り

「続 年月のあしおと」草稿（『評伝』第一部　第一章、第二章参照）

新宿駅にて（昭37.11.11）

右から廣津和郎、水上勉、松本清張、中野重治（後姿）　昭和36.8.8
仙台高裁差戻審（全員無罪）の直前なので廣津和郎の心配顔が目に立つ。

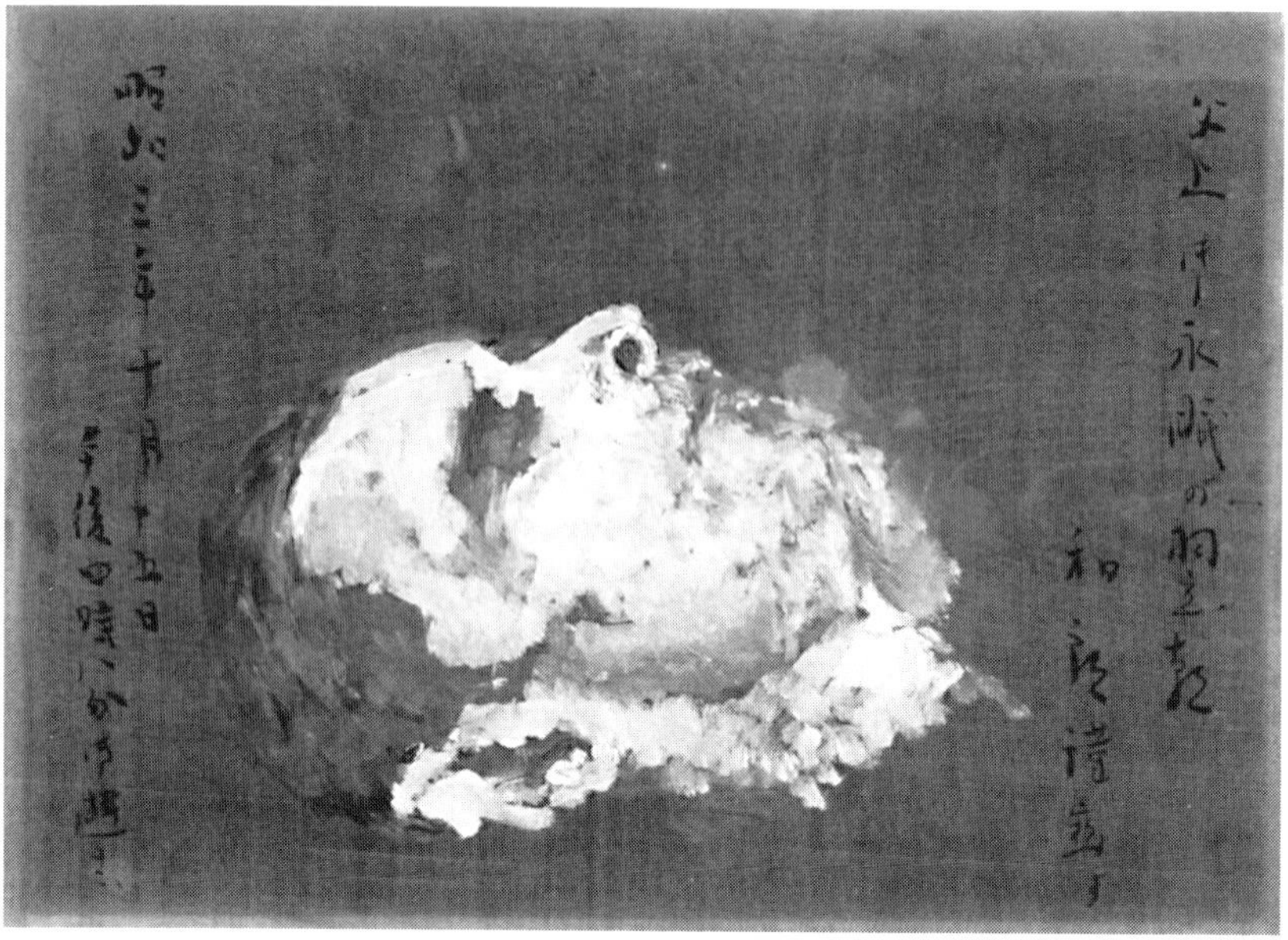

和郎の描いた柳浪デスマスク

右「父上御永眠の翌朝和郎謹書す」　左「昭和三年十月十五日午後四時八分御逝去」とある

廣津桃子（左）と廣津和郎（右）（撮影年月不明）

廣津和郎研究　目次

第一部　評伝

第二部　論考　Ⅰ

第三部　論考 II

題字・齋藤千鶴

文学・戦争・『松川裁判』
——序にかえて——

片岡良一の「廣津和郎論」（大正15〈一九二六〉7〜8「国語と国文学」）は戦前——それも大正期——に書かれた、廣津和郎論としては最も秀れた論文である。この論文はこれが書かれてから三十年を経、廣津和郎がその晩年心血を注いだ松川裁判批判の内実を遥かに見透《とお》すかの如《ごと》く、廣津和郎生涯の本質に迫り得ている。片岡はここで先ず廣津を新現実主義に属する「即実派」と規定したが、しかしそれは単なる即実派ではなく、一方には「激しい情熱」があって、「人生に即しながら、然も人生の事実を動かさう〈傍点坂本、以下同じ〉とする理想派的態度があった」とした。しかし理想派がともすれば唯《ただ》一つの範疇《はんちゅう》を通してのみ人生を律しようとする傾向あるに対し、廣津は一切《いっさい》の「範疇」に捉《とら》われることを避けて、「厳密に人生の事実からのみ出発しようとする態度に住した」と言う。

廣津和郎はその初期の評論で使った「範疇」という言葉に独得の意味を付している。例えば廣津はこんな言い方をする。「僕は範疇を欲しない。僕は寧《むし》ろ範疇の誘惑を恐れる」（「N—君に」大5・2・21「洪水以後」）。「チェーホフの真の偉さは範疇を作らなかったと云ふ点にある。彼は人生を円の中にも角の中にも入れ込まうとはしなかった。彼は人生を愛した。併《しか》し彼は盲目にはならなかった」（「チェーホフの強み」大5『接吻外八篇』金尾文淵堂）。——これらの表現から窺《うかが》われる「範疇」とは、ある種の人を時に捉《とら》えて離さない偏狭な理想・思想・概念といった類のものを指すと考えてよい。

片岡は又次のようにも言う。「廣津氏のものに対する感じ方には、常に氏自身の心が基準になつてゐた。物を観るのに一切の思想的範疇に捉はれず、絶対に自由な心と眼とを以てしようとする氏……」

では廣津の〝自由な心と眼〟は何によって養われたのか。明治の作家であった父廣津柳浪との友情にも似た自由な親子関係、和郎の通った全く自由な校風の麻布中学校、その校風を作った校長江原素六の人間的影響、麻布中学校の次に通った早稲田大学での文学仲間との交流、そして大正自由主義《リベラリズム》に貫かれた大正期の時代的傾向と雰囲気――それらを誰よりも強く身につけ、又自らがその時代形成に関わって行った――という意味では、廣津和郎は典型的な大正文学作家と言えた。

大正時代が相対的に平和な時代であったのに対し、昭和の前半は戦争に明け暮れた時代だった。昭和六年（一九三一）開始の満州事変（中国東北部への日本軍による侵略）→日中戦争（当時の呼称は支那事変）、昭和十六年（一九四一）十二月八日、アメリカ真珠湾への突然の奇襲以来四年続いた太平洋戦争（これらを総称して十五年戦争とも言う）によって、日本国民の受けた犠牲は、原爆を含め際限知れぬ厖大《ぼうだい》なものだった。

廣津和郎の自伝的回想録『年月のあしおと』正続二篇(1)のうち、正篇では概《おおむ》ね個人的回想や、明治大正文壇の思い出が綴られていたが、続篇での昭和期の叙述に入ると、今までは「自分の事、文壇の事」を書いて来たが、「昭和は歴史的に大変な時代」だったとして、戦争終結（昭和20・8・15）に至るまでの政治的社会的記述が多くなって行った。そこに見られるのは廣津の、言論を始めとして国民から一切の自由を奪い、「無抵抗」「総白痴」（二十二～二十四章）にしておいて、やみくもに日本を戦争に引っ張って行った当時の軍指導の政府権力への怒りに充《み》ちた回想の数々であった。

その中からエピソードを二つ挙げてみる。第八十章では、敗戦近き日の小田急に乗り合せた陸軍中佐の言動の「偏頗《へんぱ》な愛国心と幼稚な威張り方」が描かれている。これは戦前、軍人らの横暴と傲慢《ごうまん》を見て来た人には肯《うなず》かれるリアリティを持っていた。今一つ、昭和二十年三月、東京下町への大空襲で十万人もの命が奪われた時、廣津和郎の実母の弟蒲池正久が多くの逃げ惑《まど》う人々と共《とも》に、焼け残っていたある学校の校舎に入った時、迫り来る火の勢いを止めるため、教室の床に「尿の放列」を提案し、男女問わず並んで尿を流し、漸く類焼を免れ、生き残ることができた、という民衆の知恵を悲惨ながらユーモラスな風景として示した聞き書きもあった。

戦争から戦争へと打ち続くこの困難な昭和と言う時代、権力に迎合して行った多くの作家達の中で、廣津和郎はどのような姿勢で生き、作家としてどのような発言をして行ったであろうか。そこを見て行かなければ、戦後の松川裁判にどう立ち向かったか、その意味を探ることはできない。

言論の著しく不自由な中、廣津はぎりぎりの抵抗を示した。その代表的なものとして小説では「風雨強かるべし」（昭8〜9報知新聞）、評論では「散文精神について」（昭11・10・18「人民文庫」主宰講演）の二作が先ず挙げられる。これらは正に予想される「風雨強かるべ」き時代に、どう抗《あらが》って生きることができるか、を説いた抵抗文学の双璧だと私は考える。事実「散文精神について」で廣津が述べているように、廣津自身がこの戦争期を「忍耐強く、執念深く」生き抜いて来た。しかし時代に抵抗して生きる作家には当然のことに、ペンを執る場が狭められて行った。戦争終結の一年前の昭和十九年には三作しか発表できなかった。その最後が名論「徳田秋聲論」（昭19・7「八雲」）である。軍部の意向で、戦時に相応《ふさわ》しくないとして連載を中絶せしめられた秋聲の「縮図」（昭16都新聞）を絶賛することで、廣津は戦時期最後の抵抗を示したと言えよう。

『続年月のあしおと』六十九章では、「縮図」と同じく「中央公論」連載（昭18）を中絶させられた谷崎潤一郎の「細雪《ささめゆき》」に触れて次のように書いている。「あの戦争の間を、谷崎さんは少しでも安全な地を求めながら、この戦争に少しもみだされない清明な大作を書きつづけたのだと考えると、感動は一層強くなつた。この国がどうなるか解らないあの時代に、それに乱されずにこの大どかな『平和』な作品を書き続けるというのは、並大抵の精神ではない」――谷崎の姿勢を評価したあとで、「私などは戦争に腹を立てたり、軍部の悪口をいつたり、便乗主義を罵《ののし》ったりしながら、結局何の仕事もせず、あの五年間を空費しただけであつた」と続けている。あの戦争末期の狂乱期に一篇の「徳田秋聲論」を書いただけでも「空費」とは言えないと私は思うが、事実昭和二十年（敗戦の年）彼は何も書かなかった。彼が始めて物を書いて活字にした明治四十年（一九〇七）から亡くなる年――昭和四十三年（一九六八）まで六十年間で、物を発表しなかったのはこの昭和二十年だけである。何も書かず、志賀直哉と毎日のように会って、戦争指導者を批判したり、時勢を嘆いたりしていた。何も書かないことが「抵抗」であるような、そういう苛酷な時代であったとも言えるであろう。『続年月のあしあと』最終章は次の言葉で終っている。「とにかく長い、苦しい戦争がこれで終つたのである。／いろいろなことが一時に胸に迫つて来て、私は止度なく涙が流れて来た」。

昭和二十四年（一九四九）に起った松川事件、松川事件に関わる松川裁判（昭24〜昭38）という、日本近代史においても稀に見る大規模で深刻な事実については、それが現代の若い人々が生れるずっと以前に起こったものであり、近現代史を教育の場でとり上げないこともあって、当時の被告を始め、事件と裁判の関係者、研究者以外には、既《すで》に全く忘れられてしまった歴史的事件となっている。例えば東大〈名誉〉教授中村隆英著『昭和史』ⅠⅡ（'93東洋経済新報社）を見ても、その全七〇〇頁余の中で、松川裁判の叙述は僅《わず》かに三行であり、その意義については何一つ触れられていない(2)。

松川事件というのは、昭和二十四年八月十七日未明、青森発奥羽線回り上野行列車が、福島駅南の金谷川駅と松川駅の間で脱線転覆し、乗務員三人が死亡殉職した事件を指す。これは自然事故ではなく、明らかに何者かが線路の継目板を外し、犬釘を抜くという操作をしたための人為的事故であった。一体誰がいかなる目的でこのような工作をして列車を転覆させたのか。これが第一の疑問である。犯人と目されて逮捕された二十人の被告は一審（昭和

25・12・6）で死刑を含む重刑を課せられ、二審（昭和28・12・22）で三名の無罪を出したものの、基本的には一審と変らぬ判決が下された。第一次最高裁（昭34・8・10）で仙台高裁に差戻され、差戻審（昭36・8・8）で全員無罪。第二次最高裁（昭38・9・12）で全員無罪が確定し、その無実が証明された。被告達は十四年に亙《わた》って汚名を着せられ、生死の関頭に立たされた。彼らは完全に無実だったのであるが、その無実が法によって証明されるまで、なぜ彼らはこのような残酷な仕打ちを国家から受けなければならなかったのか。これが第二の疑問である。廣津和郎の『松川裁判』(3)は、これらの疑問に間接的であるが、最も誠実に答えたものである。

松川事件の起る前、鉄道に関する事件が次々と起っていた。一は三島事件（昭22・12・13）で、函南《かんなみ》〜三島間で松川事件と同様犬釘や継目板が外されていたが、奇跡的に事故には至らなかった。

次は奥羽線赤岩―庭坂間で、同様に継目板が外され犬釘が抜かれていたため列車は脱線転覆し、乗務員三人が死亡した庭坂事件（昭23・4・27）。続いて四国の予讃線事件（昭24・5・9）。これも明らかに人為的な事故で、ここでも乗務員三人が死亡した。庭坂事件と予讃線事件とは、線路への工作、列車の転覆、乗務員三人の死、等々において松川事件と状況が酷似していた。しかし三島・庭坂・予讃線事件とも何れも犯人を特定することができなかった。

次に松川事件に近接して二つの奇怪な事件が起こった。一は下山事件（昭24・7・5）――国鉄〈今のJR〉総裁下山定則が出勤途上姿を消し、翌日常磐線綾瀬駅手前で轢断死体となって発見されたが、ここでも犯人は不明のまで終わった。続いて七月十五日、中央線三鷹駅に突然車庫から七輌の無人電車が発進し、死者六人を出した三鷹事件。十二人が逮捕・起訴されたが、非党員一人を除き、十一人の共産党員による共同謀議は、一審で「空中楼閣」として無罪となり、高裁・最高裁もこれを踏襲した。

以上に挙げた幾つかの鉄道に関する不可解な事件は、国鉄の大量首切りに対する国鉄労働者の強力な反対運動を抑えるために、権力側が仕組んだ策謀であったと考えられる。しかしどの場合でも共産党員が疑われたが、明確な証拠が出ず、結局党員を有罪とする試みは不発に終わった。ここで問題が二つ指摘される。一はこのような事件の起こる度毎に、当局から発せられる共産党犯人説であり、犯人が特定されない場合でも、裁判で無罪の判決が出た場合でも、その全過程を通じて共産党及び共産党員に対する一般国民の恐怖心が醸成増幅されて行き、結果的に労組の首切反対闘争が悉《ことごと》く鎮圧されて行ったということである。

二はしかし、党員を極刑重刑に追い込むことに失敗した権力側は、松川事件・松川裁判において、今度こそ共産党に壊滅的打撃を与えるべく、綿密な計画を次々に打ち出して行った。

無実にもかかわらず、長いこと牢獄に呻吟せざるを得なかった被告達は、自分らの苦しい立場と心情を『真実は壁を透して』（昭26・月曜書房）にまとめて訴えた。これを読んだ作家廣津和郎と宇野浩二とは、直観的に被告らの無実を確信し、一審二審の判決文及び法廷資料の精密な検討を始めた。その結果、裁判で被告達を有罪にした証拠が一部被告の自白のみであり、決め手となる物的証拠が何一つないことが確認された。その自白も、長時日に亙る拷問に近い脅迫的追求によるものであることが明らかにされた。被告に有利な証拠は悉《ことごと》く警察・検察・裁判官によって隠匿《いんとく》されにぎりつぶされていた。その代表的なものが、検察による「諏訪メモ」の隠匿だった（『評伝』第十二章参照）。廣津の論証は極めて説得的で、いかなる反論のつけ入る隙もない程完璧だった。

廣津和郎の裁判批判はその当時「素人裁判」「文士裁判」として世論から揶揄され冷笑され続けたが、彼は黙々として四年半（昭29・4～昭33・10）に亙り、雑誌「中央公論」に批判文を寄せて行った。その後も、被告連の完全な無罪が最高裁によって確定されるまで、雑誌「世界」その他の雑誌・新聞を通じ、執拗に批判文を発表して行った。

ここで私は、㈠松川事件について国民一般がどういう反応を示したか、㈡共産党の一部にどういう動きがあったか、この二点について述べて置こうと思う。

国民一般にとって、国家権力――特に検察・警察・裁判官等々は、殆ど絶対的に正しいものとされていた。日本〝最高の知性〟小林秀雄ですら「裁判問題は裁判所にまかして置くべきだという常識から」廣津和郎の著作を読むまでは、無罪を要求する松川運動に「反感」を抱いていたという（「アンケート」昭33・11「中央公論」松川裁判特別号）。警察に事情を聞かれたというだけで、親戚・友人・同僚から白い眼を向けられた。況《ま》して逮捕という事態になれば、それは直ちに犯罪者という眼で見られた。国民は本来自分達を圧迫支配する権力を無条件に信頼しこれを心から愛する。松川事件についてもこのことは変らなかった。ジャーナリズムも検・警側の発表のみを報道し、それに些かの疑問も示さなかった。だから一旦牢獄に留置されれば、被告の必死の訴えも容易なことでは国民の耳に届かなかったのである。

被告の中には共産党員が多かった。二十人の被告のうち、党員は国鉄関係九人、東芝関係五人計十四人であった。これに対し共産党はどういう姿勢で対応しただろうか。

昭和二十四年一月の総選挙で一挙に三十五名の当選者を出した共産党は、その一部に、所謂《いわゆる》「九月革命説」に象徴されるような、革命に対する観念的急進主義、教条主義を標榜する者があった。彼らの、松川裁判被告に対する反応も、革命によってしか彼らを救うことができぬ、ある場合には革命のために彼らが犠牲になっても止むを得ぬ、とする言動すらあった。

一例を挙げる。総選挙の時、最高裁裁判官への信任投票がある。最高裁による最終判決で被告全員の無罪が確定したあとで、「松川通信」が、「全裁判官にバッテンを付けよ」という主張を掲載した時、廣津は激怒した。「斎藤、入江両裁判官に詫びよ」（昭38・12・15「松川通信」）において廣津和郎は、一審二審の有罪判決によっていかに被告達が苦しんだか、その苦しみを最高裁の斎藤・入江裁判官が救い、全被告を解放したにもかかわらず、その裁判官達にバッテンを付けよ、とは「正気の沙汰」とは言えないという主旨であった。

このことは廣津和郎生誕七十二年を祝う記念講演会でも見られた。廣津が同様の主旨を述べた時、会場に来ていた共産党系の聴衆に反撥の気配が漂ったということを、この会に出席していた永山正昭が『という人びと』（'87西田書店）の中で証言している。

国民一般の中にある、権力を無条件に支持し愛するという心情の「範疇」＝共産党に対する根強い偏見＝からも、一部の党の中にあった観念的急進主義の「範疇」からも完全に自由だった廣津によって、松川裁判一審二審の判決の虚偽と悪意とを明らかにすることが可能になったのである。廣津和郎の松川裁判批判は、大正自由主義《リベラリズム》の原理を、昭和の時代に貫いた一つの成果であったと言えよう。

ここで二人の元被告の発言を紹介しておこうと思う。一は元死刑囚鈴木信《まこと》。彼は「戦前の柳条湖事件から、憲法改悪がもくろまれる今日までの歴史の経過は、私には切り離せない一つの流れとして『彼ら』の一貫したねらいとやり口を繰り返し見せつけられた一連の出来事として、目に映ります」（「発刊によせて」『松川事件五〇年』'99あゆみ出版）と述べた。

又、木下英夫はその著『松川事件と広津和郎』（'03同時代社）において、一審二審で死刑を宣告された本田昇の言葉として「事件そのものは〈無罪確定後も〉何もかたづいていない」を引用し、松川事件を引き起こした政治・社会的状況が、完全に変革され終熄されていないという認識を示した。二〇〇六年現在の政治状況を見てもこの認識には肯かれるものがあるだろうと思う。

最後に、一文人の立場から、廣津和郎の仕事を論評した渡辺一夫「一市民の願い」（前記「中央公論」アンケート）を引用して終わろうかと思う。

お上がむりに何かを強行しようと思ったら何でもできます。お金もあれば権力もあるからです。しかし、そういうことをお上がすれば、かならず国は滅びると思います。その意味で、今まで広津先生が一生懸命になさった松川事件に関するお仕事は、今まで日本の文学者の方々がおやりにならなかった立派なお仕事だと思います。今までの日本の文壇の方々は、文学・芸術を愛されるあまりに、国に起きていることに背をむけたり、それを問題になさらなかったり、逃避なさったりしたような気がします。その点で広津先生のご調査について、僕はくわしいことは存じませんけれども、何か正しいものを求めておられることだけを本能的に感じます。その意味で広津先生の今度のお仕事は、日本文学者のあり方を教えてくださるものだと思います。

最高裁判所にいろいろな強迫状がきているとのことですが、それすら誰かの工作かも知れないなどと、われわれ町のものは疑わなければならないようになる程、それ程日本の国は、権謀術数、小刀細工などで充たされている、とひがまざるをえません〈以下略〉

廣津和郎の『松川裁判』に対する感想として、これ程的確で行き届いた見事な論評は嘗《かつ》てなかった、と私は今読み返してみてそう感じる。同じフランス文学者として先に引用した小林秀雄の「アンケート」と比べて、その現実認識の差はあまりに歴然としている、と思う。

注

（1）正篇＝昭36・1～38・4「群像」連載。↓昭38・8講談社から刊行。続篇＝昭39・5～42・4「群像」連載。↓昭42・6講談社から刊行。毎日出版文化賞を受賞。

（2）『昭和史II』に、下山事件・三鷹事件に触れたあと次のように書かれている。「さらに八月十七日には東北本線松川付近で列車が転覆し、三名が死亡した松川事件など、原因不明の事件が相次いだのは、当時の社会的不安を反映するものであった。当時、もっとも激しく人員整理に反対した国鉄労働組合の共産党員がこれらの事件に関係があるといわれ、共産党は著しい不利をこうむった。」――この叙述には、廣津和郎の『松川裁判』の成果をとり入れた跡が全くない。

（3）廣津和郎の『松川裁判』は「中央公論」（昭29・4↓昭33・10まで連載。昭30〜33に筑摩書房から三冊本として刊行。次でその改訂版が中央公論社から全一冊本として上梓。殆ど同時に昭33・11「中央公論」に全文掲載。廣津和郎全集第十巻に収録。又中公文庫にも三冊本として、平野謙の解説を付して刊行されている。

第一部　評伝

第一章　廣津家三代の文学

一九九八年は、廣津和郎という作家の没後三十年に当る年だった。それのみでなく、廣津和郎の父で、明治の文壇に特異な位置を占めた廣津柳浪の没後七十年にも当り、又和郎の娘でこれも作家の廣津桃子の没後十年に当るという、三代に亙った文学一家にとっては、偶然ではあるがまことに記念すべき年に当っていた。そこで一九九八年四月十一日から五月十七日まで、横浜市中区山手町にある神奈川近代文学館においては、「広津家三代の文学」展を催し、大きな成果を挙げた。廣津和郎の二人の子どものうち、長男賢樹《けんじゅ》は昭和十四年二十四歳の若さで亡くなり、長女桃子の方は七十歳まで生きたが、二人とも結婚せず、子孫を残さなかったので廣津家は断絶した。そこで残された膨大な資料約六〇〇〇点が様々な経緯を経て、神奈川近代文学館に収められることになったのである。(1)

廣津和郎が、昭和二十四年（一九四九）に起った東北本線の列車顚《てん》覆事件＝松川事件＝を裁く松川裁判第一審第二審の不当な判決に対し、晩年をその批判に捧げたことは周知の事実である。一九九九年はその松川事件勃発から五十周年に当り、「民主文学」でも「松川裁判と・『散文精神』」と題する座談会(2)記事が九月号に掲載されている。又松川運動記念会では、記念文集として『いまに生きる松川』（'99・7）を、更に福島県松川運動記念会でも『松川事件五〇年』（'99・8・17　あゆみ出版）を上梓し、松川事件と松川裁判に対して新しい角度からの解明を試みている。

作家廣津和郎の全文業の中で、『松川裁判』一巻(3)が、文学作品としても極めて秀れたものになっていることは誰しもが認める所である。この問題に関しては、本評伝の最後の二章で考察するつもりなので、ここでは詳述しないでおく。

本稿は廣津和郎の評伝ではあるが、その父廣津柳浪、その娘廣津桃子の人と文学についても触れざるを得ない。本章では先ずこの廣津家三代の文学を概観し、その日本近代文学史上の位置と意味とを探ってみたい。

親子二代が作家として生き、それぞれ文壇に一定の位置を占めるという例は極めて少ない。ただ子どもの方が息子でなくて娘である場合、作家である父を描くことで作家になって行く例はかなりの数にのぼる。森鷗外——森茉莉・小堀杏奴、幸田露伴——幸田文、室生犀星——室生朝子、萩原朔太郎——萩原葉子等々。他に佐藤紅緑——佐藤愛子、太宰治——津島佑子、西條八十——西條嫩子等があり、又作家ではないが国語学者上田万年の娘円地文子の例もある。なぜ息子でなくて娘なのか、ということが問題にされたこともある（昭46・6『群像』巻末創作合評会「山の見える窓」〈廣津桃子作〉の項参照）。子が男である場合は、文芸以外の俗界に活躍の場が多く開けているとか、日常的に父の創作上の苦しみを見ていれば、作家としての道を自分の職業に選ぶ気になれないのではないか、等々色々な理由はつけられるかも知れないが、これが一種特異な現象であることに変りはない。

廣津桃子は廣津和郎の娘である。しかしこの父娘《おやこ》は世間一般の父娘関係とは異なった、極めて複雑な事情を二人の歴史の上に背負っていた。そしてそのことが、遅い文学的出立ではあったが、廣津桃子の作家への道を拓く要因になったと考えられる。しかしこの複雑な事情については後に触れるとして、ここでは先ず、廣津柳浪・和郎二代の文学について考えてみようと思う。

先程、作家の息子は作家になる例が稀だと書いたが、廣津和郎はその稀な例である。父廣津柳浪（文久元・一八六一—一九二八・昭3）は明治文壇上極めて特異な位置を占める作家であった。彼は硯友社系の作家ではあるが、未来記的政治小説「女子参政蜃中楼」を以て文壇に出たことからも窺えるように、その資質には尾崎紅葉を総帥とする硯友社の諸作家には見られない硬質なものがあり、現実に対する執着と関心の深さにおいて他を抜くこと数等であった。紅葉とは親しい仲であったが、紅葉の、どちらかと言えば技巧を重んずる芸術派的傾向に対し、柳浪の徹底した現実主義には遊びを含まぬ一途なものがあった。

廣津和郎は父柳浪を回想して次のように書いたことがある。

それから父はこんな事も話した。「尾崎（紅葉氏）が或時〈君はたとひ一言でも、西鶴や近松にもないやうな名文句を自分が書いてゐると思ふ事はないか〉といふから、私は〈そんな事は考へて見た事もない〉と答へた。すると尾崎は〈さうかね、自分にはあるがなあ〉と云つた。そして更に尾崎は、〈君は一つの名文句を生かして使はうと思ふために、作の筋を変へる事はないか〉といふから、〈そんな事は自分にはない〉と答へると、〈さうかね。僕はある〉と尾崎は云つた」

自分はこの話に紅葉氏と父の相違がはつきり解ると思ふ。（「父柳浪について」昭4改造社版『現代日本文学全集』7廣津柳浪集）

紅葉と柳浪の作品を読み比べてみれば、右のやりとりは十分にありそうな話として納得できるであろう。

廣津和郎は、父を倒した自然主義文学に影響されて出発した作家ではあるが、このような父の資質はそのまま継承しているように思われる。この父と子とでは時代が違うし、従って現実認識のありようも違うから一概には言えないが、和郎における現実的関心は父に劣るものではなかったし、和郎は又、文章のための文章を綴るというか、文章の彫琢に骨身を削るといったタイプの作家ではなかった。又柳浪は放蕩はしたが、硯友社風の所謂「通人気質」は微塵も有たない人であった（江見水蔭『硯友社と紅葉』昭2改造社、廣津和郎「傷痕」昭26・12『別冊文藝春秋』等参照）。

和郎の方も嘗て志賀直哉から「廣津君は貨物列車を年中引っぱっているみたいじゃないか、女という貨物列車を」（福田蘭童「知られざる廣津和郎」昭47・3『噂』）とからかわれているように、生涯の大半を女性問題に悩んだ人であったが、凡そ「通」とか「粋」とかには縁遠い存在であり、この親子の女性に対する「無器用」(「父の死」昭5・5「文藝春秋」)ぶりには共通するものがあった。その他肝心の文学創造に対する受動的姿勢、「文人気質」の欠如等々、この両作家に共通する要素が数々あって、要するに「柳浪を語ることはつまり和郎を語つてゐる」(村松梢風「廣津和郎」『現代作家傳』昭28新潮社)のだ、ということがある意味では十分に言えたのである。

柳浪はその最盛期が極めて短く、明治二十八、九年を中心とする悲惨(深刻)小説と称せられた数年の時期に大体限られるのであるが、しかしこの間に書かれた十数篇の秀作だけなら、紅葉や幸田露伴、僚友川上眉山を優に圧倒しているように私には思える。尚《なお》、柳浪自身の人と文学については、第二章で今少し詳しく検討してみたいと思っている。

柳浪は明治四十年代以降小説が書けなくなったために家計は逼迫し、和郎は早稲田大学に通うにも電車賃がなく、屢々《しばしば》麻布霞町の自宅から早稲田まで歩いて通うことを余儀なくされたり(『年月のあしおと』二十六・昭38講談社)、又電気代が払えなかったために、電気会社から家の電灯のコードを切られたり(同三十六)したこともあった。しかし和郎はこういう父を恨みに思ったことはただの一度もなかった。寧《むし》ろ父が時流に妥協しないで沈黙し、貧に耐えている姿を見て父への敬愛の念を深めて行ったのである。明治末から大正にかけての文壇に登場して来た新人作家達は、多く明治の一代目たるその父親と何らかの衝突を体験し、又その相剋を作品のテーマにして来た。言わば親不孝が新しい作家の資格であるかのような傾向がないでもなかった。「親不孝はむしろ新思想ですらあつた」(村松梢風前記著作)。こうした中で「廣津和郎の親孝行」というのは当時の文壇でもかなり有名だったようで、当時特に父親と仲の悪かった江口渙などは、廣津和郎の親孝行ぶりが「私にはむしろ不思議なものに思われた」とその『わが文学半生記』(昭28青木文庫→'95講談社文芸文庫)の中で言っている位である。「自分は父子二代がかりで、日本の文士の貧乏を体験した」(「文芸時評」昭7・12『改造』)と言った和郎には、貧乏すら父と共に分ち合ったという誇りのようなものが感じられるのだが、こういう和郎が父柳浪について、小説・評論・随筆の各分野に亙って多くの文章をものしているというのも自然のことであろう。その中から二、三の例を引いてみよう。

「父に対して、殆んど絶対的の是認を持つてゐた私は、父が執筆するのを厭《いと》ひ初めてから、一家が襲はれてゐる生活難を、心から苦しいと思つた事は一度もなかつた。いろ〳〵な不自由を、私は父に対する尊敬からみんな快く受けいれてゐた」（「悔」大8・1「太陽」）→「若き日」）〈圏点坂本、以下同じ〉。

「私は父とそうして向い合っていると次第に安らかな心持になって来た。子供の時分から父の前で感ずるあの安心が胸に来るのである。……（たとえこの地球が破滅するようなことがあっても）私は父が一緒なら死んでも好いと思い、父の身体《からだ》に獅噛《しが》みついたのを覚えている」（「若き日」）[4]。

「何か父という人間の全部に対して、私は確かに友情というようなものを持っていたと云える。父の長所も欠点も引っくるめて、納得が行き、是認が持てるという感じである」（「兄」昭27・8「小説新潮」）。

村松梢風が前記著作の中でも伝えている、放蕩時代芸者遊びに出かける柳浪の車を、和郎少年が榎町から九段下まで追いかけながら父を呼び続けた、という話は自らも『年月のあしおと』（九）で語っていて、この自伝の中でも特に感動的な一場面になっている。

普通の人間としても、ここまで父なる存在を深く愛し、且つその心情をかくも率直に披瀝できるというのは、異例のことに属するであろう。ただ今一つ、和郎が最初に父に触れた文章として、次の一節のあることを特に私は注意しておきたい。

「父の過して来た醜悪なる人生を憎む心が父になかつたならば、私の父に対する尊敬の念はいか程うすらぐか解らないであらう」（「同人感想」大元・11『奇蹟』）。

ここには、単に「親孝行」といった次元を超えた人間としての共感、血で繋った者の息苦しいまでの愛と共に、その肉親の枠に縛られない理性的判断に基づく敬愛の念を汲み取ることができる。前記引用文「兄」の中で、父への共感を自ら「友情」と称した所以《ゆえん》であろう。当時の家父長制度というものを全く感じさせないこの近代的親子関係が、廣津和郎の真の自由人としての骨骼を形成した第一のものだった、と言えよう。

ところで一方廣津桃子の、父和郎に対する感情にはもっとずっと複雑なものがあった。それは廣津和郎の様々な小説に描かれているように、桃子は兄賢樹と共に若き廣津和郎の、謂わば過ちのような形で生れた子どもだったからである。

大正三年（一九一四）廣津和郎は父の口ききで東京毎夕新聞社に入り、社会部記者となる。(5) しかし和郎も、父の柳浪廣津直人が作家になる前、実業や官僚の世界にどうしても適応できなかったように、新聞社の方針の欺瞞性、理不尽な運営のありようや、人間関係の煩わしさに耐えられず、一年足らずで退社してしまった。その間父が療養のため母と共に東京を離れたので、大正三年十二月、一人で麹町区の永田館に下宿するのだが、翌四年一月には下宿の娘である神山ふくとの性的交渉が生じた。その同棲生活は不幸としか言いようのないものだったが、十二月には長男賢樹《けんじゅ》が生れるのである（戸籍上の日付は大正五年五月二十九日）。そこから廣津和郎の家庭生活上の悪戦苦闘が始まる。どう努力しても彼はその妻を愛することができなかったからである。

廣津和郎の文壇的処女作は、大正六年十月『中央公論』に発表された「神経病時代」である。これは主人公鈴本定吉の勤め先の新聞社内の実態と、定吉の友人たちとの交流、定吉の家庭内での妻や子との関係を小説化したものである。小説は虚構《フィクション》の上に組み立てられていて、事実を事実として描いたものではないが、その内容の実質、主人公の心理的心情的なありようは、大正三年から四年にかけての、主人公定吉即ち和郎の、生のやり切れなさの真実の姿を写し出すものとなっている。

この小説は、定吉の友人遠山（モデルは葛西善蔵）が食い詰めて家を立ち退かされる話に続いて、妻のよし子〈ふく〉が定吉に向かい、妊娠の事実を告げる所で終わっている。定吉は愛してもいない妻を再度妊娠させた自己の醜さへの嫌悪感をどうすることもできぬ。

『あつ!』と定吉は叫んで、頭を両手で抱へながら、仰向けに畳の上に転《ころが》つた。彼の頭の中は恐ろしい程の速かさで旋回し初めた……恐ろしい絶望があつた。何とも云はれない苦しさがあつた。が、それと同時に彼は、妻のために下女を雇つてやらなければならない事を考へた……

初出『中央公論』には（六年九月二十二日脱稿）とある。この主人公定吉は極度に戯画《カリカチユアライズ》化されていて廣津和郎そのものではなく、小説の時間設定も事実とはずれている。しかし大正七年三月二十一日生れの桃子は、事実この日付の時、母ふくの胎内にいたのである。

このように、父によって必ずしも祝福されない事情を背負って生れ育った桃子が、長じて父の私小説や自伝的回想録を読んだらどのような心情を抱くであろうか。大正七年、桃子の生れる前の一月十六日ふくとの婚姻届を出し、今一度結婚生活をやり直そうとして鎌倉に世帯を持つが、大正八年暮夫婦生活は破綻し別居生活に入る。その前後から、前記志賀直哉の所謂「女という貨物列車」を引っぱるという〝悩み〟多き生活に入り、又そのことを次々と小説に書いて行く。そして最終的には大正十二年、銀座のカフェー・ライオンで働いていた松沢はまを知り、大正十五年大森馬込村にはまと一家を構え、以後実質的にはまとの結婚生活をはまの死（昭37・1・4）まで続ける。一方賢樹と桃子は麹町の母の実家で育ち、その後時代の推移によって東京の駒場、湘南鵠沼へと居を移す。従って廣津和郎は、筆一本で鎌倉在住の両親、鵠沼の母子三人、大森馬込のはまとの同棲生活を経済的に支えなければならなくなったのである。

この間桃子の兄賢樹は殆ど何の拘《こだ》わりもなく母と父の家を往復していたが、桃子は、実母を顧みず他の女性と一家を営んでいる父を許せず、会えば父の人間的魅力に引かれることはあっても、はまには尚《なお》相当の抵抗感を抱いていた。日本の敗戦（昭20・8・15）直後、桃子は父と共に嘗て父の家にいたお手伝いの実家がある能登島に旅をした。桃子の「終戦のころ」（『父 広津和郎』昭48毎日新聞社→中公文庫）に、「私の心のなかで、父の存在がひどく身近く、大きなものに感じられはじめたのも、このころからであった」とある。しかしこの旅にははまも同行している（全集年譜・昭20）のに、桃子は一言もはまには触れていないのである。はまは廣津が窮極的に愛し抜いた女性だけあって、苦労の多かった全半生の割には鷹揚な人柄であり、秀れた判断力と暖い心の持主だったらしい。従って桃子も徐々にはまにも心を開いて行き、はまの死後、上野谷中にある廣津家墓地の墓誌に〈廣津はま〉として彼女の名を刻することを肯じたのである（巻末資料(II)(III)参照）。はまの死については桃子の側に「山の見える窓」（昭40・5『群像』）、廣津の側に「春の落葉」（昭37・10『小説新潮』）がある。「遺言など残さないのが、むしろ父らしい」（『波の音』昭43・12『群像』）と桃子は書いているが、実は神奈川近代文学館所蔵の廣津文庫資料の中に、廣津のはま宛遺言状があった。この中で廣津は、自分に尽くしてくれたはまに感謝すると共に、遂に廣津家の籍に入れられなかったことを詫びているのである。最後までふくが戸籍上の妻であった。前に引用した「神経病時代」最終場面の文言は、ふくを妻として背負って行くことにも繋る廣津の責任の取りようを示唆していた（巻末資料(II)参照）。

鵠沼の桃子の家の仏壇には、廣津・神山両家の関係者の位牌が置かれていた。その多くの故人の命日には、ふくが何か作って供えるのが常であったが、はまの命日にさりげなくちらし寿しを作って供えるふくの姿を、桃子は前記「山の見える窓」にこれ又さりげなく描いて作品を締め括っている。この時の母娘の会話は絶妙なものだ。晩年の父がよく口にしたという「ゼロ」「無」という呟きを、これを書く時の桃子は聴いていたに違いない、と私は思う。

柳浪は「小説は決して師伝の道ではない。成敗は一にその人の天分と努力如何とにある」（後藤宙外『明治文壇回顧録』昭11岡倉書房）と言った。和郎は『明治大正文学全集(九)柳浪・和郎篇』（昭5春陽堂）の中扉に自筆で「事業なら父の達したところから子は始められる。併し文学ではさうは行かない。子は又いろはから始めなければならない」と書いた。桃子は父からそのような作家への道の厳しさについて日常的に聞かされていた。桃子は「筆の跡」（昭44・6『群像』）で文学という「我が家の生業」は「和菓子屋」の老舗《しにせ》とは違うのだから、と言って文章で立つ覚悟を示していた。幸田文が露伴を書いて世に出始めた時正宗白鳥が、おやじのことを書いている間は一人前と認めないぞ、と言ったという話を廣津和郎から聞かされたと阿川弘之が伝えている（中公文庫版『父 広津和郎』解説）。――確かに桃子は父を書いて世に出た。しかし実はそのずっと以前に彼女は、愛する兄を材とした「窓」（昭24・1「文学行動」）という小説を書いている。そこから彼女の丁寧で周到な筆遣《づか》いと、彼女の観察力・描写力が並々でないことを人は読み取るだろう。何より彼女の文学が、兄を書くことで始まったということが示唆的であった。兄賢樹は二十四歳で夭折した。共通の愛する人を喪った父と娘とはその時から心を寄せ合ったのである。やがて松川裁判に奮闘する父を支え通すことになったのは、以上のような二人の人生の閲歴がその背景にあったからだということができる。

桃子が最も愛した父の言葉を左に掲げよう。

「明日は死ぬ、併し今日は生きている、つまり今日に死はない、即ち死なないと思って人間は生きているのである。」(6)

筆者が桃子を訪問する度に、桃子はこの言葉を口にして、「いい言葉ですね」と言った。

廣津桃子は昭和六十三年十一月二十四日、誰にみとられることもなく、孤独の裡《うち》に鵠沼の家で亡くなった。

注

（1）本書収録拙稿「広津文庫資料について」（'99・6・18「神奈川近代文学館年報」）参照。
（2）大塚一男・本田昇・坂本育雄による鼎談。司会は稲沢潤子。「散文精神」については本評伝第九章で述べる予定。
（3）『松川裁判』（昭31〜33）は初め筑摩書房から三巻で出たが、その後中央公論社から一巻本で出版された。雑誌『中央公論』（昭33・11緊急増刊号）参照。
（4）「若き日」は「悔」を一部手直しして題名も変えたもので、後岩波文庫（昭26）、河出文庫（昭31）に収録された。大正期を代表する青春小説の傑作である。
（5）この時の社会部長は田山花袋「蒲団」の女主人公の恋人のモデルと言われた永代《ながよ》静雄であった。
（6）この言葉は桃子の前記「波の音」から引いたが、和郎の言葉としては「まだ納得できない」（昭27・1・16朝日新聞）が最初で、前記「春の落葉」にも再録されている。文言は少しずつ異なるが主旨は変らない。

第二章　父　廣津柳浪

第一章「廣津家三代の文学」において、私は柳浪・和郎・桃子と続いた廣津家の文学を概観し、廣津桃子の死を以て筆を擱《お》いた。その桃子が『定本 廣津柳浪作品集　別巻』（昭57・冬夏書房）において、「祖父柳浪」という一文を草している。この中で桃子の回想にある柳浪の姿が写し出されている。あの明治文壇に特異な位置を占めた柳浪も、小説が書けなくなって沈鬱な毎日を送っている中でも、孫達（兄賢樹《けんじゅ》と桃子）が遊びに行くと、相好《そうごう》を崩して可愛がったり、又孫達の挙動の危さを心配したりする様が描かれている。又、大正七年三月二十一日生れの彼女に「桃子」の名を選んだのも祖父柳浪だったと伝えている。

それからこの一文の最後に「須美の家系」という章があり、そこに柳浪の最初の妻寿美（須美、明31・7・12死去、二十七歳）の先祖について書かれている（詳しくは後掲系図参照）。その中で「父〈和郎〉は、日頃家系について語ることのすくない人であり、まして、実母について、云々することは稀であった」とある。事実廣津和郎は自らの家系について強い関心を示したことのない作家であった。

廣津和郎の自伝的回想録『年月のあしおと』[1]（昭38講談社）は、父柳浪が「解らんな。解らんな」という言葉を残して息を引きとった昭和三年十月十五日の記述を以て終了した。そしてその続篇『続 年月のあしおと』（昭42同）では冒頭の三章（「柳浪が作家になるまで」「先祖の血」「『血』の頽廃か」）を割き、自らの家系について記述している。そこで廣津和郎は、東京で生れ育ち、而《しか》も東京の中で借家から借家へ転々と引越す父を持った自分は、自分の知らない先祖の「故郷」のことなどは縁遠いものに思っていた――というようなことを書いている。しかし「近頃久留米市が編纂した『先人の面影（久留米人物伝記）』[2]という書物が出たので、私はそれによって藍渓や馬田《ばた》昌調[3]の略伝を知ることが出来た」として、そこで漸く久留米の先祖のことや父柳浪の代までの血の繋りを考えるようになったらしい。

もともと廣津家に残されていた点鬼簿に、廣津藍渓（久留米藩に仕えた儒者）以来の代々の名が記されており、和郎の祖父廣津弘信の上に「養子」と記されていたので、弘信がもし他家から入った養子だとすると、藍渓やその次男で馬田家に養子に行った馬田昌調（医者。医業の傍ら浄瑠璃作者雨香園柳浪としても知られ、浄瑠璃『朝顔日記』等を出版した）の血はそこで切れ、藍渓・昌調と和郎父子達とは血の関係なきものと考えていたところ、『先人の面影』によって、和郎の祖父廣津弘信は馬田家から廣津家に戻った「帰り養子」だったことがわかり、それで藍渓からの血の繋りを確認できたというのである。従って廣津和郎は藍渓から延々と続いた「血」を信じたまま他界（昭43・9・21）したということになる。

ところが近年『廣津和郎全集』（全13巻・中央公論社）の編集者で廣津和郎の研究家橋本迪夫や、前回第一章で触れた『広津柳浪・和郎・桃子展――広津家三代の文学』（神奈川近代文学館）の展示主任野見山陽子らの調査により、従来の廣津家の系図（例えば坂本育雄著『廣津和郎論考』昭63・9・21笠間書院刊p15掲載）に一部訂正を加えなければならないことがわかって来た。本章に掲げた系図が今の所最も正しいものと考えられる。即ち調査の結果、和郎の祖父弘信が馬田家からの「帰り養子」とする『続 年月のあしおと』の説は否定され、弘信の父は倉富家から養子に入った弘友であることが確認されたため、『続 あしおと』で『先人の面影』を見る前、藍渓や昌調からの血が切れているのではないか、という和郎の危惧がやはり当っていたということになったのである。

しかし私は前にも述べたし前記桃子も書いているように、廣津和郎という作家には、「先祖の血」に拘《こだ》わるよう

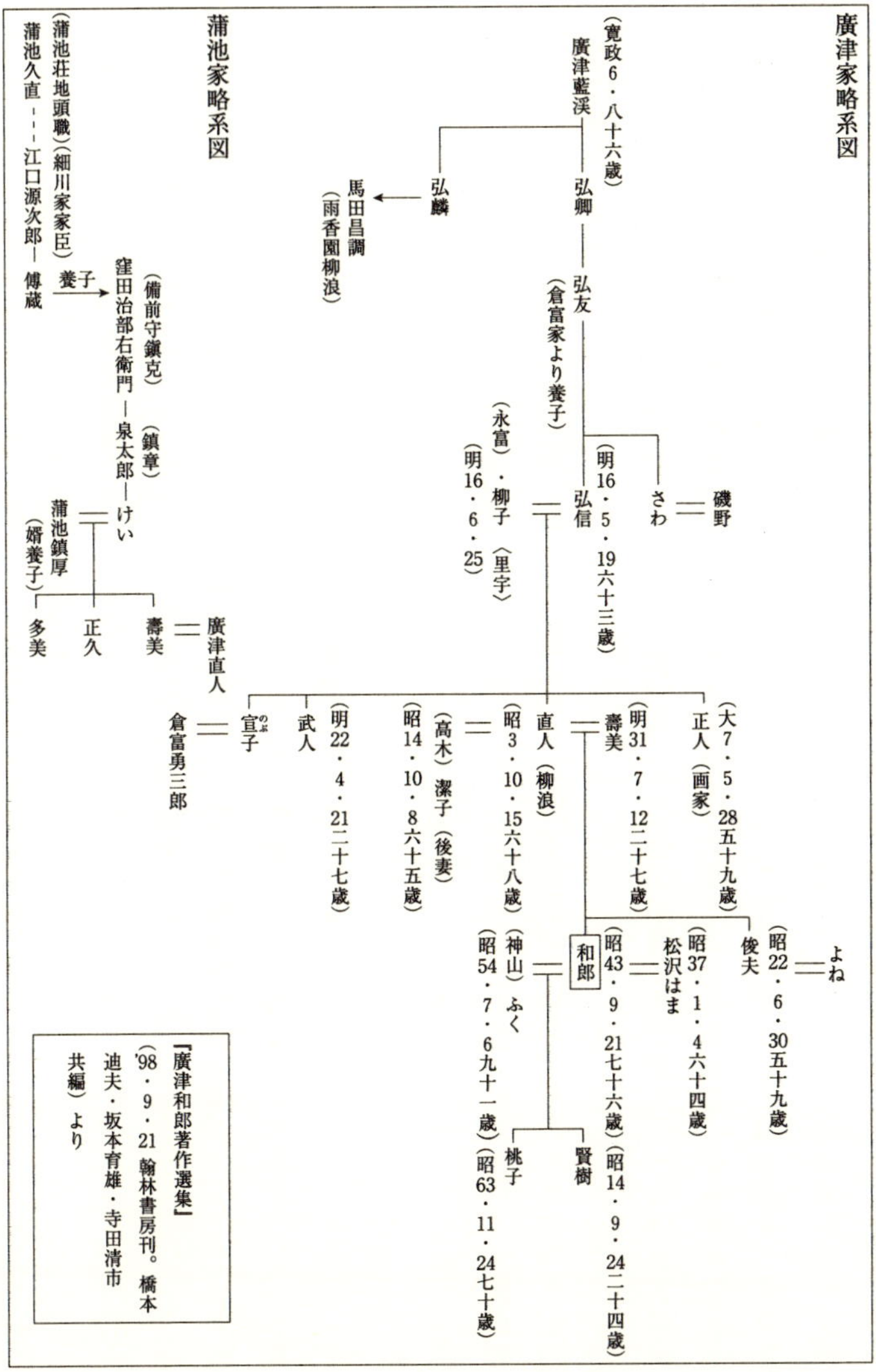
廣津家略系図
(寛政6・八十六歳)
廣津藍渓
弘卿
弘鱗
馬田昌調
(雨香園柳浪)
弘友
(倉富家より養子)
さわ
磯野
弘信
(明16・5・19六十三歳)
(永富)・柳子 (里宇)
(明16・6・25)
正人(画家)
(大7・5・28五十九歳)
壽美
(明31・7・12二十七歳)
直人(柳浪)
(昭3・10・15六十八歳)
(高木)潔子(後妻)
(昭14・10・8六十五歳)
武人
(明22・4・21二十七歳)
宣子《のぶ》
倉富勇三郎
俊夫
(昭22・6・30五十九歳)
よね
松沢はま
(昭37・1・4六十四歳)
和郎
(昭43・9・21七十六歳)
(神山)ふく
(昭54・7・6九十一歳)
賢樹
(昭14・9・24二十四歳)
桃子
(昭63・11・24七十歳)
蒲池家略系図
(蒲池荘地頭職)(細川家家臣)
蒲池久直 ‐‐‐ 江口源次郎 ― 傳蔵
養子
(備前守鎮克)
窪田治部右衛門 ― 泉太郎 ― けい
(鎮章)
蒲池鎮厚
(婿養子)
壽美
廣津直人
正久
多美
『廣津和郎著作選集』('98・9・21 翰林書房刊。橋本迪夫・坂本育雄・寺田清市共編)より

な傾向は相応しいものではないと考えている。但し親孝行で父親思いだった和郎は、父柳浪がその処女作（後述）を書くに際して、血の繋った先祖と信じていた馬田昌調の浄瑠璃作者としての雅号「雨香園柳浪」の名を借りて使ったことは重く受けとめていたに違いないのである。

柳浪について言えば、作家昌調の血が肉体的に繋っていたかどうかは別として、そういう作家を先祖に有っていたという認識をしていたことが大切だった。和郎についてもそれは言えた。少なくとも弘信からの血は確実だった。父柳浪の作家としての「血」は和郎の中に脈々と流れていて、それは時代の推移もあり、その作風は全く異なるにしても、父柳浪の存在なくしては、色々な意味から和郎の作家としての道はあり得なかった、とまでは言えなくとも、もっとずっと違ったものになっただろうと推測されるのである。

廣津柳浪〈幼名金次郎、本名直人《なおと》〉は文久元年（一八六一）医者としての父廣津俊蔵（後、弘信）の次男として長崎材木町に生れた。父弘信は当時富津南嶺と名乗って開業し、コレラの名医と謳われたという。柳浪の回想録「をさなきほど」（明31・11「太陽」）によれば、直人は九歳（明2）の時肥前国酒井村の、伯母さわの嫁ぎ先磯野家に漢学修業のために預けられた。

私は右回想録から、後の柳浪に繋る二つの印象的なことを書いて置こうと思う。一つは直人は幼い時非常な乱暴者で、村の女の子を斬りつけ、危く切腹しなければならないようなこともあった。（巻頭写真・和郎の草稿参照）。しかし母の愛情の籠った訓戒をよく受け容れ、自らの悪癖を矯正して行った、というのである。又彼を育てた乳母のお兼という女性との交情も暖かく描かれている。今一つ、非常な関心を以て村の唖娘の哀れな姿を描いていることである。それはこの回想録中の一章「孤屋《ひとつや》の唖娘《おしむすめ》」を割いて書かれた唖の娘の話である。彼が始めて村の一軒家でその娘を見た時から一年後、放浪していたらしい彼女が再び村に帰って来た時の姿は、殆ど見るも無残な乞食娘に変貌していた。直人は近くの使用人の家から「麦飯の樽飯《むすび》」を貰って来てその娘に与えたことから、そこに居合わせた子供たちも、どこからか食べ物を持ち寄って来て娘に与えたという。直人はその娘がどうしてこのような身の上になったのかは解らなかったが、「酒井村に居た当時を思ふと、何時も此唖娘を念頭に浮かめぬことはないのである。」――廣津柳浪の幼時において、今に忘れぬ程心に刻まれたこの体験は、彼の後の悲惨小説――「変目伝」「黒蜴蜓」「亀さん」等――の遠い素地を形成したのではないかと思われる。

次に、作家以前の柳浪廣津直人の経歴で、直接作家誕生に関わる〝青春の彷徨〟について簡単に記しておきたい。長崎で開業して名医と謳《うた》われた柳浪の父廣津弘信は、どういうわけか医業を抛《なげう》って、幕末――明治維新の国事に奔走し、明治四年外務省に勤めるために上京し、七年一家を長崎から呼び寄せて麴町に住み、子供たちはみな番町小学校に通った。弘信は直人の出来のよいのを見込み、嘗《かつ》て自分が携わった医業を継がせるべく、直人を東大医学部予備門（高等中学校）に入学させたのだが、そもそも直人は「医者といふものが嫌ひであった」（「商法会議所の書記」明42・12「文章世界」）し、体調を崩したこともあって二年で退学してしまった。彼はその時以来学校という所に行ったことはない。

弘信は国事に携わる過程で明治の豪商五代友厚(4)を知り、直人を五代に預けた。五代は自らが会頭を勤める大阪商法会議所に書記見習として直人を送り込んだが、直人は実業家に向かないことを自覚して辞任した。再び上京し、今度も五代の世話で農商務省に入り下級の官員となった。しかし上役の傲慢な態度と、その上司に取り入らねば出世できない官僚社会に愛想が尽き、そこも辞めてしまう。「小説界に入れる由来」（明34・1「新小説」）に次のように回想している。「何故官吏になるのが嫌になったかと云ふと、諂り媚を呈してからに上役の人の機嫌を取らなければやって往くことが出来ない、仕事の出来る出来ぬに拘はらず何でも彼でも役上《うはやく》の人の機嫌を取らなければならぬ

「……実に官員程愚なものはない」。――これはもう二葉亭四迷「浮雲」（明20〜22）の世界そのものに他ならないし、又その若き直人の性情はそっくりそのまま息子の和郎にも伝えられているのだが、それは又後で詳述しよう。

しかし実は五代という後楯があって、役所はなかなか直人を辞めさせてくれず、怠け放題怠け、遂には月給日にだけ出勤するという不埒なことまでして、明治十八年五代が他界する前後にやっと非職になった。その前明治十六年には両親も亡くなっており、一切の頼るものを失った段階で職とも離れたのである。何もすることのなくなった直人は、金のなくなるまで放蕩の限りを尽くした。その荒廃した生活は後に「放縦不羈で、箸にも棒にも掛らないものだッた」（『柳浪叢書』序文、明42　博文館）と回想した位である。そして遂に食い詰めた彼は、友人から金を借りて都落ちをし、昔の女を頼って熊谷――館林と遍歴して歩いたが結局安住の地は見出せず、再び東京に帰る他《ほか》道がなかった。――以上のことは彼の各種回想録に書かれているが、小説化された形では「おち椿」（明23・7・16〜8・24東京中新聞、明27・4『落椿』〈精完堂〉収録）に詳細に描かれている。[5]

困窮した彼にはこれと言って「何の能力も芸能」（「過去の事ども」大13・7・2〜6時事新報）もなかったと言っているが、「何の能力も芸能」もない人間で、会社や官庁といった官仕えの世界で、上司に媚を呈したり追従《ついしょう》したりすることを極度に嫌う人間は、餓死するしか道はないのである。――以上のことは角度を変えて言えば、廣津直人という人間が如何に自己に忠実に生きようとして踠《もが》いていたかを示している。生きる道は突然に、偶然に彼の前に拓《ひら》けた。

先に都落ちの旅費を直人に用立てたのは山内《やまうち》愚仙（慶2一八六六〜一九二七昭2）という画家だった。彼は帰京した直人に今度は、自分の兄山内文三郎が記者をしていた「東京絵入新聞」[6]を紹介し、そこに小説を書くよう奨めた。愚仙は以前から直人の文才を買っていたのである。直人自身は無名の自分が初めて書いた持込原稿など売れる筈はないと思っていたが、結局それは採用され、直人は謂わば餓死寸前に作家への道を歩み始めることになった。それが「女子参政蜃中楼」（明20・6・1〜8・17）という未来記的政治小説である。この時前記の通り、〝先祖〟の雨香園柳浪の「柳浪」を自らの号と定め、生涯それを用いた。「絵入」に推薦した山内愚仙も亦この時分貧窮のどん底にあったのであるから、この柳浪の処女作誕生にまつわる話《エピソオド》は、いかにも近代の夜明けを象徴する経緯の、きわどい偶然の働きを我々に示すものだった。

柳浪の右処女作につき、この少ない紙幅で論ずるのは極めて困難である（別稿参照）。要点のみに止めなければならない。その一は、柳浪という作家の力量である。新聞の連載小説を二ヶ月に亙って、さしたる破綻もなく描き切るというのは並大抵の業ではない。而も前記の如く、それ以前の彼の生活は荒廃し切ったものだったのであり、創作のための構想力や、それを展開させて行く技術や持続力をどうやって蓄えて来たのか。確かに彼はその〝怠業〟時代にも、小説を読むことは好きで、李笠翁の「十種曲」（その一つから「蜃中楼」の題名を借用した）、「紅楼夢」「水滸伝」等の中国の小説類、馬琴の伝奇小説（馬琴だけは父弘信から読むことを許されたと言う）、日本近代では坪内逍遥「当世書生気質」や「小説神髄」、東海散士「佳人之奇遇」、須藤南翠「新粧之佳人」（明19・この小説の登場人物名に、「蜃中楼」の人物名で酷似したもののあることは早くから指摘されている）等々を読み耽ったり、又嘗ての大阪や東京での職場の文学好き同僚たちと、それらの小説の「研究」をなした、ということはあった（前記「小説界に入れる由来」「小説家としての経歴」「商法会議所の書記」等による）。しかしこれらの文学的素地や前歴が、「蜃中楼」創造に示された彼の力量とどう結び付けられるか、それを合理的に説明することは不可能であろうと思う。

次はこの小説の背景である。柳浪は自ら次のように言っている。「今から殆んど四十年も前に、女子参政などと云ふことを主題にした小説を、と今の人達は不思議に思はれるかも知れないが、当時政治論が非常に盛んで女子の演説使があつたり、国事犯となつて獄に下つた[7]婦人があつたりした。私は婦人の参政なるものは、ほんの理想にすぎない、空中楼閣であると云ふ意味で、今なら婦人参政同盟の女傑連から叱られさうな標題を選んだのであった」（前記「過去の事ども」）――同主旨のことはこの小説の単行本（明22金泉堂）「序」でも述べているから、そのまま受け取るべきかも知れぬ。しかし女性参政権の是非を、明治二十年という時期に処女小説の主題に据えた柳浪の意図が、文字通り「有耶無耶」（前記「序」）だとしても、私は、この作品自体が柳浪の右の如き韜晦的表現を裏切って、「女子参政」を肯定的に主張しているのではないかと見る者である。それは、女子参政の強烈な主張者である女主人公《ヒロイン》山村敏子《さとこ》を、悲恋と失踪という悲劇的結末に陥れている――この辺りに他の政治小説、才子佳人小説との違いがあり、この作品の独自性があった――ことによって、寧ろ却ってその主張が時代より進み過ぎていて、現実に敗北せざるを得ないという悲劇のありようを示しているからである。又誠実な敏子の恋のライヴァル松山操は、一旦敏子の主張に与《くみ》しながら、夫になる久松幹雄の反女子参政権説に安易に寝返るという無定見な女として描かれており、そのような登場人物のトータルな扱い方に、柳浪のこの創作営為の本領が滲み出ていると思われるのである。当時の女子参政に関する評家の論を閲するに、肯定者は植木枝盛、大岡育造等極く少数であり[8]、保守派はもとより天賦人権論者、普通選挙制主張者、女性尊重主義者ですら、こと女性参政権論に及べば、圧倒的に反対論者が多かった――という時代趨勢の中にこの小説を置いてみれば、その意図の先進性は群を抜いた水準にあると思われるのである。しかし何れにしても「どうしてこのような堂々たる長編を、短日月に書き得たのであろうか」という和田繁次郎「『女子参政蜃中楼』試論」（昭61・3「廣津柳浪研究」①）の疑問に答えるのはむつかしいのである。

柳浪の最高の文学的達成が、明治二十年代から三十年代にかけての所謂悲惨小説（深刻小説）にあることは文学史上の常識となっている。左に、当代にも評判をとり今日にも高く評価されている代表作十篇を挙げておく。（※印文語体）

残菊《きく》　明22・10「新著百種」
※　変目伝　明28・2・4〜3・2　読売新聞
※　黒蜴蜓　明28・5　文芸倶楽部
亀さん　明28・12『五調子』春陽堂
今戸心中　明29・7　文芸倶楽部
河内屋　明29・9　新小説
浅瀬の波　明29・11　文芸倶楽部
幼時《をさなきほど》　明31・11「太陽」
雨　明35・10　新小説
花ちる頃　大2・7　文芸倶楽部

これらの小説が当時の一流の文芸紙・誌に発表されたことだけでも、柳浪当代の盛名は窺《うかが》われるだろう。その殆どが中流以下の民衆の悲惨な運命を描いたものであり、金銭・愛・情欲・家制度・誤解・嫉妬・犯罪等々凡そ人生・社会の根元に横たわる醜悪な現実がそこに密度濃く描かれている。ただ、小説の材料が偏奇に過ぎるという批評は当時からあった。にも拘わらず作者が、その醜悪を憎むと共に、登場人物が不幸と悲惨に陥れられて行く経過と必然性を丁寧に描いたことによって、読者は底辺の民衆の悲劇に対する作者の愛の姿に深く共感することができた。これらが名作と言われ、時に紅葉や露伴を陵駕《りょうが》すると称《たた》えられた所以《ゆえん》である。

しかし廣津柳浪の名を高からしめたこれらの傑作と、処女作「蜃中楼」との間に、彼はそのどちらの作風とも異なる多様な作品を世に出している。ただ「蜃中楼」以降の作品には中絶したものがあり、漸く「残菊」（明22・10「新著百種」6）において完成度の高い作品を創り出すことができた。この作品は一人称独白体の「です」「ます」調を用いており、先に列挙した明治二十八年以降の悲惨小説でも文語体を使ったこともあったのに、二葉亭の「浮雲」「あひゞき」と同じ早い時期に、口語文体を模索していたのは注目されるのである。この作品は若い妻が、夫の海外留学からの帰国を目前にしながら結核に倒れて死んで行く話で、作全体をその妻の語りとしたために、誰もその経験を書くことのできない「人間の死するまぎはを写さふ」（其川子＝内田魯庵「柳浪子の『残菊』」明22・11・23「女学雑誌」）としたものとして高く評価されながら、その語りを最後まで続けるためには、語り手を最後に甦らせなければならない、という不自然を犯しているのだが、それは柳浪がこの時、言文一致体の創出に力点を置いたがための瑕瑾とすることができるのではないかと思う。この時期の彼の言文一致体への執着が、柳浪の現実重視の表れであることは言うまでもないだろう。

本章の最後で私がつけ加えておきたいことは、前にも述べた、「蜃中楼」が「東京絵入新聞」に採用になった偶然の幸運についてである。もしこの無名の新人が初めて書いた作品が没になったならば、作家廣津柳浪は誕生しなかっただろう。とすると、「蜃中楼」を始め「残菊」や悲惨小説の数々という、互いに異質の多様な作品を生み出す可能性のすべてが埋れたままになったかも知れないのだ。息子の廣津和郎が伝えた柳浪の次の言葉は、その意味で大変興味深く、又示唆的である。

「想像力を働かして見て初めて想像が湧くのだ。自分の頭にどんな想像力があるかといふ事は、働かして見なければ解《わか》りはしないのだ。働かして見れば、思ひも寄らぬ微妙さが人間の頭脳にはあるのだ」（「父柳浪について」第一章前出）

注

（1）初出、昭36・1〜38・4『群像』連載。初回のみ「年月のあしあと」。「続」篇は昭39・5〜42・3『群像』

（2）本書については橋本迪夫『広津和郎　再考』（'91・9・21西田書店）、野見山陽子「広津家系図の調査報告」（'98『広津柳浪・和郎・桃子展——広津家三代の文学』神奈川近代文学館刊）参照。

（3）「ばた」というよみ方は、伊原青々園「『朝顔日記』と長崎文学」（明37・8『新小説』）に拠った。

（4）五代友厚（天保6〜明18）については、小寺正三『起業家五代友厚』（昭63現代教養文庫）〈社会思想社刊〉。阿部牧郎『大阪をつくった男』（'98文藝春秋刊）等参照。

（5）柳浪にはまだ私小説的方法が身についていなかったから、自らのことを書いても、徒らな小説化の跡が著しい。弟武人の夭折を描いた佳作「花ちる頃」（大2・7『文芸倶楽部』）も同様である。

（6）「東京絵入新聞」は明8「平仮名絵入新聞」として創刊→「東京平仮名新聞」→「東京絵入新聞」（明10）→明22廃刊。以上浅井清「東京絵入新聞」（『明治文学全集』55巻付録「月報」65）に拠る。

（7）「女子の演説使」は中島湘烟（文久3〜明34）、「獄に下った婦人」は福田英子（慶元〜昭2）を指すものと思われる。

（8）このことに関しては「『女子参政蜃中楼』の諸相」（昭62・3・31専修大学大学院文学研究科畑研究室）に負う所が多かった。

第三章　麻布中学――投稿時代――

廣津和郎が『続　年月のあしおと』の最初の三章を割いて先祖の話を書いていることは前章で述べた。そこでは柳浪の「定職というものに就く気になれないバガボンド〈放浪者〉の気持は、私の前にすでに父柳浪にあったわけである」と言って頻《しき》りに父柳浪と己れ自身に「バガボンド」としての性格が共通していることを強調している。そしてその「バガボンド」の血は柳浪の兄正人にも、弟武人にも流れていたとして次のように言っている。「藍渓から弘信までと違い、弘信の子供三人、即ち私の父の兄弟の時から先祖とは違った、何か急に崩れて来たもののあることが感じられる……一種のディケイ〈頽廃・堕落〉というか。何かまともなものに背中を向けて、出世街道と背馳した方へ歩いて行くというか」――柳浪については前章においてやや詳しく述べた。伯父の正人は画才に長じ、明治の画壇に活躍した久米桂一郎（慶2〜昭9）に最初に洋画の手ほどきをしたと言われているが、結局生活費を稼がず、親戚を渡り歩くだけの生涯だった。又叔父の武人（弘信三男）は工部大学（現在の東大工学部）に合格したが登校せず、自ら出世の道を閉し、ロシアに渡ったり、日本国内を無銭旅行したりした末結核にかかり、結婚したばかりの柳浪の団子坂の家で二十七歳で亡くなった。（その死を描いた「花ちる頃」については第二章注〈5〉参照）

　このように、和郎は父及び父の兄弟の生き方につき、正業に就くことを拒む「頽廃」の血の流れていることを指摘しているばかりか、それが自分自身の中にも流れていることを自覚していた。しかし和郎も父も「宮仕え」は長続きできなかったが、文学に活路を見出した点では共通していた。問題は和郎の兄俊夫である。この兄については

『年月のあしおと』(五十四)「兄」の章で、その言語に絶するだらしなさ、無責任、倫理性の欠如等について述べているが、小説の形でも繰り返し扱っている。主なものを左に掲げておく。

①父と子　大9・5　解放
②兄を捜す　大12・8　改造
③傷痕　昭26・12　別冊文藝春秋
④兄　昭27・8　小説新潮
⑤兄弟　昭27・9　新潮
⑥腕の噛みあと　昭36・1　小説新潮

兄俊夫[1]は、少年時代から頭はよいが盗み癖、虚言癖があり、折角就職した先の会社の金に手をつけたこともあり、そのため父柳浪の心労は並大抵のものではなかった。右に挙げた①「父と子」で和郎は、父柳浪の兄に対する次の評言を伝えている。

「〈兄は〉頭は好い。それは確かに好いらしい。けれども、いくら頭がよくとも、人間は高いものに趣味が持てなければ、頭の好い事は何にもならないからな」

廣津和郎の文学的主題の一つは「性格破産者[2]」であるが、この兄のような存在を和郎は「性格破産者」とは呼んでいない。強いて区別すれば「性格破綻者」ということになり、それは廣津和郎が後に「靴[3]」(昭26・3「別冊文藝春秋」)で扱った作家兵本善矩《ひょうのもとよしのり》(明39〜昭42、作中人物名としては兵頭善吉)に酷似した存在である。兄俊夫も兵本も、種類は違うが相当の才能を有していたのにそれを生かし切れず、結局共に所謂《いわゆる》「陋巷《ろうこう》に窮死する」という形で生涯を終えた。廣津和郎の言う「急激に崩れて来たもの」「一種の頽廃《ディケイ》」は、父の兄弟と、自分と兄と、それぞれそのありようを異にはしているが、第二章で述べたように、和郎が藍渓からの血が自分の所まで続いているという前提に立って、尚《なお》弘信までを「人生肯定」派、父の代から「頽廃」派としているのは興味深い。所が橋本迪夫はその著『広津和郎　再考』（'91・9・21西田書店）の中の「先祖の血」において、弘信の刊行した『自主の権』（明6奎章閣）の跋「履歴慚愧文」により「青年期に一種のディケイに陥った点では父の柳浪と同じで、『血』の頽廃は既に祖父〈弘信〉の代に始まっていた」と書いている。

——以上のことは、廣津家の系図の検討と相俟《あいま》って今一度整理し直してみる必要があると思うが、何れにしても廣津文学の一主題たる「性格破産者」論が、廣津家の「血」との深い関わりの上に捉えられなければならないことは言うまでもない。

ここで第三章の本題に入りたい。廣津和郎は典型的な一大正作家であるが、一体文学史上の大正期とは何時から何時までを指すのであろうか。私見ではそれは明治四十三年（一九一〇）大逆事件・韓国併合の年から、昭和二年（一九二七）芥川龍之介自殺の年までである。明治も四十年を経て明らかに行き詰りの徴候を見せ始めた。石川啄木が明治四十三年八月に書いた「時代閉塞の現状」の題名が象徴的に示している通り、時代は重苦しい雰囲気に包まれていた。この「閉塞の現状」を内側から打開しようとしたのが社会主義・無政府主義運動であり、これを恐れた明治政権は些細なことにかこつけて「主義者」達二十六人を逮捕して起訴し、暗黒裁判にかけて二十四人に死刑を宣告した（二人有期刑。後二十四人のうち十二人を終身刑）。幸徳秋水はその代表的主義者であり、政府に最も危険視されていたため、事件に無関係だったにも拘《かか》わらず処刑されてしまった。又国内の不満を外らすために韓国を併合したのもこの年であり、以来日韓両国の不幸な確執を今日にまで引きずっていることは周知であろう。

特に大逆事件は文学者に対しても大きな影響を与えざるを得なかった。政治に近付くことの恐ろしさを彼らは身にしみて感じた。[4] 代って登場したのが教養主義・文化主義と呼ばれるものだった。「それは政治といふものを軽蔑して文化を重んじるといふ、反政治的乃至非政治的傾向をもつてゐた」（三木清、昭16『読書遍歴』）。

そこへ第一次世界大戦が始まる。日英同盟によって、ドイツ軍国主義に対しデモクラシーを標榜する英仏米の連合国側についた日本は、連合国側の勝利により、殆ど戦わずして資本主義を飛躍的に発展させ、又英仏米流デモクラシーの文化的風潮の流入を受け容れた。主戦場が欧州であった第一次世界大戦を除けば、大正期は明治と昭和に挟まれた唯一戦争のない時代だった。大正デモクラシー、大正自由主義《リベラリズム》は謂わば政治的無関心を代償として、大正期の文化的社会的主潮を形成したのである。――以上の背景を念頭に置いて、リベラリストとしての廣津和郎の精神形成の一端に触れてみたいと思う。

廣津和郎は、言葉の真実の意味での自由人であった。それは単に自由を愛するというに止らず、自由のためによく闘った人として全き自由人だったと言える。大正リベラリズムが政治を疎外した所に花開いた主潮だとすれば、政治的動向が全面に表れてくる時には、それは脆くも衰退して行く運命にあった。大正の半ば過ぎから、政治状勢が中国への侵略を準備する段階に来た時、一方では社会主義運動や労働運動、プロレタリア文学運動が熾《し》烈化し、「日本近代文学にとっては、もっとも幸福な一時期」（山本健吉「ある大正作家の生涯」昭36・11「文学界」）とされる大正文学も分裂し、そのまま昭和のプロレタリア文学と反プロレタリア文学の激烈な闘争期に入って行く。廣津和郎と並んで代表的な大正作家とされる芥川龍之介は、その闘争期を背景として自裁する。以て大正文学の終焉《えん》とするのである。芥川龍之介を愛し、その死を深く悼《いた》んだ廣津和郎はしかし、芥川とは違ったもっと粘り強い生き方をして行く。[5]　昭和に入って中国・アジアへの侵略を開始するために、権力の左翼への弾圧は激しさを増し、昭和九年遂にプロレタリア文学は崩壊し、やがて日本は果てしもない戦争期に突入して行くのである。

所が大正デモクラシーを背景にした大正リベラリズムは、廣津和郎という作家に最も相応しい理念として、その精神と肉体の全人間的内容を形成して行った。従って彼は、昭和の軍国主義全体主義の中、多くの嘗てのリベラリストが体制に妥協して行った時にも、様々な形で抵抗を試み、そのリベラリズムを貫き通した稀な存在なのであった。

廣津和郎の自由人としての人間形成はどのようになされたのであろうか。廣津に「彼等は常に存在す」（大6・2「新小説」）という評論がある。この中で彼は「素質が人間の全部である」と言い、学問・教養その他が「素質」を常に蔽い隠そうとしている――と言う。従って廣津自身の自由への憧憬もその「素質」を第一の要因に挙げるべきであろうが、そう言い切ってしまえば身も蓋《ふた》もない。彼の「素質」を磨き上げたものを探らなければならない。

その第一は、彼の育った廣津家の極めて自由な雰囲気である。父柳浪はその小説で、家父長制度の悲劇を徹底的に追求した作家であるが、それだけに自らの家庭においては、家父長的権威を擅《ほしいまま》にするということはなかった。少なくとも柳浪と和郎の関係において、和郎の「親孝行」は極く自然な感情に由るものであり、寧ろ「友情」に等しい底《てい》のものであったことは第一章で述べた通りである。

今一つ、彼の学んだ学校が、麻布中学校と早稲田大学であったということは、彼の精神の形成に決定的な意味を持った。早稲田大学については次章で触れるとして、ここでは麻布中学校の、驚くべき自由な校風について述べてみたいと思う。

廣津和郎が母校の麻布中学校について触れた文章のうち、代表的なものを二つ挙げると、一は『年月のあしおと』（十四〜二十三）、二は小説「総長の温情」（昭32・4「別冊文藝春秋」）である。最初の一から。これは麻布中学の特質も絡んでいるのであろうが、時代を表わすエピソードを紹介しておきたい。それは「十八　ゲートル騒ぎ」で、麻布中学に軍隊教育をするために後備の大佐が来て、生徒全員にゲートルを穿《は》くことを命じた。すると五年生が結束して講堂に集まり、一人々々が教師を前にしてゲートル着用反対の演説をぶち、老大佐は怒って帰ってしまった。時の校長は麻布中学創始者の江原素六である。江原は終始にこにこ笑って聴いていて生徒の演説を制止しなかった。従ってゲートル着用は沙汰止みになったというのである。筆者のように、戦時中中学生活を送った者には全く想像することもできない。確かにそれは大正時代前夜の時代背景において可能なことだったのであろう。

実は麻布中学というよりは、この校長江原素六（天保13〜大11享年八十歳）の影響が廣津和郎にとっては絶大だった。「〈江原〉先生を離れて麻布中学なく、麻布中学を離れて先生なし」（『江原先生と麻布中学校』現麻布学園保管小冊子）と言われたように、麻布中学はその創始者江原素六の、生徒に対する底なしの自由な待遇と、江原を助けて経理を担当していた村松一(6)（安政3〜大4享年五十九歳）幹事の「稀に見る寛大さ」（『あしおと』二十二）によって、当代としても「ズバ抜けて自由な中学」（同）であったし、彼らの後を継いだ校長達によってもその伝統は承け継がれて行った。ずっと後になるが、同じ麻布の卒業生である文芸評論家奥野健男は、先輩廣津の『年月のあしおと』を読み、母校の伝統に深く感銘し、次のように言っている。

「ぼくが在学したのは、廣津さんが謹厳居士と呼んだ二代目校長清水由松氏(7)から、廣津さんの同級生である三代目現校長細川潤一郎氏(7)への替り目の時であり、太平洋戦争が起こった軍国主義の時代であったが、その頃の麻布も他の学校に比べれば、ズバ抜けて自由であったと思う」――と言って、その頃の卒業生として吉行淳之介、山口瞳、北杜夫、なだ・いなだ、永井智雄、成瀬正一、フランキー堺、牟田悌三等の著名な作家や俳優の名を挙げ、「型にはまらない人間が棲息し得る自由な空気があったのだろう」とつけ加えている（『素顔の作家たち』昭50集英社）。――それは実に、廣津が『あしおと』（二十三）で「高位高官になるというようなタイプは、私たちの級からは一寸出ないが、しかし自分で自分の思う通りの道を思う通り勝手に進もうという質の人間は、何人かあの中から出ているような気がする」と言ったのと照応していて、麻布中学校が時代を隔てて謂わば「素六主義」(8)を守り育てて来た伝統を窺い知ることができるのである。

二は「総長の温情」である。この小説は二部から成っていて、第一部は廣津が旅行の途次、ある裁判を傍聴した印象記の体《てい》になっている。ある大学の総長Xに関わる裁判で、学生から暴行を受けたということになっていた。「その大学総長は私と同年配であり、かつては自由主義者として、この国のファッショ時代に、文部大臣からの強制によって、一時その大学の教授の地位から逐われた」とあるから、Xが瀧川事件（昭8、京大事件とも言う）の瀧川幸辰（廣津と同じ明治二十四年生れである）であることは間違いない。瀧川は戦後京都大学に復帰し、昭和三十年所謂総長暴行事件を起し、学生を訴えたばかりか、学生に対する相当強圧的な態度に出たことで知られている。それは戦前の〝自由主義者〟のイメージとは凡そかけ離れたもので、学生の弁明を一切聴こうとしない態度を持していたとされる。

廣津は嘗て、大正期のリベラリストが戦前戦後を経てオールドリベラリストと呼ばれ、その権力に対する抵抗性を失い、遂には「高級な俗物《フイリステイン》」に堕して行った様について指摘した（『座談会・大正文学史』昭40岩波書店）が、さしずめこのXなどはその「高級な俗物」の典型的な存在として廣津には捉えられていたに違いない。そしてこの小説の第二部は、一転して麻布中学の江原校長の、極端に寛大な自由主義に言及し、Xとの対照を浮び上らせようとしたものである。この第二部は殆ど『年月のあしおと』の既述の部分と重なるのであるが、江原主義の最も極端な例を一つだけ挙げておこう。ある時麻布の五年生が寄宿舎を抜け出して品川の遊廓に遊び、朝帰って来た所を当時舎監兼教頭だった「Sさん」〈前記清水由松〉に見つかり、怒ったSが退学処分を江原校長に迫ったが、江原校長は「朝帰りをつかまつては、それはあわてただろうな」と言って笑うだけで、一向に退学処分に同意しない。清水舎監も遂に我を折らざるを得なかったという。

江原校長は常々、麻布で持て余すような生徒をどこかへ転校させようとすると、必ず「そういう生徒を教育するのが学校というものじゃないか」と言って極力面倒を見てやったという。廣津はこういう江原校長と、嘗て自由主義者と言われ権力に追われた一法学者が、総長となると一転して権力的強圧的態度で学生に立ち向う、その対照を描くことで、嘗て自らの青春を養った麻布の自由の精神を思い起すと同時に、リベラリズムの真のあり方を、新しい時代の現実の中でどう生かし得るかを模索したのだ。廣津和郎がその晩年、一切を抛《なげう》って松川裁判批判に進み出たのは、その大正リベラリズムの理念と精神とを、新しい局面にどのように貫き得るかの一つの実験だった、と言ってもよいのである。

父柳浪が明治三十年代後半以降、即ち和郎が麻布中学に入学（明37）した頃から、自然主義文学の攻勢を受け、徐々に書けなくなって行ったため、廣津家の窮乏が始まったことは第一章で述べておいた。廣津和郎は、自分の文学への目覚めは非常に遅かったと言っているが、明治三十八年（和郎十四歳）以降、「女子文壇」や「萬朝報」の懸賞作品募集に屢々《しばしば》応募して賞金を稼いでいることは『あしおと』（二十）に書かれているが、全集第一巻「あとがき」（渋川驍）によれば、この投書作品探求の最初の手がかりになったものは、福田清人『十五人の作家との対話』（昭30中央公論社）だったと言う。そして全集編集者の調査により、その中の主要作品十八篇が選ばれて、全集第一巻に収録された。全作品、単行本・著作集に未収録である。

これらの作品は雑誌・新聞の懸賞小説という性質上、みな四〇〇字詰五、六枚程度の掌篇小説である。これは謂わば何れも想像によって創り上げられた小説である。尤も少年の作であるから、私《わたくし》小説は相応しくないのである。従って廣津が後に書くことになる性格破産者小説とも、私小説・実名小説の類とも全く異なる掌篇小説であって、謂わば本格小説の可能性を持った作品群であると言えよう。前記渋川は全集㈠の月報3「解説」において、懸賞小説の課す条件が寧ろ幸して、廣津の作家としての可能性が豊かに内包され、既に老成した作風を持っている、といった意味の見解を述べている。

私はその十八篇の中から、私が秀れていると考える二篇を選んで論評してみようと思う。

㈠「雪の日」（明41・4「女子文壇」四等入選）

これは若い女お時の、非常に複雑で微妙な心理を見事に描いたものである。叔父が危篤だというので市電に乗って三田の方へ行こうとすると、途中で叔父の道楽者の一人息子が乗り合わせてくる。果して彼は自分の父の危篤状態を知らなかった。しかしさすがに家には帰らねばならないと思ってお時についてこようとする。一緒に四国町で降りると、彼女の小さな傘の中に入って来、身を寄せるようにして歩く。それまで悲しげな顔を繕《つくろ》っていた彼が、急に勢いついた調子になってくる。「故意か偶然か」ひたと女の方に寄り添うて来る。父の危篤を悲しまずに女に寄り添う男と、それを不快に思いながら男を憫れんでいる女であるが、しかし女も相手が従兄なるせいもあってか、心の片隅には男の憫れな心を受け容れようとする無意識の反応があって、それを「寂寞」と称している所に、この少年作者の秀れた人間理解が示されている。選者評は余りよくなく「四等入選」となっているが、これは寧ろ前記渋川の評の方が的を射ている。将来小説家として立つ可能性は十二分に備えていると言えよう。寧ろ後の作品の何れの種類のものにも見られない珍しい作品と言える。

㈡「平凡な死」（明42・8・2「萬朝報」懸賞当選）

この主人公定公も「雪の日」の道楽者に似た遊び人だが、前者よりもずっと善人である。しかし遊び人としての空しさから、酒に酔って川に落ちて死ぬ。廣津少年がこのような遊民を描いて秀れた才能を発揮しているのは、後の性格破産小説と繋って行く萌芽と見てよいのではないかと思う。

総じて彼の投稿小説については概ね次のようなことが言えるかと思う。若い女性の視点から、母と娘の生活をとり挙げたものが多く、母と娘の生活の寂寞、貧しい不如意な暗い生活が描かれていて、そこに少年の作とは思われない、人生の不幸で沈鬱な生活が、細かい観察に裏付けられてリアリスティックな表現を得ている。廣津和郎の作家としての出立は目前にあった。彼が謂わば「なしくずしに文学に入って行った」（西垣勤「広津和郎の初期」昭39・10「クロノス」）と評される所以《ゆえん》である。

注

（1）村松梢風は慶大理財科予科で、俊夫と親しかったらしい（前記著作）。後に村松が廣津和郎に会って、君の孝行に驚いた、と言うと、「何しろ兄貴があの通りだらう。止むを得ずの孝行であった」と和郎は言ったという。和郎一流のシャイネスとしても、それは本音でもあつたろう。

（2）「性格破産者」については第四章、第六章で詳述したい。

（3）拙稿「兵本善矩と舟木重雄」（昭58・12「国文鶴見」→『廣津和郎論考』昭63・9・21笠間書院所収）参照。本書第二部に収録。

（4）田山花袋「トコヨゴヨミ」（大3・3「早稲田文学」）参照。

（5）廣津和郎の名作「あの時代」（昭25・1〜2「群像」→全集第三巻）に芥川と廣津の生き方の違いが明白に描かれている。

（6）村松一については拙稿「広津和郎と麻布中学」（初出・昭60・7「源流」→本書『論考』収録。そこに引用した山路愛山の「村松先生の行実」という村松への追悼文（大4・7、1「独立評論」）は、村松の人物の大きさを格調高い文章で綴っている。

（7）清水由松・細川潤一郎とも前記「広津和郎と麻布中学」参照。清水が「謹厳居士」と言われたのは清水自ら、江原や村松が余りに寛大なので意識的に厳しくしたせいだ、ということが、H校長（細川）の言として「総長の温情」に書かれている。

（8）堀川美治『素六主義』（大4修文館）参照。その他この項は村田勤『江原素六先生伝』（昭10三省堂）に負う所が多かった。

第四章　早稲田大学――「奇蹟」の時代――

廣津和郎が明治四十二年三月麻布中学を卒業して、四月早稲田大学文科予科に入学するに至る経緯については、廣津自身が色々な所で書いているが、ここでは幾らか珍しい材料から引いてみることとする。それは「少年と投書」(昭30・3「文芸」)と題するもので、第三章で述べた投稿時代の回想録である(全集未収録)。


　私はこんな風にして小説を書いたが、小説家にならうなどとは、中学時分は考へた事もなかつた。中学を卒業した時、

「これからどうする気だ?」と父に訊かれて、私が答へたのは、

「美術学校の洋画科に入りたいと思ひます」といふ事だつた。

「洋画?……自信があるのか?」

「さあ別に自信はありませんが、絵画きならやつて見ても好いと思ひます」

私は中学時分に二三枚油絵を描いて見た事があつた。〈中略〉

「どうだ、それより文科の方が好いんじやないか」と小説を子供に読ませる事を嫌つてゐた父の言葉としては、甚だ意外の事を父は云つた。父は絵描きのなりそこなひよりは、文筆の方がまだしもツブシがきくと思つたのかも知れない。

「さうですね。どつちも似たやうなものだから、さうしてもよござんす」

それでたうとう早稲田の文科に入る事になつてしまひ、小説の方へ来る事になつてしまつたのである。

右の文は自分の進路・息子の進路を決めるにしては何とも無造作な印象を読者に与える。文中、小説を子供に読ませることを嫌っていた父が、美術志望を文学志望に変えさせたことを「意外の事」としているが、明治四十年代に入ると小説が書けなくなり、筆一本で生きることの困難を熟知していた筈の柳浪が、文科を奨めたことの方が意外と言えば意外であろう。尤も美術で生きることも不安に思えたかも知れないし、柳浪には早稲田の英文科を出れば、中等教員になる道も開けるという計算もあったに違いない。

尚、廣津和郎の絵画の才能に玄人跣《くろうとはだし》のものがあったことはよく知られているし、神奈川近代文学館に所蔵されている「広津柳浪デスマスク」[1]を始め「大船付近」その他その残された数点の絵は何れも非常に優れたものである。一つには伯父正人の血ということもあろう。第三章でも触れた廣津正人は、明治画壇に高い位置を占めた浅井忠などと共にフォンタネージに学んだ画家だった[2]。又、全集年譜の大正二年の項には、早稲田大学卒業の前に「叔父の画家高木背水に連れられ、二週間ほど三保の松原、奈良、京都を旅行[3]」などと書かれていて、彼の周辺にいた縁者の画家達の存在が和郎の絵心を刺戟した、ということも充分考えられるのである。

前章で私は、麻布中学校の稀に見る自由な校風が、若き廣津和郎の精神の自由感の骨骼を形成したのだ、と述べた。しかしこの自由な麻布中学にすら、彼がある拘束感を抱いたことは次の一文によっても理解されるだろう。

「……中学制度と云ふものに、少年を教育するのに非常な欠陥があるためだと思ふ。僕のやうな人間には、中学で無理強ひする形式的教育が、堪らなく窮屈」（「朝の影」大7・3「新時代」）だったというのである。「朝の影」は小説ではあるが、廣津自身の実感が籠められていることは間違いない。しかし廣津の中学校に対する拘束感は、永井荷風や萩原朔太郎のようなものとは違っていて、自らの様々な工夫によって何とか卒業に漕ぎつける才覚を有していた（『年月のあしおと』二十一「理由なき反抗」が特によくその間の消息を伝えている）。

その廣津和郎が、「学校」というものを真によきものとして実感したのは早稲田大学に入ってからのことであろう。勿論一般的に言って、中学より大学の方が学問というものの裏付けがあるだけ、その自由の質が高いことは言うまでもない。中学の自由感は謂わば偶然に与えられたものであって、麻布中学は特別であり、江原素六や村松一など、どの中学にも存在しているというものではない。

廣津和郎はその晩年、特に松川裁判への関わりの中で、しきりに「文学をやってよかった」と述懐している。その理由は、戦時中本当のことは言えないまでも、せめて沈黙を守り得た。「併し職業によっては、そういう沈黙を守ることはできなかったであろう」（「私も一言だけ忠告する」昭34・1・1読売）。「本職の文学のことを何年も考えずにいても差支えないほどの自由な職業が、他にあるものではないからである」（「初夏雑筆」昭36・6・17〜18東京新聞）――これら戦時下を軍部に迎合せず一作家を以て貫き通して来た人にして始めて説得力を持つ言葉であろう。――「文学をやってよかった」という実感は、麻布中学五年間に育まれた自由感を基礎にして、進学した早稲田大学文科の謂わば文学的雰囲気によって始めて身に体し得たものであった。

「だが、学校に行くのも悪いことではない。それは仲間ができるからである。どうも文学をやり出すには仲間が必要で、互に刺戟し合うことによって、物を書くことに乗気にさせられる」（『年月のあしおと』三十二）と後年、早稲田大学文科での、文学というものを通じての精神形成のありようを回想している。私はここで二つのことを注意してみたい。一つは「乗気にさせられる」と、何が何でも文学一筋に自らつき進むという、例えば後に〝文学の鬼〟と言われた宇野浩二のような文学への姿勢が見られず、何となく受身の消極性が見られるということ。それでいて早稲田の文科で一級下の宇野とは直ぐ親しくなり、終生の親友となったのは周知の事実であるが、彼らの長い作家としての交遊のありよう程対照の妙を示したものはないのである。

今一つは、にも拘わらず、麻布中学在学時から、たとえ家が貧しく、小遣いが不足していたという動機からにしても、懸賞小説に応募して、既に「老成」した作風を示し、二十回程賞金を獲得しているという過去が彼にはあった。そうした土台の上に、明治四十二、三年に早稲田の文科に入学して来た謂わば作家の卵たちの独自の考え方や、自由奔放な生活態度に接することとなったのである。更には又坪内逍遥や島村抱月といった当代一流の学者——と言っても彼らは何れも作家・評論家を兼ね、文壇や劇壇の第一線で活躍していた——の講義の内容や、講義のありよう、何れをとっても麻布中学時代には想像することもできない、全く新しい世界がそこに展開されていて、それが廣津和郎の文学者としての自立の志向に深い影響を及ぼし、今度こそそれを本物にしていくための条件が整えられたのである。[4]

ここで廣津達の同人雑誌「奇蹟」について述べてみたい。

谷崎精二は「『奇蹟』の思い出」（昭45・12「解説」——『奇蹟』複刻《ママ》版別冊）で概《おおむ》ね次のように述べている。（所々に筆者の注を入れた。）

——明治四十二年早稲田の文科に入学して谷崎がすぐ親しくなったのは今井白楊[5]と廣津和郎であり、特に廣津とは同じ東京育ちで、直ぐ話が通じ、気が合った。[6]同級生に舟木重雄がいた。裕福で善良な青年だった（坂本注—彼は明治十七年生れ。谷崎・廣津より六・七歳上で、早稲田に九年在籍し万年大学生と言われた）ので、舟木の麻布の家には同級の文学青年が集り、そのうち同人雑誌発行の話が持ち上った。同じ頃「白樺」「第二次新思潮」などが発行されていて、それらに刺戟されたものである。こうして発行に漕ぎつけたのが「奇蹟」で、創刊号は大正元年九月に出た。主な同人左の如し。谷崎精二の他、葛西善蔵、舟木重雄、廣津和郎、相馬泰三、峯岸幸作、光用穆《みつもちきよし》、その他準同人として山脇信徳、小林徳三郎らの画家もいた。[7]何れも美術学校（坂本注—今の東京芸術大学）出身者で舟木の友人で

作家	小説	詩	翻訳	戯曲	感想評論	その他	合計
舟木重雄	3			1	1	1	6
廣津和郎	3		2		1	1	7
峯岸幸作	4				1	2	7
葛西善蔵	4					1	5
相馬泰三	2					1	3
光用　穆	4						4
馬場哲也			4				4
谷崎精二	1			1			2
その他	4	3	6	2	17	15	47
合計	25	3	12	4	20	21	85

あった。同人はすべて早稲田の文科の卒業生・在学生だったが、葛西善蔵のみは早稲田出身でなく、一時早稲田文科の聴講生だったが、光用との縁で「奇蹟」に同人として加わった。雑誌は植竹書院が発行を引き受けてくれたが、さっぱり売れず、大正二年四月、第八号で廃刊となった（坂本注―最終号は大正二年五月号で、それは第九号だった。この第九号に谷崎精二自身が「黒き曙」という戯曲を発表しているのだから、谷崎の記憶も相当怪しいものだった）。これら同人の中で、今でも読むに値する作品を書いたのは葛西善蔵のみである。「白樺」が人道主義を標榜したとすれば、「奇蹟」の文学行動の目標は明白なものではなかったが、自然主義リアリズムに反対して、心理的リアリズムの道を開こうとしていた。ロシアの新しい作家であるザイチェフ、ソログープ、ガルシン（坂本注―アルツィバーセフやチェーホフも加えなければならないだろう）など、世紀末ロシア文学の影響があった――

　これが谷崎精二の回想の大意である。「奇蹟」は右大意中に私が注したように、大正元年九月から九冊出して大正二年五月で廃刊となった。その間の全目次を見、廣津和郎及び廣津が他の所で屢々《しばしば》言及している「奇蹟」主要同人について、その作品類別――第一号以外すべて目次の下に文芸ジャンルが明記されている。第一号はこれらに準じ計算した

――と作品数を計算すると前頁のようになる。

坂本注①葛西善蔵が創刊号に名作「哀しき父」を掲載した時のペンネイムは「葛西歌棄《うたすつ》」であった。あとはすべて本名葛西善蔵を使用している。（明20～昭3）

②馬場哲也はロシア文学者。昭和に入ってから外村《そとむら》史郎のペンネイムでロシアプロレタリア文学理論の紹介に力を尽くした。ロシア文学者江川卓《たく》の父。（明23～昭26）

③谷崎精二は「奇蹟」同人になるのが遅かったので、作品は二篇しかない。廣津和郎死後、廣津の墓碑を建てる時（刻字は志賀直哉）、裏面の墓誌を書いた（巻末「資料」(Ⅲ)参照）。谷崎潤一郎の実弟。小説も書いたが、後英文学者となり、早稲田大学教授。鶴見大学教授。（明23～昭46）

この表でも分る通り、単純計算で言えば、廣津和郎と峯岸幸作が七篇で最も多く、舟木重雄と葛西善蔵がこれに次いでいる。谷崎精二が「葛西善蔵の作品だけは今でも十分読むに堪える」と言ったように、「奇蹟」の中では葛西の作品（特に「哀しき父」）の評価が当時から高く、「奇蹟」から文壇に出たのは葛西善蔵のみと言われている。しかし葛西の初期の小説は「詩情豊か」という定評だが、私見では少なくとも「奇蹟」の作品に限れば、「詩情豊か」と言うより、小説そのものが一篇の「詩」であるように作られている。「哀しき父」で自らを「孤独な詩人」と称し、事実「悪魔」（大元・12、四号）、「メケ鳥」（大2・4、八号）には「詩」そのものが出てくる。通常の所謂リアリズム小説にみられる論理性やリアリスティックな表現に至っていない。創刊号の「編輯の後」（相馬泰三）の「……我等の所持してゐるものは、『心』唯、これ丈である。そして又、これから先き、我等の生涯を通じて真に我等が所持し得るものは、この外に何があるであらう」という宣言《マニフェスト》に最も近い所に、葛西善蔵がいたと言えるのではないだろうか。そして葛西の初期のこの傾向は、恐らく彼のその後の私小説・心境小説の基礎をなすものであり、その点で注目すべき作品群であったと言えるであろう。

次は舟木重雄（明17～昭26・67歳）。谷崎精二の言う通り、「奇蹟」の中心人物であり、その発行資金を出し、その運営を支えた。[8] しかし芸術家としての、内面から自己を押し上げて表現に迄《まで》至る、ある意味での執念の力のようなものに欠けていた。しかし「奇蹟」創刊号の冒頭を飾った舟木の「馬車」などは佳作に属するものだと私は思う。軍人としてある所まで出世した自分の父が、上官と合わずに自ら職を辞した。するとその上官が馬車に乗って父を脅す如く、通勤途上でもない父の一家の住んでいる横町にまで入り込んで来てそこを駆け抜ける。その上官の父への憎悪は執拗を極めているかに見えた。日頃そのことに触れず、平然と悠々自適の生活を送っていたかに見えた父が、病を得て入院し、うつらうつらと眠りかけていた時、「院長の馬車が礫《（こいし）》を蹴つて、勢よく玄関に乗りつけた」――父は突然ベッドの上に半身を起し、「凄まじい相好《そうごう》をして、何物か眼前のものを睨みつけてゐるやうであつた」。それが院長の馬車であると知ると、安心したように又うとうとと眠ったというのである。そのあと更に舟木は次のように書いている。

「私は立すくんだなり其れを見てゐたが、神経繊維が一本残らず傷つけられ、渾身が高度の電流に触れたやうな戦慄を覚えた」――ただ、そういう風に捉えたのは皆自分の「病的神経の作用だつたかとも思ふ」と言って、寧ろ父より自分自身の「神経病」的感覚への恐れを重く捉えている。

舟木重雄は「奇蹟」創刊以前から「白樺」の志賀直哉とも親交があった。その背景には時代の趨勢――明治四十年代初頭から大正へかけて有力な同人雑誌が続出した――ということもあったし、個人的交遊とも関わっていたが、「白樺」と「奇蹟」には様々な共通点があった。「奇蹟」の第二巻第二号（大2・2）を除き全号にすべて「白樺」の広告が載っている。同人に画家が多く参加しているのも、西欧文学の翻訳紹介が目立つのも共通しているが、葛西善蔵のような特殊な作家を除けば、自然主義的描写方法をとり入れながら、自然主義的作風とは又異った新しいリアリズム――平易で心理主義的な――を打ち出した点でも共通点がある。

舟木重雄は昭和二十六年六月二十八日に永眠したが、亡くなる二週間前の十四日に志賀直哉が見舞に訪れた際、舟木は自らの遺稿集の刊行を志賀に依頼した（昭26・6・14志賀日記）。志賀はその実現を舟木の前で約束し、志賀の全額負担により、約束通り『舟木重雄遺稿集』（昭29・6・28刊行、代表者　志賀直哉）は上梓された。そこには冒頭「遺稿」として、谷崎精二と廣津和郎によって選ばれた[9]三篇（「馬車」＝前記、「見捨てられた兄」「山を仰ぐ」＝以上二篇未発表）が置かれ、次で「追想」として、廣津和郎、宮地嘉六、谷崎精二、瀧井孝作以下計十一名の友人達が名を連ねている。

舟木重雄は遂に作家として世に立つことができなかった。それは余りに書く量が少なかったからである。「奇蹟」に創作は四本、遺稿集に未発表作二本の他、活字になったものがない。廣津和郎に「舟木君に」（大5・3・21「洪水以後」）という小文がある。その中で廣津は、舟木の人柄の善良さ、誠実さ、魂の美しさを称《たた》えたあと、なぜ創作しないのかと質《ただ》し、「創作を発表しない人達に実際なつかしい人がゐる。白樺の志賀直哉君などはどうして書かないのだらう」と、舟木と志賀二人の奮起を促している。所が周知の通り、大正三年四月から同六年五月まで一本も書かなかった志賀直哉は、「城の崎にて」（大6・5「白樺」）以後堰を切ったように作品を発表し出し、志賀ファンをほっとさせたが、舟木の方は依然として書かなかった。廣津は「彼の善意」（「追想」前記『遺稿集』）の中で次のように書いている。

「……生涯『書く書く』と云ひながら余り書かなかつたのは、一方では彼の美点であつた細心よくよくが、思ひ切つて彼に筆を執らせるといふ事を妨げさせる欠点として働いたためではないかと思ふ。思ひ切つて投げ出して見れば、唯自分を庇つてゐては開けない道がそこからひらけたかも知れないのに……」

この廣津の評言は、志賀直哉の次の一文と対比させてみると面白い。この二者は勿論互に無関係に書かれたものである。

「作家は書くといふ事で段々人生を深く知るより道がない、書いて見て初めて自分がその事をどの程度に深く知

つてゐたか〻判然として来る。」（大15・2・8志賀日記）

所が舟木自身が「葛西善蔵論」（大8・4「新潮」）で葛西を「驚くべき寡作家だ」と極めつけ、「作について力を出し吝むな」「力を出し吝みさへしなければ、もつと〳〵よい作が、もう少しは多くの作が引き出される筈である」と「苦言」を呈しているのは微笑まれるのである。「奇蹟」派の中で舟木程葛西善蔵を認め、終始変らぬ友情と援助を続けた友人はいなかったことを付言しておく。

今一つ、廣津和郎の前記「靴」（第三章参照）の中の次の文言を引用しておこう。

「実際に書けばよいのである。書ければ何もかも屹度《きっと》弁解がつくに違ひないのである。例へば葛西善蔵などもああして書けたから好いやうなものの、書けなかつたらあの生活を誰が理解したらう。」

右煩を厭わず、志賀、舟木、廣津の文言を引用して来たのは、この三人の相互関係が「白樺」と「奇蹟」を媒介にして彼らの人生の最後まで続いて、そこに一つの文学史的意味を形成したこと、特に「書く」「書かない」の問題については右三人に、前記兵本善矩（第三章「靴」参照）と葛西善蔵を加えて、作家の創造的営為に関わる問題が考究されていることに興味が尽きないからである。

舟木重雄には小説でなくて、「奇蹟」第七号（大2・3）に志賀直哉を論じた名評論がある。「留女を読みて」がそれである。『留女《るめ》』とは志賀の第一創作集の書名で、本書を献呈《デディケート》した祖母の名でもある。（「奇蹟」のこの号の末尾には本書の広告が掲載されている）。舟木は志賀の作品を二種に分け、Aを、神経作用を基礎に置いたもの、Bを、物語《ストリー》風のものとした。Aは『留女』の中で言えば「島尾の病気」「剃刀」等、Bは「母の死と親《ママ》〈新〉しい母」「クローディアスの日記」等、そして「濁つた頭」はAとBを兼備しているものだが、書き方はBでもその内容ははっきりA、即ち鋭敏な神経作用を扱ったものだ、としている。こう論じた上で舟木は、最近の秀れた作品で、神経作用の戦慄が認められないものはなく、「それは時代思想に伴ふ必然の現象」であり、「現代芸術の根本」である、と指摘している。ここで舟木は重要な問題点を二つ提出している。

その一は、「感覚」には外部感覚と内部感覚があって、舟木の言う「神経作用」とは内部感覚の謂《いい》である、感覚を無視した思想《ソート》は我々に何らの交渉もない。従来の芸術も感覚を尊重しているが、その多くは外部感覚に止まっている。耽美派や歓楽派などがその例である。芸術家は常に「心」（自己）を表現しなければならない（前記相馬泰三創刊号「編輯の後」参照）が、それは内部感覚によらねばならず、外部感覚のみの重視は遊戯的なものになってしまう。耽美派・歓楽派の感覚尊重が、吾々の生活と没交渉なのはその故である。「心」の表現には内部感覚の力を借りる必要がある。内部感覚とは、外部感覚から「心」に通ずる道である。それを舟木は「神経」と名付け、ストリンドベルヒ、アルツイバーシェフ、ゴオホ等近代西欧の芸術家の作品生命も神経そのものにある。——以上の舟木の論に、耽美派・享楽派の否定と、「生活」の重視が見られるのは特に注意されるべきであろう。

その二。志賀の作品にはこの神経作用が実に繊細《デリケート》に織込まれているのだが、その背景《バック》には、どの作品にも「温かい優しい同情」の裏付けがあって、その同情も決して「低級なる盲目的なものではない」「その同情が盲目的でないといふのは、その態度が、冷静で、公平で、洗練《リファイン》された客観性があるから」であり、この「洗練といふ事は全編を通じての大きな特徴で、殆んど何れの作にも冗漫の字句を見出せない。」

舟木重雄の『留女』論にこれだけの文言を費したのは、この評論自身、この期の志賀直哉論として非常に秀れた視点を示しているのみでなく、それが後に、あらゆる志賀直哉論の基底に位置すると評価された廣津和郎の「志賀直哉論」（大8・4「新潮」＝第六章で詳述する）の先蹤《せんしょう》をなすもの、とはっきり言うことができるからである。更に、舟木の「奇蹟」掲載三篇の小説の中には、前記「馬車」以外にも、「神経過敏」「病的神経」「不安」といった言葉がふんだんに使われ、又前記『遺稿集』に採録された「見捨てられた兄」（大正中期の作と推定される）には、「奇蹟」

時代以降の廣津文学の主要テーマたる「性格破産者」という言葉が早くも出て来て、それが「偏屈者・夢想家・無能力者」と並列して使われ、同時に廣津が〃性格破産者〃に特有なありようとして批判の対象とした〈強い性格の欠如〉〈抽象的な理窟〉〈観念的理想主義〉等々が、舟木自身をモデルにした〃兄〃の優柔不断な性格を律する根源的性格として対象化されている——その対象化に徹底を欠いている所にこの小説の弱点もあったのだが——。廣津の前記「舟木君に」や「彼の善意」に繰返された「書く書くと言って書かない」躊躇逡巡、それと宛《さなが》ら引き換えのような弱者への同情——舟木の弟の舟木重信が「舟木重雄のこと」（前記復刻版「解説」）で、兄が社会主義思想に共鳴していたという証言を尤もと思わせる——がこの「見捨てられた兄」には窺われるのである。

こう見てくると、「奇蹟」派における舟木重雄の存在が、廣津和郎の「奇蹟」以降における評論・小説を含む作家活動に大きな影響を与えたことがよく理解されてくる。廣津和郎の文壇的位置を不動のものにした小説「神経病時代」（大6）と「志賀直哉論」（大8）の世界はもう直ぐそこまで来ていたのである。

肝心の、「奇蹟」に書いた廣津和郎の作品に触れる紙幅が残り少なくなったので、以下急ぎ足でその要点のみを記すこととする。彼の小説三篇は次の通りである。

① 夜（大元・9創刊号→改題改稿「少年の夢」大10・9〈大観〉）

② 握手（大2・2第六号、全集未収録）

③ 疲れたる死（大2・3第七号→改題「蛇」→更に改題改稿「朝の影」大2・3〈新時代〉）

このうちの二篇「夜」「疲れたる死」は一種の観念劇であり、何れも人生の不条理に対する疑問を披瀝したものだが、具体的には、年上の女の性的魅力に翻弄された少年の悲劇がその筋《プロット》を形成している。「握手」のみが観念の劇から逃れていて、後に「神経病時代」や「悔」（→「若き日」）に発展する、少年の、恋を恋する時期の青春物語になっている。前二作は少年を弄《もてあそ》ぶ成熟した女性への憎悪を示した展開になっているが、実はそれは女性存在への憧憬の裏返しなのであって、それが成長する少→青年期の、精神と肉体の複雑で微妙な葛藤の表れとして、息苦しいまでの男女の性的関係の実体を浮び上らせている。ただ観念の劇としては「疲れたる死」において、自己の無意識の言動が、他人の運命に対して決定的な影響を及ぼす例を描き、その場合の「責任」の取り方を問うていることが注目される。それは廣津文学全体に関わってくる「自由と責任」の考察の、創作の形を借りた最初の表れだからである。

後に第一次「種蒔く人」(大10・2創刊)に参加する山川亮《りょう》(明20〜昭32＝「明星」派歌人山川登美子の実弟・早稲田大学英文科中退)は、小説「かくれんぼ」一篇をのみ「奇蹟」第八号(大2・4)に寄せたが、その主人公の少年少女の性的描写の故を以てこの「奇蹟」は発禁になった。しかし私はひそかに、この小説が「奇蹟」の全小説の中でも秀作に属するものと評価している。この「かくれんぼ」も廣津の前記「夜」「蛇」と同じく、中学二年生の少年が年上の女——と言っても〝かくれんぼ〟をする位の年齢であるが——に性的な誘惑を受け弄ばれた挙句、性病をうつされ、苦悩の末に川に落ちて溺れ死ぬ、という筋書きである。廣津の二作が、観念の劇を構成する目的のために、その発端として女の誘惑と少年の頽落が語られているのに対し、山川の作は、少年を死へ導いていく誘惑の劇そのものを、極めておぞましいものとして、全篇憂鬱な基調の裡《うち》に描き出している。而も少年をして、自己の陥った性の陥穽《かんせい》の底から、家族や社会の虚偽への怒りを叫ばせている。山川が後にプロレタリア文学の側に立った時の作風の一端が早くもここに表われているのである。

最後に、「奇蹟」という雑誌そのものではないが、所謂〝奇蹟派の道場主義〟について付け加えておこう。廣津和郎の書いた小説「針」（大9・1「解放」、全集㈠）と、随筆「奇蹟派の道場主義」（昭8・6「経済往来」、全集㈧）とは同じ内容を小説と随筆の形で表わしたもので、「道場」という言い方は後者によれば、宇野浩二が廣津に「『奇蹟』の連中は面白い。めいめい道場をもっているから」と言ったことに由来しているらしい。「道場」の主役は葛西善蔵と相馬泰三で、自分に好意を示した友人達（例えば舟木重雄、谷崎精二、廣津和郎）に対して、思わぬ時に思わぬ形でぴしっと「お面」を喰《くら》わす、といった風なことで、折角好意と友情を示した相手に舟木らは裏切られる。にも拘わらず葛西や相馬に対し、どうしても憎み切ることができずに「片思い」を寄せ続けてしまう。「白樺」派や「新思潮」（第三・四次）派とは一味違った友情のありようがそこにはあった。「針」では相馬泰三『荊棘の道』（作品中では『苦しき道』）出版に精一杯骨折った廣津に対し、相馬は再三再四それを裏切るような言動を敢てする。その「常識」外れのやり方は、谷崎・廣津の如き「普通人」の分子を持っている人間には「この『お突き』を喰い、『お面』を喰う度に茫然自失し、憂鬱になった」（前記「奇蹟派の道場主義」）と言うのである。(10)

――以上の叙述からも窺われるように「奇蹟」には実に多様な人間同志の対立や友情や可能性が混在していた。廣津和郎の松川裁判批判は（後に詳述するように）彼の性格破産者論を媒介とすることでその独自性を発揮した。その性格破産者像の原型が舟木重雄であり、その舟木は社会主義思想に接近しつつもその方向に徹し得なかった。社会主義に接近して後に労働文学の旗手となった「奇蹟」同人の宮地嘉六が、舟木への追悼文「私には文学上の育ての親」（前記『遺稿集』）で、舟木を「最高の良友」としているのも示唆的である。社会主義というよりアナーキズム的思想の持主として、後に「種蒔く人」に参加し、プロレタリア文学で活躍する山川亮が「かくれんぼ」一篇を「奇蹟」に投じ、その性描写によって発禁処分を受けた、というのも「奇蹟」の持つ多様性の一つの証しだった。そしてそのような多様性の混在こそが、大正文学全体の象徴《シムボル》だったと言えるのである。

注

（1）このデスマスクについて永瀬三吾は、廣津和郎の「『父さん』との永遠の別れを惜しむ慟哭があった。悲しみに耐えながら絵筆をとった作家の強さがあった」（昭49版全集⑧月報4）と評している。巻頭の写真を参照。

（2）「浅井忠目録」（昭60・2東京国立博物館）に、明治十一年九月、フォンタネージの帰国送別会の写真一葉が掲載されていて、その中に浅井忠と共に廣津正人の姿も見える。

（3）高木背水は、父柳浪の二度目の妻高木潔《きよ》子の弟。背水については『あしおと』二十一「理由なき反抗」の中でも触れている。

（4）教師も学生もよく学校を休んだ。坪内逍遥のシェークスピア講義は人気上々で学生数も多かったが、バーナード・ショー特別研究は時に学生が一人も出席せず、逍遥も空しく教員室へ帰ったこともあるらしい（『あしおと』二十七「坪内先生とショー研究」）。又、島村抱月は余り休講が多いので、出講する時のみ出講掲示が出たというのは著名な話である。

（5）今井白楊（明22生）は、三富朽葉《くちは》（同）と共に、早大文科出身の秀れた詩人・翻訳者であったが、大正六年八月二日、犬吠岬で遊泳中二人とも溺死した。『あしおと』（六十二「大正八年という年」）でこの溺死を大正八年のことのように書いているのは廣津の記憶違いである。この回想録には他にも事実関係の記憶違いが相当にある。

（6）同じ東京生れで気が合う話は、廣津と芥川龍之介の間にもあって、それは廣津の実名小説の名作「あの時代」（昭25）にも書かれている。又、谷崎と廣津の関係については本稿本文「坂本注③」参照。P・55

（7）文芸雑誌に美術関係者が多く登場するのは当代の一傾向で、「白樺」における山脇信徳、美術史家児島喜久雄、「奇蹟」における小林徳三郎、「三田文学」における美術史家澤木四方吉等枚挙に遑《いとま》がない。

（8）明治三十八年一月柳浪宅に若い人達が集り、「にひしほ」という雑誌を出したが、その中には既に舟木重雄も加わっていた。時に和郎はまだ麻布中学二年生だった。

（9）『舟木重雄遺稿集』の「後記」（弟舟木重信）及び、本書に挿入された妻舟木あさ子の挨拶状でそのことは確認される。

（10）〝奇蹟派の道場主義〟は興味ある大正文壇上の一事実であり、優にそれだけで一章を費すだけの内容があるが、今はその余裕がないので、詳しくは本文に挙げた廣津の小説と随筆、相馬の『荊棘の道』（大7新潮社）、拙稿「相馬泰三」（『論考』所収）等を参考にして欲しい。

第五章　翻訳と初期評論

大正二年（一九一三）三月、廣津和郎は早稲田大学英文科を卒業した。慶応義塾の理財科から早稲田の政経科に転校していた兄俊夫は、その前年に早稲田大学を卒業していたが、兄は義母（潔子）と折合が悪く、卒業と同時に家を出て下宿していた。彼は就職しても、父母のために多少なりとも経済的支援をしようなどという心掛けは皆無の男だった（第三章注〈1〉参照）。従って弟の和郎は卒業すると、廣津一家の生活を支える役割を担わざるを得なくなった。父柳浪が、嘗ての深刻小説時代のような文壇の注目を浴びる小説が書けなくなり、ために廣津家は困窮を極めていた。和郎自身は前前章で述べたように、麻布中学時代から、雑誌・新聞の懸賞小説に応募して小遣い稼ぎをしなければならなかった。

しかしどこかに就職する気にはどうしてもなれない。「人から何らかの制限を受けるような生活は、どうも私にはやつて行けそうもない。私は就職しないで生活を立てて行く法はないかと考えていた」（『年月のあしおと』三十八「就職を逃げまわる」）。そこに軍隊に召集されるという事態が起り、それに関して緊急に金が入用となった[(1)]。召集と家計に要する金を併せるとその額は相当なものとなり、そのために彼はモーパッサンの「女の一生」を翻訳することを決意する。所が「女の一生」を訳すとなるとそれは相当の危険を覚悟しなければならなかった。夫婦の性生活の描写が官憲の眼を逃れることができないという時代であった。「女の一生」の英訳本は丸善の店頭に積まれてあったが、中学五年生位になると、その性描写の部分だけを辞書を引き引き読むということが行われていたらしい。

そのため「この寧ろ清純過ぎる小説が、猥本であるかのように誤解されていた」（同三十九「『女の一生』の飜訳」）。従ってこれを日本語に訳すとなれば、相当数売れる見込みはあっても、発禁を避けるためには、伏字その他周到な注意を必要としたが、ともかく廣津和郎の『女の一生』（大2・10植竹書院刊543P、1円30銭）は、自序と正宗白鳥の序文を付し、廣津の最初の単行本として無事上梓され、而も一万部位売れ所期の目的は達成された。白鳥はその「序」の中で、白鳥が早稲田で学んでいた頃は英文学中心だったので欧州大陸文芸に接する機会がなかったが、柳田国男の紹介で田山花袋を訪れ、柳田・花袋の両者からフランス文学の英訳本を借りて読んだ、やがて日本では、西洋の新文芸は、「ツルゲーネフとマウパッサンの二人で背負つてゐる」と言われ、自分も「文壇の風潮に従ってこの二作家の作を読み耽つた」と述べている。そして「女の一生」には殊に感動し、女の哀れさやディスイリュージョン〈幻滅〉の観念を作中に認めた。そして日本の読者の中にも「涙を流して同感を寄せる人も少くはなからう」として、同窓の後輩たる廣津和郎の処女翻訳に好意的な一文を寄せたのである。

その後大正七年版権が新潮社に移り、改訳して植竹版の不十分だった所を直し、「やっと重荷をおろすことが出来たやうな愉快を覚える」とその「はしがき」に記した。更に、改造社から一冊一円の所謂「円本」として出版された『現代日本文学全集』（二頁三段組み、総ルビ）の驚異的な売行きに刺戟され、新潮社が昭和二年（一九二七）『世界文学全集』（二段組み、パラルビ）38巻を出す。これが改造社の円本を上回る五十万部以上の売行きを示し、円本時代が到来した。その第二十巻に、「ボヴリイ夫人」〈フロベエル〉、「女の一生」「脂肪の塊《かたまり》」〈モオパッサン〉が一冊に収められ、フロベエルが中村星湖の訳、モオパッサンが廣津和郎の新訳であった。この新訳はフランス語の原文で旧訳を訂正したもので、その訂正には、東大仏文科出身の三好達治の援助を受けたことが『あしおと』（三十九「『女の一生』の飜訳」）で明らかにされている。その後新潮文庫に入り（筆者未見）、戦後は角川文庫（初版昭28。昭38に27版を重ねている）に入り、「二十一歳の時から七十歳を越えた今日まで、半世紀に亙つて」印税が入って来る、と

『あしおと』（同）には書かれている。

確かに廣津和郎が、金の必要に迫られて「女の一生」の翻訳に〈それも相当の危険を犯して〉踏み切ったのは間違いないことだろう。但し又「その頃モーパスサンのものはかなり読んだが、『脂肪の塊』とか『ピエルとジャン』を私は好きであった。それに比べると『女の一生』は自分の気持には少し縁遠いが、決して悪い作品ではない」（『あしおと』三十九）と廣津が述べているのは、廣津の非常に秀れたモーパッサン観を示しているものと私には思われる。新潮社の『世界文学全集』にも収めた「脂肪の塊」というモーパッサンの処女作が、師のフロベールの絶賛を得たことは周知の事実だが、私見では、この作はモーパッサンの全作品の中でも最高傑作であり、それと傾向は異にするが、「ピエルとジャン」も亦屈指の秀作だからである。尚、廣津はモーパッサンの『ベラミイ〈美貌の友〉』を何回も版を変えて出版しているが、これこそ金のために訳したものと評されても仕方のないものと私には思われる。

廣津訳の「女の一生」は、どの版にも序文やあとがきが付されており、そこに廣津の「女の一生」観を見ることが可能であるが、彼はその何れにも必ず――植竹版から角川版に至るまで――トルストイの「モウパッサン論」中の「女の一生」論を引用している。そしてこのトルストイの論が廣津の考えを代弁しているものと思われるので、その引用全文を一番最初の植竹書院版の序によって、ここに引用してみようと思う。

「此処に善良な賢い、愛らしい一人の女がゐる。それが獣のやうな男の犠牲になる。次に男の性質を受け継いだ我子のために苦められる。斯くして悲惨な一生を終る。これは何故であったか？」此の疑問を提出した作者は何等の解答をも与へてゐない。併しその女主人公に対する同情と、女主人公の生涯を汚した男に対する非難の意とを十分に表はしてゐる此の小説の全篇は、これ既に如上の疑問に対する十分な解答である。若し此の世に一人でもその苦痛を了解してそれを表現してやるものがあれば、その苦痛は償はれたのだ。今モウパスサンは慥《たし》かに女主人公の苦痛を認めて、それを深く了解して、読者の面前にそのまゝに描き出した。すなはち女主人公の苦痛は償はれたと云ふべきである」（大正六年十二月）

右の引用文を以て「訳者自身の序に代へる」と書き添えた廣津和郎は、トルストイのこの論に全き共感を示していることになる。私はこれから、廣津の訳した数多い翻訳作品の中から、「女の一生」の他に数篇を挙げ、そこに彼が選択した文学作品の共通点について考えてみたいと思う。それは生活費を稼ぎ出すという動機だけではない、彼の文学観のありようを探ることができると思うからである。

(1)　チエホフ　「悲痛」（明42・12・15「麻布中学校校友会雑誌」、全集「主要著作年表」未記載）
(2)　ドストエフスキー　『貧しき人々』（大4・10　天弦堂書房）
(3)　チェーホフ　『接吻外八篇』　序「チェーホフの強み」（大5・5金尾文淵堂）[2]
(4)　ハーデイ　『テス』世界大衆文学全集（昭5・5改造社）→昭14・7再版
(5)　モオパツサン　『脂肪の塊』（昭2『世界文学全集』20新潮社→昭13・12「新潮文庫」）[3]

(1)は嘗て私が麻布学園に赴いて、廣津和郎関係文献を調べた時に発見したものである。その最初の部分のみ写真版で示す。（次頁）

廣津和郎の翻訳の最も古いものは、明治四十三年五月「文芸倶楽部」に発表したチェーホフの「二つの悲劇」（中央公論社版『チェーホフ全集』では「敵」）とされていたが、この(1)「悲痛」はそれより半年も早いもので、この時廣津は十八歳、麻布中学を卒業して八ヶ月、早稲田大学の一年生だった。〈特別会員〉とあるのは卒業生として寄稿

雜錄

悲痛《ひつう》（チエホフ）

特別會員　廣津和郎譯

ガルチンク郡中《ぐんちゆう》で、最《もつと》も器用《きよう》な職人《しよくにん》として、又最《またもつと》も怠惰者《なまけもの》の農夫《ひやくしやう》として、長《なが》い間評判《あいだひやうばん》されて來《き》た轆轤匠《ろくろひき》のグリゴリ、ペトロフは、年《とし》老《お》いた彼《かれ》の女房《にようぼう》を連《つ》れてゼムストポ附屬《ふぞく》の病院《びやうゐん》へ馬車《ばしや》を走《はし》らせた。道程《みちのり》は三十パアストもある上《うへ》に、それが又通行出來難《またつうかうできにく》いやうな酷《ひど》い道《みち》で、郵便車《いうびんしや》の挽子《ひきこ》でさへ苦《くる》しむ程《ほど》だから、況《まし》て、老衰《らうすゐ》した轆轤匠《ろくろひき》グリゴリには非常《ひじやう》な困難《こんなん》であつた。轆轤匠《ろくろひき》の顔《かほ》には氷《こほり》のやうに鋭《するど》い風《かぜ》が打突《ぶつ》かる、四邊《あたり》には白《しろ》い雪雲《ゆきぐも》が渦巻《うづま》いてゐる、雪《ゆき》は空《そら》から吹下《ふきをろ》すとも地《ち》から吹上《ふきあ》げるとも言樣《いひやう》が無《な》かつた。雪《ゆき》は野原《のはら》と言《い》はず電信《でんしん》柱《はしら》と言《い》はず樹木《じゆもく》と言《い》はず總《すべ》て覆《おほ》うて仕舞《しま》つた、そして最《もつと》も激《はげ》しい疾《しつ》風《ぷう》がグリゴリの顔《かほ》を掠《かす》めた時《とき》には、彼《かれ》は手《て》綱《たづ》さへもよくは見《み》えなかつた。疲《つか》れ切《き》つた牝馬《めうま》は唯《ただ》ヨタヨタと歩《ある》いてゐる。雪《ゆき》の中《なか》から蹄《ひづめ》を抜出《ぬきだ》したり、頭《あたま》を打振《うちふ》つたりする為《ため》に、身代中《からだぢう》の力《ちから》が全然《すつかり》費《つひや》されて仕舞《しま》つたやうに見《み》えた。轆轤匠《ろくろひき》きはセカセカしてゐた。自分《じぶん》の席《せき》にもぢつと落付《おちつ》いてる事《こと》が出來《でき》ないで、幾度《いくたび》も幾度《いくたび》も鞭《むち》を揚《あ》げては牝《め》馬《うま》を撻《う》つた。

したということであろう。訳文の末尾に「巣連子評」として「訳文の妙、原作に劣らぬ苦心の程おもひやられる」という短評が付されている。

作品の内容は概《おおむ》ね次のようなものである。

轆轤匠《ろくろひき》の「最も器用な職人」だが、「最も怠惰者《なまけもの》の農夫」グリゴリ・ペトロフは、四十年連れ添った女房マトレナを、いつもの通り酒に酔って悪態をついたり撲《なぐ》りつけていると、どうも様子がおかしい。彼女が病気だということを知って始めてペトロフは、今までの女房への乱暴な仕打ちを後悔し、折からの吹雪の中、女房を乗せた馬車を病院に向って走らせるが、女房は途中で死に、又ペトロフも凍傷にかかり、病院に着いて気がついた時は手も足も胴体から切り離されていた。そして死んでしまう。前記『チェーホフ全集』でこの作は池田健太郎によって「悲しみ」という題で訳されている。全集第四巻の「解説」で池田は、老いて死ぬという僅か数十年の限られた人生そのものの悲哀を描いたチェーホフが、この時二十五歳であったことに驚いているが、それを訳して母校の校友会雑誌に掲載した廣津和郎が、この時僅か十八歳だったということは一層驚くべきことと言えないだろうか。その訳文もめりはりの効いた見事なものである。後の「女の一生」以下、彼の翻訳文は極めて明快、達意の文章であり、なおかつ原作者の描かんとする意図を十分に汲みとり、過不足なく読者に伝えている。私は彼の「女の一生」の新潮社版の訳と、戦後角川文庫に収められた木村庄三郎（慶大仏文科出身）の訳を比較してみたが、廣津訳にはどこにも疑念とする所はなかった。

(2)のドストエフスキー「貧しき人々」（一八四八）は彼の処女作として、秀れた批評家ベリンスキーの絶賛を得たものだが、数多いドストエフスキーの作から、廣津が先ずこの作を選択して訳したことに、私は廣津の見識の高さを見るものである。貧しい老官吏と薄幸の少女の不幸で報われぬ恋を、書簡の往復によって語るこの小説は、後のドストエフスキーには見られないリアリズムの秀れた手法によって深い感動を読者に与える。(4)

さて、私がここに挙げた(1)から(5)までの翻訳小説の共通点とは何か。廣津はなぜこれらの小説を選択したのか。そこには原作者の、不幸な女性存在に対する満腔の同情と愛とがどの作品にも切実に語られ描かれている。廣津が何度も引用したトルストイの「女の一生」論の一節こそ、これらの作品の何れにも多かれ少なかれ適用し得るものである。

(4)のトマス・ハーデイの『テス』（一八九一）は、『女の一生』よりも尚一層悲惨な女の生涯が語られている。この作品には「純潔な女」（A Pure Woman）という副題がついているように、女主人公テスは全く無垢で純粋な、そして輝くばかりの美しさを持つ貧しい農民の娘だった。にも拘わらず、男性優位の社会の中で、「女の一生」のジュリアンを思わせる不誠実な男アレクに犯され、それが元で幸福を掴み損ねる。テスを愛した誠実で一途なエンジエルでさえ、古い封建的な処女性の偏見に縛られたがためにテスを見捨てる。そのためアレクの肉欲の犠牲となったテスは、エンジェルとの幸福な生活を希求する余りアレクを殺し、結局死刑の判決を受けて処刑されてしまう。

この全く罪のない可憐で純潔な女性の辿る運命は、「つまり世の中つてものは、世間の人の思ふやうに楽しいものでも不幸なものでもございませんのね」（廣津訳）という女主人公ジャンヌの侍女ロザリイの言葉で終る「女の一生」よりも更に苛酷で悲惨なものだった、と言わねばならない。又、ここには挙げなかったが、廣津が「奇蹟」（大元・10）で訳したヴェデキントの「犠牲」も亦、男の横暴に泣く可憐な女性の姿を描いた小説であった。

(5)の「脂肪の塊」について私は先に、モーパッサンの全作品の中でも最高傑作ではないかと述べたが、廣津はこれを「女の一生」と並べて新潮社版『世界文学全集』に収録したのみでなく、後に「脂肪の塊」を切り離して新潮文庫の一冊に入れている（昭13）。(3)

「脂肪の塊」は普仏戦争（一八七〇～七一）におけるフランスの敗北が背景となっている。ルウアンにプロシヤ軍が侵入して来たため、市民達が馬車を仕立ててアヴル港に逃れようとするその途次の話である。一行の中には貴族も尼僧も商人も「民主主義者」もいる。中にブウル・ド・スヰイフ　Boule de suif（脂肪の塊）という渾名《あだな》をもつ一人の太った娼婦がいた。何時間もかかる旅で、彼女の持参した食物や葡萄酒が、腹をすかした同乗者達に振舞われる。馬車がトオトに着くと、プロシヤの軍人達によって全員降ろされる。プロシヤの軍人は女の提供を迫り、人々は暗黙の裡《うち》に売春婦であるブウル・ド・スヰイフを犠牲にすることで、自分達の安全を確保しようとした——どうせ売春婦なのだから寝る相手を選り好みする資格はないとして。彼女の犠牲によって馬車は出発することを許される。ブウル・ド・スヰイフは泣いた。「恥しくて泣いてゐるんだよ」というのが同乗者達の彼女に対する侮蔑の言葉だった。

この売春婦の悲しみや不幸や人間的優しさや愛国心に対し、貴族や商人や宗教者達の偽善、卑怯、裏切り、人間差別の醜さが対照的に描かれているが、モーパッサンはこの小説で、その何れの人間の言動に対して一言の論評も加えていない。だからここでも前記トルストイの「女の一生」論の一節はそのまま通用し得るのである。尚、この小説は作者の意図がどうであれ、極めて秀れた反戦反軍小説にもなっていて、それは丁度百二十年後の今日の世界に対しても十分に適用できるものである。トオトの宿の「無学な婆」は次の如く言う。「奥さま、こんな兵隊なんて誰の役にも立ちやしませんよ！人を殺すことを教へるために、貧乏人があんな者達の食扶持《くひぶち》を出さなければならないなんて！」「英吉利人でも、ポオランド人でも、又仏蘭西人でも、人を殺さうといふのは恐しいことではございませんか？……それだのに、私共の息子が鳥や獣のやうに射殺されるのが、正しい事で、一番沢山殺した人間が勲章を貰ふなんて？」――これに反論して「民主主義者」が「併し祖国を守る場合には、それは神聖な義務です」と言ったのに対し老婆は、「……自分達の勝手な面白さで、戦争なんかおつ始める王様達を、先ず第一番にやつつけてしまふのが宜しくはございますまいか？」と言う。又同乗車の一人の伯爵に対し、教会の老小使は次のように言う。「戦争なんて好きでやつてゐるんぢやないんですよ……貧乏人はいつだつてお互に助け合ふものですよ。戦争なんかやりたがるのは、この世のえらい奴等ばかりですよ」（傍点原文）――これらの文言がこの小説では特に「貧乏人」によって語られている所に注意すべき見所があろう。

処女作にその作家のすべてが表わされている、又処女作に向って作家は成熟する――といった箴《しん》言があるが、廣津が「貧しき人々」と言い、「脂肪の塊」と言い、作家の最も秀れた資質がここに明らかにされているのであり、それを見逃さなかったことに、私は廣津の文学に対する一つの姿勢を感じとる。何れにしても廣津の翻訳の中心に、不幸な女の悲劇が据えられていたことは、決して偶然ではないのである。

「女の一生」の翻訳で一応所期の目的を達した彼は、父の紹介[5]で大正三年（一九一四）東京毎夕新聞社社会部に入るが、父と同様宮仕えは性に合わず、大正四年二月約半年で退社し、いよいよ翻訳であれ、評論、小説であれ、とにかく文筆で生活を立てなければならなくなった。この間、第一章で触れたように、愛してもいない女性との間に誤ちを犯し、長男の出生という事態を迎えて又しても金が必要となったので、今度は茅原《かやはら》華山(6)主宰の「洪水以後」という雑誌に入り、そこで文芸時評を担当することとなった。この文芸時評はその発想において極めて独自なものがあり、これによって廣津は漸く批評家として世に認められた。逆に言うと「洪水以後」という些か奇異な名を持つこの雑誌は、廣津和郎を文壇に押し上げたことで、文学史上記憶さるべき存在となったのである。更に「洪水以後」以後の廣津の批評活動に対し、決定的な高い評価を下したのが、森田草平「論理の尖鋭と洞観力《インサイト》と」（大5・11「文章世界」）であった。——要約すると、論理の尖鋭ばかりが目立って物の核心に迫る直観力に欠けた批評家の多い中で、廣津和郎の評論は「大勢に捲込まれない独立した見地と、物の核心を摑まねば措かない洞観力《インサイト》と、二つながら好い素質が鮮やかに表はれて居た」として、「この人こそ自分の希望する批評家、若しくは作家になつて呉れるんぢやなからうか」とまで言って、その将来に強い期待感を示したのである。

先ず「洪水以後」創刊号（大5・1・1）の「ペンと鉛筆」から見てみよう。これは廣津が批評家として立つ第一声であると共に、ここに論じられたことは——あの翻訳の選択に示された彼の文学観と共に——その特異な発想によって、これ以降における彼の全批評過程——『松川裁判』にまで至る——を極めて原初的にさし示すものになっていた。

私は初めから或る標準を立てゝ批評したくない。なるたけ各作家の傾向に這入つて行つて、そして各作家の心境を見て行きたい。殊に今の日本の文壇に向つては、さういふ態度を取るのが一番至当であると思ふ。だから厭世主義者だからと云つてけなしたくない。最高の思想を唱へてゐる人だからと云つて賞めたくない。何故かと云ふと、今の日本に最も必要なものは思想ではないからである。その思想をして根強いものとさせて行く更に必要な性格の厚みと云ふものこそ、我々が最も要求するものだからである。ほんとの意味での強い弱いは〈積極的な事を云つてゐるから強い、消極的な事を云つてゐるから弱い〉と云ふやうに、簡単に分け得られるものではない。……外面的に消極的に見える者がその心には却つてより以上の力を持つてゐる場合も屢々《しばしば》ある。

大事な観点が二つある。一は「今の日本に最も必要なものは思想ではない」と言っていることである。二は「ほんとの意味での強い弱いは云々」と言っている所で、これは戦時中の生き方とも関わってくるので、「散文精神」論や「一本の糸」に関わる第九章で今一度ここに立ち戻って見たい。

「思想の誘惑」という題の一文[7]（大5・1・25）がある。「誘惑と云ふものは恐ろしいものだ。いろいろの誘惑がみな恐ろしい。うつかりしてゐると直ぐ心を捉まへに来る。併《しか》し何よりも恐ろしいのは思想の誘惑である」と始まる。「思想」とはこの場合、観念であり、概念であり、一種の枠組みであり、理想でもある。廣津の使った独得の用字法に従えば「範疇」ということになる。それは必ず絶対化され、自己の心の真実、「自分の心の行くべき道」を見失なう。この誘惑から逃れるためには、言葉の真実の意味での「聡明」と深い「内省」がなければならぬ。これらのない人間には「総ての思想がみな誘惑だ。トルストイにしろ、ストリンドベルヒにしろ、ロダンにしろ、ゴッホにしろ、乃至は耶蘇にしろ仏陀にしろみんな誘惑だ。」――戦時中軍部官憲から宣伝用に繰り出された多くの四字熟語――尽忠報国、八紘一宇等々の空疎な「思想」がいかに絶対化され、それによっていかに内外多数の人間が犠牲になったか、――そういう所まで応用して考えることもできるものである。昭和における左右の「思想」の激突期に入った時、廣津がいかなる「思想」にも信頼を置かなかった所以《ゆえん》がそこにあったのである。

廣津の批評家としての出発点の大正五年において、この発想は先ず流行のトルストイズムへの批判として現われ、それがトルストイとは対照的なチェーホフをとり挙げ、トルストイと比較論評した名論「チェーホフの強み」（前記翻訳書(3)『接吻外八篇』序）や、廣津の批評家としての位置を不動のものにした「怒れるトルストイ」（大6・2〜3「トルストイ研究」）にも繋って行くのである。

最後に今一篇「洪水以後」からとり挙げてみたいものがある。それは「愚劣な吉右衛門論」（注7参照）と題する短文である。対象とされたのは小宮豊隆「中村吉右衛門論」(明44・8「新小説」)で、数年後に廣津が思い出して論評したものである。小宮の論は丁度同じ漱石の弟子の森田草平が、前記の通り廣津の批評文を称揚した時に用いた「論理の尖鋭ばかり目立つて物の核心に迫る直観力のない」評論の見本のようなもので、師の漱石も流石《さすが》にこれには辟易《へきえき》したと見えて、小宮宛書簡(明44・7・31)で手厳しく批判した。無論この時廣津は漱石書簡など知る由もないが、廣津の方はこの小宮の論を「概念で物を見る事の恐しさ」の例として挙げたのである。小宮本人はこの、論理が尖鋭に空転するばかりの論文に得意だった節があるが、そこから見えてくる得意な一種の「調子」を嫌ったのは、漱石・廣津に共通する都会人的なセンスだったろうと私は思うものだ。

注

(1)『年月のあしおと』三十九　によれば、廣津は徴兵検査で第一乙の砲兵に決まり、そのままだと三年の兵役に服さねばならない。一年志願兵という制度があり、これだと一年で済むが、それには百八円の保証金が要るというのである。当時の百八円は今日の百万円以上の大金である。

(2)出版社金尾文淵堂の主人金尾種次郎は、利益を度外視して美本を作るので有名だった。金尾はある時柳浪を訪ね、「心の火」(明41・1〜12二六新聞〈新報改題〉)を出版させてくれと頼み、『人』と改題して上梓した(明43・1)。『人』は箱入り、一〇四四頁、総ルビの豪華本である。『接吻外八篇』も小型本だが美本で、中扉に「此書を父上の膝下に捧ぐ」の献辞がある。

(3)廣津が『あしおと』三十九　で「女の一生」がその後新潮文庫に入ったように書いたのは「脂肪の塊」の記憶違いではなかったか、と私は思っている。

(4)チェーホフを原語(ロシア語)から訳した最初の日本人は、瀬沼夏葉という女流で、その最も早いものは「月と人」(明36・8「新小説」)、「写真帖」(明36・10同)であり、後にこの二篇を含む十三篇を訳出した『露国文豪チエホフ傑作集』(明41獅子吼書房)を上梓した。冒頭は「六号室」であるが、最後にどういうわけかドストエフスキー「薄命」(「貧しき人々」)が載っている。廣津はこの訳本を麻布中学五年生の時に読んでいる。

（5）『年月のあしおと』四十三「毎夕新聞社」には、父柳浪が「私の知らない間に」毎夕新聞編集局長小野瀬不二人に「私を同社に入れることを頼んで来てしまつたのである」と書かれているが、今、神奈川近代文学館に所蔵されている廣津の柳浪宛書簡（大3・6・3）を見ると、これは相当ニュアンスが異るもので、両者を照合すると、『あしおと』への新しい観点が浮び上ってくるだろうと思う。

（6）茅原《かやはら》華山《かざん》（明3〜昭27）。大正二年雑誌「第三帝国」を興し、後「洪水以後」を主宰。文芸時評欄に廣津和郎を起用した。「若き日」で清見貫山、その前身の「悔」では、K・Kとして登場するが、何れも肯定的には描かれていない。現実の華山は時節によって思想を変転せしめたが、その中核は国家社会主義的なものであったと思われる。尚、廣津の契約は、月二回出社、月給二十五円というものだった。

（7）「思想の誘惑」は原題「ペンと鉛筆」（「洪水以後」第三号）——後『廣津和郎　初期文芸評論』（昭40・8講談社）に収録の際この題にした。後述の「愚劣な吉右衛門論」も同様「洪水以後」第三号掲載時の原題は「ペンと鉛筆」。『初期文芸評論』で改題した。

第六章　大正期の評論

前章で私は廣津和郎の初期翻訳から重要なもの五点を挙げてみたが、そのうち(3)のチェーホフ『接吻外八篇』については注(2)で、それが出版元金尾文淵堂主人金尾種次郎の手になる美本であることを指摘するに止めた。本章では先ずこの翻訳書（大5・5）の冒頭に序文として掲げられた評論「チェーホフの強み」と、そこに翻訳された小説、特に「六号室」について述べてみようと思う。

「チェーホフの強み」は内容・表題ともに何度か改変されている。最初は「チェーホフ小論」（大5・3「新公論」）、次に一部改変改題して右「チェーホフの強み」、更に改変して「チェエホフの強み」（『わが文学論』昭28乾元社。全集底本）。このように廣津が度々手を入れて戦後にまで至っているということは、このチェーホフ論が廣津にとっていかに大事なものであったかを示している。所が彼は、昭和四年（一九二九）という時代の転換期において、「わが心を語る」（昭4・6「改造」）と題する一文を発表し、チェーホフを始めとする西欧世紀末文芸との訣別を訴えるということがあった。

この一文の冒頭で廣津は、早稲田の教授達で最も魅力のあったのは島村抱月だった、と書いている。それは抱月の吐く「溜息の魅力」であり、「肉体の衰滅の魅力」であり、「疲れた、虚無的な眼の魅力」である。それは抱月のみではない。抑々《そもそも》十九世紀末西欧文化の行き詰りの魅力というものであった。例えば自らを「この世に用のない人《スーパーフルアス・マン》」と呼んで苦笑していたツルゲーネフ、ロシアの病菌としてのオブロオモフィズムの体現者たるオブロオモフを創造したガ（ゴ）ンチャロフ、泣き笑いの魅力で読者を捉えたチェーホフｅｔｃ――これら西欧に発する、謂わば頽落し、現実から疎外されて行く者の持つ魅力が、丁度日本で言うなら大逆事件（明43＝一九一〇年）後に成長し、大正五～八年頃に文壇に出た大正作家達を捉えて離さなかったのは事実だった。中でもアントン・チェーホフの魅力は、若き日の廣津和郎に根柢的な影響を与えた。[1]

「わが心を語る」が発表されたのは昭和四年、社会主義運動、労働運動、プロレタリア文学運動が漸くピークに達した時期である。既成文壇ですら例えば島崎藤村は、明治革命の激動を木曽路から見据えた大作「夜明け前」を発表し始めていたし、プロレタリア文学の代表作「蟹工船」（小林多喜二）や「太陽のない街」（徳永直）等が、新しい階級闘争の険しさや厳しさを表現していた――そういう時期である。各人がそれぞれの個性を磨いて己が道を精進して行けば事足りた〈幸福な〉大正文芸は、新しい転換期を迎えていた。[2]

「芥川のあの自殺、自由主義が次のものに転換しなければならない、その転換を前にしてこのチャンピオンの自殺は、過去の文化の重荷に動きの取れない、それ故に神経のすりへつて行く、或一団の作家達の苦悶の最も顕著の現れだつた。『点鬼簿』から『歯車』に至る、彼の最後の諸作は過去の文化の地獄変である」――廣津はこのように書いて、時代の謂わば犠牲者として死んで行った芥川龍之介の悲劇を位置付けた。芥川の死は廣津にも深刻な衝撃を与えた。[3]しかし廣津は芥川とは違った、もっと粘り強い道を歩いて行く。「わが心を語る」の結末は次の通りである。「過去を振切つて新たな一歩を踏み出さう。」――だが廣津は果していかなる「新たな一歩を踏み出」しただろうか。

左翼の陣営からは、これを廣津の左傾宣言と取る向きもあった。[4]だがこの「わが心を語る」をよく読めば、廣津がチェーホフに代表させた世紀末西欧文化の魅力からいかに離れ難いかを、逆に告白したものであることがよく理解されるのである。だから廣津は青年期以来、心の底深くしみついたチェーホフの魅力――「チェエホフの幽霊」

を「がむしやらに捨てなければならない」と力んでみたのである。確かに、これらの文言を後世の研究者までが正直に受けとって、廣津が「公にチェーホフとの絶縁」を宣言したものとし、「これ以後チェーホフについて彼の書いたものは、かつての情熱の抜殻でしかありません」と言った評者（池田健太郎『チェーホフの仕事部屋』）が現れても不思議ではなかった。又池田と同じロシア文学の専門家である佐藤清郎は、その「廣津和郎とチェーホフ――その理解と誤解」（昭53・6「ユリイカ」）において、日本の近代作家でチェーホフの愛好者は多いが「その理解の深さ、傾倒の激しさで廣津和郎の右に出る者はおるまい」として、廣津のチェーホフ観を、現代のチェーホフ研究の水準に徴しても殆ど「正しい」ものであると評価しながら、廣津の若き日のペシミズムを、そのまま移してチェーホフを理解したことを誤りとした。そしてスタニスラフスキーがチェーホフの中に「稀なオプチミスト」を認めていたことを引き、シベリアを越えてサハリンの旅に出たチェーホフについて「彼の精神の健康さはニヒリズムからは遠い」ものだ、と評している。それなら「チェーホフの強み」の後、戦前の「散文精神」論を経、戦後の松川裁判批判に進み出た廣津の精神のありようも亦健康そのものだったと言わなければならない。

　それでは「チェーホフの強み」とはいかなる評論だったのであろうか。この評論こそ、松川裁判批判を頂点とする廣津和郎の全批評活動の根柢に位置するものである。では若き日の廣津の「ペシミズム」なるものが共感的に捉えた抱月観などはどうなるのか。私見によれば、人生の否定的側面――世紀末的苦悶、虚無、頽唐現象などに何らか共感を示し得ない「精神の健康」などあろう筈もない。休講掲示の代りに出講掲示が出る程の「怠けもの」だったと廣津の言う抱月について、廣津はその実名小説「島村抱月」（昭25・4「改造」）で次のように言っている。「この日本の興隆期に、(5)その興隆の仕方の空しさを感ずる空虚感が〈中略〉何か『まこと』を求める人達の胸に芽ぐんで来てゐたのではないか」――抱月をこのように捉えた廣津がペシミストやニヒリストであった筈はない。と同時に安易な左傾なども到底考えられないことだった。

「チェーホフの強み」は、当時流行のトルストイ主義に反撥するような形で書かれている。要点を列挙する。

〈〈　〉内は筆者の注である〉

㈠革命家や理想家はともすると「自己感激熱」に浮かされ、理想のために最も尊ぶべき現在を顧みなくなる。人は現実を見る聡明と、それに耐え得る強さを持てれば、人生から相応の幸福を求めることが可能になる。〈これはアルツィバーシェフの思想であると廣津は注しているが、やがて廣津自身の生き方として血肉化され、昭和十一年の散文精神論に繫って行く。本「評伝」第九章参照〉

㈡チェーホフの真の偉さは、トルストイの如く「範疇」を作らなかった所にある。彼は人生を円の中にも角の中にも入れ込もうとしなかった。彼はあるがままの人生を愛した。〈円や角とは、トルストイが設定しないではいられなかった範囲、枠組み、理想とも考えることができる。〉

㈢チェーホフ程当代ロシアを根本から理解したものはいない。彼がロシアの消極的廃滅の病原菌として発見したものは、社会の不幸や政府の圧迫ということでもない。もっと根本的な、人間の性格の廃滅ということであった。〈これは廣津自身の性格破産小説に直接関わってくる。〉チェーホフは自分の周囲の人間が、そのような性格破産の堕落状態に陥った時でさえ「自分自身だけはその流れに巻き込まれない聡明と意思とを持つてゐた。」〈この部分は重要である。前記佐藤清郎は、廣津が青年期に受けた自然主義の影響で、チェーホフの作中人物の思想をチェーホフ自身の思想と結びつけて考えた、と批判している。廣津もチェーホフと同様、性格破産小説は書いても、彼自身は決して性格破産者ではなかった。このことは、「神経病時代」という性格破産小説と、東京毎夕新聞に関わる廣津の回想録とをつき合せて見れば歴然としている。〉

㈣チェーホフはトルストイの如く、その教訓を言葉で押しつけてくることがない。人に「正直」や「謙遜」の大切さを教えるとしても、彼の作物は「心の照魔鏡」のように、人の魂に静かに語りかけ反省を促すだけである。「彼は人の心に食ひ入つてゐるさま〴〵な『虚偽』に対して、一歩も容赦しない。彼は人生の曠野から虚偽を狩り立てゝ行く。如何に錦を著ても、黄金の褥《しとね》に横たわっても、高位高官に就いてゐても結局『豚は豚である』事を彼はちやんと見抜いてゐるのである。そして而も彼は人生を愛してゐる。」〈「人生の曠野から虚偽を狩り立てゝ行く」――これが廣津その人の生きる姿勢でもあって、松川裁判批判とも直接に繋っているのは言うまでもない。〉

㈤「トルストイ的傾向の人は動《やや》もすると凡人を暗示にかける。そして肩をいからす小トルストイを輩出させる。チェーホフ的傾向の人は凡人を暗示にかけない。彼はしづかに凡人と握手し、凡人と一緒に仲よく道を歩いて行く。／トルストイは或るものだ。そしてチェーホフは又他の或ものだ……（大正五年三月）」

㈤はこの評論の結語であって全文を引用した。チェーホフを賞揚するために、トルストイを引き合いに出した観のあるこの論の最後で、トルストイとのバランスを取ろうとしたかにも見える。

「チェーホフの強み」は飽くまで、チェーホフの翻訳作品集に付した序文である。そしてチェーホフ論としては、他の日本の作家のチェーホフ論と比べてもその発想が極めて独創的であり、而も説得的である。読者がもしこの序文を読まずに、九篇の訳出された作品だけ読んでも、廣津のような捉え方は不可能であろう、という意味で正しく独創的なのだが、しかしそれが決して独善的に陥っておらず、先に紹介したように、現代のロシア文学研究者の評価にも十分耐えられるだけの普遍性と説得性を持っている所に驚嘆すべき見どころがあるのである。そして私がこの評論の要約の所々に挿入した注で示したように、その論旨に後の廣津が展開して行くことになる数々の文芸評論や社会評論を彷彿とさせる内容を備えているのであり、彼がその生涯に一貫した独得の発想の骨格を早くもそこに確認することができるのである。何れにしても、この「チェーホフの強み」を書いた廣津和郎が、ペシミストでもニヒリストでもなかったことだけは十分に理解されるだろうと思う。(6)

次に、ここで訳出されたチェーホフの作品中、「六号室」というチェーホフ屈指の名作について簡単に注しておきたい。

「六号室」は、当代ロシアの革新的雑誌「ロシア思想」（一八九二＝明25・11）に発表された。「六号室」は恐ろしい小説である。レーニンが「自分も六号室に閉じ込められそうな気がした」と言ったという話が伝わっているのも頷《うなず》ける。読んだ人の誰もがそう思うだろう。又帝政末期のロシアの知識人が、「至る所に六号室がある。これこそロシアだ」と言ったというが、それはソヴィエト・ロシアになっても変らなかったろうし、二十世紀末の日本の至る所にも「六号室」はある。廣津和郎が自らの翻訳集の最後を「六号室」で締め括り、更には同じ内容の小説群を『六号室』と改題し再上梓（大8・11新潮社）したことからも、彼がいかにこの作品を重視していたかがわかる。

医師ラーギンは性格破産者である。誠実で心の優しい男であるが、自らの意志をはっきり示して自己実現を計る術《すべ》を持っていない。ラーギンの対極に立つ者は、兵隊上りで秩序派の愚鈍な番人のニキタである。六号室は精神病棟にある。医師ラーギンは六号室の五人の患者の中では、グロモフという男と一番よく話をする。グロモフはいつ何時《なんどき》捕縛されるかも知れないという強迫神経症に悩まされている。このグロモフとよく対話することが遠因となり、ラーギンは同僚の医者やニキタにまで疎まれ、遂には彼らによってこの同じ六号室に閉じ込められてしまうのである。それから百年を経た現代に生きる我々すべての運命が、そこに恐ろしい姿をとって示唆されている。性格破産者ラーギンは、自己と外部との距離を正確に計ることができず、「人間の安息と安静とは外部に在るのではなくて、心の内部にあるのです」（第十章）という考えを抱いていたために、理不尽な外部に支配されて悲劇を招来する。このことは若い廣津に、一つの強い苦い示唆を与えるものであったことは間違いない。ここでは第三章の次の一節のみ引いておきたい。

彼〈グロモフ〉は自分が今まで罪を犯した事のないのを知ってゐた、……ところがその時、偶然或は無意識に罪を犯す事が如何に容易《たやす》いか、間違つた証拠のために、又裁判の間違ひからして、有罪の宣告を下される例が如何に通常の事であるかを思ひ出した！　……只その職務の立場からしてのみ他人の苦痛を見る人々、例えば裁判官とか警察官とか医者とかいふ人間は、たとひそんな事はしまいと自分で望んでも、やはり罪人共を形式的に取扱ふ習慣に抵抗することがどうしても出来ない程、無情冷酷になってしまってゐるのだ。……無情冷酷にも個人の人格を認めない事が到るところに流行するので、裁判官の考へる事はすべて或る形式の遵奉と云ふ事になつてしまつてゐる、だから総てが終りなのだ、そして無罪潔白な人間が市民権を奪われたり、罪人にされたりするのだ。最も近い鉄道線路から二百露里《ウェルスト》も離れている此の薄汚い、ねむたげな、小つぽけな町で、実際誰が正義や和解を期待し得ようぞ？

これが狂人（とされた）グロモフの内白《モノローグ》である。廣津和郎が松川裁判問題に関わった時、四十年前に自ら訳した「六号室」の特にこの一節を思い起したことは確実であろう。

「チェーホフの強み」でチェーホフに重きを置き、それとの比較の上でトルストイを貶《おとし》め勝ちだった廣津の真意は、トルストイその人よりも、トルストイという権威を背負って「肩をいからす小トルストイ」を批判するにあった。廣津は「トルストイとチエホフ」（大5・10「新潮」）で、従来読んだもののうち最も感動したものとして「戦争と平和」を挙げ、又「トルストイとチェーホフ」（大5・12「トルストイ研究」）では、「トルストイは世にも稀なる一個の巨人であつた」と述べている。尤も廣津が賞賛したのは「戦争と平和」や「アンナ・カレーニナ」のような芸術作品に対してであって、ロマン・ローランの言う「宗教家時代」のトルストイには多くの疑問を抱いていた。チェーホフの人と芸術に深く傾倒した廣津は、芸術家ならぬ求道《ぐどう》の人としてのトルストイに、真っ向うから立ち向う要求を自らの裡《うち》に認めた。「怒れるトルストイ」（大6・2〜3「トルストイ研究」）がそれである。両号併せて七十枚に及ぶ力作長篇評論であり、廣津はこれによって批評家としての地位を得た（小説家としてのデビューには少し時がかかった)。「怒れるトルストイ」の見どころは、トルストイ主義流行の時勢に、大トルストイへの批判を臆することなく展開したこと、又芸術家時代と宗教家時代を一元的に見るロマン・ローランという今一つの権威にも抵抗を試みた点にある(「芸術家時代と宗教家時代」大5・9「トルストイ研究」参照)。この長篇評論を詳細に検討する紙幅がないので、最も印象的だった二点を挙げるに止めたい。

一は、「"all or nothing"の思想は人生全体を焦燥にする」(三)について。「範疇」(「チェーホフの強み」で「角」や「円」と言ったもの。理想と言ってよい)を作ってそこに人生を閉じ込めがちなトルストイ型の理想主義は、それが実現されなければ烈しい焦燥に陥る。チェーホフの自由無碍《むげ》な生き方のありようが、その対極にあることは既に指摘した通りである。

二は、トルストイが農民の貧困からくる悲惨な生活の状況をその日記に記したあと、「然るに我々はベトーヴェンを解剖してゐる」(五)とつけ加えた文面に対する異議申し立てである。嘗て阿部次郎はこれについて「真摯にして偉大なる霊魂の苦悶」(「芸術のための芸術と人生のための芸術」大3『三太郎の日記』)と称《たた》えた。廣津は全く同じ箇所を挙げ、「『然るに我々はベトーヴェンを解剖してゐる』――農夫の悲惨な境遇に涙をそゝぎかけたトルストイは、又此の一語によつて神を逃してしまつている。ほんの際どい所で。／農夫の悲惨は農夫の悲惨である。ベトーヴェンの解剖はベトーヴェンの解剖である。そしてトルストイは？トルストイはその間に桁をかける事に苛立つて、先ず足許の川底を掘って土台を積まねばならぬ事を忘れてゐる橋の杭である。」――ここにもトルストイ"all or nothing"の硬直した理想主義に対する、廣津の柔軟な思考の流動性を読みとることができるだろうと思う。

次に「志賀直哉論」(大8・4「新潮」)に移る。先の「怒れるトルストイ」とこの「志賀直哉論」によって、廣津和郎の批評家としての位置は不動のものとなった。特に後者は、以後のすべての志賀直哉論の基底に位置するものとして、後々まで高く評価され続けて来たものである。

既に性格破産小説「神経病時代」（第七章参照）で小説家としても認められていた廣津は、私小説でも秀作を次々と発表していたが、大正八年一月の「やもり」「悔」に続き、その翌月の文芸時評「読んだものから」（「雄弁」）において、志賀直哉の「十一月三日午後の事」（大8・1「新潮」、初出「午后」）に深い感銘を受けたと書き、改めて本格的な志賀直哉論を書くことを予告した。先ずその「十一月三日午後の事」とはいかなる小説であったのか。これは私見によれば、志賀が学習院出の作家であったこと、発表が大正デモクラシーの頂点の大正八年という年であったこと、この二点によって辛うじて発表可能になった一種の反軍小説である。軍隊の非人間性に対する志賀の怒りを含んだ辛辣な批判が、作者の属目《しよくもく》の事実として写し出されている。況して小説の題に「十一月三日」という日付けの入っていることには、まこと驚きを禁じ得ないのである。(7)

演習で倒れた兵士に対する軍隊の苛酷な扱いに対し志賀は、①「自分はそれ以上見られなかった。何か凶暴に近い気持が起つて来た。」②「自分は一人になると又興奮して来た。」③「それは余りに明か過ぎる事だと思つた。それは早晩如何《どん》な人にもハッキリしないでは居られない事がらだ。何しろ明か過ぎる事だ、と思つた。総ては全く無知から来ているのだと思った」――と書いている。〈坂本注。「ハッキリ」したのも、「全く無知から来てゐる」ことを我々一般国民が知ったのも、すべて敗戦後のことだった。〉

――これらの文言は微妙且つ苦しげな言い回しになっているが、昭和の軍国主義時代なら許される表現ではなかった。事実日中戦争のさ中に刊行された改造社版志賀直哉全集第三巻（昭13）にこれが収録された時には、引用③は削除されているのだ。

とまれ、この小説に廣津は深い感銘を受けた。予告に従って書かれたこの「志賀直哉論」は、正しく、「論理の尖鋭と洞観力《インサイト》」（前章・森田草平）を兼ね備えた名論であった。嘗て、理想を掲げてひたすら正しきものに突進する型の作家よりも、寧ろ後方を向いて、この人生から虚偽を駆逐する型の作家を好むとした廣津は、前者にトルストイや武者小路実篤を擬し、後者にチェーホフや志賀直哉を擬した。以下この「志賀直哉論」で特に核になる部分を例によって要約引用してみたい。（数字は章数）

志賀直哉ぐらい〝センチメンタリズム〟＝人生とはこんなものだ、と言って「たかをくくる、ちよこざいの傲慢――の濁り」から潔白であり得た作家は少ない。それは「何ものにもまやかされない理智の眼と、飽くまで正しきものを愛する熱情に燃えた心」との賜物である。――（一）

このような志賀直哉がむきで清浄な心の持ち主であるのは当然だが、しかしだからと言って志賀の心が「単純」であるという意味にはならない、と廣津は言う。「氏は正しきものの心を愛すると同時に、正しからざるものの心に向つても、深い理解を持つてゐる。」「氏は又、近代文明が生んだあの鋭い複雑な病的神経をも、今の作家の中では、最も多量に持つてゐる。世紀末のデカダンの心持をも、氏はデカダンを合言葉にした頃の人々よりも、よりよく知つてゐるやうに見える。」――（二）

こういう所を読むと、私は廣津の「チェーホフの強み」において前にも引いた「彼は自分の周囲の人間が、そのやうな性格破産の堕落状態に陥つた時にさへ、自分自身だけはその流れに巻き込まれない聡明と意思とを持つてゐた」の一節を思い出す。志賀がどれ程病的神経や頽廃への理解を持っていたにせよ、彼自身がそれらを是認していたことにならないのは言うまでもない。

「不調和、不自然、不正、醜悪、さう言ふものと一歩も妥協すまいとする警戒の感覚を張りつめてゐる」（三）志賀直哉も、近来「城の崎にて」（大6・5）や「好人物の夫婦」（大6・8）の如き、周囲と闘う姿勢よりも、より静かな心境をも求める方向へ動き出したように廣津には見えた。「けれどもそれでいいのか」「志賀氏を此の世の刺戟から遠ざけさせてしまつて、一個の『好人物』の世界の主人公にさせてしまつて、それでいいのか」と問い、「自分の生活に調和の世界をきづき上げた氏は、再び外に向つてその眼を見開く時がやがて来なければならない」（五）——これが廣津の大正期の志賀への注文であり、「志賀直哉論」の結論だった。志賀がそれにどう応えたかは別として、それから四十年の後、廣津の松川裁判批判を最後の最後まで支え切った志賀直哉は、彼なりの仕方で「外に向つてその眼を見開いた」と言えるのではないかと思う。

注

（1）オブロオモフ。ロシアの作家ゴンチャロフ（一八一二〜一八九一）の代表作「オブロオモフ」の主人公。ロシア文学ではプーシキンのオネーギン、ツルゲーネフのルージンと共に典型的な「余計者」と言われる人物像。才能はあっても社会から疎外される無用者としてしか生きられない性格。ドブロリューボフはその評論『オブロオモフ主義とは何か』（岩波文庫に収録）でその性格と歴史性を詳細に分析した。

（2）山本健吉は大正期を「日本近代文学にとっては、もっとも幸福な一時期」とした（「ある大正作家の生涯」昭36・11「文学界」）。

（3）廣津和郎と芥川龍之介との関係は、実名小説の名作「あの時代」（昭25・1〜2「群像」）に、詳細且つ生き生きと描かれている。又芥川の自殺に際し、廣津は「芥川君の事」（昭2・7・26時事新報）、「自分の遺書—芥川君の遺書」（同9「中央公論」）、「宇野に対する彼の友情」（同「文藝春秋」）、「美しき人芥川君」（同「女性」）等多くの追悼文を発表しているが、芥川に対する廣津の真情は、誰のにもまして、読む人の心を打つものになっている、と私には思える。本評伝第十章参照。

（4）この間の事情については橋本迪夫著『広津和郎』（昭40明治書院）「同伴者作家」の章を参照のこと。

（5）夏目漱石「三四郎」（明41）で、車中の三四郎が廣田先生に向って、「然し是から日本も段々発展するでせう」（一）と言ったのに対し、廣田先生が一言「亡びるね」と答えたそのやりとりが思い出される。「それから」（明42）には「敗亡の発展」（六）という言葉も出てくる。漱石も亦、日露戦争勝利後の日本の「興隆の仕方の空しさ」を感じとっていた一人である。

（6）ここで同時代人の証言を聞こう。「人生は退屈」という言葉が若き日の廣津の口癖だったことは事実らしいが、それはあくまで話の「相の手」だと横光利一が言い、廣津を虚無主義者などと言うのは「大間違いな観察だ」と舟木重雄が書いている。（両者とも「最近の廣津和郎氏」（大13・7「新潮」）。

（7）　十一月三日は明治天皇誕生日。天皇死後、昭和二年以降は明治節（現　文化の日）となる。かかる日の日付を表題に入れ、その上で天皇の軍隊を批判した志賀直哉の叛骨は特に記憶されるべきであろう。

第七章　性格破産者小説と私小説

廣津和郎の小説は大体次の四種類に分けて考えられる。

①性格破産者小説――所謂《いわゆる》性格破産者を主人公にした小説で、文壇的処女作「神経病時代」(大6)がその代表作である。その他「二人の不幸者」(大7)、「死児を抱いて」(大8)、「薄暮の都会」(昭3〜4)、「風雨強かるべし」(昭8〜9)、「狂つた季節」(昭23〜24)、「再会」(昭24)等々とあって、彼の性格破産者への関心が、松川裁判批判に踏み出す直前まで続いていることがわかる。注目すべきことである。

②所謂系譜物――性格破産者が、意志の弱い、良心的ではあるが、決断力や実行力に乏しい、不器用で生活力を持たぬ若い知識青年を指しているのに対し、逞《たくま》しい、したたかな生き方を示す女性の姿を描いた小説。「訓練されたる人情」(昭8)、「巷の歴史」(昭15)、「ひさとその女友達」(昭24)等がある。こうした女達の生き方は、性格破産者に対する批評としての意味を具《そな》えているように思われる。性格破産者が二葉亭四迷の問題意識〈余計者〉を継ぐものとすれば、後者は徳田秋聲の血を引くものと言ってよい。廣津和郎はその「徳田秋聲論」(昭19・7「八雲」)の中で、日本近代リアリズム文学に、二葉亭の掘った坑道と、秋聲の掘った坑道という二つの鉱脈を探り出し、前者は「知識層の苦悶の先駆的象徴」であり、後者は「庶民階級の庶民的生活感情の愛撫者」である、と規定している――。廣津の系譜物は、性格破産者小説の一種類型《パターン》化した人物・構成の拙さがなく、手馴れた書き方で破綻なくまとめられており、評判も悪くなかった。又昭和に入ってからの性格破産者小説では、こうした生活力のあるしたた

かな女性が、庶民というよりは、性格の弱い知識青年とその知性において優に拮抗できる存在として描かれるようにもなった。

③私《わたくし》小説――「師崎行」（大7）、「静かな春」（同）、「線路」（同）、「やもり」（大8）、「波の上」（同）、「小さい自転車」（大13）、「傷痕」（昭26）、「兄」（昭27）、「海の色」（昭30）、等。――不幸な結婚生活、父柳浪のこと、不行跡を重ねる実兄等、身辺から題材を選んで書いたもので、一般的評価としてはこれら私小説が最も高かった。私小説は伊藤整の『小説の方法』（昭23）以来、破滅型（葛西善蔵、嘉村礒多、太宰治等）と調和型（志賀直哉、瀧井孝作、尾崎一雄等）に分けて考えられているが、廣津の私小説はその何れとも決し難い。又「悔」（大8・1「太陽」）はその後「千鶴子」「若き日」と題を変え、内容も改変し、長い期間に亙り廣津の種々の作品集にとり入れられ、彼が特に愛した私小説であるが、これは私小説というより、彼の若き日の「自伝」（岩波文庫『神経病時代・若き日』あとがき、昭26）小説と見られるものである。

④文壇交友録小説――「白樺」「奇蹟」「新思潮」各派の成立に伴う大正文壇の形成と共に、作家同志の交流をテーマにした小説が数多く書かれた。武者小路実篤の「友情」（大8）から志賀直哉の「蝕まれた友情」（昭22）まで、題名そのものがその内容をよく象徴している。「新思潮」派では久米正雄「良友悪友」（大8）、芥川龍之介「あの頃の自分の事」（同）等があり、廣津自身のものでは、相馬泰三との愛憎をテーマにした「針」（大9、第4章既述）や、「芥川と宇野」という副題をもつ「あの時代」（昭25）等がある。この副題が端的に示しているように、これは〝実名小説〟というものである。後に他の実名小説と一緒に『小説同時代の作家たち』（昭26　文藝春秋新社→新潮文庫）に収められたが、実名小説は廣津の最も得意とする分野であった。

　ここで、この小説集の「序」（新潮文庫では「あとがき」）の一節を紹介しておきたい。廣津は同時代作家達の印象記を、諸雑誌の「創作欄」に発表してきたが、批評家の中には「実名小説を書くなど創作力の衰弱だ！」と言った者がいた。そこで廣津は次のような反論をしている。「創作力が衰弱してゐるかどうかは書かれたものの結果如何によるものであつて、実名小説、仮名小説によるものではない」——これは全くその通りなので、ここには寧ろ自作に対する廣津の自信が表明されているのである。事実「あの時代」を始めとする廣津の実名小説は非常に秀れたものである。因みに文藝春秋新社版『同時代の作家たち』の表題の上に、小さく小説という角書きが付されているのは興味深い。

抑々《そもそも》廣津には文芸ジャンルに拘《こだ》わる気持ちが希薄だった。小説・評論・随筆の区別についても極めて自由なものがあった。右の「序」でも、創作と随筆の違いを認めながら、敢えて「小説」として一書にまとめた事情に言及している。確かに「あの時代」などは評論としても随筆としても読まれ得るものであり、「志賀直哉論」「徳田秋聲論」といったいかめしい表題の評論も、人はその読後に極めて秀れた小説を読んだ時と同質の感銘を受けるに違いない。『松川裁判』など小説ではないが、人間探求の秀れた文芸書であることは間違いないのである。

すでに評論家として認められていた廣津和郎が小説家になろうとした動機については、種々の回想記で自ら認めている通り、要するに評論では食べて行けないということである。最初は「転落する石」という小説を書き、正宗白鳥の紹介で「中央公論」に持ち込んだ。「中央公論」は綜合雑誌であるが、その創作欄はどの文芸雑誌よりも権威があった。それは名編集長瀧田樗陰（明15〜大14）の文芸に対する鑑識眼の高さによる所が大であった。又彼は無名の新人を発掘する手腕に長けており、彼によって見出された新人は全て文壇に確乎とした地位を占めることができた。白鳥を始め、谷崎潤一郎、田村俊子、中條（宮本）百合子、菊池寛、室生犀生等すべて樗陰によって発掘あるいは育成された作家達である。しかし廣津が最初に持ち込んだ「転落する石」は樗陰のめがねに適わず、原稿料はくれたが今一作書くように奨められた。——このとき活字にする積りのない原稿に対し、八十円という当時としては高額の原稿料をはずんだ所に、瀧田流のやり方―廣津への好意と期待感の独自の示し方―があった。結果的に言うと、この時とった樗陰の処置は流石《さすが》という他はない。もしこの時「転落する石」が「中央公論」に載ったら――載る可能性はあった(1)――「神経病時代」という小説が廣津によって書かれたか、又書かれたとしてもこれだけの出来栄えを示し得たかどうかはわからないからである。「中央公論」でいきなりデビューするというのは破格のことだから、「転落する石」の落第により、安易な気持を捨て、追い詰められた状況――原稿料を先払いされ、締切日も指定された――で新たな意気込みを以て新作「神経病時代」の制作に臨まざるを得なかったのである。

「神経病時代」の主人公は鈴本定吉という青年で、S新聞社の社会部編集見習として働いている。彼には友人仲間がおり、家には妻と子がいるが、その妻との仲がしっくり行っていないので、新聞社が引けても真っ直ぐに帰宅する気になれず、仲間と喫茶店で過す時間が多い。鈴本定吉は廣津の小説に初めて登場する性格破産者である。性格破産者とは如何なる存在であるか。「神経病時代」と、先に名を挙げた数々の性格破産者小説、及び廣津がその生涯に度々自ら注した性格破産者論(2)を総合して考えてみることにする。（引用の出典は注〈2〉のA―Fの記号で示す。）

性格破産（者）の問題とは、総括的に言えば、廣津の捉えた知識人の運命に対する考察であるが、廣津の自注（A―F）は必ずしも一貫しておらず、それは又時代によって異った相貌を呈するということもあり、その理解は一筋縄ではいかない面がある。大体〝性格破産者〟という言葉自体が誤解を招きやすい響を持っていることもあって、廣津は先ず文壇の誤解を正して行く必要があった。例えば江口渙の小説『性格破産者』（大9・5新潮社）である。この小説の原題「落伍者」（大8・10以降東京日日新聞連載）が端的に示しているように、その主人公は、私が本稿第三章で触れた廣津の実兄俊夫や、「靴」の主人公兵頭善吉（作家兵本善矩）のように、果てしなく頽落して行く「唯のぐうたら」（「直木に答へる」昭9・2「文藝」）に過ぎない。だから江口の理解は自分とは違う、とわざわざ注意しなければならなかった（E）。次に廣津が「奇蹟」派の葛西善蔵をモデルにして書いた「奥瀬の万年筆」（大8・5「改造」）の奥瀬を性格破産者と誤解した当時の月評に対し、奥瀬は性格破産者ではなく「寧ろ性格の破産しない人間のひとりなのだ」（D）と訂正した。同じ葛西をモデルにした「神経病時代」の遠山も、常軌を逸しているというだけで、性格破産者の範疇に入れることはできない。従ってその遠山も定吉の妻も一様に性格破産者と規定した高田瑞穂『性格破産者』の史的意味」（昭39・3「文学」）の見解も誤りとしなければならない。廣津の言う性格破産者とは、無限に頽落して行く人間でもなければ、常識外れの行動に終始する人間でもない。文学史的に言えば、ロシア文学や二葉亭四迷の「余計者」、夏目漱石の「高等遊民」の血を引くものと言えよう。

次に、性格破産者の意味、あるいは小説における性格破産者設定の動機については直かに廣津和郎の言説を聞いてみることとする。

「如何なる好い事、美しいことの存在を知つたとしても、それに向つて進むべき精神的の底力がまるで失くなつてしまつてゐる人間が現代の日本には沢山にゐる。」「私は彼等を愛し、彼等を気の毒に思つてゐる。が、彼等の有様にかなり失望を感じてゐる。」——B

「此人生に何等の要求をも目的をも持つてゐない青年が次第にふえて来る。末梢神経に与へられる刺戟のままに唯動いてゐる青年が次第にふえてくる。又或者は此人生に要求や目的を持つてゐても、その要求を実現し、その目的を完成する力が全然自分に欠けてゐるといふその無力の自覚のために云ひやうのない悲しみの淵に沈んでゐる。」——C

「口では生命の無限の成長を唱へながら、その性格が事に当つて実行力がなく、忍耐力がなく、甚だ頼りないものである事が感じられてならなかつたのである。『神経病時代』の後に書いた『二人の不幸者』の序文で私は知識青年層のかうした弱さを『性格破産』と名づけて論じたが、つまり後年の言葉で云へば『インテリの弱さと脆さ』といふものが、その当時から私の気になつてならなかつたのである。」「その生命の無限の成長とか、個性の強さとかいふ事が最も盛んに人々によつて唱へられてゐた当時の風潮に、私は多少揶揄的な気持もあつて、特に弱い性格の人間を選び、時の風潮と反対のものが書いて見たかつたのである。」「私が『神経病時代』などといふ題を好んでつけたのも、さういふ気持から来たもので、従つてこの小説にはさういふ揶揄的な意味での幾分の誇張が有り、戯画化がある。もつとも、この性格はその時代から拾つたばかりでなく、私自身の内省からも作られてゐる。」「併しその後日本のファッショの攻勢から戦争に至るあの重圧時代に、かつての『生命』や『個性』の成長論者や、『性格の強さ』の尊重論者たちが、案外へなへな『弱さ』を暴露したのを見れば、思ひ半ばに過ぐるものがあらう」――F

「神経病時代」の主人公鈴本定吉は正にこの「インテリの弱さと脆さ」の見本のような存在だった。しかし一方では正義感も強く良心的でもあって、新聞社というものの持つ、弱い立場の民衆への苛酷で非人間的な扱いに耐えられない苦痛感を抱く。又政界と繋った新聞社の裏取引の醜悪さも容認できない。と言って一人の社員としてこの非人間性や醜悪さに抗議もできず、生きるためには社（社長）の方針に従わざるを得ない。定吉が軽蔑したり嫌悪感を抱いている上司や同僚、社を裏から支配している汚い政治家や、何者かに煽動されれば新聞社を襲撃してくる群衆と、結局の所自分はどこがどう違うのか――そういう自己認識から激しい自己嫌悪に陥りながら、それをどうすることもできない所に、廣津の設定した性格破産者のありようがあった。ここには、批評性は強いが実行力を欠くという知識人一般の通弊が見られるのである。

「神経病時代」がその後多く書かれた前記性格破産者小説に比べ、群を抜いて秀れたものになったのは、一つには舞台を新聞社に設定したことによって、社会の悪徳と醜さとが、皆この鈴本定吉という一性格破産者を鏡として――定吉自身の弱さや醜さをも含めて、写し出された点にある。今一つ、この作品が廣津自身の新聞社勤務の実体験を基礎に据えているため、描写に迫真性があるのみでなく、廣津が自ら述べたように、「揶揄」「誇張」「戯画化」の手法が作品を単なる体験描写の平板さから救っている、という側面が認められる点にある。

廣津は昭和二十五年（一九五〇）三月中央公論社から出版した小説集『若い人達』の「あとがき」の中で以下のように書いている。――「由来私の小説は作者が或意図を持つて書いたものは比較的評判にならず、何でもなく書いて行つたものの方が評判が好いやうで、このことは作者として反省しなければならないとは思つてゐるが、併し内心大いに不服にも思つてゐるのである。」――

「或意図を持つて書いたもの」が、性格破産者小説であることは明らかで、この小説集で言えば「再会」がそれに当り、「何でもなく書いて行つたもの」とは、自然主義風の平易な描写方法をとる系譜物や私小説、実名小説を指すので、この小説集では「ひさとその女友達」を指す。「意図」を以て書くとなれば、それは客観小説即ち〝作つた小説〟にならざるを得ない。想像力も構成力も不足していた廣津和郎という作家が「或意図」に執着した所に、実は彼の全文業の意味があった。廣津は同じ「あとがき」の中で、文壇でも評判のよかった「ひさとその女友達」は「人から貰つたテーマを唯書いて行つたまでである」と述べている。自らが体験したこと、人から貰ったテーマを小説化する場合に彼の才能は発揮された。誤解を恐れずに言えば、彼の『松川裁判』も「何でもなく書いて行つたもの」として成功した大業である。ただ、戦後『松川裁判』にまで上り詰めて行ったその道程の根柢には、「或意図」に拘わり続けた廣津の作家姿勢があった。

ここで私が思い出すのは前章で触れた「チェーホフの強み」（大5）の中に、早くも次の文言が見出されることである。

「人間の強さと云ふやうなものも、唯大きいから強いとか、力委せに地面に石を叩きつけるやうな烈しい傾向を見せるから強いとかさう云ふやうに簡単に定め得るものではない。」

先に引用した注（2）のFでは、「性格破産」を「インテリの弱さと脆さ」として否定的に捉えているかに見えるが、「チェーホフの強み」の中のこの文言は、後に「強さと弱さ」（昭12・4「新潮」）や「一本の糸」（昭14・9「中央公論」）などでくり返された、ファシズム支配下における〈真の強さとは何か〉という命題に繋る。「弱さ」（性格破産）の意味を考え続けた人の強さが、松川裁判批判の本質にある。（本稿九、十一、十二章で再度とり上げてみたい。）

次は廣津和郎の私小説について。私小説の中からは、A「静かな春」（大7・2「新日本」）、B「小さい自転車」（大13・7「改造」）、C「悔」（大8・1「太陽」→「千鶴子」→「若き日」）の三作を選んで私見を述べてみたい。

前記の通り、当時から「何でもなく書いて行つた」私小説の方が「或意図……」の性格破産小説より評判がよかった、というのは事実だった。このことについて片岡良一はその「廣津和郎論」（大15・7〜8「国語と国文学」）で凡そ次のように述べている。即ち「神経病時代」などは、作者の力量以上のアムビシァスな材料によって書いたため、その材料を十分渾熟的に書き生かされなかつたのに対し、「本村町の家」「崖」「線路」等の私小説的小品は、「何れも作者のしつとりと落着いた気持を反映し、従つて掬すべき情味を湛へた渾然たる小短篇であつた。其処には作者の優れた作家的気稟《きひん》と、表現の才能とが端的に覗《うかが》はれた。然もそれらの作品が、何れも作者自身何等の努力と冒険の意図となしに書きこなし得る、云はゞ力量相当の材料を取り扱つたものであつた」――廣津の私小説についてはは右片岡説で略《ほぼ》尽きている。そしてこの片岡説の引用部分が、二十数年後に前記『若い人達』の「あとがき」で廣津自身が書いたことと一致しているのは興味深いのである。

A――廣津は後に「何故か此作に愛著を感ずる」（『明るみへ』大8新潮社〈作者附記〉）と言ったが、それは廣津の私小説としては非常に穏かな調和した心によって書かれているからであろう。この「静かな春」は大正五年廣津二十五歳、愛なき結婚生活の苦渋に耐えながら、師崎に保養中の両親に、既に子までなした結婚の事実を始めて打ち明け、この年の大晦日、鎌倉に両親を呼び寄せ、暫時の幸福を味わった経緯を描いたものである。それまでバラバラだった一家が、片瀬駅のプラットホームに立って電車の来るのを待っていた時、「私」が「家族《ファミリイ》」と心の中で叫ぶ光景など、それまでの作者の苦渋を知る者には特別の感慨を与えるものだ。そして廣津は鎌倉の自然を前にし、ここに幕府を開いた頼朝以来の歴史を思い遣り、歴史上の人達も今の自分と同じような心を以て、山の背後から昇ってくる月を眺めたのではないか、と想像する。これは一見廣津の、愛する父と愛する我が子と始めて共に住み得る平和を味わった感慨のように見えながら、実はこの平和がいつか又崩れ去るのではないか、という不安の心と裏腹のものでもあった。

廣津は次のように書いている。

> 父の過ぎて来た苦しい生活、私の過ぎつつある苦しい生活、そして此末だ何も解らない進一を待つてゐるに違ひないところの苦しい生活、考へて見れば、私達此処に佇んでゐる此三代の血統の流れにも、人類の歴史の小さなうつしが現れているのであつた。――私は今から二十五年も経過した後、此小さな進一が、丁度今の私の年頃に達した時、彼が経験しなければならない此世の生活を考へた。一体何ものが彼を待つてゐるか？〈中略〉我々を襲ひつつある危機と汚濁とが、尚もそのまま進一を襲ふであろうか？　私の心には希望と不安とが同時に脈打つた。そして此いたいけな存在の未来に対して、祝福を祈る熱い情が、それにつづいて私の胸を占領した。

以下はこの「静かな春」の鑑賞とは切り離して考うべきことではあるが、その後の「進一」（廣津和郎長男賢樹《けんじゆ》）の苛酷な運命を知る者には、右の一文は怖ろしい作者の予感として受けとらざるを得ないものである。賢樹はこの小説の時から、正確に言えば二十三年後の、昭和十四年九月二十四日、二十四歳で夭折した。「一体何ものが彼を待つてゐるか？」――親なら誰しも頭をよぎる不安だが、それは個人の運命もさることながら、時代の流れについての不安でもあったろう。確かに昭和十四年は、大正デモクラシーの高潮期たる大正七年では到底想像もできないファシズムの暗黒時代に突入していた。賢樹が健康なら徴兵は免れなかったであろう。日中戦争が泥沼化して解決しないうちに、二年後には日米戦争に突入するのだから。廣津は賢樹の病気の進行に、当時として最高の治療を施すべく奔走しながら、時代の進行に対してはこれに抵抗する文筆活動も試みなければならなかった。「一本の糸」（第九章参照）が賢樹の死去した九月に、「国民にも言はせて欲しい」がその翌月に発表されていることは記憶さるべきことである。賢樹の死自体については漸く十二月になって「愛と死と」（「婦人公論」→『愛と死と』昭15牧野書店に収録）にその悲しみを綴ることとなる。「静かな春」における廣津の不安の予感は、進一（賢樹）の個人的運命と時代の運命の両者に、最悪の事態として実現してしまったのである。

[B]――廣津の私小説からこの「小さい自転車」を選んだのは、この作品が他の彼の私小説と比べて秀れているからではない。前記片岡良一の言った「しっとりと落着いた気持を反映」したものでもなければ、「掬すべき情味を湛へた渾然たる小短篇」でもない。寧ろ事実を事実として描いたものであるにもせよ、「別れた妻」（事実は、別居はしたが戸籍は抜かなかった）に対する悪意に充ちた嫌悪感を露骨に表明したものになっている。作中「彼女」（妻はこの小説で名は与えられず一貫して「彼女」と表記される）が、以前に夫が書いた私小説（「やもり」や「波の上」などであろう）を読んで憤慨する所があるが、もしこの小説を読んだら憤死する底《てい》のものだろう。夜中じゅう小説を書いている「自分」は、午後二時頃目を覚ますと、「彼女」と顔を合わせるのが嫌さに直ぐ家をとび出して、銀座のカッフェを転々とし閉店まで無為に時を過す。真夜中にそっと帰宅して自分の部屋に入り、両親達への仕送りを含めた生活費を稼ぐために小説の執筆にとりかかる。それは正に作家の「結婚地獄」であり、又その「結婚地獄」を描くことで作家の生活が成り立つ。(3) 廣津はこうした私小説作家のありようを、次のように――自嘲気味に――述べている。

自分はそれを突きつめて考へる時には、さうした自分の創作生活を、こんな風に考える。一人の腹の空つた人間が、その飢餓の苦しみに堪え兼ねて、腕や腓《すね》の肉を切り取り、それによつて胃腑の一時の要求を充させる、と。

今一つ、廣津が「私小説」の読まれ方について書いた次の文言が、この小説自体の中にあることを書き留めて置きたい。

或論者に云はせると、一篇の独立した創作では、その創作一つで、何も彼も解るやうになつてゐなければならないと云ふが、併し自分は必ずしもさうは思はない。この自分を主人公とした『私小説』の数々は、互にその間に関連があるものと見て貰いたいし、又他の作家のものでも、自分はさういふやうな見方をしてゐる。

事の当否は別であるが、例えばこの小説と「静かな春」と「愛と死と」は「関連」して読んで欲しいということではないかと思う。このように「小さな自転車」はそれ自体私小説でありながら、その中に自らの私小説の方法を語ったものとして興味深い作品と言えるのである。

[C]――「悔」は「千鶴子」「若き日」と、表題と内容を変えながら何度も世に問い、最後には『神経病時代・若き日』として岩波文庫（昭26）に収録された。廣津として、小説ならこの二作に自信もあったろうし、特に「悔」（＝「若き日」）は愛着も深かったものと思われる。「悔」と「若き日」を比較すると、「悔」のある部分を削除し、「若き日」に新たに付加された部分がある[4]。簡単に言うと、「若き日」に付加されたものは父柳浪とのことが主であり、それだけに「若き日」の方がより自伝的要素が強く、登場人物その他に固有名詞が、事実又は事実に近いものとなっている。次頁に簡単な一覧表を示す。(イ)「悔」、(ロ)「千鶴子」〈大10『お光と千鶴子』金星堂〉、(ハ)「若き日」〈岩波文庫〉）

これを見ても、小説から自伝へという廣津の意識の変遷は見てとれるだろう。

「神経病時代」に次の一節がある。「定吉は最初他の少女に恋してゐたのであつた。だが、彼は相手にそれを打明ける勇気がなくて躊躇し、悶々としてゐた。そこに彼の妻が現はれて来た。」——この「少女に恋してゐた」経緯を書いたのが「悔」であり、かなりの虚構は認められるが、先ずは大正期を代表する魅力的な青春恋愛小説となっている。

だがこの小説の描写で最も〝精彩〟を放っているのが、この少女というより主人公「私」の友人杉野であることは大変に面白い。彼は「私」が到底我慢することのできない厭味な青年だった。大言壮語、慇懃無礼、芝居じみた言動——皮肉なことにこの杉野の妹千鶴子が、兄とは対照的に純情無邪気な美しい少女で、「私」は千鶴子と親交を深め、少女の母も「私」を信頼してそれを容認しているのに、兄杉野は日頃新しい女性観などを説くK・K（清見貫山）を尊敬していると言いながら、いざとなれば「秩序」派として家父長的権力を行使し、「私」と千鶴子との交際を許さない。家の貧困が負い目となっている「私」は、ついにこの兄と闘ってまでも千鶴子と結婚することを断念せざるを得なかった。〝悔〟とはそのことを指す。

(イ)	(ロ)	(ハ)	実名
S—氏	S—氏	黒川香雨	黒岩涙香
A—中学	A—中学	麻布中学	麻布中学
W—大学	W—大学	早稲田大学	早稲田大学
K新聞	K新聞	Y新聞	萬《よろづ》朝報
K・K	K・K	清見貫山	茅原《かやはら》華山

「若き日」で削除された「悔」の結末部を左に示す。

> 杉野に対する嫌悪と千鶴子とをはかりにかけて、杉野に対する嫌悪に勝を譲つたといふ事は、何と云つても私のあやまりだつたと思ふ——何故かと云ふと、私の女性に対する尊重の不足は、その後の生活に於いて、私を不幸に導いた。私は今になって〈中

略〉女性に対するほんとうの尊重は、結局自己を尊重する事になり、女性に対する軽視は、結局自己を軽視することになると云ふ事をさとつた。

廣津がなぜこの一節を「若き日」で削除したのか、私にはわからないが、廣津の生涯を考えるに重要な言葉としてここに記録しておく。ただ「私を不幸に導いた」物語が、彼の私小説であることは間違いない。千鶴子を断念したあと、父と「或露西亜作家」の話をし、父がその話を喜んで聞いてくれたので「私」はやっと明るい気持になった、という所で「若き日」の方は事実上終熄する。この「露西亜作家」がチェーホフであることは容易に想像がつく。前記『接吻外八篇』（大5）の中扉には「此書を父上の膝下に捧ぐ」という献辞が記されてある。

注

（1）『年月のあしあと』（五十八「いよいよ小説を書き始める」）によると、「転落する石」に椚陰は落第点を与えたわけではなく、もっとよい作が書ける筈だという確信があったから、今一作書くようにと奨めた上で「転落する石」の原稿を預り、原稿料先払いという破天荒の度量を見せたのである。

（2）A「チェーホフの強み」（大5、第6章参照）、B「性格破産者の為めに」（大6・12「新潮」）、C『二人の不幸者』（大7新潮社）「序」、D「菊池寛氏に、其他」（大8・9「早稲田文学」）、E「処女作時代の思ひ出」（大15・8「文章倶楽部」）、F『神経病時代・若き日』（昭26岩波文庫）「あとがき」

（3）この最も極端な例が葛西善蔵の私小説である。

（4）このことの詳細については拙稿「『若き日』の成立」（昭62・12「国文鶴見」）を参照して欲しい。

第八章　転換期を生きる

大正の末から昭和の初頭にかけて三人の著名な作家が世を去った。有島武郎（明11〜大12・6・9）、芥川龍之介（明25〜昭2・7・24）、葛西善蔵（明20〜昭3・7・23）――この三人は何れも廣津和郎と、その形は違っていても何らか深い関係にあった。そのうち有島と芥川の二人は自殺であり、葛西は病死だが、葛西は長年に亙り酒に溺れることで、謂わば己れの肉体を虐使し続けて来たのであるから、時間をかけての自殺と考えられないこともない。尤《もつと》も葛西は芥川が自殺した時、自分は決して自殺はしない、「自殺はどう考えても不自然だ」と谷崎精二に向って言ったというが（谷崎精二『葛西善蔵と広津和郎』昭47春秋社）。しかし前二者と葛西とでは、時代の推移変転に如何に関わったか、という点で大きな差がある。このうち芥川と葛西について廣津和郎は戦後「葛西善蔵」（昭24・3「文芸往来」）の中で次のように述べている。

「葛西善蔵が死んでからもう二十一年になる。／その頃から今までにわれわれ日本人がどんな経験をしたか。それは葛西は知らないのである。葛西ばかりでなくその前の年に死んだ芥川龍之介。これ等それぞれの意味に於いて独得なものを持つてゐた作家達が、あれから二十年のこの日本の歴史を生き存《ながら》へ、今日のこの状態を見たらどんな感想を呟くものか。時代の転換に敏感であつた芥川が何と感ずるであらうかといふ事は想像出来ない事はない。併し葛西が何を感ずるであらうかといふ事はちよいと想像出来ない」。

「あれから二十年」――日本はある準備期間を経て対外侵略戦争に国民を駆り立て、その末に敗戦（昭20〈一九四五〉・8・15）を迎える。本章ではその準備期間――大正半ば以降満州事変辺りまで――を一つの転換期として捉え、そこに廣津和郎の生と文学を、主として右三人の作家との関わりを通じて考えてみたい。

便宜上先ず葛西善蔵との関係から。

廣津は葛西の作品は高く評価していた――葛西は「酔狸州七席七題」（大13・6「中央公論」）中の「友情」の中で、自作に対する廣津の好意ある批評に「涙が出て困った」と述べている位だ――が、葛西の人間とその生き方とは遂に折合えぬ対立点のあることを自覚していた。それが頂点に達したのが、葛西が「小さな犠牲者」（大9・6「婦人公論」）で、嘗て廣津が自分の結婚の失敗その他を葛西に相談したそのことを題材にして廣津の「私行をあばいた」（谷崎前掲書）事件である。一旦は和解したものの、葛西が死ぬ直前、その小説を全集（改造社版全集第二巻・昭3・8）に入れたため廣津は激怒して、瀕死の葛西に抗議した。これについて廣津が舟木重雄に宛てた書簡が谷崎の前著中の「広津和郎覚え書」に紹介されているので、その要点をここに記す（引用表記は谷崎著のまま）。そこで廣津は、葛西の死に対する追悼文のうち「改造」「中央公論」のものでは[1]、「お座なり」を書いたが、「文芸王国」（注・昭3・9「葛西と自分と」）には本音を吐いたと述べ、その中で、自分は芸術よりモラルの方を大切にする人間として、葛西の所業が許せなかったという主旨のことを述べている。そして曰く――Ⓐ「それ〈倫理《モラル》〉の方が芸術より大切で、それをそのままにしては、芸術なんか価値も何もないと思う。」Ⓑ「気に入らない事を『芸術』の中に叩き込んで行くよりは、気に入らない事があれば現実の中でそれを気に入るように作り変えたくなる。」Ⓒ「だから、これからは何かやれそうだ、という気が少ししかけて来ている。もつとも此処暫くは文芸ではなく、『気に入らない事』を『気に入るように』する事だが。いづれ。」

右は、廣津和郎という作家の生き方を考える上に重要な要素を含んでいるばかりではなく、後の廣津の松川関与との直接の関係はなくとも、そのことを視野に入れた時、極めて示唆的であり、谷崎も亦前記著作の中でそのことを認めているのである。[2] 同じ芸術至上主義にしても、二人の妻や子供達を犠牲にし、酒に溺れることで自己の肉体をも虐使し、それを作品化する葛西の生き方は、廣津の容認せざる所であった。一方宇野浩二や芥川龍之介とは、波長が合うという以上に、人間性の根本の所で許し合えるものがあったと思われる。そのことは「芥川と宇野」という副題を有つ「あの時代」を論ずる際（第十章）に改めて言及しよう。

次に有島武郎との関係について。

先に廣津和郎が、芥川・葛西の死後二十数年経って、芥川が時代の変転にどう感ずるかは想像できても、葛西は全く見当がつかないと述べたことを紹介したが、葛西の生き方は、葛西をとりまく社会現象に一切目を向けず、自己と二人の妻を中心とした親族、狭い範囲の友人だけが「作」[3]の材料だった。そこに大正期特有の下宿屋や商人達の様態が自ずから浮き彫りにされているというだけのことだった。そういう意味ではこれから述べる有島武郎は、葛西善蔵とは見事なまでに対蹠《せき》的な位置に立つ作家であった。

有島は明治十一年生れ、高級官僚から実業家に転じた父の意向で小学校入学前から英語の手ほどきを受け、西欧風人間教育と、厳格な儒教的家庭教育の矛盾が、彼の悩んだ二元思考の根幹をなした。学習院中等科を卒業して札幌農学校に進み、キリスト教に近付き、アメリカに留学、キリスト教思想から社会主義思想へ転換、英国に渡って無政府主義者クロポトキンに会い、その影響を強く受けた。帰国して「白樺」同人となり、「或る女のグリンプス」（明44—大2→『或る女』）を発表した。——以上その経歴の粗っぽい概略を見ただけでも、葛西の狭さと単純に比べ、そのスケールの大きさと思想遍歴の複雑さとは、これが同時代の作家かと思われる程の対照性を示している。私見では、彼の小説は「カインの末裔」（大6・7「新小説」）、評論は「宣言一つ」（大11・9「改造」）を以てその代表作とされる。そこでその「宣言一つ」、及び「宣言一つ」を廻る有島と廣津の論争についてである。

有島家は、北海道狩太に大農場を持つ地主であり資産家であった。(4) 有島武郎は留学先の米英両国の地で、思想家達を通じて社会主義の影響を受ける。するとその思想と、彼の生活を豊かに支えている資産との間に大きな乖離《かいり》と矛盾を感じ、一方では様々な思想的苦悩を経て「宣言一つ」を書き、一方では父の死後狩太農場を小作人に解放して、その思想と生活の統一を計ろうとした。それは同じ「白樺」派武者小路実篤の「新しき村」運動とは対極的な方向ながら、「白樺」派理想主義の一つの現われとして捉えることのできるものであった。しかしこの有島の思想と実践とは、自ら身動きをとれなくするような意味において、余りにも偏狭で性急且つ観念的な理想主義であった。「宣言一つ」は凡そ次のような内容のものである――。

近来昂揚して来た第四階級（労働者階級）の社会運動に対し、第四階級以外の階級に生れた者がその主導権を握ることは不可能である。自分（有島）は第四階級出身ではないから、たとえ理論的にであっても運動の力になることはできない。クロポトキンやマルクスのような理論家の功績は、第四階級以外の階級者に対して「或る観念と覚悟とを与へた」という点にある。自分は第四階級以外の階級に生れたのだから、第四階級に対しては「無縁の衆生」に過ぎない。自分がいかにしても第四階級になれないのは、丁度黒人がいくら石鹼で洗い立てられても黒人であるのと同じことだ。だから自分の仕事は第四階級以外の人々に訴えることに止まる。――

この短い要約では有島の心情を十全に伝えられないかも知れないが、ここに述べられたのは第四階級絶対論であり、ロシア革命に刺戟され大正期半ばに起って来た革命運動に対する一種の怯《おび》えのようなものを感じざるを得ない。それは資産家に生れた良心的な子弟に共通する、資産あることへの本能的な一種の罪悪感がその根底にあるものと思われる。別の資料を示す。「宣言一つ」の直後、「チルダへの手紙」（大11・1・14）で有島は次のように書いている。「来るべき春に私の胸に長い間抱いてゐた望を実行しようと思つてゐます。即ち父から受けた全ての財産を棄てて、一介の文筆労働者として生きて行かうと云ふ事です。」――廣津和郎は、有島武郎が「長い年月」（「片信」大11・3「我等」）の末に漸く辿り着いたとする「一介の文筆労働者」そのものとして出発せざるを得なかった作家である。そんな彼が有島の「宣言一つ」に反撥を感じたのは当然であろう。廣津は「有島武郎氏の窮屈な考へ方」という副題を有つ「ブルジョア文学論」（大11・1・1〜3時事新報）を直ちに発表したが、その内容はその副題の示す通りのものであり、「有島氏のあの説は、ブルジョアとプロレタリアと云ふ二つの言葉に、余りに脅かされ過ぎてはゐないか」と批判した。これに対して有島は「廣津氏に答ふ」（大11・1・18〜21朝日）において、芸術家三段階説という一種奇妙な論理を展開した。その内容は凡そ次のようなものである。

芸術家に三種類の段階がある。①は彼の生活の全部を純粋な芸術境に没入できる人で、周囲に起ったことなど一切気にしない。例えば泉鏡花の如き作家で最も尊ぶべき種類の作家である。②は芸術と自分の現在の実生活との間に、思いをさまよわせずにいられない人。有島自身はこの段階に属する作家である。③は自分の芸術を実生活の便宜のためにのみ利用しようとする人で、大道芸人と選ぶ所はないから、これは問題外である、とする。

これに対して廣津和郎は、「有島武郎氏に与ふ」（大11・3「表現」）において次のように批判した。要点を記す。

仮に芸術の中でも、音楽や美術、文学でも詩歌の如きのものであれば、有島の言う第一段①のように、自己の生活の周辺や社会現象などに一切目もくれず、すべてを自己の芸術の創造に打ち込む、ということはあり得るかも知れない。しかし小説（後に廣津はこれを「散文芸術」という言葉で表わしている）となるとそうは行かない。小説は自己の周辺に拡がる現実世界そのものを対象にした芸術――人間生活に最も密接した芸術だからである。そして曰く。

人間の生きてゐる現実世界を対象とし、苦しみ悩みながら、而もそれを全的に観照もし、そこに一種の芸術的気分を見出して、苦痛と又それ故の或種の味とを味はひながら、行くところに、小説家と云ふ芸術家の、芸術界に於いて占めるべき分野がある。それ故に、有島氏が企てられたあの三種の芸術の中で第二種の芸術家こそは、最も小説家としての態度を示してゐるものなのであると私は思ふ。そして有島氏が云ふ第一種の芸術家が第二種の芸術家よりも尊いなどとは、到底云へるものではない。小説家としての第一種の芸術家はあり得べきものではないし、若しあれば、それは我々とは交渉のない、尠くとも私の望む意味の小説家とは遠くはなれた、他の何ものかである。

そして有島が第一種の作家として尊ぶとした泉鏡花を全面的に否定し、更に有島の敬愛するトルストイ、ドストイエフスキイ、ストリンドベルヒ等、みな有島の分類では第一種の芸術家ではなく、彼等こそ現実問題にぶつかって真向から悩み苦しんだ第二種の人々である——とした。

廣津のこの有島批判[5]はやがてその「散文芸術の位置」（大13・9「新潮」）に引き継がれ、更に時代の変転を経て、十二年後の「散文精神について」（昭11・10・18講演、昭11・10・27東京日日新聞）に発展して行く。この「宣言一つ」論争に特に顕著に示された廣津の現実凝視の文学姿勢が、転換期の困難な状況を乗り超えさせ、戦後にまで持ち来らされて松川批判に及んだことは言うまでもないことである。

ここで私は、有島武郎の「宣言一つ」が書かれた時代の歴史的背景について瞥見しておきたいと思う。廣津和郎は『年月のあしおと』の中に「大正八年という年」と題する一章を設け、この時期における大正デモクラシーの文芸的思想的賑わいについて述べている。先ず文芸的には、宇野浩二を最後として大正作家が大体出揃った[6]。一方「中央公論」の一人舞台だった綜合雑誌界に「改造」「解放」などが次々と出て来たことに時代機運の象徴を見ている。廣津はこの二誌を挙げたが、大正八年にはその他に「我等」「労働文学」「黒煙」「人間」等の創刊が続出したが、「改造」「解放」を含め、以下その誌名を見ただけでもこの時代の流れの方向を窺い知ることができるだろう。

「デモクラシー」という活字が至る所で目につくようになった。少し以前に「奇蹟」の友人峰岸幸作（明22〜大8・4・20）が「デモクラシー」という言葉で筆禍事件を起して投獄された、というのに「時代は新しく自由になつたように見えた」――と廣津は書いているが、この廣津の表現は極めて正確だったと私は思う。

廣津は少し後になるが、「政治と文学」（昭15・12「文藝春秋」）の中で次のように大正文学の状況を回想している。

> 谷崎潤一郎の享楽的悪魔主義よし、武者小路実篤のユートピア的人道主義よし、葛西善蔵の独善的風来坊主義よし――実際その頃は唯作者の個性、独創といふものが尊重された。〈中略〉その個人主義的自由主義が、左翼の擡頭によって団体主義に移行し、そして更にそれとイデオロギイの全然対蹠《せき》的な全体主義がそれにつづいて、そしてそれがあらゆるものを支配して来たのである。

特異な個性とその相互容認こそが、大正文壇を豊かに彩り、前時代に確立された自然主義の成果の上に、様々な傾向の文学が共存し、作家同志も出身地、出身大学、流派を超えて交流し、そこに〈幸福な〉作家生活が展開されて行った。正に「時代は新しく自由になつたように見えた」のである。これを私が「正確な表現」だとしたのは、その「自由」が左右の「団体主義」によって、ブルジョア・プロレタリアの二方向に分裂して行ったからである。その第一の徴候が、大正八年の翌年における日本社会主義同盟の創立（大9・12）である。――有島武郎はこの「同盟」に参加しない理由を「文芸家と社会主義同盟に就て」（大9・11「人間」）で述べているが、その基本的発想は「宣言一つ」と殆ど変らない――この年始めてメーデーが行われたというのも見逃せない。そしてその又翌年の大正十年に、秋田県土崎港で生れた「種蒔く人」が、プロレタリア文学の産声となったのは周知のことであろう。「宣言一つ」は凡そ右のような歴史状況下に、当時の誠実で良心的な有産知識人が、多かれ少なかれ抱いていた思想と実生活の乖離についての罪悪感を、あるつきつめた形で披瀝したものと捉えてよいであろう。大正から昭和へ――それはロシア革命の成立を見据えた階級闘争の激化に伴う知識人の動揺が、所謂左傾と転向という現象を導き出したドラマの歴史だった。

廣津の動揺は第六章で紹介した「わが心を語る」（昭4）でも明らかだが、結局彼は左右の「団体主義」の何れにも与《くみ》しなかった。観念の絶対化を極度に恐れた彼は、左傾もせず従って転向ということもあり得なかった。もし言うなら廣津和郎は、大正自由主義《リベラリズム》の原理を、昭和の全歴史＝革命とその挫折、戦争とその敗北＝の中に貫くことで、自己の真実に執し切ったと言えるのではないかと思う。

しかし廣津は、左右の団体主義に与しなかったとしても、全体として右翼化＝戦争＝の方向に対し、彼なりの仕方で抵抗することを忘れなかった。宮本顕治はその「同伴者作家」（昭6・4「思想」）の中で、このような廣津和郎の姿勢を「同伴者」と規定した。「同伴者〈作家〉」とは何か。

日本では大逆事件（明43、一九一〇年）以来、社会運動は所謂《いわゆる》「冬の時代」を迎え、停滞期が長く続いたが、ロシア革命の影響を受け、労働運動、革命運動は再び活潑化し、様々な形での反権力闘争が理論的武装の許《もと》に組織化されて行った。無論文芸の世界もその趨勢から免れることはできなかった。昭和に入ると、プロレタリア文学運動が文壇を席捲する程の勢を見せ、「中央公論」や「改造」といった綜合雑誌の創作欄は、プロレタリア作家によって半ば以上を占められるという賑わいぶりであった。ロシア革命の成立（一九一七・大6）後、その文学や文学理論の導入が試みられ、トロツキー『革命と文学』（一九二三）における「同伴者《プッチキ》」という存在や概念もその際に紹介された。「同伴者」とは、革命の方向は認めても、自らをその革命戦線の中に投ずるには至らない、謂わば「橋の手前[7]」に止まる作家を指す。日本では鹿地亘のような極左的な理論家によって否定的に評価されたが、それは蔵原惟人（明35～'91）によって批判された。蔵原は「無産者芸術運動の新段階」（昭3・1「前衛」）で次のように書いている。

> 動揺する小《プチ》ブルジョア芸術家はその社会的位置によつて、時には革命的傾向さへも持つ。我々はこの傾向を助成し、それを利用し、そして次第に彼等をプロレタリア解放運動の『随伴者』たらしむべく努力しなければ

ならない。我々は死んだ芥川龍之介(8)の如き典型的小ブルジョア作家の作品をも、時には利用することを知らなければならない。／我々は明かに意識化されたるブルジョア芸術家とは容赦なく闘争しつつ、小ブルジョア芸術家に対しては、それを批判しつつも、その動揺を利用して、これを左翼化せしむるやう努むべきである。／この意味に於いてもプロレタリア芸術家は、過去に於いて大衆を捉えたところの偉大なる芸術作品から〈中略〉多くのものを学び取らなければならない。

前記宮本顕治の「同伴者作家」は、右蔵原の論の方向を継承したものと考えることができる。曰く――「反動の文学は、無慈悲に批判されなくてはならないが、同伴者に対しては、彼らが進歩を断念しない限り、批判的に成長せしめなくてはならない。」――蔵原も宮本も、一方では謙虚に既成文学からも学ぶ姿勢を見せながら、他方「左翼化せしむる」「成長せしめ」る、という自らの立場の絶対性への確信は揺がなかった。宮本は同伴者作家として廣津の他、下村千秋、佐左木俊郎、北村小松を挙げているが、昭和文学史、プロレタリア文学史で普通同伴者作家として挙げられているのは次の四人である。代表作を含めて記す。廣津和郎（「薄暮の都会」「風雨強かるべし」）、野上弥生子（「真知子」）、山本有三（「女の一生」）、芹沢光治良（「橋の手前」）。宮本は同伴者作家が一歩前進するにも「生活の枢軸を動すことなくしては不可能である」と述べているが、有島武郎は「枢軸を動」かし得ないことに絶望して「宣言一つ」を書いたのだし、ここに挙げた四人の同伴者作家は、その「生活の枢軸」を頑なに守ることで、ファシズムへ流れて行く時代への批判と、革命運動そのものに内在した頽廃的現象をも剔抉することができた、とも言えるのである。（ただ同伴者作家については、もっと丁寧に細かく論じなければならないのだが、今は右の指摘に止めておきたい。今一つ、宮本顕治の「同伴者作家」は、その殆どを廣津和郎の文学の解明に費しているので、これは一個の独立した廣津和郎論としてみても、鋭い観察に充ちているということを付言しておく。）

ここで私は廣津和郎の同伴者的傾向を持つ二つの性格破産者小説について、極く簡単に私見を述べることにする。

㈠「薄暮の都会」（昭3～4「主婦の友」引用は大森書房版『薄暮の都会』〈昭4・6〉による。）

この小説の時期は大正十五年。そこには昭和という苛酷な新時代への予兆が見られる。主人公は廣津自身の面影を宿す国友新造という新人作家。この小説には新造を回る様々な話題が混在していて、そこから時代背景が窺われるような仕組みになっている。先ず国友自身が文壇に出られるかどうかという瀬戸際に立たされているという状況[9]がある。その国友の故郷では近年盛になって来た小作争議があり、国友は思想的には農民側に立っているのだが、小地主の収入でやっと暮している母親への思いも複雑にある。そうかと思うと、「老大家宮田春潮の恋」（モデルは徳田秋聲と山田順子）も出て来、そのことでこの小説の時間が大正十五年であることがわかるのである。又嘗て「悔」で描いた話が殆どそのまま挿入されているが、「悔」で杉野の友人として出てくるM――この小説では小泉――が社会運動に身を投じて逮捕されるという新しい展開に仕組まれている。仙吉（「悔」の杉野）の言った言葉を妹の綾子（千鶴子）が無邪気に紹介しているが、それは「だから僕は、文士や社会主義者は大嫌ひなんだ」――来るべき昭和の軍国主義が最も嫌ったのが文学と社会主義だったことを思えば、この仙吉の言葉は極めて示唆的だったと言えよう。

㈡「風雨強かるべし」（昭8～9報知新聞）

革命運動の闘士で夫の八代に女性問題で裏切られた、美しい、これも闘士の梅島ハル子が病を得、嘗ての同志で今は運動から身を引いている、良心的だが例の逡巡躊躇型の青年佐貫駿一の看病を受け、古典音楽《クラシック》や美術・文学の謂わば〝ブルジョア〟の世界に一旦は引き込まれながら再び困難な〝運動〟の世界に戻って行く。駿一は嵐の中軽井沢へ行く途中、車でガソリンスタンドに立寄り、そこで地下に潜りガソリンガールに身をやつしたハル子に会う。彼女の眼から鋭い革命への意志を読み取った駿一は、黙って別れ上野駅に着く。駅の柱に「風雨強かるべし」と書いた警戒板を見る――。この小説は、左翼運動内のある頽廃面は写し出しているが、青年達の革命への意志を暖かく見守る姿勢がある。ただ同じ同伴者作家野上弥生子の「真知子」と同様、結婚でめでたく終る筋《プロット》に幾分の安易さは見られるのであるが[10]。そして日本は以後、この小説の題名のように風雨はますます強くなって、果てしない戦争に突入して行くのである。

注

(1)「作家としての葛西善蔵の一面」(昭和3・9「改造」)、「葛西善蔵の思ひ出」(同「中央公論」)、「葛西善蔵を憶ふ」(同「創作時代」)等、何れも今日津軽書房刊『葛西善蔵全集』別巻(昭50)で読むことができる。

(2)河盛好蔵「葛西と広津」(昭57・8「新潮」)参照。尚舟木宛書簡の引用文—線部については、河盛も「この文章を読んでいると、広津が後年『松川事件』にそそいだ情熱の原点が見出されるように私には思われる」と述べている。

(3)広津は「作家としての葛西善蔵の一面」(注〈1〉参照)で、葛西が「作」「作をしてゐる」と常に言っていて、「作」の前には何を犠牲にしても構わないと言っていたと証言している。葛西の「作」には特別の響があったらしい。

(4)地主の姿は「カインの末裔」に、小作人を人間扱いにしない地主の権力的横暴として小説化されている。

(5)廣津の反論に対し、有島はその個人雑誌「泉」で、今後一切答えないと言ったのでこの論争は打切られた、と廣津はその「散文芸術論を書いた頃」(昭39・2「国語通信」全集著作年表未記載)に書いているが、これは「泉」でなく、「想片」(大11・5「新潮」)ではないかと思う。(要再調査)

(6)宇野浩二の文壇的処女作は「蔵の中」(大8・4「文章世界」)。この作の誕生については廣津「『蔵の中』物語」(昭18・5～6「文藝」→『同時代の作家たち』)に興味深く描かれている。

(7)「橋の手前」は芹沢光治良が「改造」(昭8・4)に書いた小説で、この題程「同伴者」の心情をよく象徴するものはない。後述の廣津「風雨強かるべし」(五)の中にも、「自分は所謂『橋の一歩手前』で尻込みしてしまつたのだ」とあるのは、芹沢のこの小説を踏まえたものである。

（8）　宮本顕治には「敗北の文学―芥川龍之介氏の文学について―」（昭4・8「改造」懸賞評論当選第一席）がある。私の見解とは多少異なるが、芥川研究を志す者の必読文献である。

（9）　この状況をテーマにして書いた小説に「窓」（大11・10「改造」）がある。

（10）　木下英夫は「裁判批判の論理と思想(六)」（'98・11「横浜国大教育人間科学部紀要第II類」で「風雨強かるべし」をとり挙げ、この小説が色々な意味で、後の廣津の松川裁判批判の一つの土台をなすものである、と述べている。

第九章「散文精神」論

——戦争へ——

何時の時代でもそうだが、現実にそこに生きて、その時代の空気・雰囲気に触れた者の実感は、後世、文献や人の口から聞いて知った知識では到底及ばない真実を伝え得るだろう。原爆の怖ろしさはそれを体験した人でなければ絶対に解らない、何か重大なものがあるのは勿論である。しかし体験した人は何れこの世を去って行く。原爆体験は、原爆ドームの遺品や映像と共に、文献によって伝えられなければならない。私は戦前と戦後とを、意識的に生き得た年代に属する。私にとって昭和十年代と、昭和二十年八月十五日（敗戦）以降とでは世界が全く違う。後者は解放された時代の如くに思われた。然るに二十一世紀を迎え、日本がその昭和十年代、「神の国」であった時代に還ることを主張する権力者たちが現れ、国を支配しつつある。また右翼的な雑誌では、御用学者や御用評論家達がそれを支持して活動している。前回第八章で私は、廣津和郎が昭和二十一年＝敗戦翌年＝、芥川や葛西が死んだあとの二十年間、我々がどんな経験をしたかをこの二人は知らない、しかし「時代に敏感」だった芥川がどんな感想をもつかは想像し得る、と言ったことを紹介した。芥川以上に「時代に敏感」だった廣津が亡くなって三十数年が経った今、権力者の「天皇中心の神の国日本」という発言を聞いたらどういう感想を抱くか、完璧な形で想像し得る。彼の『松川裁判』がその裏付けとなる文献であるのは言うまでもないが、戦前既に、松川裁判批判の必然性を思わせる数々の発言——軍国主義・ファシズムへ向う日本への、弾圧されて表面上影も形もなくなった革命運動家とは又違った角度と視点から、言葉による重く、又実に巧みな抵抗のありようをそこに示していた。

昭和十年代＝一九三五〜一九四四＝それはそこに生きた者でなければ、具体的に皮膚感覚の如きもので捉えることのできない、言語に絶する苦しい、困難な、嫌らしい、理不尽な時代であった。言論の自由などかけらもなく、政府の戦争政策に一言でも批判めいたことを口にすれば捕えられ、投獄され、場合によっては死に至らしめられた。昭和八年二月二十日小林多喜二は捕らえられたその日のうちに、築地警察署内で拷問によって殺された。拷問を実証するための死体解剖すら許されなかった。小林は共産主義者であり党員だった。それから十年後には、言論出版界への大弾圧事件が起き、神奈川県特高課(1)によって、出版関係の自由主義者までが大量に逮捕され、うち五人が獄死せしめられた。横浜事件という(2)。小林多喜二事件と横浜事件とは、権力による、人間の言葉・良心・生命に対する仮借なき弾圧の典型例であって、これに類する無数の事件を起し、国民の反抗を完封した末に、戦争への道を拓いて行ったのである。そのような非道をなし得たのは、権力者が、絶対者「神」としての天皇を独占していたからである。

このような時代、作家はどのように生きて行ったであろうか。作家は文筆によって生活の糧《かて》を得なければならない。しかし、これは廣津が「散文芸術の位置」（大13・後述）で書いているように、言葉＝文章という表現手段による仕事であるから、一応音楽や絵画の抽象性と違って、具体的に作家の思想（広い意味の）を伝えることになる。勿論有島武郎の前記「廣津氏に答ふ」での所謂第一段の尊ぶべき芸術家の例の如き、全く現実と関わりなき世界を書く作家もあり得たわけだが、抑々《そもそも》小説というジャンルは、現実との何らかの関わりなしには作り上げることのできない「散文芸術」なのである。始めのうちは、反戦反体制的内容でなければ権力も容喙《ようかい》してこなかったが、日米戦争以降、戦時色が濃厚になるにつれ、戦争に積極的に協力する内容がないと言って、発禁又は掲載中止処分にされることが多かった。この場合、芸術的に優れていればいる程当局の気に入らないということもあった。徳田秋聲の傑作「縮図」（昭16・後述）や谷崎潤一郎の「細雪《ささめゆき》」（昭18「中央公論」＝その絵巻物のような美しさが軍部の怒りに触れたのだ）など、何れも軍部からのクレームで掲載中止に追い込まれた。逆に言えば、反戦的でなくとも、国民の戦意昂揚に役に立たないようなものを書くこと自体が一種の抵抗だった。沈黙して何も書かないという抵抗の仕方もあった。野上弥生子のように恵まれた経済環境（夫豊一郎は法政大学教授）にある者は、書かないでも生活は維持できた――と言って彼女の沈黙の価値を割引きすることは勿論できないが。(3)

作家はものを書くこと以外に生活の資を得ること、即ち家族を養うことはできない。戦時中作家のとるべき道は凡そ二通りあった。一は積極的に時局＝軍部に迎合するような作品を書くこと。二は謂わば、〝合法性〟の中でぎりぎりの抵抗を試みること。廣津和郎がその後者に属することは言うまでもない。(4)――ここで一寸《ちよつと》脇道にそれるようだが、志賀直哉と小林多喜二との関係の挿話《エピソード》を紹介しておきたい。多喜二は志賀の我孫子時代から度々志賀に手紙を出していたようだが、今『志賀直哉全集』別巻『宛書簡』を見ると、大13・1頃、昭5・12・13、昭6・6・8、昭6・11・9と四本残っている。最後のものは奈良高畑の志賀宅を訪問した際の礼状で「先日は突然お訪ねし、色々とお世話になり、非常に有難うございました。以下略」というものである。又志賀の多喜二宛書書は二通あり、何れも志賀としては非常に丁寧な文面になっている。(5)だが昭6・8・7付のもので、志賀は多喜二の作品三作を読んだことを告げたあと、次のような感想を述べている。

私の気持ちから云へば、プロレタリア運動の意識の出て来る所が気になりました。小説が主人持ちである点好みません。プロレタリア運動にたづさはる人として止むを得ぬ事のやうに思はれますが、作品として不純になり、不純になる為に効果も弱くなると思ひました。大衆を教へると云ふ事が多少でも目的になつてゐる所は芸術としては弱身になつてゐるやうに思へます。さういふ所は矢張り一種の小児病(6)のやうに思はれました。

〈以下略〉

右書簡は頗《すこぶ》る長文のもので、批判はしているが、志賀の多喜二への好意は十分に読みとれる。「主人持ち」というのは、プロレタリア文学が芸術以外の政治目的のために創作されることに志賀が批判的であったことを表わしている。そしてこの言葉は、所謂ブルジョア文学の側からプロレタリア文学を批判する際の常套語でもあった。然るに戦争が苛烈な様相を呈し始めた時、嘗《かつ》てプロレタリア文学側に対し「主人持ち」の芸術と言って非難した「ブルジョア」作家達が、「権力」という文字通りの「主人」持ちの戦争賛美の文学を書いて行ったという事実をつけ加えておきたい。志賀と廣津が共に主人持ちの文学を書かなかった極く少数の「ブルジョア」作家であったことも付言しておく。

本題に戻る。ここで戦争下の廣津和郎の、前にも述べたその「ぎりぎりの」抵抗を示す四つの評論活動を挙げて私見を述べようと思う。㈠「散文精神について」(昭11)、㈡「一本の糸」(昭14)、㈢「国民にも云はせて欲しい」(昭14)、㈣「徳田秋聲論」(昭19)。——この四者を論ずる前に、昭和十一年から二十年に至る歴史の背景について、極く簡単に項目のみを挙げ、廣津の評論活動理解の資としたい。

先ず昭和十一年(一九三六)、この年の重要性は、翌年から八年間に亙る日中・日米大戦争に突入し、国民を塗炭《とたん》の苦しみに追いやる、その準備が完成した年だということにある。二月—二・二六事件=注・狂信的国体主義者の青年将校達が、岡田啓介内閣の蔵相高橋是清を、軍事費縮小を企てた自由主義者として殺害し、その他閣僚数名を襲って殺傷、軍部の主導権を確立しようとした。事件後主謀者達は処刑されたが、これによって政治・社会への軍部支配は決定的となった=。その他国名を大日本帝国とし、メーデーを禁止した。スペイン戦争が始まり、世界的にファシズムと民主主義《デモクラシー》との対立が深まった。日独防共協定が秘密裡に調印された。昭和十二年、日中戦争開始。文部省が『国体の本義』刊行。昭和十三年、日本軍の中国侵略は広東・武漢三鎮に及ぶ。前年末の南京大虐殺事件はこの年まで及ぶ。昭和十四年(一九三九)、国民徴用令公布、女性がパーマネントをかけることが禁止された。スペインの内乱はファシスト・フランコの勝利に終る。昭和十五年、日独伊三国同盟。ダンスホール閉鎖。昭和十六年東條英機陸軍大将が首相となる。日中戦争未解決のまま日米戦争に突入する。前記の如く徳田秋聲の「縮図」が中絶に追い込まれる。昭和十七年、ミッドウェー海戦で敗れる。昭和十八年、高等女学校では英語教授廃止。(7) 学徒動員令により、中・女学校生徒、学業を中止して各軍需工場に動員される。前記谷崎潤一郎「細雪」（「中央公論」）掲載禁止。昭和十九年（一九四四）、前記横浜事件。歌舞伎座等大劇場閉鎖。サイパン日本軍全滅。ドイツ軍降伏。学童疎開始まる。東京初空襲。昭和二十年、アメリカ空軍、日本全土を爆撃。東京他大都市焼土と化す。硫黄島、沖縄陥落。広島・長崎に原爆落ち、天皇は漸く敗戦を認める（8月15日）。――これだけでも如何に恐しい時代であったか、体験しなかった世代の人々にも多少は解って貰えたのではないかと思う。戦場に駆り出された人は勿論、本土空爆にさらされた者も恐ろしい思いをさせられたが、それにも増して恐ろしかったのは、絶対権力を握った官憲（軍部・警察・官僚）が、国民から言論を始め一切の自由を奪い、如何なる理不尽な命令も、天皇の命令として、それに逆らうことは、暴力を以てしてでも許さなかった、ということである。――以上、廣津和郎のこの時期の言論活動の歴史的背景として、最低これだけのことは念頭に置いて欲しいと思い記してみた。

㈠「**散文精神について**」は、㋑昭和十一年十月十八日、「人民文庫」(8) 主催の講演会での講演記録、㋺同題略《ほぼ》同内容の東京日日新聞（昭11・10・27〜29）記載のものとある。両者微妙に違う所もあるので、㋑を主体とし、㋺で補うという形で紹介して行く。

抑々《そもそも》「散文精神について」の淵源が「宣言一つ」論争にあることは前章で述べた。その論争の二年後、廣津は「散文芸術の位置」（大13・9「新潮」）と題する一文を発表したが、その重要なポイントは次の二点にあった。即ち、

㈠有島武郎の言う第一段の芸術家――自己をとりまく周囲のことを顧みず、自己の芸術に没頭し切って余念なき人

――は、音楽・美術の世界ではあり得ても、小説（散文芸術）の世界ではあり得ず、もしあっても決して尊敬されるべきものではない。「近代の散文芸術といふものは、自己の生活とその周囲とに関心を持たずに生きられないところから生れたもの」である、ということ。㈡に、「沢山の芸術の種類の中で、散文芸術は、直ぐ人生の隣りにゐるものである。右隣りには詩、美術、音楽といふやうに、いろいろな芸術が並んでゐるが、左隣りは直ぐ人生である」――しかしだからと言って散文芸術が音楽や美術と比べて不純であるというわけではなく、「人生の直ぐ隣り合せだといふところに、散文芸術の一番純粋な特色がある」と結論付けた。ここに注意すべきは、この大正十三年という時点で、それから十二年後に「散文精神について」を彼が述べた昭和十一年という時代――前述のあの暗黒時代の始まった年――のことなど誰にも全く想像すらできなかった筈だ、ということである。

　廣津の言う「散文精神」とは「散文芸術」の精神であり、それは現実の如何なる事態にもたじろぐことなく凝視する精神であるには違いないが、その凝視すべき現実が、時代の推移によって、昭和の、先に叙述した如き困難で苦痛に満ちた日本になっていた、ということを念頭に置いて、㋑講演の次の部分を読んで欲しい。

　それはどんな事があつてもめげずに、忍耐強く、執念深く、みだりに悲観もせず、楽観もせず、生き通していく精神――それが散文精神だと思ひます。それは直ぐ得意になつたりするやうな、そんなものであつてはならない。現在この国の進み方を見て、ロマンティシズムの夜明けだとせつかちにそれを謳歌して、銀座通りを青い着物や緑の着物を着て有頂天になつて飛び歩くやうな、そんな風に直ぐ思ひ上がる精神であつてはならない、と同時にこの国の薄暗さを見て、直ぐ悲観したり滅入つたりする精神であつてもならない。そんな無暗《むやみ》に音《ね》を上げる精神であつてはならない。さうではなくて、それは何処までも忍耐して行く精神であります。アンチ文化の跳梁に対して音を上げず、何処《どこ》までも、忍耐して、執念深く生き通して行かうといふ精神であります。ぢつと我慢して冷静に、見なければならないものは決して見のがさずに、そして見なければならない

て行かうといふ精神であります。

　林君流のロマンティシズム(9)など芽生える余地はこの国には絶対にありません。それを何か黎明《れいめい》が到来したやうに早合点して、直ぐ思ひ上がるような楽天主義に、その散文精神は絶対反対であると共に、又必要以上に絶望して悲鳴を上げるペシミズムにも、この精神は絶対に反対なのであります（表記は廣津和郎著『わが文学論』昭28乾元社刊による）

　時代と関係なく、一般に人間は一寸《ちょつと》良いことがあれば直ぐ喜んだり有頂天になったり、一寸悪いことがあると直ぐ悲観して、絶望的になったりする傾向がなきにしもあらずである。そういう意味では右二つの引用文は人生の教訓としても充分参考にしてよい所があるだろうと思う。しかし、これを前記昭和十一年という時代、又その先に予想される昭和の暗黒時代を思う時、廣津自身がどのように生き抜いて行くか、権力（体制）側の繰り出す強圧的戦争政策をどのようにかわし、どのように凌いで行くか、その方法を説いているわけだが、ポイントは二つあると私は思う。一はどこまでも忍耐して行く。二はいかに苛酷な現実に対しても、そこから眼を離すことなくじっと凝視せよということ。それがリアリズムの精神、即ち、〝散文精神〟なのである。

　ここで一つ注を加えておくと、戦前はこのような集会・講演会などでは、必ず警官が立ち合っており、一言でも反政府的な言辞を放てば忽ち「弁士中止」の声がかかって、会は解散させられる。従って廣津は慎重に言葉を選び、而も自分の伝えたいことの主旨を枉《ま》げずに聴衆に訴えている。だから「アンチ文化」「ロマンティシズム」「ペシミズム」等警官には解り難い外来語まで使用して切り抜けようとしていることが明瞭に看取される。そのために却って実に見事な〝表現〟の域に達している。先に、「ぎりぎりの抵抗」と言ったのはこのようなことも含んでいるのである。

次は㈡東京日日新聞掲載のもの。右講演記録にない文言を一部紹介する。

善くも悪《あし》くも結論をつけるということは、人間の心理的にいつて、割合に易しいことである。といふよりも、人間の心理は、つひ結論に走りたがるものである。結論に走らずには堪へがたくなるものである。――それを堪へて行くには、非常に強い気力を必要とする。その気力が散文精神でなければならない。

じつと忍耐しながら探究の手を一時もゆるめない地味な、而も張り切つた精神。――対象に肉薄しながら、或る時は黙々と忍耐し、抵抗し、対象にゆるみの出来た時には、直ぐ攻撃に転ずる精神、徹頭徹尾現実直面を回避しない精神。――

前者。人は真の決断と、早急に結論を付けることをとり違えている。この文章を書いた時、廣津が有島武郎の「宣言一つ」と、有島の自殺を思い浮べていたことは確実であろう。有島はあまりにも早く死の結論を出してしまったのだから。これを国家全体の規模で言うなら、何の計算もなしに日米戦争に踏み切ったのなどは、結論を急いだ軍人政治家達のひ弱な精神を示すものとしてもいいだろう。

後者。傍線部を中心にして読む時、廣津が後に松川裁判批判に臨む時の精神そのものとも考えられる。こうしてみる時、彼の「散文精神について」㈠㈡共に『松川裁判』に直結するものと考えてよいだろう。

次に㈡「**一本の糸**」（昭14・9「中央公論」）。昭和十四年（一九三九）が、廣津和郎にとって如何に容易ならざる年であったかについて、既に前第七章で「静かな春」を論じた時に触れた。即ち、最愛の長男賢樹（9月14日）と、義母潔子（10月8日）を一ヶ月足らずの間に続いて失った。廣津は前記「愛と死と」で愛息の病の治療に当時として最高の治療を施して及ばなかった経緯を書いたあと、賢樹の人間について「自分の意見は断じて枉げないが、そのために人と論争するなどは気が向かないらしかつた」(10)と述べ愛惜の情を写し出していた。この一文の日付は（昭和十四年十二月）となっている。「婦人公論」掲載は十二月号で、この年彼の書いた最後のものである。全集年譜（橋本迪夫作成）の昭和十四年の項を見ると「長男・義母の療養費のため……十五、六篇以上の通俗小説を書く」とある。

このような個人的に困難な時期にも拘わらず、廣津和郎は日本ファシズムの進行に深い憂慮の念を示さざるを得なかった。生活費、家族の療養費を稼ぎ出すための多くの「通俗小説」の他に、文芸評論（「一本の糸」「散文芸術諸問題」他）、社会評論（「国民にも云はせて欲しい」他）、対談（「散文精神」昭14・6「文藝」）等の諸活動において、文芸と時代についての考察を発表し続けた。ここでは「一本の糸」を中心に考えて見たい。

廣津はこの評論を先ず「現実」という言葉の意味の重さ、という所から始めている。それは新感覚派横光利一の「現実」という言葉の使い方への違和感から出た感想であった。それは前記の如く昭和十四年においては、廣津の個人的現実に加え、時代的現実が余りにも深刻になって来たからである。

次に廣津は、ロシア文学において如何に執拗にある性格が追求されて来たか、そこで彼の挙げた作家や主人公は第六章でも触れたゴンチヤロフ（オブロオモフ）、ツルゲーネフ（ルージン）、チェーホフ（ライエフスキイ）＝「決闘」の主人公）などだが、これに対し、右に匹敵する日本での「性格」の追求は、二葉亭四迷の「浮雲」や「其面影」で終ってしまった、と嘆いている。[11] その上で「甚しく早く物を理解してさつさと及第して行つてしまふ『頭の好い』青年達」ということを言った。これは単に二葉亭を受け継がなかった作家だけでなく、日本の「頭の好い」高級官僚高級軍人のことを暗に指しているのである。――尤も彼らが本当に頭が良かったら、あの無謀で不正な戦争に日本を導くこともしなかっただろう――

それ等の青年達は何でも直ぐ理解してしまつた。が、何事にも深くこだはる事はなかつた。もつとも、それと共に日本の進歩もめざましかつた。よその国の百年で経験することを、十年、十五年で経験した。――

これは明治以来の日本の近代化を推進した〝優秀な〟人材の果した進歩の実態について言及したもので、第六章で既に触れた通り、これは廣津が「島村抱月」（昭25・4「改造」）で書いた「この日本の興隆期に、その興隆の仕方の空しさを感ずる空虚感」と言うのと遥かに照応するものであり、その時私が注した漱石の「三四郎」や「それから」と同様の認識（第六章注〈5〉）であり、特に「よその国の百年で云々」の所は漱石の「現代日本の開化」（明44講演）を思わしめるものがある。この日本の早い速度での「進歩」「興隆」を可能にした「優秀な人材」とは、二葉亭がロシア文学から受け継いだ「余計者」に対する「現実適応性格」である。そして当時言われた「インテリの弱さ」「インテリの無力」——嘗て「性格破産者」として否定的揶揄的に扱われたこの「性格」が、悪しき時代に適応できない性格として、逆説的に肯定されていることに読者は気付くだろう。曰く、

　私はこの事変[12]以来すっかり清算された如くに見えるインテリの弱さといふものについて、もう少し考察するつもりであつた。戦場で勇敢な働きをしたといふ事などで、急にインテリは弱くない強いと云はれるやうな意味の強弱ではない意味での強弱——インテリの弱さの本質といふものが、それは無用な瓦のカケラのやうな無価値ではなく、それは或意味では逆に非常な強靭なものを生み出す原因であるといふ事などについてもつと述べるつもりであつたが、それを述べない中に横にそれた。インテリが弱さ故に妥協せずに憂へてゐるやうな時勢のサイドについて、など……

　非常に曖昧で回りくどい表現になっているが、これは当時の検閲を意識した廣津の苦心の産物だからである[13]。実際当時、その表現の底にある廣津の真意を正確に汲みとり得た人は殆どいなかったであろう。だから発禁にもならなかった。しかし敗戦後、これを改めて読み返せば、疑問の余地なく当時の廣津の抵抗の姿勢を読み取ることができる。日本近代の「進歩」の空虚性を、このような発想の許《もと》に捉え得た作家は、他には漱石以外殆どいないのではないか。

続いて㈢**「国民にも云はせて欲しい」**（昭14・10「文藝春秋」）について。――ここでは体制（軍部・官憲）が国民に向って使った嚇《おど》しの文言を逆手に取って、廣津が体制を批判した例を挙げてみる。当時「自由主義」という言葉は、少しでも反政府的言辞を弄するもの、戦争に積極的に協力しない者に浴びせた体制側の非難の代名詞であった。国民は「自由主義的」と言われることを極度に恐れた時代である。

廣津が長男と町を歩いている時、長男が突然警官の派出所に呼び込まれ、侮辱的な訊問を受けたことがあった。父の廣津がその理由を糺《ただ》すとその警官に「君は警察といふものを知らんな。訊問、検束は警察官の自由だぞ」とどなられた。その体験を述べた[14]あと「実際飛んでもない『自由』主義ではないか」と書く。又官僚が国民を威圧し何でも自由に振る舞える機構のあり方を指して「機構の自由主義」という言葉を編み出して批判した所もある。官憲の横暴を「自由主義」という言葉で批判したのは廣津だけだったろう。又役場などが、市民のとるにも足りぬ手続き上の不備を厳しくとがめ、市民に無駄な時間を浪費させている問題について、「指導者が口を酸くして説いてゐる協和精神に、これは何と遠いことよ。まるで亡国支那の小役人の話でも聞くやうではないか。」――「協和精神」とは体制側が、戦争遂行に国民を駆り立てるために打ち出した「挙国一致」精神のこと。こういういかがわしい体制側の美辞麗句を逆手に取ったのである。その他、「国民を愛さず、国民を尊敬せずして、国家を愛し、国家を尊敬する事など出来るものではない。国民は制限を与へるためにあるといふ不合理な官僚根性などは、それだから実に反国家的なのである」という、現代にも充分通用するような官僚批判の文言もある。[15]――このような廣津の筆法は政治嫌いを自称する廣津の、高度な政治性の発現と言えるであろう。

㈣**「徳田秋聲論」**（昭19・7「八雲」第三輯）――昭和十九年七月といえば敗戦の丁度一年前、敗色濃厚となり、軍部権力の狂暴化が目立つ時期だった。その中でよくこれだけの人と作品を集めた、と言われる程の文芸集「八雲」

三冊が小山書店から上梓《し》された。第一輯《しゅう》（昭17・8）、第二輯（昭18・6）、第三輯（昭19・7）と、戦争酣《たけなわ》の三年間に年に一冊ずつ刊行された（編輯＝島崎藤村・志賀直哉・瀧井孝作・川端康成・武田麟太郎）。一・二輯が「小説・戯曲」、三輯が「評論・随筆」。主な執筆者は次の通りである。

㈠藤村・里見弴・宇野浩二・武者小路實篤・網野菊・横光利一・室生犀星・川端　㈡正宗白鳥・徳永直・川崎長太郎・太宰治・久保田万太郎・里見（後記）　㈢宇野・藤村・徳田秋聲・柳田国男・堀口捨己（建築家）・中野重治・青野季吉・折口信夫・瀧井・廣津和郎。

第三輯が廣津の親友宇野浩二の「島崎藤村」で始まり、廣津和郎の「徳田秋聲論」で終っているのは非常に興味深い。而も「島崎藤村」の次がその藤村の遺稿「栗本鋤雲の遺稿」[16]であり秋聲「郷里金沢」[17]も、秋聲日記以外では活字化された最後のものである。そしてこの三輯全三十六篇の作品は、時局に迎合したものも中には見られるが、その多くが自己内心の要求に従って書かれたものである。第二輯に付された里見弴の「後記に代へて」の「実力をもつ」が、一見迎合的に見えながら、戦争に対してどのように国民は「覚悟」「決意」を持つべきかと問い、「実力のないところに、覚悟や決意の生じる道理がない」と言って、自己の文芸的資質を磨くことを要請している。そして「実力に以て非なるもの」として「暴力、空威張、つけ元気、自棄《やけ》つぱち」を挙げ、暗に軍部・官僚の国民に対する傲慢横暴を諷しているのは、流石《さすが》旧「白樺」派らしい叛骨と言えば言えるだろう。

さて、その第三輯の掉尾《ちょうび》を飾るのが廣津の「徳田秋聲論」である。ここには右の里見弴に見られた韜晦《とうかい》の姿勢すらない。真向うから秋聲の文学を論じ、弴の所謂「実力」を完璧に発揮した、「八雲」全三十六篇の中でも一、二を争う名作であり、嘗ての「志賀直哉論」（大8）と並ぶ廣津作家論の双璧をなすものである。そこでの二葉亭の「知識層の苦悶の先駆的象徴」と対照的な秋聲の「庶民階級の庶民的生活感情の愛撫者」という捉え方については前第七章で触れたのでここでは省略する。

繰り返すと、第三輯冒頭が宇野浩二「島崎藤村」論、末尾に廣津和郎「徳田秋聲論」を据える。宇野が四百字詰で一四五枚、廣津が一〇五枚、共に長篇力作評論である。二人の自然主義の老大家を、その自然主義の流れを汲む二人の早稲田派が論ずる姿は、それ自体が壮観且つ反時局的だった。どちらにも、戦争のセの字もない。他のものに間々見られる「大御心」（青野）もなければ「ヒツトラア」礼賛（横光）といった迎合的言辞は全くない。「文学の鬼」宇野浩二は勿論、廣津も亦徹頭徹尾「文学」に終始し、それ以外の何ものにも眼を向けていない。

廣津和郎はこの「徳田秋聲論」を、「徳田秋聲の文学の道は長かつた」で始めている。廣津にとっては、作家がともかくも書く――書き続けるということが一つの価値なのである（私はそのことを本稿第四章で、志賀・舟木・葛西のこととして書いた）。秋聲は略《ほぼ》五十年に亙る作家生活の足跡を有つ。しかしその作風は決して華やかなものではなかった。始め硯友社に属していたが、生田長江に「生まれたる自然派Born naturalist」（「徳田秋聲の小説」明44・11「新潮」）と評せられた秋聲は、自然主義勃興によって、始めて世に迎えられたのである。自然主義は日本近代文学に根源的な改革を齎《もたら》した。その後起った反自然主義文学としての「白樺」派も耽美派も、自然主義という土台の上にしか作品を構築することは出来なかった。だから自然主義は新感覚派やプロレタリア文学が滅んだ後にも生き続けることができたのである。中で秋聲は特に地味だった。廣津はこの秋聲の歩みを、「のこのこ」「こつこつ」「一歩一歩」「のろのろ」等と形容し、何の「特権」も有たぬ「平作家」として生き抜き、遂に最後の「縮図」に及んだ一生を「偉観」と言うべきと評した。

以下私は廣津の秋聲論の中から、後の松川裁判批判を彷彿とさせるような二、三の文言を選んで紹介しようと思う。

「世間的に英雄と云はれる人間をも、子守つ子をも、既成の観念や世間の定説などに煩はされずに、同じ態度で見る事が出来た人。」

「彼自身の納得の行くまで彼自身の眼で見て行く。彼は物をきめてかかつたり、タカをくくつたりする常識と普通道徳とに常にその作品で抗議してゐる。」

「自分の納得しないものは納得しないといふ、あの嘘や虚飾を極力排除する一途な正直さに頼って切拓いて来た道。」

最後に廣津は、「縮図」（昭16・6～9都新聞、軍部の圧力で中断）について次のように書いている。

『縮図』は秋聲最後の作で、彼が七十一歳の時の努力であるが、まことに秋聲文学の辿りつくところを示した素晴らしい傑作であると云つて好いであらう。この作は或事情で書きつづけることが出来なくなり、終に完成しなかつたといふ事は残念であるが……」

「（その題材は）花柳の巷を彷徨する若い女性たちの生活を取扱った愛慾の絵巻……ちょいと類がない高雅な美しさである。」

文中の「或事情」で、中絶を強いたものが軍部であることを示唆し、その軍が否定した題材「花柳の巷を彷徨する若い女性たちの生活を取扱った愛慾の絵巻」について「素晴らしい傑作」「高雅な美しさ」という最大級の賛辞を呈したこと自体に、廣津和郎の静かで而も強烈な抵抗のぎりぎりの表現を見るものである。

注

（1）特別高等警察の略。反体制的思想・運動を暴力によって制圧し、当時最も恐れられた警察組織。

（2）改造社・中央公論社・岩波書店・朝日新聞社等出版関係の言論人を捕え、五人を獄死せしめた暴力的思想弾圧事件。後年廣津の松川裁判批判に対し、「中央公論」が四年半に亙ってその誌面を割いたのは、この横浜事件の記憶があったからである。

（3）弥生子は昭和十一年十一月「中央公論」に「黒い行列」を発表したが、言論の制約を嫌って中絶し、沈黙した。戦後「迷路」と題を変え、昭和三十一年大河小説として完成した。

（4）昭和二十年、廣津和郎には一篇の作品もない。
（5）文面も丁寧であるし、形式も、二通共「小林多喜二様―志賀直哉」とフルネイムを使用している。志賀直哉として珍しいことである。
（6）極左冒険主義。公式主義。レーニンの使った用語。
（7）アメリカでは、日米開戦後寧《むし》ろ日本語学習が奨励されたという。日本がアメリカに勝てる筈もなかった一つの象徴的なことがらである。
（8）「人民文庫」は昭11・3～13・1。通巻26冊。本庄陸男・武田麟太郎が編集人。廣津と武田の対談「散文精神」（昭14・6「文藝」）が廃刊後企てられたりして、廣津との縁も深かった。「転向といふ一つの木から出た二つの枝」（高見順『昭和文学盛衰史』昭33文藝春秋新社）のうちの一つ。左翼的姿勢を辛うじて保った。今一つは右翼的な「日本浪曼派」。
（9）「林君」は林房雄のこと。左翼から右翼に百八十度転向した。日本軍の大陸侵攻をロマンティシズムの夜明けと称したと廣津がこの講演の別の所で言っている。「日本浪曼派」に後から参加している。転向もいろいろタイプがあるが、林の例のような左翼から極端な右翼（国体主義者）への転向は、作家では珍しい。
（10）「自分の意見は断じて枉げない」は父廣津和郎の場合当然であるが、「私は性来論争を好まない質である」と「散文芸術諸問題」（昭14・10「中央公論」）で言っている。但し廣津が多くの論争に参加したことは別問題である。
（11）二葉亭の問題意識を継承する者がいないと廣津は慨嘆しているが、私見では日本近代文学史で、二葉亭の真の継承者は廣津和郎その人である。
（12）日中戦争をこの時「支那事変」と呼び、あまりに露骨な中国への侵略故に、外国に対し「事変」と呼んで、事の本質を糊塗《カムフラージュ》したのである。
（13）この引用文の先に戦後の『文学論』では「男の命を砲弾同様に消耗させて行く今日」という言葉が挿入されている。原典ではさすがにこれは入れられなかったが、そういう気持は当時から抱いていたということだろう。
（14）同じ体験は「心臓の問題」（昭12・1「文藝春秋」）でも扱われている。
（15）官僚の「自由主義」を批判するためには、廣津は天皇・軍部とも一見妥協するかに見せかけるという巧みな手を使っている。つまり権力の分断を計ったのである。
（16）「栗本鋤雲の遺稿」の日付けは「昭和十八年、初夏の日」となっている。藤村の死は昭和十八年八月二十二日である。

（17）　これは昭和十七年二月秋聲が郷里金沢で行った講演記録。戦争もさることながら、伝統の金沢文化を守りたいというニュアンスで語られている。

第十章「あの時代」その他

「あの時代」（昭25・1〜2「群像」）は、「芥川と宇野」という副題が示す通り、廣津和郎の実名小説の傑作で、発表の翌年他の実名小説「菊池寛」「島村抱月」「田山花袋」「『蔵の中』物語」等と共に、『小説同時代の作家たち』（昭26文藝春秋新社↓昭27新潮文庫）に収録された。

この小説は廣津の親友宇野浩二が、昭和二年（一九二七）夏、精神に異常を来して精神病院に入院する、という事態を中心として、そこに廣津和郎と、既に自殺を決意していた芥川龍之介が関わることで、廣津・宇野・芥川三者の間に展開された友情のありようを描いたものである。作者の廣津と宇野とは早稲田派、その資質は違っていても、人間性の根本の所で通じ合うものがあった。芥川は東大出身の「新思潮」派、廣津との関係は、それまでさして深くはなかったが、宇野の入院事件で、互の親近感を深めることとなった。芥川は芸術派的資質で以前から宇野と通ずるものがあった。それは宇野浩二『芥川龍之介』（昭28文藝春秋新社）一巻に籠められた宇野の芥川に対する深い思いによっても確かめられる。[1]

「あの時代」は「芥川龍之介君とはさう親しかつたわけではない」（引用は新潮文庫版による）という一句で始まる。唯、芥川の小説「点鬼簿」（大15・10「改造」）について自然主義の大家徳田秋聲が酷評したのに対し、廣津が時評で弁護[2]した時、芥川が廣津に宛てた葉書で感謝の意を伝えて来た、ということがあった。その文面が「あの時代」に引用されているので左に写す。[3]

〈冠省。〉けふ或男が報知新聞を持つて来て君の月評を見せてくれた。近来意気が振はないだけに感謝した。僕自身もあの作品はそんなに悪くはないと思つてゐる。〈明日又鵠沼へかへる筈。〉この手紙は簡単だが（又君に手紙を書くのは始めてかと思ふが）書かずにゐられぬ気で書いたものだ。〈頓首

十月十七日　　　　　　　　　　　芥川龍之介

廣津和郎様〉

芥川龍之介は文壇的処女作「鼻」（大5・2「新思潮」）を師漱石に絶賛され颯爽としてデビュウして以来、文壇に類のない位置を占めて来た。にも拘わらず、案外小心な彼は、自作に対する文壇の評価を必要以上に気にする傾向があった。況してその晩年は心身の衰えから「意気が振はな」かったこともあり、廣津の弁護が余程嬉しかったのであろう。大体二人は深い交遊関係にはなかったとしても、たまに文士の会合などで会うと、同時期に東京という都会で中学時代を送ったせいか、「何の註釈なしに互に通用する」ヤンチャなものの言い方で「罪のない悪口を囁き合って笑ひ興ずる」といったことは屢々《しばしば》あったらしい。

「あの時代」には大きく分けて二つの主題があるように思う。㈠芸術と生活、㈡芸術と狂気。そしてこの二つの主題の根底にあるものは、結局文学とは何か、創作によって生きる――自らも生き、又家族をも養うとはいかなることか、という重い課題である。

㈠――宇野浩二が精神異常を起し、その日常生活に数々の奇行が見られた。宇野夫人が思いあぐねて廣津に助けを求める。廣津が上野桜木町の宇野宅を訪れると、確かに宇野の様子は尋常ではなかった。突然伊香保に行くと言

って外へ出る。できるだけ逆わない方がいいと思った廣津は、一緒について行く様子を見せながら、新潮社に用があると言って宇野の気を換えようとすると、宇野は伊香保行を忘れて新潮社に廣津と行くが、そこでも奇行は止まなかった。やっと家に連れ戻すと又伊香保へ行くと言って外に出る。廣津も蹤《つ》いて出、わざと上野駅と反対の方向へ歩き出す。すると宇野は突然道路上で立ち止まり、廣津に宇野の母、妻、廃人同様の兄を呼んで来させ、往来の真ん中でこの三人の家族を抱きかかえるようにして、「これだけが宇野の家族だぞォ」と叫び、続いて「おう！　おう！　おう！」と咆哮《ほうこう》したというのである。それは見るも無残な光景であり、見るに耐えなかった廣津は宇野家に逃げ帰った。

　兎に角あの光景は見てゐられない。――併し自分は見てゐられなくなつて此処まで逃げて来たが、母や細君や兄は見てゐられないと思つて帰つて来てしまふ事も出来ないのだらうと思ふと、家族といふものの悲しさが改めて考へられて来る。『これだけが宇野浩二の家族だぞォ！』…あの光景は人間生活の淋しい縮図のやうな気がして来る…」

廣津は歌人で精神科医師斎藤茂吉に相談し、その紹介で王子の小峰精神病院に宇野を入院させることになる。但し始め廣津と宇野夫人がつき添って病院に行った時には、宇野は頑強に入院を拒み、二、三日後茂吉がついて行って漸く入院に漕ぎつけることができた。廣津はその日の午後宇野家に行って入院のことを確かめ、「やつと肩の荷が下りた気がした。」――そこへ芥川と画家のY・N〈注・宇野の友人で画家の永瀬義郎〉も来、一応安堵した三人は宇野家を辞して上野公園を下りて行く。「梅雨の近い事を思はせる湿つぽい晩であつた。」[4]

この時、歩きながら芥川と廣津に次のような会話があった。

芥川――「併し芸術家の一生として立派なものだと思ふね」「若しあのままになつたとしても立派だよ。発狂は芸術家にとつて恥ぢやないからね。宇野もあれで行くところまで行つたといふ気がするよ」

廣津――「僕はそれよりも宇野があのままになつたら、宇野の家族がどうなるかとそれを考へてゐるんだよ」

芥川――「そんな事は、併し芸術家としては止むを得ないよ」

廣津――「僕は芸術家の死時《しにどき》などといふものについてはてんで考へないね――僕は自分の事を云ふと、家族の者が自分よりみんな弱いやうに思ふので、僕がみんなを見送つてやらなければならないと思つてゐるね。そのためには八十までも生きてやらうと思つてゐるよ」

この両者のやりとりから、嘗て、娘を犠牲にしてまでも、己れの納得の行く〝地獄変〟の絵を完成した絵師良秀に、己れの芸術至上主義を託した芥川と、あの世に先に父を送り、母を送り、長男を送り、妻（松沢はま）を送り、芥川亡きあとの昭和の暗黒時代を忍耐強く生き抜き、その果てに松川裁判批判にとり組んで現実的成果を挙げた現実主義者廣津との対照を見ることは容易である。だが何れにしても、作家は書き続けることでこの世に生きて行かねばならぬ宿命を負っている。廣津は「徳田秋聲論」（前章参照）で文壇を「決勝点のないトラック」に譬え、又『薄暮の都会』（第八章参照）では、「文壇といふところは、途中で滑り落ちると、今度上り直すのが、最初から始めるよりも、尚六ケ敷《なおむずかし》いところである」とも書いている。しかし「決勝点のないトラック」を走り続ける苦しさは想像を絶するものであるには違いない。

生きるために廣津は無数の下手な通俗小説を書いた。芥川は生活のために学校の教師を長いこと続けた。大正五年「鼻」で華々しくデビュウしても、尚三年間筆一本で生きる決心がつかなかった。大正八年漸く海軍機関学校を退職した時、皮肉なことに芥川の創作力は枯渇しかかっていた。芥川晩年の苦悩の主な原因を私はそこに見るものである。宇野の発狂を「芸術家の一生として立派なものだ」とする芥川の心境の背景がそこにあった。

生活のために書き続けなければならないその重圧が、宇野浩二を狂わせるまでにその精神の上にのしかかっていたことが、路上に家族を抱えて「これだけが宇野浩二の家族だぞォ！」と叫び、「おう！　おう！　おう！」と咆哮せしめたその当のものであったろう。

㈡――この「咆哮」事件が一応収まって宇野一家が家に戻った時、廣津はふと本箱から小泉八雲全集の一冊を抜いて来て、そのページをめくりかけると、宇野は急にその本について喋り始めたが、その声も言葉の意味もおかしい所はなく、「普段文学を語る時の宇野浩二であつた」――この現象に興味を抱いた廣津は、宇野が発作を起しかけると、実験でもするように文学の話をして見る。すると宇野の調子は直ぐに正常になる。「頭の中の鎖のツナギがバラバラになって混乱してゐるところに、文学を持出すと、その鎖が直ぐ一本の糸につながつて行くかのように見えた」「文学の話となると彼の云ふ事は全然狂はなかつた」のである。又始めて廣津と夫人がつき添って小峰病院に行った時、廣津が看護婦と女医の区別がつかずに、応対した女医の無神経な態度に我慢がならず癇癪を破裂させたことがあった。その間じゅう、宇野は冷静に女医の服装に細い観察をしていて、廣津の迂闊を嗤《わら》った。それは正に狂わざる作家宇野浩二の面目を示すものであった。

　而も宇野は自己の精神異常（廣津と宇野の会話ではそれを〝マニイ〟と称している）を自覚しており、それは又医者の認める所でもあって、この患者は時に連絡がなくなるだけで、意識ははっきりしているから、完治する見込みは十分にあるという診断であった。宇野は言った。「無論マニイさ。みんなは遠慮して云はないが、僕はよく解つてゐるんだ……併しね、僕は医者達に頼みたいんだよ。このマニイをすつかり治《なほ》してくれては困るつて。余り治されたら、小説が書けなくなつてしまふからね」――この宇野の言葉は私に漱石の『文学論』（明40）の「序」を思い出させる。そこに宇野と同じ内容の文言を見出すことができるからである。[5]

宇野浩二の入院に際し、宇野に示した廣津と芥川の理解と友情には、真実心を打たれるものがある。廣津と宇野とは大正四年以来の盟友である。「私の長い文学の道づれである廣津和郎」と宇野は『文学の三十年』（昭17中央公論社）に書いている。心の病に冒された「長い文学の道づれ」を、廣津は実に辛抱強く介抱しその恢復に力を尽くした。斎藤茂吉に相談するために青山脳病院を訪れた廣津は、偶然やはり宇野のことで訪れた芥川と出会い、両者共に宇野への配慮に心を砕いた。その期間は短かったが、廣津の芥川理解は一段と深まった。その証左は「あの時代」の至る所に発見することができる。前にも引用した芥川の「発狂は芸術家にとつて恥ぢやない」「宇野もあれで行くところまで行つた云々」に廣津は「羨望」の響を聴き取っている。晩年創作力の枯渇に悩み、激しく焦慮していた芥川は、半面常に冷静な自意識の持ち主だったから、狂うという形で「行くところまで行」くことはできなかったのである。

廣津は、理知と芸術至上で装われた表の芥川も、案外臆病で優しさに溢れた心情の芥川も、その何れをも肯定的に受けとめ、その全体を深く愛した。廣津が「あの時代」で引用した芥川の「遺書」（「或旧友へ送る手記」）の中の話を二つ記しておく。一は、遺書の中に「マインレンデル」[6]という人名があり、それが如何なる人物であるか誰もわからなかった、という榊山潤の報告を聞いて、廣津は即座にそれがメチェニコフの「人生論」に出てくるショオペンハウエルの弟子の名であるとわかった。廣津はこう書いている。

　この名は割合に人が知らない。知らないところが一層魅惑的である。遺書に書きのこすには持つて来いである。――併しかうした想像は決して芥川君を誣《し》ふるためではない。さうではなくて最後まで芥川君が少年のやうな幾分の茶目と幾分の見得《みえ》とを持つてゐたといふ事に、私は芥川君の愛らしさを感ずるのである。

二は、遺書の中に「一夜妓楼にのぼりて、女の賃金を聞く。単に生きるために生きるだけでも如何に難いかを痛感した」とあるのを廣津は引いた。文面は正確ではないが、廣津がこの文言を引いた所に、私は、芥川の創造のための悪戦苦闘に廣津が如何に深い理解を示しているかの証を見るものである。

廣津は芥川の自殺した当初、求めに応じて実に多くの追悼文を書いた。その一つに「美しき人芥川君」（昭2・9「女性」）というのがある。その中で次のように書いている。

一ヶ月一寸《ちよつと》前、自分は二人の共通の友人u〈宇野〉が病気になつた時、彼と度々会つた。自分はuに対する彼の友情の厚さに感謝すると同時に、彼の中に自分は新たに『自分の友人』を感じた。〈中略〉彼が半歳以上もその覚悟〈注・死の覚悟〉をしながら、uの病気にあの真実を見せてゐた事を思ひ、涙のにじんで来るのを覚える。〈中略〉最近彼から受けたあの「素直さ」「真実さ」「感情の深さ」を思ふにつけ、世にも稀なる美しき人格が、突如として我等の周囲から去つてしまつた寂寥を覚える。

そして廣津は、芥川の告別式に出ようとして出られなかった心境を綴ったあと、最後に「自分はもっとおちついた彼に対する回想記を、他に書くつもりである（〈昭2〉七月廿八日）」と締め括った。廣津の数多い追悼文はすべてその「回想記」だが、その尤《ゆう》たるものが、二十三年を経て改めてまとめた「あの時代」であることは言うまでもない。このことは、「あの時代」中の主な時間が、宇野の入院前後僅か一週間のことに過ぎないのに、なぜあの時代としたのか、ということと深くかかわっている。――文士にとっての幸福な時代から暗黒の時代へ＝大正から昭和へ、時代が一つの困難な転換期にさしかかっていたことは第八章で触れた。又、葛西善蔵に比べて芥川が時代の推移に敏感だったこともその際指摘しておいた。[7] 芥川死後二十数年に亙る廣津の、謂わば公私両面の闘いについては前九章で述べた。「点鬼簿」の弁護と宇野の入院を廻っての廣津と芥川の急接近、そして芥川の自殺という衝撃的事件等すべてが、廣津にはそれ以後の日本の歩みとの深い繫りの裡《うち》に顧みられ、位置付けられた。松川事件と松川裁判とはそう考えると、あの時代の続きのような形で廣津の前に立ちはだかったものだとも考えられるのである。

「あの時代」の発表は昭和二十五年（一九五〇）。廣津の松川問題への最初の発言は昭和二十七年。その中間昭和二十六年に廣津が経験した一つの論争＝「異邦人」論争があった。「異邦人」（一九四二）はフランスの作家アルベール・カミュ（一九一三〜一九六〇）の処女作。論争の相手は仏文学者で評論家の中村光夫である。（この論争に関しては本書第二部第三章参照）

注

（1）『芥川龍之介』の「あとがき」で宇野は次のように書いている。「私は、長い間、この長たらしい文章を書いてゐる間に、しばしば、あの、やさしかつた、かなしかつた、殊に友情の厚かつた、友、芥川の面影が、目にうかび、涙ながれた事を、なつかしく、思ひ出す、さうして、思ひ出すと、思はず、口の中で、『ああ、芥川』、と、叫ぶのである。」

（2）秋聲の時評は「十月の小説〈作品〉」㈡〜㈢（大15・10・7〜8時事新報）、これに対する廣津の反論＝芥川の弁護＝は「文藝雑観」㈠（大15・10・18　報知新聞）

（3）このはがきの日付「十月十七日」には疑義が持たれている。廣津の秋聲への反論は〈注2〉の如く10月18日だからである。尚このはがきの引用中〈　〉内は「あの時代」中の引用文にはなく、『芥川龍之介全集』（岩波書店'97年版）で補った。

（4）「あの時代」のもとになった廣津の小説に「梅雨近き頃」（昭3・7「中央公論」）がある。（これは実名小説ではない）。「あの時代」はそれ以来、廣津が芥川のことを考え続けて来たことの集大成とみることができる。

（5）「英国人は余を目して神経衰弱と云へり。ある日本人は書を本国に致して余を狂気なりと云へる由。／帰朝後の余も依然として神経衰弱にして兼狂人のよしなり。〈中略〉たゞ神経衰弱にして狂人なるが為め、「猫」を草し、「漾虚集」を出し、又「鶉籠」を公けにするを得たりと思へば、余は此神経衰弱と狂気に対して深く感謝の意を表するの至当なるを信ず。／余は長しへに此神経衰弱と狂気の余を見棄てざるを祈念す。」（漱石『文学論』「序」）

（6）マインレンデル（一八四一〜一八七六）。芥川がマインレンデルをどこで知ったかについては、宇野の前記『芥川龍之介』三で、鷗外の「妄想」（明44）からだろうという推測を述べている。

（7）　芥川が時代の転換期にいかに誠実に向き合い苦しんでいたか、芥川晩年の言動（死の直前における中野重治や佐多稲子との会見は、その一つの表れである）に徴して明らかである。客観的に見るなら、有島武郎と芥川龍之介の自殺は、これを根本の所で捉えるとすると、転換期という時代の大きなうねりを迎えた時、一は思想的に、一は神経的に対応し切れなかった、という点で共通性があったと私は思う。

第十一章　廣津和郎と「松川裁判」（上）

前章で触れた「異邦人」論争（昭26）に引き続き、昭和二十七年（一九五二）から昭和三十八年までの十一年間、廣津和郎は松川裁判批判にその晩年（61歳から72歳まで。その死は昭43・9・21、満76歳）の殆どを捧げた。それは日本裁判史上にも近代文学史上にも、全く類例を見ない巨大で質の高い仕事であった。松川裁判は松川事件（昭24）に関わる裁判であるが、今「松川事件―松川裁判」と言っても、それについて何らかの知識と関心を持っている世代は少なくなり、現代の殆どの青年達には無縁の歴史的事件となりつつある。しかし松川事件から半世紀を経た今現在、このことを改めて深く考えてみなければならないと私が思うのは、国家権力の質があの頃と本質的には何も変ってはおらず、同じ形と内容でなくとも、いつこのような国家による犯罪が、その暴圧を国民の上に加えてくるかわからないからである。

先ず二つの事実について書く。一は昭和二十四年（一九四九）八月十七日未明、東北本線（当時単線）福島県金谷《かなや》川《がわ》駅と松川駅の間のカーブ地点で、上野行列車が脱線顛覆《てんぷく》し、機関士石田正三《しょうぞう》（48）、機関助士伊藤利市《りいち》（27）、同茂木政市《もぎまさいち》（23）の計三人が死亡殉職した（一般乗客に死者はでなかった）。問題はこの事故が何らかの不可抗力の原因で起ったものでなかったという点にあった。継目板（前後のレールをつなぐもの）や犬釘（枕木にレールを固定するもの）が人為的に抜かれていて、外側のレール一本が左前方に約13Ｍ《メートル》飛ばされていた。誰がこのような犯罪を何のために実行したのか。この事実と、その後に見られた警察・検察・裁判官の、通常の市民常識では到底理解できない、奇々怪々の対応――それが第二の事実なのだが、それらすべてを含めて〈松川事件〉と称する。第二の事実とは具体的に言うと、この列車転覆の首謀者、実行者、及びその補助的役割を果したと見なされた者二十人が、逮捕・起訴されて裁判にかけられたことを指す。彼らは身に全く覚えがなかったので、自分が如何なる容疑で逮捕されたのか皆目わからなかった。その被告全員と、十四年五回に亙った裁判の全経過を示せば次頁の通りである。

この表を今の人が見た時、大きな疑問を抱かないだろうか。即ち、最終結果で全員無罪を確定したこの裁判が、第一審第二審ともに死刑数人を含む重罪判決を出したとは如何《いか》なることか。又事件発生（昭24）から最終判決が出て被告達全員が真に解放される（昭38）まで十四年もかかったのはなぜか。これらの疑問は一先ず措《お》き、次にこの五回の全裁判を担当した裁判官名の一覧を掲げておく。

第一審　×裁判長・長尾信、裁判官・有路不二男、同・田中正一、補充裁判官・西村康長

第二審　×裁判長・鈴木禎次郎、裁判官・高橋雄一、同・佐々木次男

最高裁　○原判決破棄、仙台高裁へ差戻し（実質無罪）

小谷勝重、島保、藤田八郎、入江俊郎、河村大助、奥野健一、高木常七

×上告棄却（実質有罪＝二審支持）

裁判長・最高裁長官・田中耕太郎、裁判官・池田克、垂水克己、下飯坂潤夫、高橋潔

――以上評決七対五

仙台高裁差戻し審　○裁判長・門田實《もんでん》、裁判官・細野幸雄、杉本正雄、補充裁判官・佐藤幸太郎（被告全員無罪判決）

最高裁最終審　○裁判長・斎藤朔郎、○裁判官・入江俊郎、×同・下飯坂潤夫、○同・高木常七

――以上評決三対一（1）

注　○印　実質無罪判決　×印　実質有罪判決

被告名	事件当時年齢	所属	起訴事実	被告人の主張	検事の求刑 '50.8.26 (昭25)	福島地裁第1審判決 '50.12.6 (昭25)	仙台高裁第2審判決 '53.12.22 (昭28)
武田久	31	国鉄共	共同謀議議長	否認	死刑	無期	無罪
鈴木信	29	国鉄共	共同謀議	否認	死刑	死刑	死刑
斎藤千	29	国鉄共	共同謀議	否認	死刑	一五年	無罪
高橋晴雄	25	国鉄共	共同謀議・実行	否認	死刑	無期	一五年
二宮豊	28	国鉄共	共同謀議	否認	死刑	無期	無期
本田昇	23	国鉄共	共同謀議・実行	否認	死刑	死刑	死刑
阿部市次	26	国鉄共	共同謀議	否認	死刑	死刑	無期
赤間勝美	19	国鉄	共同謀議・実行	警察で自白・公判廷で否認	死刑	無期	一三年
杉浦三郎	47	東芝共	共同謀議	否認	死刑	死刑	死刑
佐藤一	28	東芝共	共同謀議・実行	否認	死刑	死刑	死刑
太田省次	33	東芝共	共同謀議	警察で自白・公判廷で否認	無期	無期	一五年
佐藤代治	23	東芝共	共同謀議	否認	無期	一〇年	一〇年
浜崎二雄	20	東芝	共同謀議・実行	警察で自白・公判廷で否認	無期	一二年	一〇年
岡田十良松	26	国鉄共	共同謀議	否認	一五年	一二年	無罪
二階堂武夫	24	東芝共	共同謀議	否認	一五年	一〇年	七年
加藤謙三	19	国鉄共	共同謀議	警察で自白・公判廷で否認	一五年	一二年	一〇年
小林源三郎	20	東芝	共同謀議・窃盗	警察で自白・公判廷で否認	一三年	七年	七年
菊地武	18	東芝	共同謀議・窃盗	警察で自白・公判廷で否認	一三年	七年	七年
大内昭三	19	東芝	共同謀議・窃盗	警察で自白・公判廷で否認	一三年	七年	七年
二階堂園子	25	東芝	共同謀議	警察で自白・公判廷で否認	一〇年	三年六月	三年六月

最高裁判決 '59.8.10 (昭34)	原審破棄・仙台高裁へ差戻す
仙台高裁差戻審判決 '61.8.8 (昭36)	全被告無罪
最高裁最終判決 '63.9.12 (昭38)	検察上告を棄却・全被告無罪確定

注　所属の段の「共」は共産党員であることを示す。「国鉄」とは現在のＪＲを指す。

松川裁判の流れの分岐点は、昭和三十四年(一九五九)八月十日の最高裁判決にあり、ここで仙台高裁に差戻されることが決定してから、松川裁判は漸次被告側有利に傾いて行った。しかしこの最高裁評決は前記の如く、七対五というまことにきわどいものであった。廣津和郎がこの時、「七対五の示す意味」(昭34・9「中央公論」)を書き、もしその比率が逆だったら、鈴木・杉浦・佐藤一、本田四被告の死刑が確定したと思うと慄然とする、という意味のことを述べ、更に次のように書いたのが印象的であった。

七対五、その差僅かに二票、この二票を獲得するために五年半の被告諸君、家族達、二百五十名の弁護人諸氏、救援運動に携わる人達の苦闘と努力が続けられ、この二票を獲得するために、全国数十万、数百万の人々、外国の人々からのカンパが、被告団の闘争を支援して送られて来たわけである。

この「二票」を獲得するために、被告達は勿論、その家族達、弁護士達、救援活動に携わった労働組合関係の人々が、いかなる悪戦苦闘を強いられたかは想像を絶するものがある。弁護士の慫慂《すすめ》によって先ず被告達の家族会が結成され、家族達が被告達の無実を広く世間に訴えることから始めなければならないことに気付く。しかしそれが如何に困難な業であったかは、街頭に立った家族達の証言が如実に語っている(『とりもどした瞳』昭34大同書院、参照)。老いた被告の母は始めて街頭に立った時、体のふるえを抑えることができなかった。人々は家族の訴えを聞くためではなく、凶悪犯人の家族の顔はいかなるものかを見ようとして集ったのだ、といった風な状況がそこにはあった。次に、被告達が自ら筆を執ってその無実を訴える手紙を書き出す。その数は十五万通にも及んだという。それがやがて被告団の手記『真実は壁を透して』(昭26月曜書房)に結実し、それが宇野浩二や廣津和郎を動かすに至ったのである。この二人の文学者(作家)がこの裁判の批判を開始したということが決定的な意味を持つと同時に、法律の素人が裁判に口を出すことについて、批判というより、殆ど嘲笑、罵倒に近い非難の嵐がまき起った。

「私はそういう揶揄嘲笑には答えないことにした（故三好十郎にだけは、三好君が文学者であり而もその文章に署名をしていたので答えた。）[2]それはそういう揶揄嘲笑を浴びせかける人達が、法廷記録の一行も調べていないということが明らかだったので、何も知らない人達が何をいっても、それに答える必要はないと思ったからであった」（『松川事件と裁判』昭39岩波書店）と廣津は述べている。廣津には、廣津の論評を批判するなら、公判記録や判決文を精読した上で、廣津の裁判批判のどこに誤りがあるか、具体的に証拠を挙げて追及して来て欲しい、という気持ちがあった。私の見る所では、法律の専門家以外にそれのできた人はいなかったし、法律家ですら、廣津を完璧に論破できた人はいなかったのではないか。[3]——しかし実はそれ所ではなかった。仙台高裁に差戻しを決定（昭34・8・10）した時の最高裁多数意見派（七対五の七の一人）の奥野健一判事は、廣津和郎の『松川裁判』を精読した上で肯定的に評価した形跡がある。奥野の長男は文芸評論家奥野健男である。父が廣津の本を読んでいるのを確めた健男はある不安に捉われて、「廣津さんのを読んだ？　ぼくはずいぶん面白く読んだけれど、お父さんたち法律専門家から見たら、素人の文学者の書いた不備な点が多いでしょう？」と「否定的に問うた」というのである。健男にしてみれば同じ文芸に携わる者として、廣津への親密感は強かった。（それに奥野は廣津と同じ麻布中学の出身だった）が、それだけに、もし法律に「素人」の廣津が、基本的な所で専門家の失笑を買うような間違いを犯していたら……という一抹の不安は否定できなかった。しかし奥野判事は「いや、大変立派な本だ。ずいぶんよく調べているのに感心した」と、「言葉少なに答えた」という。父が風呂に入っている間に、置いてあった『松川裁判』を開けて見た所、どの頁にも線が引かれ「父の書き込みが見られた」——そして判決後更に「父は廣津さんの著書はすぐれたものだ。あのようによく調べた裁判批判の書ならあってよいという感想を、ぼくにぽつりともらしたことがある」（『素顔の作家たち』〈昭50集英社〉）——即ち廣津の『松川裁判』一巻は、最高裁判事という一人の、司法の最高位に立つ専門家の吟味に耐えるものであったのである。[4]

一、二審とも死刑を宣告された本田昇は、九月二十一日の廣津和郎の命日には、他の旧被告達数人と廣津家の墓のある上野谷中に墓参する。その時「〈廣津〉先生なしには、私たちの命はなかった」と毎年彼らの間で話合われる、という記事が朝日新聞「50年の物語」の第7話「ゆがんだレール」（'94・9・19）に報ぜられている。本当の自由主義者《リベラリスト》であった廣津和郎にしかできなかった仕事の意味を、この元死刑囚の人々程切実に感じ取った者はいなかっただろう。

廣津和郎という一作家が、どうして松川裁判の批判に全力を傾けることになったのであろうか。問題をそこに戻し、『松川裁判』一巻に結実する彼の批判の道程を探って行くこととする。

松川事件（昭24・8・17列車顚覆）が起った時政府官憲の対応の異常な早さが目立った。俗に言えば「待ってました」と言わんばかりのものだった。警察は付近捜査で現場脇の水田からバール（釘抜き）と自在スパナ（ナット回し）を発見し、これらは松川駅構内の線路班倉庫から盗まれたものと断定された。現場検証がまだ続く中、安西光雄福島地検検事正と新井裕国警福島本部（隊）長が、当日午後一時記者会見し、「今度の事件は明らかに玄人の計画的犯行であり、鉄道内部の事情を知っている者の犯行である」と発表した。一方当時の吉田茂内閣の増田甲子七《かねしち》官房長官は、翌十八日「今回の事件は今までにない兇悪犯罪である。三鷹事件をはじめ、その他の各種事件と思想的底流に於いては同じものである」という談話を発表した。冷静に考えれば誰しもまだ捜査が始まったばかりの時に、内閣官房長官がこのような予断に充ちた発表をすることが、如何に奇怪なものであるかを理解した筈だが、後に松川裁判批判の偉業を打ち樹てた廣津和郎でさえ「迂闊に増田官房長官の談話を信じ、それを思想的犯罪と思い込まされたものであった」と『松川裁判』の冒頭「1　事件の概要」に書き、続いて「筆者と同じように、国鉄労働組合や共産党は、何というあさはかなことをするものだと当時眉をひそめた国民も少くなかったことであろうと思う」と記しているのである。（坂本注。『松川裁判』の引用は中公文庫版〈昭51〉によった。）

ではなぜ廣津和郎ですら当初政府筋の声明を信じようとしたのか。それにはこの松川事件の背景について、極く簡単にでも語っておく必要を感じる。「背景」とは、十五年戦争（昭6〜20）に敗北したあとの、所謂「戦後」の歴史的社会的政治的状況を指す。(5) この状況の核心のみ一言で言えば、日本を占領した連合国側―実質はアメリカ軍―の占領政策が、日本の民主化を強力に推進する―財閥の解体、農地改革、教育改革、特高警察廃止、獄中共産党員の解放、婦人参政権、極東軍事裁判による戦犯の処刑を含む断罪―方向から、ソ連・中国等共産国との対抗上、日本の軍事基地化を半永久化し、財閥の復活、戦犯の復帰等々の、民主化政策とは逆の方向への転換（所謂逆コース）という事態だった。

一方、戦争終結に伴う資本主義の世界的恐慌から、日本でも経済復興のためと称し、公務員、国営企業（国鉄等）、民間企業の労働者の大量首切りが、占領軍の指導の許に強力に実行されようとした。当然労働界は反撥し、大規模の解雇に対し労働争議が相次いだ。中で最も強烈な労使の激突が、国鉄（今のJR）と東芝（民間企業）において行われた。この両者の労働組合には共産党の影響が強かった。昭和二十四年一月の総選挙で共産党は一挙に三十五名を当選させ、占領軍及びその指導下にある日本の保守政権は大きな危機感を募らせ、共産党並びに共産党員に対する様々な形での弾圧方策を次々と打ち出して来た。松川事件はこのような情勢の下に勃発したのである。

前記裁判関係一覧表を見れば解るように、国鉄と東芝の労働組合員が丁度十名ずつ――十名ずつというのが、偶然のようでいて、何か権力側の杜撰《ずさん》な作為を感じさせる――計二十名逮捕・起訴された中で、共産党員が十四名含まれている所に、権力側の、共産党（員）を狙い打ちにするという意図が露骨に示されている。そして党員以外の者は、このことの一種のカムフラージュとして巻き添えにされたばかりでなく、この事件によって党員を大量に死刑その他の重刑に追い込む、その最初のきっかけを、非党員である年少の赤間勝美被告の拷問に近い強制による虚偽架空の自白によって摑もうとしたのは、権力側の実に巧妙且つ卑劣な策謀であったと言わなくてはならない。

松川事件の背景は又、別の視点から探るべき側面を持っている。私は次にそれを、二つに分けて説明することとする。

㈠　下山事件と三鷹事件について

㈡　知識人を含む国民一般の、歴史的に培われた政治社会状況に対する心情的側面（権力への信仰心と共産党への偏見）

㈠この頃、妙に国鉄に関する事件が相次いだ。先ず国鉄第一次解雇が通告された翌日の昭和二十四年七月五日、国鉄総裁下山定則が行方不明となり、常磐線綾瀬と北千住の間（足立区五反野）の線路上で轢死体となって発見されるという事件が起った。その死因については死後轢断（他殺）か生体轢断（自殺）かで法医学者の説が分れ、決着がつかなかった。しかし他殺説は共産党による解雇怨恨説と、占領軍による解雇強要説に分れたので、この面で結局曖昧にせざるを得ないという事情があったらしかった。

三鷹事件。国鉄第二次解雇通告後、昭和二十四年七月十五日夜、中央線三鷹駅構内の下り一番線に、車庫から突然発進した七輛編成の無人電車が、停止線を突破して南口改札その他の建物をつき破り、向いの店屋に突入して漸く停止した。死者六人、重軽傷十五人が出た。翌日首相吉田茂は、これは共産党のなせる業として非難する声明を出す。労働組合員十二名が起訴されたが、第一審判決で、共産党員による共同謀議は「空中楼閣」として検察側起訴内容を全面的に否定し、竹内景助一人の単独犯行とし、他の十一名を無罪とした。（竹内にも証拠はなかった）。

右二つの事件の前にも三島事件（昭22）、庭坂事件（昭23）、予讃線事件（昭24）等の鉄道関係の事故が起り、何れも共産党が疑われたが、逮捕者は出なかった。しかし事件後の捜査の過程で、政府筋からその都度共産党（員）の犯行であることを匂わす声明や談話が出されたことで、第一に大量首切りに対するストライキを含む労働組合側の気勢が削がれ、結局権力側の所期の目的が達せられることになった。第二に一般国民に対し、――前記廣津が嘆いた通り――共産党もあさはかなことをする、という観念を植えつけた点、これまた体制側の思惑《おもわく》通りに事は運ばれた。

下山国鉄総裁の次の加賀山之雄新総裁は「下山事件を契機に国鉄の人員整理は無事に終了した」（昭34・7「日本」）と言い、石坂泰三経団連会長（当時の東芝社長）は「東芝の整理断行の決意を勇気づけてくれたのは下山事件であった」（昭34・10・11朝日新聞）と言った。これらの発言は、目的のためには手段を選ばないという体制側の恐るべき意図を、問わず語りに打ち出したものと言えよう。松川事件は権力犯罪として、従来の事件では遂に党員の犯罪を証明し得なかった〃失敗〃に鑑《かんが》み、今度こそ党員を逮捕して極刑に追い込むという、周到な用意で企てた、右幾つかの事件の総決算とも言うべき大規模なものとなった。この事件が十四年後に全員の無罪を以て終熄したとしても、「国鉄の馘首も東芝の馘首も滞りなく完了した」（『松川裁判』1「事件の概要」）のであって、このことは松川運動の輝かしい成果とは別に、絶えず我々の念頭に置いておかねばならぬことでもある。

(二)国民の〃心情的側面〃について

森鷗外の小説「最後の一句」（大4）は、元文三年（一七三八）というから吉宗の治世の話である。奉行所の白洲に坐った少女いちが、「お上の事には間違はございますまいから」と奉行に向って言う場面がある。いちは一生懸命訴えたいことを言い放っただけだが、作者鷗外の意は皮肉というものであろう。奉行の顔には驚愕の色が見えた。芥川龍之介の「地獄変」（大7）には、王朝時代の大権力者の牛車の牛に怪我をさせられた通りがかりの一老人が「手を合わせて大殿様の牛にかけられた事を有難がつた」という話が出てくる。古来民衆は、お上のことには間違はないと思って来たし、自分達を支配し傷つけ塗炭《とたん》の苦しみに追いやる権力者を心から有難がる。これある以上、権力の民衆支配は楽なものだ。唯、戦後はアメリカ輸入の〝民主主義〟のお蔭でいくらかやり難くなったというものだろう。（本評伝「補論〈3〉参照）

日本〝最高の知性〟小林秀雄でも次のように言っている。

松川事件の騒ぎが起った当時、私は無関心であった。騒ぎが大きくなるにつれて、裁判問題は裁判所にまかして置くべきだという常識から、私は寧ろ反感を抱く様になって来た。その後広津氏の著書を読み、初めて心を動かされたのである。（昭33・11「中央公論」アンケート）

東大法学部教授平野竜一（後東大学長）は次の如く言う。

「私は裁判官というものは少なくともそういうこと〈捏造《ねつぞう》・歪曲《わいきょく》・創作〉をするはずがないと思います。」（座談会「松川事件の見方」〈その三〉昭35・1「法律時報」）

右二人の日本の〝最高の知性〟の発言を、自白させられた被告太田省次の次の言葉と比較してみると面白い。

……それで私は警察官と検事は人格が違う。警察官は鬼畜のようなものであるが、検事は人格者であると思い。〈中略〉それで私はどの検事もどの検事も本当の話をきいてくれないので、畜生の皮を被った警察官と同じ人達だと思ったのです。（第一審最終陳述。『松川裁判』20「太田はいかに取調べられたか」）

この太田被告の陳述には確かなリアリティが感じられる。

信頼していた「お上」に裏切られた太田被告の絶望をここから読みとることができる。知識人も民衆も、かくの如く、「お上」への〝愛と信頼〟を頑《かたく》なに抱いていた。そうであればこそ、「お上」の「間違」を正し、これを立証することの困難が想像を絶するものだったのは見易い理というものであろう。

『真実は壁を透して』を読んで、廣津和郎と宇野浩二はそれぞれ「真実は訴える」と「世にも不思議な物語」他一篇を発表して、本格的な松川裁判批判を開始した。その中に、被告の訴えは「決して嘘や偽りでは書けない。」

「（被告達の）眼は澄んでゐる」（廣津）。「こんな、澄んだ目をした、晴れやかな顔をした、青年たちが、何でそのやうな大逸《だいそ》れた事をする筈があらうか」（宇野）——等々が捉えられて、二人が如何に嘲笑悪罵を浴びせられたかは前述の通りである。

だがこの作家達の、結果的には全く正しかった直観は、批判の前提であり出発点であったに過ぎない。特に廣津は黙々として、昭和二十九年四月から十年に亙って雑誌「中央公論」「世界」その他に松川裁判の批判を掲載し、「直観を客観的な認識にまで確立」（野上弥生子、前記「中央公論」アンケート）したのである。その内容は次章で検討するが、ここでは廣津に比して論ぜられることの少ない宇野浩二の二篇から、一節ずつを抜いて紹介しようと思う。

A「世にも不思議な物語」（昭28・10～11「文藝春秋」）

「世にも不思議な物語」といふ物々しい題をつけたが、初めはそんな風に思つたのであるけれど、今になつて思ふと、こんな話は、「不思議」どころか、今の世にザラにありさうな話であるから、今は大へん恐縮してゐる。

B「当て事と褌」（昭29・3「文藝春秋」[6]）

されば、あの作り事の『世にも不思議な物語』を、かりに、『当て事』とすれば、その『当て事』が向かう（つまり、鈴木裁判長の第二審の判決）から、はづれた次第であるから、下品きはまる『当て事と褌』といふやうな題を付けた所以である。

題のつけ方は、廣津の方が生真面目《きまじめ》風であるのに対し、宇野の方は宇野らしいひねった題だが、内容は一見題に相応しいように見えて実は、非常に鋭い追及がなされており、文献を丁寧にしっかりと読んだ形跡がある。引用Aは正にこの通りなのだが、皮肉たっぷりの表現ではある。又Bは、鈴木裁判長のいい加減な判決に対する宇野の怒りを表したもので、あんな判決を評するには、こんな「下品」な題で沢山だということであろう。

注

(1)松川裁判に関わった下級裁判の裁判長三人、及び全最高裁裁判官の人格・識見等については、松川裁判の主任弁護人だった大塚一男の『最高裁調査官報告書―松川裁判にみる心証の軌跡』('86〈昭61〉筑摩書房)参照。

(2)三好十郎の一文は「愚者の楽園」(昭28・9・24読売)。又、それに答えた廣津の反論は「甘さと辛さ―『松川事件』への一文をめぐって―」(昭28・10・6朝日)

(3)一例を挙げる。座談会「松川事件の見方―廣津評決と青柳論文をめぐって」(昭34・11〜昭35・1「法律時評」)においても、廣津は平野竜一・青柳文雄という二人の法律専門家と渡り合って一歩も退かない所か、寧ろ彼らをして曖昧な弁明的表現によって逃げの姿勢をとらせているのは、まことに見事なものであったと言う他はない。逆に純専門的立場から廣津を支持した法律家も数多くいる。青木英五郎『裁判を見る眼―広津和郎の裁判批判』(昭46一粒社)、岡邦俊『裁判と言論』(昭54農山漁村文化協会)等々。

(4)大法廷判決で多数意見の某裁判官が、廣津の『松川裁判』を読んでいるとして、「雑音」(最高裁長官田中耕太郎の長官訓辞〈昭30・5・26〉)に耳を傾けていたかの如く非難されたことがあったが、廣津の『松川裁判』一巻は、実は『上告趣意書』として正式に最高裁に提出されたものであるから、何ら非難さるべきものではなかった。(大塚一男「解説にかえて」〈昭56『裁判と国民』(下)廣松書店〉参照。)又、田中耕太郎の、前記「雑音」に耳を傾けるな式の、一種の恫喝めいた廣津への批判にもかかわらず、同じ最高裁判事で、松川最終審裁判長斎藤朔郎が、「法廷に出された証拠にもとづいた批判は、必ずしも〝雑音〟として拒否すべきでない」(昭38・9・13産経新聞)と述べているのは、田中発言との対照を際立たせていた。

(5)松川事件の背景について詳しくは伊部正之「混迷の渦中で―松川事件の背景」(『松川事件五〇年』'99・8あゆみ出版)参照。ただ本書は第2刷改訂版に拠る方がよい。松川事件の〝背景〟については、筆者も本書に負う所が多かった。

(6)廣津と宇野が「中央公論」と「文藝春秋」という有力な両雑誌に分けて執筆したのは、なるべく多様な読者に関心を持って貰いたいという意図に基づいていた。二人によって書かれた内容も、総合雑誌「中央公論」と、文芸雑誌「文藝春秋」の対照に相応しい表現のありようを示していた。

第十二章　廣津和郎と「松川裁判」(下)

松川事件(昭24・一九四九年)がもし戦前(昭20・一九四五年夏以前)に起っていたら、被告達は助かりようがなかっただろう。大逆事件(明43・一九一〇年)がそれを証している。大逆事件は、近代日本が〈明治政権誕生以来〉四十年を経、漸くその諸矛盾が頂点に達した「閉塞」の時代に起った、(1)恐るべき捏造《ねつぞう》(フレーム・アップ)事件である。罪なくして捕えられ起訴された二十六人のうち、十二人が非公開の暗黒裁判での死刑判決で、控訴の道もなく、明治四十四年(一九一一)一月直ちに処刑された。残り無期懲役となった十二人のうち、戦後まで生きた坂本清馬の弁護人だった吉田三市郎が、自由法曹団団長として松川裁判の弁護人になったということは、この両捏造事件の接点を示す象徴的意味を担うものであった。(2)大逆事件は、何の罪を犯さなくとも、秀れた社会主義者なるが故に、権力が如何にしても消しておきたかった幸徳秋水の名をとり、幸徳事件とも呼ばれる。

松川事件から今日まで五十年以上が経った。然るに大逆事件から松川事件まで、三十九年しか経っていない。その間に十五年戦争の敗北という事態があった。前章で私は、権力のあり方が松川事件以来変っていないので、いつ又我々の上に恐ろしい捏造事件が起るやも知れないので、松川事件(裁判)の意味を改めて問う必要がある旨記したが、又一方では敗戦による民主化によって、例えば裁判は公開となり、言論の自由が一応保証され、従って原則的に裁判批判も可能となった。権力の「非」を問い糺《ただ》す道が何とか開けた所に、戦前と戦後の決定的違いもあり、ここに歴史的にみた場合、戦前と戦後の同一性(継続性)と相違性とをきちんと腑分けして考えなければならない所以《ゆえん》があるのである。廣津和郎程そのことをよく理解していた人はいなかった。前章までに述べて来たように、廣津が如何に時代と向き合って来たかを考えてみればそれは当然のことであったと言える。例えば彼は松川裁判を論じた一文の中で次のように言っている。「『軍の権威』の前にみんなが唖《おし》になった時代はやれきれない時代であった」（「裁判と国民」昭29・1「中央公論」）。――これは苦しい時代に精一杯の抵抗を試みて来た人の言葉として重みがある。新しい「権威」の前に再び口を閉すことがあってはならない、という彼の歴史体験から学んだ教訓が、松川裁判批判の根底にあるのである。

廣津は最初「共産党もあさはかなことをするものだ」（『松川裁判』1「事件の概要」）という感想を抱きながらも、事件の真実を探って行くうちに、これが極めて政治的な事件であり、労働組合や共産党がこれを「デッチ上げ」事件だとして組織的な抵抗を試みていること、又彼らが政治的事件として声高に権力の非を糺《ただ》す気持も十分理解していた。「政治的事件」ということは、政府官権が、自ら仕立て上げた被告達が真犯人ではない、ということを百も承知の上で、如何にしても彼らを極刑に追い込む必要からこの事件を創作した、という意味である。しかし廣津和郎は敢えてこの事件の政治性に触れることを避け、あくまで刑事裁判として見る、という立場を崩さなかった。彼は前記「七対五の示す意味」（本稿第十一章参照）で次のように書いている。「……これを政治裁判と疑う人々の気持を、私は無理はないと思うのであるが、しかし私自身が第二審の判決文を検討し批判するのに取って来た態度は、これはあくまで刑事裁判として見ることであった。」――

廣津は、政府権力の持つ意図や力と、当時の労働組合や共産党の力量とを正確に計量した上で、自らの立場を定めたのである。裁判官というものは、一審なら一審、二審なら二審、最高裁なら最高裁という場においては、謂わば絶対者である。たとえそれが明白に誤った判決――白を黒と言いくるめるといった――であったとしても、無実の者を死刑囚にし、処刑することは可能なのである。そしてそれは、作家・知識人を含む一般民衆の「お上のすることに間違はない」とするお上絶対論に支えられているから、誰が見ても不当な判決であっても、これを覆すのは容易なことではない。松川裁判が、その被告の無実を証明するのに十四年という長い年月を必要とした所以《ゆえん》である。

廣津は権力の政治性に対抗するために、徹底的に政治性を排除し、判決文の誤りや捏造性を、全公判記録（自白調書、供述調書、法廷陳述、証人訊問、証拠その他）に徹して指摘し正して行った。廣津が資料としたものは、一点を除いて、(3)公判記録のみである。彼は『松川裁判』15「電話の問題」の中で、「今まで私は法廷に出された資料のみによって、この検討文を書きつづけてきた。被告諸君にじかに聞いた話でも、それが法廷資料になっていないものは、取上げることを避けてきた」と書いている。——即ち松川裁判批判における廣津の方法は、徹頭徹尾、実証的論理的であって、些かでも感情に流されることを自らに許さなかった。そしてそれは、批判の根柢に、無実の人間を死刑に追い込む官憲に対する怒りや、罪なくして死の淵に立たされた被告達に対する同情から、この裁判批判を開始したことと何ら矛盾するものではない。政治性を排除し飽くまで実証主義に徹すること、そこに廣津の松川裁判批判の、より高度な政治性があったと言うべきであろう。

〝文学〟の世界でなら、結果的にはその正しさを証明された廣津や宇野の、作家としての直観だけで勝負はつけられる。しかし事が裁判である以上、官憲や一般国民を納得させるためには、法律という相手の土俵に上って闘わねばならなかった。それでも法律の素人《アマチュア》が玄人《プロフェッショナル》に勝てたのは、プロの方に余りにも杜撰《ずさん》な論理の展開が目立ったためであるが、それすら、それを解るように国民《アマ》の前に明らかにするには、廣津の精密な分析と論証とを必要としたのである。この時、廣津の批評精神の中に、作家としての〝言葉〟の問題があることに注意してみたい。

松川裁判の弁護士後藤昌次郎は「真実は必ず勝利する」（『いまに生きる松川——松川事件50周年記念文集——』'99・7松川運動記念会）で次のようなエピソードを紹介している。ある大学で講演会のあと、学生のために色紙を何か書いて欲しいと言われた廣津は、「真実は必ず勝利する」といった言葉について「僕はそういうことは書けないんだ」とつぶやくように言った、それを聞いた後藤は「慄然とするほど胸を突かれた」と言う。又同書で橋本迪夫は、廣津の古希祝の席上、最後の挨拶に立った廣津が、なぜ長年松川裁判批判に精魂を傾けたかというと、〈面白いからやった〉と言った廣津の言葉を伝えている（「松川裁判と広津文学」）。廣津自身が書いたものでは「裁判と国民」（昭29・1「中央公論」）から二点をとり挙げてみよう。

「私はいかなる政治も裁判に圧力を加える事を最も恐れるものであるから、この裁判に対する国民運動が、政治闘争の形を取る事には反対である。〈中略〉裁判をかち取るなどという言葉も好もしいものではない。」（表記は全集による）

「『デッチ上げ』という言葉は私自身も言葉の響きがイヤなので、使うに最初躊躇したが、仙台の法廷で弁護人や被告の言葉に盛んに出たので、ついそれを使ってしまった。ほんとにイヤな言葉である。〈中略〉実際こんな言葉は一日も早くなくしたい。」（同右）

事実廣津の『松川裁判』にはこの「デッチ上げ」という「イヤな言葉」が頻繁に出てくる。しかしそれは、裁判官始め官権のやり方の余りの汚さ、不正、ごまかし、不自然等々が、更にその上に〈権威〉という衣を纏っているがための傲慢な品のなさを批評するには、こちら側も品のない言葉でも使わざるを得ないという、廣津の気持がさせたものだと思う。

（余談だが、私は以上のことを書いていて、廣津が若い頃書いた「チェーホフの強み」〈大5前出〉の次の一節を思い出した。「彼は人の心に食ひ入つてゐるさまざまな『虚偽』に対して、一歩も容赦しない、彼は人生の曠野から虚偽を狩り立てて行く。如何に錦を着ても、黄金の褥《しとね》に横はつても、高位高官に就いてゐても、結局『豚は豚である』事をちやんと見抜いてゐるのである。」

松川裁判から三十年も前に書かれたこの一文は、恰も松川裁判の「高位高官」——検察官や裁判官のために書かれたのではないかとすら思われる程のものである。）

これから廣津和郎の松川裁判批判について述べようと思うのであるが、一巻の『松川裁判』についてだけ[4]でもその量は厖大であり、これを全体的に過不足なく、更に要領よく紹介するなどということは到底不可能である。もし読者が直かにこの『松川裁判』を通読するなら、第一に、国家権力というものの持つ意志の恐しさ、それと対峙させられた時の一般市民（国民・民衆）の無力さを、列車顚《てん》覆という一事実以降に起った両者の具体的な対立とせめぎ合いの中に、予想を遥かに超える重さで実感されるだろうと思う。第二に、原資料（全公判記録）は厖大なだけではなく、その内容が複雑と難解を極め、うっかり読み過すと、検察官・裁判官の共同作業[5]によるトリックにかかって真実を見失うことになる。そこの所を、廣津がいかに精密に読み解き、官憲側の虚偽と恐しい意図とを明らかにして行っているか、その間然する所のない分析と追及の厳しさが十分に理解されてくると思う。

実は松川事件だけでなく、この頃に起った事件で、最高裁まで行って死刑が確定しながら、本人が無実を訴え続け、弁護団の血の出るような努力で再審に漕ぎつけ、結局無罪が決定した例が相当数に上る。私が知っている範囲で、最高裁「白鳥決定」（昭50・5）以後に再審が決定した九例を左に記す。[6]すべて誤判である。

これらは、警察・検察・裁判所の戦前からの古い体質——面子に捉《とら》われる所、自白を唯一の証拠とする自白偏重、検挙率重視の体質——からくる失態なのであるが、右のこれら諸事件と松川事件とは、官権の体質はそれとして決定的に違う一点があった。それは既に何度も指摘したように、今捕えられて被告席に坐わらせられている二十人が、真犯人ではないことを知り尽くしていた権力の上層部達が仕組んだ〝創作〞としての事件——という意味においてである。本章注（3）に引いた薄井信雄証人の廣津和郎宛書簡の中に「検事をさえ操った連中にデッチ上げられた云々」とあるが、これは検事や裁判官をも「操った」闇の権力の存在に気付いた一人の市民の鋭い洞察力が言わしめた言葉であろう。

　松川裁判の主任弁護人大塚一男の『最高裁調査官報告書』（前掲）に、誤判による死刑についてドイツではこれを「司法殺人」と呼んでいる、ということが紹介されているが、松川裁判は決して「誤判」というものではない。結果的には誤判だとしても、始めから誤判は意図されたものであり、権力犯罪と言われるものはすべて、権力側が謂わば〝確信犯〟なのである。そうでなければ、廣津がその『松川裁判』の至る所で引用している判決文が、真実を真実でないとし、真実でないものを真実らしく見せんがための、支離滅裂な舞文曲筆の様相を呈する筈がなかった。ただそこに鏤《ちりば》められた法律用語と、判決文特有の権威主義的な言い回しによって、論理的には矛盾だらけの内容を、牽強付会《こじつけ》と似而非《えせ》論理でとり繕《つくろ》ったものに過ぎなかった。

事件名	請求人	発生	罪名	確定判決	再審最終結果
弘前大教授夫人殺し	那須隆	昭24・8	殺人	懲役15年	昭52・2無罪
加藤老	加藤新一	大4・7	強盗殺人	無期懲役	52・7無罪
米谷	米谷四郎	昭27・2	暴行殺人	懲役10年	53・7無罪
財田川	谷口繁義	昭25・2	強盗殺人	死刑	59・3無罪
免田	免田栄	昭23・12	同	死刑	58・7無罪
松山	斎藤幸夫	昭30・10	同・放火	死刑	59・7無罪
徳島ラジオ商殺し	富士茂子	昭28・11	殺人	懲役13年	60・7無罪
梅田	梅田義光	昭25・10	強盗殺人	無期懲役	61・9無罪
島田	赤堀政夫	昭29・3	暴行致傷殺人	死刑	平元・1無罪

　それは単に悪文というより寧ろ恥しい文章と言うべきものだった。もし裁判官に、飽くまで謙虚に真実を明らかにしようという精神があったら、たとえ文章は拙くとも、どこかで人を納得させる光ったものが出てこなければならないだろう。然

るにこの判決文は、読む方で顔を赤らめずにはいられないような文面に充《み》ちているのである。

松川裁判で最も大事な点は、被告全員、どの一人をとっても、犯罪を犯したという物的証拠も情況証拠も皆無だということである。逆に彼らが犯罪を犯していないという証拠はある。それを検察で隠していた例も沢山ある。その最たるものが所謂「諏訪メモ」であって、検察はこれを九年間も隠匿《いんとく》していた。この証拠が公《おおやけ》になったことで、検察の描いた犯罪の構想は完全に崩れたのであるが、このことは後述する。

物的証拠もなく、自白もしていない人間に、どうして死刑や無期懲役の判決を下すことができるのか。例えば赤間自白である。警察は先ず、国鉄を馘首《かくしゅ》され、チンピラ仲間と喧嘩沙汰に及んだこともある――つまり警察にいくらか後暗《うしろ》い所を持っているような少年赤間勝美を、些細な傷害事件にかこつけて逮捕したが、調べは専ら松川事件についてであり、十日間朝から真夜中まで警察の密室で責められ、遂に警察・検察の構想通りの自白をさせられた。赤間を自白に追い込むために警察がいかに「驚くべき陋劣な手段」を取ったかは『松川裁判』3「赤間自白の問題」に詳しいが、判決は警察のこの「陋劣な手段」を含む一切の強制を認めず、却って「自白が十日間のような短時日で行われたことは強制・拷問・誘導尋問のない証拠である」と極めつけた。主観的な勝手な判断と言わざるを得ない（本稿注〈6〉参照）。この自白によって、国鉄側鈴木信・本田昇（以上死刑）、二宮豊・阿部市次（以上無期）、高橋晴雄（無期）及び、東芝側佐藤一（死刑）、浜崎二雄（十二年）が逮捕されたが、彼らに対しては一切具体的な容疑事項を取調べていない。だから彼らは最初何の容疑で逮捕されたのか解らなかったのである。警・検側はたとえ彼らに自白なく、物的証拠がなくとも、赤間自白を証拠として断罪し得るとし、裁判官もそれを認めた。このことは『松川裁判』27「他人の自白を証拠に仕立てる法律技術」、「附記　被疑者以外の者・被告人以外の者」に詳しく書かれている。

赤間自白は、松川裁判を裁判として成り立たせる最も根柢的なもので、もしこの自白に重大な点で虚偽があれば、被告達の有罪はすべて架空の仮定の上に成り立つものとなる。八月十七日未明、列車を顚《てん》覆させるために赤間と一緒に作業をしたとされる被告高橋晴雄は、第一審の法廷の被告席に並ぶまで赤間を知らなかった。赤間自白によると、赤間と高橋とは伊達駅事件という事件で出会い、一緒に逮捕されたことになっている。判決はそれを受け、そのことが動機で一緒に列車顚《てん》覆工作に参加した、となっているが、実は高橋被告は伊達駅事件に全く関係しておらず、又高橋と同様、本田昇・二宮豊両被告も右事件で検挙・起訴されている如くに判決文は記載しているが、高橋・本田・二宮の三人はそれまでに検挙・起訴されたことは一度もないのであって、こういう事実は裁判所で調べれば直ぐわかることであるのに、判決は事実を無視し、強引に赤間と高橋・本田を実行犯として結び付けているのである。廣津は「このような事実無根の事を第二審判決で勝手に創作するなどは全く許されない違法である」（7「高橋被告のアリバイ」）と述べている。しかし判決というものは、一旦出されてしまえば、違法だろうが虚偽だろうが実効性を持ち、上級審でそれが正されなければ、刑はそのまま執行されてしまうのである。廣津が『松川裁判』の至る所で「悪意の判決」と言っているのはそのためである。法廷に出るまで知らなかった男と一緒に、どうやって列車顚覆のような恐しい作業が出来ただろうか。

廣津和郎の『松川裁判』は31項目から成り立っている。廣津は31項目の総てに亙ってこの犯罪が成立しないことを立証して見せた。だが実はどの一項目でも、官権側の主張が否定されればこの裁判全体が崩壊する。例えば「7高橋」「11本田」「24佐藤」三人のどの一人のアリバイでも成立すれば、実行行為は総て成立しない。そして彼らに関わるあらゆる証言・証拠を、普通の市民の眼で公平に見れば、そのアリバイ成立は何れも疑うことはできないものである。高橋被告の場合、八月十六日夜から十七日朝にかけて、借間である鈴木家の二階で寝ていた。彼のアリバイを証明する者は、その晩一緒に寝ていた妻高橋キイ以外にはなく、又それは当然のことである。そして公判廷における高橋キイの、夫晴雄と共に過ごした十六、七日を含む数日間の行動証言は、里帰りや生後五ヶ月の子供のこと、又新しく購入したミシンのことなど、いかにも平和な家庭の雰囲気をよどみなく極く自然に写し出し、その末にその晩は夫と一緒に寝、夜中に子供のおむつを換えに何回か起きたが、その度に夫は横に寝ていた、と証言している。彼女の描く生活のリアリティにこそ、生き生きとした揺ぎない真実性は読み取れる。

しかし判決は身内の証言は一切認めない。そうしておいて、何の証拠もないのに、高橋被告が夜中に鈴木家の二階から下に降り、家を出て列車顚覆作業の現場に向ったと断定する。その際階下の家主鈴木セツが、その物音に気付くか否かについて、判決は次の如く言う。「高橋の外出に気がつかなかったとしても、高橋が外出しなかったとは言われない」。又高橋も本田も、破壊工作に行ったとされる往路も帰路も誰にも目撃されていない。しかし判決文は次の如く言う。「その間目撃者が現れないと言って、必ずしも同被告等がその朝森永橋で別れて、それぞれ帰宅した事がないとは言われない。」――「外出しなかったとは言われない」としても、それが外出した証拠にはならないではないか。しかし「ないとは言われない」という二重否定の修辞《レトリック》が、いつの間にか「外出した」「帰宅した」となって、被告達を重刑に追い込むのが、この裁判の判決文の常套的方法であった。

同様のことは本田昇被告についても言えた。本田は八月十六日夜、武田久方に招かれ、仲間達と一緒に酒を飲み、仲間が帰ったあとも一人残って、武田の妹であるヒサ子と恋愛談義をした――本田はこの時恋人の本心に疑問があり、恋人の友人のヒサ子に話を聞いて貰いたかったのであり、酒は好きでも、さして強くもなかった本田が、酩酊する程飲んだのもそのためだったと考えられる――そのあと酔った本田が心配だったのでヒサ子が本田を送って行く。青春期によくある一シーンである。途中で別れた本田はひどく酔って苦しくなり、国鉄労組支部事務所に立ち寄り、畳の部屋にころがり込んでそのまま寝てしまった。

しかしこの八月十六日の晩は、本田や高橋ら五人が列車顚覆現場に行って破壊作業をしたとされる晩であるから、裁判官側にしてみれば、本田が酩酊する程酔ってはならず、組合事務所などに泊って朝まで寝込んでしまっては困るのである。判決は十六日夜、本田が武田家で飲んだことは認めても、千万言を弄して酩酊する程ではなかったと勝手に推断し、事務所に泊ったことについても、八人の目撃証人の証言を悉く退け、たった一人の曖昧な証言にすがりつき、「理屈にもならないところに三百代言的ないいんねんをつけ」（『松川裁判』13「詭弁と歪《わいきょく》曲と捏造と」圏点原文）、遂に本田を泊らないことにし、破壊工作に出かけたことにしてしまったのである。（本章注3参照）

このような結論にもって行くために、裁判官は一貫して被告に有利な証言は一切認めず、証言の中に少しでも記憶の曖昧さがあれば、そこにつけ込み、そこから被告に不利な方向を導き出し、普通なら恥しくなるような詭弁《きべん》を弄し、証言を歪曲するだけでなく、証拠をすら捏造《ねつぞう》してしまう。裁判官の苦心は並大抵のものではなかったろう。こんなにしてまで「闇の権力」に奉仕しなければならないのか、市民常識では到底理解することができない。もし又、そんなことは信じられないという読者があれば、この上は廣津和郎の『松川裁判』そのものを精読してみて欲しいと思う。至る所に廣津の作家としての眼が光り、人生への深い理解と洞察力に裏付けられた、判決の虚偽と矛盾と悪意に対する容赦のない追及が、高い説得力を以て展開されていることを十分に納得されるだろうと思う。

最後に、二件の官権側による証拠類隠匿《いんとく》行為について、極く簡単に触れておきたい。

㈠高橋晴雄被告は第一審最終陳述で、自分は身体障碍《がい》者であるから、検察の言う列車顚覆作業や、あのような速度での長時間歩行は体力的肉体的に不可能であると訴えた。これに対して裁判長長尾信は判決文で、高橋被告が何らの証拠も提出せず、突如として最終陳述で主張した点から「措信できない」として訴えを斥けた。これは飽くまで真実を追求すべき裁判官としては驚くべき理不尽不公平な態度である。被告の訴えがいつであろうとも、被告にどれ程の障碍があるかを直ちに調べるのが責務というものであろう。実は（詳細は略すが）長尾裁判長は高橋の障碍については熟知していたのである。長尾は高橋の嘗て入院していた三つの病院に、ひそかに身体障碍の状態と程度につき問合せ、その回答があったのに、それを握り潰し、素知らぬ顔で「最終陳述で主張したから措信できない」とつっぱねたのである。卑劣な態度と言うべきであろう。

㈡松川事件に関する検察側の構想は、八月十三日と十五日に、国鉄労組と東芝松川労組との共同謀議があり、十三日の謀議で十五日の謀議参集が決められ、十五日の謀議で線路破壊が決定されたというものである。それを証拠立てるものは太田省次被告の自白以外に何もないのであるが、その太田自白は検察側の都合で度々変更させられ、到底信用できるものではなかった。そのため十三日謀議の存在は認められないこととなり、第二審判決でもそれを認めざるを得なくなり、その結果十三日にのみ関わったとされた武田久、斎藤千、岡田十良松の三人は無罪となった。しかし武田が無罪となれば十五日の謀議の招集者がいなくなったから、十五日謀議も本来なら認められない筈なのに、十五日謀議だけは破壊工作の唯一の根拠であるから、これを否認すれば事件は成立しなくなり、検察の構想を、あの三鷹事件のように「空中楼閣」とせざるを得なくなる。そこで第二審の判決はどのようにしてこの十五日謀議を成立させようとしたか。

「原判示第三〈国鉄13日謀議〉の事実に関する太田被告の自白には疑点があるというものの、本件犯行の全経過及び太田自白の中原判示第三㈥（佐藤一の加わった国鉄15日謀議）㈦㈧㈨に関する部分が、少くともその大綱において措信し得ること及びその供述がなされた経過に鑑み同第三㈠に関する部分も全然架空の供述とは認められず、8月13日正午頃太田が国鉄支部に行った際居合せた国鉄側被告の誰かから列車顛覆の計画あることを打明けられ、かつそれについて8月15日に打合せを行うから、東芝側からも出席せられ度い旨の申入れを受けたという程度においては之を信用し得る。（第二審判決七—4）

判決は遂に何の証拠にもよらず、太田自白の中にもない「誰か」という招集者を苦しまぎれに「デッチ上げ」てしまったのである。私が前に「恥しい文章」と言ったのはこのような判決文を指す。これに対して廣津は次のように辛辣《しんらつ》に批評した。「太田自白はその述べている点では疑点があるというものの、述べていない点で信用できるところがある」（『松川裁判』19「裁判官の証拠捏造」）と。名言であろう。

このような判決の虚偽性は、佐藤一被告が十五日の共同謀議に出席できる筈もないということを示す所謂「諏訪メモ」という物的証拠の出現によって完璧に立証されてしまった。これが立証された以上、被告達によってなされたとする松川事件は一挙に崩壊したのである。この証拠を検察は故意に九年間も隠していた。検察は真実の追求という責務を放棄し、「闇の権力」に奉仕した。「闇の権力」の存在は、こんな虚偽に充ち充ちた判決を書いた長尾第一審裁判長も、鈴木第二審裁判長もこの裁判後、所謂「栄転」をしたことによっても、その一端は察せられるだろうと思う。

松川裁判の被告団には最初から種々の対立要因があった。国鉄組と東芝組。自白組と非自白組。無罪組と有罪組（第二審）。有罪組中の死刑組と有期刑組。感情の次元に限れば家族をも巻き込んで深刻な対立が起っても不思議ではなかった。しかしそれは抑えられた。非自白組は自白した者が、どうして自白に追い込まれたのかについて、冷静な認識を抱くようになり、憎悪は自白に追い込んだ官権に向けられた。一審二審共死刑判決の本田昇被告は「生と死とに対決した青春」（昭34・9「中央公論」松川事件特集号）で次のように書いている。

　赤間君の自白についてもよくきかれる。けれども私は当時から彼の自白に対してあまり怒った記憶がない。怒ったりして感情をさしはさんでしまって、事の本質が見えなくなることをおそれたので……

被告・家族・支援者が一つになって謂わば近代日本で唯一度の〝人民戦線〟を形成することができた。その中心に廣津和郎が坐ることでそれが可能になったのだ。

志賀直哉が「最後のつもりでこの本を作った」と自らその「あとがき」に記した自選作品集『枇杷の花』（昭44新潮社）は亡き廣津和郎に捧げられている。そこに裁判批判に打ち込む廣津を支援する三篇の文章が入っている。又、廣津桃子の『父 広津和郎』（前出）には生前の廣津と志賀の間に交された次の対話が記されている。「広津君に、自分の眼は間違いないと思うんだね、と僕はきいた。広津君は間違いないと答えた。そのあと、もう一度たずねた。広津君は間違いないと答えた。僕は広津君の眼を信じたのだ」――そこにはもし廣津が間違ったら自分も間違おうとする志賀の廣津に対する絶対の信頼感があったことになる。又廣津は宇野浩二の追悼会で、志賀が最後まで自分を支え、励ましてくれた、もしそれがなかったら自分は挫折したろう、という意味のことを言ったと、これは井伏鱒二が「思い出すこと」（昭43・12「心」）の中で伝えている。

＊　＊

明治の作家廣津柳浪の次男として生れ、早く母を失って淋しい少年時代を送った廣津和郎は、麻布中学ではその創始者江原素六の理想主義的自由主義と、底抜けの寛大な教育方針の影響を受け、そこから進学した早稲田大学文科では、坪内逍遥や島村抱月という、文壇の第一線で活躍する教授達の特異な個性に触れ、又同人雑誌「奇蹟」を創刊した仲間達、及び生涯の友となった宇野浩二らとの交遊関係から、生涯を決する作家としての生き方を学んだ。その間古い型の作家父柳浪が、秀れた作品を書く力を失い、殆ど無収入の貧乏生活に陥っても、決して父を恨むようなことをせず、父を労《いたわ》り、却って現実に妥協しない父を尊敬し愛した。又、人生の道を踏み外し、非行に走って一向に改めることをしない実兄俊夫に悩まされながら、そのことで苦悩する父を支え、常に父のよき相談相手となり、父と継母の経済生活を筆一本で最後まで支え切った。

〝若き日〟（「悔」）の失恋と、後に妻となる女性との誤ちに苦しみ、女性遍歴の末、生涯の伴侶松沢はまを得たが、最初の妻との間に二人の子をなしたこともあり、その責任をとるために離婚をしなかったので、松沢はまを遂に入籍することはできなかった（第一章及び巻末資料(II)(III)参照）。

大正末期から昭和初年へかけての革命運動の昂揚に動揺したが、結局左傾せず、従って弾圧による運動の崩壊期に転向もせず、大正期のデモクラシーと自由主義《リベラリズム》の精神を固守し続けた。その時代の転換期に動揺して自殺に追い込まれた芥川龍之介とは、宇野浩二の精神異常——入院という事態に際して接近したが、芥川に対しては、その繊弱な精神と時代への誠実な対応の仕方に心を打たれ、深くその死を哀悼《あいとう》した。

二人の子のうち長男賢樹《けんじゅ》を、昭和十四年腎臓結核のため二十四歳で失い、耐えられぬ苦痛を味わったが、折から進行するファシズムの流れに抗し、文学者の立場からぎりぎりの批判的発言を続けた。戦時中は特に志賀直哉と親しい交遊関係を続け、共に時局を嘆き、軍部の強行的戦争政策を批判しながら支え合った。その間軍部に迎合するが如き仕事はせず、「藤村覚え書」（昭18・10「改造」）、「徳田秋聲論」（昭19前掲）といった評論の名作を書いた。

戦後の混乱が収まりかけようとした時期に起った数々の鉄道関係の事件のうち、松川事件を裁く松川裁判に疑念を抱き、友人宇野浩二と共に裁判批判を開始し、「文士裁判」「素人裁判」という嘲罵に耐えながら、裁判の誤りを正して行き、最後に無実の人々を救った。ここに「文学者と裁判——広津和郎氏の場合」（昭33・8・30文化放送）で語った廣津の言葉を引用して本稿を閉じようと思う。

「「第一審、第二審の判決文に表れているような人間生活に対する考え方でもって、本当に証拠のない人間が死刑にされるということは、もうじっとしていられなかったのです。人はいろんな点で正義感が持てると思うんですよ。戦争なんかしていると、人を殺してもいいという正義感が浮んだりする。それから思想の問題ではイデオロギーが違っていれば相手をやっつけていいと考えている。そういうところに一つ一つ正義感がありますが、そういうものはみんな低い正義感だと思うんです。けれども裁判というものは、われわれの考えられる最高の正義感であってほしいわけです。われわれの考えられる公平、われわれの考えられる最高の正義であってほしいと思うんです。何よりも、裁判の正義はいちばん絶対に近いものであってほしいと思うんです」（本田昇『松川事件と廣津和郎先生のこと―無罪確定三十年に―』〈'93・9『民主文学』による〉）。

＊　＊

廣津和郎は心臓病が悪化し、主治医の強いすすめで昭和四十三年九月十六日熱海国立病院に入院したが、尿毒症を併発し、九月二十一日永眠した。廣津桃子によると、兄賢樹の死（昭14・9・24）以来父和郎と顔を合さなかった母〈ふく〉も棺の側に坐った。出棺の時、志賀直哉の希望で志賀の字「廣津和郎記念講演会」の写真を棺に収めた。

出棺やみな前のめり　残暑なほ　　都筑智子

の句を以て、桃子の「最後の数日」（『父　広津和郎』）は閉じられている。

注

（1）石川啄木は大逆事件に大きな衝撃を受けた一人であり、その衝撃から明治四十三年八月「時代閉塞の現状」という論文を草したが、その生前に発表できなかった。明治四十年代の行き詰った時代の現状を見事に分析した秀れた論文である。

（2）吉田三市郎のことは、松川裁判主任弁護人大塚一男『私記　松川事件弁護団史』（'89日本評論社）P.123に記載されている。なお坂本清馬には『坂本清馬自伝　大逆事件を生きる』（昭51新人物往来社）がある。坂本清馬は昭50・1・15に89歳で亡くなった。朝日新聞の当時の「声」欄（昭50一九七五・1・24）に宮沢望という人の投書「坂本清馬氏をしのぶ」が載っている。参考のために以下に引用する。

「大逆事件ただ一人の生き証人坂本清馬が一月十五日亡くなられた。大逆事件が明治政府によるデッチあげだったことは、今はもうだれの目にも明らかだが、法的にもその無実を明らかにしたいと、再審請求を申し立てた坂本さんに対し、裁判所は棄却という残酷な答えを出した。〈中略〉／国家権力によるデッチあげ事件、それは戦後も相次いでいる。松川、メーデー両事件に代表される一連の公安事件、また狭山事件の石川一雄さん―以下略―／大逆事件の生き証人が一人もいなくなったいま、私たちがそれを過去のヤミの中に消し去ってしまうなら、今日の数多い権力によるデッチあげをも見逃してしまうことになるだろう。」無実の人間を捕えて一旦は死刑の判決を下した国権に対し、後無期懲役刑に減刑されたとは言え、坂本清馬の無念の思いと、国権に対し無実を認めさせたいとする執念は、松川裁判の全被告達にも通ずるものがある。

（3）この「一点」とは、『松川裁判』「15　電話の問題」（本文参照）の「附　薄井信雄から筆者への手紙」のことで、それは薄井が八月十七日の早朝電話で国鉄労組支部に泊っていた本田昇（一審二審とも死刑）と電話で話したという証言が裁判官に認められなかったことに対し、「私自身間違いなく本田昇と電話で話をした訳ですから、誰が何と言おうと、本田は無実です。勿論あの二十名は、検事をさえ操った連中にデッチ上げられた犠牲者であり、あくまでも無罪です。」――本田が十六日から泊っていたという証言はこの他にもあるのに、判決文では詭弁を弄して認めなかった。認めれば本田を顛覆実行犯とするわけに行かないからである――廣津はこの薄井書簡を法廷証言として補強する価値あるものとして公開したのである。尚この件に関しては「15　電話の問題」の他に「11　本田被告のアリバイ」を参照して欲しい。

（4）『松川裁判』の他に『松川事件のうちそと』（昭34・3光書房）、『松川裁判の問題点』（昭34・7中央公論社）、『松川事件と裁判―検察官の論理―』（昭39・8岩波書店）、以上の他雑誌掲載の主な松川裁判関係のものは、全集第十一巻に三十篇収録されている。又廣津の死後上梓されたものに『裁判と国民』上下二巻（'81・9〜11廣松書店）がある。

（5）裁判は本来検察側と被告側（弁護側）が対等に意見を述べ、それを裁判官が公正に診断して判決を下すべきであるのに、この裁判では裁判官は常に検察側に同調し、寧ろ検察側と手を結んで被告を断罪している。（『松川裁判』27「他人の自白を証拠に仕立てる法律技術」第四章参照）。

（6）この九例のうちその殆どが、昭和二十年代に起き、昭和五十年代から六十年代にかけて無罪を獲得している。これは新刑事訴訟法の運用に不慣れだったからという説もあるが、最近の我々の記憶に新しい所でも、無罪が最終的に確定した冤《えん》罪事件に、甲山事件、宇和島事件等がある。特に後者は、誤認逮捕の末、虚偽の自白に追い込まれ、起訴された男性に対して、真犯人が出たため、検察側が無罪論告をしたもので、もし真犯人が出なければ、この男性が有罪になったことは間違いあるまい。尚、この男性が自白したのは任意同行から六時間後である。松川事件では最初の赤間自白が十日もかかったのに、裁判官がこれを短時間で自白したのだから信用できるとしたことが思い出される。(宇和島事件のことは'00・5・26各紙夕刊による)。又、この男性は無罪となったものの、一旦逮捕され、長い間拘置されると、釈放されても周囲の眼は冷たく、職を失い困窮しているということがテレビで報道されていた('00・9・14)。国家権力とは何かを考えさせられる。

最近の典型的冤罪事件では布川事件が挙げられる。三十二年前の強盗殺人事件で、二人の青年が逮捕され、一審、二審、最高裁で一旦は無期懲役が確定した。しかし松川裁判と同じく、証拠は二人のあいまいな自白のみで、その他の物的証拠は皆無、現場に残された多くの指紋も二人と一致するものはなかった。弁護側の再三の特別抗告でやっと再審開始が決定された—'05・9・26—(この布川事件については'06・4・23に追加執筆した)。

補論（1）夏目漱石と廣津和郎

日本近代文学史の上で、夏目漱石と廣津和郎とは、互に何の関係もないことになっている。漱石の死は大正五年（一九一六）、廣津の批評家としての文壇初登場が同じ大正五年なのだから、二人に接点は生まれようもない。廣津の方からも、漱石に関する言及は殆どない。漱石は私《わたくし》小説とは縁のない作家であるが、廣津は純然たる私小説作家である。但し廣津は所謂「性格破産小説」として客観小説も書いたが、その創作意図や、その意図の持つ文学的重要性は別にして、作の出来は私小説の方が遥かに秀れていた。文学史的に言うと、廣津の「性格破産者」は漱石の「高等遊民」と関係があると思うが、このことについては後述する。

僕はこの二人の作家が共に大変好きである。一方は東大派でどちらかと言えば文学史では反自然派に属する。一方は自然主義の流れを汲む早稲田派である。一方は中学校・高等学校（旧制）の教員を勤め、イギリスに留学し、帰国した後は第一高等学校で英語を、東京大学で英文学を講じた。そして四年後朝日新聞の専属小説作家となり、明治四十年から大正五年、胃潰瘍で亡くなるまで、連載小説を書き続けた。その作風はリアリズムを基調にしながらも、極めて構成的であり、思想性と問題性に富んでいる。しかし新聞小説を書く以上、その読者が、文芸雑誌の読者が一部の文学青年に限られているのと違い、あらゆる学部の学生、会社員、労働者、店員、家庭の主婦、中学生や女学生にまで及んでいることを知っていた（「彼岸過迄」序参照）。従って文章は平易明快であり、人生に対する重い課題を、その歯切れのよい文体の中に展開させている。

一方の廣津和郎は、教員免許の取れる道を自ら閉ざし（『年月のあしおと』第二十八章参照）、半年の新聞社勤めの他には、教員は勿論宮仕えの経験は全くなかった。漱石が十年の教員歴と二年の留学体験の故に、広い社会的視野を有していたのに比べると、廣津は私小説作家に相応しく、その人生体験が狭い文士生活に限定される傾きにあった。廣津の名作の一つに、自ら〝実名小説〟と名付けた『小説同時代の作家たち』がある所以《ゆえん》である。又彼の生涯を回想風に綴った『年月のあしおと』が、作家である父柳浪と、その属した硯友社の人々の話から出発し、自らの文士仲間との交遊関係——「奇蹟」の同人達や宇野浩二などの早稲田派、志賀直哉や芥川龍之介等々——を興味深く綴っている所にもそのことは窺われるであろう。

因みに漱石の場合、随筆や文芸評論・社会評論等にも数々の味わい深い、又重い課題を負った作品があるが、それらと小説の間には画然とした相違があるのに対し、廣津の場合、小説・評論・随筆の間に区別というものがない。小説「あの時代」は宇野浩二論、芥川龍之介論にもなっている、逆に「志賀直哉論」「徳田秋聲論」といったいかめしい標題の作家論も、前記「年月のあしおと」なる回想録も、その読者には良質の小説を読んだと同様の感銘を与えるのである。

「自由への志向」という点になると、漱石は明治の時代既に大正デモクラシー、大正自由主義《リベラリズム》を先取りするような考え方や感情感覚の表れ方を、その作品と生き方を通して示していた。漱石が明治維新成立一年前、江戸時代最後の年である慶応三年（一八六七）生れであることを考えると、これは驚くべきことで、同年生れの石橋思案、幸田露伴、正岡子規、尾崎紅葉と比較してみても、その新しさは群を抜いたものだった。一方、明治二十四年（一八九一）生れの廣津は、明治四十年代から大正初期にかけてその青春時代を送ったが、大正自由主義のピークである大正八年（一九一九）に二十八歳、小説の代表作「悔」（→「若き日」）と評論の代表作「志賀直哉論」を発表し、小説と評論の両面で大正文壇に不動の位置を占めた。その後も自らの筆一本で養わねばならぬ三家族を抱え、文筆労働を続けた。

大正時代は日本の近代で唯一戦争のない時代、欧州戦争でドイツ軍国主義に対抗した英仏米のデモクラシー側についたため、戦後、デモクラシー、リベラリズムの思潮が導入され、文学にとっては「幸福な時代」（山本健吉）を迎えた。それが昭和の軍国主義への傾斜と共に、プロレタリア文学とブルジョア文学に二分された文壇で、プロレタリア文学に一定の理解を示しながら左傾もせず、従って又プロレタリア文学の崩壊期に転向もせず、大正自由主義の精神を保ち続け、軍国主義や侵略主義に同調するに至った嘗ての自由主義者に対し、あの困難な昭和の戦時中にも自らの立場——真正リベラリズムの立場を貫き通した。

その自由主義《リベラリズム》の精神は、戦後の権力犯罪である松川裁判の批判に際しても十全の力を発揮した。こういう想像は全く無意味なのであるが、もし夏目漱石が戦後まで生きていたら、必ずや廣津の松川裁判批判を肯定し、支援したに違いないと思う。第一に、漱石程権力を嫌い、真実と虚偽とを鋭く判別する力を持ち、正義感が強く、又人間の馬鹿正直な一途さを愛した作家はいない。廣津はその松川裁判批判において、権力の犯罪行為を白日の許《もと》に、誰の眼にも解るような形で写し出した。廣津が漱石について言及した数少ない文章「『甘さ』を恐れるな」（昭和31・1・1「新潟日報」）がある。ここで廣津は現代知識人の風潮として、「単純」「むき」「甘さ」「バカ正直」をひどく軽蔑する傾向のあることを批判し、漱石の「坊つちやん」の正義感を高く評価している。

ここで前述の「高等遊民」（漱石）や「性格破産者」（廣津）の問題に移ると、実はこの両者の前に、二葉亭四迷「浮雲」の主人公が、ロシア文学の伝統的存在としての「余計者」の風貌を有っていることにも触れる必要が出てくる。事実廣津には二葉亭への親近感が強く、数多くの二葉亭論を書いている。創作の主人公の性格としてのこの三者の共通点は——学問や芸術に関わる能力はある、豊かな人間性を有っている、何が真実で何が虚偽であるか、又は虚偽が真実の装いを有つことの如何《いかが》わしさを見抜く鋭い直観力と洞察力《インサイト》を有つ――しかし良心があり過ぎて行動に決断力を欠く、ぐずであり、馬鹿正直なるが故に、生き馬の目を抜くような俗世間からは疎外されざるを得ない――これを簡潔に表現すると「意気地のない所が上等なのである。無能な所が上等なのである。猪口才《ちょこざい》でない所が上等なのである」(「吾輩は猫である」十章)という、猫の苦沙彌先生評に尽きるのである。上等人種ではあるが、損得勘定が不得手、生きるに不器用で、この世に存在の場がない――以上が右三者に共通する性格である。

かかる存在を生み出した作者達は又共通した近代文明観を抱いている。廣津の二葉亭四迷論でもある「一本の糸」(昭和14)の中に、「それ等の青年達は何でも直ぐ理解してしまつた。が、何事にも深くこだはる事はなかつた。もつとも、それと共に日本の進歩もめざましかつた。よその国の百年で経験する事を、十年、十五年で経験した」という一節がある。又「島村抱月」(昭和25・4「改造」→『同時代の作家たち』)には「この日本の興隆期に、その興隆の仕方の空しさが、何か『まこと』を求める人達の胸に芽ぐんで来てゐたのではないか」とある。これらの言説は漱石の「現代日本の開化」(明44・8講演)の考え方とぴったり一致する。そしてこの考え方は、漱石の代表的高等遊民である「それから」の主人公長井代助のものでもあった。これらのことは、「浮雲」の内海文三、「それから」の代助、「神経病時代」の鈴本定吉に何らか血の繋りを思わせるに十分である。

漱石と廣津の、接点がないかに見える関係に、今一人芥川龍之介という存在を置いてみると、文学史的に内容のある意味が、一つ浮き出てくるのではないか、ということがある。

最後に今一つ、漱石と廣津の共通点として一つだけつけ加えておく。漱石は

「元来自分の考は此男(注・米山保三郎)の説よりもずつと実際的である。食べるといふことを基点として出立した考である」(「処女作追懐談」明41・9「文章世界」)

と書いたが、この「食べるといふことを基点」とした漱石の生に対する姿勢は、又廣津その人の考えでもあり、生

き方でもあって、このことはこの『評伝』本論をお読みになった方にはおわかり頂けることと思う。

補論（2）「さまよへる琉球人」をめぐる問題

「民主文学」二〇〇〇年の一月号から十二月号まで私は「評伝　廣津和郎」を連載し一応終結した。しかし廣津和郎についてはまだ若干書き足りないことがあり、今回二回の予定で書き残したことを述べてみることとした。第一回は廣津の小説「さまよへる琉球人」について。

廣津和郎の著作年表を見ると、文壇的処女作「神経病時代」を書いた大正六年（一九一七）以降、毎年雑誌の正月号には創作数篇を発表している。有力雑誌の正月号に創作を載せるのは、その作家の文壇的位置を示すものであったから、作家は正月号の創作には特別力を入れたものである。所が廣津は大正十二年の一月号には随筆一篇を発表したのみであり、創作は「改造」八月号「兄を捜す」まで一作も書かれなかった。

それには、大正十年代に入って廣津の創作力が衰えたということもあったが、大正十一年十月、モーパッサンの長篇小説の翻訳が売れて小一万（『年月のあしおと』六十四章による。注・二〇〇〇年現在なら五千万円以上と見てよい）の印税が入ったという事情があり、生れて始めて生活のために齷齪《あくせく》しなくとも楽に年末年始を過せるという、そういう気の弛《ゆる》みがあったことも確かだった。そのモーパッサンの訳とは『美貌の友《ベラミイ》』である。廣津はこの翻訳を数年前試みたが、その性的描写の故に発行が許可されなかったもので、今回改めて許可されてみると、嘗《かつ》て発行できなかったことが却って人気を呼び、廣津の手許《てもと》には前記の如き少なからざる印税が入った。『美貌の友』は大正十二年一月には早くも四十版を数えている。これは天佑社刊「モウパッサン全集」全十五巻の第一篇（改版）として上梓されたものである。本書巻末の全集広告文を見ると――「性欲の権化とも称すべき美青年が其美貌を恃《たの》んで盛んに獣的生活を縦《ほしいまま》にしながら、巧みに自己の社会的地位を高めて行く経路を最も大胆露骨に描写したる有名なる大長篇傑作也。」――という甚だセンセーショナルなものだった。こういう訳書が許可になったという所にも、大正時代の自由の雰囲気が窺われるであろう。

――以上が、廣津和郎「さまよへる琉球人」（大15・3「中央公論」）を論ずるための前提である。

「さまよへる琉球人」の主人公は「自分」。「自分」は廣津自身であって、そこに書かれたことがらが事実に近いものであることは、年譜や『年月のあしおと』（六十三、六十四章）に徴して確かめられる。小説の中で「モオパッサンの長篇を飜訳出版して」とあるのは前記の通り『美貌の友』であり、又関東大震災の直前に廣津が「尠からざる印税」によって出版社を起し、信頼した人間に裏切られて大失敗し、印税を使い果しただけでなく、多大の借金に苦しめられたのも周知の事実であった。

この小説は先ず「自分」〈廣津〉の下宿の部屋に、ある日突然尋ねて来た奇妙な人物との関わりから始められる。その人物は案内もなくいきなり「Hさん〈廣津〉のお部屋はこちらでございますか？」と言って障子を開けて中を窺った。凡そ作家――特に私小説作家は、自らが棲む狭い私的空間や時間を他から犯されることを極端に嫌うものである。「自分」も「不機嫌を露骨に表し」ながら応対した。その男は細川弦吉の紹介で来たと言って細川の名刺をさし出した。（注・細川弦吉は作家細田源吉のこと。この小説に登場する人物は殆ど実名がわかっている。以下実名は括弧《かっこ》で示す。細田は廣津と同じ早稲田大学英文科卒。後プロレタリア作家となる）。そしてその男自らは見返民世《みかへるたみよ》（嘉手苅信世〈冷影〉）と名乗り、新案特許を取った石油焜炉《こんろ》を売って歩いていて、多くの文士に買って貰ったと言い、「あなたにも一つ買つて頂きたいと思ひまして」と言って風呂敷の中から小さい石油焜炉を取り出した。

見返民世がその焜炉の用途を説明するのを聞いているうち、「自分」は最初の不機嫌が次第に消えていくのを感じていた。この男の「エヘヘ」という追従《ついしょう》笑いが巧んだものでなく「一種の愛嬌」があり、「人を喰つた」ものでありながら「或爽かさ」を感じさせるものでもあって、遂に「自分」はその男に対し、厚意をすら感じるようになっていた。時は大正十一年十二月、「自分」は前記の如く懐具《ふところぐ》合《あい》が近年になく豊かだったこともあり、その焜炉を買うことにした。それからその男は毎日のようにやって来、「自分」は見返の求めに応じて何人かの作家に紹介状を書いてやったりもした。見返民世は琉球人だった。彼は「自分」と親しくなると、琉球の経済的窮乏について興奮して語り始め、内地の資本家の餌食になる沖縄農民の悲惨な生活の現状を訴えるようになった。彼らにとってはあの地獄のような内地の炭鉱すら極楽に見えるという。「自分」は感動もしたし義憤も感じた。

所が一方、懐具合が好くなって当面生活の心配がなくなると「自分」は小説を書く気力も薄れ、物事への熱情を失い、何か惰眠を貪《むさぼ》っていたいというダルな気分に陥っていることに気付く。実を言うとこの琉球人から焜炉を買ったり、見返がそれから「自分」の部屋に入浸《いりびた》りになるのを容認し、暮の町を見返を連れて散歩する、といった関係をずるずる続けて行ったのも、何とはない怠惰な気分に支配されていたからだ。従ってその沖縄の生活の窮乏と悲惨に義憤を感じたりはしても、結局はそれは「他人事」であって、「つまり義憤も同情もぐうたらになつてしまふ」のだ。

見返民世はそうしたある日、琉球人が故郷にいても安閑としていられず、又内地に出て来ても落着くことができないと言い、「さまよへる琉球人か。――悲惨ですな」と自嘲気味に言った。そうかと思うと今度は突然焜炉販売人の口調になり、前の焜炉よりは暖い「ほんたうの石油ストオヴ」を買え、などと言いだす。「自分」は、彼が沖縄の農村問題で今の今まで興奮していたのが、急にストーブ販売人の口調になったのも面白ければ、新しいストーブを買わせるために、ついこの間自分が売りつけた焜炉の悪口を言い始めたのも面白く、「持つて来給へ」と言って買うことを承諾した。「何と云ふ事なく、この男にはそんな風に釣込まれてふらふらと買ひたくなるといふ事も面白かつた。」――

こうして見返は馴れ馴れしくなり、ある時など早稲田のカッフェにいる女給の娘にやる手袋を買ってくれないか、などと「自分」に無心したりした。すると「自分」は、この風采の上らぬ男が、早稲田の学生達と競《きそ》ってカッフェの娘に手袋をやってその娘の歓心を買おうとする様が思いやられて「愉快」になり、見返に手袋を買ってやることになってしまう。

大体廣津和郎の回想録などを見て行くと、彼は普通の人間なら腹を立てて怒り出す所を、笑い出したり面白がったりするという傾向があることに気付く。これは廣津という人間が、自らを客観的に見るだけでなく、他人の行状をも余裕を以て見つめ得る能力を授けられていた、ということによるのではないか。そしてそれは、無気力で「ぐうたら」な「惰眠を貪ってゐたい」気分と裏腹をなすものでもあった。

一つだけ例を『年月のあしおと』第六十三章から引いてみる。直木三十五がまだ本名植村宗一を名乗っていた頃、雑誌「人間」（大8～11、人間社発行）の編集をしていて、廣津にある時小説を依頼して来た。その原稿料を振替で送って来たので、それを下宿料にしようとした所、相手方の預金不足で郵便局が払ってくれない。そこで廣津が直木に抗議に行くと、直木は「済まなかつた」とも言わず、「それじや、他《ほか》が先に取りに行つてしまつたんだな」とひとり言のように呟《つぶや》いてそのまま黙ってしまった。「私はその顔を見ている中に吹き出してしまつた」というのである。而もその時から廣津は直木と友人になった。人間社の直木の家を尋ねると、そこには常に債鬼が押し寄せていたが、直木は何を言われても返事もせず、無言の行で債鬼を追い返していた。そして廣津は書く。「この借金攻めに会つて逼塞《ひつそく》している直木に興味を持つたというのは、私の当時の『低迷』主義によるものなのか」と。――この

〝低迷主義〟というのは、「さまよへる琉球人」にもしきりに出てくる「ぐうたら」で「投げやり」な「自分」の生活態度と同じもので、それが見返の狡猾《こうかつ》さやずうずうしさを何となく許容してしまうことにも繋ってくるので、これは実はこの小説の一つの主題をなすものなのであった。この他にも見返は屢々《しばしば》「自分」に金銭的迷惑をかけたが、「自分」はいつも見返に悪感情は持たず、どこまで行っても彼を許し、笑いで済ますのであった。

所が今一人、同じ琉球人で見返が紹介して来た文学青年のO（注・本名池宮城積宝。大正11年10月雑誌「解放」の懸賞小説に入賞した「奥間巡査」は傑作である）に対しては、見返と違ってどうしても許す気になれない何かを感じた。Oは、「自分」が訳し大切にしていたモーパッサンの小説本――恐らくそれは『女の一生』で、風俗壊乱で発禁になるのを恐れて伏字をする以前の無削除版であり、失《な》くされては困るとOに念を押していたのに、それを「自分」から借りて行ったOは、「先日拝借した本は記念のために貰つて置きます」という住所のない端書を送って来ただけで行方をくらましてしまった。「自分」はその遣り口に不愉快なものを感じてそのことを見返に告げると、見返自身度々「自分」に不実を働いているのに、Oについて「困つた奴ですな」「琉球人はあれだから困るんだ。『さまよへる琉球人』といふやうな詩を作つたりした男はあの男なんですが、琉球人は一口に云ふと、内地で少しは無責任な事をしても当然だ、と云つたやうな心持を持つてゐる点があるんですよ。無論全部の琉球人がさうではないんですが……」などと言う。

これに続く以下の部分はこの小説の中心部であり、沖縄青年同盟から抗議を受けた、その「抗議書」が抗議の対象とした所なので少し長くなるが引用することにする。

が、自分は『さまよへる琉球人』といふ言葉に興味を覚えて、腹の立ちかかつたのが、直ぐ癒つた。実際、長い間迫害を受けてゐたら、その迫害者に対して、信義など守る必要がないやうになつて来るのも無理はない。賞めた話ではないけれども、或同情の持てない話ではない。自分は見返が先日話した話など思ひ出した。土地を持つてゐて、甘蔗を作つても、飯は食へない。甘蔗を作らなければ尚飯が食へない。而もそれが琉球自身から生じた何かの原因でさうなるのではなくて琉球以外の大国〈注・日本内地の資本家を指す〉からの搾取によるのだ。〈中略〉みんな故郷以外の或暴力的な圧迫によるのだ。――さういふ境地にない自分などにはしつかりした実感としては来ないが、若し自分がさういふ圧迫せられる位置にあつたらやつぱり圧迫者に対して信頼や道徳を守る気になれないかも知れない。我々には解らない一つの心持が琉球人に出来たとしても、どうも無理でない気がする。

この後は、先にも一寸触れた、廣津が信頼していた上野増男（注・上村益郎のこと。勿論彼は内地人である）の、よもやの背信行為にあって、廣津の計画した出版事業が立ち行かなくなった話になるのでここでは省略する。問題はこまでの経過の中で、内地資本家の悪辣《あくらつ》な搾取によって言語に絶する悲惨な生活を強いられている琉球人なるが故に、内地人に対して不実を働くのもやむを得ない――というニュアンスで琉球人を捉えた廣津のこの小説の核心部分が、沖縄青年同盟から厳しい抗議を受けた点である。この抗議文は最初報知新聞（大15・4・4「紙上議会」）に「廣津和郎君に抗議す」と題して掲載された。それを旅先で読んだ廣津は「沖縄青年同盟諸君に答ふ」として報知（大15・4・11同）に釈明・謝罪文を載せた。廣津がそのあと旅から宿舎に戻ると、同盟から長文の「抗議書」が届いていたのだが、廣津は自作へのこの「抗議書」に大きな衝撃を受けた。彼は直ちにこの「抗議書」の全文（報知掲載のものはその一部に過ぎなかった）と、先に報知に載せた釈明・謝罪文を更に敷衍《ふえん》したものとを同時に「中央公論」（大15・5）に発表した。――以上が廣津の小説「さまよへる琉球人」をめぐる経緯の概略である。

次に「抗議書」と、それに対する廣津の釈明・謝罪文の要点を掲げる。

「抗議書」は先ず、作者廣津が同胞として、又社会人類の一員として沖縄県民の窮状に同情ある観察をしていることに感謝した上で、「文芸の力を信ずるもの」として、廣津の作品により県民が誤解を受ける虞《おそ》れのあること、一度作品が社会に発表され、その結果現実的影響を蒙る者が生じた時、作家は相応の責任を負うべきものであることと、作品中の「琉球人は……内地で少し無責任な事をしても当然云々」「内地人に対しては道徳を守る必要がないと云つたやうな反抗心が生じても、無理ではない……」を引き、このような書き方をされれば「何人もが直ちに、琉球人は道徳観念が違う人間だ、不徳義漢だ、破廉恥も平気でやる、信用のおけないものだ」という印象を残すだろうこと等々を指摘した。そしてこの作品の場合、特に「琉球人」と題する必要はなかったのではないか、と主張した。更に「『さまよへる琉球人』との題下に内地でも普通ザラにあるやうな一、二の人間の所業を、殊更に条件を付されたその足下の意図、足下の目的が何かあるのでせうか」「作中にさへ出てくる他の人物たる『内地人』と同一のものではないでせうか」――以上が「抗議書」の主要部分であるが、特にこの最後の部分の指摘は廣津に痛かったであろう。「自分」を裏切り「自分」を窮地に陥入れた前記上野増男は正に内地人なのだから。序でに言えば、前記の如くこの大正十二年、八月になってこの年始めて書いた創作「兄を捜す」は「内地人」所ではない、廣津和郎自身の血を分けた兄の、徹底的な弟への裏切り的背信行為を描いたものだったのだから。

この「抗議書」は最後に次のような文面をつけ加えている。即ち、今経済破綻の底にこの世乍《なが》らの地獄の憂き目をみている沖縄人は、帝政ロシアの農民そのままであり、職を求めて止むを得ず県外に出ても、内地人からは「リキジン」「劣等民族」「未開人種」として差別冷遇されている。そして「我々」は無資産、無能力、働かねば生命を維持できない存在故に、このような作品が沖縄人への誤解を生じさせることについて、作者廣津に抗議せざるを得ない――として最後を次のように締め括っている。

「あへて賢明にして正義を愛する足下が適切な処置を採られん事を、特に申添へます。／大正十五年三月二十日
沖縄青年同盟／廣津和郎様」

廣津はこの「抗議書」に対して前記の如く直ちに釈明・謝罪文を発表した。彼は「抗議書」の指摘・批判を全面

的に受け容れ、「取返しのつかない事をした」という後悔の念を披瀝した。現実的な意味で沖縄の人々に迷惑をかけることになるとは、廣津が予想もしないことだった。廣津が慙愧《ざんき》の念に耐えないと思ったのはこの「予想もしなかつた」という点であったろう。廣津は沖縄の歴史と現実を背景に置いて、「自分」に背信行為を繰り返した二人の琉球人の行為を、できる限り善意に解釈しようとした。しかし、その創作の動機は厚意であっても、結果がこのように現実的に沖縄人に累《るい》を及ぼそうとは思わなかった。今、その不明を詫び、この作品を抹殺し、以後いかなる著作集にも入れないことを約束する――それはこの事件以後半世紀を経た時点から見れば「それほどまでに自分を責めなくとも」（大城立裕「復刻をめぐる感想」昭45・8「新沖縄文学」）と言われる程謙虚な、寧ろ恐懼《きょうく》して身の置き所もないといった底《てい》の反省ぶりであった。（注・嘗て葛西善蔵が廣津の「私行をあばいた」〈谷崎精二〉小説「小さな犠牲者」を葛西の全集に入れたことで廣津が激怒し、死の底に喘ぐ葛西に抗議した話が思い出される。本評伝第八章参照）

私は本評伝第九章で「散文精神について」（昭11）を取り挙げた時、この「散文精神について」の淵源が有島武郎との「宣言一つ」論争にあることを指摘しておいた。この論争の二年後に廣津は「散文芸術の位置」（大13・9「新潮」）を発表し、近代の散文芸術が「自己の生活とその周囲とに関心を持たずにゐられないところから生れた」ものであり、「散文芸術は、直ぐ人生の隣りにゐるもの」である――即ち現実の人生と関わりの最も深いものが散文芸術だ、としたのである。然るに今、沖縄青年同盟からの「抗議書」で、廣津の小説（散文芸術）によって「現実的影響を蒙る者が生じた場合」の「責任」を追及された。「小説は実人生の隣りにありすぎたわけだ」（大城立裕前掲論文）――現実重視の廣津の小説観にも盲点があったことが「抗議書」によって明らかにされたのだ。廣津の衝撃の深さを思い知ることができる。

この「事件」の第二の重要点は、廣津の釈明文の中に次の一節があることである。

自分が「さまよへる琉球人」の中で、沖縄県といふものに対して持つた同情とか厚意とか云ふものが、如何に第三者的な、生温い、身には痛痒を感じない人間が、遠くから他人の痛みに同情してゐるといふだけの薄つぺらなものであつた事を恥しく思ひます。

実は右と略《ほぼ》同様の文言は既に小説「さまよへる琉球人」そのものの中にも見られたものだ。小説ではこうなっている。

　琉球人といふものは、ほんたうに呪はれたる人種だと思ふ。旧幕時代、三百年の久しきに亙つて、薩摩から武器を取上げられ、有りと有らゆる迫害を受けながら、今はさうして経済的に極度の圧迫を受けるといふ事は、長い間、ほんたうにやり切れた話ではないと思ふ。よく我慢が出来てゐるものだと思ふ。―だが〈見返民世の話を〉聞けば義憤も感じ、同情も湧くが、だからと云つて、自分がその境地にない悲惨事は、要するに他人事として義憤を感じ、同情を感ずるだけで、本心から直ぐ立つといふわけに行かない。

釈明文の「第三者的」は小説の「他人事」に相当する。しかし小説の方は、自分に不実を働いた琉球人を通して語られた話として、沖縄の悲惨事がどうしても、彼らの背信行為と結びついて捉えられざるを得なかった。更にその「他人事」の認識が、ともすれば廣津自らの怠惰なぐうたら性に安住しようとする習性と結びつき、琉球人の真の苦悩を見えにくくしてしまったのである。

しかし同時に、「怠惰でぐうたら」を自覚する人にして始めて「抗議書」に誠実に応えることを可能にした、という一面も認められなければならない。小説の結末は次のようになっている。

　『さまよへる琉球人』などと考へて、裏切られる事に興味など持ちたがる自分の病的気質が、むしづが走る気がした。人が乗じたがるやうなスキを見せて、人を悪い方に誘惑してゐると云つていいかも知れないやうな、ルウズな、投げやりな自分の生活法に、『気をつけ！』かう怒鳴つてやらずにゐられないやうな気がした。

（終）

怠惰な自分と、それに「むしづが走る」自分とが常に堂々めぐりをして容易に折合いがつかない。「抗議書」に接することで、始めて廣津は、沖縄の問題が日本全体の問題として捉えられなければならないのだという認識に到達した。釈明文の最後の方で廣津は次のように書いている。

自分のやうな無力な一文士が、何を叫んでもどうする事も出来ないかも知れないが、併しかうした機会に、日本の同胞がこの南部小島国の同胞の恐ろしき生活を、彼等自身の生活として考えるようになる事を希望して止まない。

ここでの「無力の一文士」という自覚が、松川裁判批判における闘いの姿勢を打ち出す力になり得た所に、廣津和郎という一文士の大切な見どころがあった。

この「事件」から四十五年目に「新沖縄文学」（昭45・8）では、この「さまよへる琉球人」と「抗議書」及び廣津の釈明文のそれぞれ全文を復刻することにした（表記は初出と完全には一致していない）。大城立裕の前記「感想」によれば、大城がこの作品を「もう発表してもよい時世ではないか」と「週刊読書人」に投書したのがそのきっかけだった。それは戦争戦後の体験を経て、沖縄人が漸く「自分の恥部をもつめたく見ることができるようになったから」だと言う。その通りであろう。しかし「復刻」したいという沖縄の人々の思いを誘ったのは、基本的には「抗議書」も釈明文も極めて「紳士的」であり、「共に賞讃に値するフェアプレイ」（金城朝永「琉球に取材した文学」昭23・11〜昭24・12「沖縄文化」）と評される真摯なものだったからであろう。この復刻に尽力したのは沖縄タイムスの由比晶子記者だが、その由比も両者が共に「フェア」であったと認め、又廣津の松川裁判批判が沖縄人の心を打って、この「さまよへる琉球人」を改めて読んでみたいという要望が出て来た経緯を明らかにしている（由比晶子「『さまよへる琉球人』の再録」前記「新沖縄文学」）。

ではその「さまよへる琉球人」そのものの文芸作品としての評価についてはどう考えられて来ただろうか。この作品発表直後の「新潮」（大15・4）合評会では只の技術批評に止まり、沖縄問題への認識を示した者はいなかった。（注・ここには久米正雄の「廣津は芸術家として一流の人物だ。小説が悪いだけだ」という著名な文言もある）。寧ろ「琉球人といふものに非常な意味をつけてゐるね」（加能作次郎）、「あゝいふ一種のさまよへる琉球人をその儘に描いた方が面白かつたと思ふ。材料としては面白いんだが……」（同）――「材料としては面白い」という次元の批評であって、沖縄の悲惨な現状に対する、小説に表されている程度の関心も見られない。前記金城論文でも触れているが、当時日本内地で沖縄人が職を得ようとしても、工場辺りでは「朝鮮人、琉球人お断り」の札が貼られていたという。そういう実態に彼らは全く無関心だった。近代日本では比較的進んだ知識人でも、朝鮮・満州問題が盲点であったことは、漱石「満韓ところ〴〵」や廣津自身の植民地（台湾・朝鮮・満州）旅行記（「続年月のあしおと」四十八章以降）に徴しても明らかであろう。

又この作品をめぐっては当時青野・廣津論争と言われたものがあった。この作品の発表された大正十五年（一九二六）において青野季吉はプロレタリア文学派の代表的理論家だった。その青野が廣津の釈明文を読み、廣津が沖縄の無産者に対する「外部からの暴力」に憤るというのなら、日本内地の、朝鮮の、いや全世界の無産者を悲惨な状況に陥入れている暴力についてどう考えているか、と問うた。（「廣津氏に問ふ」〈大15・5毎夕新聞〉注・他にも青野の批判はあるが、核心はこの「問」に尽きている。これに対する廣津の反論は「文芸上の論戦に就て」〈大15・5「新潮」〉、「二つの気質」〈大15・6・10〜13読売〉、「小説の主客問題、其他」〈大15・9新潮」〉でなされている。この三篇は全集第八巻に収録されていて、そこで青野の所論の大要も知ることができる。）

青野の言説に対する廣津の答は、廣津の生涯を貫くいかにも廣津らしい考え方を示すものになっている。彼は丁度十年前に「洪水以後」（大5・1・25）に書いた「思想の誘惑」（本評伝第五章参照）を挙げ、青野の所論はこの「思想の誘惑」に陥ったものであり、観念的で飛躍があり性急過ぎる、と批判した。そして廣津は、沖縄からの抗議文に痛んだ自分の心臓は、全世界の無産階級の悲惨を思い浮べる余裕がなかったのだが、しかし、距離の遠いものを距離の近いものと同様に感じることのできないのは自然なのであり、それは決して浅薄なことではなく、そこに寧ろ人間の救いがあるのだ、とした。廣津の考え方、感じ方は謂わば自然流であって、過度の緊張や潔癖や飛躍は却って事の本質を見失うこととなる――廣津の前記三篇の対青野反論を、私なりに要約してみると概ね右のようになろうかと思う。

「小説の主客問題、其他」で廣津は、抗議文に感銘を受けても、沖縄のために実際運動に立つなどのことはできず、結局自分は怠け者だった、と書いている。しかし同時に、「自分の気質の不適任を知りながら、人は立つ場合があるかも知れない。今後も自分に、他の場合で、さういふ時期が来るかも知れない」――と何やら予言めいたことを述べた。四半世紀を経て、その立ち方は松川裁判批判という形で実現された。廣津の松川裁判批判は謂わば「怠け者の実際運動」という逆説の所産であったということはできるだろう。

最後に一言。大江健三郎という人が「文学者の沖縄責任――広津和郎『さまよへる琉球人』の場合」（昭45・9「群像」）という超難解な一文（昭45・9・11「週刊朝日」の〝活字の周辺〟では絶賛しているが）で、廣津の「さまよへる琉球人」を「小説としても十分に秀れている」と評しているが、どこがどう秀れているのかについては一切触れていない。私としては、小説としてそれ程秀れているとは思えないが、後の沖縄人が復刻してまで是非読んでみたいと思う程の内容を具《そな》えた作品であるとは考えている。尚、廣津は又色々な所で、私小説作家の私小説は、そのある一篇のみを独立して読むより、互に関連あるものとして読むべきである、という趣旨のことを述べている（『秋聲全集』13巻解説、本評伝第七章中の「小さな自転車」の項参照）が、この「さまよへる琉球人」は、沖縄からの「抗議書」や廣津の釈明・謝罪文と併読して鑑賞すれば、一段と感銘を深くするものがあるのではないか、と思うのである。

補論（3）廣津和郎『松川裁判』への批判について

廣津和郎の松川裁判批判に対しては、裁判所側からの所謂「雑音」批判の他に、数多くの、特に知識人からの様々な反応があった。最初に、臼井吉見・中島健蔵・本多秋五による「創作合評」（昭28・11「群像」）を見てみる。その創作合評の冒頭に廣津和郎の「真実は訴へる」（昭28・10「中央公論」）がとり上げられ、三人の評者によって極めて好意的に論じられているが、それは「真実は訴へる」評から、更に文学の本質を現実社会の中に探って行くという大きな問題提起に及んで行った。その中に「宇野さんや廣津さんみたいな人がこれだけ突つ込むということについて、一般の文学者や読者の反応はどうなんだろうな。これに対してどういう反応が出るか非常に興味がある」という中島健蔵の発言がある。

その「反応」の幾つかを見て行くと、大きく分けて次の三種となる。(A)は廣津・宇野の発言に肯定的なもの、(B)は懐疑的なもの、(C)は否定的なものである。何れの場合も、判決文や公判記録を精読した者は殆どなく、又それは実際上不可能でもあった。従ってこれは前記「合評」で中島健蔵が言っているように、この裁判は「自白で組み上げられ」ているので、「そうなるとことばに対する感覚が非常に重要」になってくるのであり、「被告側のことばと、検察側、一審の判事側のことばと、どちらが真実と感じさせるか、どちらにむりがあるか、それがナマの真実とどうつながるのか」について各人が判断を迫られる状況になっていたのである。(A)は、廣津や宇野のそれ迄の仕事の内容やその人柄を熟知した者が、二人の発言内容と併せて、二人を信頼した上で判断する——その代表が志賀直哉であった。(B)は「懐疑的」と言っても、廣津・宇野を疑いたくはないが、自分自身で調べたわけではないので、そこに困惑を感じざるを得ない、と言った寧ろ良心的な懐疑論で、その典型が高橋義孝「進歩的文化人諸君！――松川事件での一つの経験――」（昭29・2「文藝春秋」）である。

ここで(A)に戻るが、その中で嘗《かつ》てプロレタリア文学の陣営にいた徳永直（「松川事件と文学者」昭28・11「新潮」）や江口渙（書評『世にも不思議な物語』昭29・3「群像」）等が、廣津・宇野への支持を表明しているのは当然のようなものだが、中で私が感銘したのは短い感想文ながら、小倉金之助「真実と文学との力」（昭28・12「文藝春秋」）であった。これは第二審判決（昭28・12・22）の出る前〈10月2日〉に執筆されたものであるが、たとえ如何なる判決が出されようとも、小倉の廣津・宇野への信頼と支持は決して動かないであろう、という予想を読者に抱かしめる程、情理兼ね備えたものになっていた。小倉金之助と言えば著名な数学者である。そこには科学者としての真実探求の精神が純粋な形で発現されていた。特に共感を誘ったのは、例えば「世界」二月号の松川特集は、事件の真実を訴えるきっかけになったとしても、雑誌の性質上広い読者層に呼びかけるには不十分で、こういうものは書き方もよほど注意しないと、一般人に裁判の不当性を訴えるのは困難ではないか、とした上で、廣津・宇野の文章の情熱と説得力とを高く評価したことであった。小倉は最後にこう書いている。「このような文学こそは、現代日本の現実と意識とを正しく表現したものであり、それは日本社会の発展に重要な意義を持つものであり、ひろく国民全体に対して説得力をもつ文章なのだ。」――

本稿では主として(C)の、廣津・宇野二人の言説に対する批判・反論について述べたいのだが、その前に、宮本百合子「それに偽りがないならば」（昭25・1「人間」）冒頭の一節に触れておこうと思う。

三鷹事件〈昭24・7・15発生〉の被告宮原直行の兄宮原子之吉が「文学新聞」（昭24・11・1）のインタビューに答え

た中に次の言葉があったという。「〈昭24・8・8〉はじめて面会を許されて弟に会ひましたが、そのとき立ち会った木村検事にわたしが公正な立場でやっていたゞきたいといふと、『宮原係の検事としてききずてならない』と酒を飲んだやうに顔面紅潮させて、両脇腹に手をあてがって『でっちあげるのはわけはないのだ』といひはなちました。そのあとで、しかし今は昔通りにはゆかないけれどと云つてゐました」。——

宮本百合子は、この検事が被告の家族に向かって吐いた「黒い言葉」の上に何回もひきもどされ、「だんだん深くこの黒いとげが全心にさゝりこんだ」と書いている。更に「このひとことに、血のかたまる野獣性がある」とし、戦前の治安維持法の被害者は勿論、日本の法律によってとり調べられたすべての人々で「刑事や検事からこの言葉をきかされなかつた者はおそらく一人もないだらう」とも述べている。戦前から戦後を自覚的に生きて来た私としては、本来戦前でも許されないことであるのに、戦後民主主義時代の司法の世界で、このような言葉が権力側から一市民に対して放たれるとは予想もできないことであったが、しかし例えば三鷹事件について詳しく調べた片島紀男の大著『三鷹事件』（'99NHK出版）などを読めば、事件に関わった検事全体がこのような「でっちあげ」の手法を駆使していたことが理解されるし、それは松川事件についても言えることだったのだと、改めて松川事件の検察側の「でっちあげ《フレーム・アップ》」を納得（?）させられるような木村検事の一言であった。「公正に」という至極当然の要請が、なぜ「検事としてききずてならない」のか、こちらの方こそ聞き捨てならぬ一句である。市民側の常識と検察側の常識がこうも隔っていては、国民は裁判という、自己の生命の保証の最終的拠り所を失うことにならざるを得ない。

付言　①木村検事の文言中「今は昔通りにはゆかない」は妙にリアリティがあって、検事の「でっちあげ」が日常茶飯事であることを十分に示唆している。②昭和二十八年八月二十六日、志賀直哉・吉川英治・川端康成・河盛好蔵・武者小路実篤・宇野浩二・井伏鱒二・廣津和郎・尾崎士郎らを代表とし、第二審の鈴木裁判長宛に「裁判の公正が日本再建の源泉」であり、「私どもにこの国に生きる安心と希望とを与へてくれる第一のものは、裁判の公正といふ事であると思ひます」という「請願書」を提出している。この願いが無視されたことは第二審の結果が示しているが、抑々《そもそも》「裁判の公正」の要請など司直の側からすれば「ききずてならない」要求だったのだろうし、本来公正なるべき司直に対して「公正」を要求しなければならないということ程不幸な事態はない。

今一つ前記宮本百合子論文から。三鷹事件の主犯格とみなされた飯田七三が天野担当検事に、やはり「公正」な取り調べを求めたのに対し、天野は「私も吉田政府の官吏だ。だからその官吏の枠を出ることはできない」と答えたという。真実の探求よりも正義よりも保身の方が大事だと言っているのである。この天野検事の言葉は先の木村検事の言葉に劣らず国民にとっては恐ろしい——というのは、司法が政治に従属していることを意味しているからであり、明らかに民主主義の原則である三権分立を否定しているからである。もしも裁判官までもが「吉田政府の官吏でその枠を出られない」と言えばもはや民主主義は死滅せざるを得ない。だからこそ廣津和郎は「日本の裁判が時の政治に支配されてゐないといふ事がほんたうに信じられるなら、私はこの国に希望が持てる」（「真実は訴へる」）と言い、全被告の無罪が最終的に最高裁で決定された時〈昭38・9・12〉には「裁判の公正は守られた」（昭38・11「世界」）を書き、政治からの司法の独立を守った裁判官が日本にも存在したことが証明されたとして喜びの気持ちを表明したのである。

付言 ③丁度私がここまで書いて来た頃、新聞・テレビの報道は頻りに福岡の検事・判事に関わる「捜査情報漏らし事件」なるものを報じていた。これは今まで私が述べて来たこととは性格の違う問題であるが、法を司る者達の犯した違法行為と、あってはならぬ検・判事一体の身内意識による〃かばい合い〃という面では、五十年も前の松川事件の頃から一歩も進歩していないように私には思えた。

これから(C)の、対廣津・宇野批判の言説を見て行くことにする。対象には（一）竹山道雄「世にも不思議な話？」（昭29・3「新潮」）、（二）小泉信三「裁判と審判」（昭32・4・30毎日新聞、昭32・8「中央公論」）の二篇を選んだ。二人とも著名な知識人である。竹山道雄（明36〜昭59）は一高→東大教養学部教授（独語独文学）。「ビルマの竪琴」

（昭22）で大きな反響を呼んだ。小泉信三（明21〜昭41）は経済学者で慶応義塾大学の塾長を勤め、東宮（現天皇）参与にもなった。

廣津や宇野の裁判批判と、前記付言の作家達による公正裁判の要請にも拘らず、第二審（昭28・12・22）で死刑四人を含む重刑判決が出ると、ジャーナリズムにおける二人への「非難・揶揄」は「爆発的」なものとなった、と廣津は書いている（「諸氏の協力を望む」昭29・8「中央公論」）。多少好意的に見えるものでも、二人の言説が「感傷的」であるとする点で一致していた。

注・例えば「群像」の匿名批評「侃・侃・諤・諤」（昭29・1）、十返肇の文芸時評「政治的発言と感傷」（昭28・9・28朝日新聞）等。これは本「評伝」第十一章で触れた三好十郎「愚者の楽園」（昭28・9・24読売）で廣津の甘さを衝いた言説とも共通した捉え方である。

右の諸説のうち十返肇《とがえりはじめ》の「感傷」論を引いておく。十返は廣津の「真実は訴へる」の文中の「あの被告たちのように澄んだ眼をしているものが犯人であるはずはない」という宇野の言葉について「これは感傷に過ぎざるのみならず、この一文に逆効果をもたらすものではなかろうか。〈中略〉文学者がこのように感傷的単純さによって社会の諸事件を批判して割り切るならば、世間はこれを笑い不信するに到るかも知れぬ。このような感傷はたとえいかに善意なものであろうとも広範な社会事象を批判するには禁物である。〈中略〉私が文学者の政治的発言に一脈の不信を抱く理由の一つはここにある」と書いた。

竹山道雄と小泉信三の所説は右の「感傷＝甘い認識」論とは趣を異にし、又二人の所説の間にも互いに異った発想が見られる。しかしこの二人の間には共通した側面もある。一は、二人とも判決文や公判記録を精査した形跡がないということ、二は、両者とも心情的に国権に対する強い信頼感があり、本論第十一章で引いた「お上の事には間違はございますまい」（鷗外「最後の一句」）という認識と基本的に一致するものがある。だから例えば前記宮本百合子引用文に見られる、検事自らが「でつちあげ」を肯定するような司法界の〝常識〟など全く知らないか、又は無視しているということである。三は、両者とも表面上の形式論理は整っているように見えるが、これは臼井吉見が前記「創作合評」で述べている「字づらだけでつじつまが合つている」といった底《てい》のもので、体制擁護の本心を巧妙な修辞法《レトリック》でさも公正であるかのようにとり繕《つくろ》ったものに過ぎない。いつの世にも存在する利口な御用学者の常套的手口と言うべきものであろう。

竹山道雄の「世にも不思議な話?」は、?を付したこの題名自体に宇野浩二を揶揄《やゆ》する気持ちが示されている。この一文のキイ・ワードは「予断」である。先ず昭和二十四年（一九四九）当時、頻発した交通事故（下山・三鷹・松川事件等）に際し、竹山は「また共産党がやった」という「予断」を持った。それは急進派の過激な言動——例えば品川駅のハメ板に「吉田人殺し内閣…我等は断乎実力をもって……」のような文言を竹山は見たという——から、三鷹事件の時もそういう予断で判断したのだが、この「予断」は「第二審」〈注・これは竹山の思い違いで、第一審鈴木忠五判決である〉の共産党員による共同謀議が全く実体のない『空中桜閣』であったという判決で、自らの予断が誤りであり、裁判官の判断の方が正しかったとするに至る。この前提が実は如何にも公正を装ったものであることは、かるが故に松川裁判においても革新側の、被告は無実であるとする「予断」は誤りで、裁判官の判断の方が正しいのだと、実証なしの論理的飛躍に移って行くことに示されている。二、三の言説を示す。

（イ）「公平に裁判して無罪にせよ。有罪にすれば不公平である」とて裁判に圧力を加えよとする予断は、事犯自体に即した見解というよりは、むしろ現在の政治に対する不満ないし不信ないし反抗という、別の政治的立場に発している。／もし今の憲法と裁判を信頼するならば、われわれは一切の雑音を避け、ガラス張りの中で行われる裁判をじっと注視しているべきものであろう。それが法治国なのであろう。

（ロ）ところで、松川裁判のこれまでの過程に対する、反対者たちの判断の深さはどうであろうか?その主張は、司法の権威を疑わせるに足るものだつたろうか？私にも理解できるところの範囲についていえば、私の心証は否である。裁判者と反対者とを比較するとき、私は前者に信頼する。判決要旨とデッチ上げ説では、前の方が筋がとおつている。予断は、三鷹事件の場合とおなじように、今度もすてられるべきだと思う。

(ハ）一市民としての通念からいうと、このような点において〈判決文は〉故意に作成したとは思われず、またあのように社会の注目を浴びた中でそれができるとも思われない。もし疑点があるとすれば、それは法理論上の学説的な立場の相違といったようなものであって、何も法をまげて第二の「世にもふしぎな物語」を創作したとは考えられない。この点では裁判長は社会の信用をえた。

竹山道雄のこの一文全体を吟味する紙幅がないので、とりあえず右三個所の引用部について、竹山論理の展開を瞥見してみたい。

(イ）――「『公平に裁判して無罪にせよ。有罪にすれば不公平である』とて裁判に圧力を加えようとする予断」とあるが、『　』の中は誰が言った言葉なのか、出所が明らかでない。少なくとも廣津や宇野が言ったものではない。それとも裁判への「反対者」(ロ)の言辞を竹山流にまとめて表現したものか。誰もが反撥を感ずるような文言を冒頭に置き、それを反対派の「予断」とすることで、判決の正当性を示唆する如何《いかが》わしい修辞法である。又「もし今の憲法と裁判を信頼するならば」という前提も怪しげである。「憲法と裁判」という本来同列に置くべきでないものを並列し、その上で、だから「雑音」を避け裁判の成り行きをただ黙って注視せよ、と言っている。即ち裁判への批判は許されない、それが法治国家というものだ、と言うのである。

(ロ)――ここでは何の理由も根拠も示さずに「反対者」の主張に対し、「否」という自分の「心証」を打ち出している。何の具体的な比較検証もなしに、ただ判決の方が「筋が通っている」から「信頼する」とし、「反対者」の「予断」は、嘗て自分が三鷹事件の際に抱いた、共産党の仕業だとする「予断」が誤っていたのだから松川事件の場合も、判決が誤りだという「予断」は「すてらるべき」だとする、児戯にも類する非論理的論理である。

（ハ）——ここでも「一市民の通念」という、内容を伴わない言葉だけの肯定的観念を前提として、判決が「作為したとは思われず」という主観的判断によって結論付ける。

——以上竹山道雄の言説の特徴は、具体的な検証や理由を述べず、論理の綾により、ただ自分の「心証」や結論を何の根拠も示さずに真理であるかの如くに打ち出してくるという方法にある。

小泉信三の「裁判と審判」は〈a〉毎日新聞（昭32・4・30）に発表されたものと、それに反論した（b）廣津和郎「裁判は野球の審判とは違う」（昭32・7「中央公論」）に対し、小泉が〈c〉「中央公論」（昭32・8）に再反論したものとある。（〈c〉の表題は〈a〉に同じ）

小泉信三は〈a〉の最後の所で、「私はいま特定の裁判に触れたくない」と言っているが、文中に最高裁長官田中耕太郎の、松川裁判批判を「雑音」と捉えた（注・昭30・5・26田中訓辞）その「雑音」発言に共感を示したこと、「広津和郎氏の『松川裁判』」とその名をはっきり示した以上、この一文が廣津の松川裁判批判を「雑音」として非難しようとしたものであることは明白であった。小泉は——この点は前記竹山論文と軌を一にするものだが——先ず誰もが反対できない謂わば公理のような一般論を前提とし、そこから批判・非難したい対象をそれとの対比において捉えるという方法を用いている。殆ど詭弁に近い筆法である。

廣津和郎は〈b〉で、小泉信三には自分が出版した『松川裁判』を贈呈したと書き、それを小泉信三のような人が読んでくれたら、被告達にとってもどんなに仕合せか、と言っているのだが、〈c〉でも小泉がそれを読んだという形跡は見当たらない。

小泉は〈a〉の冒頭で先ず、民主主義の根幹たる「人権保障」の要件は、「国法が励行され、裁判が厳正に、法により、法の定める手続きによって行なわれること」だと言っている（注・憲法と言わず「国法」と言った所に国権主義者らしい表現があった）。しかし現今この観念は弛緩（しかん）し、「自分に不利益な法規や判決に違反することを、民主的とするかのような言論」が行なわれている、と言うが、こんな「言論」は誰がどのような場で言ったものか不明であること、竹山道雄の筆法を思わせるものがある。廣津は無論のこと、廣津を支持した作家や評論家がこのような分かり切った乱暴な「言論」を吐く筈はない。更に小泉は「各人が勝手気ままに自分の都合の悪い法律に背くことが許されるなら、そこに出現するものは無法状態である。無法は民主主義ではない」などと続ける。更にその後で前述の如く「雑音」や「広津和郎氏の『松川裁判』」が出てくるのだから、廣津を含む松川裁判批判者が「無法者」であるかの如き印象を与えるのだ。

その上で小泉は、裁判と野球の審判とを比較することが、右に述べたことを理解するに便であろうとして、彼がある時六大学野球を観戦した時の経験を書く。極く簡単にその模様を紹介する。――きわどいプレーがあり、セーフ・アウトの判定をめぐって、不利な判定を下された方のスタンドの観戦者が騒ぎ出し、遂に六大学野球では珍しい程の紛擾《ふんじょう》になった。不満な方の応援団からはコカコラのびんが主審に向かって投げつけられたり、数人の壮漢がグランドに降りて主審に迫ったりした。ここで二、三個所引用してみよう。

㈠野球の審判には審判長というものはないが、もしかりにあって、私がその任にあったとしたら私は試合開始に先だち、審判全員を集めて「諸君はただ野球規則と良心によって判定せよ。スタンドの騒音には決して耳をかすな」と訓示したい。――（注・これは前記田中雑音訓辞を踏まえたもので、直ぐ続いて田中訓示に共感する旨の発言がある）

㈡雑音に耳をかすなということは、裁判官に不尊《ママ》なる独善家たれ、ということではない。否、裁判官は―裁判官も常に反省しなければならぬ。厳正なれ、無私なれ、誠実なれ、勤勉なれ、等等の警告に対して、裁判官はいくたびでも新たに耳を傾けなければならぬ。ただ野球の「アウト」「セーフ」にも比すべき、特定事件の判決、すなわち罪の有無、軽重は、これは法廷外の世論が決すべきものでなくて、法廷に提出された証拠に基づいて、裁判官が決すべきもの、そうして裁判官のみが決すべきものである。

㈠㈡とも誰も反対できない至極当然の常識論を小泉流に「格調高く」（廣津〈b〉）論じているが、結局抽象論に終始している。文中「証拠に基いて」とあるが、松川の裁判官が物的証拠に基かないで判決を下している所に問題はあったのだから、もし廣津の主張をスタンドの「雑音」に見立てて批判するなら、廣津の論証を一つ一つ具体的に崩して行くべきだった。竹山・小泉の論、何れもそこに及んだものではなかった。

最後に小泉は、野球場のスタンドの「雑音」にも比すべき、法廷外の力が法廷を犯した例として、アメリカのリンチ事件――法廷外の世論が法廷の裁判に満足せず、実力で被告を法廷から奪ってこれに私刑《リンチ》を加えたという例――、中共（中国のことを小泉は中共と言う）の人民裁判の例、関東大震災の際、大杉栄夫妻を虐殺した憲兵大尉甘粕某の減刑陳情運動等三例を挙げ、もし裁判官が外部の勢力を恐れて判決を加減するようなことがあったら、スタンドの騒ぎに動かされて、アウト・セーフを加減する審判員と同じく不当を犯すものだ、としている。

アメリカの法廷外リンチ事件、中共の人民裁判、甘粕事件の例、何れも松川裁判批判とは本質的に種類を異にするもので、本来比較して論ずることのできない事例であり、野球の審判問題を含め、結局廣津の松川裁判批判に対し、何ら有効な反論批判になっていなかった、と言うことができる。

これに対し、廣津は〈b〉において、先ず小泉信三の、裁判を野球の審判に擬する比喩の甚だ適切でないこと、即ち被告人は選手ではなく、警察官が職業選手なら被告人は全くの素人であり、法廷では熟練した検察官と向き合わねばならない。もし裁判官が誤れば、被告人は死刑を含む重刑に処せられ、とり返しのつかない事態が出来《しゅったい》すること、野球のアウト・セーフどころの話ではない、とした。又法律の専門家の中にも小泉と同種類の意見を述べる者もいるが、その何れの意見を見ても、裁判所側の裁判運用の点からのみ物を見た意見であり、被告の立場など全く考えてみたこともない意見である、と批判した。廣津の松川裁判批判が、あくまで被告の立場に立つ真実の解明を志したものであることは言うまでもないのである。

松川裁判の福島地裁第一審判決（昭25・12・6）に疑義を抱いた廣津和郎と宇野浩二は、それぞれ「真実は訴へる」と「世にも不思議な物語」「当て事と褌」を発表し、その疑問とする所を世に訴えた。これらが松川裁判批判の事実上の原点となった。反響は大きかったが、その反響としては、この訴えに真摯に耳を傾けるよりも、法律に素人の文士が、司法の世界に口を出すことの危険を危惧する者、「文士裁判」「素人裁判」「雑音」等として嘲笑揶揄する者の方が多かった。特に仙台高裁第二審判決〈昭28・12・22〉で、第一審と殆ど変わらぬ、死刑を含む重刑判決が出ると、前にも書いた通り、廣津と宇野は世の非難の集中砲火を浴び「四面楚歌」に陥った。「猿がエミール・ゾラの真似をして、木から滑った如き醜態として」嘲笑された、と廣津は「諸氏の協力を望む」（前出）で書いている。

注・エミール・ゾラ〈一八四〇～一九〇二〉＝フランスのユダヤ人陸軍大尉ドレフュースは、スパイ容疑で軍法会議にかけられ終身刑に処せられた。フランスの代表的自然主義作家ゾラはドレフュースの無実を訴えたが、反ユダヤ主義者、右翼、軍部の圧力で英国に亡命せざるを得なかった。ドレフュースはやがてその無実が証明され、獄から解放されたが、ゾラが書いた「われ弾劾す」（一八九八）がそのために果たした役割は決定的だったと言われている。日本では大佛次郎が書いた「ドレフュス事件」〈昭5・4～10「改造」→朝日選書〉が秀れたノンフィクションになっている。因《ちなみ》にロシアでドレフュースとゾラを支持したのは廣津が最も愛したアントン・チェーホフであった。又フランスの文壇でもドレフュースとゾラを支持する作家と支持しない作家に分かれ論戦した点は、松川裁判の場合とよく似た現象だったと言える。

私は今回本稿の筆を執るに当たって、私が松川裁判批判の原点とした三つの文章と、それに廣津が三好十郎の

「甘さ」論に答えた一文を加え、今一度それらの基礎文献を読み直してみることにした。

廣津和郎

①「真実は訴へる」（昭28・10「中央公論」）

②「甘さと辛さ――『松川事件』への一文をめぐって」（昭28・10・6朝日新聞）

宇野浩二

③「世にも不思議な物語」（昭28・10〜11「文藝春秋」）

④「当て事と褌」（昭29・3同）

この読み直しを通して私が考えたことは凡そ次のようなものである。

被告達が最高裁の最終審〈昭38一九六三・9・12〉で全員完全無罪を獲得してから、今年二〇〇一年の九月で三十八年が経つ。今これらの文献を読むのと、それらが書かれた当時に読むのとでは、同じ文章でも人に与える印象はかなり違うのではないか。被告にもその家族にも、五名の死刑を含む第一審の重刑判決は重くのしかかっていた。一審とはいえ、何と言ってもそれは国家の下した判決である。「お上」への信頼感の強いこの国では、一旦判決の下った結果が誤りであることを国に訴えるのは容易な業ではない。宇野浩二は③で、昭和二十八年五月七日、第二審公判を傍聴するために仙台高裁の門を潜った時の異常な緊張感について述べているが、まして当事者としての被告が権力の門内に閉じ込められた恐怖と底知れぬ不安とは想像を絶するものがあったであろう。彼らが十四年の長きに亙って獄中獄外に何とか生きのびた根源の力は、ただ一つ、自分達が決してこの事件に関わってはいないという真実だけであった。

彼らの前に立ちはだかる悪条件は、度重なる鉄道関係事件の度毎に、政府から発信される、共産党や労働組合の起した仕業であるという宣伝であり、それを無批判に報道するジャーナリズムの姿勢であり、それに疑問を抱かない知識人を含めた民衆の存在である。世人の先入観はこうして増幅される。宇野は③で次のように書いている。

新聞に出てゐる記事を大てい信用して読んでゐる、善良な人民（私もその一人）は、この松川事件も、やはり、共産党か国鉄労組の連中がやつたのであろう、と思つたのである。（「思ふやうに仕組まれてあつたのだ」と、例の口さがなき京童《きやうわらんべ》の一人がずつと後に、私に、教へてくれた。）

廣津和郎と宇野浩二という二人の作家が、松川裁判批判に示した作家としての身上は、彼らが既成観念や先入観に捉われない、自らの眼のみを信頼したという点にあった。（注・その廣津を全面的に支援したのは志賀直哉だった。「僕は広津君の眼を信じたのだ」〈廣津桃子『父広津和郎』昭和48毎日新聞社〉）。

宇野の言を今度は④から引く。

この時の私の実感は、（決して誇張ではなく、）それらの被告たちは、国鉄労組の組合員とか、その他、何々とか、といふやうなことは全く頭になく、唯、『人の子』（「雪の日やあれも人の子樽ひろひ」のあの『人の子』である）といふ感じであつた

その先の所で宇野は、仙台高裁の傍聴席について被告達の挙動や顔つきを見ているうち「これは違ふ、これは違ふ」と思い、「誰が何と云っても、私は、さう思つたのである」と書いている。こういう自らの直観にあくまで拘わる辺りが、世の冷罵嘲笑の対象になった所であろう。だがしかし、その又先で宇野は「微力の限りをつくして」「念を入れて、調べた」数々の松川事件関連資料を列挙している。挙げてみる。

第一審判決文、検事調書、弁護人の控訴趣意書、弁護人の弁論要旨、被告の陳述書、原審検証調書、事故現場の「検察検証調書」検討資料、証拠物『バアル』『スパナ』検討資料、証言記録、供述録取書、救援会文献、松川事件捜査当局発表経過（各新聞所載）

宇野がこれらの文献資料を如何に念入りに調べ上げたかは、四〇〇字詰原稿用紙二三〇枚に及ぶ③④全体を精読

すれば理解される所である。廣津についてはいうまでもない。廣津は第一審第二審の法廷に現れた全証拠、全記録を検討した、と前記「裁判は野球の審判とは違う」に書いている。だから廣津は、三好十郎の「リアリズム作家としては甘過ぎる」という批評に対し②で、「三好君が云ふより私の文章はもっと実証的である」と自信を以て答えることができたのである。

出発点の「真実は訴へる」「世にも不思議な物語」で既に、物的証拠としてのバールとスパナについての国鉄側による検察不利の証言、佐藤一被告のアリバイについての橋本太喜治東芝経理課長の証言、身障者高橋晴雄被告が、夜間にきつい勾配の坂道、細い畔道《あぜみち》を含む往復七里（28K）の道を四時間で駈け歩くことの不可能性への考察、これに関する長尾裁判長の証拠隠匿の不正事実等々、この段階でも被告の無実を示す証拠、証言を二人は確認していたし、逆に被告を有罪とする物的証拠が皆無であることも明らかにされていた。

これに対し、廣津・宇野への批判者は何れも二人の実証部分には目をつぶり、「甘さ」「感傷」のみを強調して嘲笑したり、国権主義的観念によって根拠のない非難を繰り返していた。廣津・宇野程の文学上の実績のある作家が、「甘い」「感傷的」と指摘された部分について無自覚だったとは到底思われない。何を言われても動じなかったのは、数々の実証に基づく確信があったからであり、自分達程公判記録を精読した者のいないことを知っていたからである。二人と二人への批判者（非難者）の攻防は、実証に裏付けられた実感・直観と、既成観念・国権主義的心情との闘いであったと言うことができるであろう。

第二部　論考　I

第一章　初期の廣津和郎

(1)　文学的出立

1　「自由と責任とに就いての考察」について
II　廣津和郎とチェホフ

1

廣津和郎は「芥川の嘘と真実」（初出「文芸雑感」昭5・2「改造」）の中で、芥川の遺書の語る一見真実らしい嘘の中に、真実の彼の姿を読みとっている。そして池崎忠孝の短絡的な芥川理解を斥け、最後にこう結んでいる。「私は芥川龍之介をそんな風に考えている。いや、私は総ての人をその言説通りには見ない質である。人の真の姿はその言外のどこかに見えるものだと思っている。」（以下廣津の引用文は全集収録のものは全集の表記法による）

このことはそのまま廣津自身についても適用し得るだろう。それは言わば虚言を弄するというのではなく、何でも言われたことの裏に真実を探ればよいというのでもない。例えば「僕は怠け者でね」という廣津の口癖を捉え、怠け者にあれだけの松川裁判批判ができる筈はないではないか、という論が必ず出てくるが、これは「怠け者」を単に否定しても意味がなく、むしろ怠け者だからできた仕事だったのだ、という風に「怠け者」を捉えなければならない。廣津が若い時から口癖にしていた「退屈だ」については、すでに早く舟木重雄の「それは退屈ならざる人生」を求める気持の現われであるという説（「最近の廣津和郎氏」大13・7「新潮」）が出ている。ニヒリズム、虚無への志向もすべてこのコンテキストに於いて受け取られなければならないだろう。従ってそれは開高健の言う如く「悪謙遜としてでてきた言葉ではなく、まったく率直な自己観察からでてきたものであり、正しく事実を指している」（「行動する怠惰」昭42・4「文藝」）というだけでは足りない。即ち「怠け者」以下は、都会人の持つ自由への志向のシャイネスを含む逆説的表現であると同時に、権力的なもの、官僚的なものから見れば、真実それが怠惰としか見えないある種の抵抗の型なのである。それは所謂「日本人の勤勉」に対するアンチテーゼである。松川裁判批判という厄介極まりない、自分の嘗て関与したこともない分野に深く分け入り、直接には自分と何の関わりもない（と一見みられる）他人事のために、長年倦みもしないで尽くし続けるなどという余計なことが、繁忙で勤勉な人間にできるわけがないのである。だからそれは外見は常に消極的姿勢の如くに見え、それ故却ってしなやかな持続性を持ち得るのであり、時代との相対関係によっては意外な強靭さを発揮するものとなる。（それが廣津の「散文精神」だった。）考うべきは、時代が動いたのであって、廣津は微動だもしなかったということだ。

それは勿論、廣津の内面の苦悶、外界に対する闘い等による人間的成長を否定するものではない。しかし、①震災のあとの人間共の「生きる力」に涙を覚え「こんな気持にならされた事は、自分は生れて始めてだった」（「生き残れる者」大13・5「新潮」）、②「私は抱月の魅力を頭の中から叩き捨てたくなって来た」「『チェエホフの幽霊』からほんとうに離れてしまわなければ、手も足も出ないと思う、泣き笑いなどには用はないと思う」（「わが心を語る」昭4・6「改造」）、③「若し私が一人で（父や妻を養うという）何の負担もなければ、私はそうしていつまでも『無為』の中に沈溺していたかも知れない」（『年月のあしおと』六十三）、④「五十歳を越えたところから、どうやらその暗い虚無感が次第に私の心から消えて来た」（「虚無から楽天へ」昭37・1・5朝日新聞）、⑤「戦争は私を変えた」（昭40・8「潮」）―以上数例に止めたが、これらの言説もその「言外のどこかに」廣津の真実の姿を探し求める心構えが必要なように思われる。例えば⑤の中の「ニヒリスティックなものが薄らぎ、人生に対して肯定的になって来たことも、やはり戦争のたまものだったろう。そういう時松川事件にぶつかったのである」を捉え、④の「『性格破産』の虚無感を克服しようという自己闘争に、私は半生を費して来た」を傍証として、廣津の松川へのとり組みが、恰もこの長い闘争の結果であるとみる人が多い。そのことを全く否定するのではないが、しかし私は寧ろ前記「行動する怠惰」の中で、廣津自身開高に向って次の如く言っていることの方に、より端的な真実を見たいと思うものだ。

「けれども、何か人はいうのだけれども、『神経病時代』から松川とくるのでね。『神経病時代』のなかの主人公のようなのが、なぜ松川をやったかというように。しかしあの頃だって僕は松川をやったかも知れない。あれはやはりそのときのカリカチュアを書いたので、自分としてはあの主人公とは違うのですよ。自分も入れてカリカチュアにしているけれども、好意を持っていてくれる人の批評では、『神経病時代』のあの人が松川をやるようになるまで……というが、そうじゃないのだな。」（傍点引用者以下同じ）

大佛次郎は昭和三十四年に行われた松川裁判上告審に於ける最高裁判決に寄せた感想文の中で次のように言っている。

「文士は気まぐれで移り気の者が多い。私が廣津さんの過去に見て来たものでもその最たるものであった。誠実なだけに動揺し易いのである。」

「誠実一途で、根気よく判決批判の文章を数年にわたってつづり、また地方にまで松川事件の話に出歩いた。生れ変ったように辛抱強く地道な努力である。」（昭34・8・11朝日新聞）

廣津は生れ変ったのか。凡そ「生れ変る」などということが可能でないという思想こそ、思想の誘惑を斥け続けた廣津のものであり、人間のすべてはその「素質」にあり（「彼等は常に存在す」大6・2「新小説」）というのが廣津の信条だった。

＊　　　＊　　　＊

廣津和郎はその晩年、特に松川裁判への関わりの最中に、しきりに「文学をやってよかった」と述懐している。その理由は、戦時中本当のことは言えないにしても、せめて沈黙を守り得た。「併し職業によっては、そういう沈黙を守ることはできなかったであろう」（「私も一言だけ忠告する」昭34・1・1・読売新聞）からであり、又、今の日本では比較的自由というものが作家生活の中で得られ、「本職の文学のことを何年も考えずにいても差支えない、ほどの自由な職業が、他にあるものではないからである。」（「初夏雑筆」昭37・6・27東京新聞）――長い批評家、小説家としての実績を持つ作家の発言として、これらの言葉は生きている。

廣津は中学を卒業した時、美術学校へ入学する志があったが、父柳浪の奨めでその志に固執せず、早稲田大学の文科に入学した（『年月のあしおと』二十一、『若き日』四章等参照）。自然主義文学の擡頭によって柳浪は時代にとり残され、頑なに沈黙を守ったために家計は極度に逼迫《ひっぱく》していた。作家として生きることの苛酷さを身にしみて味わっていた筈の柳浪が、自分の息子に文科を受けさせるというのも考えてみれば常識的でなかった。しかし廣津には、大正元年大学卒業の前年に「奇蹟」を始めるまで、中学二年生頃から父に隠れて偽名を使い、「女子文壇」や「万朝報」に投書する数年間の閲歴があった。それによって得られた賞金を彼は学費や小遣に充当せざるを得なかったのである。西垣勤氏流に言えば、廣津は言わば「なしくずしに文学に入っていった」（「広津和郎の初期」昭39・10「クロノス」8）。それから父を安心させるために大学卒業後一時東京毎夕新聞社に勤めた他は、半世紀に亙って作家活動を押し通し、その果てに上記の感想を吐露するに至ったのである。「文学をやってよかった」――それは俗世間的名誉、社会的地位、それらと一切関係なく生きたことを意味し、何の特権もなき怠惰なる「平作家」（「徳田秋聲論」

昭39・7「八雲」）として、常に何らかの強制や圧迫を嫌忌してこれに抗し、あくまで自由に、完き自由人として生き通した時の、心底からの実感として受けとるべき言葉である。その昔（明32）漱石は子規に与えた詩の中で「莫為官遊人」と忠告したが、廣津は生涯一度たりとも官に近付いたことなく、又、文学や文学界が官の保護を受けることには身を以て反対し続けて来た。官の犯した未曾有の組織的不正としての松川裁判への批判が、他ならぬ文学者廣津和郎によってなされ、しかもそれが最も有効な現実的意味を持ち得た要因の一つがここにある。即ち廣津にとって、文学に生きるとは即自由に生きるの謂だった。とはいえ、その自由の内実は必ずしも自明ではない。今、何が廣津の自由志向を育んだかを考えることで、その解明の手がかりを得たいと思う。

第一にそれが彼自ら言う「素質」にあることは言うまでもないが、それについては後で今一度触れる。

第二に彼の成長期は自然主義の全盛期に当り、既成の道徳、習俗の破壊は時代の一つの風潮となっていた。尤も大逆事件後の所謂「冬の時代」に於ける自然主義の既成権威の否定は、啄木の言う「彼の強権に対して何等の確執をも醸成した事が無い」（「時代閉塞の現状」明43・8）という範囲に於いてのものだった。ここに、大逆事件のその年に「白樺」「三田文学」が創刊された必然的根拠があったのであり、「奇蹟」創刊号の「編輯の後」の「…我等の所持してゐるものは『心』唯、これ丈である」という宣言も以上のことと無関係ではない。[1]「精神の自由」こそは、その作風を異にする「白樺」「三田文学」「奇蹟」を貫く旗標だった。しかしもし廣津和郎が、「精神の自由」にのみ固執したなら、彼の所謂「虚無の洞穴」に安住したり、頽廃そのものに価値を認めるような享楽主義的傾向に陥っただろう。嘗て久保田万太郎は永井荷風を論じ、荷風の孤独は「真に『自由』を愛した人の孤独」（昭34・7「中央公論」荷風特集号）であると評したが、荷風の自由は徹底的に現実を回避し、俗を切り捨てる所に成立したが、廣津の自由は現実との格闘の中に、俗と切り結ぶ所に求められた。もしそうでなかったら、自由人廣津和郎の松川裁判への関わりはあり得なかっただろう。彼の文学への自己投入が、切実な生活問題に端を発していた所に、「白樺」

派や荷風などとは全く異なる廣津の文学的出発があった。

第三に、父柳浪との関係がある。父柳浪に「家長的なにおい」がなく、この親子が対等の関係にあったことの意味を強調したのは松崎晴夫氏（「初期広津和郎氏に関する考察」昭41・1「文化評論」）だが、単にそれは対等というばかりではない。一家の経済を支える責任を自らに課した和郎は、屢々義母の立場を思いやって、父柳浪をたしなめるような役割を果さねばならなかった。家父長制の厳格な支配が常識的だったこの時代に、廣津家の様態は異例という他はない。(2)尤も父柳浪がその深刻小説に於いて、家父長制度の悲劇を描いた作家であることを思えば、この「異例」も一つの必然だったのかも知れなかった。廣津は自らの結婚問題について、父の許可を受けることなど考えもしなかった。寧ろ女性との関係に窮して始めて父に相談したので、それは子供が生まれて八カ月も経ってからであり、それに対して父は、一応の忠告はしても決して強制はしなかった（「師崎行」）。結婚について、又その後の処置についても誰も廣津に干渉する者もいない代りに、ひそかに始末してくれる者もいなかった。志賀直哉との相違はここでも明らかであろう。

第四に、廣津の成長期を過した麻布中学の、類を見ない自由な教育方針と雰囲気が挙げられる。(3)廣津は『年月のあしおと』（二十二）で特に「江原素六先生のことども」という一章を設け、この麻布中学創始者の並外れた自由な教育観・寛大な教育方針等について触れているが、現今の余りに管理主義的強権的傾向の目立つ学校教育に対比して、その底なしの生徒への人間的信頼に裏付けられた自由教育の素晴らしさには、この一章を読んだ同じ麻布中学出身の奥野健男が、改めて感動した程のものだった（『素顔の作家たち』）。若き廣津和郎の人格形成にこの麻布中学の校風が大きく影響したことは言うまでもない。（次で進学した早大文科の雰囲気がこれを更に助長したことだろう。）

しかし、これは第一の「素質」の問題と関わりがあるが、私がここで注意したいことは、それにも拘わらず、廣津には本質的に学校という組織的なものとは相容れない性格があったということであり、体が弱いこともあってこの麻布中学をすらよく欠席し、「学校に出かけても興味がなく、何を学ぼうという気もなかった」(同二十一、例によってこのままストレートには受け取れないにしても、一面の真実は語っているだろう)。又、小説ではあるが、「朝の影」(大7・3「新時代」=大2・3「疲れたる死」〈奇蹟〉の改作)で原作につけ加えられた部分に次の叙述がある。

「僕の心には妙に教師に、と云うよりも、学校全体に対して反抗するような気持があった。今になって考えて見ると、僕はこれは僕の方ばかりの欠点ではなく、中学校制度と云うものに、少年を教育するのに非常な欠陥があるためだと思う。僕のような人間には、中学校で無理強いする形式的な教育が、堪らなく窮屈なので……その頃の僕は理窟は解らなかったが、何だか学校を本能的に虫が好かなかった。」

これは麻布中学校出身の前記奥野健男や石田幹之助(全集月報3)の手放しの母校礼讃とは趣を異にしているだろう。正しく荷風や朔太郎らの学校嫌悪と同根だと思う。但し廣津の、上記二人などと異なる本領は、かく言いながらも、一回も落第を経験することなく麻布を卒業し、卒業論文を提出して早稲田大学を卒業している点にある。当面の生活問題が、廣津をして完全な放縦に身を任せることを許さなかったのである。とはいえ、当時他に類例を見ない自由な麻布中学にすら拘束感を抱いた廣津の徹底的な自由志向は、殆ど体質的生理的なものであったと言うことができるであろう。

廣津は、父柳浪が役人たることを自ら辞した後、長い放浪生活の果てに辛うじて小説家になった経緯を顧みて「いわゆる世の約束にはまったような生活の出来ない人間に残されていたのが文学というものだった……」(『續 年月のあしおと』一)と述べているが、これがそのまま和郎自身にも当てはまるものであったことは言うまでもない。と同時に廣津には、父や自分が文学者以外になり得なかったその道筋を、冷静に対象化し得る批評家としての眼があって、それが彼をして荷風や朔太郎の如き詩人になり切る道に進ませなかったのであり、それはやがて廣津文学総体の性格を規定することにもなったのである。

第五に、廣津は都会、それも山の手（牛込）に生れ郊外（麻布）に育った都会人としての知識人階級の性格を生れながらにして持っていた、ということである。この点地方出身者の多かった「奇蹟」同人の中では、芝生れ麻布育ちの、自らを「性格破産者」（「山を仰ぐ」昭29・6『舟木重雄遺稿集』）と呼ぶ舟木重雄と共通するものがあった。直江津出身の「奇蹟」同人宇高信一が「同人感想」（「奇蹟」大元・12）の中で、「田舎とは不自由で不足勝ちな所を云ふ謂だ。それから、人の自由を尤も多く蹂躪する所と云ふ謂だ。」と述べているのも、啄木が「散文の自由な国土」（日誌、明41・7・7）としての東京に憧れたのと同様、地方出身で作家志望者のメランコリイを示したものとして頷かれるのである。勿論都市東京が廣津にとって即自由の王国であったわけではない。「東京はインテリの苦闘の巷だ。東京の町そのものがインテリの足掻きだ」（「青麦」第十三章）と言いながら、なおその「苦闘の巷」に深い愛着を以て生きたということなのである。特に廣津家に代々流れるヴァガボンドの血を自らの中に自覚し、父柳浪の転々と借家から借家へ移り住む癖も手伝って、「所有物」にこだわらない「身の軽さ」に生きる術をいつの間にか体得したことが、廣津の自由感を育成した一つの要因となったということができるだろう。

——以上によっても理解される通り、廣津和郎の自由志向は極めて根深い血肉からの要求であると同時に、又夢想や幻想を伴わない生活や現実との深い関わりの上に追求されたものであった。その自由志向の現実的追求の果てに吐露された感想が「自由と責任とに就いての考察」（大6・7「新潮」）であり、その短い「考察」の中に、廣津文学のあらゆる問題が集約的に提起されていたのである。

＊　　＊　　＊

右「考察」は始め小説の形で書かれた。それが同じ月に「処女文壇」に掲載された「朝」（後大正七年四月『神経病時代』〈新潮社〉に「静かな曙」として収録）である。「考察」前半の「自由と責任」の関係を論じた部分はそっくりそのまま「朝」の中で展開されている。ただ「朝」では、その考察に達する筋道が、小説らしく主人公（私）の生活の中で具体的に捉えられている。何れもアルツィバアシェフが批判の対象になっているのだが、「考察」では「妻」が、「朝」では「最後の一線」が否定される。それは何れも、人間の責任の回避、放棄が主題となっているからであり、「考察」前半の主旨でもあった「此の絶対自由を知るが故に、人間は自分の責任を感じて来るのです。感じて来なければならないのです」という結論が、アルツィバアシェフの思想の否定の上に打ち建てられるのである。大事なことは、小説「朝」では、現実の人間生活の営みが、主人公に強い感動を与え、それがこの「私」の結論を導く契機となっていることである。

この「考察」と小説「朝」とを書いた時、廣津は前年主として「洪水以後」に拠って書いた数々の評論、及びこの年（大正六年）の始めに発表した名論「怒れるトルストイ」等によって、批評家としての位置を確立していたが、まだ世評に上る小説を何一つ書いていなかった。何も書かなくなった父柳浪の生活を見、不行跡を働く兄に悩まされた他に、下宿の娘との交渉から生じた結婚問題に迷い抜く生活が続いていた。年譜に記されてある種々の経緯のあと、大正五年から六年にかけて鎌倉に両親を呼び寄せ、まだ籍に入れない、いかにしても愛することのできない事実上の妻と、愛する長男とをそこに同居させ、暫くは平穏な日々を送り得たかに見えた（「静かな春」大7・2「新日本」）が、それも結局は「幻覚」（「波の上」大8・4「文章世界」）に過ぎなかったことがわかってくる。「考察」と「朝」とは、それが「幻覚」と意識された時の廣津の生活の混迷と憂悶の中で書かれた。そしてここから廣津の二つの系列の作品が生み出されてくるのである。一は私小説で「朝」即ち「考察」の前半に関わり、一は所謂「性格破産」を主題にした「或意図を持つて書いた」（『若い人達』あとがき）小説で、これは「考察」の後半部に関わっている。

廣津和郎のこの頃の私小説を見て行くと、彼は女性問題で困難な状況に立たされると、必ず海の旅に逃避を企てている。事実の順序で言うと、下浦行き（大5・初夏）、師崎行き（大5・8）、伊豆行き（大7・春）で、それぞれ

「やもり」(大8・1「新潮」)「師崎行」(大7・1「新潮」)「波の上」(前掲)にその経緯は描かれている。最後の旅などは長女桃子誕生の当日のことだった。以上三回とも船に乗り、そして「船中が一番幸福だった」と「やもり」で言う。――しかし果してそうだったろうか。伊豆行きでは降りる筈の土肥を過ごし「僕は下田へ行こうと思う。もっと行けるなら、もっと行きたい気がする」(「波の上」)――しかし旅に逃避することが事態の解決に何の役にも立たないのは自明であり、いつか彼は子を産んだ妻の待つ都会へ帰らねばならない。「サーニン」のサーニンは、人間の愚劣さに愛想を尽かし、村を捨てて汽車から飛び降り「自由な廣い曠野」の中を歩いて行く。しかし廣津は「考察」の直前に発表した「アルツィバアシェフ論」に於いて、「けれども人間を捨ててサニンは何処に行くのだろう」と問い「サニンは人間を蹂躙した、で彼は人間界を逃れようとした。が彼は逃れる事は出来ない。人間界を除いて人間には生活するところがない」と述べなければならなかった。更に「たとい小説のサニンが立戻らなくても、作者のアルツィバアセフは再び人間界に立戻って、その問題に答えなければならない」と念を押す。「やもり」の下浦行きでは、下浦に行けば東京にしなければならないことが待っているような気がし、「今夜東京に帰ろう」と思い、東京に帰ると不快と圧迫を感じて又海へ戻る。「都会と田舎との間を往復しているより外仕方がなかった。」――一見田舎(海、自然)は「自由の曠野」であり、都会は「責任の巷」であるように見える。佐々木雅発氏はその「広津和郎論」(昭41・12「文学・語学」)の中で、「まさしく彼の生涯は〈自由〉と〈責任〉という二つの観念の対極を往復する。そしてその往復こそは、〈自由〉そのものの意味を明確化せんとする、広津の思想的欲求の顕現であったのである」と述べている。「都会と田舎との間」の往復が、佐々木氏の言う「自由」と「責任」との間の往復を象徴しているかに見える。

廣津に「五月」(大7・3「中外」)という小説がある。ここでも憂鬱な「私」は苛立つ神経を休めるために海に出る。対岸のS町から小舟に乗って、入海を渡り辿り着いたMという町が気に入る。泊った宿の若い息子と小舟に乗ってS町に遊びに行ったりする。息子は自分で舟を漕いで女の所に逢いに行くのだ。「私は彼の櫓を持つてゐる筋目の引締つた腕を見てゐると、自分の細い腕が省みられた。自分などが持つてゐるやうな、此の不統一な、病的な憂鬱や神経性の焦燥の少しもない彼の生活気分は、かなりに羨しかつた。」――そこで「私」は野蛮人の健康と文明人の病との対照を感じとる。その若い息子は言わば「自然」そのものである。S町の女を妊ませる。しかし彼はその女に対して何の責任も感じていない。そんなことをして君は苦しくないのかという「私」の問に対し「苦しい？　……何が苦しいもんですか」と言って「私」の問の意味を解そうともしなかった。かくて二人は全く異質の人間であることを認めざるを得ない。この若者の心の中にあるものは「何ものにもこだはらない、のび〳〵した自由な力強い或るものであつた。」「そして私の言葉によつて、彼に恥しい思ひをさせる前に、先ず自分の方の弱々しい病所について反省させられるやうな気がした。そこで私は黙した。」――ここには、「自然」としての若者に対する何がしかの驚異と羨望と、弱い自分への「反省」とが語られている。しかし「私」はいかに若者が羨しくとも、若者と自分とをそっくり交換することは望まないに違いない。女を妊ませて何の良心の痛みも感じない「自然」そのものであるかの如き若者になれと言われたら、自己を苦しめる病的な程の神経の繊弱に拘わってそれを拒むに違いないのだ。自由であるかに見えるものは、実は自由の幻覚に過ぎなかった。丁度大正五年から六年にかけての「平穏な日」が「幻覚」であったように。(4)廣津に於ける真の自由は、結局「責任の巷」であり「苦闘の巷」である都市東京の中にしか求めることはできなかったのである。

＊　　＊　　＊

大正五年一月「洪水以後」によって批評家としての第一声を放って以来、彼がこの雑誌で主張し続けたことは唯一つ、思想の誘惑に陥るな、ということである。概念で物をきめるな、ということであり、範疇を設けてそこに安住するなということである。それを裏返せば、何ごとであれ権威の支配に屈せず、自己に忠実に生きよということになる。

「此誘惑から逃れるためには、絶えず自分の心の行くべき道を見守っていなければならない。」（「思想の誘惑」大5・1・21「洪水以後」）

「此処にも一瞬たりとも自分を放棄してはならない聡明と意志の強さとが必要である。」（「自己感心の恐しさ」大5・2・11「洪水以後」）

このような廣津の自我尊重の主張は、しかし「白樺」派に於ける自我の楽天的解放とは趣きを異にするものがあった。それは自我の主張というより寧ろ自我の防衛にウェイトが置かれているように思われる。理想をふりかざして前進する自我ではなく、「人生の曠野から虚偽を狩り立てて行く」（「チェエホフの強み」）所に、彼の守ろうとする自我の本体があった。この時、廣津が彼自身の現実生活の中で引き起した女性問題は、廣津の存在が廣津自身によって否定されかねまじい一つの試練となって彼の前に立ちはだかったのである。もしこの時、廣津が自己に真に忠実に生きるという彼自身の原理を実行に移そうとするなら、愛し得ない女と別れるの他はなかった。「若し心がイゴイスティックならば、寧ろその心の通りを行に表すのが却って自然で、そしてそれがほんとうなのかも知れない」と「波の上」の「僕」は思う。而もそれは、ともすれば世間によくあることとして「世俗的な匂い」（「師崎行」）のする安易な解決法と都合よく結びつく。彼はそこに身を任せようとして辛うじてそこから引き返す。そこで冷静にたち帰った彼は、所謂「手切金」なるもので男女の仲を解決して行くこの世の仕来りに改めて驚きを感じ、人生の深淵に立つ自己の危さにある種の恐怖を感じるのであった（「師崎行」）。

廣津は愛し得ない女を愛そうとした。それは彼の最も斥けなければならない「自然と逆行する事に外ならなかった」（「やもり」）。「感情には予定がつけられない。そのつけられない筈の予定を、私は無理につけようと思っていたのである。そしてそれが、自分の人間としての責任だと思っていたのである」（同）。

ここで「感情には予定がつけられない」というのは、もと志賀直哉の「和解」の中で屢々《しばしば》使われた言葉だった。(5)それは言わば大名の言葉だった。権力者の言葉だ。家父長の言葉だ。人間は時に、感情に予定をつけなければならない条件の中に生きることを強いられる。それは自我の喪失に繋るのではないか、という人がいるかも知れない。しかしそれはそうではなく、「私」があって而も「私」に背くことが、時に人間に課せられた責任を果すことになるという意味なのである。

　この「責任」を廻る廣津の悪戦苦闘を描いた私小説群の、今日なお読む者を感動せしめる支えとして、郡継夫氏がその「広津和郎論」（昭41・5「現代文学序説」4）の中で、廣津の健康な倫理性を挙げたのは首肯できるとして、次の「相手をも世間をも認めて、市井の常識と道徳とに添って生きて行こうとする主人公『私』の常識性にある」とされたのは如何なものであろうか。もし「常識」と言うなら、女の母親の「赤ん坊を他所にやるなり何なりして早く片をつけようじゃありませんか」（「師崎行」）こそが郡氏も指摘しているように「庶民の世界が培って来た処方箋」なのであって、これこそ「常識」と名付くべきものに他ならない。その「処方箋」に従わなかったのは廣津の罪とか罰の観念であり、そこに「知識人の観念性による庶民の幸福への侵害」を見た郡氏が、更にこれを一般化して「わが国の知識人の観念性による庶民侵害のひとつの原型」と見ているのは私には解せない。又、郡氏の所論の上に立ち、前記佐々木氏が「波の上」の「よし、解ってゐる」という主人公の呟きを捉え、「この呟きこそ、主人公の妻にたいする愛ではなかろうか」とし、それが廣津の〈責任〉の内実であり、更に「妻に安心させて置かねばならない」云々とする主人公の「思惑《おもわく》と優情の上に立つ愛」「『相手をも世間をも認めて、市井の常識と道徳とに添って生きて生《ママ》こうとする』人間の愛であったのである」という見解を述べているのも私には解らない。

　廣津自身が「やもり」で言っている通り、もし女を愛しているのなら別れてもよかった。愛していないから責任を感じるのである。愛は自然であるのに対し、責任は自然に抗して果さるべき人間の道である。「自然」を愛して歇《や》まない廣津の苦衷がそこにあった。それは権力者のとって来た道でもなければ、「庶民の世界が培ってきた」生活の知恵でもない。「五月」の若者の生きる道では更にない。それは「細い腕」を持ち、「不統一」な、病的な憂鬱や神経性の焦燥」(「五月」)に苦しみ中途半端な、決断の鈍い、しかし極めて「人間的」とも言える廣津の所謂「性格破産者」的知識人(6)の道だった。「師崎行」に次のような叙述がある。

　総ての事を前以て深く考えずに、無反省の間に実行し、無反省の間に失敗して、それから後に始めて苦み出すという欠陥は、私の性格の底にかなり根強くひそんでいた。私は物事に首を突っ込んでこだわる癖が子供の時からあったが、それと同時に、或はその余りにこだわり過ぎる性質に対する一種の反撥作用として生じて来たものであるかも知れないが、物事をたかをくくろうとする癖があった。その実結局はたかをくくり切れずに、却って苦みを増す種を生むようになるのである。私は或新聞社にいた時には、その新聞の編輯と云う仕事を心から莫迦《ばか》にし切っているつもりでいた。実際つもりでいたに過ぎなかった。何故なら、ほんとうに莫迦にはし切れなかったからである。実際私の現在の良心からも、又知識からも、私のいた新聞のやり方の総ては、決して是認なし得るものではなかった。私はそれを莫迦にすべきが、軽蔑すべきが当然であると思っていた。けれども、一度それに携わったとなると、私はそれを好い加減に片付けてしまう事が出来ないで、不思議な責任感を感じ始めた。私は社にいる時は勿論、外を歩いている時も、家に帰っている時も、又寝床に入っている時でさえも、絶えずその事を頭から離す事が出来なかった。この苦しい責任感と自分の仕事の価値を是認出来ない心との間の不調和不自然が、私を憂鬱に陥れた……

　みつ子に対してもやはりそれと同じようであった。(傍点原作者)

新聞社の仕事を「莫迦」にしたり「軽蔑」したりできると思ったのは、彼が「精神の自由」の外に出られなかったからである。しかしやがてそこに「不思議な責任感を感じ始めた」とすれば、それは彼が「精神の自由」の枠を破って出たことを意味する。それは廣津の生来の正義感の然らしむる所でもあっただろう。三上於菟吉は、それが廣津の友人達には「学生的正義」として、やや揶揄気味に話題とされていたことを紹介している（「最近の廣津和郎氏」大13・7「新潮」）。だが、彼の「中学生のやうな若々しさ」（葛西善蔵・同）「万年青年」（片岡鉄兵・同）としての「学生的正義」こそが廣津の生涯貫いたものであり、寧ろ誇りとすべきものですらあった。なぜなら、その「学生的正義」は、廣津の聡明と人生に対する深い洞察力とによって、それが陥り易い観念性やセンチメンタリズムから彼自身を常に救い出していたからである。

彼は新聞社の中で具体的にどういう形でその「責任」を果そうとしたであろうか。その最もよき例が「須磨子抱月物語」の経緯である。それは『年月のあしおと』四十四に詳細に語られている有名なエピソードであるからここでは省く。しかし、一旦拒否した島村抱月に対する否定的記事を、最後の一章のみは自由に書くという条件で承諾し、その通り実行して新聞社の意図とは逆の効果を挙げることに成功したというのは、実に見事な責任の果し方だと言わなければならないだろう。

＊　　＊　　＊

上に見たように、廣津和郎に於ける「自由と責任」の考察は、自由か責任かを二者択一として捉えるのではなく、従って自由の犠牲の上に責任が成り立つのではなくて、責任を欠いた自由はあり得ないという意味で、自由と責任とをシノニムとしてみる自由の実践倫理である。

先に「船中の幸福」を「幻覚」と評したが、比喩的に言えば「山林に自由は存」せずして「都市が人間を自由にする」のである。しかし都市は、自由の代償として様々な重荷を人間に負わせる。「破壊」と「建設」とが同時に進行し（「三四郎」二）、人をして応接に遑《いとま》なき不断の動揺にさらさせる都市は、激しい生存競争による疲弊、群衆の中の孤独、何かえたいの知れない不安等々によって、鋭い感受性や神経の持主に対して痛みと病とを齎す近代文明の集中的表現である。それでも人は自由を求めて都市へ流れてくる。神経病に冒されるのは、何れも都市に定着した明治の二代目三代目であって、彼らが神経病時代を形成して行くのである。[7] 日本近代文学では、そのはしりは先ず「浮雲」の文三に現われ、二十年飛んで「それから」の代助に最も典型的な姿を顕示した。「もう病気ですよ」と代助はいかにもそれが誇でもあるかの如く、しかし自嘲をも含んだニュアンスで門野に答える。廣津は若い頃殆ど漱石を読まなかったが、[8] 妙に代助に通う主人公を数多く造型している。明らかに性格破産者は文三や代助の血を引いた神経病患者なのである。

彼らは、日本近代国家の隆々たる発展に空疎の感を抱いてしまった覚めたる人である。彼らの特徴は、第一に労働意欲のないことである。「怠けもの」（代助）である。「狂った季節」の小森寒三は、「時代が悪いから何もしたくない。この世で働く事は今の悪制度を助長させるものであるから何もしない。――そういう考えに十分な根拠があるかのような顔をして、自分は生涯の最も重要な時期を空費してしまったではないか。」（十）――と一応は反省するものの、この論理は代助の論理と寸分違わぬものである。第二に、労働意欲がないのは、この世の醜悪な現実に対する強い批判力を持っているからであり、それだけに彼らは次元の高い倫理に生きる姿勢を、唯一の生存の証しとしているのである。大岡昇平はその自伝小説『少年』の中で、主人公をして「教養を積み、何もしないけれど、汚わしいことはしない『高等遊民』の生活」に憧れを抱かせている。高等遊民としての代助に様々な矛盾と欠陥のあることを知りながら、三千代が最後まで代助と運命を共にしようと決意するのは、唯一点、代助に「卑怯」「卑吝」のふるまいが微塵もないことをよく理解していたからに他ならない。それでも代助が高等遊民でいるうちは、その論理と生活とは両立し得る状況にあった。糧道を絶たれた時、始めて代助は軽蔑していた俗の世界に降り、俗と切り結びつつ飽くまで三千代に対する「責任」（「それから」十五）を負おうとする。人間としての最も正しい生き方に一歩を踏み出す。このような厳しい代償を支払ってでも、代助が自由の王国に生きようとした所に、この小説の真の感動の源泉があるのである。

廣津の私小説群の主人公は高等遊民ではない。始めから俗の世界を避けては生き得ない中で生きている。しかし俗と切り結ぶというのは俗の中に埋没したり「市井の常識と道徳とに添って生きて行こうとする」ことではなかった。大正期は、女性の人格の独立は思想的にもまだその緒に就いたばかりであり、経済的法律的には男性の圧倒的優位が依然として鞏固に保たれていた。女の貞操のみが一方的に要求されてい、男性の側の「無責任の自由」は法的にも慣習的にも厚く保護されていた（男の貞操の義務が法律上始めて認められたのは、昭和二年五月十七日の大審院判決によってであるという。＝村上信彦「大正女性史」上巻4章による。岩波「近代日本総合年表」にその要旨がある＝）。

同時代の作家達は勿論、思想的に最も進んでいた筈の、幸徳秋水からプロレタリア革命運動に関わった闘士達に至るまで、こと恋愛、女性、結婚問題となれば、如何に前近代的な女性観に捉えられていたかは、かのハウスキーパー問題一つを思い出しても理解されることである。このような一般的状況に比較すれば、廣津のこの時点での女性問題について示した「自由と責任」を廻る悪戦苦闘の姿勢は、一つの鮮かな対照を成していると言えるだろう。それは人間関係である以上、嘗て東京毎夕新聞社に於て示した責任のとり方にみられるような明快な答を出すことは不可能であった。それは廣津にとって生きることそのものの意味を問われることだったので、事実廣津の出した答は彼の全生涯をかけて創出されたものだった。それは、籍に入れたままで結局は別居し、そのため生涯母と共に生きた廣津桃子氏が、父廣津和郎に対していかなる心情を抱き、いかなる接近の仕方を示し、遂にその人間的魅力に捉えられて行くに至る微妙で複雑な心境の歴史（それは桃子氏の数々の小説で語られている）と照応するものだ。廣津賢樹（二十四歳で夭逝）桃子兄弟を軸とした二つの家族は、常識や庶民の知恵では測ることのできない自在のありようを示した。それは反道徳とか非道徳とか称すべきものではなく、後の「徳田秋聲論」で示すこととなる「無道徳」的世界に於ける「あるがままの人生肯定であり、あるがままの人生愛着である」とも言うべきものだった。しかし柳浪生存中は三家族を養う責任を果すために、廣津は筆一本で生きる言わば売文業に自己の生存を賭けた闘いを続けなければならなかった。「一人の腹の空った人間が、その飢餓の苦しみに堪え兼ねて、腕や腓《ふくらはぎ》の肉を切り取り、それによって胃腑の一時の要求を充させる」(「小さな自転車」大13・7「改造」)そういう私小説的苦悩の裡《うち》に現実生活を切り抜けて行かねばならなかった。即ち廣津は、責任を負うことで始めて作家としての廣津自身になり得たと言ってもよいのである。「文壇というところは途中で滑り落ちると、今度上り直すのが、最初から上り始めるよりも尚六カ敷いところである」(『薄暮の都会』第四章)――その苛酷な文壇で半世紀に亙る作家活動を休みなく継続することは実際容易な業ではなかったろう。だから彼がよく、文学をやることが「決勝点のないトラックの上を走っているようなものである」(「派閥なし」昭16・4中外商業新聞)と言っていたのは、作家生活＝無限に続く責任の負荷＝という廣津の生そのもののうめき声だったとも言えるのだ。廣津が、葛西善蔵の如き芸術至上主義者たり得なかった所以である。(9)

＊　　＊　　＊

廣津和郎は大正八年一月、それまでの長い実生活上の苦闘に一つの結論をつけるかのように、二つの色合いを異にする小説を書く。一が「やもり」(「新潮」)であり、二は「悔」(「太陽」)である。前者は今までとり挙げて来た一連の私小説の一つであり、後者は若き日を回想して書いた「白樺」派風の青春恋愛小説である(私は明治の「三四郎」、昭和の「歌のわかれ」と並んで、この「悔」を大正期を代表する最も秀れた青春小説だと思っている)。これは作者自身、自作の中でも特に愛着を示した作品で、「千鶴子」「若き日」と題名を変え、内容にも手を入れ、戦前戦後にかけて何回となく出版を重ね、昭和二十六年には「神経病時代」と共に岩波文庫にも収録されたものである。岩波文庫版の

「あとがき」では「これは私の青年期の『自伝』の一節と思って読んで頂いても好い」とある。「悔」から「若き日」に至る間に重要な加筆もある（例えば恋愛のありようでも、経済的に豊かな「白樺」派の人々とは著しく違ったわびしい心情を余儀なくされている等の叙述）が、又重要な削除もある。今、「若き日」で削除された「悔」の終結部を示すと次のようなものである。

　私は杉野から彼女の死んだ事を聞いた時、以上のやうな事を思ひ出した。私は彼女が不幸な結婚をして、そして死んだと聞いた時、殆んど自責に似た苦痛までを経験した。コンサンプションで死んだと云ふが、併しそれなども、彼女が精神的にもつと幸福だつたら、何とかして恢復しない方はなかつたやうにさへも思はれて来た。

　以上述べたゞけの事実なので、彼女が私を愛し得たかどうかは私自身にも解らない。結婚しようと云ふ気になるまで私を愛し得たかどうか、解らない。けれども、何故私はもつとあれ以上自分が進まなかつたらうかと思ふ。杉野を（私が）嫌ひだつたといふのが、勿論最大の原因ではあるが、併しそれよりも根本の原因は、やはり私の心持に、女性に対するほんたうの尊重がなかつたがためのやうに思ふ。杉野は厭だと思つたら、杉野の手から、彼女を奪ひ去つても、尚その方がほんたうであつたやうに思う。杉野に対する嫌悪と千鶴子とをはかりにかけて、杉野に対する嫌悪に勝を譲つたといふ事は、何と云つても私のあやまりであつたと思ふ。——何故かと云ふと、私の女性に対する尊重の不足は、その後の生活に於いて、私を不幸に導いた。私は今になつて、前にも述べた通り、女性に対するほんとう《ママ》の尊重は、結局自己を尊重する事になり、女性に対する軽視は、結局自己を軽視する事になると云ふ事をさとつた。

　それを人々に理解させるには、私はまた或一つの出来事を語らなければならない。けれども、それは又別な

機会に述べる事にする。（終）

この終結部をとり挙げて最初に論じたのは田中純の「廣津和郎論」（大8・4「文章世界」）だった。田中は、この作が女を失ったことの「悔」を描いているのに対し、「やもり」の方は女を得たことの「悔」を描いていると指摘し、又「女を本統に尊重しない事は、結局自己を尊重して居ないことだ」という「悔」の結論は「やもり」にも通用するもので、全く正しい結論であると評価している。この田中純の「廣津和郎論」はこの時代の作家論として非常に秀れたもので、廣津の本質を見事に捉えているが、この「結論」は、恐らく田中が考えていた以上に重要な思想史上の意義を有していたのではないか。自己の尊厳が他の尊厳の上にしか成り立たないという発想こそ、廣津の「自由」の内実を深く規定したのであり、大正デモクラシー思潮史の中でも特筆すべきものと言えるだろう。自己に忠実であることを信条にして生きようとした大正期の一青年が、その若き日に於いてそれを貫き得なかったばかりに、自己に忠実であろうとすれば却って他を傷つけ、人間としての道を踏み外すことになるという不条理に苦しんだ所に、廣津和郎の特異な位置を見ることができるのである。

田中はここで、これ程鋭い良心を持つ者が、なぜこれ程不幸であり、苦しまねばならないのかと問い、ゴーリキイの「その魂が美しく又誠実であればあるほど、その人のエネルギイが弱いのです」という言葉を引用し、廣津の親炙したロシア文学の伝統と方法とが、いかに廣津文学の中に投影しているかを注意している。私の見る所では、その反映の一は、如上に見た自己反省としての「やもり」以下の私小説群と、「悔」に代表される自伝的回想小説に、一は「神経病時代」にみられる如く、誠実なるが故にエネルギー弱き人間をカリカチュアライズした性格破産小説として創出された。廣津文学総体の三つの型が、こうして大正八年一月までに全部出揃ったことになる。すでに批評家としての位置を確立していた彼が、小説に於いてもこのような多彩な成果を示したことにより、大正八年に入ると、諸家は一斉に廣津和郎を論じ始めた。「新潮」はこの年二度に亙って廣津の特輯を組み、前記田中純や宮島新八郎、田山花袋等の有力な作家や批評家が、「文章世界」「早稲田文学」等の文芸雑誌により、概ね好意的な批評を寄せた。廣津自身、『年月のあしおと』に「大正八年という年」という一章（六十二）を設け、この年が時代一般としても、廣津にとっても、一つの転機だったことを記している。従来「中央公論」の一人舞台だった総合雑誌界に、「我等」「改造」「解放」等、その名も大正デモクラシーを象徴するような新雑誌が加って、「時代は急転回をして新しく自由になったように見えた」のである。事実、文芸が社会や政治との関連で捉えられるのは大正七八年からであり、逆に又、これらの傾向に抗して一種の人間主義を標榜した「人間」などという文芸雑誌も創刊（十一月）され、全体として人間の自由と解放とを謳歌する大正デモクラシーの頂点を迎えたのである。そしてその暮には、妻と籍をそのままにして別居することになる廣津の新しい一歩が踏み出されることになった。

＊　＊　＊

大正デモクラシーの頂点を示した大正八年という年に、廣津和郎は如何なる文芸上の第一歩を印したか。私はそれを、「やもり」と「悔」とを同時に発表した翌月の文芸時評「読んだものから」（「雄弁」）に求めたい。この中で廣津は、一月に出た小説の中で「最も深い感銘を与えられた」のは志賀直哉の「十一月三日午后の事」（「新潮」）であったと述べ、「新潮」四月号に発表することとなる本格的な「志賀直哉論」[(10)]を予告しながら、その末尾の「志賀直哉氏をこの世の刺激から遠ざけてしまって、一個の『好人物』の世界の主人公とさせてしまって、それでいいのか」という志賀への好意的危惧が、この小品によって杞憂であったように思われたその喜びを率直に語っている。その危惧は、「志賀直哉論」よりも寧ろこの「読んだものから」でより具体的に述べられている。

「……『和解』以後の志賀氏が、なるたけ世の中の厭なものを見たくないと思う結果、隠者のように、だんだん浮世の見なければならない濁りから遠ざかって、刺戟のない平和の中に安住しようと試みるか、或は今までよりも尚一層、氏の鋭い感覚と神経が、此世の醜悪と凡庸とを狩り立てるために、解放されるようになるか、そのいずれに氏が行くかと云う事が、私に取って多大の興味でもあり、又期待される要点でもあったのである。」

前者の方向は廣津に失望を与えるものとなるだろう。「何故かと云うと、現代の作家の中で、志賀氏ほど何ものにも欺瞞せられざる聡明と、何ものとも妥協しない男性的な意力と、そして正しさに対する真率な熱情とを兼ね備えている人は稀だからである。」

「十一月三日午后の事」は廣津の危惧を払拭し、その期待を裏切らぬものだった。「私が感じたのは、その作品の底に流れている志賀氏の正しさに対する熱情である。それもじっと凝り固められて、一分の隙もない程漲って動かずにいる潜熱である。」

「十一月三日午后の事」は、大正デモクラシーの真只中に於いて、「白樺」派の一人によってのみ書かれ得る憤りと予言の書であった。昭和の時代に入れば、この小説の活字化は不可能だったろう。又、この題名とその内容との関わりから察知される微妙な批評が齎《もたら》す波紋は、「白樺」派の一員にして始めてよく受けとめ得るものだったろう。簡潔明快に書かれてあることが、必ずしも文体程に明快であり得なかった（それは草稿と併読しても同じである）。「それは早晩如何《どん》な人にもハッキリしないでは居ない事がらだ。何しろ明か過ぎる事だ、と思つた」――そう明快に述べること自体が晦渋だったのはやむを得ない仕儀だったろう。これが「如何な人にもハッキリ」するには、それから四半世紀を経た日本の敗戦を俟たねばならなかったのだから。それが如何な人にもハッキリしなかったその極点の戦争のさ中、廣津と志賀とが毎日のように往き来し、時勢への共通した憤りを吐露し合っていたその一つの根源は、遙かにここまで辿ることができるのである。

廣津桃子氏の『父広津和郎』の中に次の一節がある。

「志賀さんはね」

と父は言った。

「もう何事も面倒だよ、と言って、なかなか眼を向けようとはしないが、いざ眼を向けたとなると、実にまっすぐに、正しくものをみつめることができるんだ。地位ができて、軟化してしまう老リベラリストたちとは、一寸違うねえ」

そんな言葉のあと、かつて、若い日に書いた「志賀直哉論」にかき加えることがあると言っていたことがあった。父がどんな表現で、なにをかき加えようとしたかは、知るすべはないが、そのことを思いおこすと、かき加えずに逝ったことが、ひどく惜まれる思いがするのである。

むやみな推測は慎むべきだが、私は志賀が最後まで廣津の期待通りの人だったことを書き加えたかったのではないかと思う。「そこには氏の人間心理に対する洞察の並々ならぬ鋭さと、不自然やいやゝ味の虚飾を嫌う道徳的興奮とが高鳴りしている。そして氏の正しきものを求むる感情が、それと反対の、正しからざるものを如何に丹念に、微細に嗅ぎ出すかを語っている。」（「志賀直哉論」）

注（9）でも触れたように、戦後の「蝕まれた友情」にしても、廣津は恐らく右の評言を一字も訂正する必要を認めなかったに違いない。そして一見非情とも見える廣津の葛西善蔵に対する態度を支持している所に、その人生派としての倫理的基盤に於ける廣津と志賀の共通性を認めることができる。廣津の松川裁判批判に対し、志賀流のやり方ではあったが、廣津を全面的に信頼して最後までその活動を支持し続けた志賀を見て、上司海雲が廣津に嫉妬を感じた（全集月報13）程の二人の友情も、この大正八年に於ける「読んだものから」と「志賀直哉論」に由来していたということができるのである。

II

アントン・チェホフはある所で「貴族作家が自然から労せずして獲得したものを、雑階級作家は青春を代償にしてあがなうのです」と述べている。これを読んで私は直ちに『若き日』を思い出し、そこに語られている「白樺」派の恋愛のおおらかな様相と、生活の不安にさらされて愛の貫徹を躊躇せざるを得なかった廣津和郎の若き日「悔」とを対照しないではいられなかった。と同時に、このような出自の違いにも拘わらず、Iに見たような廣津と志賀の終生変らざる友情に、大正文学の一つの徴表を見る思いがした。

廣津もチェホフと同じく「雑階級」の出身作家である。しかし「雑階級」という概念がもしかすると予想させる粗野、愚かさ、無神経とは彼ら共に全く無縁であって、寧ろ暖かい高雅な感情と聡明な生き方に於いて共通するものを持っていた。廣津の父柳浪が創作意力を失って沈黙していたと同様、チェホフがモスクワ大学医学部に通う頃には、父パーヴェル・エゴローヴィチは働く意欲をなくし、一家は貧困の底に呻吟していた。チェホフは一家の生活を支えるために、十九歳の時から数々のユーモア小説を書かねばならなかった。文学的出発の時点に於けるチェホフと廣津のこの酷似した状況は、廣津の終生を通じてのチェホフに対する理解と傾倒の必然性を示唆しているように思われる。

廣津とチェホフとの関係を論じようとする時、誰しも思い浮かべるのは、昭和四年六月「改造」に発表した「わが心を語る」に於ける廣津の心の動揺の告白であろう。チェホフに代表される「西欧文明の行き詰り」の魅力を捨てなければ「手も足も出ない」所に追い込まれ、この時代の転換期を正しく生き得ないのではないかという極めて誠実な反省から「過去を振切って新たな一歩を踏み出そう」と結語したこの一文は、確かに左翼陣営にいた青野季吉辺りからは「物足りない」と批評されながら、その青野自身にも真実のこもった文章として受け取られた（「廣津君の告白を読んで」昭4・6・6朝日新聞）程しみじみとした実感に裏打ちされたものだった。だから正直に、この文章を以て廣津が「公にチェーホフとの絶縁」を「宣言」したものとし、「これ以後チェーホフについて彼の書いたものは、かつての情熱の抜殻でしかありません」（池田健太郎『チェーホフの仕事部屋』）と言う評者が出ても不思議ではなかったかも知れない。しかし廣津のこの一文は、同時に廣津のチェホフへの思いが如何に深いかを逆に「告白」するものになっていなかっただろうか。これより僅か五ケ月前に廣津自身「……併し我々の持っていた文学では行きづまっているから即座にそれを捨てて、新しいものを直ぐ始めるなどという事は、我々の今までの刻々に積み上げて来た生活が許さない」（「文芸時評序論」昭4・1「改造」）と述べたばかりだった。これ以後の廣津のチェホフに関する発言が「情熱の抜殻」であったかどうかは後で検討するとして、その「宣言」にも拘わらず、廣津は「新たな一歩を踏み出」さなかったし、逆にチェホフ的なものに執することで、昭和十年代の困難な時期を生き抜いたということができる位のものだった。又、チェホフは「臨終に思い出せばよい作家だ」というのが、これ以後の廣津の口癖になったが、忘れ切ったものを臨終に思い出すことはできないのであり、寧ろこれは「その位、彼は私の心にこびりついてしまっている」（「わが心を語る」）ということの逆説的表現だったとも言えるだろう。嘗て、死に近き正宗白鳥の信仰復帰を廻って議論があった時、山本健吉氏はこの問題をとり上げて、「意識下に潜んでいる真実」を見極めることの大切さを説き、白鳥の「棄教」は「文字通り教えを棄てたのではなく、『棄てる』という形式を取ることによって、それはいっそうキリストとの交わりを深めるような道なのである」（『正宗白鳥』昭50文藝春秋社）と述べている。廣津の「絶縁」宣言もこれと全く同趣のものと考えてよいであろう。

＊　　＊　　＊

若い廣津和郎に特に深く影響した内外の作家を二人づつ挙げるとすると、日本では二葉亭四迷と正宗白鳥、ロシア文学からはアルツィバアシェフとチェホフということになるだろう。しかし白鳥とアルツィバアシェフが部分的条件的であったのに対し、二葉亭とチェホフの影響は全身的根源的なものであったということができる。

「チェホフ私観」（昭9・6「文藝」）によれば、早稲田大学に於ける廣津の卒業論文は、チェホフからアルツィバアシェフに至るニヒリズムの推移を扱った「消極的廃滅主義より積極的絶望主義へ」と題するものだった。この標題から予想されることは、チェホフに関しては、その頃輸入されたチェホフの英訳本や瀬沼夏葉訳の『チェホフ傑作集』（本書p. 231参照）から当時の廣津が読みとったチェホフの虚無感に強く魅かれ、それをチェホフの本質と見たのではないかということである。アルツィバアシェフについては、この卒論を思い出して書いたと言われる「アルツィバアシェフ論」[11]によって廣津のアルツィバアシェフ観を探ることができるが、それは小稿Iにも触れた如く、窮極に於いてアルツィバアシェフを否定しなければならない所にまで来ていた。しかし廣津のチェホフ観がアルツィバアシェフのチェホフ論によって深められて行ったのも事実であり、それは次に示す資料によって明らかだった。

(1)「チェーホフ小論」（大5・3「新公論」）

(2)「チェーホフの強み」（大5・5「接吻外八篇」序・金尾文淵堂、大8・11『六号室』序に代へて・新潮社）

(3)「チェーホフの強み」（昭28・7『わが文学論』・乾元社）

全集八巻巻末解題にある通り、(1)から(3)に至るあいだ、アルツィバアシェフに言及した部分が削除されて行き、遂に廣津独自のチェホフ論が形成されて行く姿がそこに見られる。（その完成が昭和二十八年であることを特に注意して欲しい）。今、(3)で削除された(1)(2)の冒頭部分を挙げれば次の通りである。

「二月の早稲田文学に馬場哲也君が訳したアルツィバーシェフの『作者の感想』は、私に取つて近来にない面白いものであつた。これにはチェーホフに対する感想が述べてあるが、一寸チェーホフを此の位よく理解した文学は今までに見た事がない。〈以上(1)のみ〉

アントン・チェーホフの伝記は割合に古くから我国に紹介されてゐるから、此処には繰返さない。〈以上(2)のみ〉アルツィバーシェフはチェーホフの崇拝者だけあつて、トルストイなどがチェーホフに見逃してゐたものをはつきりと見てゐる。」それから(3)の冒頭部「トルストイは人も知る如く大変チェホフを愛してゐた」に続き、暫くして(3)で削除される「アルツィバーシェフの根本思想」が入り、その根本思想にチェホフの大きな影響のあることを指摘している。

今、アルツィバアシェフのチェホフ論「チェホフの死に就いて」とトルストイ論「トルストイについて」(『作者の感想』(12))を比較して見るに、彼のトルストイに対する皮肉な見方に対し、これと好対照にチェホフに対しては根本的な理解と好意を示していることがわかる。(3)で完成する廣津のチェホフ論は、トルストイとの比較に於てチェホフの人と文学の魅力を称揚したものであり、ここに示された廣津の両文豪観が、如上のアルツィバアシェフの「作者の感想」に深く影響されたものであることは、この両者を比較することによって容易に理解することができるのである。

廣津のチェホフ論のうち、(1)(2)(3)の何れにも共通する核心部分を(3)によって引用してみたい。

チェエホフは人生に教訓を与えなかったであろうか？　チェエホフは人類の進歩を促すような理想を持っていなかったであろうか？　チェエホフが人間に与えた教訓は非常なものである。彼が先ず人間に与えた教訓の最大なるものは、「正直たれ」と云う事である。彼の作中の何処にもトルストイが述べたような説教の言葉は一語もない。トルストイのように道徳や宗教を決して強いはしない。併し彼の作物の何れの底にも流れている彼の人格は、言葉ならぬ言葉を以て、強迫ならぬ強さを以て、傲慢ならぬ威厳を以て、命令ならぬ微笑を以て、「正直たれ」と読者に向って説いている。「チェエホフの作物に接すると誰でも正直になる。彼は実に立派な天才だ」とは、アルツィバアセフの云った彼に対する尊敬の言葉である。正直に次いで、彼は人間に「謙遜」を教える。それも決して言葉で教えるのではない。チェエホフの作物はまるで心の照魔鏡のように、人の魂に反省を与える。えらがったり英雄がったりする人物は、その不自然な姿をそのままチェエホフの照魔鏡に照らされる。眉に皺を寄せて、肩をいからしている連中はその滑稽な姿をチェエホフの照魔鏡にそのまま写される。

アルツィバアシェフを完全に消化した上で、廣津独自の文体にまで高められた廣津文学の一典型をここに見る思いがする。ここで廣津は、後に正宗白鳥などがシェストフの流行に乗って、チェホフの中に「底抜けの絶望」(白鳥・「チェーホフ論」昭9・4「文藝」)しか見なかったのとは全く異なる、そしてそれまでの日本に於ける何れのチェホフ論にも見られなかった極めて独創的なチェホフ像を創り出している。問題は右のようなチェホフ観に廣津が如何にして到達したかであろう。

*　*　*

文学に興味を抱く以前の廣津少年が、どちらかといえば快活な、野球を好むような無邪気で明るい性格の持ち主であったことはよく知られている(『若き日』三、「N—君に」大5・2「洪水以後」参照)。しかし他の一面では「発動期の憂鬱に心を悩ませる」(「私の好きな白鳥氏」大6・1「文章世界」)のような少年でもあった。かかる時、白鳥の「妖怪画」(明40・7「趣味」)を読んで「昂奮に近い感動を与えられ」(同)、文芸の世界に急速にのめり込んで行くのである。特に帝政末期のロシア文学(チェホフ、アルツィバアェフ、ザイツェフ、アンドレーエフ等)に深く共鳴する所のあったのは、「奇蹟」同人などの傾向と軌を一にするものであった。ロシア近代史の教える所によれば、一八八〇年代、それまで高揚したナロード・ニキの運動が、一方ではマルクス主義の、他方では弾圧政策に転じた政府の方針からの挟撃を喫し、この運動を担ったロシア・インテリゲンツィアは、ナロードという思想的基盤を失い、深刻な絶望的気分に落ち込んで行った。如上のロシア文学はこのような不安と暗黒と反動の時代を反映し、虚無と厭世の傾向を深めて行く。しかし少年期から青年期に移行しつつあった廣津和郎の憂悶が、唯単に「時代の空気とは遊離した、多分に浪漫味を孕んだ、そして飽くまで気分的な、十九世紀末の露西亜文学耽読の結果によるそれである」（浅見淵「廣津和郎論」昭18・1『大正文学作家論』下）とするのは誤りであろう。革命前のロシアと、「冬の時代」の明治末期とは、「閉塞」された時代という何がなしの共通性格を持っていた筈であり、又、廣津家の既述の如き暗い憂鬱な状況が、廣津の若き日を黒く塗り籠めていたことは容易に想像されるのである。廣津の陥った強烈な虚無感は、廣津が成人するためにどうしても通らねばならない必然的な過程だったし、それが本物であったからこそ、彼は明治日本の表面的発展に空疎なものを見ないではいられなかったのである。「この日本の興隆期に、その興隆の仕方の空しさを感ずる虚無感が……何か『まこと』を求める種類の人たちの心に低迷していたのではないか」（『年月のあしおと』四十四）と、廣津は早稲田大学時代の師島村抱月の廃滅的姿勢にその「空しさ」を感知している。と同時にしかし、彼のその虚無感が、自らもて余す程の重荷であったことも亦事実だった。前記「N―君に」の中で彼は次のように言っている。

「僕は僕の素質の快活で明るい事を信じている。無邪気である事を信じている。これに帰れば僕は救われるのだ。だから後から来た或物をすっかり捨ててしまえば、僕は無邪気に帰れもし、救われるのだ。」

「後から来た或物」とは、同じ文章で「それは後天的に僕を汚してしまった或物」「それは多く思想だ。そしてその思想の結果として生れた僕の行為だ」と言っている当のものである。廣津がその初期の評論で一貫して「思想」の誘惑を排除するよう力説したのはこの認識の故であり、その時そこに姿を現わしたのがチェホフだったのである。即ち廣津にとってチェホフの存在は、この世の体験や思想によって後天的に毒されたものを指摘し、人が自然から授かった素質――健康な快活さや、正しきものを愛する情熱、豊かな美しい感受性を素直に表現することを教えるものだった。それは、「チェーホフの前では誰でも嘘がつけない。それはトルストイの前での如く、びしびしと嘘を摘発されるからではない。さうではなくて有らゆる嘘を捨ててかからなければ、チェーホフの前では居たたまれなくなるからである」（「アントン・チェーホフの人及び芸術」昭8・7「婦人公論」）という意味に他ならない。

「妖怪画」から始まって「何処へ」「地獄」「入江のほとり」等白鳥の傑作をむさぼり読んだという廣津が、「泥人形」に憤りを感じた（前記「私の好きな白鳥氏」）ことを以て廣津の「限界」（前記　西垣氏）とするのは容易だが、「泥人形」の冷酷さに腹を立てたり、「人生の幸福」に対して「ああ言う物の見方は沢山だ」（「正宗さんの思い出」昭37・12「中央公論」）と思う所に、廣津をして廣津たらしめている核心があると同時に、そう言いながらも全体として白鳥の人と文学に終生変らぬ好意を示している所にも亦、廣津の一つの「思想」に囚われぬ人間理解の周到さがあった。だから一代の懐疑派正宗白鳥が、死の直前に洗礼を受けたと聞いても、廣津は決して皮肉な眼を向けてはいない。寧ろ若い時キリスト教の洗礼を受けながら、懐疑の間を長くさまよい続けた所に白鳥の精神力の強さを見ているのである。「弱い頭脳ではどっちかに片づけてしまいたくなる。つまり早く解決してしまいたくなる。それを片づけずに、解決せずに、懐疑を続けるということは、強い精神の持主でなければできるものではない」（同）。そしてその懐疑を続けられた所に、廣津は白鳥の若さの秘密をも感じとっているのである。私はこのような人間理解に廣津の「素質」を見る。すでに早く片岡鉄兵は、「最近の廣津和郎氏」という「新潮」の特輯（大13・7）の中で次のように言っている。「彼は妥協性が尠いから、気に入らぬ事があれば露骨に不愉快の情を示すであらう。だが、一たん認めた相手の美点は、いつまでも、最後の最後まで認めて忘れない。（中略）彼は苦しんでまで、一度認めた相手の美点を自分の心から消し去りたくない人である。」

廣津の著作の至る所に、我々は人間廣津和郎の「素質」の著しい特徴を見出すことができる。それは深刻な苦境に立たされた時、又普通の人間であれば怒り心頭に発するような場面に遭遇した時、彼は必ず苦笑したり失笑したり、微笑を洩したり、場合によっては自分を苦境に陥入らせた相手に寧ろ憐みを感じたりする余裕を示す。これは、この世の地獄を共に生きなければならない人間存在に対する廣津の行き届いたシムパシイから来ているものであり、それがその一方で、政治権力の不当や不正に対して、一歩も退かぬ抵抗や怒りの姿勢を執拗に持続するという今一つの資性と相俟《ま》って、廣津の限りない人間的魅力を構成しているのである。

＊　＊　＊

廣津の投稿時代の作品にチェホフらしい味が出ているとはよく言われることだが、これは恐らく偶然の一致というものだろう。明治四十一年の少なくとも前半では、廣津がチェホフを読む可能性が少ないからである。最も初期に属する「雪の日」（明41・4「女子文壇」）という投書入選作だが、父の危篤にも驚きを示さぬ道楽息子に最初不快を感じた「妾《わたし》」が、その道楽息子の置かれた立場に深く立ち入って、その心情を「寧ろ憫れに」思ってしまう場面がある。廣津の十七歳の時の作品であるが「すでに老成している」（渋川驍・全集月報3解説）と評された程、人生への一面的ならざる心憎いまでの理解をこの時代に早くも示していた。

廣津とチェホフとの邂逅が廣津の「素質」を引き出したのか、廣津の「素質」が数ある十九世紀末のロシア作家からチェホフを発見し、その独自のチェホフ像を造らせたのか、恐らくそのどちらもが真実だったのだろうが、この初期投稿作品群を見ると、廣津の資質がチェホフのそれと極めて近いものであったことは疑い得ないように思われる。

チェホフが始めて本格的に日本に紹介されたのは、瀬沼夏葉のロシア語からの翻訳『露国文豪チェホフ傑作集』[13]（明41・10・28獅子吼書房）であり、次でR・E・C・ロングの英訳本が二冊入って来た。一は「黒僧その他」（The Black Monk, and Other Stories）で他は「接吻その他」（The Kiss, and Other Stories）である。「トルストイとチェーホフ」「チェホフ私観」によれば、廣津は早稲田大学に入った年（明42）、瀬沼訳の「傑作集」と英訳「キス」とを同時に読み、そのあと「黒僧」を読んだらしい。そして忽ちチェホフに惹きつけられ、繰り返してそれらを読み、且つは学資の補いとしてその英訳本を翻訳したという。共に文学との関わりが生活的要求と結びついていた廣津とチェホフの邂逅を語るに相応しいエピソードだと思う。アルツィバアシェフのチェホフ論やゴリキイの「チェホフ訪問記」を読んだのはその後であるから、これらのエッセイに影響を受けたとしても、すでにチェホフを肯定的に受容する下地は十分にできていたと見るべきであろう。

橋本迪夫氏の『広津和郎』（昭40・11明治書院）によれば、廣津の最初の翻訳は、明治四十三年五月「文芸倶楽部」に発表した「二つの悲劇」（チェホフ全集「敵」）ということになっている。しかし実はその半年前、明治四十二年十二月十五日付、廣津の母校麻布中学の「校友会雑誌」31号に、特別会員としてチェホフの「悲痛」（全集「悲しみ」）の翻訳を寄稿しているのである（本書第一部第五章参照）。

「二つの悲劇」は、田舎医師キレロフと富裕な商人アポジンの間に起った、本来争う必要のない醜い争いを主題にしたものである。キレロフは最愛の子を失った丁度その時に、アポジンの妻の急病という訴えで止むなく往診したものの、それは商人の妻が情人と駈け落ちするために打った芝居とわかり、二人はありったけの憎悪をこめて罵り合う。廣津のややぎごちない訳文を紹介しながら、橋本氏は次のように解説している。

「チェーホフは子を失った悲しみに堪えて病人の許にかけつけた職務に忠実な医師の怒りを共感こめて描いた。と同時に、その心理状態を表わすのに不正とか、冷酷とか、不人情とかいう語を使っている。このチェーホフの複雑な心を恐らく青年の広津は理解しえたにちがいない。」

チェホフは三十にもならぬ年で、虚無のどん底に陥った退職老教授のわびしい心境を「わびしい話」（一八八九年）の中に描いた。そのチェホフが、「二つの悲劇」より二年前（一八八五年）僅か二十五歳で書いたのが「悲痛」であって、これを母校のために訳出した廣津和郎は十八になるかならぬかという年だった。

「悲痛」の主人公で名工と言われたグリゴリ・ペトロフは、腕は抜群だが飲んだくれの怠け者だった。年老いた妻が重い病気にかかったので、隣人から借りた牝馬に妻を乗せて吹雪の中を病院に急ぐ。しかし妻は途中で死んでしまう。妻の死を確認するのが恐ろしくて後をふり向けないでいるグリゴリの心理がよく描けている。グリゴリは結婚以来、したことといえば飲んだくれることと、妻を撲りつけることだったが、今それを始めて激しく後悔する。廣津はこの部分を次のように訳している。

「彼は未だ女房と話して見たい、種々思ひやつて慰めてやりたい、今までの生活では未だ物足りないやうな気がするに《ママ》、それだのに女房は今死んで仕舞つた、両人《ふたり》は実に四十年の間も一緒に暮して来たのだが、その四十年は霧のやうに飛び去つて仕舞つた。酒飲んで貧乏して喧嘩して暮した長い生涯は、有耶無耶の中に過去つて仕舞つたのだ。そして中でも最も心苦しいのは、彼が婆さんを可哀想だと気の付いた瞬間に死んだ事である。彼は此の女房なしに生活する事は出来ないし、又彼女に対して罪があつたのだ。」

グリゴリは殆ど意識を失いながらも、生活をやり直し、今度こそ妻に金をやろうと思う。しかし遂に手綱を落してしまい、再び取り上げる気力もなかった。気がついてみると彼は病室にいたので、医師の前にひれ伏そうとするが手足がない。凍傷にかかってなくなってしまったのだと医者が言う。グリゴリは死を前にしながらも、借りた馬を返すこと、婆さんの葬式をしてやらねばならないことを口走る。チェホフは人生の悲哀を実にリアリスティックに描いているが、生きているうちにはどうにもならないやくざなグリゴリのような人間の中にも、正直で美しい心のあることを見逃していないのである。

チェホフの研究家は、この作品が、一八九四年に書かれた名作「ロスチャイルドのヴァイオリン」をはるかに想起する秀れた作品であることを認めている。「ロスチャイルドのヴァイオリン」程の道具立てではないが、それだけにより単純な筋立てが却って人生過ぎゆく「時」の悲しみをより端的に写し出している。池田健太郎氏によれば、詩人L・パリミンは、「僕の考えではあなたがこれまで書いた一ばん優れた物語」と絶讃したあと、「この生の真実に満ちたスケッチは奇妙な感銘をもたらす。――滑稽でありながら物悲しくなるのです」と評している（「チェーホフ全集」中央公論社④解説）そうだが、まことに適切な批評だと思う。この作品はチェホフの所謂ユーモアの仮面を捨てた転換期の傑作であって、これを書いたチェホフの二十五歳に驚くなら、数あるチェホフの作品の中から、特にこの作を選んで訳出した廣津の十八歳にも驚かねばならないだろう。（掲載誌が中学校の校友会雑誌であることは何にも増して感動的である。なお、この作品のあとには、「訳文の妙、原作に劣らぬ苦心の程おもひやられる」という編集らしい人の評が付記してある。）――ここに描かれたチェホフの人生に対する深い洞察と愛こそは、チェホフの全作品と生涯を貫いたものとして、廣津のやがて書くであろうチェホフ論の基調に据えられたものだったのである。（なお、麻布中学校校友会雑誌閲覧に関し、現麻布中学高校長大賀毅氏から多大の便宜を頂いた）。

＊　＊　＊

廣津和郎はチェホフに訣別したか？　昭和四年以降廣津がチェホフについて書いたものは「情熱の抜殻」に過ぎなかったか？

そんなことはなかった。先にも記したように、昭和二十八年になって、若い時書いたチェホフ論に手を入れ、それを自己の著作集（第二巻『わが文学論』乾元社）に入れるということ自体、廣津のチェホフに対する変らざる傾倒の証左である。昭和八年七月の「アントン・チェーホフの人及び芸術」、昭和九年六月の「チェホフ私観」の何れに於いても、廣津は嘗て書いた「チェーホフ小論」――「チェーホフの強み」の基調を何ら変更することはないと述べている。私は今、寧ろ前者（「人及び芸術」）の中で廣津が新たにつけ加えた見解の重要さについて触れてみたいと思う。

この論文は掲載誌が「婦人公論」で、その「外国文学講座」として書かれたせいか、やや啓蒙的な書き方ではあるが、廣津としては珍しく総括的にチェホフの人と作品に触れており、彼のチェホフ論としては最も長く且つ周到に書かれている。この中で廣津はチェホフをこの時代のロシアの絶望を身を以て体得した作家であることを認め、「退屈な話」をその虚無主義の頂点に立つ作品であるとした上で、性格破産を扱った小説「決闘」に見られるかすかな微光――「チェーホフの涙と優しい微笑」とに注目し、それを高く評価しようとしている。第一次ロシア革命の直前に死んだチェホフが、ロシアの未来をどう考えていたかは常に議論のある所だが、廣津は「桜の園」のロパーヒンを重く見、チェホフ自身がスタニスラフスキイに宛てた書簡[14]「真面目な、宗教的な娘のワーリヤがロパーヒンに恋してゐる事をお忘れにならないやうに。――彼女は単なる蓄財家には恋しないのです」を引いて、ロパーヒンが唯の「俗」でないことを強調し、チェホフの未来観を示唆している。これはこの時代の「桜の園」観としては驚く程進んだものだったのではないだろうか。事実を言えば、チェホフの書簡にも拘わらず、スタニスラフスキイはロパーヒンに対するチェホフの意図を理解しなかったらしい。そしてこの「桜の園」の、モスクワ芸術座に於ける今日の新しい演出は、廣津の示唆した方向と合致したものではないかと思われるのである。

　チェホフの芸術は、時代により、国により、人により、様々な解釈を可能にして来たし、又そのことがチェホフの魅力の深さと新しさを物語るものになっている。この中にあって廣津の「チェーホフ小論」以来のチェホフ論は、その根底に於いて、今日世界のチェホフ論の水準から決して遠く離れたものではないのではないか。私はH・トロワイヤの『ロシヤ文豪列伝』（一九五六年）中のチェホフ論を読んだ時、その基調に於いて廣津の見解に極めて近いものであることに、ある驚異と感銘を受けたものである[15]。丁度、廣津が大正八年に書いた「志賀直哉論」が、それ以後の志賀論の基礎を成したと評価されているように、そのチェホフ論が、少なくとも日本に於けるチェホフ論の最も基本的核心的部分を構築したのではないかと思う。

チェホフと廣津和郎に共通した社会正義への姿勢は、ここに改めて論ずるまでもない。廣津の松川裁判への関わりに匹敵するものは、チェホフに於いては、サハリン旅行とゾラへの弁護だと思うが、これらの比較については別の機会を俟ちたいと思う。唯一言つけ加えるなら、彼らをしてそれらの行動に踏み切らせたものが、彼らの文学者としての真実に対する鍛えられた鋭い直観に出発しているということである。廣津がチェホフに与えた「人生の不自然を直ぐ嗅ぎつける彼の霊魂の直感」(「トルストイとチェーホフ」)という評言は、そのまま廣津自身を語るものだった。強いて言えば、廣津の松川関与は、その根源を「チェーホフ小論」にまで遡ることができる。「悲痛」にまでと言っては強弁に過ぎるであろうか。ともかくそこに、廣津からすれば、チェホフの与り知らぬチェホフとの宿命的な因縁があったことになるだろう。

廣津桃子氏の『父広津和郎』によれば、臨終に近いある日、廣津はふとチェホフの名を口にしたという。廣津和郎の文学的生涯は、文字通りチェホフに始まってチェホフに終ったのである。

注

(1) 橋本迪夫氏はその著『広津和郎』の中で「近代思想」に接近しなかった「奇蹟」の傾向を「反社会的」と評しておられるが、「反社会的」は寧ろ「近代思想」に相応しく、「奇蹟」は「非社会的」と称すべきであろう。

(2) 廣津桃子氏は『父広津和郎』の中で「どっしりとした家長の座」に坐る志賀直哉を「家というものに、どっしりと腰をすえる家庭人というタイプの人ではなかった」父と対照させて興味深げに書いている。その差が二人の文学の差であろう。

(3) 麻布中学とその創始者江原素六の自由教育については、小説「総長の温情」(昭32・4「別冊文藝春秋」)により詳しい叙述がある。江原素六の教育観については別の機会に論じたいと思っている。(本書「麻布中学校」参照)

(4) 初出「静かな春」の第三章は「明るみへ」に収録の際全文削除された。その削除の理由をこの時の「作者付記」で述べているが、今一つ明確さを欠いている。恐らく美しい自然があらゆる苦痛を解消させたと書いたこの章の結論が、余りにも楽天的な幻想に過ぎなかったと後になって思われたからではないだろうか。

（5）「和解」での表現は次の通りである。「感情の事に予定行動が取れるかのやうに、又取らす事が出来るかのやうに思ふのは誠に愚な事だと思つた。」（十二）、「それは大部分感情の上の事ですもの、予定して行つた所で其通り運ばす事は出来ませんし……」（十三）

（6）「性格破産者」は広津にとって単に批判の対象としてのみ描かれているわけではない。「初めて小説を書いて得たいろ〳〵の感想」（大6・11「中央文学」）の中で「神経病時代」の主人公について、「ああ云う人間が、その底において非常に人間的なのを、私は心から愛さずにいられなかったのです」と述べている。

（7）橋本雄二氏はその「広津和郎論」（昭40・10「論究日本文学」）の結語で、性格破産者なる存在の現実性を否定し「外国文学の命題をそのまま日本に移植し」た所産と捉えているが、私は精神医学者津川武一氏が『苦悶の文学者』の中で「神経病時代」を「現在のいかなる医学者よりも、医学的である」と評価し、主人公定吉のような人間は、現在の日本人の中に無数に存在するという説に左袒したい。

（8）廣津桃子「倫敦塔その他」（昭55・9「太陽」）の中に、廣津和郎が、漱石を若い時に読もうとして果さず、それでも漱石は初期のものより「それから」以後のものがいいのではないかという趣旨の感想を抱いていたことが語られている。「それから」を重くみていたということは私も桃子氏から直接伺っており、これは興味深いことだと思っている。

（9）廣津が妻と最も苦しい生活を送っていた時の情況を、葛西善蔵が小説に仕立てたことがある（「小さな犠牲者」大9・6「婦人公論」）。そこに「悪意」を読みとった廣津はそのことで葛西に不愉快を感じて抗議したが、葛西がそれを全集に入れたことで決定的に葛西と対立し、葛西の臨終まぎわにおいても葛西を許そうとしなかった（「葛西と自分と」昭3・9「文芸王国」参照）。葛西に最後まで好意を抱いていた友人舟木重雄宛廣津の書簡が谷崎精二の許にあり、それには廣津の絶対的に葛西を是認できない気持が披瀝されてい、飽くまでもモラルを重視する廣津は「そしてそれ（モラル）の方が芸術よりも大切で、それをそのままにしては、芸術なんか価値も何もないと思う」と廣津らしい見解を述べている（谷崎精二『葛西善蔵と廣津和郎』）。又、この問題につき、志賀直哉はその「蝕まれた友情」の中で廣津を支持している。

（10）「読んだものから」の本文では二月号に予定しているが、二ケ月後にずれ込んだ。それは廣津が改めて「志賀直哉論」に本腰を入れたことを窺わせるものである。

（11）廣津のアルツィバアシェフ否定には長い道程がある（トルストイも同様である）。アルツィバアシェフのチェホフ理解や、「バシキンの死」（「作者の感想」）における彼の優しい心情には心からの共感を寄せている。アルツィバアシェフの思想については、サーニズムの享楽主義的個人主義が、「最後の一線」の反動的反人道主義的ナウモフィズムに一転した時に、廣津としては容認し得なかったのだが、しかしアルツィバアシェフがなぜこのような極端な思想に転じたかについては、深い理解を示している。今一つ廣津が同意できなかったのは、アルツィバアシェフには、ロシア作家に特有の執念深い論理的抽象的気質（一種の理想主義ではあるが）があるということで、トルストイの、苦痛の尊重と無抵抗主義（「主人と僕」のニキタ）はサーニズム、ナウモフィズムと共に抽象性の極端に立つもので、何れも自分には無縁のものであるとしている（「アルツィバアシェフ論」）。私見だが「人形の家」のノラはいかに餓死が予測されたとしてもその家出には現実性があるが、サーニンの逃亡は全く観念的なものである。廣津が窮極的にトルストイとアルツィバアシェフを捨ててチェホフに赴いたのは、一言で言えばチェホフの理想主義が周到なリアリズムによって支えられていたからである。

(12)「早稲田文学」に載った馬場哲也の訳文は非常に生硬なものでよく意味の通らない所がある。しかし廣津の理解は極めて正確であり、『アルツィバアシェフ名作集』（昇隆一の新訳、青娥書房、昭50）の「作家ノート」によって馬場訳を補ってみると、廣津がアルツィバアシェフの意図を充分に汲みとっていることに驚く。廣津がこの『作者の感想』（昇訳「作家のノート」）を如何に愛していたかは、自分の随筆集（大9・3）にこの題名を借用していることからも窺われる。

(13)「チェーホフ全集」では「黒衣の僧」。この「黒衣の僧」と、廣津の最も愛する「決闘」の中に、「神経病時代」という言葉が出てくるのは注目されることである。

(14) 一九〇三年十月卅日付。この書簡でチェホフは、スタニスラフスキイ自身にロパーヒン役を奨めているが、スタニスラフスキイはガーエフ役を選んだらしい。

(15)「チエーホフはわたくしに低い声で語りかける。これはわたくしにとって友だちのような作家である。わたくしが彼のところへ行って求めるのは、ドストエフスキイのような作家の電撃的な啓示でもなく、ゴーゴリのような作家の人を不安にする哄笑でもなく、トルストイのような作家の圧倒的な偉大さでもなく、もっとつつましく、もっと心の休まる、もっと悲しい魅力である。（中略）彼は過ぎゆく人生をその痛ましい単調さにおいて描く。彼の作品の主人公は、無学な百姓たち、不幸な医者たち、貧しい学生たち、幻滅して醒め切った女たち、要するに社会の小銭ともいうべき人々である。これらの憐れむべき人々に、彼らの性格に見合った災難をチエーホフは与える。」（大塚幸男訳）――トロワイヤはそのチェホフ論を右のように始めている。これは廣津の最初の翻訳「悲痛」「二つの悲劇」の世界そのものであり、この冒頭文だけでも廣津のチェホフ論を彷彿とさせるに充分であるように思われる。

(2)「洪水以後」

廣津和郎に「若き日」という、作者自身がかなりの愛着を示した小説がある。もと大正八年一月「太陽」に「悔」として発表されたものであり、以下数度の改稿を経て後、「若き日」として定着した。この改稿の経過自体に、作者のこの作品への愛着の程度が窺われる。岩波文庫（昭26）には著者の文壇的処女作「神経病時代」と併録され、その「あとがき」に（「若き日」は）私の青年期の『自伝』の一節と思つて読んで頂いてもよい」とあり、それは廣津の数多く発表された私小説とは趣を異にする一種の「白樺」派風青春自伝小説であった（本稿の「若き日」の引用は岩波文庫版による）。

「若き日」を『自伝』の一節」として読む場合、「若き日」が「悔」以上に事実に即した態度を以て書かれていることが先ず注意される。例えば「悔」でローマ字の頭文字が使われている固有名詞は、殆ど実在のものを思わせる仮名、又は実名に変えられている。S氏→黒川調六＝香雨（黒岩周六＝涙香）、A―中学→麻布中学、W―大学→早稲田大学、Nさん→永田教授（永井柳太郎）、K・K氏→清見貫山等々といった塩梅である。この最後の清見貫山が茅《かや》原華山であり、この小説で或る役割を担わせられているだけでなく、廣津自身がこの小説のドラマの終局時から約二年後には、華山の主宰する雑誌「洪水以後」の編輯部に文芸時評担当者として入ることになる。但し廣津が「洪水以後」に関わったのは僅か三カ月余、創刊号（大5・1・1）から第十号（大5・4・11）までであり、その二カ月後第十四号でこの雑誌は終刊となった（本書第一部第七章P・99参照）。

茅原華山と「洪水以後」、及びその前身たる「第三帝国」については、華山の孫茅原健氏の精力的な調査があり、それを基礎として、今後日本近代思想史の立場から更に検討が加えられるであろうが、少なくとも「洪水以後」全十四巻が今日に示す意義の殆どは、各巻僅々一～三頁を占めたに過ぎない廣津和郎の時評が担っていると言っても過言ではなく、逆に言えば廣津和郎という文芸評論家を世に送り出したことで、「洪水以後」は記憶さるべき存在となった、と言えるのである。[1]（因みに十号分の総頁四三四頁に対して廣津時評は僅か二〇・五頁4.7%を占めるに過ぎない。）

この廣津が始めて試みた文芸時評に於いて、それ以後の廣津の全文芸活動の基盤が確立されたのであり、ここに展開され披瀝された彼の文芸と人生に対する基本姿勢は、遠く晩年の松川裁判批判にまで及んでいると見てよい。しかし今は、廣津の文芸活動の最初の最も充実した時期―大正五年から九年に至る業績との関係で、この「洪水以後」の「時評」を捉えてみたい。

＊　＊　＊

だがその前に、一応茅原華山と「第三帝国」及び「洪水以後」について瞥見しておこう。

「第三帝国」の創刊は大正二年十月十日、主盟茅原華山、編輯主任石田友治のコンビで刊行された雑誌だが二年後、華山に創刊趣旨を裏切るような言説があったとして石田と対立し、主導権争いの結果、華山が「第三帝国」を出て「洪水以後」を創刊するという一幕があった。石田は大正四年十一月二十九日「第三帝国」の号外を茅原華山絶縁号として発行し、その冒頭に自ら絶縁の経緯を説明した（「何故に『第三帝国』は茅原華山と絶縁せしか」）。

「第三帝国」創刊時の理念を創刊号「志を述ぶ」、前記絶縁号石田論文等によって見るに、政治的には「小日本主義」「民本主義」[2]、思想的には「個性中心主義」「人格主義」「平和主義」を掲げ、新理想主義による「君民同治」の新帝国を建設するというにあった。総じて大正デモクラシーの先駆的理念を反映していたと言える。「然るに茅原華山氏は、いつとなく新理想主義、民本主義を『旧い』と言ひ出すやうにな」り、「欧州戦争起るや『戦争の嘆美』[3]となり、『火の洗礼を受けよ』[4]と論じ、創刊当時は反帝国主義、平和主義者であつた茅原氏は、打つて変つて帝国主義者、戦争讃美者となつた」（石田前掲論文）――というのである。

「第三帝国」には確かに大正デモクラシーの最も基本的な理念が語られていた。小日本主義、民本主義の主張は勿論、浮田和民が熱っぽく説き続けた言論の自由論（①⑳㉜各号）、江木衷⑬、大場茂馬⑳、馬場孤蝶㉜による人権尊重の立場からの裁判制度の批判、鈴木文治による労働者の団結権の主張⑳、平塚らいてうの婦人問題①⑥等々は、デモクラシー存立の根幹に迫り、その論旨は今日にも十分通用するものだった。従って基本的にはブルジョア・デモクラシーの最も良質の部分を含んでいただけでなく、華山の否定者である大杉栄を始め[5]、伊藤野枝、安倍磯雄、大山郁夫、堺利彦、安成貞雄等の無政府主義者社会主義者にも多くの誌面を提供した。デモクラシーが、己れを克服する思想との共存を許容するという寛大の原則が貫かれていたと言えるだろう。それだけに華山の所謂「変節改論[6]」は、「第三帝国」の存立に関わることでもあり、分裂は必至であったと見ることができる。前記大杉以下の主義者達は「洪水以後」には登場せず、「洪水以後」の思想的後退は明らかであった。

しかし果して華山は「変節」したと言えるのだろうか。華山の自伝『半生の懺悔』（大5・6河野書店）によると、元来彼は日露戦争に対する主戦論者として、内村鑑三、幸徳秋水、堺利彦らの非戦派を退陣せしめた黒岩涙香によって萬朝報に迎えられた、という経歴の持主だった。黒岩の寵を得た華山が、五年に亙る欧米視察の旅を終えて帰国すると、今度は平和主義による民本主義を唱え出すのであるが、それが又如何に表面的な時流への迎合に過ぎなかったかは、既に「第三帝国」での変身ぶりに見られた通りである。謂わば限りない変転が華山の身上と見られなくもなかった。

ある思想家の真価は、その女性観を閲《けみ》すれば明らかになると言われているが、これが又華山に於いて尋常一様ではなかった。「若き日」に、主人公の恋人千鶴子が、新帰朝者の清見貫山（華山）の許に出入りし、そこで貫山から「これからの女性は先づ第一に経済的に男性から独立する覚悟がなければならない」「兎に角常に男性を敵として戦ふ覚悟がなければならない」「日本の女は何でもない事に恥しがるのがいけない」云々と教えられたと言うのに対し、主人公が、その言葉自体は否定できないにしても、「清見貫山が若い娘にさういう事をいひ聞かせて何処まで責任を感じてゐるのか」と自らに問い返す所がある。そこに主人公は、何ら根柢のない言葉だけの「新思想」の危さと軽薄さを敏感に感じとっているのである。

では貫山ならぬ華山の女性観は実際如何《いか》なるものだったろうか。これを一応若干の文献(7)について閲するに、華山の他の言説と同様、論旨が曖昧で明確に摑み切れない部分があるが、それでも確かに帰朝後の後期のものが最もラディカルであり、「若き日」の叙述に照応しているようにも思われる。例えば注(7)の㈧の中で華山は次のように言っている。「此の生活の前に対つては、人間は性の区別はない。男子も自己を発展させなければならない。女子も充実したる生活を求めなければならない。積極的に進んでゆく前に、自我の発展をさまたげるものがある時にはそれを破壊して進まねばならない。」「婦人と雖も充分に自己を発展しなければならない。」――華山はここではこのように言って、熱っぽく女性を励ましているかに見える。所が他の時期のものでは、概ね男子と女子の役割を限定し、女の分を守ることを説く家族制度の擁護者たることを隠していない。華山の女性論も、例の如く一貫した主張が見られないだけでなく、何れの場合でも、女の解放が男の解放と不可分のものであるとする発想が欠落しており、そうであれば「若き日」の主人公の危惧も、それなりの根拠があった、とするべきであろう。

こうしてみると、華山がたとえ自らを「デモクラット」「急進的自由主義者」(『半生の懺悔』)に擬したとしても、その変転極まりない、而も曖昧な論調の中から、彼の旧い体質を探り当てるのはさして困難でもないように思われる。唯、華山をどう評価するかに関わらず、華山の文章が「華美艶麗を極め」たものであり、それを以て「全国の青年を渇仰」せしめた(安達元之助「私の見た華山氏」大4・12「中央公論」)という事実は、凡ゆる華山論者の認めざるを得ない所だった。尾崎士郎も金子洋文も、このような華山の文章や演説の華麗さに魅せられ、「第三帝国」や「洪水以後」に投稿して来た地方青年だった。彼らが当時何れも、政治と文学への二つの志向を併せ持つ青年だったことは、この場合特に示唆的だった。何らかの意味で現実変革を志す政治青年が、時に感傷的な慷慨調のある種の文学的表現に憧れるのはあり勝ちのことだからである。尾崎（「第三帝国」㊱）金子（「洪水以後」⑩）の送り来った原稿は何れも直ちに華山によって掬い取られ、活字化されているが、その内容は共に、人間尊重の立場からの、教育界の現況に対する批判をその核としており、その反軍国主義的反国家主義的傾向は、必ずしも華山の体質に合致するものではなかった。然るに華山が、このように己れと異る意見の持ち主（特に青年）を包容する例が他にも数多くあって、これを華山の「漠然とした人間的スケールの大きさ」（勢多佐武郎「続『第三帝国』から『洪水以後』へ」昭48・3「たちばな」）として評価する向きもある。又、大杉栄は注（5）の②で、華山を主盟と仰いでいる人達の中に、「華山の部下としては似合はない聡明な人達」のいることを認め、中村孤月（『第三帝国』文芸時評担当者）、松本悟郎、野村隈畔、石田友治の名を挙げている。廣津和郎がその「似合はない聡明な人達」の最たる存在だったのは言うまでもないことである。

＊　＊　＊

廣津和郎は「洪水以後」の時評によって文芸評論家としての位置を定めた。[1]然るに廣津和郎と「洪水以後」という雑誌の取合せ程奇妙で皮肉なものはない。何故なら「洪水以後」の主盟茅原華山の精神と思考のあり様と、廣津のそれとは根元的に相容れないものだったからである。だが華山は廣津を文芸時評欄の担当者に起用し、廣津は職を求めようとする人間としては極めて我儘な条件を出して、これを華山に認めさせている（『年月のあしおと』㊿参照）。そこには、早稲田派がよく書いた求職物語に見られるような、求職に際しての屈辱感や惨めさの影が全くなかった。このことは廣津の「洪水以後」の時評の内容そのものと照応するだろう。

「洪水以後」の創刊は大正五年一月一日である。大正五年が、文芸上の新旧交替期だったことは文学史の示す所である。翌六年にはロシア革命が成り、新しい時代の幕明けの機運を遠く窺いながら、日本の文壇では佐藤春夫が「病める薔薇」を、廣津自身が「神経病時代」をそれぞれ文壇的処女作として発表し、萩原朔太郎が詩壇を驚倒させた革命的詩集『月に吠える』を上梓して、近代文明が人間に齎す神経の痛みや精神の歪みを形象化した。廣津は「洪水以後」創刊号で、いち早く新しい時代の到来を感知し、それが自然主義革命に匹敵する文学革命になることを予言した（それが後に新現実主義と総称されるものだ）。廣津の、生涯を通じて変らない時代に対する明察がここにある。この前提に立って廣津は、始めて文芸時評の筆を執る者とは思えない、流行や権威に対する遠慮会釈もない解析を試みた。トルトスイは世界に於ける流行であり権威だった。相馬御風は、廣津にとっては早稲田大学英文科の大先輩であり、親しくその講義を聴いた教師でもあった。この二人に対する批評の最も厳しかったことは、「洪水以後」に於ける廣津時評全体の論調が如何なるものであるかを窺わせるに足るものである。このことは、創刊号に於ける彼の批評態度の表明とも関わっているだろう。

彼は先ず「プリセンチメントなしに創作に接する事」を約し、「ペンと鉛筆」（下段コラム欄）で「私は初めから或る標準を立てゝ批評したくない。〈中略〉厭世主義者だからと云つてけなしたくない最高の思想を唱へてゐる人だからと云つて賞めたくない」と書いている。――「プリセンチメント」や「標準」を排除するということは即ち、既存の権威によって物を語らないということである。ここに新時代の到来を予覚した新人らしい、いかにも大正リベラリズムの精神を体現した人らしい自信と抱負とを聞くことができる。

廣津は創刊号で「ラ・テール」という小さな雑誌から、木村荘太の「一つ木の家」（大4・12）を取り上げて好意的に批評したが、一方第二号では、流行作家谷崎潤一郎の「神童」を殆ど完膚なきまでに酷評している。世評とは一切関係のない廣津独自の鑑賞がそこにはあった。今、公平にこの両者を比較すれば、芸術の完成度では「一つ木の家」は到底「神童」に及ぶものではない。しかし廣津の鑑賞は、芸術をその完成度に於いてのみ評価する態度を、その後と雖も一貫してとっていない。「神童」の少年の心理に「自然な処」を発見できなかった廣津は、その如何にも手馴れた手法でそつなく纏め上げられた「神童」に、「創作の厳粛さ」を感ずることができず、却って「一つ木の家」の粗削りな、性の憂悶を不器用に綴ったその「質朴な筆」を愛したのである。この廣津の対照的な作品批評の中に、「洪水以後」の時評に臨んだ廣津の志の程を窺い知ることができる。

「権威」に依って物を見ないということは、「絶対に自由な心と眼とによってすべての物を観、すべての物を判断しようとする態度」（片岡良一「廣津和郎論」大15・7「国語と国文学」）に違いないが、その「絶対に自由な心と眼」にも、何か自律的な基準というものがあるのではないか。橋本迪夫氏は、全集八巻月報④の「解説」で「彼自身の批評の尺度に何を持って来たか」と問い、「結局それは批評家の素質である」と答え、「彼等は常に存在す」（大6・2「新小説」）という評論がこれを証明している、と述べている。しかし、批評の尺度を単に「素質」に求めるということが言えるためには、尚若干の注釈が必要であろう。「彼等は常に存在す」の中で廣津は、彼の軍隊生活の経験から、如何なる社会でも「人間の素質に対する感覚」が「私にとつて彼等を見る全部となつた」と述べている。この場合人間評価の基準は、学問や教養でもなければ、放蕩や悪事ですらない。軍隊のような極限状況下では人間素質が顕われ易い。娑婆では相当の悪事を働いて来たらしい無教養な博徒出身の兵隊の中に、「何のたくらみもない」という美質が発見される代りには、万事利口に立ち回る大学出身の兵隊の卑しさが指弾されることもある。文学の評価も同じことであるに違いない。「たくらみ」は「不自然」なのであり、廣津は別の作家論で「虚偽」とも「いや味の虚飾」とも称したことがある。人間評価に学問や教養が無効だったように、文学評価でも、概念や理想や党派が問題なのではなく、素質の内容の吟味が重要な課題となる。

「若き日」の㈥に、「悔」にはなかった次の一節がある。「私は理想の炬火を前方にふりかざして突進して行くやうな作家や思想家よりも、眼の前の現実から静かに虚偽と欺瞞とをつまみ出して行くやうな傾向の人達に心を惹かれたわけである。」――ここに廣津和郎という文学者の一切が語られている。チェホフ、志賀直哉、徳田秋聲等彼の最も愛した作家の作品論には、すべてこの言葉のヴァリエーションが適用されている。それが廣津自身の中にあるものの投影に過ぎなかったことは言うまでもない。――唯この場合、それが廣津に於いて可能となるためには、自己内部の実感（「若き日」で言う「リズム」）に対する絶対的信頼がなければならない。「リズム」は「若き日」の光蔵のような政治青年の解し得ざるものであった。従って廣津の批評が「実感の射程外に位する問題に対しては有効性をもたない」(8)という評も勿論成り立つのである。しかし廣津の批評は生涯その「リズム」に依拠していたので、彼の松川裁判批判は、その「リズム」の根拠を、法律という文学外の領域で証明したに過ぎないのである。――

理想を前面に押し立てて進む者は、時に別の理想と争って後退したり、現実からの手厳しい復讐に出合って転向し、正反対の理想を追い求めたり、遂にはその理想を放棄せざるを得なくなって、深い挫折感に沈淪しなければならないことが往々にしてある。日本近代史は、日本に於ける社会主義運動、プロレタリア文学運動が、理想を廻っての分裂に次ぐ分裂の歴史だったことを教えている。而も我々はこのような時に、人間の演ずる劇が屢々救い難い醜悪な相貌を呈するのを見て来た。理想は人を酔わせ、人を性急な行動に駆り立てる。「直ぐに決死隊に応募しさうな日本人的勇気と正直さ」（「洪水以後」①）に廣津はその典型を見た。それは真の勇気ではなく、却って人間の弱さ、精神の硬直を示す以外の何物でもない。

しかしだからと言って廣津を、理想を拒否して現実を無条件に容認する現実主義者と見るのは誤りである。理想に酔わないのは、理想を拒否しているのではなく、酔うことを警戒しているのであって、若き日の廣津の「悔」に見られたような「憂鬱」も「虚無」も、その多くの由来をここに求めることができた。しかし廣津の「ニヒリズム」がその蔭に、健康な理想への探求心を隠していることは、「新潮」の特輯「最近の廣津和郎氏」（大13・7）で、早くも横光利一や舟木重雄らによって見破られているのであり、「若き日」の中で「実際は何かに向つての渇望が――自分でもはつきり解らない渇望が、形を取る術を知らずに私の心の中で荒れまはつてゐたのかも知れない」と自ら回想しているその形を成さない「渇望」こそが、廣津を寧ろ現実におし止め、虚無の深淵や耽美的世界に落ち込んで、そこに安住することを自らに許さなかったのである。

かくて、理想が人を酔わせて性急な言動に走らせる状況の吟味が、廣津の批評の核に据えられることになった。「思想の誘惑」「範疇の誘惑」という廣津独自の語彙が、この「洪水以後」の時評に始めてその姿を見せる。

理想や範疇の誘惑に身を任せるということは、結局は自らの思考を停止せしめ、生命の躍動を抑制し、延いては完全な自己放棄を招来することになる。正義を錦の御旗に押し立てれば、その他の凡ゆる推論や思考のあり方と手続きが否定され、空疎な理論の展開が自己陶酔的な饒舌を生み、それが人の精神を怠惰に導くにも関わらず、自らは勤勉と献身に身を投げ出しているという錯覚に陥る。人道主義、トルストイ主義、社会主義、民本主義、愛国主義等大正期を彩《いろど》った主義主張を、皆同列に扱うことは許されないにしても、それらの主義によって影響される人の心情には共通のものがあるのではないか。民衆は暗示にかかりやすい、と廣津は言う。総じて廣津和郎という作家は、民衆的基盤に立つ作家と見られているが、それを無条件で認めるのは正確ではない。寧ろ彼は、常に民衆から距離を置こうとしていた。「民衆には驚くべき狂信性がある。〈中略〉その性質は、方向さへ示してやれば、常に迸るやうな運動を開始する」（「彼等は常に存在す」）。狂信する民衆は自己を喪って、自己を犠牲にするものをそれと知らずに鑽仰する。民衆と距離を保つことなしに、民衆に犠牲を強いるものの正体を明らかにすることはできないだろう。民衆を観念的に美化しようとする者に対して、廣津が先ず異を唱えたのはそのためである。

＊　　＊　　＊

「洪水以後」時評の中で、「思想の誘惑」論の適用が最も厳しかったのは、相馬御風の『還元録』批判に於いてであった。それはやがて全面的に展開することになる廣津の、トルストイ及び日本に於けるトルストイ主義批判の枠の中で捉えられるべき問題であった。

『還元録』（大5・2春陽堂）は御風の、都会を捨て故郷に隠棲して農民に同化し、「本当の自我に帰る」ことを志した時の心境を綴ったもので、刊行前後に主として「早稲田文学」に書いた凡人浄土論、凡人福音論を含め、謂わば「還元録事件」とも称すべき様々の反応を惹起せしめた。田山花袋は『近代の小説』㊷（大12）に於いて当時を回想し、嘗ては国木田独歩も夢みたという田園生活に入った徳富蘆花、「偽りの生活を脱して、本当の生活をしよう、本当の生活の記録をつくらう」として「新しい村」に入った武者小路実篤の心境に、御風の隠棲の心持も亦近かったのではないか、と比較的好意的な感想を述べている。このように時代の流行現象として先ずこの「事件」を捉えてみることが重要であり、この時花袋の挙げた三人の作家が、何れもトルストイの影響を強く受けていることが示唆的だった。

廣津の『還元録』批判は、「洪水以後」八号と十号に見られる。第一に、右トルストイ主義が、御風の退住の決意に深く影響したことから来る「農民の理想化に対する」警告がある。過去と訣別し、知識人の範疇を破壊した御風が、今度は「善人の範疇」を作って欲しくない、とする廣津の要望には、ともすれば、民衆を概念化した上で祭り上げる時代の風潮に対する抗議も含まれている筈だった。

次に廣津は、御風の思想の変転著しき様を捉えた。実際、大逆事件以後の御風の思想はめまぐるしく動き、一時は大杉栄に接近してその影響を受けた節もあるが、社会主義、無政府主義についての着実な考究を試みた跡もなく、而もその言説は、時に個我主義に傾いたと思うと、時には言葉の枠を超えた具体性と方法意識を欠いたままで、社会改革の要求を性急に打ち出す嫌いがあった。現に『還元録』の僅か二年前には、「隠棲」とは全く逆の「巷に出でよ」（大3・2「早稲田文学」）の題のもと、「もっと〳〵熱烈な境遇革命論が出て来なければならない。自己革命と並んで、社会革命の主張が盛にならなければならない」と説き、「書斎裡の人は同時に街頭の人とならなければならない」と結語しているのである。

『還元録』に反応した数多い論評のうち(9)、廣津のみが御風の思想の変転を視野に入れ、その変化の意味を問うものになっている。「あなたには一つの思想に対する執着が少しもありませんでした。あなたはいつも目の前の道は一つしかないと思つてゐながら、而も枝道へ〳〵と無暗矢鱈と曲つて歩きました」――これは廣津の用語に従えば「範疇」の移動である。「自分の霊魂をしつかり握つてゐる人間が、或る思想に移るまでには、非常に長い時と準備とを要します。」然るに、Aの範疇からB、Cの範疇へ余りに手軽に移るのは、一つの思想を摑まえると、直ちに感激して身をそこに投ずるセンチメンタリズムの表れに過ぎない。人は御風の今回の隠棲は、決して手軽な移動ではなく、そこには過去の思想と生活に対する勇気と謙遜に充ちた否定がある、と言うかも知れぬ。又、実際にそれを称《たた》えた評家もいたのである。しかし廣津の、対象の隅々にまで行き届く批評の眼は、如何に御風が過去の思想を強い言葉で否定しようとも、どこかでそれをかばい、寧ろ否定すること自体に、――無意識の裡にも――センチメンタルな快感を味わっているのを見逃さなかった。他の評家が感銘した御風の「謙遜」すら、「無邪気」の徳を欠いているために、一種の厭味になっていることが指摘されている。

廣津は既に「洪水以後」第七号の「思想の変化」（これが御風を念頭に置いた論であることは疑えない）で、もともと前の思想に対する執着の欠けている思想家は、何時又他の思想に移るか解らないのであるから、彼等の宣言や悲壮ぶった態度には少しも信用が置けぬ、と述べていた。今、大正から昭和へかけ、民衆芸術論と言い、プロレタリア文学と言い、様々な思想が生れてそれが作家に影響し、文学が様々な思想によって規定されて行った事実を考えると、これは単なる御風に対する批判の意味を超え、未来の歴史を遙かに透視した――その中にはプロレタリア文学に於ける左傾や転向の問題を含み、そこに廣津が如何なる姿勢を持したかが想起される。更にそれは昭和十一年の「結論を急がぬ探求精神」としての「散文精神」の強靭な生き方にも連って行く――人間の生き方に対する根元的な考察を含んでいたことが理解される。そういう意味で「範疇の誘惑」論を核とした廣津の時評は、「大正文学的な思考様式」(小田切秀雄『廣津和郎初期文芸評論』昭40講談社解説)として括られるには余りにも個性的であると共に、歴史に対しても、一つの現実的な有効性を持つ批評だったと言えるのである。

＊　＊　＊

「洪水以後」の時代、廣津和郎が「洪水以後」以外の雑誌に寄稿したのは「チェーホフ小論」(大5・3「新公論」)一篇のみである。彼は「洪水以後」時評の筆を執りながら、逼迫した家計を支えるためにチェホフの翻訳を手がけていた。これを金尾文淵堂から「接吻外八篇」として刊行したのはこの年五月であり、この時「チェホフ小論」に手を入れ、「チェーホフの強み」と改題した新稿を以てその序文に据えた。この時期の廣津のチェホフに対する傾倒ぶりが窺われる。尚この書の扉には、「此書を父上の膝下に捧ぐ」という献辞が記されている。作品が書けなくなって沈黙している父柳浪に、却って敬愛の念を抱いたという廣津和郎が、その父に他ならぬチェホフの翻訳を捧げたという所に、この時期の廣津和郎の一切が語られているような気がする。柳浪は自然主義文学に敗れ去った旧い型の作家である。廣津和郎は父を破った自然主義の流れから出て、更にロシア世紀末文学の影響を受けた作家である。その廣津が父に関して次のように書いている。「父は人生の凡庸と醜悪に対して驚くばかりの鋭い感覚を持つてゐた。その感覚が父をして益々憂鬱に陥らしめた」(「本村町の家」大6・11「文章世界」)。――人はここに容易に、廣津がチェホフに与えて来た評言を重ね合せることができるだろう。

廣津とチェホフの付合いの歴史は古い。明治四十一年刊行の瀬沼夏葉訳『露国文豪チェホフ傑作集』をこの年中学五年で読み、翌年十二月母校麻布中学の校友会雑誌に「悲痛」の翻訳を送って以来、大正二年までに四篇の翻訳翻案を発表し、大正三年には翻訳『キッス』を植竹書院から出している。「チェエホフ私観」(昭9・6「文藝」)によれば、早稲田大学英文科に提出した卒業論文の題目は、「消極的廃滅主義より積極的絶望主義」であり、その内容は、チェホフからアルツィバアシェフに至るニヒリズムの推移を扱ったもの、ということである。――ここで在学中の廣津が、教師の中でも思想の変転著しく、そういう意味では華やかだった片上伸や相馬御風よりも、休講の多かった島村抱月に魅力を感じた、という後の回想を思い出しておきたい。その魅力は、抱月の学問よりもその「廃滅的ニヒリズム」（『年月のあしおと』㉙）にあった、というのだから。――

早稲田大学を卒業する（大2・3）までの廣津の生活は、作家としての父の不如意な逼塞、継母を中心とした一家の不和、実兄の不行跡等々を抱えて惨憺たるものがあった。この時チェホフや抱月の魅力を「消極的廃滅主義」と捉えたのは、自らの力では如何ともすることのできない謂わば不条理との闘いを強いられた所から来る彼の生活の憂悶がその背景にあったからである。所が卒業すると、入営、東京毎夕新聞社への就職と退社、父の病気による転地、その父への仕送り代を捻出するための翻訳活動、始めての下宿生活等々と、彼の生活が社会に向って動いて来たばかりでなく、その下宿の娘との不用意な衝動的交渉による人間関係の重荷が彼の背にのしかかって来た。その結果としての長男の誕生と、「洪水以後」の入社が殆ど同時だったのである。卒業までの彼の生活は、暗いと言ってもそれは彼自身の責任に帰せられるべきものではなかった。然るに卒業後の暗さは、対社会との交渉という彼の生活範囲の拡大を背景に、彼の責任に帰せらるべき女性問題に由来するものだった。

この間上記翻訳活動の対象がトルストイの「戦争と平和」であったということもあり、この時期、廣津の抱えた現実問題に何らかの解決を求める意味から、彼のロシア文学との激しい格闘が始まる。この格闘から出て来たものは――結論だけ言ってしまえば――トルストイとアルツィバアシェフの同時否定であり、チェホフ観の一進展である。[10] 傷ついた廣津にとって「クロイツェル・ソナタ」は、実行したとて何の意味もないことを「範疇」として人に強いる「傷に塩」の物語であり（「怒れるトルトスイ」大6・2〜3「トルストイ研究」）、アルツィバアシェフは、当面する廣津の「責任」の問題に何の展望も与えなかった。

「アルツィバアシェフ論」[11] に次の一節がある。「トルストイは苦痛を尊重し快楽を軽蔑する。アルツィバアセフは苦痛を軽蔑し快楽を尊重する。／此二人の作者が現した人間の典型の間を、大概の人間は彷徨してゐる」——作品の人物で言えば、前者の代表が「主人と僕」のニキタであり、後者の代表が「サニン」のサニンである。この二人はロシア文学に極めて特徴的な謂わば抽象性を背負った人物である。その対照的な人物像には共に、現実に生きる「大概の人間」のリアリティが欠けている。チェホフの世界に出てくるものは、この「大概の人間」なのであり、又その「彷徨」する姿である。

「チェーホフの強み」で、「此処に一つの例を引く」と切り出して登場させられた「或る女」も亦、「彷徨する大概な人」の一人に違いなかった。チェホフがこの女の憂悶に対して与えた診断と処方箋に対する廣津の解釈には、嘗ての「消極的廃滅主義」的チェホフ観からの確実な進展がある。チェホフがこの女に対してどのような忠告を与えたかを叙した後、廣津は次のように結論する。「これはチェーホフが如何に人間の虚偽を見逃さないかと云ふ事と、人を見て道を説く彼の聖者的風格と、そして彼の人間に対する深い愛と同情とが現はれてゐる。[12]」

ここには、自己の自然に飽くまで忠実に生きなければならない、とするトルストイ的強制とは異なるチェホフの静かな教訓があり、慣習や通俗的道徳観宗教観等、一切の「範疇」から解き放たれて、自由そのものと化したチェホフがいる。と同時に、この小説からこのような独創的とも言うべきチェホフ像を引き出して来た廣津和郎の、自在で行き届いた人生への深い洞察力を見ることができる。そして廣津の、自己の責任に由来する生活上の悪戦苦闘が、却ってチェホフの理解を、今日のチェホフ像として一般的に認められている明るい方向へと深めたのは興味あることである。廣津の回想の至る処で自ら認めているように、「責任」の自覚が、「消極的」な彼を奮い立たせたのだ。恐らくそこに、筆を枉げてまでも、身につかぬ新傾向の小説を試みるより、沈黙を選んで頑なに己れを持し続けた父の像が、新しいチェホフ像に重っていたのではないか。「父に対する責任の念」が、絶えず廣津を絶望の淵から救い上げる原動力になっていた、という風なことを廣津は「静かな春」（大7・2「新小説」）に書いている。チェホフの翻訳を父に献じた所以であろう。

＊　＊　＊

廣津の「洪水以後」時評の背景に今一つ、「悔」――「若き日」でしか語られていない彼の失恋の物語がある。（僅かに『年月のあしおと』⑭に、それが事実であったことを思わせる簡単な叙述がある）。所が、「悔」の結末に「若き日」では削除された次の一節がある。廣津自身と思われる主人公の失恋による青春の終焉を示すものだが、失恋と言ってもその主体的責任は主人公にあり、最後まで愛を貫かなかったことが「悔」なのである。

「私は今になって、前にも述べた通り、女性に対するほんとうの尊重は、結局自己を尊重する事になり、女性に対する軽視は、結局自己を軽視する事になると云ふ事を悟つた。

それを人々に理解させるには、私はまた或一つの出来事を語らなければならない。……」

田中純はその「廣津和郎論」（大8・4「文章世界」）の中で、右「或一つの出来事」を語ったものが「悔」と同時発表の「やもり」（「新潮」）であり、「悔」は女を失ったことの悔、「やもり」は女を得たことの悔を描いたものである、と指摘している。

主人公の恋人千鶴子は、主人公の友人である兄の監督を受けており、その兄はK・K氏（「若き日」の清見貫山＝茅原華山）の影響下にある。恋人もK・K氏の許に出入りし、例の青年達を暗示にかける言説の擒になりかかっている。この時、「悔」に於ける主人公K・K批判は極めて辛辣であった。

「……その頃洋行から帰つて来て、同紙（〈萬朝報〉を指す）の一面に、終始論説を掲げては、ある一部の青年達の人気を博してゐた、あのK・K氏の事であつた。此人の論ずる方面は、非常に廣かつた。政治、社会、文学、哲学、宗教、何でもござれであつた。そしてみづから自由思想家を以て任じてゐて、その頃文壇、社会一般に流行したイブセン――イブセンからは、彼は『第三帝国』と云ふ言葉を引き出して、後に彼が発行した雑誌の名にまでそれを使つた。そして彼は『第三帝国』なるものの自分が主盟であると云ふ事を、その雑誌の表紙に一号活字で麗々しく書き立てた。――オイケン、ベルグソン、さう云つたやうなものを、軽快に、簡単に解釈しては、それ等の名を聯《つら》ねる事によつて、彼の無内容の論文を飾り立てた。……丁度その頃の混沌とした思想界には、かういふ盲滅法な新しがり屋が出るのが、又自然なのかも知れないなどゝ思つて、予ねてから此K・K氏なるものに軽蔑の念を抱いてゐた私は……」

恋人ばかりでなく、どうやら主人公に好意的な恋人の母親までが、このK・K氏の影響を受けていることを知って、主人公は苦痛と不愉快に虐《さいな》まれる。「『どれもこれも成つてない奴ばかりだ』私は何か腹立たしくなつて来て、こんな事を口の中で呟いた。」(九)――「悔」の中でK・Kに触れたこの辺りの部分は、事実としても正確であり、その本質をよく捉えた点で的確な茅原華山論になっている――だが主人公は、その「成つてない」陣営との交渉を「不愉快」に思う余り、遂に恋人を手に入れることを断念せざるを得なかった。とすれば、そのような主人公自身が、別の意味で「成つてない」一人だったと言わざるを得ない。

この時主人公は大学三年生であり、「W―大学に通ふ事のつまらなさが、骨身に沁みて来た」という心境に達していた。別の文献によれば、前記の通り、彼はその時チェホフを「消極的廃滅主義」と規定する卒業論文に手をつけていた筈だし、島村抱月教授の「廃滅的ニヒリズム」に魅力を感じていた筈だった。後年、抱月を論じた文章の中で廣津は次のように書いている。「二葉亭が『浮雲』の中で、明治の出世主義の空しさに反撥してゐる主人公を取扱つてゐるやうに、この日本の興隆期に、その興隆の仕方の空しさを感ずる空虚感が、意識してゐるにせよ意識してゐないにせよ、何か『まこと』を求める種類の人達の胸に芽ぐんで来てゐたのではないか。」(「島村抱月」昭25・4「改造」)――抱月をこの「種類の人達」に短絡させ得るものか否かは別として、廣津が抱月に感じた「虚無感」の内容をそのようなものとして認識していたことは間違いない。――とすれば、大学生廣津和郎の周辺にいた人物として、この抱月と華山程対蹠《たいせき》的な存在はなかったのではないか。

前記の如く、茅原華山が甚だ摑み難い人物であることは事実で、ある時は彼自ら、皇室中心主義者たり帝国主義者たることを隠そうともしなかったし、又時期によってはデモクラット、急進的自由主義者という規定を自らに与えている。しかし窮極的に要約してしまうと、「新興日本帝国の前途に全幅の信頼と希望をおいた」「進化論の粗朴な信奉者」（山岡桂二「茅原華山の第三帝国論について」昭40・6「文化史学」）とする史家の説が最も妥当な見解であるような気がする。例えば労働問題を扱った「相霑ほす心」（「第三帝国」㊽）などは、資本家の「温情主義」を称えるだけの粗笨な社会政策論で、当時山川均によって厳しい批判（「茅原華山君の階級論」大4・10「近代思想」）を受けたものだが、西欧の機械産業は学んでも、それを支えた産業精神は学ぶべからず、といった主張を見てみると、華山が幕末の志士以来、今日に受け継がれた国家政策の柱である所謂「西洋芸術・東洋道徳」の信奉者だったことも否定できない。日本近代国家の持つ進歩と反動の様々な表情が、華山という人物に殆どその儘《まま》投影されているのだ。

明治の「進歩」にとり残された父を尊敬し、その興隆に空しさを感ずるような大学教授に理解の眼差しを向ける青年が、華山のような人物の空疎と軽薄とを見抜くのは寧ろ容易だったかも知れないが、しかし彼には、如何にも華山の直系の弟子らしい、恋人の兄の政治青年的センチメンタリズムと、進歩を装った家父長的傲慢と闘ってまでも、その妹を奪取して来る実行力はなかった。前記「廣津和郎論」の中で田中純が、「知識のある者、心の正しいもの、感じの鋭い者は、何時でもエネルギイが弱い」というゴーリキイの説を引いて、主人公をツルゲエネフの徒に見立てたのは正しい指摘だったのである。

作者としての廣津和郎は、愛する女性を獲得する道を自らに閉し、愛してもいない女性との性的交渉に落ち込んで、その人間としての責任の問題に苦しみ抜いた時、始めて自己の尊厳を確認する手がかりを摑み、それによって「消極的廃滅主義」という暗渠からの出口を発見することができた。そこに落込んで身動きのとれなかった自己を対象化する方法を摑んで始めて「神経病時代」「悔」「やもり」等廣津の初期代表作が創出される条件が整えられたのである。一方、「範疇の誘惑」を斥け得る自己の確立が、「範疇」を強いるトルストイとの対比の裡《うち》に、新しいチェホフ像を創造することを可能にした。彼は「チェーホフの強み」に於いて漸く、「性格破産」（これを廣津独自の語彙で、消極的廃滅主義を指す。ツルゲエネフの「余計者」もこれに当る）を描き得る作家（チェホフ）が性格破産者である筈がない、という認識に達した。そこで廣津は、「洪水以後」創刊号で次のような第一声を放つ。「――あゝ、**チエーホフ**が欲しい。今の日本には**チエーホフ**の材料が至る処に輯《あつま》つてゐる。**チエーホフ**の描いた鏡の中に現代日本の焦燥が生けるが如く映つてゐる。」（「ペンと鉛筆」）――「現代日本の焦燥」とは、漱石も指摘した、あの日本の「外発的」開化の齎した「軽薄」と「空虚」、「得意」と「神経衰弱」の交錯する悲喜劇に他ならない。廣津がその「現代日本の焦燥」を凝視する批評家、作家として成熟して行くのはこれからである。「洪水以後」が廣津にそのための基盤を提供したのである。

注

（1）　抑々茅原健氏が祖父華山を調査する動機となったものが、「群像」連載中の「年月のあしおと」（昭36〜38）に出てくる「洪水以後」の叙述にあったことの由来は、健氏の『茅原華山と同時代人』（昭60不二出版）「はじめに」で明らかである。尚廣津の「西片町時代」（昭17『芸術の味』所収）には当時の回想として、「洪水以後」の経営主任茅原茂（華山弟）が廣津時評に不満の意を漏した際、廣津は、自分の時評が雑誌の売行きに役立つか否かはともかく、「雑誌に品位を与へてゐる唯一のもの」であり、「現代の日本で最も好い文芸評論」なのだと抗議した、とある。彼のこの啖呵が強ち無根拠の放言でなかったことは、これらの時評を含む廣津の評論集『作者の感想』（大9聚英閣）が、後年佐藤春夫の『退屈読本』と共に「大正時代評論集の雙璧」（吉田精一）と評価されたことでも証される。又廣津の批評家としての力量を認めて廣津を世に送ったのは、森田草平「論理の尖鋭と洞観力と」（大5・11「文章世界」）である。

（2）「第三帝国」には華山による植民地放棄の「小日本主義」の主張が見られる。又華山は吉野作造以前に「民本主義」という言葉を使用したことになっている。「民本主義の解釈」（明45・5・27萬朝報）では確かに貴族主義、官僚主義、軍事主義に対する批判が展開されている。但し右二つの概念については尚立ち入った検討が必要であろう。

（3）十八号（4）十九号

（5）①「茅原華山を笑ふ」（大4・2・19〜22時事新報）
②「恥と貞操と童貞」（大4・4「新公論」）
③「華山の論法」（大4・11・29「第三帝国」華山絶縁号）
④「茅原華山論」（大4・12「中央公論」）
これら大杉の華山論は、何れも華山の本質を鋭く且つ的確に衝いたものである。

（6）江木衷「茅原君の変節改論に就て」（前記絶縁号）参照。又華山と石田の共通項は「君民同治の第三帝国」であるが、その対立は「君」と「民」の何れに重心を置くかの争いだったようにも思える。華山の「新皇室中心主義」㊼などはもはや「民本主義」の範囲を逸脱したものと言える。分裂の直接の原因は、華山が「模範選挙」と銘打って出馬した衆院選に落選すると、忽ち立憲代議制を否定したことにあり、これなど華山の「変節」の最も滑稽な一例であった。

（7）㈠「女子を論ず」（明35・5「中央公論」）
㈡「女子崇拝」（明44・6・21萬朝報）
㈢「婦人の自己発展」（大2・2「女子文壇」）
㈣「男は雄伏し女は雌飛す」（大5・3・1「洪水以後」7）
㈤「女を何うしたらよい乎」（大5・8「中央公論」）

（8）槇林滉二「初期の広津和郎」（昭41・5「近代文学試論」）

（9）今回読み得たものを挙げる。石田友治「近代文明と真実生活」（大5・2・5「新理想主義」）、山村暮鳥「悲壮なる幻滅者――相馬御風氏について」（大5・2・15同）、三井甲之「相馬御風氏の発心」（大5・4「文章世界」）、磯部泰治「還元果して唯一の道か」（大5・4「新潮」）、佐々井晁「相馬御風氏の近著『還元録』を読む」（大5・7・1〜15「第三帝国」）、和辻哲郎「罵倒と生存競争と凡人主義」（大5・8「新小説」）

（10）前記「チェエホフ私観」によれば、チェホフを「消極的廃滅主義」として捉えていた卒業論文の解釈は、シェストフのチェホフ観に近いもので、「チェーホフの強み」ではその解釈が違って来た、ということである。卒業論文時のチェホフ観は、その題名と、シェストフの「虚無よりの創造」の内容から推し測るしかない。即ち「底抜けの絶望」（正宗白鳥「チェーホフ論」〈昭9・4「文藝」〉）を歌った詩人という観方である。又、「トルストイとアルツィバアシェフの同時否定」と言っても、それが彼らとの長い格闘の末のものであることは、関係諸論文の示す所である。廣津和郎—金子洋文論争（廣津「鎌倉より」大6・1・23〜25、「鎌倉から」同3・23〜27〈読売〉、金子「廣津和辻両氏の論評を嗤ふ」大6・3〈日本評論〉）にも、その格闘の一端が窺われる。

(11)「アルツィバアシェフ論」（大6・5「早稲田文学」）、「アルツィバアシェフの生命観」（大6・6同）、「作者の感想」で併せて「アルツィバアシェフ論」）

(12)「チェエホフ私観」で、この小説が「女天下」であることを明らかにしている。訳名としての通称は「女の王国」（中央公論社版全集⑨所収）である。すると廣津のこの小説からの引用や解釈は、かなり恣意的であることがわかる。これは廣津の作家論の至る所に見られる現象で、事実関係の不正確さと、廣津評論の自在の面白さが、彼に於いて裏腹になっている趣がある。旭季彦氏が『チェイホフ』（昭54新興出版社）で指摘しているように、廣津の引用や解釈は「我田引水のきらいはあっても狙いは確か」なのである。「チェホフの強み」が全体として、今日のチェホフ観の水準に徴しても、極めて秀れたものであることは、専門家達の評する所である。（池田健太郎「広津和郎の『初期短篇』」昭51・8「新潮」、同「チェーホフの影」昭51・9同、同「広津和郎におけるチェーホフの問題」〈岩波講座・文学⑩〉、佐藤清郎「廣津和郎とチェーホフ」昭53・6「ユリイカ」参照）

第二章　性格破産者論

桑原武夫氏は「大正五十年」（昭37・2「文藝春秋」）の中で、大正八年二月十五日京都岡崎に於ける友愛会主催の普選要求労働者大会に一中学生として出席し、尾崎行雄の雄弁に「完全に魅惑」されたことを回想している。この時可決された大会宣言文は河上肇の起草に成るものだった。そこで氏は「このときはまだ河上と私たちの尊敬した鈴木文治と尾崎行雄との間に共同戦線がありえたのである」と述べ、大正デモクラシーなるものは、かかる結合の裡にしか発展の可能性がなかったのだ、という感懐を洩している。しかし大正八年にピークに達した大正デモクラシーは、忽ち社会主義によって批判され、それは更に福本イズムの批判にさらされることで完全に解体する。こうして政治上の「共同戦線」は瞬時に崩壊するのだが、これに対応する大正文学はさすがに稍緩慢な推移を示したとはいえ、政治上の対立の影響を免れることはできなかった。廣津和郎は昭和十五年二月「政治と文学」（「文藝春秋」）に於いて、大正文学を回顧して次の如く述べている。

「谷崎潤一郎の享楽的悪魔主義よし、武者小路実篤のユートピア的人道主義よし、葛西善蔵の独善的風来坊主義よし――実際その頃は唯作者の個性、独創というものが尊重された。……その個人主義的自由主義が、左翼の擡頭によって団体主義に移行し、そして更にそれとイデオロギイの全然対蹠《せき》的な全体主義がそれにつづいて、そしてそれがあらゆるものを支配して来たのである。」

特異な個性の尊重とその相互容認とが、大正期の文学を豊かに彩《いろど》っている。日露戦役による資本主義の発展は、第一次大戦を経て更にインテリゲンツィアと労働者の増大を齎し、デモクラシーの風潮と読者層の膨脹に見合うように、従来「中央公論」一誌だった総合雑誌界に、「我等」「改造」「解放」が加わり、新人会から「デモクラシー」が、労働文学の側から「黒煙」「労働文学」が出ると、これらに対抗するように「人間」そのものの主張に立つ「人間」が創刊されるのだが、これらがすべて大正八年という年に集中しているのは恐らく偶然ではなかった。『年月のあしおと』〈六十二〉で「大正八年という年」という一項目を立てた廣津和郎は、この年が宇野浩二を最後として大正期の作家が「大体出揃った年」であるとし、上記諸雑誌の創刊に見られるデモクラシーを基調とする思想界の賑わいを叙した後、「時代は急転回をして新しく自由になったように見えた」(1)と回想している。この微妙な言い回しの中に廣津和郎の正確な時代感覚がみられる。

しかし廣津自身は、「自由」を幻想たらしめた左右の「団体主義」の何れの側にも傾かなかった。相継ぐ知識人の左傾に動揺を示した(「わが心を語る」昭4・6「改造」)ことはあったが、結局動かなかったばかりでなく、左傾した者達が弾圧と時代の推移に従って今度は右に傾いても、自己の位置を頑なに守って動ずることがなかった。昭和十一年、ファシズムの嵐の開始に当って「散文精神」を説いたのも、時代の潮流への警告と予見の他に、予想される困難な時代に自立して生きなければならぬ自己鞭撻の趣がないでもなかった。ここに「自己の位置」に執するとは、単純に言えば、大正リベラリズムの原理を昭和の全歴史に貫くということだが、しかしそれは、時代を相対化し得る柔軟さを内に包むものであって、戦後のオールド・リベラリストの辿った硬直と退嬰の道とは必ずしも一致するものではない。廣津は『座談会・大正文学史』(昭40・岩波書店)の中で、所謂オールド・リベラリストが、その身に付けた高い学問の水準にも拘わらず、科学的思考法をいつの間にか忘れ去り、言わば「高級な俗物《フイリスティン》」に堕したことを指摘し、志賀直哉を僅かにその範疇から除いた。これは大正期教養主義に培われたオールド・リベラリストの運命をまことに的確に批評したものと言える。

大正の「個人主義的自由主義」はそれ自身、このような後退的変質の運命を包含していたが、その最も良心的部分は、既に所有地を放棄して自殺した有島武郎にみられるような自己解体を遂げていた。しかしこの理念は、一方では「宣言一つ」論争で有島と対立した廣津和郎という今一人の大正作家の中に、昭和のファシズムの時代のみか、戦後の時代的推移を批判し得るものとして、その本来の機能と役割とを寧ろ新鮮な印象に於いて留めることができた。そういう意味ではこれは又一種の普遍性を有った原理だったとも言えるのである。

それを廣津に於いて可能にしたものは何か。少くともその重要な原動力の一つに、廣津和郎の作家としての出発点から執拗に繰り返された「性格破産」への取り組みを数えることができる。

＊　＊　＊

廣津和郎の全業績は、大きく評論と創作に分けられるが、創作は又二つの異った方法によって二種類に分けられる。それについて彼自身の言葉に聞けば、例えば『若い人達』（昭25・中央公論社）あとがきでは次のように言っている。

「由来私の小説は作者が或意図を持つて書いたものは比較的評判にならず、何でもなく書いて行つたものの方が評判が好いやうで、この事は作者として反省しなければならないとは思つてゐるが、併し内心大いに不服にも思つてゐるのである。」

この単行本で言うと、「若い人達」「再会」の二篇が前者で、「ひさとその女友達」が後者に当る。「ひさとその女友達」は、「訓練されたる人情」（昭8・6「文藝春秋」）、「巷の歴史」（昭15・1「改造」）等の所謂系譜物の系列に入るもので、その手法は彼の私小説、実名小説と通じ、これらは総じて確かに評判のよいものであった。誤解を恐れずに言えば、松川裁判に関わる厖大な全業績も「何でもなく書いて行つたもの」の範疇に入れることができる。これに対し、「或意図を持つて書いた」ものとは、文壇的処女作「神経病時代」（大6・10「中央公論」）に始まり、「転落する石」（大6・11「黒潮」、これが実質的処女作）、「二人の不幸者」（大7・4〜7読売新聞）等を経、「薄暮の都会」（昭3〜4「主婦之友」）、「風雨強かるべし」（昭8〜9報知新聞）から戦後の「狂った季節」（昭23〜24「風雪」）に至る間に断続的に試みられた「性格破産」＝「インテリの弱さ」を主題にした中長篇小説を意味する。

岡邦俊氏はその長篇論文「私小説と裁判」（昭53・8〜昭54・1「未来」）を、一私小説作家が、松川裁判になぜこれ程の情熱を傾けることができたのか、という問題提起で始め、「作家広津和郎は、まぎれもなく、私小説で裁判を切ったのだ」と結んでいる。確かに岡氏は、廣津の私小説作家としての現実を見る眼の鋭さと、人生理解の深さとが、この裁判の中に登場してくる被告達の日常的な私生活に於ける経験則上の真実の解明に役立っていることを鮮かに論証して見せている。しかし、もし廣津和郎という作家が単なる私小説作家であったら、そもそも松川裁判への関与そのものがあり得なかったことは、近代日本に於ける私小説並びに私小説作家の歴史とその本質に徴して明言し得る所であろう。

「性格破産（者）」の問題とは、廣津の捉えた知識人の運命に対する考察であり、その作品化されたものは、「神経病時代」以外は世評の通り芸術的に成功したものとはならなかったが[2]、この問題への執拗な追求があって始めて松川参与の道が可能だった、と言えるのである。

＊　＊　＊

廣津和郎が始めて「性格」の「破産」という言葉を使用したのは、大正五年三月「チェーホフ小論」（「新公論」、後に「チェエホフの強み」）に於いてであって、それ以来この概念は、廣津の半世紀を超える作家評論家としての活動の中心課題となった。しかしそれに対する廣津自身の自注は必ずしも一貫した論理性を有しておらず、その理解は亦必ずしも容易とは言えない。もし廣津の数々の自注の文章の表面を、片々たる言葉に分解して単に比較検討しようとすると、そこに矛盾が起り、却って廣津の思想の核心に到達できない憾みが残ってしまう。従って先ず廣津の文章に疑問の余地のない、特に人の誤解を明確に正した文章から検討を始めるのが賢明かも知れない。

「性格破産」という言葉は確かに、廣津の意味を誤解する方が寧ろ常識的であるような響きを含んでいる。その最も端的な例が、江口渙の『性格破産者』（大9・5新潮社）であろう。この小説はもと「落伍者」と題し、大正八年十月以降東京日日新聞に連載されたものであり、翌年単行本として上梓するに際し、一応この「性格破産者」という名の創始者と見られる廣津和郎の了解をとりつけたものであるが、しかしそれは廣津の意味するものとは違っており（廣津「処女作時代の思ひ出」大15・8「文章倶楽部」）、唯のぐうたらに過ぎないではないかと評された（「直木に答える」昭9・2「文藝」）のである。これを江口の側に立ってその認識を窺ってみると、先ず彼は嘗て廣津の「二人の不幸者」を評した（「二つの問題」大7・12「新潮」）時、「この作品に取扱はれた性格破産者は、性格破産としてはむしろ軽微な破産である」と述べて、その破産の程度を大小深浅を以て計り得るものとした。従って「この程度の破産よりはもっと極度の破産がいくつもある。この程度に踏み停つてゐる事の出来る破産は、まだまだ幸福であると云はなければならない」と続けたのは江口としては必然で、翌年「落伍者」という題名で小説を書いたのは、彼の認識する性格破産者のより徹底した「極度の」姿を廣津への反措定として提出したものとみることができる。しかし、とめどもなく頽落の道を歩み行く『性格破産者』の岡野の姿は、廣津の意図とは余りにも遠いものだった。

　ここで思い合されるのは、廣津が戦後に書いた小品「靴」（昭26・3「別冊文藝春秋」）である。その主人公「兵頭」は作家兵本善矩《ひょうのもとよしのり》をモデルにしているが、兵本はあり余る文学的才能をもちながら、その才能の余りにも特異なるが故にこれを生かし切れず、頽落放浪の生活を続け、その才能を惜しんで一臂の力を貸した数人の作家に迷惑をかけ続け、遂に言わば陋巷に窮死する形で世を去った。廣津は生前の兵本の姿を写し出しながら、「何処かに性格破綻的なところでもあるのではないか」と評している。しかし兵本の実像は、廣津のとり組んで来た「性格破産者」としての性格を有しておらず、寧ろ廣津が「唯のぐうたらな、自堕落で何もできない人間に過ぎない」と評した江口の前記小説の主人公岡野に近い存在と言えるであろう。

ここで更に思い出されるのは、廣津が「父と子」（大9・5「解放」）、「傷痕」（昭26・12「別冊文藝春秋」）等で繰り返し扱って来た実兄俊夫の行状である。この兄は前記岡野、兵頭的存在に通ずるものを有っていて、その存在のために廣津和郎が父柳浪と共にいかに悩まされたかは広く知られた話だった。所で『續年月のあしおと』〈三〉は『血』の頽廃か」という題の許に、廣津藍渓以来の父祖の「血」を考察し、父及びその兄弟の代から「その祖先と違った、何か急に崩れて来たもののあることが感ぜられ」「一種のディケイというか。何かまともなものに背中を向けて、出世街道と背馳した方へ歩いて行く」――そういう傾向を自身の血の中にも自覚している。その中で父と和郎自身は漸く文学という、何にもなる気のない人間の最後に辿り着いた世界に活路を求め得たのだが、父の兄正人も弟の武人も、申し分ない学業成績にも拘わらず、結局正業に就かず没落の裡に世を去った。廣津の兄も亦優秀な頭脳を人生に生かし得なかったのである。村松梢風は『現代作家傳』（昭28）の中で、この兄を「性格破産的」と称したが、廣津自身は嘗て一度もこの名で規定したことはなく、ここにも廣津の意図と一般的理解との間にズレが見られるのである。(3)

次に、廣津が大正八年五月「改造」に書いた「奥瀬の万年筆」だが、ここに登場する奥瀬は葛西善蔵、横井は舟木重雄をモデルにしている。ここでは未だ廣津は葛西を好意的にみていて、(4)その友人達を無邪気に欺して金をまき上げていく奥瀬をユーモラスな存在として描いている。廣津はこれを当時の月評で「例の性格破産者を描いたものだ」と断定されたことに抗議し、「私が性格破産者と云うのは、『奥瀬の万年筆』のような人間を指すのではないのだ。『奥瀬の万年筆』の主人公は、寧ろ性格の破産しない人間のひとりなのだ」（「菊池寛氏に、其他」大8・9「早稲田文学」）と言い切っている。所で、この小説に次のような場面がある。

「実際奥瀬は困つた奴だね」と横井はこんな事を云つた。「こなひだ、僕はどうかして彼に創作を書かせようと思つて、君が何か書けば、それが何処かの雑誌に売れるまで、僕はその原稿料を立替へてもいいつて云つたんだよ。そしたら、昨日やつて来て、その立替の原稿料の前借りがしたいと云ふぢやないか」

私はそれを聞くと、笑ひ倒ける程笑ひ出した。――そして横井と云ふ人間と、奥瀬と云ふ人間との対照を考へた。

ここに描かれたことは恐らく事実だったろう。いかにも実際の舟木や葛西の言動を彷彿させるように描かれているからである。所でここに作者によって「性格の破産しない人間」と規定された奥瀬と「対照」された横井（舟木）こそ、廣津の書き続けた「性格破産者」の現実に於ける原型だったのではないだろうか。

廣津は舟木である横井を評して次の如く述べている。

我々友人の間でも横井は最も真実な友人思ひの男であつた。実際横井は、自分の友人の事を、常にまるで自分自身の事であるかの如く心配してゐる。（中略）如何なる場合でも、悪意とか、嘲笑とか、嫉妬とか、競争心とか、さう云つた分子を彼の中に我々は見た事がない。――彼を友人として持つてゐる事は、私達には全く何と云ふ幸福だらうと終始思つてゐる。殊に彼が奥瀬に対する友情は、まことに世にも稀なる美しい物語と云ふ事が出来る。――

そして横井は事ある毎に奥瀬に対し、「今度は専心に創作をやりたまへよ。いいか、創作をやり給へよ」と言って励ましていたのである。――以上のことは廣津和郎の舟木重雄に関する数々の回想や、舟木の葛西善蔵論（「原始的哲人の面影」大8・4「新潮」）に徴して、その全く事実だったことが確かめられるのである。

所が葛西善蔵を高く評価して常に激励を怠らなかった舟木重雄自身は、創作への情熱を抱き続けながら挫折を繰り返し、遂に作家として自立することができずに終った。その経緯は『舟木重雄遺稿集』(5)によって詳さに検証することができる。ここには「奇蹟」創刊号掲載の舟木の小説「馬車」の他、活字化されなかった二篇の小説（a「見捨てられた兄」、b「山を仰ぐ」）が収録され、廣津和郎、谷崎精二ら「奇蹟」同人や、舟木の奈良時代に交友した瀧井孝作ら計十一人の追悼文が併載されている。この遺稿集の通読によって、我々は舟木重雄という作家の大成し得なかった由来を、彼の性格破産者的性格に求めることができるように思われるのである。

舟木はその小説の中で自らを「性格破産者」として規定している。そしてそれが「理想家」の反面としての「偏屈者、夢想家、無能力者」等々の自己規定と共に使用されている（a）所に、注目すべき見所がある。

彼は大正十五年八月から昭和四年六月まで奈良に住んだが、それは奈良在住の志賀直哉以下の先輩友人らの「刺戟・感化」によって自らの創作家としての立ち直りを期したものであった。その経緯を記したものがbであり、東京を発つ時、葛西善蔵と思われる「Z君」から逆に創作実現への励ましを受けたのは皮肉という他はなかった。しかし文壇で活躍中の奈良在住の友人達の中に入ると、刺戟を受ける所か、却って萎縮して自己の狭い殻の中に閉籠ろうとする。「……が私は心が臆して碌に口がきけなかつた。古くからの知合ひではあるが、今更ながらM君（注・武者小路と思われる。）達を非凡な人物と思ふあまりに、意気沮喪した生活を続けた自分の弱少を顧みないではゐられなかつたからである。」「こんどこそひとかどの仕事をしあげて前途の途をきりひらかうと決心してゐるが、（中略）こんども亦何等かの障碍が惹起され、取りかかるべき仕事が挫折するのではなからうか。自分の年齢《とし》はもう若くない。こんどの仕事の目鼻がつかないとしたなら、永久に希望を実現することがむづかしい。無為の一生を送ることになるのに違ひない。それは堪へがたいことだ。だがそうと予定づけられたとしたら、どうしたらいゝのだらうか……」（b）

ここには、不幸な結果を先取りし、未来を暗い側面に於いてのみ摑み取ろうとする知識人特有の通弊が看取される。而もこのような消極性、狐疑逡巡が、舟木の今一つの友人への篤い情誼や円満な人格やの必然的表現となっている所に、廣津に独自の「性格破産者」像と符合するものがあるのである。

廣津の性格破産（者）に対する自注自解のうち、代表的なものを挙げれば次のようになろう。

A　初めて小説を書いて得たいろ〳〵の感想（大6・11「中央文学」）
B　性格破産者の為めに（大6・12「新潮」）
C　『二人の不幸者』序（大7・10新潮社）
D　「神経病時代」を書くまで（昭26・7「文学界」）
E　『神経病時代・若き日』あとがき（昭26・12岩波文庫）

これらを中核に据え、これに直接間接に関連する廣津の評論として、思想の誘惑を斥けたF「思想の誘惑」、（大5・1・25「洪水以後」）、G「誘惑との戦ひ」（大5・2・11同上）等、影響を受けたロシア文学に関するH「チェーホフ小論」（前掲）、I「アルツイバアシェフ論」（大6・5〜6「早稲田文学」）、J「わが心を語る」（昭4・6「改造」）、自由と責任の問題を論じたK「自由と責任とに就いての考察」（大6・7「新潮」）、L「蚤と鶏」（大9・3『作者の感想』）、インテリの弱さと強さに関わる問題として昭和十一年十月の講演M「散文精神について」、及びN「一本の糸」（昭14・9「中央公論」）等々を併せ考察すれば、廣津の性格破産者論を中心に据えた彼の長い文学の旅――「性格を求めて性格破産者を摑んでくる私の旅は、今後まだ長く続くだろう」（「小林秀雄君に」昭9・10・19読売新聞）――の全貌は略明らかにされるのではないだろうか。

この中で、比較的周到且つ簡明に「性格破産」の本質とそれへの取り組みの姿勢を語ったものとしてEの一節を引用してみたい。

私は大正二年に学校を卒業し、同三年の夏頃から半年余東京毎夕新聞の社会部記者をした。（この新聞は大分前に廃刊になった）「神経病時代」のテーマはその記者時代に得たものである。

私がこの小説の主人公に特に弱い性格を選んだといふ事には一つの理由がある。その前頃にはトルストイが流行し、最初はその精神的なストイシズムが青年を感動させてゐたが、その中にその精神的といふ点だけが残り、ストイシズムの方は何処かに消えて行つてしまふと共に、次いでベルグソンなどが流行し、創造の哲学、生命の哲学に青年は有頂天になり、個性の無限の成長の可能を人々は讃美してゐた。併し私はさうした知識青年達の、口では生命の無限の成長を唱へながら、その性格が事に当つて実行力がなく、忍耐力がなく、甚だ頼りないものである事が感じられてならなかつたのである。「神経病時代」の後に書いた「二人の不幸者」の序文で、私は知識青年層のかうした弱さを「性格破産」と名づけて論じたが、つまり後年の言葉で云へば、「インテリの弱さと脆さ」といふものが、その当時から私に気になつてならなかつたのである。「現代日本で一番憂ふるべきは性格破産だ」と私は「二人の不幸者」の序文で述べたが、その生命の無限の成長とか、個性の強さとかいふ事が最も盛んに人々によつて唱へられてゐた当時の風潮に、私は多少揶揄的な気持もあつて、特に弱い性格の人間を選び、時の風潮と反対のものが書いて見たかつたのである。

私が「神経病時代」などといふ題を好んでつけたのも、さういふ気持から来たもので、従つてこの小説には、さういふ揶揄的意味での幾分の誇張があり、戯画化がある。もつとも、この性格はその時代から拾つたばかりではなく、私自身の内省からも作られてゐる。私は「神経病時代」の後にも、何年か続いてかうしたテーマを追求したものを書いてゐる。

併しその後日本のファッショの攻勢から戦争に至るあの重圧時代に、かつての「生命」や「個性」の成長論者や、「性格の強さ」の尊重論者たちが、案外へなへな「弱さ」を暴露したのを見れば、思ひ半ばに過ぐるものがあらう。

この文章を綴った廣津和郎の中には、批判の対象としての「憂ふるべき」「性格破産」者と、「時の風潮」への諷刺の意味で、寧ろ庇護の対象として選ばれたと思われる「弱い性格の人間」とが複雑に交錯していたのではないだろうか。このことが彼の性格破産者論を稍《やや》わかり難いものにしているのだが、前者を動機、出発点としながら、結果は後者に傾き、それが彼の創作と生き方の原理を形成したように思われるのである。Ａを見よう。そこには「神経病時代」の主人公鈴本定吉について次のような叙述がある。

あの主人公は別にモデルがあるわけではありません。けれども、私自身、私の友人、及び私の眼に触れた現代のいろ〳〵の人々の一部々々が、いつの間にか私の頭の中に、あゝ云う一つの性格を形作っていたのです。私はあの主人公を非常に愛しています。あの主人公は正直で真面目で、生活というものに対してかなり真剣でもあります。が唯一彼は性格の強さを持っていない。彼の総てを統一すべき意思の力を持っていない。彼の心臓は大変物に感じ易い、が、不幸にしてそれは正しいハート型はしていません。それは何処かゞ蝕まれていま す。――あゝ云う人間は、作者の考によれば、非常に愛すべき人間なのです。けれども、現代の此の社会は、あゝ云う人間に取っては唯苦痛を与えるもの以外の何ものでもありません。あゝ云う人間の存在そのものが、此の現代にあっては苦痛以外に出る事は出来ないのです。と云って、あの人間は、此の社会状態を自ら進んで改造するような力を持ってはいません。意見を持ってはいません。だから、唯蝕んだハアトをいろ〳〵の刺激によって痛ませられながら、盲目的に引きずられて生きて行かなければならないのです。そして、その罪は社会にばかりあるのではない、彼自身の内にもあるのです。――私はこうした人間が、現に今の日本に沢山住んでいるのを知っています。私はあゝ云う人間の成行く末に対して、同情と絶望とを同時に感ぜずにいられなかったのです。そして而もあゝ云う人間が、その底に於いて非常に人間的なのを、私は心から愛さずにはいられなかったのです。

こうしてみると、廣津に於ける「性格破産者」とは先ず

① 江口渙の小説「性格破産者」の岡野や、実兄俊夫、兵本善矩の如き無限に堕落の底に落ちて行く人間ではないこと、

② 「人生に対して慴えない或力」（「神経病時代」の遠山）や、「出鱈目で手前勝手」ながら「その底に一種の力」を「ひしひしと感」じさせる（「奥瀬の万年筆」の奥瀬＝葛西善蔵）のような人物でもないことが確認されなければならない。

廣津に「五月」（大7・3「中外」）という小説がある。都会人たる「私」は神経の苛立ちを鎮めるために海のある町に出かける。宿の若者は、自然から生れたばかりのような健康と力とを感じさせる男である。「私」はそこに野蛮人と文明人との対照を感じないではいられない。しかし「若者」の健康も力も、町の女を妊ませても何の責任も良心の苦痛も感じないような生き方の半面にあるものであって、「私」がいか程それを羨しく思おうとも、又その存在によって神経の安らぎを一時的に得ようとも、窮極的には到底容認できない存在であることは、「私」と同類たる鈴本定吉が愛し得ない妻の妊娠についてどのような処置を取ろうとしたかに徴しても明らかなことである。言うまでもなく、「師崎行」以下の廣津の初期私小説の数々と、前記評論K・Lとは、性格的弱さと責任意識の挟撃を受けて苦悩する知識人の記録に他ならなかった。

ここで彼の作品にみられる性格破産者像の特徴を任意に選んで列挙してみよう。

未来を暗い側面に即してのみ見る傾向（「転落する石」「お光」）、拒むべきことを明確に拒み得ない性格の弱さ（「神経病時代」）、心と手＝精神と行動＝の分裂（同）、精神的に安住の地をもたぬ不安感（同）、懐疑と反省癖（同、「転落する石」）、自意識の過剰（「神経病時代」）、行為後の後悔癖（「転落する石」「風雨強かるべし」）、無器用（「転落する石」、「二人の不幸者」、「小さい自転車」）、現実に役立つことには無器用だが、役立たぬことにのみ情熱を抱く（「狂った季節」）、自分で自分を病気にしていく性情（「薄暮の都会」）、狐疑逡巡の良心主義（「風雨強かるべし」）、人のために尽くし過ぎる

傾向（「奥瀬の万年筆」、「流るる時代」）、労働意欲の欠如（「狂った季節」）ｅｔｃ

　これらの傾向、性情、性癖、性格は、何れの作品の主人公にもすべてその儘該当するものであり、これらを要約した所に、中途半端で優柔不断な理想家、功利・打算・便宜主義を排する故にものの役には立たぬ無用人、良心的で批評力には長けているが実行力を伴わぬ都会的知識人――の像が泛び上って来よう。

　これらの性格破産者像を廣津はどこから求めて来たかは、先に引用した「私自身、私の友人、及び私の眼に触れた現代のいろ〳〵の人々の一部々々が、いつの間にか私の頭の中に、あゝ云う一つの性格を形作っていたのです」（A）によって明らかなように、一つは廣津の「内省」（E）として描かれたことは間違いない。しかしここで注意すべきは、性格破産者小説に対する批評の中に、屢々作者と作中人物を混同する趣のあったことである。性格破産者の無力を描いた廣津は、同時に批評家としてはその出発の時点から、思想の誘惑や範疇の束縛を受けることへの、厳しく又強烈な批判を展開して来た（F・Gその他）人でもあった。人は若き日の廣津和郎に、世紀末ロシア文学の虚無観に親炙したことを以て、性格破産者に相応しい虚無主義を見ようとしたが、それは恐らく廣津を正当に理解したものとは言えない。廣津は確かにその早稲田時代の師島村抱月の中に「虚無の洞穴」（「島村抱月」『小説同時代の作家たち』所収）を見た。しかしその空しさとは何か、それは「二葉亭が『浮雲』の中で、明治の出世主義者の空しさに反撥してゐる主人公を扱つてゐるやうに、この日本の興隆期に、その興隆の仕方の空しさを感ずる空虚感が……何かまことを求める種類の人達の胸に芽ぐんで来てゐたのではないか」（同）と言っているように、真実を求める人間が却って疎外される空疎な時代への凝視が掘り当てた相に他ならない。このような時代を背負う具体的人間像として挙げたのが『若き日』（初出「悔」大8・1「太陽」）に於ける杉野や清見貫山[6]であって、それら空疎の実体は、文三のような余計者や、代助の如き高等遊民や、廣津の描き出す性格破産者を通じて始めて明らかにされる底《てい》のものだった。従ってこれらを描き出す二葉亭や漱石や廣津が、その作中人物のもつ「空虚の感」（漱石「現代日本の開化」）と一脈通ずるものをもっているのは当然としても、彼らがその作中人物そのものでないことは言うまでもない。作者は作中人物を支配する力をもたねばならない。一旦は拒否した旧師島村抱月に対する否定的記事（「須磨子抱月物語」）を、最後の一章のみは自由に書くという条件で承諾し、その通り実行して新聞社の意図を見事に挫いてみせた（『年月のあしおと』〈四十四〉）現実の廣津和郎は、同じ新聞記者でも性格破産者鈴本定吉にはない才覚と実行力の持主だったのである。

そこに恐らく廣津と舟木の差があったに違いない。「神経病時代」の主人公のモデルを「私自身」の他に「私の友人」に求めた（A）と言っているその友人の典型が舟木であろうことは既に指摘した。その舟木が嘗てトルストイヤンであったことは廣津の証言（『年月のあしおと』〈五十二〉、高見順『対談現代文壇史』p 110）の他、舟木自身も認めている（小説a）ことで明らかだが、彼は又、婦人問題にも関わったり、社会主義への接近も試みるなど、言わば大正初期の知識人に相応しい一種の理想家だった。と同時に廣津に言わせれば、「思想の誘惑」を受けて身動きのとれなくなった性格破産者でもあったのだ。舟木は自己の中の弱さを見て竦《すく》んだが、廣津には自己の弱さを客観化できる強さがあった。思想の誘惑と闘うことがその強さの原動力になったのだし、それは又「散文精神」の忍耐力をも生み出すことになるのである。

しかし廣津の功績は、それを単に自己の弱さや舟木一個人の弱さとして私小説風に描いたのではなく、時代一般のものとして普遍化しようとしたことにある。「神経病時代」とした所以《ゆえん》がそこにある。前記Aに於いて廣津は、「現代の此の社会は、あゝ云う人間に取っては唯苦痛を与えるもの以外の何ものでもありません」「と云って、あの人間は、此の社会状態を自ら進んで改造するような力を持ってはいません」「そしてその罪は社会にばかりあるのではない、彼自身の内にもあるのです」と言ったが、これを一年八ケ月前に書いた「チェーホフ小論」（H）の、「彼程彼の住んでゐた当時のロシアを根本から理解した作家はなかつた。そして彼が当時の到底救ふ事の出来ないロシアの消極的廃滅の病原菌として発見したものは、社会状態の不幸と云ふ事でもなければ、政府の圧迫と云ふ事でもなく、人間の性格の廃滅と云ふ事であつた」と比較すると、二年近くの間に微妙な変化のあったことがわかる。その差は又、実質上の処女作である「転落する石」（前掲）から「神経病時代」への発展に見合っているのではないか。前者では、主人公の不幸の原因が専ら主人公の性格そのものにのみ求められていたのに対し、後者では、新聞社という舞台が大正デモクラシーという政治的社会的動向とも関わる所に設定される以上、時代の本質が性格破産者の描出を通して露呈され、大正デモクラシーの脆弱さも自ずから暗示されるに至っているからである（「転落する石」に不満でこれを採らず、「神経病時代」を引き出したのは瀧田樗陰の炯眼によるものである）。

＊　＊　＊

一体、大正時代というのはいつ頃から始まるものであろうか。史家は大正デモクラシーの記述を、日露戦争直後から始めるのが常のようである。(7) しかし実際には、新しい時代の形成者は明治の二代目として、新しい価値観をもってそれ以前から登場しつつあり、それは屡々体制側のイデオローグの危惧と顰蹙を買っていた。(8) 即ち国家や政治への無関心層の増大ということである。そしてその方向を決定的にしたものが大逆事件だった。政治への恐怖は、無関心から更に政治への軽蔑を生み、文化の尊重がそれにとって代るのである。

「あの第一次世界戦争といふ大事件に合ひながら、私たちは政治に対しても全く無関心であった。或ひは無関心であることができた。やがて私どもを支配したのは却ってあの『教養』といふ思想である。そしてそれは政治といふものを軽蔑して文化を重んじるといふ、反政治的乃至非政治的傾向をもってゐた。それは文化主義的な考へ方のものであつた」と三木清は『読書遍歴』（昭16）で回想している。廣津和郎の参加した「奇蹟」創刊号（大元・9）の「編輯の後に」に「……我等の所有してゐるものは、『心』唯、これ丈である。そして又、これから先き、我等の生涯を通じて真に我等が所持し得るものは、この外に何があるであらう」（相馬泰三）とあり、次号同欄には「従て

『奇蹟』の編輯法にも群衆などを顧る必要がない。最も我儘で自由でありたい」（舟木重雄）という言葉がみられる。群衆を眼中に置かず、自由を精神《こころ》の中に限定して求めようとする非政治的文化主義の発想が、年号が改まると殆ど同時に創刊された一同人雑誌の片隅にも窺われたのである。又、政治的無関心が社会的無関心に繋がっているのは当然で、江口渙は『わが文学半生記』の中で、例えば米騒動のような、当時の民衆抑圧機関としての検事局の取締り方針にまで影響を与えた社会的事件も、作家の中で社会的歴史的に捉えることは勿論、自分自身の生活の問題としてすら受けとって、これを作品の中にとり入れた者が皆無だったことを指摘している。[9]

大正時代は、その前後の時代に比較すると対外緊張の度が相対的に低く、デモクラシーを求める民衆の志向を背景にして、それだけ自由の空気が社会全体を蔽い、「日本近代文学にとっては、もっとも幸福な一時期」（山本健吉「ある大正作家の生涯」昭36・11「文学界」）であったことは確かであるが、この「文学の一種の黄金時代」（同）は、既述の如き政治と社会に対する無関心に支えられていただけ、急迫して行く昭和新時代に対して、既成文学がいよいよ自己閉鎖的傾向を強めて行ったのはみ易い理であった。かくて大正の末期には、すべての文学エコールの差別を越えて、私小説から心境小説へ「自己結晶」して行ったというのが、「大正文学討論会」（「近代文学」昭26・1）での平野謙の大正文学史観だったが、同じ討論会で高見順は次のように発言している。

> それから大正文学のひとつの特徴は反政治的ということですね。明治期には政治との結びつきがまだあつたけれども、大正期に成ると俗物排撃とか、さつき話に出た白樺派の美の追究とか、そういつたいろんな形で大正文学のひとつの特徴として反政治的ということが現れている。それは大逆事件から始まる批判精神の萎縮という見方からだけでなく、なにかそこに問題がまだあるんじゃないか。廣津和郎の云つてる「性格破産」ということ、これは大正文学全般を蔽つている暗い影みたいなもののような気がする。

この文脈から窺われることは、大正文学の「反政治的」傾向が、大正文学全般を蔽うている「性格破産」からも来ている、という認識を高見がもっていたということである。又高見は前記『対談現代文壇史』の中で、廣津の「性格破産」に「十九世紀文学とは違う新しい文学の芽」を見ているが、これらは何れも高見が余りに自己に引きつけて「性格破産」を解釈したための誤解のように思われる。

廣津和郎の「性格破産者」が、その淵源を十九世紀ロシア文学に於ける「余計者《スーパーフルアスマン》」（ツルゲーネフ）やオブロオモフ主義（ゴンチャロフ）に求められることは、前記評論H・I・J・N等で廣津が繰り返し明らかにして来た所である。ロシアリアリズム文学によって捉えられたこの性格は、末期帝政ロシアの社会的廃滅の症状を写し出す鏡になっている。そしてこの性格を近代日本の土壌の上に移植しようとした二葉亭四迷の意図は、廣津によれば（N）、遂にこれを継承する者なくして終った。日本自然主義文学が政治と社会的動向から切り離された所に、視野の狭い、しかし濃密な生活の味わいを掘り下げた私小説——心境小説に「自己結晶」して行った時、廣津は自然主義の流れと方法に立ちながら、自然主義が置き去りにした二葉亭の文学的意図を、「性格破産者」の造型によって承け継ごうとしたのである。西欧が四百年で到達した地点に、その十分の一の早さで追いつかねばならない宿命を負った日本近代化の過程に於いて、「何か『まこと』を求める種類の人達」（前記「島村抱月」）の中に、心の空虚を意識し、現実への適応性を失って、実行力を衰微させて行く、そういう「病原菌」（H）を発見し、これに形を与えて行くことは、直ちに日本近代化の空疎な進歩と、その進歩を担う「得意」（漱石「現代日本の開化」）なる人々へのアンチテーゼでなければならない。

廣津和郎は「菊池寛」（前記『同時代の作家たち』所収）の中で、菊池の人間に対しては些かの悪意を抱いていないにも拘わらず、「菊池君の物を割切つたあの勝利感にはつい顔をそむけたいやうな反撥を感じつづけた」と述べ、「それは菊池君の余りに明瞭な現実主義に対する私の抽象主義の反撥だつたかも知れない」と言っている。ここで「私の抽象主義」というのは、小説の世界に「性格破産」などという観念を持ち込む自身の傾向を指すのであろうが、それは高見の言う「十九世紀文学とは違う新しい文学の芽」とは無関係であろう。「無理想・無解決」を標榜した日本自然主義文学がそのような問題意識を喪失しただけのことであり、寧ろ十九世紀リアリズム文学そのものが本来抱いていた一種の理想主義ともいうべきものである。廣津は、二十世紀文学の拓いた新しい文学の方法に対しては総じて懐疑的であった。それは所謂新感覚主義に対する徹底的な批判である「新感覚主義に就て」（大13・12・6〜14時事新報）一篇に徴しても明らかである。「自分の望んでいるものは、もっと健康な感覚主義だ。それこそほんとうに『時代感覚』のビリ〳〵張切った感覚主義だ」――これは「新感覚」派という呼称を逆手に取った廣津一流の辛辣な新感覚派への批判である。しかし廣津和郎が返す刀で、今一つの新興勢力となったプロレタリア文学のある種のものに対し、これを観念の支配する「課題小説」（「文芸時評」昭6・2「中央公論」）として斥けたことも記憶に留めなければならない。

もともと批評家としては極めて大きな包容力をもち、些細な美点を掘り出しては作品評価に資して行く批評の達人廣津和郎も、いかなる立場であれ、何らか現実に根拠を有しない作品作風には厳しい批判的態度を持して来た。ロシア文学の抽象性・観念性にいち早く注目した（Ⅰ）のも廣津だが、それを支えているものがロシア作家の肉体の裏付けをもつ迫真力、「彼等のリアリズム」であることを認め、「作家は誰でもその人のリアリズムを持つべきです」（「まだ納得出来ない」―カミュ氏に―昭27・1・16朝日新聞）と述べたのは、カミュの「異邦人」のもつ観念性には最後まで抵抗した廣津の面目であった。

「宣言一つ」論争から引き出された廣津和郎の文芸学「散文芸術の位置」（大13・9「新潮」）に於いて廣津は、彼の散文芸術についての揺ぎない信念――①有島武郎の所謂第一段の芸術家＝自己の芸術に没頭し切って他に余念なき芸術家＝は、音楽・美術・詩の世界ではあり得ても、散文芸術の世界ではあり得ない、②近代の散文芸術は、自己の生活とその周囲とに関心を持たずには生きられない所から生れたものである――を披瀝している。高い芸術性も観念性抽象性も、このようなリアリズムの裏付けがあって始めて散文芸術としての価値を構成することが可能となる。――以上のような意味に於いて、廣津の「性格破産」は、十九世紀リアリズム文学の理念を日本の大正期以降の時間と風土の上に新しく展開しようと試みたものであり、大正文学の「反政治的」自閉性の中で、僅かに時代の動向に開かれた窓であった、と言ってもよいであろう。[10]「文学では『完成』ばかりが貴ばれるものではない。如何にして『時代』と取組み始めたか、その事が、いつも文学を新鮮にして行く」（「文芸時評」昭6・1「中央公論」）――廣津の二葉亭への傾倒[11]が、この言葉からもよく窺われるのである。

大正の末期、「所謂本格小説と心境小説の問題」という副題をもつ「ペンと鉛筆」（大14・4・26〜29時事新報）に於いて、廣津は心境小説を「突破して見たい」という意欲を示して見せた。それは近松秋江が、その一人称小説（私小説）とは比較にならない悪い出来栄えを示す三人称小説に固執し、――ここで近松は米騒動を扱おうとしたらしい――新しい境地を拓こうとして失敗した姿を紹介した上でのことであり、自らも亦前記『若い人達』あとがきで述懐することになる、私小説や実名小説に絶妙な手腕を見せる自身の資質に逆ってのものである。

嘗て、新感覚派に新鮮な「時代感覚」を要請した彼は、新感覚派の新しさが、時代感覚とは本質的に縁もゆかりもないことを知っていた。社会主義に接近しながら、「文芸戦線」よりも「文芸時代」を情熱的に支持した若き高見順が、その『昭和文学盛衰史』（昭33）の中で、「それは悲惨な腐蝕の歴史」（第四章）だったことを回顧せねばならなかった新感覚派は、大正末期の段階で既に廣津にその本質を見抜かれていたのである。一方、今一つの新文学であったプロレタリア文学に対して、廣津は飽くまで所謂同伴者の位置に止った。既に早く批評家としての出発の時点から、「或る思想から或る思想に絶えず移り変って行く思想家がある。（中略）一つの思想から脱却して、他の思想にうつれる思想家の多くは、もと〳〵前の思想に対する執着が欠けているのである。だから又更に他の思想にうつって行くか解らない。だから彼等の宣言や悲壮ぶった態度には少しも信用が置けないのである」と言って「思想の誘惑」を排し続けて来た廣津にとって、大正文学の基盤である「個人主義的自由主義」を守る「知識人の立場」に固執し、これを貫くことが、文学者としての彼のいのちそのものであることを知っていたからである。

＊　　＊　　＊

昭和九年から十年にかけて、大森義太郎と廣津和郎との間にちょっとした論争があった。発端は大森が「現代知識階級の困惑」（昭9・11「改造」）の中で、廣津の「風雨強かるべし」を批判したことにあったが、論争自体は廣津に稍《やや》分のないものだったかも知れない。何故なら、肝心の「風雨強かるべし」という作品そのものが、新聞小説の連載物という制約を受けながら、従来の通俗小説の枠をいくらかでも破って出ようという廣津の意図にも拘わらず、寧ろその故に芸術性豊かな作品になり得ていなかったからである。しかし論争の主体が作品の価値を離れ、知識人の階層としてのあり方に及んだ時、廣津は「『インテリ層はそれ自身階級を形造る力はない。労働階級に加担する事によって進歩的役割を演ずるか、ブルジョワジーの走狗となって反動的になるか』などという（大森の）公式的な云い方」（「売言葉・買言葉」昭10・2・1〜3読売新聞）に些かも動ずることがなかった。大森の言う「知識階級は、……プロレタリアでもなければしかしブルジョアジーにも属さないどっちつかずの社会層である。ふたつの間を、動揺するのが知識階級である」（「困惑」）という、その「どっちつかず」の知識人階級にこそ、困難な時代に処する独自の役割と使命が残されていることを確信したからに他ならない。

我々は廣津和郎が「奇蹟」に参加する以前、既に中学生時代、家計に資するための数年に亙る投稿時代をもっていたことを知っている。その入選した作品のすべては、当時の廣津家の惨憺たる貧窮生活を反映するかの如く、貧しい底辺の民衆の家族が肩を寄せ合って生きる哀しみを、迫り来る夕闇の哀愁の中に写し出すという、言わば「すでに老成」（渋川驍・全集月報3解説）した風格をもつ作品になっていた。――この時、少年期の作品に見られがちな、幻想美如きものへのロマンティックな憧憬が微塵も見られないことは注意されてよい――しかしここで尚注目すべきは、少年廣津が、民衆を飽くまでその生活の実相に於いて捉えようとしていることであって、例えば「町の出水」（「女子文壇」明42・8三等入選）に示されているように、民衆のエゴイズムやその苛酷な生き方をも決して見逃してはいなかったのである。

嘗てその少年期に、民衆の暗い貧困生活の哀歓を深い共感をこめて写し出した廣津が、一方で民衆に対する徹底的な批判として「彼等は常に存在す」（大6・2「新小説」）なる一文を草したことは記憶に留めておく必要がある。いつの時代にも、民衆はその時代の常識をしか語らず、かかる「民衆がいつでも真理の生気を失わしめて、そしてそれを概念に、型にしてしまう」（同）、「蓋し民衆ほど具体に眼をつぶって、抽象を有難がるものはいない」（Ⅰ）――権力の打ち出す「憂国の至情」や「八紘一宇」如き抽象的観念が直ちに民衆を狂信的に捉えた事実を我々は昨日の如く思い出すことができるが、かかる事態に於いては、「実感で物を云う」者を常に「少数者」（同）たらしめないではおかないのである。――但し、廣津和郎は、民衆そのものを単に俗衆として軽視する高踏的立場に立つ作家ではなかった。彼が民衆から常に一定の距離を保たんとしたのは、寧ろそうすることで、民衆自身が認知し得ない民衆の真の敵が何であるかを正確に見極める位置を確保するためだった。その全き実証が松川裁判に対する廣津の執拗な批判の全貌に示されたことは言うまでもないことである。

＊　×　×

「性格破産者」とは即ち、知識人階級のもつ性格を極端に典型化した概念である。知識人という存在はもともと「曖昧」（前記大森）なものである。勿論ここに言う知識人とは、大森の言う支配階級と同化せる御用知識人でもなく、漱石の言う「得意」なる人でもない。繰り返し言えば、権力を蛇蝎の如く忌み嫌い、しかし事ある毎に権力を笠に着て同じ民衆に襲いかかる「抽象」好きな民衆からも常に一定の距離を置く、その意味では孤独にして中途半端、自らの行くべき道に迷い、批判力のみ長けて実践力に欠け、優柔不断であるが、人間性豊かな誠実なる人間存在を指す。

性格破産者の性格の弱さは、確かに「憂」うるべきものだった。しかし、その弱さを、一方において「思想の誘惑」を受けて直ちに行動に走る如き一見強き精神の弱さを否定する弾力性のある真の強さとして捉えた所に、廣津和郎という作家の文学の、又その生き方の独自性があった。性格破産に於けるこの鮮かな逆転劇は、昭和十二年四月の「『弱さ』と『強さ』」(「新潮」)、十四年九月の「一本の糸」(N)——これらの廣津の評論に見事な展開を見せている。恐らく、戦時中に書かれた一切の文学作品の中でも、その美しさと力強さ、逆説的真理の迫力、政治に対する文学の側からする限界ぎりぎりまで繰り拡げられた抵抗の強靭さに於いて、廣津自身の「徳田秋聲論」(昭19・7「八雲」)等を除けばこの二篇に匹敵するものを探すのは容易ではないだろう。

「『線路』や『プランセット』に成功するよりも、寧ろ『神経病時代』や『二人の不幸者』に失敗を重ねて行く方が、結局自分の行くべき道だと思っている」(「自分の行くべき道」「新潮」)と書いたのは大正七年十二月のことである。それから三十年以上を経た昭和二十六年十二月、前記岩波文庫版『神経病時代・若き日』あとがきに於いて、彼は次のように記した。

「この小説(『神経病時代』)は作家としての私の本筋の道の上にあるものであるといふ事を今日になつても自認してゐる」と。

廣津和郎が松川裁判の批判に身を乗り出して行くのは、その僅か四ケ月後のことであった。

注

(1) 引用文の圏点はすべて引用者が付したものである。又、廣津和郎の引用文のうち、全集所収のものは全集の表記法に従った。

(2) 「神経病時代」は掲載当時から比較的好評だった。長短二つの批評を挙げておく。「処女作としては、かなりの出来栄である。

秋期文壇に於ての、最も大なる収穫の一である事は争はれない。廣津氏は率直な人である。而して奪ひ難き個性を有つた人である。流行に累されずして、あく迄も独自の真を描かんとする人である。（中略）手法などから云へば欠点もあるが、スケエルの大きい事、態度の真実なこと、而して、その表現が、あくまでも率直な気分に充たされて居ること等の点で推賞すべき作である」。（大6・11「新潮」「不同調」欄）、「廣津氏は批評から創作へ移つて来た。『神経病時代』が、その文壇への創作家としてのデビュウ作であつたことは、今日大概の人が知つてゐるであらう。『神経病時代』に現はれた時代への批評は、流石に廣津氏らしいものであつた。」（渡辺清「冷い頭と温かな心の廣津和郎氏」大12・5「新潮」）

（3）江口渙の性格破産者観が戦後になっても変らなかったのは、『わが文学半生記』の中で宇野浩二の「苦の世界」を、「やや極端な性格破産者をとりあつかった愛欲小説」と評していることでもわかる。又、廣津桃子氏は私への書簡の中で、性格破産につき「私には、俊夫伯父（父の兄）のように、他に迷惑をかけるといったタイプの人ではなく、もっと内面的なもの、あまりにも敏感でありすぎるために、現実生活についてゆけず、落伍してゆく人間、と言ったことが考えられるのです」という理解を示しておられる。

（4）大正九年から廣津と葛西の間に齟齬が生じ、葛西の死まで廣津が葛西を許そうとしなかった事情については、廣津「葛西と自分と」（昭3・9「文芸王国」）や谷崎精二「葛西善蔵と広津和郎」参照。因みに廣津は兄俊夫をも許そうとしなかった。これらのことは性格破産者問題を考える際極めて示唆的である。

（5）この遺稿集は志賀直哉の好意によって、昭和二十九年六月二十八日に発行された。

（6）清見貫山のモデルは茅原華山である。華山主宰の「洪水以後」（大5・1・1創刊）の創刊号から廣津が文芸時評の筆を執ったのは周知のことである。華山は一種のオポチュニストであり、若き日の廣津の「虚無」は言わば華山（貫山）に象徴されるような「空疎」への批評であったとみることができよう。

（7）信夫清三郎『大正デモクラシー史』（日本評論社）、松尾尊兊『大正デモクラシー』（岩波書店）等。

（8）その代表者は何といっても徳富蘇峰であろう。国民新聞には戦時中から相当矯激な議論を展開していた。「青年の風気」（明37・9・25）等参照。

（9）江口渙のこの「検事局云々」の記述は、三谷太一郎『大正デモクラシー論』（中央公論社）〈p 28～46〉の中で資料的に裏付けられている。又、本文に後述する近松秋江の米騒動に関するエピソード、宇野浩二の「出世作の頃」（昭26・5「文学界」）等に表明された米騒動観に大正作家の社会意識の様態が窺われる。

(10)　橋本雄二氏はその「広津和郎論」(昭40・10「論究日本文学」)の中で、「……性格破産者という人間典型は当時の日本の土壌では、広津和郎が驚句するほど多くみられるものではなかった。それを一般的状況であると普遍化しようとする態度には、外国文学の命題をそのまま日本に移植し平然としている一部の近代作家のおもかげが感じられないこともない」と言っている。確かに廣津は、ロシア文学の「無用人」やオブローモフ主義から多くのものを学んだ。しかし例えば鈴本定吉は、放浪の果てに身を亡ぼして行くルーデインでもなければ、オブローモフのような貴族でもない(オブローモフは寧ろ代助に近い存在のように思われる)。彼は多少の誇張はあっても、日本の大正期に確実に生きた知識人としてのリアリティを持ち、それから半世紀以上を経た今日の非人間的機械文明社会に愈々有効な問題意識を提供している。松田道雄氏は「真実への忠誠」(筑摩版現代日本文学全集月報41)なる一文の中で、「ルージンやオブローモフの理解において氏ほど深かった人はない」と述べているが、廣津の性格破産を中核に据え、松川裁判批判を頂点にした全文学業績の根源には、十九世紀ロシア文学の「余計者」に対する彼の徹底的な研究と理解があったと言ってよいのである。

(11)　「最近の感想」(大7・10「雄弁」)、「二葉亭を思ふ」(大10・6・7〜23東京日日新聞)、「一本の糸」(本文前掲)『年月のあしおと』〈37〉「街は(原・の)そよ風」(昭31・1〜12「婦人公論」)参照。

第三章　論争

(1)「宣言一つ」論争

大正文学は、自然主義文学の築いた土台の上に、自然主義を継承する者から反自然主義を標榜する者に至るまで、各自が各自の個性を自由に発揮する所に成立し、その人間関係も、主義主張流派を超えて暖かく結ばれている傾向にあった。「谷崎潤一郎の享楽的悪魔主義よし、武者小路実篤のユートピア的人道主義よし、葛西善蔵の独善的風来坊主義よし」（廣津和郎「政治と文学」昭15・2「文藝春秋」）という個性尊重時代であった。廣津和郎を中心にして言えば、彼はその資質を全く異にする宇野浩二とは終生変らぬ友人だったし、「白樺」派の武者小路にはその全集を刊行する程の好意を抱いていた。志賀直哉への敬愛が生涯を通じてのものだったことは周知のことであり、芥川龍之介、久米正雄、菊池寛ら「新思潮」派とも何らかの親しい関わりがあり、その他近松秋江、加能作次郎、室生犀星、直木三十五等々とその交友関係は極めて多彩であった。自らが所属した「奇蹟」派の所謂「道場主義」などは、大正作家の在り方を如何にもよく示したものと言えよう。

ただ廣津和郎は、有島武郎とは波長が合わないようであったが、それでも「或る女」は高く評価していたし、有島も廣津の批評家としての力を十分に認めていた。しかし大正期の個性主義的自由主義は、左翼の擡頭による政治の文学への流入によって過去のものとなり、文学は左右の「団体主義」（廣津前記評論）によって、激しい対立と分裂とを余儀なくされた。その最初の徴表が「宣言一つ」（大11・1「改造」）をめぐる論争だったのであり、有島が「宣言一つ」と同時に「新潮」（大11・1）に寄せたアンケートに、「今の月評のなかでも、殊に廣津和郎氏のが面白いと思ひます」と答えた次の瞬間から、それは始まったのである。

廣津和郎は批評家としては「怒れるトルストイ」（大6・2〜3「トルストイ研究」）、作家としては「神経病時代」（大6・10「中央公論」）に於いて認められて文壇に出たとするのが定説である。しかし大正五年に於ける「洪水以後」の彼の批評の独自な味わいと鋭さは、既に一部に認められてい、森田草平の絶讃（「論理の尖鋭と洞観力と」大5・11「文章世界」）が先ず廣津の批評家としての地位を確定した。草平が対象にしたのは「芸術家時代と宗教家時代」（大5・9「トルストイ研究」）、「武者小路氏の『燃えざる火』（大5・10「新潮」）の二篇であるが、ここでは前者にのみ多少触れておきたい。草平は、論理の尖鋭な批評家必ずしも物の核心を摑むとは限らず、自分の求める批評家は、「直ちに急所を衝いて物の核心を摑む」「洞察力《インサイト》」をもつ者であり、廣津和郎こそは、かかる意味で自分の待望久しい若き評論家である、と述べている。草平のこの論は、廣津のトルストイ論が直ちに「怒れるトルストイ」に接続発展する意味に於いて、又もっと大きく、後の廣津和郎の批評家としての大成をその核心に於いて正確に予言したものとして興味がある。「怒れるトルストイ」は、それ以前の彼の評論の集大成であると同時に、以後の廣津文学の骨格をうちに備えた力作であった。

大正末期から昭和十年代に至る廣津の批評活動を中心に、散文芸術論から散文精神論に結晶して行く一本の線が通っていて、それが遠く「宣言一つ」論争に由来していることを思えば、この有島、廣津論争は、昭和文学史を時代と文学との激しい交渉の場として捉えた時、その淵源に輝く光芒であったとすることができる。この二人はまだ文壇に確乎とした地位を占める前、大正五年十月「新潮」の問うた、「余を最も強く感動せしめたる書に就きての記憶と印象」というアンケートに期せずして答えていた。有島は「『聖書』の権威」、廣津は「トルストイとチエホフ」と題しているが、両人の特質はそれぞれの短文に鋭く露呈して、後年の論争が運命の如く予感されていた。有島はここで、聖書と性慾とが彼の心の中で激しい争闘を展開していることを告白し、「二つの道」（明43・5「白樺」）に始まった彼特有の二元の対立に苦悩する姿を浮彫にした。廣津はトルストイの「戦争と平和」に感動したことを冒頭に挙げながら、偉大なトルストイの至り得ぬ境地に住むチェホフへの理解と傾斜を示していた。

「宣言一つ」以降に於ける廣津の有島武郎論を見れば、廣津にとって有島が小トルストイであったことは疑いない。

＊　＊　＊

有島は「宣言一つ」の直後「チルダへの手紙」（大11・1・14）の中で次の如く述べている。

「来る可き春に私の胸に長い間抱いてゐた望を実行しようと思つてゐます。即ち父から受けた全ての財産を棄て、一介の文筆労働者として生きて行かうと云ふ事です。社会の地位とか、物質上の財産とかは、唯私の生涯を妨げるだけです。（中略）私は唯近い将来の日本に於て、凡ての人がなさねばならぬ事をするだけです。この試練によく耐え得ると信じます。」（傍点筆者以下同じ）

有島が「長い年月」（「片信」大11・3「我等」）の末に漸く辿り着いたとする「一介の文筆労働者」そのものとして廣津は出発せざるを得なかった。父柳浪の時代は終り、貧困の中に成長した廣津和郎は、早くから懸賞小説を書いたり、翻訳小説を売ったりして辛うじて小遣いや学費に充当せざるを得なかった。『若き日』の中で廣津は、武者小路の「お目出たき人」や志賀の「大津順吉」を読み、女性に対する「白樺」派の人達の一途さに驚嘆し、それを自分の場合と比較して、「生活の不安という事が、本来なら感じないで済むような複雑な屈託を青年の心に与えるものだ」(1)と感じたことを注記している。有島と廣津の論争を考える時、このことは一応前提としておいた方がよいと思う。

しかし、貧苦の只中にいた当の廣津の文学に対する姿勢には、生活の不安が与える屈託の影というようなものは全く窺われなかった。仕事の提供者に対しても、理に叶うと思いさえすれば、普通なら我儘と評されるような要求を全部通している。永代《ながよ》静雄（毎夕新聞）も茅原華山（「洪水以後」）も瀧田樗陰（「中央公論」）も、廣津の理の前に結局は頭を下げるを得なかった。（『年月のあしおと』43、44、51、55、59等参照）このような廣津の行き方は、その評論にも存分の反映を見せていて、相手がトルストイの如き世界の大文豪であれ、相馬御風の如き同窓の大先輩であれ、妥協・遠慮は一切しなかった。

＊　＊　＊

廣津和郎は、概念（範疇）によって物を判断することが、人生への理解を狭くし、やがて「思想の誘惑」(2)に陥って自己喪失を招来することを知っていた。学んで知ったとすれば、それは主としてチェホフからだった。廣津も愛読した筈の「アントン・チェーホフ回想記」(3)の中でゴルキイは、チェホフの素朴で純粋な人生への愛を指摘しているが、それと同時に、人間の虚偽や虚飾や凡俗を嗅ぎ出し、それを駆逐するチェホフの「鋭い欲求」を見逃さなかった。廣津のチェホフに対する傾倒は、この二面を併せ持つチェホフの優しさと批評性に由来している。「チェホフの真の偉さは範疇を作らなかったという点にある」（「チェエホフの強み」(4)）――範疇を作らないチェホフの人生理解は、多面的であり具体的であり周到である。強制を伴わない自然な教訓が人々を個々別々に暖かく包み込む。かかるチェホフの正反対の位置にトルストイの偉大が屹立《きつりつ》しているのだが、その偉大は同時に、自己の打ち立てた理想（範疇）の中に自己を閉じ込め、その理想に合致しない現実の姿に焦躁し、苦しむdiscordを内包していたと廣津は理解した。廣津のトルストイ論の骨格がここにある。

「ほんとうに必要な『ねばならぬ』と云う言葉は『不自然になってはならぬ』と云う事の他には一つもないのだ」（「彼等は常に存在す」大6・2「新小説」）と廣津は言う。即ち彼の作った唯一の規矩は「自然」ということだ。廣津は

「ねばならぬ」という言葉の多用からすら、それを言う人の精神の悲壮や焦躁を敏感に探り出し、その人生に対する硬直した姿勢を批判したのである。「謙遜にならねばならぬ」という言葉に囚われて、躍起になって謙遜になろうとしているのは「不自然」なのである。「愛」や「謙遜」は「愛」の概念、「謙遜」の概念が頭から消えた時にしか来はしない――こう廣津は考える。この「自然」という鏡に映し出されれば、謙遜も人類愛も、思想もモラルも善人も、そのセンチメンタルで不自然な相貌を大抵はさらけ出さざるを得ない。「相馬御風氏に」（大5・3・21「洪水以後」）の中で廣津は次の如く言う。

「農民の善良を認めて愛するのは非常に好い事ですが、極端に理想化すると大変な事になります。（中略）――農民を理想化してそれに近づいて見て、更にその農民に失望して幻滅を感じたのは、決してトルストイの幸福でもなければ、彼の聡明を示すものでもありませんでした。」

「あなたは何時でもセンチメンタルでした。あなたはよく思想を発見した。思想を考え出した。そして感激した。思想というものは発見したり考え出したりするものではなく、自然に湧いて来なければならないものなのです。」

「あなたが此『還元録』に於いて、凡人浄土の新生活を自信を以て説かれ、真の人間性の幸福は謙遜の基礎の上に築かれる事を説かれるのを、私は両手を挙げて祝福する。だがあなたの思想の根本に、あなたの思想をしてほんとに徹底せしめるために、謙遜よりも更に根本的に必要なのは『無邪気』と云う事なのです。これはモオラルではない。『無邪気』にモオラルの衣を着せて一個の範疇を作り上げた奴が『謙遜』なのです。」

これに対し、チェホフが農民や小学校教師――つまり民衆をどのように具体的に、辛辣な批判と底深い愛とを以て見ていたか、廣津は「わが心を語る」（昭4・6「改造」）の中で深い共感を以て写し出している。言うまでもなく廣津は、全体として民衆の側に立つ批評家であり作家だった。嘗て散文精神論を説いて、日本浪曼派などと鋭く対立した時、ブルジョアの俗物性に対するロマン主義の反逆そのものは認めながら、その反逆がいつか芸術家を雲の上まで飛翔させる時、民衆の意思と縁のないものになり、結局は民衆と背馳するものとなる——ということを指摘した（「散文精神について」再説昭11・10・27〜29東京日日新聞）時、彼は紛れもなく民衆派だった。しかし彼は民衆を概念として捉え、その上で民衆を祭壇に祭り上げるようなことはしなかった。「民衆には驚くべき狂信性がある」（前記「彼等は常に存在す」）などと廣津は言ったことがある。このような廣津の民衆認識は、戦時中の彼の民衆体験を知る者にとっては一つの予言のように響く。民衆は権力と一体となって民衆自身に襲いかかる。今、なぜこれを言うか。山田昭夫氏が『有島武郎』（昭41・明治書院）の中で紹介している安野茂の「宣言一つ」批判「思想の混乱期に」（大11・11・22読売新聞）をここに引いてみたいからだ。

「かつて有島氏が婦人解放の真の敵は婦人自身のうちに在る、と言はれた澄んだ思惟をこの問題に関しても欲しかつた。けれど第四階級解放への真の敵は彼ら自身のうちにあるとは氏は考へられなかつた。それが氏の境遇に対する都合のよい弁護におぞましくも触れて来ることを痛く感じたのだ。澄んだ思惟の正しい歩みはこの過剰な倫理意識の足枷によって誤まられたのだ。」

山田氏は「『宣言一つ』の死角を有島の思想的脈絡において照明した当時の唯一の本質的批判であった」とこれを位置づけ、安川定男氏は「この安野プラス山田の批評の前では、従来の批評はすべて光を失った感がある」（『有島武郎論』昭42・明治書院）とまで評価している。

たしかに安野氏の指摘は鋭かった。[5] しかし「第四階級の敵は彼ら自身のうちにある」と有島が考えられなかったのは、果して彼の「過剰な倫理意識」だけがその足枷になったからであろうか。前記「二つの道」以来の、二元思考形態と、二元を二元のまま生きるのではなく、強引に一元化しないではいられない時に生ずる焦躁が、この「宣言一つ」の背景にある。既に早くから志賀直哉はこのことに気付いていた。「志賀氏が私の内部には明らかに二元が働いてゐるのに早計にもそれに一元的の解決を求めようとあせる所に致命的な破綻があると論ぜられたのは、私の急所に触れられたものとして容認します」(「予に対する公開状の答」大7・10「新潮」)と有島自身が認めているのだ。「宣言一つ」にはかかる一元化志向の表れとしての第四階級絶対観がある。ものを絶対視すればものの真実の姿は捉えられなくなるであろう。——因みに言えば、有島は「第四階級」という概念にこだわったが、廣津は一貫して引用文以外は「民衆」「国民」という言葉を通している。「第四階級」の方が厳密な概念規定のように見えるが、その厳密な規定の網の目からこぼれ落ちたものの方に、有島の見落した「民衆」の本質があったのではないだろうか。

＊　＊　＊

廣津の「怒れるトルストイ」の第三章(6)は、「all or nothing の思想は人生全体を焦躁にする」で始まっている。「総ての焦燥は距離の順序を無視した処から生じてくる…」「或るギャップがある処を、霊魂が無理やりに飛び越えようとする。その無理やりから焦躁が生じ来る」「その焦燥は憂鬱を誘ひ苦痛を誘ふ」——こう挙げてくれば、トルストイを論じたこれらの批判が、有島のために言われたのではないかと思う人が出て来ても不思議ではない。(7)有島は志賀に指摘された自己の「焦躁」について容認したように、自己の「無理」と「不自然」についても自覚的だった。「あの頃(札幌時代)には僕には何処かに無理があつた。あの頃といはず遂昨今まで僕には自分で自分を鞭つやうな不自然があつた。然し今はもうそんなものだけは無くなつた。僕の心は水が低いところに流れて行くやうな自然さを以て僕のしようとするところを肯じてゐる」(「片信」大11・3「我等」)——本当にそう言えただろうか。「宣言一つ」に「距離の順序を無視して」「無理」に飛び越えようとする「不自然」と「焦躁」が感じられないだろうか。「僕のしようとするところ」とは主として有島農場の解放を指しているのだろうが、その解放の理念は美しいにしても、「宣言一つ」と解放の間に矛盾があり、解放の手続きと、解放後の運営には現実を無視した不自然さが否めない。高山亮二氏が『有島武郎研究』(昭47・明治書院)の第八章で指摘しているように、有島の土地の解放、農民だけの組合組織の運営は、「宣言一つ」の所論の延長上に立つものだった。しかし組織規約の製作は「農民を無視して」大学教授森本厚吉に依頼せざるを得なかったのだし、森本の協力なしにはこの解放自体が成立しなかった。大学教授を含む「学者若しくは思想家」の革命指導を排除する所に、「宣言一つ」の理念の核心がある筈であった。そもそもこの解放は農民の要求によって為されたものではなく、家族の同意も得られないまま所有者である有島の一方的な所有権放棄によるものであって、いわば「上からの改革」に他ならず、とすればそれは有島が「宣言一つ」で疑義を挟んだロシア革命のアナロジーに過ぎない。

有島は大正十二年四月末、秋田雨雀、藤森成吉、橋浦泰雄を伴って山陰地方に講演に出かけた。殆ど死の直前である。その記録は全集に記載がないので、今、二十七日の米子の講演から、同行した橋浦の『五塵録』（昭57・創樹社）によって引用してみたい。

「トルストイは、少なくとも空気と水と土地とは私有すべきでないという信念から、貴族の遺産を持っていた彼は、長い長い年月を苦悩し、最後には旅に出て田舎の小駅で生涯の幕を閉じた。トルストイの広大で深刻な苦悩に比較すればものの数ではないし、また事情も違うけれど、私もまた父の遺産について長年悩んで来た。」――有島の講演がトルストイの話から始められているのは極めて象徴的である。それから有島自身の農場解放の話へ続く。「それが一年も経たない今日、早くも資本主義の爪牙に犯されようとしていることは、私にとって衝撃であったことは事実である。」こういう事態は予想されないことではなかったが、自分としてはこのような方法以外とるべき道がなかった、と述べ、最後に次のように締め括ったという。

「しかし愛と苦は私の身辺から離れない。私は一人でその道を歩まなければならない。どのように遠い道であっても、私はそれを歩みつづけなければならない。」

橋浦によれば有島は、「この後半の講演を、あたかも噎ぶように、また訴えるように吐露した」という。どこまで行っても有島には、「ねばならない」に窺われる焦躁と悲壮とがついて廻っている。

有島は結局廣津の所謂「人生に悲壮を求める人間」(「如何なる点から杜翁を見るか」大6・7「トルストイ研究」)だった。「夜通し私は睡らなかった」に始まり、「然るに吾々はベトーヹンの解剖をしてゐるのである」と続くトルストイの日記について、阿部次郎は「真摯にして偉大なる霊魂の苦悶」(「芸術のための芸術と人生のための芸術」『三太郎の日記』所収)という評価を与えている。廣津は全く同じ箇所を挙げて、「然るに我々はベトーヴェンを解剖してゐる」――この一語によってトルストイは神を逃してしまったと批評する。「農夫の悲惨は農夫の悲惨である。ベトーヴェンの解剖はベトーヴェンの解剖である。そしてトルストイは？　トルストイはその間に桁をかける事に苛立って、先ず足許の川底を掘って土台を積まねばならぬ事を忘れてゐる橋の杭である」(「怒れるトルストイ」)――廣津の何物にも囚われない精神の自由は、ここにその真髄を示している。阿部との評価の違いは根源的なものである。恐らく有島は阿部に近かった。唯有島の阿部と違う点は、農夫への「距離」を「無理」に圧縮しようとして焦躁した彼の誠実にある。(但し、「非難と弁護」〈大12・11・4〜9、18時事新報〉の中で廣津がこの同じ問題を扱った時、無気力な芸術家はトルストイの如き誤謬を犯す力もない、と述べていることを付言しておく。)

＊　＊　＊

有島は「カインの末裔」と「或る女」とを頂点とし、以後創作力の減退に悩み、「星座」も未完のままになっていた。時に社会運動の急激な伸長に遭遇した有島は、思想と生活の一元化を計らなければ、創作に打ち込み得ないことに思い煩い、「宣言一つ」を書いて思想的混乱を整理すると共に、年来の懸案だった財産を放棄することで思想的心理的重荷から解放され、創作に全精力を集中し、そこに生きる道を切り拓こうとした。「宣言一つ」も農場解放もそのためのスプリングボードの役を果すべき必死の試みに違いなかった。しかし、A(第四階級)とB(第三階級)との二つの範疇を設定し、Aを絶対化することで自己の生存領域をBに封じ込め、而も自己の創作活動による訴えの対象からAを除外し、専らブルジョア階級の没落に手を貸す仕事に、自己の生存の意味を限定することを「宣言」したとしても、それが芸術家の仕事として積極的な意味を持ち得ないのは自明であった。後から考えて、有島の死が必然に見えるのはそのためである。それにしても、その死は余りにも性急であったように見える。山陰の旅を終えて神戸から京都に出た有島は、河上肇と逢い、そこで「是非会って話したい」ことを話し、帰京して一ケ月足らずのうちに情死に赴く。河上に逢った時、既に死の予期を抱いていたろうとは河上の推測である。（河上肇「短かりし交りの記憶」大12・8「泉」）

有島自裁の後十三年経った昭和十一年、ファシズムの嵐の中で、廣津和郎は前記再説「散文精神について」を書く。

「善くも悪くも結論をつけるということは、人間の心理的にいって、割合に易しいことである。というよりも、人間の心理は、つい結論に走りたがるものである。結論に走らずには堪えがたくなるものである。――それを堪えて行くには、非常に強い気力を必要とする。その気力が散文精神でなければならない。

忍耐できない時に人は範疇を作ってそこに身を置きたがる。思想の誘惑を受け易くなるのはその時である。そこに身を委せただけ自己を喪失する。」

「洪水以後」から「散文精神」論まで廣津の一貫性には明快なものがある。而も「怒れるトルストイ」も「散文精神について」も別に有島を意識して論じたものではない。ただこれだけのことを一旦口に出して言った以上、廣津の現実の生き方が問われることになるのは当然のことであった。

森山重雄氏は「『宣言一つ』をめぐる論争」（都立大「人文学報」32号、昭38・3）に於いて、「宣言一つ」を論ずる心構えとして、「宣言一つ」の字句にとらわれることなく、有島の思想と文学をトータルとして捉える方が有効ではないかと言われた。今、「宣言一つ」に対した廣津の批判文「ブルジョア文学論」（大11・1・1〜3、時事新報）以下の有島論を一応除外し、晩年の有島と遙かに隔たる前後の時代の、廣津の二つの論によって有島の生き方を照射してみたのは、幾分か廣津の側をトータルに示してみたかったからに他ならない。

＊　　＊　　＊

「宣言一つ」論争を論評する時、諸家は廣津の「ブルジョア文学論」中の「一体文学なんていうものはブルジョアにもプロレタリアにも専属すべきものではないじゃありませんか」を捉え、これを以て直ちに廣津和郎が芸術の超階級性を素朴に主張したものと考えている（例えば亀井秀雄氏の「『散文芸術』論の問題」北海道大学人文科学論集⑦等）。しかしこれは廣津の本意を衝いたものとは言えない。こういう理解は有島が「廣津氏に答ふ」（大11・1・18〜21朝日新聞）に於いて、廣津が有島の言う第二か三の種類の芸術家であるにもかかわらず、第一種の芸術家の如き主張をしているといって反論したその有島の誤解から半歩も出ていない。一体廣津の思考方法には、嘗て森田草平がその師漱石に見た所謂「ディアレクチック・メソッド」（『漱石先生と私』第六章）があった。漱石は草平に次の如く教えたことがあるという。「物には必ずその反面がある。一つの物でもその人の立場によって多種多様に見える。その一面にばかり拘泥して、これが真理だと他を排撃してはならない」――嘗て大震災の悲惨を目撃して菊池寛が、「内容的価値」の主張者らしい芸術無力説を打ち出した時、それと対置して廣津が「芸術の永遠性」を唱えたとしても、それは飽くまでも、菊池の素朴実在論的否定説に向かった時に限定されるのであって、菊池への反対論が、もし人生から遊離した芸術至上主義的立場に立つ芸術の永遠性を説くなら、「人生に関心のない芸術、そんなものが若しあったとすれば、それは我々には何の関係もないものだ」（前記「非難と弁護」）として直ちに菊池の支持に廻るのが廣津の「ディアレクチック・メソッド」というものだった。廣津が一見芸術の超階級性を主張したかに見えたのは、有島の現実を見る眼が、余りにも性急で観念的な階級観に囚われていたからに過ぎない。

もし階級という言葉を使うなら、廣津は、日本では極めてなじみの薄い「市民」（庶民ではない）階級の代表者たる知識人階級の典型として、その役割に徹した作家であったと言うことができる。民衆の側に立ってなお民衆を批判し得る立場を留保できたのは、廣津が市民の原理たる「自由」の全き具現者だったからである。安易な左傾を自らに許さなかった所で有島と共通しているように思われるが、有島がそこから性急に自己否定に赴いたのに対し、廣津はその独自の「散文芸術」論から「散文精神」論へ進み出ることによって、自由を守る苦難の道を身を以て生き抜くことができた。だから所謂大正リベラリズムが戦後、オールドリベラリズムとして変質した時にも、飽くまで原理に忠実なブルジョアデモクラットとしての姿勢を貫き得たのである。

＊　　＊　　＊

「散文芸術の位置」（大13・9「新潮」）に於ける廣津の散文芸術人生隣説は、生田長江の嘲笑を買った（「認識不足の美学者二人」大13・12「新潮」）。しかし長江の批判も形式論理による揚げ足取りに終っていて、廣津の意図する所に深く踏み込んでいないから、論を発展させることにも深めることにも役立たなかった。だから廣津は一人で考え続けなければならなかったのである。ここに廣津が〈読者よ、これは私のひとり語であると思って聞いて欲しい〉という注記を付した「ひとりごと」（昭12・6・30〜7・3、東京日日新聞）という文章がある。ここで「……芸術としての散文芸術の位置というものについて、はっきりしたことを考えなければならないというのが、私の十六、七年の宿題」であると言っている所を見ると、彼は「宣言一つ」論争の前から漠然とこのことを考えており、この論争はこの問題を展開させる上での、一つのきっかけに過ぎなかったとも考えられる。この問題は廣津和郎の芸術家としての、批評家としての、又人間としての生き方の上での姿勢を自らに問う根源的なものとなった。この「ひとりごと」についてては従来余り注意している評家がいないので、暫くここに立ち止ってみたい。

この文は昭和十二年に書かれている。廣津が十六、七年間考え続けている間に時代も推移した。十七年前は大正九年、始めてメーデーが行われ、同じ月に日本社会主義同盟が成立し、有島武郎は「文芸家と社会主義同盟に就て」（大9・11「人間」）を書いて、なぜ自分が同盟に参加しないかを弁明した、その年である。「宣言一つ」に表れた有島の苦悩は、この辺りから始まっているのであり、以後政治と文学、時代と作家の間に新しい緊張関係が生れ、プロレタリア文学の成立・発展・崩壊の歴史が、作家の去就を様々に彩った。この時代の推移と共に、廣津は執拗に散文芸術の問題を考え続けていたのである。そして今、プロレタリア文学崩壊後の新しい局面に立たされた時、廣津の所謂「人生の隣に位置する散文芸術」は、その相貌を極限的に露呈せざるを得なくなって来た。現実とどうとり組み、どう闘って行くかに散文芸術の本質があるとすれば、例えば検閲という事態と直面した時、散文芸術はその本質部分に於いて酷しい手傷を負わねばならず、而もその手傷の負い方は、他の芸術――音楽、絵画、詩歌等の比ではないのである。廣津は散文芸術の宿命をそこに見た。なぜなら、「目の前の当面の現実と戦って行くことから避けたなら、散文芸術そのものがなくなってしまう」と考える所に廣津の散文芸術観の核心があったからである。(8)

廣津の時代感覚の鋭さは、散文芸術の本質を守るには、散文芸術を放棄しなければならなくなるのではないか、という予測を昭和十年代初頭に既に持ち始めていた点にある。散文芸術論から散文精神論へ発展する必然がここに見られるのである。

* * *

廣津和郎が、昭和十一年十月十八日に築地小劇場で行った「人民文庫」主催の講演「散文精神について」は、散文芸術家がこの時代に如何に生き得るか、を示そうとしたものである。そういう意味ではこれは、特殊な時代に特定の人々に向けて語られたものだった。所がこれがこの時代よりも、戦後改めて活字にされて以来、多くの人に読まれ論じられることになったのは、この論が時代を超えて通用する普遍性を持っていたためではあるが、むしろ戦後民主主義が過去の歴史を展望することを可能にした時、始めてその真意が人々の前に明らかにされた――そういう性質を持っていたからでもある。既に至る所に引用されているこの論を改めて引くまでもないのであるが、文章化することで一種の高い格調と魅力を持ち始めたこの講演内容は、これについて云々する以上、その一部をでも引用しないではいられない誘惑を感じさせるものだ。

それはどんな事があってもめげずに、忍耐強く、執念深く、みだりに悲観もせず、楽観もせず、生き通して行く精神――それが散文精神だと思います。それは直ぐ得意になったりするような、そんなものであってはならない。現在のこの国の進み方を見て、ロマンティシズムの夜明けだとせっかちにそれを謳歌して、銀座通りを青い着物や緑の着物を着て有頂天になって飛び歩くような、そんな風に直ぐ思い上る精神であってはならない、と同時にこの国の薄暗さを見て、直ぐ悲観したり滅入ったりする精神であってもならない。そんなに無暗《むやみ》に音を上げる精神であってはならない。そうではなくて、それは何処までも忍耐して行く精神であります。アンチ文化の跳梁に対して音を上げず、何処までも忍耐して、執念深く生き通して行こうという精神であります。じっと我慢して冷静に、見なければならないものは決して見のがさずに、そして見なければならないものに慴《おび》えたり、戦慄したり、眼を蔽うたりしないで、何処までもそれを見つめながら、堪《こら》え堪えて生きて行こうという精神であります。

昭和十一年といえば、「二・二六事件」が起り、メーデーが禁止された年である。市民的自由が根こそぎ奪われたこの時代、公開の席上でこれだけのことを語るにも、どれ程の勇気を必要としたかは想像を絶するものがある。廣津はこの講演で、臨席警官を意識して極めて慎重な言葉選びに終始しているが、そういう制約と限界の中で却って、彼の時代に対する抵抗の姿勢が含蓄深く語られることになっている。例えば「アンチ文化の跳梁」など、露骨な表現を避けながら、事の本質は見事に捉えられている。しかし、権力の側に立つ人のみならず、一般の人がこれを聞いても、当時このことの意味を正確に理解し得た人は少なかったのではないか。何を「我慢」し何を「見なければならない」のか、歴史が終了した今日の段階でこそ明白であるが、これから泥沼の戦争に突入して行く時代に於いては、廣津の意図が逆にとられる可能性もなかったとは言えない。講演が無事収まったのはそのためだろうか。この講演後の散文精神についての論評を見ても、廣津の意図を正しく受け取ったと見られるものが極めて少ないのを見てもそのことは言える。橋本迪夫氏が『廣津和郎』（昭40・明治書院）の中で「彼の散文精神論は、やはり戦後の民主的土壌を得て芽を吹くことができた」と言ったのは正しい指摘だったのである。[9]

しかしそれだけに、廣津の絶妙な言葉の選び方と言い廻し、歴史を見透す眼の確かさ、そして何よりも、殆ど独創的とも言える彼の受け身の生き方のしたたかさには今更ながら驚嘆しないではいられないものがある。——これは革命の指導者や、プロレタリア文学出身者の口からは到底聞くことのできない性質の言葉であろう。

＊　＊　＊

廣津和郎はこの「散文精神について」で何を言ったのか。「見る」ということを言った。それは「書く」ことの前提だろう。しかし「書く」ことについては廣津は何も言っていない。今は「見る」しかないのではないか。「じっと我慢して」「見なければならないものを」見のがしてはならぬと言っている。「我慢する」というのは時代の暴圧に耐えるということだろう。しかしそれは「書く」誘惑を避けて、今はただ「見る」ことに徹底せよと言っているかのように聞える。それは「忍耐して行く精神」であり「執念深く生き通して行こうという精神」なのである。この講演は「人民文庫」の主催ながら、彼らと廣津との間には微妙な差があったようにみられる。この差を意識しているから、廣津はこの講演の中で「『人民文庫』の人達のいう事と一致しないかも知れない」「『人民文庫』の若い人達がどういう意味を表そうとしているのかという事は、私には詳かにしませんが」「私流にこの言葉がこの時代にどういう意味を持つものであるかという事を述べて見たい」と言っているのだ。

廣津の意図は戦後書かれた「再び散文精神について」（昭23・10「光」）で一層明確になった。

「このファッショの攻勢と如何にして散文作家は対決しなければならないかという事を自分流に考えて見ようと

思って、私は演壇に立ち、『人民文庫』派の『散文精神』という言葉を借りて、この時代に対処すべき散文作家の精神を述べたのがあの『散文精神について』なのである。（それは作家ばかりでなく聴衆にも必要だと思ったのである）」

作家と共に一般聴衆への呼びかけを行ったと言っているのだ。この講演以降、廣津が事実上何も書かなくなったわけではない。しかしここには「書く」契機への断念が言外に語られているのである。多田道太郎氏は、廣津は「芸術に安住するにはあまりに敏感な耳をもっていた。その耳は、芸術的表現に不都合な現実をも、とらえてしまうのである」（「文学者流の考え方」『複製芸術論』所収）と述べている。廣津は芸術的完成よりもどうかすればよりよく生きることの方を選ぶ型の作家だった。

このような廣津が誰よりも深く二葉亭を愛したのは決して偶然ではない。「『浮雲』によって与えられた感動が、私を文学に導く最初の土台を作っていた」（「最近の感想」大7・10「雄弁」）と彼は言うが、その「浮雲」は未完の作だ。巷間伝えられる「文学は男子一生の事業ならず」に代表される二葉亭の文学蔑視について廣津は、それが二葉亭の、文学への愛をパラドクシカルに表現したものであることを充分に理解しつつなお「彼が如何に文学を軽蔑していても、結局人生を軽蔑しては少しもいない」（同）と言い、更に「二葉亭の一生を考える事が、大概の作家の作物を読むよりも私に面白い……」（「一本の糸」昭14・9「中央公論」）とも述べて、二葉亭の全人生に対する深い愛惜の情を吐露している。廣津自身の全人生が、二葉亭とは又違った意味で、芸術そのものに譬えられる程の独創的な面白さを持つものだったことは否定できないように思われる。

＊　　＊　　＊

「宣言一つ」をめぐる論争の過程で「散文精神」という言葉を最初に使ったのは「散文精神の発生について」（大13・11「新潮」）を書いた佐藤春夫である。それから十年以上経って、昭和十一年三月に「人民文庫」が創刊されると、そこに集った作家達によって「散文精神」ということが言われ出す。しかしそこに統一的見解があったわけではなく、この言葉の使い方も漠然としていた。先ず「小説の問題に就いて」（昭11・5「新潮」）という座談会（廣津、高見順他八名）の中に高見の次の発言がある。

「散文精神といふやうなことを僕等は考へ、言ひ出して、はつきりまだ分らないが、一所懸命考へてゐる。……廣津さんなどの昔の評論を再び読んだりして……。」

次で座談会「若もの一席話」（昭11・7「人民文庫」）の中の「散文精神について」、高見順「描写のうしろに寝てゐられない」（昭11・5「新潮」）、伴野英夫「現代文学の精神――詩的精神か散文精神か」（昭11・9「人民文庫」）等の模索を経て、昭和十一年十一月「人民文庫」での座談会「散文精神を訊く」（徳田秋聲、廣津和郎、高見順、武田麟太郎、渋川驍、円地文子、佐藤俊子）に至る。（この座談会は掲載は十一月号だが、行われたのは廣津の講演〈十月十八日〉の前であることが推定される。従って、武田や高見の散文精神論がこの講演の影響を受けたとする説は正確に言えば正しくない）[10]――ここで廣津が「宣言一つ」以来散文芸術について考えて来た経緯を述べ、それを受けて高見、渋川等が散文精神論を展開して行く。そこで出された一応の結論は、散文精神は、「現実を何の感傷やベエルなしに光りのもとにさらし出した」という意味で大阪的商業資本家の文学的主張としての西鶴に始まり、明治以後では自然主義に受け継がれ、更にプロレタリア文学へ発展する――というもので、「散文精神の主張と人間解放の気運、民主主義的な時代と密接な関係」があることが確認される。以上の見解は大体前記佐藤春夫説の延長線上にあるものと考えられる。

しかし武田は嘗て新感覚派の洗礼を受けた人らしく、自然主義の狭いリアリズムには反対であって、小説の仕組、仕掛を重んじながら、その社会的なひろがりを目指す方向に散文精神論を位置付けようとした。高見も「描写のうしろに寝てゐられない」を読めば、そこに新しい手法を模索していた姿が窺われ、又平林彪吾は「ジイドに何物かと何物かを加へたい――散文精神と技術」（昭12・3「人民文庫」）の中で、フィクションの取り入れの方向に散文精神を見ていて、何れも行き詰ったリアリズムの打開を目指していたように思われる。そして平林がここで「われわれは『人民文庫』の創刊当初から『散文精神の旺盛化』を称へて来た。しかし統一された理論があったわけではなく、今でも意見は区々だが」「散文精神についてのこんな考へ方は、決して人民文庫の人々が同様に持ってゐるわけではない」と断っているように、廣津の講演を聞いた後でも、まだ散文精神についての意見は「区々」だったことがわかる。神谷忠孝氏は「昭和十年代の『散文精神』論」（昭47・10、北海道大学「国語国文研究」）の中で「広津和郎の散文精神論があったにもかかわらず、解散後の『人民文庫』派が全部が全部、散文精神を守り通せなかったのはなぜかという問題」を提出しているが、廣津が「書く」行為よりもむしろ「我慢」して「見る」ことを要請しているのに対し、作家として「書く」ことを前提にものを考えた他の作家たちが、廣津の透徹した時代認識から来る散文精神論を、廣津の意図通りに受け切れなかったのは当然だったのである。

「散文精神について」で表現への断念を暗示した廣津は、前記「ひとりごと」では散文芸術家としての表現の可能性を探ってみようとした。そしてその量り知れない困難さを自覚して深い混迷に陥らざるを得なかったのである。彼は表現の道の困難さに疲れ、ふと、私小説作家達の「今の世の汚濁に頭を乱される事なく」おのが世界を澄み切った作品に仕立てて行く芸術境に魅かれて行く。そこでなら未だ表現の道が豊かに残されていたのである。そういう世界に浸り切りたいと思う。だが彼の潔癖性がそれを許さないことに思いが帰る。「汚濁の空気を見捨てゝ、ひとり澄めない潔癖性である。」――こういう混迷が彼の散文精神論の裏側にあったことを知って置きたいと思う。

＊　＊　＊

廣津和郎の小説観は、小説に功利性（現実性）と芸術性の幅を認め、その各々の限界を超えれば何れも散文芸術としての本質を失なうものとした点にその特徴がある。これは「宣言一つ」論争から、菊池寛と里見弴の「内容的価値」論争を経て、廣津の「散文芸術の位置」（大13・9「新潮」）に至る道程の間に造り上げられて行った小説観である。

芸術性はそれが余りに飛翔し過ぎると、それは廣津の所謂「人生と関わりのない」ものになって行く。かかるものとして廣津が否定して見せたのが泉鏡花や谷崎潤一郎の芸術であった。一方功利性の方は、例えばそれが極端まで行けばプロレタリア文学に於ける「政治の優位性」の如きものとなる。廣津は政治的優位性に立って書かれているという理由のみで直ちに作品を否定することはしなかった。小林多喜二の小説でもそれなりに評価したものはある。しかし多喜二でも、「暴風警戒報」（昭5）までくれば廣津は容認しなかった。「大道演説口調である」（「政治的価値あり得るや」昭5・3「改造」）などという辛竦な批評がそこに下されることになる。功利性が余りに芸術性を損っているからである。

しかし、プロレタリア文学は既に崩壊したのである。それを崩壊させた同じ力が、今度は非政治的な文学の領域をも徐々に冒し始めることになる。どこに散文芸術家の生き得る道が残されるであろうか。

嘗て小林多喜二に宛てた書簡（昭6・8・7）の中で「主人持ちの芸術」ということを言ったのは志賀直哉である。それでもこの書簡は志賀の多喜二に対する厚い好意に充たされていたが、総じて、プロレタリア文学を「主人持ち」（政治の優位性）という観点で否定していた作家達が、その「主人持ちの芸術」が滅びたあと、今度は別の主人を求めて文学報国会に結集することになったのは皮肉だった。そういう情勢になれば、秋聲の「澄んだ」私小説「縮図」も、潤一郎の絵巻の如く美しい「細雪」も、澄むが故に、美しきが故に発表し続けることが許されなくなるのである。かくて散文芸術の領域は、廣津の予見通り、新しい主人に仕える非文学以外すべて消滅しなければならなかったのだ。

*　　　*　　　*

廣津和郎の散文芸術論から散文精神論への道は、散文精神論以降十年に近い昭和文学史の末路の悲惨な結論から逆に照し出すことによって、始めてその真の姿を明らかにすることができるように思われる。戦後直ぐの昭和二十二年六月、新生社から刊行された『散文精神について』は、そのあとがきに、この本の標題をなぜ「散文精神について」にしたかについて述べている。「私の謂ふ散文精神はここに収められた全部の文章に一貫してゐるものと思つて貰つて差支へないから……この標題を採用する事にした」――こう廣津は書いているのである。この本に収められた文章の冒頭が「徳田秋聲論」で次が「藤村覚え書」、「散文精神について」は三番目に位置している。このことは、廣津が如何に秋聲と藤村という二人の自然主義作家を尊敬していたかの証しである。秋聲論も藤村論も戦争の末期、非文学の横行する中で書かれた珠玉の名作である。中でも「徳田秋聲論」（昭19・7「八雲」）は、廣津の戦時中に書いた最後の作品としても特に珍重すべきものである。自由を圧殺された極限状況の中で書いたものが、戦後直ぐの世界に通用するとして復刻したのは、散文精神論を書いた廣津の自信というものであろう。「散文精神について」で「書く」ことへの断念を示唆しながら、自ら筆を執って書いたそれ自体見事な散文芸術である。

人々がその時々の戦況に有頂天になったり絶望したりしているこの時に、廣津がここで示した冷静さは、却って、文学以外何一つ語らなかった文学への情熱の深さを裡に秘めていた。それは時代を超越しているのでもなければ「ひとり澄」んでいるのでもない。「ひとり澄」む秋聲を語ることに於いて時代と闘っているのだ。何ものにも囚われない、固定観念、既成道徳、範疇・思想の桎梏から完全に解き放たれている自由そのものの境地に達した秋聲、「あらゆる意味で『特権』というものを持ち得なかった平《ひら》作家としての」秋聲、ただひたすらに「淡々として」書き継いで今日に至った秋聲の人と文学とを、淡々として語って尽きないこの長篇評論には、廣津の「散文精神」によって生き抜いて来た力がその隅々にまで漲り溢れている。そして秋聲が歩いた道を廣津が、「それは自然主義時代から、いやそのずっと前の彼の唯一の信条である、自分の納得出来ないものは納得しないという、あの嘘や虚飾を極力排除する一途な正直さに頼って切拓いて来た道だった」とし、そのことが「永遠に老衰を知らない若い魂の持主によって始めてなし遂げられる事」とした時、我々は誰しもそこに、廣津自身の歩いた道を重ね合わさずにはいられないだろうと思う。

＊　＊　＊

廣津和郎の文学の一つのテーマは「性格破産」である。その典型的な表われは、作品としては文壇的処女作「神経病時代」にあり、評論としては「自由と責任とに就いての考察」(大6・7「新潮」)に見られる。世の悲惨の総てに対して心臓を痛め、焦躁に明け暮れては個性の完成を乱す。彼のトルストイ論や有島武郎論が、範疇やセンチメンタリズムの否定を志向したのはそのためである。しかし、世の悲惨から全く無関係になってしまえば無責任となる。「一方に傾けば無責任になり、一方に傾けば又自滅となる」と「自由と責任とに就いての考察」は結語する。この間に蕩揺するのは性格破産者の迷いであり弱さであるか。そうだとも言える。それは「インテリの弱さ」と言われた当のものである。有島武郎はそこに躓いてインテリの敗北を「宣言」した。しかし廣津にとって、それは単なる中途半端に彷徨することではなかった。その証しを、廣津が二葉亭を論じた前記「一本の糸」の中に見ることができる。

「インテリの弱さの本質というものが、それは無用な瓦のかけらのように無価値ではなく、それは或る意味で逆に非常な強靭なものを生み出す原因であるということ……」

「インテリが弱さ故に妥協せずに憂えているような時勢のサイドについて……」

嘗ては、その弱さの由来を探ることが「現代日本の課題」(「二人の不幸者」〈大7・10〉序文)であったのに、今は、その弱さが強さの原因であるというパラドクスを、時代との相対関係の中で捉え始めたのである。譬喩的に言えばそれは、弱い女が弱い故に男以上の強さを見せるようなものである。現に廣津は「女性の間には、時として、今の社会的重圧にめげない、希望の萌芽がある」と小説「青麦」の制作過程を示した一文「青麦」(昭12・2・24〜25中外商業新聞)で語っている。廣津の昭和十年前後に書かれた所謂系譜物はすべてこれを志向したものと言ってよい。

それは又、「政治」に対する「文学」の立場であるとも言える。「私にこの『弱さ』がなかったならば……文学に来なかったかも知れない」（『弱さ』と『強さ』昭12・4「新潮」）というその弱さであり、「政治思想の違いから、人を殺して平然たる」（同）政治家軍人の如き強さを批評し得る弱さの強さとでも言うべきか。

廣津の「散文精神」は、かかる弱さを強さに転化する道、というよりは寧ろ、弱いが故に強くなり得る道を示した「ディアレクチック・メソッド」である。

＊　　＊　　＊

平野謙は『昭和文学の可能性』（昭47・岩波新書）第一章で次のように言っている。

「……この『みだりに悲観もせず、楽観もせず』という思考法が単なる両極端をさけてその中庸を取るというような消極的なものではないことである。」

中庸は廣津の採らざる所である。「悲観もせず、楽観もしない」所に独自の積極的な精神の働きがあるのでなければならない。

散文芸術論でも同じことである。「散文芸術諸問題」（昭14・10「中央公論」）でも言っているように、散文芸術の左隣が詩で右隣が人生であるというのは、「度合の問題」として理解すべきであって、それは不徹底な「中間」ではない。「中間は中間であって、決して『端』の不徹底な形ではない。中間という独立した境地なのである。」

有島武郎も「中庸」の道を否定した。前記「二つの道」の中で、人間を相対界に彷徨する動物であると捉えながら、「中庸」を「詭弁」とし「虚偽」とし「夢想」とし「策数」として斥けた。しかし有島の悲劇は、その時「中間という独立した境地」を認めることができず、all or nothing の思考形態に陥って身動きが取れなくなった所にある。廣津和郎の選択した道は中庸ではなくて自由だった。それが彼の人生に対する透徹した理解と、飽くまでも自己を見喪わない柔軟でしたたかな、そういう意味で独創的な生き方を可能にしたのである。

注

（1）『若き日』は大正八年一月「太陽」掲載「悔」の改作であるが、原作「悔」には「生活の不安」以下の引用部分はない。

（2）大正五年一月二十一日「洪水以後」に「ペンと鉛筆」の題で発表。『廣津和郎初期文芸評論』（昭40）に収録の際この題に改められたが、大正五年「洪水以後」に書かれた廣津の評論は殆ど「思想の誘惑」への警戒を訴えたものになっている。

（3）廣津がどの版で読んだかわからないが、今大正十一年四月「新潮」掲載の翻訳に拠った。

（4）大正五年三月「チェーホフ小論」として「新公論」に発表。以後幾多の変遷を経、「チェエホフの強み」として『わが文学論』（昭28）に収録された。

（5）江口渙は「階級と文学の関係を論ず」（大11・5「新潮」）の中で、第四階級にも階級的自覚に達した者と自覚なき者とあり、有島の誤謬は、第四階級のすべてがこの二種の中の前者に属するもの、とした点にあると言っている。安野の論に比べて江口の論はやや機械的のように思われる。

（6）この評論は『作者の感想』（大・9）に収録の際大幅な改変がなされており、特に初出の第三章は削られている。従ってこの評論に限り初出から引用した。なおその他のもので廣津の全集（中央公論社）にあるものは全集の表記に従った。

（7）伊藤整は有島の人について「傷くべく、苛立つべく、語らずに絶叫すべく生まれた人」と言い、本多秋五は有島の文体について「調子のついた雄弁健筆体」と評している。（何れもその「有島武郎論」）又山田昭夫氏の前掲『有島武郎』では有島の七癖の一つにその「宣言癖」を挙げている。「焦躁」「絶叫」「調子」「雄弁」「宣言」という言葉が象徴している精神の在り方は、廣津が有島を意識するずっと以前から厳しく否定していた当のものである（「思想の変化」大5・3・1「洪水以後」参照）。

（8）Ⓐ萩原朔太郎は戦時中、たった一つだけ戦争に協力した詩を書いた。南京陥落を祝したもの（昭12・12・13朝日新聞）である。戦後ある評家がこれは反戦詩だと言った。確かにこの詩は、その表面の意味とはうらはらな、ある種の倦怠の気分が濃厚に漂っている。この詩のリズムが言葉の意味を裏切っているのだ。「リズムは説明ではない。リズムは以心伝心である。」と朔太郎は『月に吠える』自序で言っている。散文との相違の顕著な例をここに見ることができるように思う。

Ⓑ廣津の散文芸術人生隣説は、芸術のジャンルを飽くまで相対的なものとして捉えた時に意味を持つ。学問の世界でこれと同様なことを述べているのが河上肇の「個人主義者と社会主義者」（大11・5「改造」）である。これも「宣言一つ」に促されて書いたものだが、そこで彼はこう言っている。「僕の主張は、同じ学問でも、例えば微生物学とか天文学とか数学とかいふやうな、人間と縁遠いものになるほど適切に当てはまると思ふ。（中略）同じ芸術家でも、小説家よりは詩人、詩人よりも画家、画家よ

りも音楽家といふやうに、人離れの程度が多少づゝ違ふやうに思はれる」――つまり河上自身の経済学は河上の言う個人主義的領域に踏み止まり難い性格を有していることを言っているので、そこに河上の苦悩があったのである。この河上説の特に後半は廣津説と同趣旨だが、どちらかがどちらかにヒントを得たというものではなく、全く別々に発想された所に興味深いものがある。

(9) 戦後になっても、伊藤整が「散文精神」を日本的な私小説の精神と誤解していることについては、廣津の抗議(「再び散文精神について」)があり、前記亀井秀雄氏の論文でも様々な角度から検討されている。

(10) Ⓐこの十一月号は、大谷晃一氏『評伝武田麟太郎』(昭57・河出書房新社)によれば、十月十二日にできているので、講演の前に座談会が行われたのは先ず確実であろう。

Ⓑ因みに、戦後、廣津自身がこの講演会を昭和十三、四年頃のことと記憶していたことは非常に興味がある。一番早い前記昭和二十二年新生社版『散文精神について』でも、昭和十三、四年頃という付記が付いており、昭和二十八年乾元社版『わが文学論』でもそのまま踏襲され、長い間評家もそれを疑わなかった。それは昭和十一年より十四年の方が圧倒的に情勢は緊迫しており、この「散文精神について」はますます有効だったと考えられるからである。逆に言えば、廣津が正しい時勢への見通しをいかに早くから持ち、危機感に捉えられていたかの証しにもなるのである。

(2)「異邦人」論争

アルベール・カミュの「異邦人」の翻訳が始めて雑誌「新潮」に掲載されたのは、昭和二十六年六月であった。所謂「異邦人」論争は、廣津和郎と中村光夫との間に、この年の六月から半歳かけて行われ、廣津はなおこの後もこの問題へのこだわりを二年間持続した。小稿はこの論争そのものを再検討するというよりも、この論争を通じて示された廣津和郎の生きる姿勢を、日本近代文学の流れと、廣津がその中で生きて来た作家としての道程の裡に捉えようとしたものである。この論争の直前、中村光夫は「風俗小説論」(昭25・2〜5「文藝」)の連載を終ってい、この論争の直後から廣津和郎は松川裁判への関心を深め、「異邦人」論争の投影である「歴史と自由」(昭28・5「新潮」)を書いたあと、五カ月して「真実は訴える」を「中央公論」に発表し、以後十年にわたる文学者として未曽有の裁判批判への道を踏み出す。中村の「風俗小説論」が丹羽文雄との論争に端を発したものとすると、「風俗小説論」から「チャタレイ裁判」論争を経て「松川裁判」論争に至るある長い論争の季節がそこにあったと言える。(1)

自ら「講演嫌い」と称しながら「全国にわたって百数十回の講演をして歩いた」(「会長辞任の弁」昭39・2・15「松川通信」)廣津和郎は又、「本来論争を好まぬ質である」(「散文芸術諸問題」昭14・10「中央公論」)と言いながら「宣言一つ」をめぐる論争を始め、日本近代文学史上十指に余る重要な論争に顔を出している。「書斎に万年床を敷きっぱなしにして置いて、暇さえあるとそれに横たわりながら、取留めないことを考えている」のが「大きな魅力」(「虚無から楽天へ」昭37・1・5朝日新聞)という「アイドルシンカア」や「旗本退屈男」的ポオズとはうらはらな、彼の生涯にわたる若々しい情熱の発露をそこにみることができる。

「異邦人」論争の経過は今更ここに述べるまでもないが、便宜上、一応の展望を試みるために、左に今までに見ることのできたこの論争に関する主要文献の一覧を掲げ、その経過につき簡単にふり返ってみたい。

昭25・6　理想	佐藤　朔	カミュの「不条理」の哲学	
26・6　新潮	カミュ(窪田啓作訳)	異邦人	A
	サルトル	「異邦人」の解説	A・1
	三島由紀夫	「異邦人」を読む	A・2
	阿部　知二	「異邦人」を読む	A・3
6・11〜13東京新聞	廣津　和郎	カミュの「異邦人」(全集9)	B
7　人　間	中村真一郎	アルベール・カミュ論	
7・21〜23東京新聞	中村　光夫	広津氏の「異邦人」論について　↓C2	C
8・8日本読書新聞	丹羽　文雄	「異邦人」と「気まぐれバス」	D
9・7〜8朝日新聞	廣津　和郎	文学自信論	
9　中央公論	高橋　義孝	異邦人論争について	E

10	群像	廣津和郎	再び「異邦人」について（全集9）	B・1
12	群像	中村光夫	カミュの「異邦人」について ―廣津和郎氏に答ふ―	C・1
27・1	群像	平野謙	広津和郎論	F
	同	カミュ	ニヒリズムについて	
1・15	朝日新聞	小島特派員	カミュ会見記 カミュの見解 ）→C2	G
1・16	朝日新聞	廣津和郎	まだ納得できない ―カミュ氏に―（全集9） 付記→「わが文学論」乾元社昭28	B・2
2	群像	椎名麟三	「異邦人」について	H
7	創元社	中村光夫	異邦人論 付 異邦人論争経緯 カミュの見解	C・2
28・5	新潮	廣津和郎	歴史と自由（全集9）	B・3
32・1〜2	文学界	臼井吉見	「異邦人」論争→「近代文学論争」下（筑摩叢書）昭50	I
33・3	理想	白井浩司	カミュの小説に関する雑考	
33・3	理想	窪田般弥	異邦人論争	J
35・3	文学界	河上徹太郎	異邦人論争	K
同		岡松和夫	カミュ氏と革命派大学生	L
37・12	至文堂	粂川光樹	「異邦人」論争（「近代文学論争事典」）	M
44・5	三田文学	中村光夫	私と「異邦人」（対談）	C・3
同	同	北古賀真里	「異邦人」その宗教的背景	N
47・7	国文学	饗庭孝男	「異邦人」論争	O
同	番町書房	吉田凞生	「異邦人」論争（「戦後文学論争」下）	P
50・1〜2	世界	平野謙	「異邦人」論争、占領下の文学（戦後文学の可能性IV V）	F・1
53・8〜54・1	未来	岡邦俊	私小説と裁判（『裁判と言論』農山漁村文化協会）	Q
56・4	群像	岡松和夫	知識人問題	L・1

匿名批評の類は省いた。右文献の引用は、下欄の記号を以てした。それ以外の文献の引用はすべて文中に出典を示した。なお廣

津和郎の引用文については全集（中央公論社）所収のものは全集の表記に従った。

雑誌「新潮」に「異邦人」の翻訳〈A〉が掲載されると、日本の文学界に異常な反響が捲き起こされた。すでにその前に、佐藤朔「カミュの『不条理』の哲学」（昭25・6「理想」）という紹介文が発表されてい、窪田訳と同時に付されたサルトルの解説、三島由紀夫、阿部知二の感想〈A・1〜3〉によって、外国文学の新しさに幻惑され易い日本の文学風土がこれに熱烈に反応する材料が一先ず出揃った。こうした中で、先ず東京新聞に六月十一日から三日間、廣津和郎が「カミュの『異邦人』」〈B〉を書く。約一カ月後、七月二十一日から三日間、同じ東京新聞に中村光夫の「広津氏の『異邦人』論について」〈C〉という廣津批判文が発表されたが、これは廣津が「妙に神経に引っかかる」と指摘する所を、逆に積極的に認めようとするもので、この応酬に対する第三者の発言〈DE〉等）もあり、「異邦人」に対する関心は一層の高まりを示した。十月、廣津は「群像」誌上に「再び『異邦人』について」〈B・1〉を掲載して、中村の意見に反駁すると、中村は同誌十二月号に「カミュの『異邦人』について」〈C・1〉という長文の批判文を発表してこれに応じた。こうして「異邦人」論争は、戦後の日本の文壇には珍しい活潑な論争を展開することとなった。朝日新聞社は論争の内容をカミュに紹介、カミュの見解は一九五二年一月十五日の朝日に掲載〈G〉された。廣津は直ちにカミュに宛てた「まだ納得できない」〈B・2〉を同紙に寄せ、「異邦人」という作品に対する根本的疑義をカミュに糺す形で執拗に展開し、更にその後起ったカミュ・サルトル論争を踏まえて「歴史と自由」〈B・3〉を書き、基本的にサルトルを支持した。

次に廣津、中村両説の要点を整理する。

先ず廣津の最初の出発点〈B〉は、「異邦人」の表現の各所に「妙に神経に引っかかるもの」を見出すという所にあったが、その前に、この作品を迎えた日本の文学風土の方に何か「神経に引っかかるもの」を感じていたであろうことは、窪田般弥氏も指摘した〈J〉通りで、それは阿部知二の感想文〈A3〉の中の「こういうものを読むと、われわれの小説が、何とおくれているか、ということが分る。五十年か百年かは知らない、とにかく、レイス・コースで一廻りほど後れているという感じがする」を踏まえて、「これが五十年も百年も進んでいる小説なら、小説の進歩などありがたくないものである」と、この小説の出現に湧き立とうとした戦後文壇の傾向に、冷水を浴びせるような発言をしていることによっても理解される。そして廣津は、この論争のさ中に、朝日新聞に「文学自信論」（昭26・9・7〜8）という一文を寄せ、日本の作家は先ず「自分の眼で」「納得のいくように」物を見ることにもっと自信を持てと警告し、鷗外、漱石、二葉亭、藤村、秋聲、白鳥、荷風、直哉、潤一郎等の名を挙げ、彼らには西欧への劣等感が少なく、大正、昭和、戦後と進むに従って自信を失う傾向が甚しくなった、と指摘している。ここにはカミュも「異邦人」の名も挙げられていないが、この作品とその受容のありように触発された「文学自信論」であったことは確かで、廣津が終生貫いた「自分の眼で納得が行くまで物を見る」姿勢が、この論争にも遺憾なく発揮されていることは言うまでもない。

さて、廣津が「自分の眼」で確めた結果、この作品のどこに納得の行かないものを感じたのか。

①母親が養老院で死ぬ。院長が棺を釘づけする前に「母親の顔を見たくないか」と訊くと「見たくない」と答える。ここなども神経に引っかかる。（ここで廣津が主人公の行為や言葉が引っかかるのではなく、作者が特にそこを際立てて書いている所が引っかかるのだ、と注記していることに注意したい。）

②女が結婚してくれと言うと「そんな事は何の重要性もないのだが、君が望むなら一緒になっても構わない」と答える。「何の意味もない」「何の重要性もない」というのがこの人物（ムルソオ）の口癖である以上、その考え方でもあるのだろう。

③殺人の動機が実によい加減である。そしてこの殺人の最初のきっかけとなった手紙の代筆にも何の反省もなく、一人の人間にピストルを撃ち込みながら、少し滑稽を感じつつ「太陽のせいだ」と言う人間は、たとい冷酷無比な

人間ではないにしても、少なくとも分裂症にかかった人間と言わねばならないのだから、死刑はともかく、隔離は必要なのではないか——以上〈B〉

④手紙の代筆に関し「レエモンに満足させないという理由は別にないからだ」と云うが、その事でレエモンに満足を与えなければならない理由もないであろう。この手紙の代筆は拒絶する理由もないかもしれないが、承諾しなければならない理由は更にない。

⑤「廻れ右をすれば事件が起らずに済む」と思っていながら、廻れ右をせずに、アラビア人の方に向かって歩き出し、殺人を犯す。

⑥殺人の場面の描写は精細を極めているのに、その殺人の動機についても、又ムルソオがアラビア人を殺した事について何を感じ何を考えたかを、それからの長い叙述の中で一行も触れていない。

⑦カミュは未来はなく、ゲーテの作品の生命も一万年とは続くまいというような事を云っているらしいが(2)、百年とは生きない個人の生命からみれば、一万年は永遠に近い。それで「今日」を不条理と考えるのは観念の遊戯に過ぎない。人間の自由、人間の生命に限度があっても、限度があるという事は頭の隅に追いやるべきである。明日は死ぬ、併し今日は生きている、つまり今日に死はない、即ち死なないと思って人間は生きているのである。それが人間の生活というものである。上告してたとい無罪になっても、二十年経てば死ぬ、だから上告など意味がない、というムルソオは自己の観念と戦っているに過ぎない。既存の人間関係のワクや秩序などと戦ってはいないのである。——以上〈B・1〉

右に対する中村の反駁文の要点は次の如くである。

①廣津のムルソオに対する攻撃は、全く既成道徳の通り一遍の常識にすぎず、かつての「神経病時代」の作者の「神経」も、今ではこういう常識道徳の代弁者になり下ってしまった。（ここで例の「齢はとりたくないものです」という

著名なセリフが出てくるのだが、今「風俗小説論」を書き上げたばかりの中村が、この中で徹底的に私小説リアリズムを批判して来たその気負いが、このような感情的な言辞を弄せしめたものと推察される)。カミュがこの小説を書いたのがこうした既成の人間関係のワクに対する反逆のためであり、かつて廣津自身が「神経病」や「性格破産」に苦しむ青年たちを描いて、大人の虚偽の世界に疑惑を投げつけたのと同じではないか。

⑪廣津は「異邦人」が事実にもとづいて書かれていないのが気に食わないので、知的に構成された「実験」であることが「生活」には関係のない「遊戯」に思われるのだ。これは大正期の作家に共通する「リアリズム」にもとづく偏見にすぎない。——以上〈C〉

⑫廣津はムルソオの手紙代筆の動機、殺人の動機が少しも書かれていないのは、ムルソオの道徳的無責任か、作者の構成上の無理かと責めているが、廣津は何ひとつとして、ついやってしまったことはないのか。現代は動機なき犯罪のふえつつある時代である。心理の世界における因果律の喪失、その結果としての犯罪に対する特定の動機の判定の困難が、単なる職業的習性に甘んじない司法関係者を悩ますに足る問題になりつつある。

⑬この作に見出される、「不条理の感覚」の母胎は、「明日」に欺かれて振子のように単調な日常のうちに生命を窒息させられている現代人の生活条件に対する疑惑にある。

現代の機械文明が、それを生み出した西欧よりも、日本に於いてより多くの精神生活の混迷を生み出していることは、漱石が敏感にとり上げた所であるが、「不条理」が人間と世界との離反から生れる感情であるとすれば、このような社会が「不条理の感覚」を大量生産する母胎であることは言うまでもない。この「不条理」の感覚は戦時中のフランスに劣らぬ程戦後の日本の社会の至る所に見出されるので、「この男に見出されるような心の空洞が、社会をのみこみかねない一つの深淵となるとき」という検事の言葉は、おそらく我国にさほど誇張なくあてはまる。漱石がすでに我国の知識階級の病根と見抜いた、道徳と「型」の喪失による「心の空洞」は、その後ますます暗く拡がり、社会的化膿の症状をおこしているとさえ言える。この「異邦人」がこのこれまでの我国の文学が一指もふれなかった膿んだ傷に鋭いメスの一撃を加えたことも事実である。この故に、日本の読者も我国の小説のどれもが注意を払おうとしなかった、心の奥の襞を、行き届いた手で掻いて貰ったような快さを覚えた筈なので、その前には廣津の道徳的憤激も力を失う他はない。

Ⓥ廣津がWhat is lifeとHow to liveとを分けて考え、しかも「人生とは何か」から切り離された「いかにして生きるか」に重点を置くのは、廣津の頭の中にある「自然主義の尾骶骨」にすぎない。この二つを分ける廣津の精神こそ「大正時代のリアリズム」が我国の近代文学史上の安易な袋小路だったことを証拠立てている。

もし廣津が本当に若いというなら、我国の昭和になってから「青年」たちが築き上げた文学の理念が「大正時代のリアリズム」とどれ程違ったものかをはっきり知って欲しいものである。――以上〈C・1〉

＊　＊　＊

「異邦人」論争を伝え聞いて朝日新聞に寄せたカミュの見解〈G〉は、極めて謙虚な姿勢に貫かれていて、廣津和郎もその誠実さに打たれている。〈B・2〉

この見解で大事な点が二つ見られた。一は、当のフランスでも、この論争と「本当に驚くほどよく似て」いる「全く同様な論争」が行われているという報告だった。このことは少なくとも、翻訳の障壁からくる廣津の誤読というものがなかったことを推察させるものがある。二は、この作品の創作意図を、カミュ自ら明らかにして次のように述べていることである。

「この作で私の言おうとしたことは、うそを言ってはいけない、自由人はまず自分に対して正直でなければならない。しかし真実の奉仕は危険な奉仕であり、時には死を賭した奉仕であるということです。」

これはカミュが「異邦人」の英語版（一九五五年一月）の序文に書いた「ムルソオはなぜ演技をしなかったか、それは彼が嘘をつくことを拒否したからだ。云々」と正確に照応していて、サルトルの解説〈A・1〉の難解に比してもその論旨は極めて明快であり、しかもそれは中村光夫の「或る人間が彼の抱く思想に誠実に行動することは、彼が『正直な善人』であることと矛盾しません」〈G・1〉とよく符合している。

「自由人は自己に対して正直でなければならない」――とカミュは言う。だが、日本の近代作家の中で、自己に正直であろうとする自由人の姿勢を、廣津和郎ほど生涯かけて見事に貫き通した者はいなかった。

廣津が批評家としてデビュウした「洪水以後」に於ける諸批評の共通のテーマは、「思想の誘惑に負けてはならない」ということだった。(3)「思想の誘惑に負けない」とは、あくまで自己に正直であり続け、自己の主体を守ることの謂に他ならない。まだ作家として文壇に出る前から、若い廣津和郎が、彼の謂う「思想の誘惑」の恐しさを知って、これを厳しく自他に禁じようとしていたことは驚くべきことだった。「思想の誘惑の恐しさ」は「暗示にかかり易いこと」にあり、「暗示にかかると批判力を失い」(「誘惑との戦い」大5・2・11「洪水以後」)結局は「自己を放棄」(「自己感心の恐しさ」同上)することとなる。この立場に立つ彼の批判は峻烈を極めたものがあって、安手の人道主義も、形式主義的道徳律も、謙遜の美徳すらもがすべて容赦なくその本体を露呈せしめられたのである。しかもこの自己忠誠は彼の場合、時代の潮流に超然とすることによって可能になった姿勢ではない。彼は有島武郎との論争の過程で自ら表明したように、有島の所謂第二種の人「芸術と自分の現在の実生活との間に思ひをさまよはせずにはゐられないたちの人」(有島「廣津氏に答ふ」大11・1・18東京朝日、廣津「有島武郎氏に与ふ」大11・3「表現」)として生きる型の作家であった。

このような廣津が、その生涯で最大の不安と動揺にさらされたのが、ロシア革命以後、日本にも澎湃として起って来た革命運動に対し、作家としてその去就を決しなければならなくなった時である。一つには当時の革命運動及びプロレタリア文学運動が、作家をそのような場に追い込む理論的心情的性格を有していたからであり、有島の

「宣言一つ」も無論それへの、彼らしい誠実な対応であったことは言うまでもない。そして有島の考えを「窮屈な考え方」（「ブルジョア文学論」大11・1・1〜3時事新報）として斥けた廣津は、しかし昭和四年になって自らの動揺を正直に告白する「わが心を語る」（昭4・6「改造」）を発表せざるを得なかった。だがそれは「過去を振切って新たな一歩を踏み出そう」という決意の表明で終ってはいるものの、それは左翼文芸への転換を示すものにもならず（「文芸時評論」昭4・1「改造」参照）、といって、社会の動向との絶縁の上に自己の文学の錬磨を志向する芸術至上の境地を目指すものにもならなかった。嘗て井上良雄は、左翼への転換作家片岡鉄兵を評した一文（「片岡鉄兵『発端』」昭6・9「磁場」創刊号）の中で、「正しく芸術家にとっては、思想とは肉体それ自身の、生それ自身の、別の名であり、それ以外のものではない」「人は転換といふことを云ふ。併し、少くとも芸術家の場合、それは単なる理性や良心の覚醒などであってはならない。それは実に芸術家の全体的な生の、根底よりする変革でなければならない」と述べたことがある。廣津和郎は苦悩しながら、言わば彼の「過去という肉体」に執する以外に生きる術のないことを知った作家であったと言える。(4)

となれば、革命運動の敗北のあと、急激にファシズムへ傾斜する現実の流れに対して、彼の生きる道は、昭和十年代初頭に自ら提唱した「散文精神」によって、忍耐強く現実凝視を続け、歴史の暴圧を辛うじて凌いでいく他にはなかった。なぜなら、廣津の「散文精神」こそは、「思想の誘惑に負けない」精神の極限を示すものだったからである。こうして彼は、一方で「甚しく早く物を理解して、さっさと及第して行ってしまう頭の良い」（「一本の糸」昭14・9「中央公論」）現実適応型を否定すると共に、他方過去を軽く飛び超えて「さっと」左翼へ転換して行った作家たちにも同調することができなかった。日本マルクス主義という思想の誘惑性と闘った彼は、この困難な時期、「真の自由人として自己に忠実に生きる」ことがいかに苦渋に充ちたものであるかを、現実の生き方そのものによって、身を以て示さねばならなかったのである。

このような閲歴をもつ廣津和郎にして、もし「異邦人」に、前記作者の意図が周到十全に貫かれていたのなら、それを正当に理解し得ない筈はなかった。それともそれはカミュの「見解」がつけ加えているように、この意図が「わざと輪廓をぼかし（その理由をカミュは明らかにしていない）、日本の芸術にあるような暗示的手法をとった」ため「今私とあなたが話しているほどはっきり出ていないかも知れない」所からくる作品の曖昧さによるものであるか。とすれば、それは作品の持つリアリティの問題に帰するだろう。廣津が最初の批判文〈B〉で再三「神経に引っかかる」としたのは、結局はこの作品の小説としてのリアリティに関わるものだった。

マリイがムルソオに対して愛と結婚の確認を迫ると、ムルソオは「それは何の意味もないことだが、恐らく愛していないと思われる」「それはどっちでもいいことだが、マリイの方がそう望むのなら、結婚してもいい」「そんなことは何の重要性もないのだが、君の方が望むのなら、一緒になっても構わない」という風に答える。フランス社会で、フランス人同志が、フランス語で会話する場合に、右のような答え方をするのが自然のことかどうかはわからないが、中村光夫も言っているように、「日本語に訳された以上は、ぼく等はそれを日本の文学と同様に、ぼく等自身の生活感情に照らして、遠慮なく批評すべきです」〈C〉（傍点筆者以下同じ）とするなら、このような会話が、少なくとも日本では著しくリアリティを欠くものであることは誰しも感ずる所だと思われる。いやむしろ、「死体」としての「石」としてのムルソオ(5)（椎名麟三〈H〉）に相応しいリアリティであると言うべきか。

けれども、廣津には、単に「神経」というよりも、この作品に対し、人間性そのものの本質に根ざす、より根柢からの疑義があった。

廣津がよし、「神経に引っかかった」数々の条項を不問に付すとしても、これのみは譲れないとして、中村にもカミュにも執拗に喰い下ったのは、ムルソオの殺人そのものについてであり、その行為の責任をどう考えるかについてである。それを追求することを、中村は簡単に廣津の「道徳的憤激」〈C・1〉として斥けているが、少なくとも廣津にとって、これほど容認できない問題はなかった。

中村光夫が「異邦人」と同質の作品とした〈C〉廣津和郎の文壇的処女作「神経病時代」（大6・10「中央公論」）は、すべての処女作がそうであるように、廣津のその後の小説のあらゆる要素を原初的な形で具備しているような作品だった。彼の所謂「性格破産」を扱った最初の小説であると同時に、その後に書かれ、比較的評判の高かった私小説群（「本村町の家」大6・11、「師崎行」大7・1、「静かな春」大7・2、「やもり」大8・1）等の先駆をもなしている。それればかりか、そこでテーマとなった愛なき女性との交渉と、その結果についての責任をどう果し得るか、という、事実を背景に置いた課題は、実はこれらの事実に踏み込む前に、彼が恰も経験の先取りをするかの如く、彼の「奇蹟」時代に書いた観念小説のテーマでもあったのだ。

「奇蹟」（大2・3）に載せた廣津の小説「疲れたる死」は次のような内容であった。

Sは、自分が少しも関心のない、むしろ嫌悪を感じているような女から執念く愛され、その愛を退けた時、女に刺されて重態である。Sは見舞に来た青年に過去を語る。その過去に於いて、彼は自己の責任とは考えられないことに責任を負わされ、それが運命の重荷となって自分を圧迫し続ける。「そんな不合理な、無茶苦茶な忌々しい事があるだらうか？」と彼は苦しんだ末、更に青年に対して次のように続ける。

「僕の一生はその間違ひの真只中に彷徨つてゐたやうなものだつた。その不条理な、目茶苦茶な蛇の奴が、一度だつてその締める力をゆるめた事つちやありやしない。これは馬鹿げた無意味な事だ。併し事実だつた。如何ともする事の出来ない事実だつた。そしてとう〳〵それの終局が、こんな豚のやうな女に化けて僕の上に降つて来たんだ。」

ここで廣津が、カミュの流行によって我々にもなじみとなった「不条理」という言葉を早くも使っていることに注意したい。廣津の文学は不条理と責任の関係を考える所から出発しており、「性格破産」という廣津に固有のテーマもそこから生み出されて来たのである。「疲れたる死」の中には次のような一節もある。

「僕は何故もつと強い悪者に生れて来なかつたのだらう。何故神様は僕に石のやうな冷酷の代りに、こんな碌でもない無益な同情とか、泪とかいふものを与へて呉れたのだらう」――ここに性格破産者の原点がある。「性格破産者」とは当時の作家達が誤解したように「唯のグウタラ」ではない。(6) むしろ「性格の破産していない人間は、誘惑に打克つとか、それに打ち負かされるとかによって、救われたり堕落したりする。けれども性格破産者はそう云うわけには行かない」(「性格破産者の為めに」大6・12「新潮」)存在なのだ。

人間は絶対に自由である。しかし、だからこそ人間は「責任」を感じなければならない、と廣津は考える。この世の悲惨に対して、その一つ一つに「同情」と「泪」を以て対処していけば、それは徒らに焦躁に駆られて個性を破壊するに終るだけだ。「思想の誘惑」はここにつけ込む隙を見出すであろう。といってそういう感情を完全に喪失し、この世の悲惨と無関係になってしまえば無責任となる。「一方に傾けば無責任になり、一方に傾けば又自滅となる」(「自由と責任とに就いての考察」大6・7「新潮」)――この自由と責任の振幅の間に揺れ動き、そこに神経的焦躁感を抱いて苦悩と無為の日々を送る――というのが廣津の描く性格破産者の実体に他ならなかった。そして廣津は、その最初の妻(戸籍上は最後まで妻だった)との不幸な交渉と結婚生活――別居という実生活上の困難な事態を、不条理な陥穽と捉えた時、この不条理との闘いの中に自らの責任をどのように見定めて行くか、に腐心しなければならなかったのであり、この「運命の重荷」を背負い続ける所に、廣津の人生と文学の課題があった。こう辿ってくれば、廣津という作家が、ムルソオの生き方や感じ方に根柢的な疑問を提出したとしても、それは不自然でもないし、根拠のないものでもなく、又低次元の道徳的立場からの批判でもなかったということが理解されるのではないかと思う。松崎晴夫氏は「初期広津和郎に関する考察」(昭47・1「文化評論」)の中で、廣津の「悔」(大8・1「太陽」)の末尾に書かれた「女性に対するほんたうの尊重は、結局自己を尊重する事になり、女性に対する軽視は、結局自己を軽視する事になると云ふ事をさとつた」という一節を引き、廣津の責任意識の中には、他人と自己を含めた人間に対する尊厳の自覚があったことを指摘しているが、かかる意識を欠いた「自己忠誠」が、ただの不毛のエゴイズムにしかならないことは自明であろう。

中村光夫は「広津氏のやうな道徳家」という風な言葉を再三使って、廣津のカミュ批判が、通俗道徳の基盤に立つものと極めつけているが、廣津の文章のどこにも、彼が低次元の道徳律をふり回した形跡はない。「異邦人」論争を解説した饗庭孝男氏は、廣津の「神経に引っかかるもの」の例として、「母の葬式のあとで女とふざけていること」を挙げている〈O〉。これが事実なら中村の批判も正鵠を得たものと言えるだろうが、廣津はどの批判文の中でも、ムルソオが母の葬式のあとで、女とふざけたことをいかなる意味に於いても非難したことはない。

廣津がその全生涯に於いて、自己に忠実に生きることをテーマにしたというのは、一方では、たとえそれがどんな偉大な思想であれ、外部からの思想の誘惑に負けないということであり、他方、通俗世界の既成道徳に身を寄せる感傷から厳しく自己を解き放つということでもあった。

廣津和郎の「志賀直哉論」（大8・4「新潮」）は、それ以降の志賀論の基礎を築いたと言われたほどの、志賀に対する根柢的理解を、その早い時期に示した優れた評論であった。志賀直哉ほど、世間の通俗道徳から無縁だった人はいない。「クローディアスの日記」の作者を論じて廣津は例えば次のように書く。「そこには氏の人間の心理に対する並々ならぬ鋭さと、不自然ないや味の虚飾を嫌う道徳的興奮とが高鳴りしている。」――実に「自然」こそ志賀の最高の道徳なのであり、右に引いた「道徳的興奮」が中村の言う「道徳的憤激」と何の関係もないことは言うまでもない。これは一例に過ぎない。廣津は、近松秋江を論じ、島崎藤村を論じ、徳田秋聲を論じたが、彼ら自然主義作家の愛欲の世界に廣津が見たものは、「世間並みの道徳」（「徳田秋聲論」昭19・8「八雲」）でもなければ「世間並みの卑俗な解釈」（同）でもなく、逆に、その愛欲の底まで汲み尽くそうとする彼らの生命力であり、執念であり、また人生探求の情熱であり、この世の何ものにも囚われることのない、自在にして無礙なる精神のあり方に他ならなかった。

我々が批評家としての廣津和郎に感ずることの一つは、例えばチェホフについて「人生の曠野から虚偽を狩り立てて行く」（「チェーホフの強み」大5）と述べた如く、些かの虚偽も虚飾も容赦しない批評精神の厳しさであり、他の一つは、それにも拘わらず、彼の人生理解の恐しいまでの深さとダイナミズムにあった。だから例えば柳原白蓮の事件に対しても、彼は何ものにも囚われない自由な立場から白蓮を擁護し、内容のない形ばかりの人道主義や、センチメンタルな道徳主義を斥けた（「AとBとの対話」大11・2「解放」参照）のである。

しかし、廣津が戦時中を含めた全生涯の中で、唯の一度も通俗道徳の立場に立つことがなかったということは、彼が民衆の立場に立つ批評家だったということと矛盾するものではない。そしてこの立場を最もよく表しているのがWhat is life とHow to live〈B・1〉の問題だった。確かに、この二つは分けて考えられるべきものではないという中村の説〈C・1〉は正しいだろう。しかし廣津は、いつまでも前者にのみ止まっていては、人間の生を具体的に考えることができない、と言っているのである。廣津は次の如く言う。

「人間に与えられた条件の中の根源的な曖昧さに人間が動かされている事によって、個人の責任が無視されるなどという思想は、実行の世界ではナンセンスである。そこに個人の責任を考えればHow to live に移行しなければならない。そしてそれが何億の人間の生きている姿なのである。」〈B・1〉

廣津がWhat is life とHow to live の問題を持ち出したのはこれが始めてではなく、「虚無からの創造」（昭9・10・16「読売新聞」）と「民衆は何故トルストイと袂別したか」（昭11・10・13同上）で同趣旨の発言をしている。廣津が後者で「民衆は仕事をしなければ――働かなければ、即座に餓死しなければならないという事を、現実的実感を以て余りにはっきり知っていたからである」と述べた所を、中村は恐らく意識に置いて反駁したらしいが、問題を

矮小化して次の如く述べているのである。〈C・1〉

「『人生とは何か』といふ問題と切り離された『いかにして生きるか』といふ疑問とは一体何でせうか。ただどうやつて飯を食ひ、できれば出世もしようかといふ俗世間の通念とそれはどれだけ隔つてゐるのでせうか。」

廣津が、何億という現実に生きている民衆の立場に立って発言している時、民衆を「俗世間」にすり換えた中村の立場が、知的エリートのそれであることは明らかである。たしかにムルソオは「平凡なサラリーマン」〈C・1〉に違いあるまいが、「現実に生きる民衆」のリアリティを著しく欠いていた、という所に廣津の論難の最大の眼目があったのである。事実、ムルソオの「平凡なサラリーマン」は形だけであり、菊地昌實氏もその『アルベール・カミュ』(白馬書房)で認める如く、ムルソオはその前身であるメルソオと共に「選ばれたる者、特権者」なのである。この、「異邦人」成立の秘密を語ると言われる「資料」としての「幸福な死」の第二部第二章で、ザグルーを金のために殺害しながら、殺害後の新生活に於いて、ザグルーの死を殆ど思い出さないメルソオについて、カミュはこう言っている。

「彼は自分のなかのかかる忘却の能力を再認識したが、それは子供とか、天才とか、無垢な人間にしか属していないものだった。」(高畠正明訳)

いかに無垢な天才でも、殺害の責任は免れる筈もなく、さすがに「幸福な死」はカミュの生前公刊されなかったが、アラビア人を殺したムルソオが、廣津の指摘する如く、その後そのことを意識に上せないのは、ムルソオが特権者たるメルソオの「忘却の能力」を引き継いでいるからに他ならず、そのことに説得性の欠けていることは、全体としてカミュの讃仰者たる菊地氏自身も認めざるを得なかったのである。これに対し、廣津がいかに「忘却の能力」を欠いているかは「師崎行」(大7・1「新潮」)にはっきり示されており、彼の責任意識はここに由来していたことを付記しておきたい。

廣津と同様、「異邦人」第一部に於いて「妙に神経に引っかかった」読者も、第二部の法廷の場の迫力には恐らく圧倒されたに違いない。廣津も「『第一部』にあんなに閊《つか》えるところがなければ、この若き哲学作家の油の乗ったこの『第二部』は、もっと感銘深く読めたであろう」〈B・1〉と言っている。確かに法廷は、権力と「俗世間」の結合による虚妄の正義の象徴として描かれ、ムルソオを取りまく判事、検事、陪審員、証人らは、彼らの作った法にすら依らず、ムルソオの犯した罪そのものをすら正視せず、専らその既成道徳と慣習を支えとしてムルソオを死刑に追い込んで行く。その道程を描くカミュの筆は冴えており、我々は我々を取りまくこのような既存の人間関係のワクや虚偽の制度の網の目に取り込まれながら、その中で自己に忠実に生きることの困難さを慄然として思い知らされるに違いない。しかし問題は、これらの壮大な虚偽に立ち向かうのに、果してムルソオはよくその任に耐えられる存在だったのか、という所にあって、廣津の問の根源もそこに求められた筈である。「自己の責任を不条理に任せている」ムルソオには戦う根拠がない、とする廣津の根柢的疑義には、それこそ廣津の全人生が「賭けられていた」といってもよいのである。

確かに中村も解説しているように、現代の機械文明が人間の心を空洞化して行く恐しさは、漱石が夙に取り上げた課題であり、ムルソオに見出される心の空洞が「『社会をのみこみかねない一つの深淵になるとき』といふ検事の言葉は、おそらく我国にさほど誇張でなくあてはまります」という中村の指摘も正しいと思う。そしてこの現代の病が暗く社会的な化膿の症状を呈していること、この病に深く犯された我々日本人が、翻訳という障壁を超えてこの作品の魅力にとりつかれたというのも、現象的には正しい認識だったと思う。ただ中村が「『異邦人』が、このこれまで我国の文学が一指もふれなかった膿んだ傷に鋭いメスの一撃を加へたことも事実なのです」――という時、私は中村自身が指摘した漱石の作品こそ「鋭いメスの一撃を加えた」ものの典型ではなかったかと問いたい。

*　　　*　　　*

漱石の作品の主人公は、何れもこのような「心の空洞」の所有者だったのであり、その代表者たる「それから」の代助は、あくまで自己に正直たらんとして遂に破滅の道を選ばねばならぬ運命にあった。代助こそ、この世の壮大な虚偽と戦うに相応しい実質を備えた主人公ではなかったか。私は、三十歳で死んでも六十歳で死んでも結局同じであるとして上訴をとり下げたムルソオよりも、糧道を絶たれた代助が、愛する人と共に生きんとして、食を求めるために、知的エリートの位置から民衆の位置に辷り落ちて行く姿に、より真実なものを感じるのである。

＊　＊　＊

平野謙は「広津和郎論」〈F〉に於いて、「『大正期のリアリズム』に対置して、中村光夫が（『異邦人』論争の中で）昭和期の文学をあんなに高く評価してゐることはやや意外であった」と述べている。というのは、中村が『風俗小説論』の中であれほど私小説リアリズムを指弾しながらも、結局それに対抗する形で出てきた昭和の新文学のうち、新感覚派はもはや今日にその影響を止めず、マルクス主義文学も「時の流れに抵抗するに足る作品をほとんど残さなかったことを認め（同書「近代リアリズムの崩壊」）、又両陣営とも、才あり、作家として生き延びた人々が、例外なく私小説の筆を執っていること、又、これらの新文学は旧文学（自然主義）の理念は傷つけても、「その息の根は止めることができなかった」（同）ことを、しぶしぶながらも認めざるを得なかったからである。即ち中村は、廣津の大正リアリズム観を批判するに急な余り、嘗て否定的に評価した昭和新文学の試み――横光の「紋章」をすら「現代の衣裳をまとった硯友社小説」とまで酷評している（同）――を改めて評価し直すという矛盾を犯さねばならなかった気味がある。

廣津が、外国文学もさることながら、もっと自国の文学に自信をもつように要請した時、廣津の念頭にあったものは、藤村、秋聲、白鳥ら、日本自然主義文学の巨匠達の、昭和になってもなお衰えぬ創作力及びその巨大な達成であり、左翼文芸とモダニズムの様々な試みにも拘わらず、そこをかい潜り、またはそれらをも捲き込んで、その強靭な生命力を保ち続けて来た私小説リアリズムの諸成果だったに違いない。二十世紀西欧文学の影響下に成立したモダニズム諸派も、一篇の「夜明け前」や「縮図」には遠く及ばないのではないかという想念でそれはあったろう。そしてそれらの作家と作品を長い批評生活の中で取り上げ、論じ続けて来た自信、更にこの論争に入る直前には自らも「あの時代」(昭25・1～2「群像」)のような実名小説の傑作を書いて、戦後文壇になお現役作家としての健在ぶりを示したという自信が、「異邦人」程度の外国作品では容易に容認し得ない、という気概を生み出したのだろうと思われる。

中村光夫は『風俗小説論』の中で、「すべての芸術作品で、本当に新しいものが世間から受け入れられるには、かなりの長い時間を要します」と述べている。「異邦人」の迎えられ方が右と逆な現象を示していたからといって、作品の価値とは何の関わりもないが、少なくともこの作品が、時の経過と共にその評価を高めて来たということだけは言えないような気がする。中村光夫自身、論争当時と、二十年近く経った昭和四十四年五月の「三田文学」の対談〈C・3〉とでは、明らかに評価の違いを見せており、嘗てあれほど高く評価した「異邦人」も「ペスト」も、もはや傑作ではなくなって来ているのである。

当初、中村光夫の「圧倒的な勝利」(平野謙〈F〉)と言われたこの論争も、こうして長い時間を置いてふり返ってみた時、この両者の論の当否もさることながら、中村のどちらかといえば、解説者風の周到さに対し、廣津の、あくまで己れの眼をもって、納得の行くまで、この「新しい」外国文学作品に食い下っていったひたむきな姿勢が、廣津の全批評史の中でも特に光っているように見えるのである。

付記(1)
現代の作家岡松和夫氏については、私は雑誌に掲載された二、三の小説に接した他、殆ど何も知らないに等しい。唯、二十年という歳月を隔てて、氏がカミュに関して書いた二つの短い文章〈LとL・1〉が頭にある。〈L〉の文章は難解であって、氏がこれを回想として書いているのか、告白として書いているのか不明だが、ここには日本の革命党が、昭和二十六年秋、武力闘争に転じた時に学生としてそこに参じ、やがてそこから去っていく経緯が語られている。しかしその「有為転変」は、廣津和郎の前記告白「わが心を語る」と比較しても、その時代のことを「スペインの時代」と自ら称していることにも示されているように、いささかあっさりし過ぎているように思われ、全体として革命的ロマンティシズムの断片の如き感じがしないでもない。例えば氏は「ペスト」におけるランベールの逃亡の意志を語ったあとの「僕が心を惹かれるのは、愛するが故に生き且つ死ぬということです」という言葉を引き、そのあとで、「同じことが、僕の周囲でも起ったと思う。かなりの友人が結婚を急いだのは、僕らに残された〈愛〉を試すためだった。しかし〈愛〉は〈スペインの時代〉に替りうるほど力強いものだろうか」と述べているが、「愛」か「スペインの時代」かを二者択一のものとして捉えている所にもその発想のありようが窺われる。「僕の経験した革命運動のなかで、〈良心〉の問題について殆ど考えることのなかったことは、今から思えば奇妙なことだが事実なのだ」と氏は告白する。廣津ならこの場合「良心」の代りに「責任」という言葉を使うに違いないのだが、更に「革命運動は〈良心〉を失うことによってその〈美しさ〉も失ってしまった」と述べる時、民衆と結びつかないエリートの革命が、いかに希望から絶望への転換を容易ならしめるかを、廣津和郎の「散文精神」論を思いやりながら確認せざるを得なかった。そして氏の所謂「スペインの時代」に「不快」と思われた「異邦人」が、転換の時期以後に「すっかり感心するようになった」〈L・1〉ということは、「異邦人」自身にとってもまことに暗示的である。（私にとっては、一つの同じ作品が、思想＝と言えるかどうかはわからないが＝の転換と共に変った印象を与え、評価を逆転させるということ自体信じられないが）そして「可能な限り社会から自分を切り離すことを考え」「眼前のこと以外のもので頭を悩まされたくないと思」い、「社会問題などは『眼前のこと』でなくな」り、サルトルが知識人の社会的責任を説いた時には「付いていけない」と思い、「その代り、私は眼前のものだけは、しっかりと見たいと考えていた」〈L・1〉――この変化が「異邦人」の評価の変化に見合っていた、というのだ。何と皮肉なことだろう。中村光夫が「眼前のこと」しか見ない私小説の狭さを批判し、その引き続きとして廣津和郎の大正リアリズムの眼を、「異邦人」論争で徹底的に叩きのめした時、当の廣津和郎は「知識人の社会的責任」を背負って、松川裁判の不当性に挑戦して行ったのだから。

付記(2)

少なくとも一人の人間を殺害してすら、ムルソオは「何が起るか知れたものではない」（第二部）という感想を洩らす。松川裁判の被告たちは誰一人傷つけもしなかった。ムルソオが「無邪気」（中村〈C・1〉）なら、ムルソオを裁く側も主観的には悪意がない——無論そのことが恐しいのだが——という意味では無邪気だった。しかし「松川」に従事した警察、検察、裁判所がこれほど無邪気でなかったことは、廣津の『松川裁判』三巻自体が余す所なく証明している。廣津が「異邦人」論争に引き続いて「松川」に赴いたのは、こうしてみると一つの必然だったようにすら思える。しかし廣津は、ここでも「異邦人」論争で示したと全く変らない「人生派」としての態度を貫いた。平野謙は『昭和文学の可能性』（岩波新書）の終りの方で次のように言っている。

「いかにも明治・大正期の人生派が昭和になってから社会派にとってかわられたのは決定的だが、このことがそのまま人生派的発想の終焉を意味しているのではない。現に広津和郎の人生派的発想は、戦中戦後の動乱をかいくぐって、その本質的部分を保持し続けたのである。」

廣津和郎が松川裁判に関わったのは明らかに社会派としてではなかった。中村光夫が「風俗小説論」と「異邦人」論争とで、一貫して私小説リアリズムを批判したとしても、廣津の私小説リアリズムの眼が『松川裁判』でいかに有効だったかは驚嘆に値すべきものがある。今はその詳細について語る紙幅を有たないが、弁護士岡邦俊氏の優れた論考「私小説と裁判」〈Q〉に詳細な検討があるのでそちらに譲りたいと思う。

注

（1）「チャタレイ裁判」については、廣津和郎は当時の文芸家協会会長として「『チャタレー夫人』の問題」（昭25・11「文藝」）一篇を書いたのみである。その論旨は、この小説を自分の子供に眼前で読まれたら「鼻白む」という「人生派」らしい留保を付けながらも、これを「ワイセツ罪」で起訴することは「一種の法律ファッショ」であって許し得ないとしている。そしてこの問題は、話し合える程度の問題として、それ以後発言はしなかった。廣津の関心は、これより約半歳を隔てて「異邦人」論争に熱っぽくふき出し、やがて検察というものが「話し合えば話し合える」程度のものではないことをいやでも思い知らされる松川裁判への批判に赴くのである。この経緯にも、また松川裁判の中で貫いた非政治的姿勢にも、「人生派」と言われた廣津の真面目は遺憾なく示されている。

（2）「ゲェテ云々」は「シーシュポスの神話」の「劇」の中に出てくる。そこでカミュは次のように言っている。
「俳優は滅びやすいもののなかに君臨している。周知のように俳優の栄光はあらゆる栄光のうちでもっともはかないものだ。（中略）だが、いかなる栄光もすべてはかないものなのだ。シリウス星の観点に立てば、ゲーテの作品さえ一万年後には塵埃と帰し、

その名前も忘れられるであろう。」（清永徹訳）

（3）「思想の誘惑」（大5・1・21）「誘惑との戦い」（同2・11）「自己感心の恐しさ」（同2・11）「眉に八の字の文芸」（同2・21）「思想の変化」（同3・1）等「洪水以後」の各所論にすべて一貫している。

（4）平野謙は「『政治の優位性』とは何か」（昭21・10「近代文学」）の中で、有島武郎の「宣言一つ」の核心について「自己の肉体の不可変性を偏執せずにはゐられぬ文学者固有の立場に根ざしていた」と述べている。有島と廣津のこの点に関する微妙な違いについては別に考えてみたいと思っている。

（5）椎名麟三は「『異邦人』について」〈H〉の中で次のように言っている。

「ムルソー君。君がのぞんだのは、まさに死体なのだ。君が養老院へ行ったのは、電報が来たからであって、君のせいではない。フェルナンデスの映画を見たのは、マリイが要求したからであって、君のせいではない。結婚もマリイが要求したからであって、君のせいではない。レエモンの手紙を代筆したのも、レエモンから頼まれたからであって、自分のせいではない。アラビア人を射殺してしまったのも、アラビア人が匕首をひらめかしたせいであり、太陽があまり強すぎたせいであって君のせいではない。正当防衛になるところを、死刑になったからと云って君のせいではないのだ。何故なら君は、一個の死体であり、一個の石であるからだ。太陽に責任も愛もないように、一個の石には愛も責任もないからである。しかし左様か、ムルソー君。君は石ではない。牢獄で司祭に対しての激発はその証拠である。僕が聞いたところによると、石が叫ぶのは、終末が来た時であると云う。しかしこの時間のなかでは、石が叫ぶということは不可能なのである。」

なお椎名のこの文章は、数ある「異邦人」論争の論評の中では、珍しく廣津の支持に回ったもので、特に「しかし僕は、ムルソー君の記録を読んで、彼の正しさに同意を与えることが出来なかった。しかし検察の彼に対する論告は、この手記に於ては、明らかに否定的な軽さをもって扱われて居り、ムルソー君の手記である以上、それは致し方ないこととして認めるとしても、しかしそのことによって、僕はこのような手記を僕たちへ提供したカミュ氏の作家的自由を疑うものである」と述べた所はさすがに鋭い指摘であり、ここまで切り込んだ「異邦人」論を私はまだ見ていない。「赤い孤独者」の作者だけにこの論評は示唆的であった。風俗小説作家の丹羽文雄〈D〉が中村側に立って廣津の「苦笑」を買ったのとよい対照をなしている。

（6）江口渙は、自己の長編小説に「性格破産者」という標題を付すに当って、その命名者である廣津の了解を求めて来たという（「直木に答える」大9・2「文藝」）。しかしそれは「唯のグウタラな、自堕落で、何もできない人間の意とした」ものだったと廣津は言っている。なお江口のこの小説は、大正九年五月に新潮社から刊行された。

（7）㋑この場合「民衆」という概念を無規定的に使うのは正確を欠くことになるが、「わが心を語る」にも引用されているゴルキイの「チェホフ回想記」に出てくる「百姓」と小学校教師の両義性を思い浮べて頂きたい。
㋺三島由紀夫はその感想〈A・2〉の中で、平凡で貧しいムルソオの日曜日のやり切れなさは法廷では斟量されない、と述べているが、日曜日がやり切れないのはムルソオだけでなく、又「シジフォスの神話」でカミュが言い中村も引用している〈C・1〉八時間労働の単調なくり返しもムルソオだけのものではない。それ所か、週休二日制も八時間労働も「民衆」の獲得した歴史的所産であって、この視点はムルソオには完全に欠落している。従って「異邦人」第一部の「土曜、日曜は私のものだ」というムルソオの言い方は、ムルソオの「反抗」を根拠の薄いものにしている。

第四章　廣津和郎とその周辺

(1)　麻布中学校

作家廣津和郎は、言葉の真実の意味での自由人であった。それは単に自由を愛するというに止まらず、自由のためによく闘った人として全き自由人であったと言える。世に「大正リベラリズム」と言われている概念があり、戦後はその体現者を「オールドリベラリスト」と呼んで、「よきものながら古きもの」というやや皮肉を含んだ眼で見られたこともあった。大正期に特有な自由主義――それは確かに存在した。しかしそれは必ずしも、そう規定された誰にとっても強靱なものとして存在し続けたとは言えなかった。廣津は昭和四十年という時点で、多くのオールドリベラリストが大正期に身につけた高い教養にもかかわらず、科学的思考法をいつの間にか喪失して「高級な俗物《フィリスティン》」に堕したことを指摘している（『座談会・大正文学史』岩波書店）。彼らは昭和の反動期に自由のために闘わず、又闘う術を知らなかった。又ある程度闘った人も、戦後の新しい歴史の推移の中では、徒らに反動的な役割を果すばかりの人が多かった。

廣津和郎の自由のための戦いの武器は、一つは「散文精神」論であり、一つは「性格破産者」論であった。しかし今これらについて云々することは容易ならざる業であるので、直ちに廣津の自由の精神を、いかなる時代に向き合っても、揺ぎないものとして育て上げたものの実質を考察してみたいと思う。[1]

廣津が大正六年二月に書いた「彼等は常に存在す」（「新小説」）という評論がある。そこでは「素質が人間の全部である」と言い、学問、教養ｅｔｃが常にその「素質」を蔽い隠そうとしている——という。従って廣津自身の自由への憧憬も彼の「素質」に過ぎないとも言えるだろうが、そう言い切ってしまっては身も蓋もない。彼の「素質」を磨き上げたものがある筈だ。

先ず、明治の作家廣津柳浪の次男として、極めて自由な家庭の雰囲気の中で育ったということがあるが、これは一応「素質」の中に入れるとして、彼の学んだ学校が、麻布中学校と早稲田大学だったということは、恐らく廣津にとって決定的だったろう。ただ、廣津の生涯の僚友となった宇野浩二という作家が文壇に出るためには、結果論になるが、又詳論は避けるが、どうしても早稲田大学文科に入らねばならなかった——そういう意味でなら、廣津にとって早稲田大学は宇野浩二程のものではなかったかも知れない。少なくとも文壇に登場するのに、廣津は父柳浪が一時代前ではあっても、高名な作家であったというだけ、宇野よりは恵まれていた。しかし麻布中学の影響は、もっと廣津和郎という作家としての資質に関わる重大なものだった、と言えるだろう。

＊　＊　＊

実は麻布中学というより、その創立者で、廣津在学中の校長江原素六の影響といった方がいいかも知れない。ここに麻布中学校の後身麻布学園に残された文献で、現校長大賀毅氏から筆者が頂戴した『江原先生と麻布中学校』なる無署名の小冊子がある（推定大正十二年発行）。その冒頭に曰く。

「……先生を離れて麻布中学なく、麻布中学を離れて先生なし。」

廣津和郎自身の、母校及び江原素六を回想した文章のうち、代表的なものを二つ挙げると、一は回想録『年月のあしおと』〈十四～二十二〉であり、二は小説「総長の温情」（昭32・4「別冊文藝春秋」）である。前者によってみるに、先ず麻布中学は、当時（廣津の入学は明治三十七年）他のどの中学よりも「ズバ抜けて自由な学校」であり、それは江原校長や、江原を助けて経理を担当していた村松一幹事の「稀に見る寛大さ」がそういう自由の空気を作っていたのである。

以下、後者「総長の温情」の中で、廣津がその思い出として挙げている麻布中学の自由寛大な例を要約して列挙してみることとする。

①廣津は物理が嫌いで、授業中は裏山に行って寝ころんでいた。通りかかった担任の教師も「教室に出給え」と注意しただけで、無理に教室に連れ戻そうとはしなかった。

②物理の教科書は遂に買わずに済まし、試験用紙には、出来の良い英語の方から五十点廻して卒業させて下さい、と書いた所、他の教科の点をさし引いて、物理を五十点とし、卒業させてくれた。（尤も廣津は、今になってやはり物理をあるていどは勉強しておくのだったと述懐している。）

③ある試験の時に監督に来たS教頭（注・清水由松）の監督ぶりが気に喰わなかった廣津は、S教頭をからかった文章を答案に書いて提出したが、この課目も五十点で卒業させてくれた。

④卒業直後の祝宴の席で、S教頭は廣津の前に来て、「おお、お前はこの間変な事を書いたな」「なにか、お前オヤジの跡をついで小説でも書くのか。しっかりやれ」――そう言って明るい笑顔のまま立ち去って行った。尤も後年、廣津が久しぶりで麻布の同級会に出席した時の校長H（注・細川潤一郎＝裁判官、弁護士だったが、清水校長から懇望されて麻布の校長になった廣津の同級生）にそのことを話すと、Hは、Sさんが言うには、校長の江原さんや幹事のMさん（注・前記村松一）が余りに寛大なので、「意識的に厳しくしないではいられなかった」と言う。そう言われるとなる程S氏も唯の厳格だけの人ではなかった――と廣津は思う。

⑤江原校長は嘗て生徒を叱ったということがなかった。（このことは前記小冊子、又他の江原素六伝の何れを見ても

同様の証言がある。「江原先生又未だ嘗て生徒を叱責したることなく若し過ちあれば先づ自ら責め次で躬行範を示して生徒の改むるを待つ。生徒の先生を敬慕し、歳を久うして情愈よ密なるものある又所以なしとせざるなり」〈江原先生と麻布中学校〉。

⑥新任の数学のU教師がいきなり臨時試験をするというので、例によって廣津がいたずら気を起して教師をからかった答案を書いた。U氏は興奮して教員室に廣津をひっぱり込み、幹事のMさん（村松一）に訴える。Mさんは一先ずU氏を教室に戻らせ、そこに積んであった答案の束の中から一番数学のできるI君の答案を出して来てそのままそれを廣津に写させ、そっと答案の中に入れておけばわからないだろう、と言って廣津にその通り実行させた。但し、会計担当だったM幹事は、帰りぎわの廣津に月謝支払の有無を確かめることだけは忘れなかったという(2)。

⑦H校長は更に、面白い話として次のエピソオドを語ってくれた。

Sさんが舎監だった頃、五年生三人が宿舎を抜け出し、品川の遊廓に行って朝帰りした所をSさんに見つかり、Sさんは三人の退校処分を江原校長に迫った。しかし江原さんは遂にその三人の退学を認めず、そればかりか「朝帰りをつかまっては、それはあわてたろうな」と言って笑ったという。

又ある時、麻布で持て余すような生徒が出たので、教師たちが他の学校へ転校させようとした所、江原校長は次のように言ったという。

「この学校で困るような生徒を、よその学校に転校させたら、よその学校が困りやしないか。――そういう生徒はやはりこの学校に置いたらどうだ。こういう生徒を教育するのが学校というものじゃないか」と。

以上数々のエピソオドは、廣津自身の回想と、同級会での校長H氏の語る話とから成っているが、H氏の語った江原校長の話には、側にいた同級生一同が感動した、と廣津は伝えている。そして廣津はこの小説の最後を次のように締め括っている。

「……殊に江原素六校長時代の麻布中学のような中学は、その頃の中学にも類例がなかったと云えるかも知れない。併し『そういう生徒こそこの学校に置いたらどうだ』という言葉は今でも私は聞きたいと思う。時代が複雑になればなる程。」

この「総長の温情」という小説は二部から成り立っており、この麻布中学のエピソオドはその後半部に書かれている。廣津がなぜ右の言葉を以て締め括ったかというと、戦前は自由主義者として、文部省からその大学教授の地位を追われたX（注・これが刑法学者の瀧川幸辰であることは間違いない）が、戦後大学総長になった際、ある事件を廻って学生と対立したことがあった。その詳細が前半部に書かれている。そしてXの学生に対する処置が余りに強圧苛酷なものであったため、その学生が起訴された裁判を廣津が傍聴したことから、X総長と江原校長とを対比しようとしたことによる。前記座談会で廣津が「高級な俗物《フイリスティン》」と言った中には、このXなども含まれるに違いない。

＊　＊　＊

さて、それでは飽くまで生徒を信頼し、底抜けの自由と寛大をその教育信条とした江原素六という人物は、いかなる生れと教養を持ち、このような特異な校風を築き上げて行ったのであるか、暫くその経歴を追ってみようと思う。

江原素六は、江原源吾（もと小野帯刀）と江原ろくとの間に、天保十三年（一八四二年）江戸淀橋（現新宿駅傍）に生れた。典型的な下級武士の出、家は極貧というべく、「禄は一年四十俵」（自伝）[3]、幼少の頃から内職として房楊子や爪楊子を作る手伝いをさせられ、その行商にも携った（しかしその商売の仕方が極めて正直だったので、却って人より信頼され、他の内職者達より多くの商いを為し得たという）。しかし父源吾は、三歳で孤児となったためか、学問武芸の素養に欠け、その上当時の侍として、文よりも武を偏重する傾きにあり、素六の学問への志向を喜ばなかった。素六が寺小屋に通えるようになったのは伯父大沢善吉(4)の力による所が大きかったのである。一家の事情で四谷愛住町に移転するとそこに池谷《いけのや》福五郎の寺小屋があった。ここに素六は入るのだが、もし池谷氏の炯眼と尽力がなくば、後の江原素六はなかったと思われる程池谷氏の力は大きかった。池谷氏は忽ち素六の秀れた素質を見破り、その教育に全力を注いだのだが、そこに父源吾の頑迷固陋が大きな障害として立ちはだかるということがあった。池谷氏夫人が池谷氏の内命を受け、わざわざ江原家を訪れ、更に学問を伸ばすように説得したのに対し、源吾は「親の許しを竢たずして、物を学びたることは不埒千万なり」として容易に許さなかった、というのである。源吾は過度の窮乏と無学とによって、世間並みの常識と人情を理解することができなかったらしい。何しろ生涯一度も手紙を書いたこともない、という人だったのである。従って素六は、親が寝てから勉強せざるを得なかったのだが、その行燈にかかる費用も自分で内職したもので賄ったのだ、と「自伝」は伝えている。しかし池谷氏夫妻の熱心な慫慂によって遂に父も折れ、ここに素六の進学の道が拓けたのである。素六の才能もさることながら、池谷氏夫妻の炯眼と、その父親を説得する忍耐力の大きさも亦今日では殆ど考えられぬ底《てい》のものであった。

ここの所、「自伝」では次の如く述懐している。――池谷夫人が、月謝も要らぬし本も当方でお貸ししてでもお教えしたいと懇願したのに対し、「親は大に怒って、人の子を出来さうであるとか出来さうで無いとか言って、批評するとは無礼である。……と親爺は怒りました。」――素六が生涯池谷氏夫妻への恩義を深く心に刻みつけて生きたことは言うまでもない。又晩年の素六が、才ありながら学資に恵まれなかった青年達を扶助すること枚挙に遑《いとま》なかった、というのも頷かれるのである。

素六は安政三年（一八五六年）十五歳にして昌平黌の試験にパスし、昌平黌進学の傍ら洋学、洋兵術をも学び――これは両親の反対や漢学系友人等の絶交宣言をも押し切って蘭書を読んだのであって、これ又素六の志のいかに広大なものであり、既成観念に捉われぬ性情と豊かな資性の持ち主であったかを如実に示している――更に斎藤彌九郎の道場練兵館に入って剣道を学び、文武の道を窮めて倦まなかった。斎藤彌九郎は神道無念流の達人であったばかりでなく、学問（経書、兵法）にも長じ、勤王の志も篤かった。その門下には藤田東湖、木戸孝允らがおり、剣道以外その精神的雰囲気が、素六に与えた影響は大なるものがあったと言われている。

これ以後の素六の経歴は、今ここでは特に必要がないので省略する。しかしここまでの大ざっぱな叙述からでも理解される通り、もともと豊かに埋蔵されていた素六の人間としての素質が、父の頑迷に阻まれ、その開花が危く不可能になろうとした時に、池谷夫妻の素六少年に対する深い愛情と驚嘆すべき忍耐とによって、漸くその才能を開かしめられたその経緯が、江原素六という人間の、教育者としての資質をその根柢から養ったということが言えるであろう。（今ここでは、素六のよき理解者、師として僅かに大沢善吉、池谷福五郎、斎藤彌九郎の三人を挙げたのみだが、素六の修業中にはこの他にも数々のよき理解者、師、援助者に恵まれたことを付記しておく。）

＊　＊　＊

麻布中学の前身は、明治十七年カナダ・ミッションによって創立された東洋英和学校である。この時期、日本では鹿鳴館に象徴される欧化主義が風靡していたが、やがて明治二十年代に入って日本主義・国粋主義が擡頭し文部省の学校設置基準もこの線に添ってやかましくなり、純然たるミッションスクールとしての継続が困難になって来た。即ち国家の教育方針と海外宣教団との衝突が避けられない情勢になったのである。この時、新しい学校の発展のために招かれたのが江原素六であった。儒学と洋学、洋兵術を学んだ幕臣江原素六は、幕末から維新への変転の中で幾多の艱難を経たが、結局その多彩な学才と、誠実な人柄を買われて新政府に登用され、明治八年には静岡県立師範学校長に任ぜられ、同十二年駿東郡郡長と沼津中学校校長とを兼務することとなった。その後各種事業に従い、海外視察とキリスト教への入信、伝道と社会事業に多忙な日々を送っていたが、明治二十三年には第一回衆議院選挙に静岡から立候補して当選し、政治家としても活躍、七十一歳の時には貴族院議員にも推挙されている。

この間、明治二十二年に東洋英和学校の幹事に迎えられ、同二十六年校長に就任、同二十八年七月一日、麻布中学校は江原素六の高潔な人格と豊かな経歴による各界からの信望と支持を基にして創立され、今日の発展の基礎が築かれたのである。キリスト教が国体と相容れぬ主義信条を包含し、これを教育の場に浸透せしめることを極度に怖れた文部省の意向により、ミッション系中学校は何れもその存立の危機にさらされたのであるが、この時、キリスト教の精神を内面的に継承しながらも、文部省の方針を受け入れ、日本の中学校としての条件を具備した新しい学校の創立の要となるべき人物として、恐らく江原素六以上の適任者があったとは思われない。既に見た如く、江原の少年時代の貧苦窮乏の生活、寺小屋――昌平黌を通じての儒学系統の学習、及びそれらに捉われぬ洋学、洋兵術の研究、練兵館に於ける剣の修業と、各種事業の経験、海外視察による視野の広さ、学校経営の実績及び誠実なキリスト教者として信仰に生きる敬虔な人格、政治家としての活躍で養われた現実感覚等々、すべて江原素六という人物の大きな包容力を形成し、ここに前代未聞の魅力あふるる大教育者が誕生したのである。

明治二十九年三月現在、生徒数は四年級五名、三年級八名、二年級十四名、一年級六名合計三十三名、実に麻布中学校はここから出発したのである。村田勤の『江原素六先生伝』(4) に曰く、「殊に江原先生は生徒に対せらるゝこと我が子の如く、文字通り寝食起臥を共にされたのであった」と。

江原校長は自ら修身科を担当したばかりでなく、三大節、始業式、終業式、卒業式等には生徒相手によく話をすることを好んだ。修身科では教育勅語の話から広く古今東西の聖賢の言行録を話し、そうかと思うと有志の生徒に対しては、授業開始前十五分間、聖書の話をするのが例であったという。(5) 教育勅語から聖書まで、ここに江原素六という人物の幅広い不思議な調和的性格を窺うことができるのである。

＊　　＊　　＊

麻布中学を明治三十三年に卒業し、同三十七年東京専門学校（現・早稲田大学）を卒業した素白岩本堅一は、直ちに麻布中学に迎えられ、同年入学した廣津和郎の学年の作文を担当したらしい。当時は廣津は未だ素白の真のえらさはわからなかったかも知れないが、『年月のあしおと』〈十九〉によれば、「戦後岩本さんの随筆が上梓されたのを私は読んで、その高雅な美しい文章に深い感銘を受けた」とある。[6] 廣津は自ら再三回想しているように、少年期に於いては余り文学に関心を示さなかったが、彼に最初に文学的衝撃を与えたのは正宗白馬の「妖怪画」（明40・7「趣味」臨増「早稲田号」）だったということになっている。所で、『あしおと』によると、この「趣味」の「早稲田号」を買って来たのは「妖怪画」を読むためではなく、岩本素白の「老船長」を読むためだった、と言っているのだが、これは廣津の記憶違いで、「妖怪画」の出た号に掲載された素白の小説は「消えた火」であり、「老船長」は同年の十一月号の掲載であった。しかし何はともあれ、廣津が中学四年で、嘗て教わった素白の小説を何より先に読もうとしていたことは事実で、素白から何らかの影響を受けたことは間違いない。

その素白は前記村田勤の伝記の中で、素六について次のように述べている。

「教師から見た先生は、校長といふよりも阿父様であつた。先生は終始ニコニコ笑つて話をされて、教師に好感化を与へられた。」そして次に廣津も伝えた⑦（p. 334）のエピソオドを話し、自分達が放校しようとした生徒をどうしても、もう少し面倒みてやれと言ってきかず、しかもそういう生徒も程経て品行が直ってくるので「私共は深く慙愧して先生の徳に服した事がある」と述懐しているのである。実に素六は、生徒のよき教師であったばかりでなく、教師に対してもよき教師であった、ということが言えるのであった。前に江原素六が生徒を叱ったことがないということを記したが、僕婢に対しても同情深く、一度も叱責したことはなかったという。そして誤ちを犯した僕婢も、江原素六の寛大な処置に必ず悔い改めたと伝えられている。前記注(5)の「素六主義」〈十八〉の一節に次の如くある。

「先生の家、訪客多く、僕婢常に不足の感ありと雖も、夜八時を過ぐれば、僕婢に其自由を許して、先生令息共に其用を自らし給ふ。是を以て僕婢先生の徳を慕ひて終生之に仕へんことを求むるもの多し。云々」

明治大正期の一般的慣習に徴してみれば、右素六の僕婢に対する態度は異例のことに属すると言っても過言ではないだろう。

＊　　＊　　＊

ずっと後になるが、同じ麻布の卒業生奥野健男は、先輩廣津の『年月のあしおと』を読んで麻布中学の伝統に深く感銘し、次の如く言っている。

「ぼくが在学したのは、廣津さんが謹厳居士と呼んだ二代目校長の清水由松氏から、廣津さんの同級生である三代目現校長細川潤一郎氏への替り目の時であり、太平洋戦争が起った軍国主義の時代であったが、その頃の麻布も他の学校とくらべれば、ズバ抜けて自由であったと思う。」

そして麻布の卒業生として吉行淳之介、山口瞳、北杜夫、なだ・いなだ、永井智雄、フランキー堺、牟田悌三etcと著名な作家や俳優の名を挙げ、「型にはまらない人間が棲息し得る自由な空気があったのだろう」とつけ加えている（『素顔の作家たち』昭50集英社）。

ここでしかし、廣津和郎という少年が、このような稀にみる自由な学校にすら、ある拘束感を持って欠席しがちだったということは注意されてよい（『年月のあしおと』〈二十一〉）。又これは小説であるが、「朝の影」（大7・3「新時代」）で次のように主人公に言わせている。

「僕の心には、妙に教師に、と云うよりも学校全体に対して反抗するような気持があった。今になって考えて見ると、僕はこれは僕の方ばかりの欠点ではなく、中学制度と云うものに、少年を教育するのに非常な欠陥があるためだと思う。僕のような人間には、中学で無理強いする形式的な教育が、堪らなく窮屈なので……その頃の僕は理窟は解らなかったが、何だか学校を本能的に虫が好かなかった。」

この点、廣津が文壇的処女作「神経病時代」を世に問うたと同じ大正六年に『月に吠える』というこれ又神経病的感覚をイメージ豊かにうたい上げ、詩壇に革命的な衝撃を与えた萩原朔太郎が、高校（旧制）一年から二年になるのに五年を要し、その間三つの学校を渡り歩きながら、結局遂に二年生になれずして学校生活を諦めざるを得なかったことと双璧をなすものと考えられる。しかし、廣津は一度も落第もせずに麻布を卒業し、早稲田大学も卒業論文を書いて律儀に卒業している。この点は朔太郎とも、結局早大を卒業しなかった宇野浩二や直木三十五や、学習院の「白樺」派の人々とも趣を異にしている。廣津の当時の貧窮生活が、完全な放縦生活に身を任せることを自らに許さなかったので、こういう点にも廣津自身の素質と共に、麻布の校長江原素六の影響を見逃すわけには行かないのだと思う。遊廓から朝帰りした中学生の退校処分すら認めなかった江原素六の包容力が、前記廣津程度の反抗を包み込むのは当然だったかも知れないが、しかし日本の現在の、個性を刈り取っていく教育状況の中では、廣津と雖も学校生活を完うすることはできないであろう。

＊　　＊　　＊

以上で一応廣津和郎の自由感覚に磨きをかけた江原素六と江原イズムに貫かれた麻布中学の自由な校風についての紹介を終るが、次に廣津和郎と麻布中学の関係を示す若干の資料を示す。

次頁学籍簿の中の「入学前の学歴」という欄に「集成館一学年修了」とある。これについて前記『江原先生と麻布中学校』には次のような説明があった。

「……別に学の別科として集成館なるものがあり。明治三十四年三月の設立にして、これは中学の入学者逐年増加し、政府規定の制限数を越ゆるも尚続々志願者のある為め、麻布中学校は二年級以上を以て組織し、第一年級は集成館に於て教養することとし、即ち中学の予備校として制限以上の生徒を此処に収容したるなり。その之に集成館なる名称を付せしは、実に先生が沼津に集成舎を設立せし旧名にして、又先生を永く記念せんが為めなりしが、

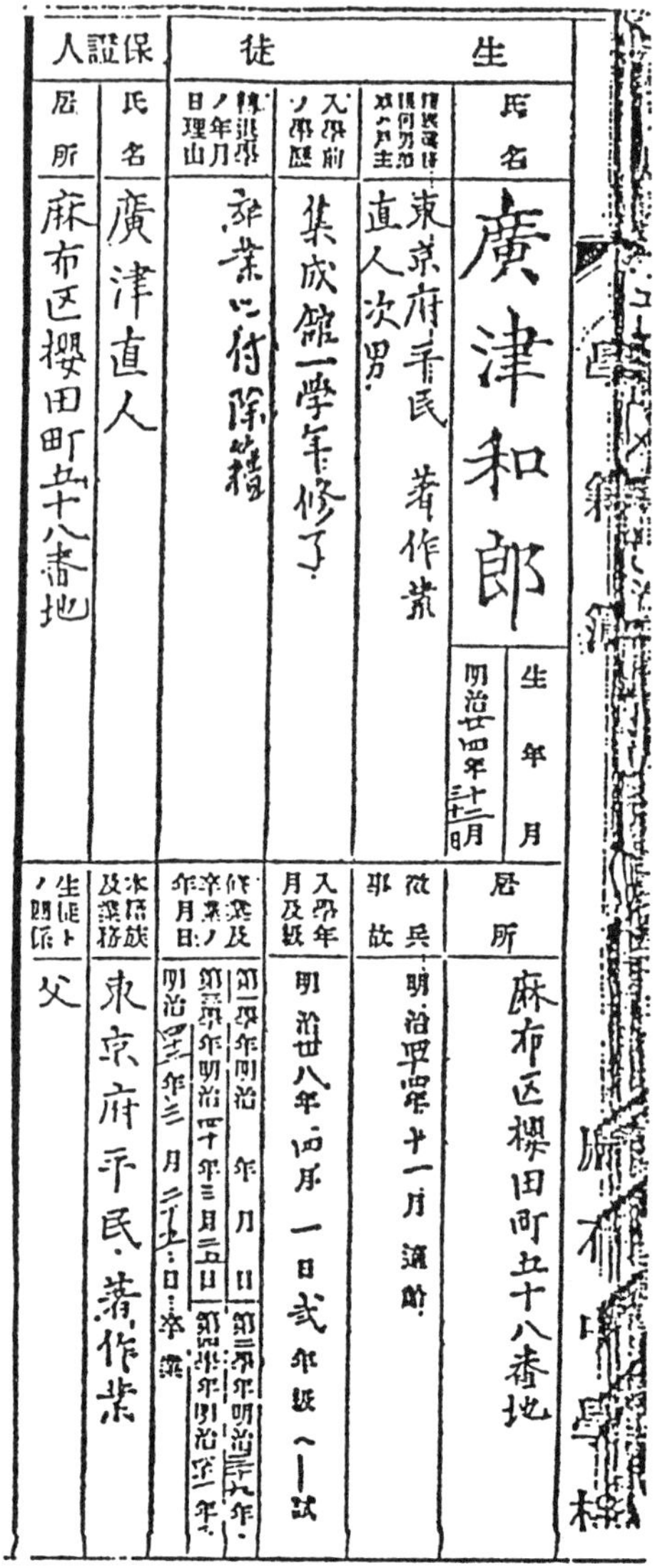

生徒
氏名 廣津和郎
生年月 明治廿四年十二月
族籍職業 東京府平民 著作業
直人次男
入学前ノ学歴 集成館一学年修了
転退学ノ年月日理由 卒業ニ付除籍
居所 麻布区櫻田町五十八番地
兵事故 明治四十四年十一月 適齢
入学年月及級 明治廿八年四月一日 弐年級へ入試
修業及卒業ノ年月日 第一学年明治 年 月 日 第二学年明治廿九年 第三学年明治四十年三月二五日 第四学年明治卅一年 明治卅三年三月二十五日卒業
本籍族及職業 東京府平民 著作業
保証人
氏名 廣津直人
居所 麻布区櫻田町五十八番地
生徒トノ関係 父

学籍簿

後文部省令に接し之れを廃止したり。」

明治二十九年僅か三十三名を以て出発した麻布中学も、五年の後には右のような盛況を示していたのである。

実は、廣津和郎の長女桃子氏の許に、廣津和郎の集成館時代の作文が三通残っていた。

(A)「相撲ヲ見ル」(一学期)

(B)「遠足会ノ記」

(C)「遠足会之記」

そして(B)の最後に「集成館甲組廣津和郎」(C)の題名の直下に「集成館甲組廣津和郎」とあり、何れも和紙に墨で書かれており、所々教師の朱筆が入っていて、三作とも評点は「甲」となっている。(C)の最後には教師の評が朱で書かれている。「評曰ク事ヲ叙シ思ヒヲ陳ブルコト頗ル周到、句節ヲ鍛練セバ一層進歩スベシ、」

これを見せて頂いた時に私は始め、「集成館」とは何か疑問に思い、桃子氏や麻布の卒業生にも当ってみたが分らず、今回右小冊子を見るに及んで漸くその存在の麻布中学と関係あることを理解し得たのである。

＊　　＊　　＊

次に今一つの資料を示す。それは廣津和郎が早稲田大学に入った明治四十二年『麻布中学校校友会雑誌』31号（明42・12・15）に寄せたチェーホフの翻訳「悲痛」(7)である。従来、廣津の最初の翻訳は明治四十三年五月「文芸倶楽部」に発表した「二つの悲劇」（中央公論社版「チェーホフ全集」では「敵」）ということになっていた（橋本迪夫氏『広津和郎』昭40明治書院）。が、右「悲痛」（チェーホフ全集では「悲しみ」）はそれよりも半歳早いものである。その全文を掲げてみたい。（但しこの作品は生方敏郎の訳で読売新聞〈明42・7・4日6日8日〉に「悲み」という題で分載されている。廣津訳との優劣は遽かには断じ難い。なお左記の翻訳文は原文のままである。）

悲《ひ》痛《つう》（チエホフ）

特別会員　廣津和郎譯

ガルチンク郡中《ぐんちゆう》で、最《もつと》も器用《きよう》な職人《しよくにん》として、又最《またもつと》も怠惰者《なまけもの》の農夫《ひやくしよう》として、長《なが》い間《あいだ》評判《ひやうばん》されて来《き》た轆轤匠《ろくろひき》のグリゴリ、ペトロフは、年老《としお》いた彼《かれ》の女房《にようぼう》を連《つ》れてゼムストポ附属《ふぞく》の病院《びやうゐん》へ馬車《ばしや》を走《はし》らせた。道程《みちのり》は三十パアストもある上《うへ》に、それが又通行出来難《またつうかうできにく》いやうな酷《ひど》い道《みち》で、郵便車《いうびんしや》の挽子《ひきこ》でさへ苦《くる》しむ程《ほど》だから、況《まし》て、老《らう》衰《すゐ》した轆轤匠《ろくろひき》グリゴリには非常《ひじやう》な困難《こんなん》であつた。轆轤匠《ろくろひき》の顔《かほ》には氷《こほり》のやうに鋭《するど》い風《かぜ》が打突《ぶつ》かる、四邊《あたり》には白《しろ》い雪雲《ゆきぐも》が渦巻《うづま》いてゐる、雪《ゆき》は空《そら》から吹下《ふきをろ》すとも地《ち》から吹上《ふきあ》げるとも言様《いひやう》が無《な》かつた。雪《ゆき》は野原《のはら》と言《い》はず電信柱《でんしんはしら》と言《い》はず樹木《じゆもく》と言《い》はず總《すべ》て覆《おほ》うて仕舞《しま》つた、そして最《もつと》も激《はげ》しい疾風《しつぷう》がグリゴリの顔《かほ》を掠《かす》めた時《とき》には、彼《かれ》は手綱《たづな》さへもよくは見《み》えなかつた。疲《つか》れ切《き》つた牝馬《めうま》は唯《ただ》ヨタヨタと歩《ある》いてゐる。雪《ゆき》の中《なか》から蹄《ひづめ》を抜出《ぬきだ》したり、頭《あたま》を打《うち》振《ふ》つたりする為《ため》に、身代中《からだぢう》の力《ちから》が全然《すつかり》費《つひや》されて仕舞《しま》つたやうに見《み》えた。轆轤匠《ろくろひき》はセカセカしてゐた。自分《じぶん》の席《せき》にもぢつと落付《おちつ》いてる事《こと》が出來《でき》ないで、幾度《いくたび》も幾度《いくたび》も鞭《むち》を揚《あ》げては牝馬《めうま》を撻《う》つた。

『泣《な》くで無《ね》えぞ、マトレナー』と彼《かれ》は吃《ども》つた。

『今少《いますこ》し辛抱《しんぼう》しなよ！ 直きに病院《びやうゐん》へ行《い》つて了《しま》うだ、左様《さう》すればお前《めへ》は……パワル、イワニツチさんがお前《まへ》に粉薬《こぐすり》を呉《く》れるか、それで無《な》きや血《ち》を取《と》つて下《くだ》さらあ、彼《あ》の人《ひと》は多分《たぶん》お前《めへ》に興奮劑《きつけぐすり》を塗《ぬ》つて呉《く》れるに違《ちが》へねんだ。パワル、イワニツチさんは出來《でき》るだけな事《こと》はどんな事《こと》でもして下《くだ》さらあ……彼《あ》の人《ひと》は叫《さけ》んで両足《りやうあし》を踏《ふん》張《ば》つてよ、だけれど一生懸命《しやうけんめい》だ……彼《あ》の人《ひと》は第《だい》一流《りゆう》の醫者《いしや》さまだでな、自分《じぶん》の仕事《しごと》は知《し》つて居《ゐ》らつしやるだ、神様《かみさま》は屹度《きつと》彼《あ》の人《ひと》を幸福《かうふく》にして下《くだ》さるに違《ちが》へねえだよ！……俺達《おらたち》が行着《ゆきつ》けば家《うち》から駈出《かけだ》して來《き》てお前《めへ》を見《み》てよ、『何《なん》なんだ？』と俺《おら》に怒鳴《どな》らつしやら、『何故《なぜ》もつと早《はや》く來《こ》んかつたのぢや？ 乃公《おれ》をお前達《まへたち》厄介者《やつかいもの》を對手《あいて》に、全《まる》一日《にち》費《つぶ》す犬《いぬ》とでも思《おも》つとるのか？ 何故《なぜ》朝《あさ》の中《うち》來《こ》んかつたのぢや？ 帰《かへ》れ！ 明日《あす》出直《でなほ》して來《こ》い！』ツて。そこで俺《おら》は答《こた》へてやるだ、『先生様《せんせいさま》？ パワル、イワニツチさん！ 閣下《かくか》！……』

轆轤匠《ろくろひき》は馬《うま》に鞭《むち》を加《くは》へ、年取《としと》つた女房《にようぼう》の方《はう》へは振向《ふりむ》きもしないで、尚《な》ほ呟《つぶや》き續《つづ》けた――

『閣下《かくか》！ 神様《かみさま》の前《まへ》で本當《ほんたう》の事言《ことい》ひますだ！……私誓《わたしちか》ひますだがね、眞實未明《まつたくよあけ》に出掛《でか》けたんでがさあ……神《かみ》様《さま》が……聖母様《せいぼさま》が怒《おこ》つて此様《こね》な嵐《あらし》にさつしやつただから私《わし》これより早《はや》く此所《ここ》へ来《こ》られる譯《わけ》はありましねえだ。

貴方様《あんたさま》だつてお了解《わかり》でさあね！　馬《うま》がどんな好《え》え馬《うま》だつて間《ま》に合《あ》うやうに此所《こゝ》へ來《こ》られる譯《わけ》がありましねえだ、加之《おまけ》に見《み》さつしやる通《とほ》り、私《わし》の馬《うま》ちうでもねえ、糶《こ》んな役去《やくざ》でがすからな！』するとパワル、イワニツチさんは顔《かほ》を恬《しか》めて怒鳴《どな》らツしやらあ、『乃公《おれ》はお前《まへ》を知《し》つとる！　毎時《いつ》でも同《おな》じ言譯《いひわけ》だ！　お前達《まへたち》、殊《こと》にグリシヤ！　乃公《おれ》はお前《めへ》を何年間《なんねんかん》も知《し》つとつたんだぞ。お前《まへ》は五度《たび》も酒屋《さかや》の前《まへ》に立止《たちどま》つたらう！』そこで俺《おれ》は彼《あ》の人《ひと》に言《い》ふだ、『閣下《かくか》！　私《わし》をそんな悪漢《わるもの》と思《おも》つて下《くだ》せえますなよ！　婆《ばゞ》あが魂《たましひ》を神様《かみさま》へ上《あ》げやうとしとるんでがさあ、此女《このおんな》は死《しに》かゝつとるんでがさあ！　貴方様《あなたさま》は私《わし》が酒屋《さかや》の近所《きんじよ》へ行《ゆ》くと思召《おぼしめ》すだかね？　其様酒屋《そんなさかや》なんちうもの無《ね》え方《ほう》が宜《え》えでがすよ！』それからパワル、イワニツチさんは、お前《めへ》を病院《びやうゐん》に引取《ひきと》るやうに皆《みんな》に命《いひ》令《つ》けさつしやるに違《ちげ》えねえだ。其處《そこ》で俺《おら》は地面に接《くつ》く程《ほど》お辞儀《じぎ》するだ。『パワル、イワニツチさん！　閣下《かくか》！　本當《ほんたう》に難有《ありがた》うございりやすだ！　私等《わしら》――馬鹿《ばか》な呪《のろ》はれた奴等《やつら》を免《ゆる》して下《くだ》せえやし、私達《わしら》貧乏《びんぼう》な農夫《ひやくしやう》を責《せ》めて下《くだ》せえますなよ！　貴方様《あんたさま》は私等《わしら》を室《へや》の外《そと》へ蹴飛《けとば》さつしやつても差支無《さしつかへね》えだに、態々《わざわざ》會《あ》ひに出《で》て呉《く》れさつしやつて、雪《ゆき》で足《あし》までも濡《ぬら》さつしやつただ。』『さうするとパワル、イワニツチさんは俺《おら》を撲《なぐ》り度《た》いやうな様子《やうす》で見《み》て恬《か》う言《い》はつしやらあ。『何故貴様《なぜきさま》は乃公《おれ》の足下《あしもと》に身體《からだ》を投《な》げかけるのぢや、馬鹿野郎《ばかやらう》！　貴様《きさま》ウオトカを餘《あま》り飲過《のみす》ぎん方《はう》がいゝぞ、そして女房《にようぼう》を可愛《かあい》がつてやれ。貴様罰《きさまばち》が當《あた》るぞ！』眞實《まつたく》その通《とほ》りでがよ、パワルイワニツチさん、罰當《ばちあた》るが當然《たうぜん》でがすよ！　だけんど貴方様《あんたさま》の足下《あしもと》に身投《みな》げかけたからつて何《なん》で悪《わる》いでがすね？　貴方様《あんたさま》は私等《わしら》の恩人様《おんじんさま》だ、父様《とつさま》で無《ね》えかね！　閣下《かくか》！　眞實《まつたく》の事《こと》でがすよ、私《わし》が若《も》しか嘘吐《うそつ》くだつたら唾引掛《つばひつか》けさしやつても関《かま》ひましねえ、マトレナが、此《こ》のマトレナが癒《なほ》り次第《しだい》、私《わし》は貴方様《あんたさま》の欲《ほ》しがらつしやる物何《ものなん》でも造《こしら》へて進《しん》ぜますだ、所望《のぞみ》つしやるなら黄《き》ろい赤楊《はんのき》の巻煙草箱《まきたばこばこ》でも……クロケツト球《きう》一組《くみ》でも、九柱戯《ないんぴんす》でも――一番上等《ばんじようとう》の舶来《はくらい》の奴見《やつみ》るやうに造《こしら》へて進《しん》ぜますだ……私《わし》は貴方様《あんたさま》につて造《こしら》へるんでがすぜ。一哥克《こぺつく》だつて欲《ほ》しかあありましねえ。モスコーだとこの位《くれ》ゐな巻煙草箱《まきたばこばこ》は四留《るーぶる》も出るだ。私《わし》は一哥克《こぺつく》だつて頂戴《ちやうだい》するで無《ね》えでがす」醫者《いしや》さまは笑《わら》つて言《い》はつしやらあ、『好《よ》し好《よ》し、承知《しようち》した！　氣《き》の毒《どく》だな。お前《まへ》がこんな泥《のん》酔漢《だくれ》なのが乃公《おれ》は可哀想《かあいさう》だ！』つて。俺《おれ》はこれでも恁《こ》んな人達《ひとたち》を取扱《とりあつか》ふ呼吸《こつ》を飲込《のみこ》んでるだ！　俺《おら》の言《い》ふ通《とほ》りにならねえ人《ひと》なんて、世《よ》の中《なか》にあるものでねえ。唯道《たゞみち》を迷《まよ》はねえやう神様《かみさま》にお願《ねげ》へするばかりだーえ　畜《ちく》生《しやう》、眼玉《めだま》に雪《ゆき》が一杯《ぺいへい》入りやがつた』

恁《か》うして轆轤匠《ろくろひき》は絶間《たへま》なく呟《つぶや》いてゐた。自分《じぶん》の感情《かんじやう》の苦痛《くつう》を鈍《にぶ》らせやうとするやうに機械的《きかいてき》に喋《しやべ》つた。併《しか》し彼《かれ》の口唇《くちびる》から洩《も》れて出《で》た澤山《たくさん》の言葉《ことば》よりも、もつと多くの種々《しゆじゆ》の考《かんがへ》や問題《もんだい》やが頭《あたま》の中《うち》を往來《わうらい》してゐた。悲哀《かなしみ》が思掛《おもひが》けなくも不意《ふい》に轆轤匠《ろくろひき》の上《うへ》に湧《わ》いて來《き》て。最早心持《もはやこゝろもち》を静《しづ》かに落付《おちつ》けてる事《こと》が出來《でき》なくなつた。今《いま》まで といふものは譯《わけ》もなく酔拂《よつぱら》つて、悲《かな》しい事《こと》、喜《よろこ》ばしい事《こと》、さういふものには少《すこ》しの頓着《とんぢやく》も無《な》く、唯平和《たゞへいわ》な生《せい》活《くわつ》をのみ送《おく》つて來《き》たのに、今不圖《いまふと》堪《た》へ難《がた》い打撃《だげき》に襲《おそ》はれたのだ。此《こ》の怠惰《たいだ》で酔《よひ》どれな老人《らうじん》は、自然《しぜん》といふもの と衝突《しようとつ》して、急に急《せは》しなく苦《くる》しめられ出《だ》したやうに思《おも》はれた。

轆轤匠《ろくろひき》は彼《かれ》の悲《かなし》みが昨日《きのふ》から初《はじま》つたばかりであるといふ事《こと》を能《よ》く知《し》つてゐる。平常《いつも》のやうに酔《よひ》どれて、未《ま》だ夜《よる》にならない中家《うちいへ》に帰《かへ》つて來《き》た彼《かれ》は、昔《むかし》からの習慣通《しふうくわんどほ》りに、女房《にようぼう》に悪態《あくたい》を吐《つ》いたり拳固《げんご》で撲付《なぐりつ》けたりしてゐると、婆《ばあ》さんは今《いま》までに無《な》い顔《かほ》をして彼《かれ》を見《み》た。今《いま》までは女房《にようぼう》のシヨボシヨボした眼《め》は、最早運命《もううんめい》に屈伏《くつぷく》させられた、大打撃《だいだげき》を受《う》けた、そして飯《めし》も碌々《ろくろく》食はせられない犬《いぬ》のやうに思《おも》はれたのが、此《こ》の晩《ばん》に限《かぎ》つて彼女《かのぢよ》は、聖人《しやうにん》か死《しに》かゝつた女《をんな》でゞもなければしないやうな、ぢつと恨《うら》めしさうな様子《やうす》をして彼《かれ》を眺《なが》めた。此《こ》の平常《いつも》と異《こと》なつた眼色《めつき》から總《すべ》ての困難《こんなん》が初《はじま》つたのである。怖《おそろ》しくなつた轆轤匠《ろくろひき》は、近所《きんじよ》の人《ひと》から馬《うま》を一匹《ぴき》借《か》りて來《き》て、パワル、イワニツチが粉薬《こぐすり》や膏薬《かうやく》で以前《いぜん》のやうに女房《にようぼう》の顔色《かほつき》を直《なほ》して呉《く》れれば好《よ》いと思《おも》ひながら、婆《ばあ》さんを馬《ば》車《しや》に乗《の》せて病院《びやうゐん》へ連《つ》れて行《ゆ》く所《ところ》であつた。

『そこで聞《き》くがえゝマトレナ』と彼《かれ》は口籠《くちごも》つた。『若《も》しかパワル、イワニツチさんが、俺《おれ》がお前《まへ》を撲《なぐ》つたでねえかつて聞《き》かしやつても、決《けつ》して言《い》ふでねえぞ！　俺《おら》はこれから二度《ど》再《ふたゝ》びお前《まへ》を撲《なぐ》るなんて事《こと》しねえだ！　俺《おら》誓《ちか》つて言《い》つてるだぞ。俺《おら》は怒《おこ》つてお前《めへ》を撲《なぐ》つた譯《わけ》でねえだ。俺《おら》は何《なん》の氣《き》なしに撲《なぐ》つたんだ今《いま》ぢやお前《めへ》に氣《き》の毒《どく》でなんねえだよ。他《ほか》の人《ひと》はお前《めへ》に關《かま》つて呉《く》れや爲《し》ねえけんど、俺《おら》は此樣《こねえ》にしてお前《めへ》を病院《びやうゐん》さあ連《つ》れて行《ゆ》くだ……俺《おら》は出來《でき》るだけのこと爲《し》るだよ。だけんど此《こ》の嵐《あらし》、此《こ》の嵐《あらし》だでなあ！　お丶神樣《かみさま》！　私等《わしら》道《みち》に迷《まよ》はねえやうにして下《くだ》せえまし！　お前《めへ》横《よこ》つ腹痛《ばらいた》むでねえか？　おいマトレナ、何故《なぜ》返事《へんじ》して呉《く》れねえだ？　俺《おら》聞《き》いているだに、おい横《よこ》つ腹痛《ばらいた》むで無《ね》えか？

『此女《これ》の顔《かほ》の雪《ゆき》が融《と》けねえだが、どうした事《こと》だんべい？』彼《かれ》は脊中《せなか》や凍《こゞ》えた足《あし》に、冷《つめた》い風《かぜ》を感《かん》じながら自分《じぶん》に訊《たづ》ねて見《み》た。『俺《おら》が雪《ゆき》は融《と》けるだに、此女《これ》のは……此《これ》はあ不思議《ふしぎ》な事《こと》だぞ！』

彼《かれ》は何故《なぜ》女房《にようぼう》の顔《かほ》の雪《ゆき》が融《と》けないのであるか、何故《なぜ》女房《にようぼう》の顔色《かほいろ》が伸《の》びて險《けは》しくなつた、汚《きたな》い色《いろ》に變《かは》つて仕《し》舞《ま》つたのであるか解《わか》らなかつた。

『お前《めへ》は馬鹿《ばか》だ！』彼《かれ》は呟《つぶや》いた。『俺《おら》は神樣《かみさま》の前《めへ》で一生懸命話《しやふけんめいはなし》のう爲《し》てるだに！　……それにお前《めへ》は返事《へんじ》爲《し》やうともしやがらねえ……馬鹿奴《ばかめ》！　汝《われ》さへ些《ちつ》とんべい氣《き》い付《つ》けてゐたら！　俺《おら》が汝《われ》を連《つ》れてパワル、イワニツチさん許《とこ》へ行《ゆ》くにも當《あた》らねえだ！』

轆轤匠《ろくろひき》は手綱《たづな》を落《おと》してそして考《かんが》へた。彼《かれ》は女房《にようぼう》を見《み》る決心《けつしん》が出來《でき》なかつた。彼《かれ》は神經《しんけい》が鋭《するど》くなつて、女房《にようぼう》の異常《をかし》な沈默《ちんもく》が怖《おそろ》しくなつた。遂《つい》に不安《ふあん》で不安《ふあん》で堪《たま》らずに、女房《にようぼう》の姿《すがた》は見《み》ないで密《そつ》とその氷《こほり》のやうに冷《ひや》かな手《て》に觸《さは》つて見《み》た。揚《あ》げられた手《て》は鞭《むち》のやうに落《お》ちた。

『此女《これ》はあ死《し》んだんでねえか、大變《えれ》え事《こと》になつ了《ちま》つたゞ！』

そして轆轤匠《ろくろひき》は泣《な》いた。悲《かな》しいといふよりは胸苦《むねぐる》しいので泣《な》いた。彼《かれ》は世《よ》の中《なか》の事《こと》は何《なん》でも、實際《じつさい》早《はや》く過去《すぎさ》つて仕舞《しま》うものであるといふ事《こと》や、今《いま》悲哀《ひあい》の中《うち》に這入《はい》つたかと思《おも》ふ間《ま》もなく、その悲《かなし》みは直《ぢ》きに過去《くわこ》のものとなつて仕舞《しま》つた事《こと》などを想《おも》ひ回《めぐ》らした。彼《かれ》は未《ま》だ女房《にようぼう》と話《はな》して見《み》たい、種々《いろいろ》思《おも》ひやつて慰《なぐさ》めてもやりたい、今《いま》までの生活《せいくわつ》では未《ま》だ物足《ものた》りないやうな氣《き》がするに、それだのに女房《にようぼう》は今死《いまし》んで仕舞《しま》つた。兩人《ふたり》は實《じつ》に四十年《ねん》の間《あひだ》も一緒《しよ》に暮《くら》して來《き》たのだが、その四十年《ねん》は霧《きり》のやうに飛去《とびさ》つて仕舞《しま》つた。酒飲《さけの》んで貧乏《びんぼふ》して喧嘩《けんくわ》して暮《くら》した長《なが》い生涯《しやうがい》は、有耶無耶《うやむや》の中《うち》に過去《すぎさ》つて仕舞《しま》つたのだ。そして中《なか》でも最《もつと》も心苦《こゝろぐる》しいのは、彼《かれ》が婆《ばあ》さんを可《か》哀想《あいさう》だと氣《き》の付《つ》いた瞬間《しゆんかん》に死《し》んだ事《こと》である、彼《かれ》は此《こ》の女房《にようぼう》なしに生活《せいくわつ》する事《こと》は出來《でき》ないし、又彼女《またかれ》に對《たい》して罪《つみ》があつたのだ。

『此女《かれ》は他所《よそ》へ行《い》つて袖乞《そでこひ》した事《こと》もあつたゞ』と彼《かれ》は思《おも》い出《だ》した。

『俺《おら》が命令《いひつ》けて麵麭《ぱん》を貰《もら》ひにやつた事《こと》もあつたゞ。済《す》まねえ話《はなし》だ！

此女《これ》だつて未《ま》だ十年《ねん》やそこら生《い》きられたゞらうになあ。此女《これ》は俺《おら》を本當《ほんたう》に悪《わる》い奴《やつ》と思《おも》つてたに違《ちげ》へねえだ。嗚呼天《ああてん》の神様《かみさま》、私《わし》は何處《どこ》へ馬車《ばしや》を馳《か》ツて行《ゆ》くちうんでがす？　最早療治《もうれうぢ》なんて言《い》ツてる場合《ばあい》で無《ね》えだ、葬式出《おともれへだ》さねえぢやなんねえだ。引返《ひつけへ》すべい』

轆轤匠《ろくろひき》は後《あと》に引返《ひつかへ》して、力《ちから》の限《かぎ》り馬《うま》に鞭《むち》を當《あ》てた。道《みち》は彌《いや》が上《うへ》に悪《わる》くなツて行《ゆ》く。彼《かれ》には最早手綱《もうたづな》さへも見《み》えなかつた。時《とき》としては馬車《ばしや》の橇《そり》が樅《もみ》の稚樹《わかぎ》の間《あひだ》に這入《はい》り込《こ》む、又或時《またあるとき》は、何《なに》やら黒《くろ》い物《もの》が轆轤匠《ろくろひき》の手《て》を引掻《ひつか》いては、眼前《めのまへ》を閃《ひらめ》いて過《す》ぎて行《ゆ》く。併《しか》し彼《かれ》は白《しろ》く渦巻《うづま》く野原《のはら》の外《ほか》に何物《なにもの》をも見《み》なかツた。

『も一遍《ぺん》暮《くら》し直《なほ》すだ！』と彼《かれ》は自分《じぶん》へ語《かた》つた。四十年前《ねんぜん》にはマトレナは若《わか》くて綺麗《きれい》で活潑《くわつぱつ》であつた、そして彼女《かのぢよ》はある繁榮《はで》な家庭から嫁入《よめい》ツて來《き》たのであつた。それを彼《かれ》は思《おも》ひ出《だ》した。彼女《かのぢよ》を得《う》る事《こと》の出來《でき》たのは、職《しよく》人《にん》としての彼《かれ》の名聲《めいせい》からであつた。實際彼《じつさいかれ》は楽《らく》に生活《くらし》を立《た》てゝ行《ゆ》かれるだけの、凡《あら》ゆる資格《しかく》を備《そな》へてゐた。それだのに結婚《けつこん》してから間《ま》もなく酒《さけ》を飲始《のみはじ》めて、終日《しうじつ》ストーブの上《うへ》に寝轉《ねころ》んでゐた、でそれからといふものは唯《たゞ》眠《ねむ》つてゐたのだと彼《かれ》は思《おも》つた。彼《かれ》は結婚《けつこん》の日《ひ》の事《こと》は思《おも》ひ出《だ》したが、それ以後《いご》の事《こと》と言《い》つては、唯酒《たゞさけ》を飲《の》んで寝《ね》そべつて喧嘩《けんくわ》をしたといふ以外《いがい》に、何《なに》も考《かんが》へ出《だ》せなかつた。恁《か》うして四十年《ねん》は過《す》ぎて仕舞《しま》つたのだ。

白《しろ》い雪雲《ゆきぐも》がダンダン灰色《はいいろ》に變《かわ》つた。夜《よる》は近《ちか》づいて來《き》た。

『俺《おら》は一體何處《いつていどけ》へ行《ゆ》くだ？』と彼《かれ》は訊《たづ》ねた。『俺《おら》は此《これ》女を連《つ》れて家《うち》へ帰《けへ》る筈《はづ》だつたに、これだと矢張《やつぱ》し病院《びやうゐん》さあ行《ゆ》く事《こと》になつて了《しも》うだ！　俺《おら》はどうかしてゐるぞ！』

轆轤匠《ろくろひき》は再《ふたゝ》び馬《うま》の首《くび》をめぐらして、更《さら》に鞭《むち》を加《くは》へた。牝馬《うま》は全力《ぜんりよく》を出《だ》して踏張《ふんば》つて、鼻嵐《はなあらし》を吹《ふ》いて急《いさ》ぎ出《だ》した。轆轤匠《ろくろひき》の後《あと》の方《ほう》で、ゴトゴトといふ音《おと》がするが、別《べつ》に振返《ふりかへ》ツて見《み》ないでも、それは女房《にようぼう》の頭《あたま》が橇《そり》の脊《おと》に打突《ぶつゝか》るのだと知《し》つた。空氣《くうき》は暗《くら》くなつて風《かぜ》は益々《ますます》冷《つめた》く鋭《するど》く吹《ふ》く。

『も一遍《ぺん》暮《くら》し直《なほ》すだ！』轆轤匠《ろくろひき》は考《かんが》へた。『新奇《しんき》な道具《だうぐ》を買《か》つて注文《ちうもん》を取《と》つて、此《こ》の婆《ばあ》さんに銭《ぜに》やるだ……さうだ！』

彼《かれ》は手綱《たづな》を落《おと》した。間《ま》もなくそれを探《さが》さうとして見《み》たが駄目《だめ》であつた。手《て》は最早《もう》自分《じぶん》の思《おも》ふ通《とほ》りにならなかつた。

『何方《どつち》だつて同《をんな》じ事《こと》だ！』と彼《かれ》は思《をも》つた。『馬《うま》は自分《じぶん》で行《ゆ》くだ。道知《みちし》つてるだから。ちよつくら寝《ね》べえかな……それから葬式《おとむらい》、供養《くやう》……』

彼《かれ》は眼《め》を閉《と》ぢてまどろんだ。で、間《ま》もなく馬《うま》が止《とどま》つたやうに思《おも》はれた。眼《め》を開《ひら》くと前《まへ》の方《ほう》に、何《なに》か小屋《こや》のやうな乾燥塚《かんさうづか》のやうな物《もの》が見《み》えた。

彼《かれ》は橇《そり》を出《で》て、何處《どこ》に自分《じぶん》がゐるのかを見定《みさだ》めやうとしたが、動《うご》くよりは此《こ》の儘早《まゝはや》く凍《こほ》ツて仕舞《しま》つた方《ほう》が好《よ》いと思《おも》ふ程《ほど》に、好《い》い心持《こゝろもち》に身體《からだ》がグツタリと麻痺《まひ》してゐた。そして穏《おだや》かに眠《ねむり》に落《お》ちた。

彼《かれ》は壁《かべ》の赤《あか》い大《おほ》きな室《へや》の中《なか》で眼《め》が覚《さ》めた。窓《まど》からは太陽《たいやう》の光線《くわうせん》が射《さ》し込《こ》んで來《く》る。轆轤匠《ろくろひき》は彼《かれ》の前《まへ》にゐる人々《ひとびと》を見《み》た、そして彼《かれ》の第《だい》一の本能《ほんのう》に従《したが》つて、自分《じぶん》をば眞面目《まじめ》な男《をとこ》、思慮《しりよ》ある男《をとこ》に見《み》せようとした。

『供養《くやう》出來《でき》ましたゞかね？　皆《みな》さん！』慲《かか》う彼《かれ》は言《い》つた。

『坊《ばう》さんにお話《はなし》爲《し》て下《くだ》せえまし……。』

『好《よ》し好《よ》し！』といふ返事《へんじ》があつた。『まあ寝《ね》てお出《い》で！』

『貴方様《あんたさま》！　パワル、イワニツチさん！』と轆轤匠《ろくろひき》は言《い》つた。彼《かれ》は自分《じぶん》の眼《め》の前《まへ》に醫者《いしや》を見《み》たのだ。『閣下《かくか》！恩人《おんじん》さま！』

彼《かれ》は飛起《とびお》きて、醫者《いしや》の足下《あしもと》に身《み》を投《な》げかけたかつた。が併《しか》し手《て》や足《あし》は最早《もう》自由《じゆう》にならなかつた。

『閣下《かくか》！　私《わし》の足《あし》は何處《どこ》へありますだね？　私《わし》の手《て》は何處《どこ》へありますだね？』

『お前《まへ》の手《て》も足《あし》も最早《もうあ》有りません！　皆凍《みんなこほ》つて切《き》れて仕舞《しま》つたのぢや。ヨシヨシ……泣《な》くんぢやない。お前《まへ》は年《とし》を取《と》つとる……名譽《めいよ》なんぢや……六十の生涯《しやうがい》で充分《じうぶん》ぢや！』

『私《わし》を免《ゆる》して下《くだ》せえやし、閣下《あんた》！　何うか今《いま》五六年《ねん》生《い》かして呉《く》れさつせい！』

『何故《なぜ》お前《まへ》はそんなに生《い》きたいんだ？』

『あの馬《うま》は私《わし》ので無《ね》えでがす。私《わし》は返《かへ》さねえぢやなんねえ……婆《ばあ》さんも葬《ほうむ》らなくちやなりましねえ……世《よ》の中《なか》の事《こと》つて皆《みんな》、馬鹿《ばか》に早《はや》く過《す》ん了《ぢま》ふだよ！　閣下《かくか》！　パワル、イワニツチさん！　一番上等《ばんじやうとう》の赤楊《はんのき》の巻煙草箱《まきたばこ》！　私《わし》はクロケツト球《きう》も造《こしら》へますだ……』

醫者《いしや》は手《て》を振《ふ》つて、室《へや》から出《で》て行《い》つた。

轆轤匠《ろくろひき》は死《し》んで仕舞《しま》つた。（完）

巣連子評《そうれんじひよう》、嗚呼悲惨《あゝひさん》、ナゼ早《はや》く醒《さ》めなかツた。オヤ、手足《てあし》が動《うご》かぬ、ア是《これ》は凍《こお》ツたか、と思《おも》ツた瞬間《しゆんかん》われにかへツた。譯文《やくぶん》の妙、原作《げん》に劣《をと》らぬ苦心《くしん》の程《ほど》おもひやられる。

チェーホフ全集第四巻解説で訳者池田健太郎氏はこの「悲しみ」に触れ、老いて死ぬという僅か数十年の限られた人生そのものの悲哀を描いたチェーホフが、この時二十五歳であったことに驚いているが、それを訳して母校の校友会雑誌に掲載した廣津和郎が、この時僅か十八歳だったということは尚一層驚くべきことと言えないだろうか。

注

（1）廣津の散文精神論については「論考」Ⅰの「『宣言一つ』論争」を、また性格破産者論については同「性格破産者論」参照。

（2）M幹事即ち村松一については、注のあとの付記を参照して欲しい。

（3）『現代名流自伝』（明41　新公論社、江原素六のタイトルは「予の受けたる境遇と感化」）

（4）『自伝』では小野勗之助、同一人物か。この辺の叙述は村田勤『江原素六先生伝』（昭10　三省堂）に負う所が多かった。

（5）自ら「門弟」と称し、麻布中学に教鞭を執った堀川美治が大正四年に修文館から上梓した本に『素六主義』というのがある。ここに八十項目に亙り、素六主義とも云うべき素六の考え方、言行録が記されている。そこには古今東西の聖賢の教えが幅広く探索されている。麻布中学における素六講話を彷彿とさせるものである。

（6）廣津が戦後「岩本さんの随筆」を読んだと『年月のあしおと』で言っているその随筆は『素白集』（昭22　東京出版社）であり、そのことは廣津が「『素白随筆』に思う」（昭39・1・12朝日新聞）で明らかにしている。廣津はこの中で、素白の随筆は荷風の江戸追慕とも、万太郎の下町情調とも違う、もっと地味なもので、しずかにこまやかな愛情をもって、大正から昭和の初期ごろの東京の町のたたずまいや人情を写しているとし、「それは文章を金にかえ、それを身のなりわいとしている人には書けないような文章とでもいうべきか」という風に称えている。又、その続きに廣津は、中学生の頃素白に作文を教わり、素白の「読我書屋」を尋ねたとも言っているから、何か素白に魅かれるものがあったのだろう。

（7）廣津の見た英訳本はR.E.C.Longの第二翻訳集“The Kiss and Other Stories”（1908）の“Woe”と思われる。（本書P 233参照）このことを含めチェホフに関しては旭季彦氏の御教示に負う所が多かった。

付記

山路愛山の「独立評論」(大4・7・1)に、村松一の死を悼む文章が、「村松一先生の行実」と題して掲載されている。最後に「山路　彌吉識」とあり、日付は大正四年六月十二日。これを読むと、村松一が、生れこそ江原素六と違って上士であるが、幕臣の出であること、以下その経歴——漢学と洋学を学び、キリスト教に入信する——その人間性に於ていかに江原素六と共通したものをもっているかに驚かされる。山路愛山の村松一に対する追悼文に次のような一節がある。

「先生も亦教育者顔、学者顔して威張ることを屑《いさぎよし》とせざる人なりしかば……」

「先生、江原翁と与に官援を頼まず、公費によらず、唯だ有志者の同情をのみ待ち殆ど徒手空拳を以て麻布中学校を創立し、以て今日に至る。天下麻布中学校あるを知らざるなく、麻布中学校に幹事村松一あるを知らざるなく、麻布中学と云へば必ず師村松一を聯想し、村松一と云へば必ず麻布中学校を聯想し、二者恰も一なるが如く、麻布中学校は村松一の如くに思はれ、その永眠するや学生悉く悲しんで其柩を送り、学校自ら其葬儀を担任する猶ほ父母の喪に於けるが如くなるは……」

村松一の麻布に於ける位置の何と江原素六に相似たるものがあるかは、右の一節を以てしても容易に理解せられるであろう。幹事村松一は独り先輩江原素六のみならず、彼を実子の如く愛した八十歳に近きその養母をもこの世に置いて先立った。村松一は安政三年(一八五六年)に生れ、大正四年(一九一五年)六月九日五十九歳を以て逝去した。なお愛山は、明治二十三年麻布中学の前身東洋英和学校を卒業したが、村松一に遅れること二年、大正六年に五十三歳で没した。彼の個人雑誌「独立評論」は今非常に手に入り難い文献なので「村松一先生の行実」を多少長々しく紹介した。この一節にも窺われる如く右追悼文は愛山らしい言わば椽大之筆とも云うべき格調高きものである。

(2) 相馬泰三

「奇蹟」は大正元年九月に創刊され、翌二年九月第九号を以て廃刊された所謂新早稲田派の雑誌である。自然主義に何らかの反抗を示すものとしての「白樺」「三田文学」「新思潮」(明43)の他、「劇と詩」「朱欒」「モザイク」等の創刊が打ち続くという情勢に刺戟され、自然主義の牙城たる早稲田派の中から、自然主義を受け継ぎながら、ロシア世紀末文学の影響の許に、日本自然主義を内側から乗り越えようとする意識的無意識的意図を以て「奇蹟」は生れたのである。[1] こう書けば既に明らかな如く、「奇蹟」は全体として暗く憂鬱な色調を以て覆われていた。それは彼らの出身階級にも関係があっただろう。地方没落地主（相馬泰三）、地方と東京の没落商人（葛西善蔵・谷崎精二）、没落作家（廣津和郎）、退職軍人（舟木重雄）ｅｔｃ。その暗鬱に「貧」が作用していたことは言うまでもない。舟木が経済的には比較的恵まれていて「奇蹟」の財政を支えたと共に、出身階級の違いから明らかな色調の違いを見せていた「白樺」派との交流の接点に立っていたのも見易い理であった。寧ろ貧が彼らの文学の主題だった。貧が解決すれば彼らの文学の大半が消滅しただろう。しかし貧のために、彼らの文学的才能の熟成が困難になった事情も亦否定することができない。

「奇蹟」派の中では相馬泰三が最も早く世に出た、しかしその作家的地位は極めて不安定であった。その彼が回生の思いを籠めて書き、九州日報に連載した『荊棘の路』[2]（連載時の題名「茨の路」）の出版（新潮社）が決まった時、「とうとう僕にも『時』が来たのだ！　作家としての生活が成立つ時が！」（「道伴れ」大7・7「新潮」）と心に叫ぶ。――そうしてみると街を散歩していても、それまでは「憎悪と憂鬱」の対象でしかなかった例えばショー・ウインドーの中の燦々しきものが「急に明らかな或る意義」（同）を持ってくる――相馬泰三としては珍しく率直なこの感慨は、筆一本で生きることの至難を熟知した者の言として十分に納得の行くものだった。しかしこのようなきっかけを摑みながらも、それを生かし切ることのできなかった所に、相馬泰三という「小さな作家」[3]の悲劇があった。廣津和郎は後に、作家は「一生決勝点のないトラックの上を倒れるまで走りつづけて行かなければならない」（「派閥なし」昭16）と述べたが、文壇というトラックに降り得たとしても、誰もが倒れるまで走り続けられるとは限らないのである。

＊　　＊　　＊

相馬泰三は明治四十四年早稲田大学を中退すると、万朝報他二三の新聞雑誌記者を勤めたが、何れも長続きしなかった。その体験は「地獄」（大元・9「早稲田文学」）、「六月」（大2・12同）等初期の小説に描かれている通り、周囲の愚劣と醜悪に耐えることができず、「それでも、どうかして小説の方で食つてゆけるやうになるまでは！　といふ考から、我慢してく〳〵、ざっと一年間ばかり辛抱してゐた」(4)（『六月』と『荊棘の路』を書いた当時の思ひ出」大8・1「新潮」）。その間前記「劇と詩」「朱欒」に詩又は詩的小品を発表、それらは彼の詩人的素質の片鱗を窺い得る佳作ではあったが、無論それで「食つてゆける」ようなものではなかった。「奇蹟」の創刊に関わって二短篇を載せ、「早稲田文学」には前記二作の他「妹」（大2・7）「落第生」（大3・4）「田舎医師の子」（同7）等を発表、「田舎医師の子」で多少注目されたが、大正四年は殆ど沈黙し、五年から六年にかけて再び相当量の作品を発表する――といった風な経過の中で、新進作家としての扱い（赤木桁平「新進作家論」大5・1「文章世界」）を受けたものの、文壇に確乎とした地歩を築くような、謂わば決定打を放つことができないでいた。

　この中途半端に低迷する作家生活を打開するために、大正五年六月から略十ヶ月間、相馬は三浦半島の下浦に友人らと籠り、背水の陣を敷く気構えで創作にとり組んだのだが、ここでもさしたる成果を生まなかったばかりでなく、「五等避暑地より」（大5・9「文章世界」）「羽織」（同10「新潮」）の二篇が、「洪水以後」の時評で注目を浴び始めた六年後輩の廣津和郎によって徹底的に批判される（「個性以上の物――相馬泰三君に与ふ――」大5・11・15〜17読売）という事態が起り、心身共にかなり追いつめられた状況にあったと推測される。この時前記の如く九州日報の話が出、長篇連載の好機が与えられたのだが、この段階になっても、「私には、まだ、全体のコンポジシヨンや、いろんな思想の最後の持つて行きどころやなどは、はつきりと決つてゐなかつた」（前記相馬「思ひ出」）という状態だった。このことは、『荊棘の路』という作品そのものの性格を自らよく語るものとなっていた。なぜなら、「コンポジシヨンと思想」とが相馬文学に最も欠落した要素だったからである。従ってそもそも長篇小説を構成し得ないという条件を内包しながら、そこに作家生命を賭ける形で、初めての経験としての長篇小説にとり組んで行かねばならなかつたということになる。

にも拘わらず、完成された『荊棘の路』は、その欠陥が魅力でもあるような、一種特異な雰囲気を醸し出すものとなっていた。廣津和郎が「所謂長篇と云うもの〻概念に慣らされた人は、君の此作に或は失望を感ずるかも知れない。何故なら、此八百枚の全篇を通じて一貫した筋がないからだ。……そこには時につれて一貫した発展はない。唯推移と変化とがあるばかりだ。総てが偶然によって支配しているかの如く見える」としながら、この長篇を「多くの短篇の集まりとして見る時、作者の驚くべき芸術的才分は、到る処に光っている。……僕が最も感心したのは香川と曽根が住んでいる周囲の自然描写だ」（「相馬泰三君の『荊棘の路』大7・6・19時事新報）と[5]述べた所に、この作品に対する当代諸評家の批評の大体の傾向が集約されているかに見える。但し廣津のこの批評は、後述の如き事情を踏まえたものなので、ここに「奇蹟」派と関係のない江口渙（A「『荊棘の路』を読む大7・6」「新潮」、B「新進作家の文章」大8・1「文章倶楽部」、C「新早稲田派の人々」大8・2「新潮」）と、藤森成吉（D「相馬泰三論」大8・4「文章世界」）の批評を紹介してみたい。

A氏はこの一篇に依つて十人に近い青年作家の互に異る生活の種々相をその異るに従つていろ〳〵に描き分けようとした。謂はゞこの一篇は若い作家の生活の群像である。そしてその群像の一つ〳〵は形に於いて大小いろ〳〵の差こそあれ皆氏に依つて可成忠実に刻み上げられてあると云つて好い。この点に於いてこの作はむしろ自然主義の正系を踏んだものと云ふべきである。そしてこの一篇の価値も亦その点に存する。

B相馬泰三君の文章には、（中略）如何にも素直であり、かつ、柔みがある。殊にスケツチ風な描写の部分は、好くその対象を摑んではつきりと印象を浮き出す事を忘れない。謂はば一種絵画的な、殊に素朴な水彩画のやうな趣きがある。

C作家としての相馬泰三君は、作に現はれたる主題《テーマ》よりも表現に於いてより多くの優れた素質を持つた作家であるらしい。

D此長篇は私の好きな作である。（中略）全体がしんみりして、おだやかで上品で、悪く云つたら詠歎的だなどと云ふところかも知れないが、叙情味がすべての言葉に満ち渡つて、一貫したリズムが全体の文章の中に水のやうに流れてゐる。（このあと藤森は、これだけまとまり難い材料をよく整理し得た相馬の手腕を称えると共に、寧ろこのまとまりのあり過ぎる所が同時に相馬の欠点でもあるとしている。以下中略）

たとへばサアニン風な高梨と云ふ男は兎も角として、原口とか保科とか云ふ人間は、どうしてもそのままに生きた現実風な人間として受けとる事は許されない。それは余りに、氏の器用と空想の息のかかつた人形のやうな感じを多分に持つてゐる。それは類型化と云ふよりも寧ろ様式化とでも称すべきものである。それは生きた人間ではなくてすでに氏に依つて誇張され、図案化模様化されてゐる人間である。

『荊棘の路』の主要なみどころはすべてこれら当代の批評によって抑えられているし、小説の内容もある程度彷彿することができると思うが、問題は藤森成吉（D）のうちの最後の文章にあった。

『荊棘の路』は一種のモデル小説であって、藤森の言う高梨は廣津和郎、原口は谷崎精二であり、曽根庸介（作者）、園部（舟木重雄）という「奇蹟」派の他には、吉村（福永挽歌）、大塚（若山牧水）、香川（秋庭俊彦）等も登場してくる。そして彼らの下浦での交流生活は江口（A）も言う通り、「可成り忠実に」写し出されていると見てよい。例えば吉村のモデルとされた福永挽歌は「『荊棘の路』のモデル」（大7・8「新潮」）の中で次のように言っている。「……勿論書かれてゐる中には、事実でない事も随分あるが、大体に於て三浦半島にゐた当時の僕の生活であることには間違ひがない。」「作者は、始めから吉村の生活を見、性格を索ねて、そこから或るものを摑んで来ようとしたのではなくて、作者の或る考を現はすための傀儡に吉村を使つたのだ。」「この傾向は、高梨や原口に至つては殊に甚だしい。高梨や原口は、一種のカリケチュアで、作者の考を現はすために、誇張され強ひて特長づけられた人物である。この点から云ふと、吉村の方が、高梨や原口よりもずつと真実味が多い。」

ここでも高梨と原口が問題になっている。それは暫く措くとして、舟木重雄（園部）については、直接作者のカリカチュアの対象になった谷崎精二（原口）が「一生涯何一つ出来そうもない低能児に」（「堅い殻を持った男」大8・7「新潮」）描かれているとしたが、それは自らを「軽薄な世渡り上手」（同）に扱われたと認識した谷崎自身の稍誇張した表現と見るべきで、舟木の像は、舟木自身の書いた「見捨てられた兄」（『舟木重雄遺稿集』昭29所収）に徴してもかなり忠実に写し取られていることがわかる。――そこで最も問題になるのは高梨（廣津）の扱いであろう。

＊　＊　＊

以下は周知の事実だが便宜上簡単に記す。『荆棘の路』（「茨の路」）完成の報に接した「奇蹟」派旧同人達は皆驚異と讃嘆の声を挙げた。相馬泰三は、怠け者で持続力のない同人達の中でも特にその傾向が強かったからである。相馬はこれを出版しようとして新潮社に持ち込んだがはかが行かず、舟木を介してその交渉を当時批評家として売り出し中の廣津に依頼し、その尽力によって出版に漕ぎつけることができた。廣津は九州日報は読んでいなかったが、舟木の作品評価を信頼して新潮社との交渉に臨み、新潮社は廣津がこの作の紹介批評文を新聞に掲載することと、出版記念会を開くことを条件として承諾したのである。然るに廣津は、その校正刷を読んだ段階で初めて自分が作中において、谷崎の表現を借りれば「陋劣な色魔」に見立てられていることを知って愕然とし、かかる扱いをした当人に出版の斡旋を頼む相馬の神経を理解することができなかった。しかし新潮社との約束は果さねばならず、前記時事新報の批評文ではこのことに一切触れず、専ら相馬の自然描写の美しさを讃えることで責を果し、又出版記念会を成功に導くために（内心の怒りは抑えて）可能な限りの努力を傾注したのである。然るに相馬は次の小説（前記「道伴れ」）をわざわざ予告し、その一読を要請して来たので廣津が読んでみると、そこに『荆棘の路』出版についての事情が書かれ、新潮社の主人が「Mさん（同書店の顧問をしてゐる第二流の批評家）が読んで下すつて、大変に真面目なものだつておつしやるものですから」と言って出版を承諾した経緯が記されていた。事情を知る者にとってこの「Mさん」が廣津であることは明白であった。相馬のために労をとった廣津はこうして再度に亙って相馬のいやがらせを受けるハメに陥ったのである。他人に対して寛大な廣津もさすがに黙過し得ず、小説「針」（大9・1「解放」）を書いてこの間の事情を明らかにせざるを得なかった。更に後年「奇蹟派の道場主義」（昭8・6「経済往来」）の中でもこの経緯に触れ、この時相馬のとった態度は「友情をもって訪ねて来た人間が帰って行く後から、いきなり一太刀浴びせて来るようなものだ。一体それはどういうわけであろうか。そもそも何処からどうしてこういう心理状態が起って来るものであるか。私には少しも解らなかった。実のところ、今になってもそれは少しも解らない」と書いているのである。

＊　＊　＊

平野謙いう所の文壇交友録小説が、いつ頃から、又いかなる基盤の上に生れて来たものであるかは詳かにしない。恐らくそれは、「白樺」「奇蹟」「新思潮」各派の成立に伴う大正文壇の形成と共に、大正デモクラシーを背景にした大正自由主義――個性尊重主義の思潮にその根元があるのではないか。「友情」（武者小路）から「蝕まれた友情」（志賀）に至る「白樺」派の〈友情〉の質についてはここで喋々するまでもない。「新思潮」派については例えば、大正九年二月「文章世界」の「雑記帳」（無署名）が「内幕小説の流行」というタイトルの許に、前記「針」等「奇蹟」派の作品と並べて、久米正雄「良友悪友」（大8・10「文章世界」）と菊池寛「神の如く弱し」（大9・1「中央公論」）に触れ「かなり際どいことまで素破抜いてある」と述べている。しかしその「素破抜」きは、「奇蹟」派の如く友人を傷つけることを目的にしてはいなかった。この久米・菊池両作は、同じ事態を表と裏から述べたもので、友人への非難は結末に於ける和解のための効果になっている位のもので、謂わばエールの交換に終っている観がある。「白樺」「新思潮」派に共通して言えることは、たとえ結果的にそれがいかなる事態を惹き起そうとも、その人間関係の基底に極めて倫理的意志的な要素が淡い感傷を伴って作用していたということである。前記廣津の随筆の題名にもなった「奇蹟」派の「道場主義」はこれと趣を異にし、自然主義の陰湿な土壌の上に、屈折した生活と心理が、倫理や感傷を無視して結び合おうとした一種奇異な人間関係であった。その主役が葛西善蔵と相馬泰三であり、この故郷を北国に持つ二人の地方出身者が、廣津・谷崎・舟木という都会派に被害を及ぼしているのは興味深い。彼らの友情を可能にしたのは、葛西・相馬という二人格の、常人では考えられない特異な資質と生活様式に、「普通人」（廣津前記随筆）を自称する都会派の寛大が深い理解を示したことによるだろう。

葛西と谷崎の間には「子をつれて」（大7）に記載のある香奠返し事件というのがあった。正直な葛西は同じ小説の中で「人間は好い感興に活きることが出来ないとすれば、悪い感興にでも活きなければならぬ」という著名なアフォリズムを披瀝しているが、この事件の捏造自体がその「悪感興に活きる」ことの実験ではなかったのか。しかし当の谷崎（作中Y）は、これを葛西の「被害妄想」の為せる業として弁護しているのである。[6] 一方葛西と廣津の間には「谷崎の場合のにように、無邪気に笑ってばかりは済まされない」（前記「道場主義」）事件が起り、このため廣津は生涯葛西を許すことができないことになる。[7]

＊　　　＊　　　＊

右に瞥見した如く、大正期私小説は作家の交友生活を基盤にして、生活と芸術との境をとり払った形で書かれていた。このような意味で典型的な大正期の作品といえる『荊棘の路』を中心に、相馬泰三と廣津和郎の関係を見て行きたいと思う。

先に私は、相馬の廣津に対する仕打ちにつき、「今になってもそれは少しも解らない」という廣津の感想を紹介したが、実は又廣津ほど相馬を理解した者はなかった。寧ろ廣津の完璧な相馬理解と、公正無私な態度（出版記念会における）が相馬の反撥を呼んだ位のものだった。無論伊狩章氏が指摘している（「相馬泰三『荊棘の路』のモデル問題」昭46・10「日本近代文学」）ように、後輩廣津の文名に対する自己の位置の不安定さ、都会人廣津の切れ味のよい正論に対する地方出身者としての独特の口の重さ、人並み外れて小男だった肉体的条件等々が廣津に対する相馬の全行動の核にあったことは否定できないであろう。

しかし今は先ず、この事態の発端となった前記「個性以上の物――相馬泰三君に与ふ」から考えて見たい。これは相馬の「五等避暑地より」と「羽織」を批評したもので、その中で廣津は先ずこう述べている。「ほんとに僕等位互いに無遠慮に批評し合ったサークルも少かろう。互いにめったな事では容易に是認し合わなかった。顔を赤らめ合ってまでも始終頑張った。ただ結局は互いに不快を抱き合わなかった。何故なら互いに欠点をも長所をも呑み込み合っていたから、欠点を如何に無遠慮に叩き合っても、その底に互いの長所に対する尊敬を抱き合っていたから。つまり少しでも善くなり幸福になる事を、互いに喜び合える仲の好い友達であり道連れであったから。」――これでは「奇蹟」派が余りに理想化され過ぎている。むしろ「和して同ぜず」の「白樺」派の理想と等しい。もし所謂「道場主義」がこのようなものであったら、葛西や相馬の事件など起るはずもなかった。が、こう前置きしておいて廣津は相馬の二作品の批評に入る。

その批評は作品の隅々にまで分け入って、いかなる虚偽も虚飾も見逃さぬという峻烈なものであり、嘗てその批評の対象になった者は、泰三に限らず、たとえば泰三の同郷の先輩である相馬御風ですら、殆ど完膚なきまでに叩き伏せられた（「相馬御風氏に」大5・3・21「洪水以後」）程容赦のないものだった。だが一方で廣津の批評には、その作品を根本において是認し得る場合には、多少の欠陥を措いても、何としてもその長所を汲み出し、それを評価しようとする（現に『荊棘の路』の批評で前記の如くそれをしている）暖かい眼があって、それが廣津の批評家としての声価を高める因をなしていたことを思えば、今回の相馬の二作に対する批評は、周到であればあるほど、殆ど全否定に近いものだった。而もこの二作が、あの背水の陣を敷いた下浦での所産であったとすれば、下浦での生活そのものの意義すら否定され兼ねない痛みを相馬に与えたに違いない。『荊棘の路』の第十一章で、創作の苦渋を叙した後、曽根（相馬）は「我々は一体何をしてゐるのか」「飛んでもない間違つた馬鹿なことをしてゐるのではあるまいか」と自らに問うているが、これこそ廣津の批判に対する相馬の悲鳴に近い応答だったと見ることもできるだろう。具体的に言えば、この批評文で廣津は相馬独得の誇張癖を衝いたのである。この二作の主題は「貧」である。しかし相馬の貧乏の誇張は、廣津に言わせれば貧乏を概念化し、趣味化してそれを却って享楽してさえいる。そういう意味で相馬は貧を描いて人間を描いていない。人間に富や貧の他に霊魂の存在するものであることを描いていない。

「一体君が書く作中の人物は、自分が貧乏のため苦しみもし屈辱を受けてもいるという事を知って、憤懣を抱いていることは確かだが、その憤懣は『富』を得たら癒えそうな憤懣ではないか。」

「幸福よりも不幸の方が自己にファミリーな感じを与えるように思いたがっている君の病的空想から、弱小によって生ずる趣味から、君自身を解放する事を望む。」

このような調子で廣津は、相馬の最も痛い所を容赦なく衝いて行った。人生のマイナス面を誇張し、そこに作品の「感興」を求めようとする相馬の行き方は、その限りで、実生活では加害者でありながら、作品の上ではどこまでも被害者として自己を虐まないではいられなかった葛西善蔵に酷似している。ただ相馬の場合、この傾向が他人の描写に使われた時には、悲哀と諷刺が程よく調和して一種の効果を挙げることがあった。『荊棘の路』の中の吉村夫婦の場合がその成功した例であろう。従って、これは良くも悪しくも相馬文学の核を形成するものであり、如上二作の場合は、その悪しき現われに廣津が痛棒を与えたことになる。

これに対し、相馬は正面から応えることをしなかった。『荊棘の路』の中で、廣津である高梨は友人を崖から突き落し、その恋人を奪ってこれを妊娠させ、上京した高梨を追いかけさせるという設定になっていた。廣津が憤慨したのは無論これが事実無根だったからであるが、第一に、出版を相馬に頼まれ、新潮社への交渉に苦心した後でこの作品を読んだこと、第二に、当時廣津は「やもり」（大8）に描かれているような妻との問題に苦しみ抜いて下浦を訪れた、という事情があり、もしこの二つの条件がなく、虚心に客観的にこの『荊棘の路』を読んでいたら、廣津は愉快ではなかったにしても、憫笑を以て相馬に対し得たのではないか。なぜなら藤森成吉や福永挽歌が期せずして指摘しているように、他の部分に比し、高梨の部分は活々と描かれていない、つまり芸術的な意味で不成功に終っているからである。

廣津が直接的な抗議文をものするよりも、暫く間を置いてから小説（「針」）の形でこの間の事情を描いたのは、相馬に対する廣津の深い配慮を示している。それは廣津の葛西に対する態度と比較してみればわかる。尤も廣津は、葛西に対して次のようにその追悼文（「作家としての葛西善蔵の一面」昭3・9「改造」）の中で言った事がある。

「――だから、葛西はその周囲の人間を、有るがままの形では見もしなかつたし、愛したりもしなかつた。彼の愛情が若し発露する場合には、人を愛撫しないで、コツンとその頭を撲つてかかるやうな態度だつたとも云へる。（中略）イヤガラセが葛西の親愛の表現なのかも知れない。(8)」

廣津が相馬についても同様な理解を抱いていたことは言うまでもない。しかし、相馬・葛西の「イヤガラセ」は、不必要なまでの自己卑下と自虐趣味に対応するものである。相馬が廣津の批評を正面から受けとめられなかったのは、自分で承知していて尚どうにもならぬ自己の欠点を人から指摘された時、それを屈折した心理そのままに「イヤガラセ」としてしか表し得なかったからで、そのために芸術性を犠牲にして顧みなかった所に、作家としての相馬の小ささがあった。

廣津和郎の小説「針」は、小説に名を借りた相馬泰三論であるが、『荊棘の路』や「道伴れ」の作品論ではない。自分が相馬の被害者のように書いて、その実全篇相馬への深い愛と理解に裏付けられた廣津独自の文壇交友録小説であり、かかるものとして「あの時代」（昭25）に次ぐ逸品である。

「針」の中の廣津和郎（作中「私」）は、相馬泰三（作中「大下」）の話に出てくる「無意識の誇張」について、その話に誇張が加われば加わる程却っていかに自然らしく、真実らしく人に感じさせる魅力を持っているかに触れている。そして廣津は、その誇張の根元がいかなる所にあるかを知っていた。それは相馬の生涯の淋しさに由来しているのである。相馬が故郷に帰って小間使に恋をした話（「田舎医師の子」「処女」を見よ）も、いかにそれが彼の孤独から来る作り話に過ぎないかを廣津は見抜いていた。(9)「女性の話ばかりではなく、どんな話にでもいつの間にか知らず識らずの間に加えて行くあの誇張も、その底を探って見れば、小さな悲しい存在の淋しさや頼りなさから、おのずと湧き起って来るあらわれなのだ、と思うと、ほんとうに彼のために悲しまないではいられなかった。」

しかし、再度に亙る相馬の「イヤガラセ」に出逢って「私」は又もや相馬の「特殊の心理作用」の考察を余儀なくされる。「――人から受けるものが、或程度以上に来ると、それがたとい好意であっても、彼の小さな心には、何か負担のように感ずるのかも知れない。そしてその負担からのがれるために、彼の心の直ぐ近くに来たものを、その毒針でちくっとさしてしまうのかも知れない。」

こうして「私」は、怒りを以てしても憐みを以てしても気持に解決のつかない人間存在につき当る。「私の頭はえたいの知れない洞窟を窺くような暗さに充された。」――これが「針」の結語だった。

先ず相馬泰三論としてこれほど親切で行き届いたものは他にはないだろう。これを書いた廣津の動機には、相馬に対する抗議の気持がなかったと言えないが、もはや「事件」は遙かに後景に去って、廣津独自の人間探求が展開されているのである。

＊　　＊　　＊

相馬泰三は新潟県白根市在の地主で開業医相馬久衛の四男(10)として明治十八年に生れた。長兄は医業を嫌って農林学校を卒業し、果樹園の経営を志したが失敗し、金銭上のトラブルを起して廃嫡となり、新しい農業の天地を求めてアメリカに渡ったが、そこでも成功せず失意の裡に死んだ。泰三は実業界で成功した三兄よりなぜかヴァガボンドの長兄を愛し、「新しき祖先」（大6・10「新潮」）、「亜米利加へ発つ前」（大11・5「太陽」）を書いてその記念とした。前者は創作集『憧憬』（大8・6新潮社）に収録の際「憧憬」と改められたが、そこにも長兄への深い思いが察せられる。伊狩章氏は「泰三自身の生涯を概観すると、カタにはめられるのを嫌う奔放な理想派的なところ、悪く言えば、やや辛抱のない、移り気なところなどはこの長兄に似ていたようだ」（「相馬泰三研究」その三、昭46・5「国文学会誌」⑮）と述べている。

相馬泰三は前述の如く、自然主義の血を引きながら、ロシア世紀末文学に親炙したため、その詩人的資質と相俟って、自然主義的私小説の作風を基底としながらも、一種特異な感覚的表現が作品を平板なものにしない効果を挙げていた。又農村出身の作者らしく農村問題にも関心があり、「現代の日本文学即ち東京文学の観がある」（「最近の感想」昭3・10・31時事）といって、農村大河小説を志したらしいが、『荊棘の路』でも察せられるように、豊かな構想力に欠けていたため志を遂げることができなかった。彼の人間性は葛西善蔵と酷似し、そのため作品の中では反撥し合いながらも、殆ど生活を共にするほど親しくつき合う時期があった（「葛西善蔵のこと」昭3・7・7国民新聞）。しかし相馬は葛西の如き芸術至上主義者ではなかった。その点では人生派の廣津和郎に近い点もあった。「茨の路」連載に当って、その予告文と共に彼が九州日報に掲載した「起稿雑感」（大6・10・3〜6）の一部を引いてみよう。

○私の憧れは芸術ではない。私は小説を書かうとは思はない。傑れた作品の作者であることが私の望みではない。
——人間が生きて行く上に一番必要なものは何か？　それを知ることが私の何よりの願ひである。
○霊魂《たましひ》は、孤独と不安との為めに、不断に友欲しさの両手を伸べて、自分の同類の手を探し求めてゐる。
○透通るやうな上機嫌、淀みない軽快、蔭を持たない光明、隠れた涙を持たない幸福、さういふもののあることを信じることができない。――障害、困難、懊悩、苦難、……さういふものが到るところに背負ひきれない程ころがつてゐる。人生は畢竟「茨の路」の上に置かれてあるのだ。おゝ血！　人々によつて流され、流される痛ましい血！

ここに窺い知ることのできるものは、彼が第一に、完成された芸術よりは、「人間が生きて行く上に一番必要なものは何か」を求めて行く型の作家だったこと、第二に、その孤独と不安のために、常に真実の友を求めようとしていたこと、であろう。相馬泰三の生涯は、この二つのものを求める旅だった。大正期の終り頃から、文壇に見切りをつけて放浪生活に入る。といって彼は文学への夢を捨てたわけではなく、童話作家から紙芝居作家への道を歩み、そこで生涯を閉じた。「人間的」な紙芝居の世界では、彼の「友」が多く得られ、彼の放浪にも終止符が打たれた。昭和に入って「赤い鳥」に数篇の童話を発表し、それらは専門の童話作家から高く評価されている(11)（浜田廣介「相馬泰三の童話」昭28日本児童文学全集⑤かいせつ参照）。昭和四年四月小説「目算ちがひ」（「中央公論」）、昭和十年九月評論「農村に於ける階級構成と農民の心理」（「文学評論」）、昭和十一年十一月評論「紙芝居国営論」（「中央公論」）、十二年四月「紙芝居」（「中央公論」）――と飛び飛びに小説や評論を発表している。各種文学辞典の類に相馬の「左傾」を云々するものがあるが、これは右「文学評論」掲載論文などを根拠にしたものか。しかし少なくともこの論文で彼が階級的立場をとっていることはなく、寧ろ大正の作家らしい文学的立場とでも言うべきものを堅持していた。又小説「目算ちがひ」は、彼の志した農村文学を思わせるが、思想的立場が明確でないために主題性に乏しく、この種の小説が彼の資質と折り合わないものであることを示しているに過ぎない。

彼が晩年紙芝居の世界に投じ、そこで長老として重んぜられていた情況は、加太こうじ「相馬泰三」（昭45「奇蹟」復刻版解説）、同『紙芝居昭和史』（昭46）、同『街の自叙伝』（昭52）に記述があるが、尚、相馬がそこに至った経過心境については必ずしも詳かにされていない。彼は昭和二十七年五月十五日、自らもその準備委員だった「日本子どもを守る会」の発会式の直前に、離婚した旧夫人神垣とり子に看取られて死んだ。その葬儀は「世にも珍しい」「紙芝居葬」(加太)として営まれたが、無一物主義に徹した晩年の彼に対し、その筋の人達への呼びかけに応じて、全国から多額の入院費のカンパが届けられたという。その追悼会には宇野浩二、谷崎精二、廣津和郎、中野重治らが来、廣津はこの席で松川裁判の話をしたらしい(前記加太の著作)。

死後一ヶ月余りの後、廣津和郎は早稲田大学の大隈講堂で講演し(6・28)、旧友相馬泰三の死を悼んだ。題は「相馬泰三の文学魂」という副題を持つ「偽れぬ心」。後「早稲田学報」(昭27・8)に掲載された。これは廣津の相馬泰三観の総括と見られる内容を持っているので、以下箇条書的にその要約を記しておきたい。

①相馬泰三は葛西善蔵に匹敵する作家である。②初期の小説は非常に新鮮で、今度の戦争後の作家に近いものを持っていた。(以下「地獄」「六月」の紹介)③相馬は偉大というものを嫌った。それは栄えるものへの嫌悪で、日本資本主義の興隆期における日本の勃興の姿は、彼の最も耐えられないものであった。④大正末年に文壇から姿を消したが、それは決して相馬が文学を捨てたわけではない。ただ大きな農民小説や歴史小説を書こうとする志はありながら、彼の嘗ての技巧では歯が立たず、遂に志を遂げることができなかった。⑤光用穆《きよし》(「奇蹟」同人)の葬儀(昭18・10)の時相馬に逢ったが、その時紙芝居の関係で、文部省の役人や軍人と交渉する機会が多かったが、日本の指導者の愚劣さを皆日記につけていると話し、「信頼できるものは文学者だけだよ」と語っていた。⑥戦後、志賀直哉を交え歓談した際、廣津に向って相馬は「我々年代の者は結局自分にうそをつく生活は出来なかったね」と言った。そのことが文壇生活から放浪生活へ、更に紙芝居への道を辿らせたのだ。

最後に廣津和郎は、「相馬が最初の出立の、非常に個人主義的な作風から、最後に聞くやうなヒューマニスティツクな、己れをなくして人を愛するやうな人間にどうして成長して行つたか、彼との交友に長い中絶のある私には未だしつくりとは理解できないものもあります」と述べているが、これは相馬泰三研究の今後の課題である。

この追悼講演によっても、廣津和郎が嘗てあれだけの「イヤガラセ」を受けながら、いかに相馬泰三への友情を長く持していたかを、最後まで許さなかった葛西善蔵への態度との好対照の裡に理解し得るのである。この講演は、自己に忠実に生きるという、大正期の作家らしい「文学魂」を貫いて死んだ旧友への、廣津の心からの鎮魂賦だったと言えるだろう。

注

（1）江口渙は「新早稲田派の人々」（大8・2「新潮」）の中で、当時文壇では「『早稲田田圃には自然主義が地下数尺の深さにまで沁み込んでゐる。だから後から生れる草といへども、何《ど》れもこれもみんな自然主義の匂ひを帯びてゐないものはない』などと憎まれ口を叩いたものだ」と回想している。「憎まれ口」とした所に反自然主義時代の風潮が窺われる。廣津和郎は「『奇蹟』の同人たち」（昭12・11「早稲田文学」）の中で、「奇蹟」同人達がロシア世紀末文学の神秘的な象徴主義に心酔したことを述べたあと、「彼等の作品に潜んでゐる絶望的な虚無的な気持が、自然主義を経て来たその頃の僕たちの気持に通じるものがあったのだ」と言っている。

本文を含め傍点のうち、、、は引用者。・・・は原文のものとする。

（2）「茨の路」は「早稲田文学」の中村星湖の斡旋により、九州日報の加藤介春の依頼で、同紙に、大正六年十月から同七年三月まで掲載された。田村俊子の「泥濘」の後を承けたものである。介春執筆と思われる予告文が、泰三自身の「起稿雑感」と共に十月三日から四日間載り、十一日から小説の連載が始まった。又『荊棘の路』は大正九年までに五版を出している。「道伴れ」の中で、「それからもう一年も経った今、未だに再版にもならないでいる」と言っているのは、本文後述の如き相馬一流の自己卑下的誇張である。

（3）ここで「小さな作家」というのは、嘗て間宮茂輔が「葛西善蔵氏の歩いた道」（昭3・9「新潮」）の中で葛西を「小さな作家」としたのとは正反対の意味である。間宮は「小さい」の意味を「狭い」のシノニムとし、狭いながら芸術至上に徹底して微動だもしなかった葛西の創作態度を形容するものとした。相馬の人生はこれに対して常に不安と動揺に虐まれ、芸術への憧憬と疑問とに引き裂かれていた。

（4）相馬の記者生活の苦痛を題材にした小説は、廣津の「神経病時代」「哀れな人々」等を思わせるが、廣津がある程度、新聞社内の空気を客観化し得て、問題性を内包していたのに対し、相馬の小説には詠嘆的な調子が勝っていて必ずしも題材の散文性と適合しない恨みがあった。尚相馬の体験に基き、勤め人の苦痛を描いたものとしては「欠勤の日」（大6・6「早稲田文学」）が最も秀れている。

（5）後『作者の感想』（大9）に収録の際、「相馬泰三氏の……」に改められた。

（6）廣津和郎の引用は、全集収録のものは全集の表記法に従った。

谷崎精二「葛西善蔵論」（昭18『近代日本文学研究大正文学作家論』）及び『葛西善蔵と広津和郎』（昭47春秋社刊）

（7）恐らく葛西の「小さな犠牲者」（大9）が廣津を激怒せしめたものらしい。それは「廣津の私行をあばいた」（谷崎前掲書）ものであり、その内容は全く廣津の身に覚えのないもので著しく名誉を傷つけるものだった。これについては谷崎の所に、廣津の舟木宛書簡が保管されてあり、その中で廣津は、倫理的な生き方の方が芸術の完成よりも大切であるという趣旨のことを述べて、葛西流芸術至上主義を否定している。（谷崎前著）

（8）注（7）の書簡の中に、「僕の『改造』、『中央公論』に書いた葛西についての文章は、意識してお座なりを書いた。佐々木千之君の『文芸王国』には、現在の気持をかなり本気に書いたつもりだ」とある。「お座なり」の意味は、追悼文の性質上、自分の私的感情は抑えて書いたの意で、無論いい加減な嘘を書いたの意ではない。

（9）小間使との恋の話が「田舎医師の子」の最終章で一種の破綻を見せていることについては、当時既に赤木桁平の指摘があった。（「新進作家論」大5・1「文章世界」）

（10）三男説も五男説もある。相馬泰三の研究家伊狩章氏の論文（前記「研究」その三）と同氏作製年譜（日本児童文学大系⑨）の間にすら違いがある。

（11）「紙芝居の世界は人間らしい世界だった」（加太こうじ『紙芝居昭和史』）

(3) 兵本善矩《ひょうのもとよしのり》と舟木重雄

一人の作家を知るには、無論その作家の作品を読むに如くはない。しかし同時に、その作家が他の如何なる作家作品を高く評価したか、又は低く評価したかによっても、その作家の傾向を推し測ることができる。

日本の近代作家の、特に自然主義及びその流れに立つ私小説作家には数々の回想録があって、それが又作品と同質の文学的感銘を与えるものが少なくない。田山花袋の『東京の三十年』や『近代の小説』、江口渙の『わが文学半生記』、廣津和郎の『年月のあしおと』、尾崎一雄の『あの日この日』等々。仮に角川文庫版『近代の小説』や、『あの日この日』の巻末索引を瞥見しただけでも、今はもはや特定の人にしか思い出されず、それもやがては跡形もなく消え失せて行くような作家の数の如何に多いかに驚く。その中の極く少数の頭角を現わした作家が漸く文壇に登録される。しかし運よく一つ二つの作品を発表し得て、人々に強くその印象を残しながら、後が続かないで埋没した作家も数多くいる。斎藤緑雨の例の「按ずるに筆は一本也、箸は二本也。衆寡敵せずと知るべし」(「青眼白頭」)は、いつの時代に於いても至言たるを失わぬ。島村抱月はある時、作家志望の学生を集め「作家の道は常に至難である。餓えて斃れる覚悟がなければならぬ」と激烈な調子で彼等を励ましたことがあったという(谷崎精二「早稲田文科の五十年」)。而もこの苛酷な文壇を生き抜いたとして、彼の文学がどこまで生き残るかは又全く別の問題なのである。「何千人、何万人の作家が出ても、文学史中に登録されるものはほんのわずかなのであります」(中島健蔵「チャタレイ裁判」最終弁論)。あらゆる芸術が亡びても「しかし芸術は民衆の中に必ず種子を残してゐる」という芥川龍之介の「侏儒の言葉」の一節は、長い悪戦苦闘の果てに挙げた悲鳴のようにも感じられる。

尾崎一雄が『あの日この日』の九十五章から二十余章をかけて追求した兵本善矩は、諸家が絶讃するような──保田与重郎曰く「彼ほどの小説の名人を、上方の井原西鶴翁以来私は見たことがない」(『現代畸人伝』七)──幾つかの秀作を書きながら、落魄の放浪生活を続け、言わば陋巷に窮死する形で終ったのだが、その『兵本善矩遺作集』(昭50・8・10五条市立図書館協力会)の中で、別れた兵本の妻昌子は次のように言っている。

「実質十数年かと思われる兵本との生活の中から私に残されたものは、『ほんとうの文学』への道の『恐ろしさ』

と、まぎれもない四人の子供たちであった。」

「ほんとうの文学への道の恐ろしさ」を、その肉体と精神の崩壊の中で、いやという程思い知らされたのは、兵本自身であっただろう。

＊　＊　＊

尾崎一雄が兵本善矩について、執拗な追求をした結果、全く世に忘れ去られたこの作家の死の年月日、墓の所在が確認され（兵本善矩・明39・11・3〜昭42・2・21、六十歳にて死す。墓は五条市二見・真言宗・寄足山生蓮寺にあるという。）兵本の全作品（と一応考えられる）が発掘され、『遺作集』として上梓された。正にこの集は「『あの日この日』による副次的所産」（北村信昭「異色作家鎮魂賦」遺作集所収）と言うべきものであろう。尾崎の追求がかほどまでの執着を示したのは、第一に、前記保田の言説を含む『畸人伝』の叙述に、志賀直哉に対する「誹謗に近い言辞」を発見し、これを正さんとしたためである（百十六章参照）。第二に、昭和の初期、奈良に於ける志賀直哉を囲む一群の者達の中に尾崎自身を置いてみることで、まだ文壇に確たる足場を築き得ないで懊悩の日々を過した一時期の意味を探求しようとしたことである。結論だけ言えば、圧倒的な志賀の影響下にあった尾崎が、「自分が志賀直哉を追駈けることは間違ひだ」ということを認めざるを得ない所にまで追い込まれ、女も家郷も面目も、何ものにも換え難い志賀をすら失って、もはやこれ以上失うものとてなく、これ以上落ちる気遣いはない――とそこまで来て「私は勇気のやうなものが湧いてきた」（百十一）。こうして尾崎は立直るきっかけを摑みとり、「私は漸く仕事を始める気になってゐた」（「なめくぢ横町」）のである。

この尾崎の奈良回想記（『あの日この日』九十五〜百十六、以下『回想記』と称す）の中に、極めて象徴的な写真が二枚挿入されている。その一枚は「富雄川にて」と題し(A)、今一枚は「昭和5年春、富雄川遠足から帰り志賀邸にて」とあって(B)、この二枚が同じ日のものかどうかはわからないが、(1)二枚とも尾崎は兵本と隣合って写されているのである。尾崎の回想記の主たるモチーフは、特に(A)の、富雄川にかけられた細い橋に一列に並んだ六人の運命にある。――尾崎は言っていないが、この写真が志賀自身の撮影であることには二重の象徴的意味があるのであろう。――写真は左から舟木重雄、若山為三、兵本善矩、尾崎一雄、加納和弘、小野藤一郎。そして尾崎は言う。「富雄川の橋上の人々（兵本と尾崎は一応除外するとして）――他の人々には、程度の差こそあれ、みな舟木氏流のところがあった。逆に言へば、瀧井、網野両氏に見るしたたかさ、たくましさに欠けてゐた」（百十四）。舟木重雄はこの小稿の第二の主人公であるから後述する。若山と小野は画家であり、加納と並んで、奈良に於ける志賀日記に姿を現わす頻度が最も高い人達である。加納は志賀の「奇人脱哉」（昭24・9「苦楽」）によれば、後に東京に出て古本屋の主人になった。池田小菊「小説の神様」（後述）によれば、志賀という存在によって最も甚しくスポイルされた人物と考えられる。舟木を含める三人が作家志望だが、言わば大成したのは尾崎一雄だけだった。

百十四章から少し引用する。

「先月号で、阪中正夫らしい人物の言葉として、池田小菊作『小説の神様』から、『島津光行（志賀）は、人を生かすよりか、殺す方だ。あれは人殺しの方だ。君たちは、生殺しにされた人間だ』

右の一節を持ち出したが、これは酒中の放言だけに言ひ方は乱暴ながら内容は私の所信と全く同じである。『とびはなれて偉い人が、そばにゐると、手も足も出なくなる』と嘆いた加納和弘はもとより、『別れにのぞんで、島津先生は、土地に未練が残られたやうに、残してゆく皆のことも気にかかられたであらう。が、さうして苛々してゐたのは、先生だけでなく、みんな一列にならんで、容易に跳び越せさうにない高い土塀へ、鼻をつきつけたのだ』と書いた池田小菊も、小菊の言ふ『高畑連中』の誰も彼もが『生殺しにされた人間』であり、さういふ罵声を挙げた阪中自身さへが同属でないとは言へぬだろう。

富雄川の一本橋に勢揃ひした六人の姿が彷彿とする。」（傍点坂本）

池田はこの写真を見たわけではないだろうが、尾崎の意識の中に、池田引用文の「一列にならんで」が、一列に並んだ写真にオーヴァラップしたのは明らかである。池田小菊の「小説の神様」は「関西文学」（昭47・5）の池田小菊特集号に掲載されたものであり、尾崎は池田をも橋上六人衆に加えたい口ぶりだが、この未完の長篇を読むと、池田は志賀に対し、限りない敬愛と周到な理解を持ちながら、一方に於いて、これをつき離して見る眼も具えており、この小説自体が一つの本質的な志賀批判論をも含んでいる。(2) さればこそ「みんな一列にならんで云々」というイメージも浮んだというものであろう。

＊　＊　＊

昭和二十年代、三人の作家が兵本善矩を主人公にした四つの小説を書いた。順に挙げれば次の通りである。

(1)中山義秀「山のちよろり火」（昭24・5「別冊文藝春秋」―全集未収録―）

(2)廣津和郎「靴」（昭26・3「別冊文藝春秋」―全集未収録―）(3)

(3)尾崎一雄「多木太一の怒り」（昭26・6「小説新潮」）

(4)同「縄帯の男」（昭27・6「文藝」）

これらの作品は、①兵本の作品の水準の高さ、②自分の小説を全文一字一句、句読点まで含めて正確に暗記しているという兵本の並外れた才能、③人を喰った態度と、図太い生き方、④浪費癖と、友人達への手のつけられない程の迷惑のかけ方、⑤一作にかける時間の長さからくる超寡作、⑥兵本への書くことの奨め、等々に於いて、殆ど一致した叙述と見解を示している。勿論尾崎が言っているように「中山の作と廣津氏や私のそれとが、ニュアンスに於て違ふところのあるのは当然」（百十三）である。特に中山の作は、最も長く、又最も詳細に、兵本を厳しく対象化しながらも、兵本の側に身を寄せ、兵本の今日に至った来歴を、志賀との関係も含めながら周到に描いた力作であり、それは若い時からの奈良に於ける兵本の友人だった北村信昭が、「兵本自身が書いたのかと思われる」(『大和百年の歩み』文化編〈昭46・11・10大和タイムス社〉)と言った程、兵本への深い理解を示したものだった。

中山はその小説の最初の方で次のように述べている。

「二十七歳の時、文芸時論誌に『養老』を発表した。(中略)で三十枚ほどの短篇だが、題材が渋いやうに表現も渋い。飾も誇張もない淡々とした叙述のうちに、これ以上省略できない簡素味と、ふかい含蓄が感じられる。平六(兵本)はこの作品の完成に、三年かゝつた。その洗煉と彫琢とに、のこるところのない努力を払つたわけである。」

これを読んで私は直ちに、廣津和郎が大正八年四月「新潮」に発表した「志賀直哉論」の一節を思い出した。「――あの内容と合致した技巧、飽くまで誇張と虚飾とを省き、飽くまで簡素に書こうとする、あの渋い底光りのした技巧は……氏によって既に完成されようとしていたのである。」(全集の表記法による)

兵本がかかる小説の名手を前にして、「自作の一字一句に渾身の努力を傾けるより他に手がな」かったのは当然であろう。「才能で胡麻化したのではない彼の本質を、彼は石に刻むようにして文字に彫りつけた。」(中山)

中山が「養老」と言っているのは「布引」(昭7・6「文藝春秋」)のことである。兵本の言わば文壇的処女作である。一晩に四、五十枚も書き飛ばす既成作家達にとって、兵本の彫心鏤骨の「底光りする」(中山)作風は衝撃だったであろう。ここに「布引」の批評を、翌月の雑誌の「文芸時評」から二つ引いてみよう。一は「改造」の三木清、一は「文藝春秋」の河上徹太郎である。

この明らかに思想傾向を異にする二人の批評家は、期せずして先ず当代文芸の一般的傾向を分析し、特に現代にとっての現実の意味を問い、リアリズムの一般的理論を展開し、その後でその理論の適用のために具体的作品の批評に入るとした時に、何れもまっ先に取り挙げたのがこの新人兵本善矩の「布引」であった。

「兵本善矩氏の『布引』（文藝春秋）。しつかりした筆で克明に書かれてゐる。物の見方も落付いてゐて、材料が隅々まで占有されてゐる。リアリスチックな好短篇だと思ふ。インチキな今の時世にこのやうな作を読むのはたしかに楽しみである。階級とか、歴史とかいふものからおよそ距つてゐる。我々はフロベルの言葉を思ひ出す、『私の哀れなボーヴリはたしかに、この今の時間に、同時にフランスの二十の村々で歎き、泣いてゐるのだ』」（三木清）。

「所で先月の作品評に入るについて、こんな書出しをしたついでに新人からはいつて行かう。さういふ訳で新人の作でも、新しい理論や際どい意図を狙つた作品よりも、只がむしやらに自分の肉体でぶつかつて行つたものゝ方に面白いものが多いのは当然である。先づ目についたのが文藝春秋の兵本善矩氏『布引』である。手堅いものだ。読んでゆくと枚数の割に人物が沢山出過ぎやしないかと思ふが、結末迄にチヤンと捌いてしまつてある。削るべき無駄もない。（中略）何しろ此の作の特長は都会人でない所にある。それにしても老巧さといふものを青春の資本にした氏の首途に恥かしくない作品だ。

心理影像の錯乱した現代人が、健康な肉感に耐へ得ないで、己がインチキさを諸概念の下に押し隠すことを求める時に当つて、こんな天然の陰影ある作家が若い人の中に相当現はれるといふことは一寸不思議だが、然し顕著な一現象である。」（河上徹太郎）

「芸術派とプロレタリア文学とが対立する」（三木）状況の中で、「プロ派はマンネリズムに陥り、芸術派はくたびれ」（河上）たという認識があった。かかる時、両者の眼にこの「階級とか、歴史とかいふものからおよそ距つてゐる」兵本の作品が「新しい理論や際どい意図を狙った作品よりも」本物だけが示す確かな手ざわりを持つものとして却って新鮮に映ったのであろう。而も三木と河上が、この時の時評で取り挙げた作家は何れも僅かに三人、共通しているのは兵本を除けば武田麟太郎の「日本三文オペラ」（「中央公論」）だけだった。これだけでも兵本出現の衝撃は察せられようというものだ。武田麟太郎の代表作の一つとなった「日本三文オペラ」は、しかし「理論」を引きずった分だけ、その新しい風俗小説に今一つ読者を納得させないゆがみが揺曳している。そこにこの作の中途半端な性格があり、「布引」の一貫した手堅い手法に及ばなかった。唯、この貴重な瞬間を摑み取り生かし切れなかった所に、兵本善矩の運命があった。そしてその生かし切れなかった運命の内実は、彼の作品そのものの検討によってもある程度は解明されるだろう。

今『遺作集』に収められた兵本善矩の全作品を挙げれば次のようになる。

「彼女の滞在」　昭3・7「郷土」
「布引」　昭7・6「文藝春秋」
「一代果て」　昭8・1「文藝」
「俗境」　昭9・4「文藝」
「靭の男」　昭10・4「文藝」
「物心」　昭11・6「文藝通信」
「螢の姨」　昭11・7「文藝通信」(4)

これですべてである。「布引」と比べて遜色ないものばかりで駄作は一つもない。確かに兵本の作風には、志賀直哉によって鍛えられた、ものを見る眼の確かさと渋い技巧が光っている。しかしそこには、志賀にあった高い意味での倫理性が欠如していた。「この鋭い理智と正しきものを愛する熱情に燃えた心、この二つが氏の如何なる作にも根本の基調として流れていて、それが人の襟を正さしめずには置かない厳粛な感銘を与える。」——これは前記廣津和郎の「志賀直哉論」引用文の直前にあった評言である。兵本にはこれがなかった。その代りに敢えて言えば、瀧井孝作にいくらか通ずる抒情性の如きものがあったが、しかしそれも、例えば瀧井の名作「無限抱擁」の持つ純粋一途な恋情の美しさのような性質のものではなかった。

もし最後の作「螢の姨」を以て彼の作を代表させるなら――又代表させ得る秀作と思うが――そこには、地方の旧い家の崩壊と同時に進行した兵本少年の性の目覚めが、息苦しいまでの憂悶の裡に捉えられている。そこに生きる男女の哀歓、意地、情欲、倦怠、希望のない生涯への展望、ほの見える不況の世界――そうしたものが複雑にからみ合う大正中期の地方旧家の様態を精細に、又対象をつき放して描き切る余裕を以て見事に写し出している。そしてこの作が処女作「彼女の滞在」と同じ題材を扱っていることは――勿論格段の進境を示しているが――その処女作以来恐らくは例の如く、数年に亙って暖めに暖めた題材を一挙に吐き出してしまったことを意味し、その時もはや彼は再びものを創造する余力を失ったのではないかと思われる。あとには、放浪と物乞いの生活があるのみだった。同じ破滅型と言っても、兵本には葛西善蔵に典型的に示されたように、書けない苦しみを書く、その苦しみを書いている自分の姿を書く、書けなければ口述してでも発表するという私小説作家に特有の執念と方法とを持たなかった[5]。表現に総てを賭ける彼の創作態度と、肉体と精神とを頽廃させて行く旧い家の血の濁りが、彼を破滅に追いやるのであり、書くことによって自らを生かす作家の意欲の持続を失わせたのである。と同時に、故郷に於ける若き日の自己形成への執着がまた彼に一つの枠をはめた形となり、身動きがとれなくなったということがあった。従って五条出身の玉村禎祥氏が次のように言っていることは全く正しかったのである。

「ともあれ、私はこの二つの作品が同じ内容を持ち、前の作品に手を加えたかたちになっている『螢の姨』の発表は、彼の作家としての生命を自からの手によって立ち切ってしまったとしか解せない。」（「兵本善矩の世界」昭49・9・15「金陽雑誌」31号）しかし、同時に玉村氏は最後に次のようにつけ加えざるを得なかった。

「矢張り兵本善矩は、五条の町をわすれることが出来なかったのだ。五条の真中を流れる吉野川にボートを浮べた頃を……私は、この最後の作品『螢の姨』を読み安堵の胸をおろした。矢張り彼は五条の町にもどって来たのだ。」

精神的に古里五条から離れられなかった所に、兵本の大成を阻む一つの素因があった。郷土の人々が、郷土の生んだ特異の作家を客観的に評価し切れないのは当然だろう。玉村氏は、兵本が五条では決して施しを受けようとしなかった力説している。桜井出身の保田与重郎と雖もかかる通弊からは脱けられなかった。その保田の前記の如き過褒をそのまま認めてしまった北村信昭氏（前掲書）とて同じことだ。

玉村氏にとっては、中山、廣津、尾崎の作品は一つ一つの作品という感じがしない。それらは一つの作品で、すべてが兵本の世界であると感じられた。個々の作品のニュアンスの違いを探るのは公正な批評家の仕事だろう。しかし、もしこれらの作品に共通項があるとしたら、それは兵本の文章の力に「なんとなくたじろぐもののあることを、感じないではゐられな」（中山）かった、ということに尽きる。廣津によれば、「布引」を書いた頃、兵本は突然廣津を訪れ、廣津に注(4)の如き頼み事をした挙句、「廣津さん、僕はあなたの文章の平易なのは好いと思ふのですが、併しあの平易が、苦渋を経た後の平易なら尚尊敬するのです。あなたのはさらつと書き流してゐるので、そこが物足りません」と言ったという。廣津は自分の欠点をいきなり衝かれて狼狽したが、それを肯定する心があった。「文章は意を伝えるに足る」（「無精作家の創作談」昭9・4「文学評論」）という自認のもとに、「小説が下手だ」（同）と言われながら小説を書き続けて来た廣津にも、兵本の批評はさすがにその反省を促すに足るものだった。

兵本は作家達にとって恐るべき存在だったのだ。「螢の姨」の文章などは「苦渋を経た後の平易」に達している。尾崎は、これだけの才能を持ちながら崩れて行った兵本の姿に、自分の陥ったかも知れない姿を見て慄然とし、さればこそ執拗な追求を試みたのだった。

廣津はしかし、「靴」の中で次のような感想を洩らしている。

「実際に書けば好いのである。書ければ何もかも屹度弁解がつくに違ひないのである。例へば葛西善蔵などもああして書けたから好いやうなものの、書けなかつたらあの生活を誰が理解したらう。」

兵本は廣津の文章を軽蔑した如く、中山の文学に対しても「軽い侮蔑の感情」を持っていた（そう中山は書いてい る）。そこに兵本の誇りと傲慢とがあった。遂に兵本は、吟味に吟味を重ねた未完の作を懐に抱いて乞い歩き、物を書くべき人が、人に書かるる身となった。それで彼の作家生命は終ったのである。

「作家は書くといふ事で段々人生を深く知るより道がない。書いて見て初めて自分がその事をどの程度に深く知つてゐたかゞ判然として来る。書いて見て如何にその事が本統の行ひでなかつたかといふ事も分つて来る　深く書いて見なければその事は分からない」

志賀直哉は、大正十五年二月八日の日記に右の如く記した。自分の心に深く問うた言葉だろう。（兵本が志賀の日記に始めて登場するのは同年の一月十九日である。二十歳になった兵本は、文学の修行に入り始めたばかりの時だった。）恐らくこの頃兵本に接した志賀としても、兵本の未来を予測することはできよう筈もなかったのだから。

＊　＊　＊

先に『あの日この日』百十四の引用文の所で、兵本と尾崎自身とを除外して、他の四人につき、みな「舟木氏流のところがあった」と尾崎が言ったのは、兵本の書けない理由と舟木のそれとが又大いに性質を異にする所があったからである。

舟木重雄は昭和二十六年六月二十八日に永眠したが、その二週間前の十四日に志賀直哉が見舞に訪れ、舟木は遺稿集の刊行を志賀に依頼した（志賀日記・昭26・6・14）。志賀はその約を果し、『舟木重雄遺稿集』（昭29・6・28）を出し、その費用を全額負担した。もと舟木は「奇蹟」派の作家であったが、志賀とは「奇蹟」以前から親交があった。

「奇蹟」は自然主義文学の根城だった早稲田大学の学生を中心に創刊されたものの「白樺」派の影響が強く見ら

れる（「奇蹟」には二巻二号以外にすべて「白樺」の広告がある）。その接点になったのが舟木と志賀であり、後に廣津和郎が名論「志賀直哉論」（前掲）を書いたのもそこに淵源がある。その廣津が大正五年三月二十一日の「洪水以後」に書いた「舟木君に」という小文がある。そこで廣津は、舟木の人柄の善良さ、優しさ、誠実さ、霊の美しさを称えたあと、なぜ創作をしないのかと質し、次のように書いている。

「創作を発表しない人達に実際なつかしい人がいる。白樺の志賀直哉君などはどうして書かないのだろう」とこの二人の奮起を促している。事実、大正三年四月から六年五月まで志賀は一本も書いていない。但し、志賀の作品は「城の崎にて」（大6・5「白樺」）以後堰を切ったように溢れ出し、志賀ファンをほっとさせたことは周知のことだ。所が舟木は依然として書かなかった。

舟木の創作は「奇蹟」に四本、そして遺稿集に未発表の二作以外殆どなく、むしろ「奇蹟」（大2・3）に書いた「留女を読みて」を始めとし、「新潮」に発表した葛西善蔵論（大8・4）、廣津和郎論（大13・7）等評論の方にややみるべき成果を残している。特に「留女」論などを読むと、「奇蹟」派が「白樺」派と近いといっても、それが武者小路的なものとは如何に遠いか、そして志賀にある神経的苦悩に対し、如何に舟木が行き届いた理解を示したかがよくわかるのである。そして葛西善蔵に対しては、短篇集『子をつれて』（大8・2）が八年間で十二篇しか産出しなかった（実際には十四作あるが）と言い、「驚くべき寡作家だ」と極めつけ、最後に「作について力を出し吝むな」「力を出し吝みさへしなければ、もつと〳〵よい作が、もう少しは多くの作が引き出される筈である」と「苦言」を呈しているのはまことに微笑まれるのである。事実、「奇蹟」派の中で、舟木程葛西を認め、終始変らぬ友情と援助とを続けた友人はいなかった。それは『遺稿集』の廣津の追憶「彼の善意」の中で「葛西善蔵に示した善意と深切とは、今日振返つて考えても、われわれを感動させる」と述べていることでも理解されるだろう。津軽書房版全集の書簡集では、舟木宛葛西の書簡は百六十二通の圧倒的多数を占め、時には遠慮なく舟木の文学とその生き方への批判を展開しながらも、時に甘える程の親近感と信頼とを示し、己が苦境を訴えているのは、「奇蹟」派の道場主義の中でも異例の関係と言えるだろう。

だが葛西に書くことを強く奨励した舟木は、葛西に比べても問題にならぬ程の寡作家であった。廣津は『遺稿集』の中で次のように言っている。

「……生涯『書く書く』と云ひながら余り書かなかつたのは、一方では彼の美点であつた細心よくよくが、思ひ切つて彼に筆を執らせるといふ事を妨げさせる欠点として働いたためではないかと思ふ。思ひ切つて書いて投げ出して見れば、唯自分を庇つてゐては開けない道がそこからひらけたのかも知れないのに、細心よくよくのために、その己れを庇ふところから飛び出して行く事を躊躇し過ぎたのではないかと思ふ。」

あの大正十五年二月八日の前記志賀日記の文言と併せて十分味わうべき言葉であろう。

『遺稿集』には未発表の「見捨てられた兄」と「山を仰ぐ」の二作が掲載されているが、何れも当時（大正の終から昭和にかけてと推測される）の水準として決して恥しくないものであるにもかかわらず、彼はこれを人にも見せず発表もしなかった。奈良に来て優れた人に逢えば逢う程「私は心が臆して碌に口がきけなかつた」（「山を仰ぐ」）。志賀に誘われて奈良に来、彼をとりまく人々の刺戟によって創作に専念する筈だった彼は、こうして却って自分の狭い世界の中に閉じ籠るばかりだった。そして彼は奈良へ居を移す時、餞別として贈られたZ君（葛西善蔵であろう）の書いた「仰山不曽遊山」を見る。Zは言う。

「俺は『山を仰いで曽て山に遊ばず』と読んで貰い《ママ》たいのだ。君も俺もこれまで山ばかり仰いでゐる。お互ひにそろそろ山に遊ばにやなるまいがな。——俺がこれを書いた気持ちが解つてくれるかな。」

「私には、この際に、かうした文字を書いてくれた友の真意がピッタリと胸に来た。同時に、窮乏この上もない生活を幾年となくつゞけながらも、仕事に対する熱情を失なはない友が尊く思はれた。私の眼にはあつい涙が滲《ママ》み出た。」

多くの舟木の友人達は、この『遺稿集』の追悼文の中で一様に、彼が書かず、又書いてもこれを友達に見せようともしなかったことを証言している。その中で瀧井孝作は次のように言っている。

「舟木さんは誠実な人で、小説の材料になる問題は、幾つも持つた人だが、考へてばかりゐたわけか、書き上げたものは一向に見せられなかつたが、元気が足りなかつたか、大事がりか、羞かしかつたか。私共作家としては、惜しい気がした。」――五枚十枚の書きかけの原稿をすら直ぐ人に見せる癖があったという瀧井とは何という違いだろう。

最後に私は、この遺稿集の未発表二作の中で己れを語った舟木重雄が、三度に亙って自己のことを「偏屈者、夢想家、無能力者、無用人」等々と並べて、「性格破産者」と規定していることを注意して置きたい。

「性格破産者」が廣津和郎の造語であり、その文学の「第一主題」（山田昭夫「広津和郎論」昭29・5「札幌文学」↓昭48・3「藤女子大学国文学雑誌」）を形成する人間像であることは周知のことだ。しかし当時の文壇では屡々この用語に対する誤解が起き、廣津の弁明がくり返されている。第一は「菊地寛氏に答う」（大8・6「早稲田文学」）。その中で廣津は、自作「奥瀬の万年筆」(6)（大・8・5「改造」）の中の主人公（葛西善蔵）につき、月評子が「例の性格破産者を書いたものだ」と断定したことに腹を立て、寧ろこの主人公は性格の破産しない人間の一人なのだと言っている。第二は「直木に答える」（昭9・2「文藝」）。この中で江口渙が、自分の小説の題に「性格破産者」という廣津の造語を使用することの了解を求めに来たことを述べ、しかし江口のその小説の主人公は、唯のぐうたらな、自堕落で何でもできない人間に過ぎず、自分の意味する性格破産者とは違うと述べている。江口の『性格破産者』（大9・5新潮社刊）を読むと、その主人公は寧ろ崩れた後の兵本善矩を彷彿とさせる。そして「靴」の中で廣津は兵本を「何処かに性格破綻的なところでもあるのではないか」と評している。こうしてみると、廣津が「性格破産者」と

「性格破綻者」とを区別していることは明らかなように見える。廣津がよく小説の材料に使った彼の実兄は、かかる意味ではまぎれもなく後者だった。そして山田昭夫氏は前記論文で「この実兄のことから第一主題の有力な暗示を得ていたのではないか」と推察しているが、果してどうか。

ここで舟木重雄が自ら「性格破産者」と称した前後の文脈から考えると、舟木は略正確に廣津の意図[7]を踏まえて自らを規定しているように思われる。

「こんどこそひとかどの仕事をしあげて前途の道をきりひらかうと決心してゐるが、（中略）こんども亦何等かの障碍が惹起され、取りかゝるべき仕事が挫折するのではなからうか」（「山を仰ぐ」）。起りもしない障碍を先取りして筆が進まないのである。未来を暗い側面に於いてのみ捉えようとするのが知識人の通弊であるとすれば、性格破産者の消極性もそこに由来しているのであり、舟木の心情は正にその典型であると言えよう。志賀の強烈な影響から自立しようとした池田小菊は前記「小説の神様」で次のように言っている。

「人間は生きてゐればいつ何事が起るかしれず、何事が起つても、頼みになるものは、自分自身の体内から盛りあがる、生きようとする力以外に何もない。」

これが舟木に欠けていた最大のものだったろう。嘗て万年大学生と言われ（廣津より七歳上の舟木が、大学卒業は同じ大正二年だった）高等遊民的生活に終始し、そのことに又ある心の痛みを感じていた舟木は、生涯創作への篤い情熱を抱きながら、正にその「性格破産」的性格の故に大成しなかった。早く廣津柳浪の所に出入りしていた舟木は、志賀を知る以前から廣津和郎を知っていた。廣津和郎の性格破産像の原型が舟木重雄にあったのではないか、と私は思っているのだが、そのことは以上の叙述からも容易に察せられるであろう。

注

（1）『舟木重雄遺稿集』後記（舟木重信記）によれば、ここに写っている舟木重雄は昭和四年に奈良を引き上げているので、昭和5年という写真説明には多少の疑問を感じる。この際年月は余り問題ではないが。

（2）池田小菊（明25―昭42）は相当に気骨を持った人だったらしい。それはこの特集号に寄せた若杉慧の「思ひ出」に出てくる戦時中の彼女の発言に徴しても理解される。それは「日本文学報国会」でのもので、若杉は「あの時代あゝいふ場所であの発言をすることは破天荒の勇気のいることでした」と述べている。

（3）全集主要著作年表に四月とあるのは三月の誤りである。

（4）「文藝通信」（昭8―昭12、全42冊）は文藝春秋社から発行され、永井龍男が編集した。廣津和郎は兵本が「布引」を書いた頃、兵本の「若い女に向くような雑誌」を紹介せよという依頼を叶えてやったことを「靴」の中で書いている。その誌名は「若草」となっているが、これは勿論（兵本が兵頭になっていることでもあり）そのまま信用はできない。大岡昇平は兵本の「物心」はそんな小説である（「兵本善矩の小説」昭50・6「文藝」）、と言っているが、「物心」はそうだとしても、同じ「文藝通信」の「螢の姨」はとても若い女向きの小説とは言えない。第一昭和七年の「布引」とは年代がだいぶ隔っている。私は昭和七〜八年頃に兵本の小説が掲載されている「若い女向き」の雑誌がどこかにあるような気がしてならない。

（5）稲垣達郎氏は「虐げられた人」（津軽書房版葛西善蔵全集第三巻月報）で山頭火と葛西と兵本を並べて書いておられるし、尾崎一雄も『あの日この日』（百十六）で何度も兵本を山頭火や放哉に比べている。葛西と兵本の違いは本文に書いたが、放哉は勿論、山頭火とも決定的に違うものが兵本にはあると思うが、このことは別の機会に論じたいと思っている。

（6）廣津のこの小説にも、横井（舟木）の奥瀬（葛西）に対する温い友情がよく描けている。舟木は葛西の芸術創造の根源的力に対する憧憬を抱いていたと思われるが、それこそ舟木に決定的に欠けていたものだった。因みに、廣津はある道義的問題で葛西の死の際まで葛西を許そうとしなかった。葛西の危篤によって奈良からかけつけ、葛西に奈良から持参の酒を飲ませた（『遺稿集』後記）という舟木と著しい対照をなしている。

（7）前記論文の他「性格破産者の為めに」（大6・12「新潮」）、『二人の不幸者』（大7・10新潮社）序を参照されたし。また「初めて小説を書いて得たいろ〳〵の感想」（大6・11「中央文学」）の中に次の一節がある。特に注意される所である。「あの主人公（「神経病時代」）は別にモデルがあるわけではありません。けれども私自身、私の友人、及び私の眼に触れた現代のいろいろの人々の一部が、いつの間にか私の頭の中に、あゝ云う一つの性格を形作っていたのです。私はあの主人公を非常に愛していります。あの主人公は正直で真面目で、生活というものに対してかなり真剣でもあります。が唯一つ彼は性格の強さを持っていない。

彼の総てを統一すべき意思の力を持っていない。(中略)而もあゝいう人間が、その底に於いて非常に人間的なのを、私は心から愛さずにいられなかったのです。」これは舟木重雄にこそあてはまり、葛西善蔵の像とは違う。注(6)参照。

引用文の表記について

廣津和郎の引用文は、『廣津和郎全集』(全十三巻、昭48〜49中央公論社刊)収録のものは全集の表記に従った旨の注記のある論文はそのままとし、注記のない論文、又全集にないものでは初出に従った。又広津和郎以外の作家、評論家等の引用文はすべて初出又は単行本の表記に従い、それぞれ典拠を示した。

第三部　論考　II

戦時下の広津和郎

戦時下の広津和郎については、既に橋本迪夫氏、寺田清市氏に優れた考察[1]があるが、小稿では多少異った観点から論じてみたい。

十九世紀と二〇世紀の境目に夏目漱石はロンドンにいて、西欧と日本との関係を考えて行く中で、日本の将来に思いを馳せることがあり、それについての感想を屡々《しばしば》日記の中に書きつけていた。ある日の記述に「(日本の)未来ハ如何アルベキカ、自ラ得意ニナル勿レ、〈中略〉内ヲ虚ニシテ大呼スル勿レ」(明三四・三・二一、傍点引用者、以下同じ)とある。これは孤独な下宿の部屋での独り言だが、それから十年後に漱石は「現代日本の開化」と題し、今度は日本の公衆の前で、日本の現状と未来についての暗い見通しを語った。そこで漱石は、「外発的」開化の影響を受ける国民はどこかに「空虚の感」がなければならず、又どこかに不満と不安の念を懐かねばならぬのに、「夫を恰も此開化が内発的でもあるかの如き顔をして得意でゐる人のあるのは宜しくない。それは余程ハイカラです、宜しくない。虚偽でもある。軽薄でもある。」と語気鋭く述べている。ここに披瀝された漱石の文明観は、二十一世紀を間近に控えた今日の日本の文明状況をも明らかに照し出している。漱石自身の創作活動は、常にこの文明観をその基底に据えたものになっていた。処女作「我輩は猫である」第一回は、明治三八年一月一日の日付を持つ「ホトトギス」に発表されたが、その日は旅順が陥落した日であり、日露戦争の勝利が確実となって歓喜の号外が全国に飛び交った。しかし「猫」の中には、何がなし心に不安と空洞を抱え込む「太平の逸民」のたむろする姿が描かれているばかりだった。漱石の以後の作品の主人公達はすべて彼らの後裔に過ぎない。西欧に追いつき追い越すことを国是とした日本が、西欧最強の陸軍を破って「得意」の頂点に立とうとした時、作家達はその日本の隆盛の底に蟠《わだかま》る「空虚」の相に着目せざるを得なかった。徳富蘆花がこの勝利を「亡国の始め」（「勝利の悲劇」明三九・一二『黒潮』）として捉え、漱石が広田先生をして日本は「亡びるね」（「三四郎」明四一）と警告させたのはその象徴的表現だった。

「破戒」から出発した戦後文学は自然主義を中心として、日本の表面の発展とは裏腹の暗い側面を掘り下げて行く。広津和郎はその青年期をこの時期、自然主義の牙城たる早稲田大学に過ごすが、その在学中に発刊した同人雑誌『奇蹟』によっては未だ文壇に出ることはできなかった。彼の文業が先ず認められたのは『洪水以後』の文芸時評においてである。彼がその創刊号（大五・一・一）で訴えた第一声は「――あゝ、チェーホフが欲しい。日本にはチェーホフの材料が至る処に輯《あつま》ってゐる。チェーホフの描いた鏡の中に現代日本の焦躁が生けるが如く映ってゐる」というものだった。「現代日本の焦燥」とは即ち漱石の指摘したあの日本の「外発的開化」の齎した「軽薄」と「空虚」、「得意」と「神経衰弱」の渦巻く悲喜劇に他ならない。こうしてみると、広津の創作上の文壇的処女作が「神経病時代」（大六・一〇『中央公論』）と名付けられたことは極めて示唆的である。その主人公鈴本定吉は、「浮雲」の内海文三や「それから」の長井代助の後裔ともみられる存在で、作者自身によって「性格破産者」と規定される。「性格破産(者)」は以後広津文学の「第一主題」(2)となったものだ。広津は嘗ての早稲田大学時代の師島村抱月を論じた一文の中で、内海文三に触れたあと、「この日本の興隆期に、その興隆の仕方の空しさを感ずる虚無感が、〈中略〉何か『まこと』を求める種類の人達の胸に芽ぐんで来てゐたのではないか」（『同時代の作家たち』）と述べている。広津によって命名された「性格破産者」とは、誠実で良心的であるが故に決断力と実行力に欠け、自己に忠実に生きようとして却って現実から疎外されて行くような知識人の型を指している。だが己が創造した性格破産者に対する作者広津和郎の態度は必ずしも単純ではなかった。彼の所謂系譜物（「訓練されたる人情」〈昭八〉他）のヒロイン達は、性格破産者には見られないしたたかな生き方を示す女達であり、それは自ずから性格破産者への批評的存在になり得ている。しかし広津が性格破産者を全面否定していないことは、例えば「初めて小説を書いて得たいろ〳〵の感想」（大六・一一『中央文学』）等によっても明らかだが、彼が戦後松川裁判の批判に進み出る直前までこの性格の創造にこだわったことは、松川裁判を含め、広津文学総体の意味を解明する鍵となるものであり、それは小稿の主題たる戦時下の広津和郎を考える際にも、見逃し得ない観点を形成しているのである。

＊　＊

一体「戦中」とはいつから始まるのか。我々がその時代を生きた体験からすると、戦争が身近かになったという実感は昭和十二年の蘆溝橋事件からであり、それが戦場に赴く者以外の総ての国民にも異常な危機感を以て迫って来たのは日米戦争（昭一六）の開始という事態だった。しかしこの日本軍国主義破局への遠因は、既に前記蘆花や漱石が予言したように、日露戦争の勝利そのものの中に胚胎していたのであり、対外的には大正四年の中国に対する二十一ヶ条要求に最も端的な表現があった筈である。しかし国内的には大正期は所謂大正デモクラシーを背景に、相対的に自由で安定した時期であり、文学史的には「もっとも幸福な一時期」「文学の一種の黄金時代[3]」ですらあった。しかし日本の中国への侵略の意図が明確化し、それに対する左翼の抵抗運動が始まるとともにその「黄金時代」は崩れ出し、文学界はその抵抗運動に対していかに処するかを廻って動揺することになる。広津自身の動揺は「わが心を語る」（昭四）に表明されたが、結局彼は自己の資質に忠実に生きようとして、「左傾」という流行現象に身を投ずることをしなかった。従って広津には「転向」という現象も起らなかったわけである。だが同時に彼は、一切の政治社会の動向に眼をつぶり、芸術至上の境地に安住する道は選び得なかった。そこに広津の、大正リベラリズムの原理を昭和の全歴史に貫き通したという、真正デモクラットとしての特異な位置があるのであって、それは所謂オールド・リベラリスト達の多くが戦後「高級な俗物《フイリステイン》」(4)と堕して行く道筋とは全く異質なものだったと言えるだろう。私はそれを広津に可能にしたものが、「性格破産(者)」の問題への飽くなき追求であったと思う。そして昭和期のファシズムへの傾斜という事態を迎え、大正期には否定的に捉えられた性格破産者は、ある新しい相貌の下に、新しい役割を荷わせられて登場することになったのである。

　作家の中で、恐らく広津和郎ほど時代の流れに対する的確な洞察を持ち得た者はいなかった。それを証する第一のものは、日中戦争前夜に語られた「散文精神について」(昭一一・一〇・一八講演)であり、言論弾圧下での広津の巧妙な言い回しによる抵抗の姿勢は見事という他はないが、これについては前記橋本、寺田論文でも触れられているので省略し、ここでは「『弱さ』と『強さ』」(昭一二・四『新潮』)、「一本の糸」(昭一四・九『中央公論』)という二評論をとり上げてみたい。後者は二葉亭四迷に関するかなり重要な発言を含むものだが、明治維新以来の日本を指導した言わば優等生(高級官僚や高級軍人)(5)に対するアンチ・テーゼとしての一見無力な性格破産者《インテリゲンツイア》のこの悪しき時代に果たすべき役割について論じたものである。時勢が進み明確な表現が許されなくなってか、広津としても妙に歯切れの悪い表現が目立つが、これは二年前の前者を併読することによって、この時期における広津の思考の核心を摑むことができるだろうと思う。「『弱さ』と『強さ』」とは又極めて端的な題である。そこでは先ず、強い政治家の心臓と、弱い文学者の心臓とが対比される。前者の強さとは、スターリンやヒットラー(スターリンとヒットラーとを並列させた所に、広津の高度な政治的配慮があった)に見られる「大事のために小事を殺す」ことに耐えられる心臓の強さであり、これに比べれば大トルストイも大ドストイエフスキーの心臓もみな弱いのであって、「彼等の感情、神経、道徳性は、『人間性』と背馳するどんな些細なものを見ても波立ち、人類の野蛮性を如何に悲しまなければならないかを知つてゐる。それ故に、彼等は弱き心臓を以て、人類の犯すあらゆる『非人間性』に対して反逆したのである。」「人々が見て見ぬ振りをして通り過ぎてしまふものを、弱いがゆゑに、それを黙過出来なくなるのが文学者の心臓である。／文学者の弱い心臓がそれに一々こだはらず、その虚偽性を感じ、見抜かなかつたならば、『強い』心臓の持主どもは、人類の歴史を方便と虚偽で、黒々と塗りこくつてしまふであらう。」――これが日中戦争突入三ヶ月前の文章であるということは、この時代を知る者にとっては一つの驚異である（広津の松川裁判批判が、裁判官という日本の優等生の強い心臓を、弱い心臓が徹底的に追いつめて行った記録であることは言うまでもない）。以上のことを念頭において「一本の糸」を読めば、当時権力からも左翼からも、その弱さと無力とを軽侮された「青白きインテリ」なる存在を居直らせた広津の意図も明確になるのではないかと思う。

＊　　＊

昭和十八年に広津和郎は小説『若き日』を上梓する。もと大正八年一月『太陽』に「悔」として発表し、同十年「千鶴子」と改題した一種の青春自伝小説であるが、これを二十年以上も経って更に「若き日」と改題した上で、大幅な改稿を試みたものである。以下昭和二十六年岩波文庫に収録されるまで、度々小さな改訂を行ったが題名は「若き日」で定着した。以上の経過を見ても、広津がこの作品にかなりの愛着を抱いていたことがわかるのだが、問題は昭和十八年という困難な時期に、なぜこの大正期の小説を改訂刊行したのか、ということである。この年に至れば、日本軍国主義も末期症状を呈し始めるが、それだけにそれはより狂暴な姿を露呈することにもなっていた。「細雪」の連載禁止や横浜事件に象徴されるような言論界への弾圧は、権力の最後のあがきを示すものとも言えた。こうした中で言論に従事する者は、戦争政策に迎合する文字を綴る以外に生きる道はなく、嘗てプロレタリア文学に対してその政治への従属を嗤った者達が、一様に新しい政治に自ら屈服して行く。又左傾から転向へ、転向から右傾へという無節操な道筋を辿る者が多かった中で、そのリベラリストとしての基軸を微動だにさせなかった広津は、時代が動いた分だけ、彼一流の独自な抵抗の型を各所で示さなければならなかった。と言ってもさすがに日米開戦以来、急激にその執筆数が減って来た中での『若き日』の刊行だったのである。

この小説が大正デモクラシーの頂点とみられる大正八年の作を基礎にしているということが、昭和十八年という刊行当時の時代の影を些かも帯びさせないで済んだのであり、しかもその内容が若き青年男女の純愛悲恋物語であるだけに、当時の俗悪な戦争文学の流行する読書界にある種の救いを与える底《てい》のものだったことは間違いない。ただ「若き日」は「悔」の純愛小説の骨格を残しながら、主題を広津自身である主人公と、その父柳浪との関係に移して行っているので、恐らくそれは、昭和十四年長男賢樹を二十四歳という青春のさ中に病死せしめた痛恨の思いが、己が青春の哀歓を父との関係の中で新たに回顧させる動機を生んだ、と思われる。だからこの改訂物語は、明治の興隆にとり残された父柳浪の侘しい姿をこよなく愛した広津和郎の、その父と、夭折した長男への挽歌でもあったのだ。(6)

しかし「若き日」には今一つの重要な見どころがある。それは当時の言論界にある種の勢力を誇っていた一ジャーナリスト（「悔」のK、「若き日」の清見貫山、実名茅原華山以下華山と称す）と主人公との対立である。華山は雑誌『第三帝国』の主盟から『洪水以後』の主盟へと転じ、この時広津を文芸時評担当者として入社せしめた人物であるが、その萬朝報記者時代からの夥しい評論は、政治社会文明思想の広範囲に亙り、艶麗な筆致と名調子によって当時のある種の青年達を魅了して来たのだが、その「名調子の底が全然空虚」（「若き日」）であったことは、当時の具眼の士から夙に指摘された所でもあった。「若き日」の主人公の苦悩は、彼の愛したある少女の兄が、この華山の影響を受け、表面は進歩的な言辞を弄しながら、その内実は頑冥な封建的家父長として、その妹と主人公の恋愛を認めようとしない点にあった。だから主人公の悲恋の遠景には、この実在の一ジャーナリストが隠顕していたことにもなる。華山は、ある時は時代に迎合して急進的自由主義者を装ったこともあるし、又皇室主義者たり、帝国主義者たることを隠そうともせず、そういう意味では一種摑み難い人物であったが、結局明治維新以来の日本の歩み来った進歩と反動の道筋をそのまま辿ったオポチュニストという評価が与えられるだろうと思う。(7)

広津の周辺に当時いた人物として茅原華山は、広津が早稲田大学に在学中、その「廃滅的ニヒリズム」(『年月のあしおと』㉙)に魅かれたという島村抱月とは全く対蹠《たいせき》的人物だったと言える。近代日本の「進歩」にとり残されたような父柳浪や、島村教授のニヒリスティックな風貌を愛する広津青年が、大言壮語と美辞麗句によって政治青年に影響しつつあった華山や、その政治青年達の空疎と軽薄の内実を見破り、そこに嫌悪感を抱いたのは必然だった。軍部とそれに盲目的に追随する官僚の支配が、日に日に「内ヲ虚ニシテ大呼スル」声を民衆の上に強めて行った時代に、広津和郎がこのような小説を敢えて公刊したその意図は明らかであろう。しかも一見時代に対して、さして有害とも思われない過去の再現を試みた所に、広津のしたたかな計算があっただろうと思う。

＊　＊

「若き日」に次の一節がある。「私は理想の炬火を前方にふりかざして突進して行くやうな作家や思想家よりも、眼の前の現実から静かに虚偽と欺瞞とをつまみ出して行くやうな傾向の人達に心を惹かれた」――広津和郎が生涯愛し続けたチェホフ、志賀直哉、徳田秋聲についての作家論は、すべてこの言葉のヴァリエーションが適用されている。

我々はプロレタリア文学運動の歴史の中で、「理想の炬火を前方にふりかざして突進し」て来た人々が、現実からの手厳しい復讐に遭遇して深い挫折感に沈淪したり、理想を放棄したばかりか、別の理想を求めて運動の分裂を齎し、本来同じ目的に結ばれた筈の者同志が、醜い対立抗争の劇を繰り返した事実を見てきた。これに対して、早く『洪水以後』の時代から、理想(広津の用語では「範疇」)の誘惑を厳しく警戒して来た広津の、右の言葉に表明されたような生きる姿勢と方法とは、人間性否定の困難な時代を迎えて、その独自の抵抗をしたたかに持続させていく力を創出して行ったのである。「性格破産者」がこの時、この悪しき時代の諸相を映し出す役割を果していることは言うまでもない。このように広津和郎が、正義を打ち建てるより、不正や虚偽を敏感に嗅ぎ当てて行く受け身の姿勢に徹したことが、戦後の松川裁判批判においても、ともすれば分裂抗争に陥る危険性を常に孕《はら》んでいた被告団とその支援者達を、主義主張を超え、権力の暴圧に対して、近代日本の歴史に珍しい「人民戦線」的抵抗体にまとめ上げる中核的存在となることを可能にしたのである。

昭和十九年になると、極端に執筆の範囲を狭められた広津和郎は三篇のエッセイをものしたばかりだが、そのうち二篇が徳田秋聲に関するものだった。そのうち「一つの時期」は短い小品だが、七月『八雲』第三輯に載せた「徳田秋聲論」は、四百字詰原稿用紙にして百二枚に及ぶ本格的長篇評論であり、嘗て諸家の総ての志賀直哉論の基礎を築いたとされた「志賀直哉論」（大八）と並んで、徳田秋聲を論じようとする者の必ず通過しなければならない名論になっている。しかもこれが敗戦の一年前に発表されたことは殆んど奇跡に近いと言ってもよいのではないか。(8) 戦争末期に発表されて、なお戦後に通用する質の高さを保持し得たのは、稀有に属することだからである。権力の意を些かでも迎えるような箇所がないのは勿論、戦争に触れた一語もそこには見当らないのである。既に広津和郎には「秋聲の歩んだ道」（昭一二・一『改造』）という四十枚程の力作があり、その冒頭で次のように言っていた。「徳田秋聲氏については、今までも何度か感想を述べたことはある。併しいつでも不用意の間に物を云つてゐたので、いつか一度は纏つた徳田秋聲論を書いて見たいと思つてゐた。」それで秋聲の旧作を読返していたというのである。「徳田秋聲論」はこの昭和十二年の一応「纏つた」秋聲論を基礎にし、十二年以降の秋聲の歩みをも視野に入れた上で、更に周到に精密に秋聲文学の本質に迫ったものである。

ここで第一に目につくことは、秋聲最後の小説である「縮図」について次のように述べている点である。「小説といふ文学は青年期壮年期の情熱と体力を必要とするといふ常識を見事に叩きつぶして、七十歳を越えて書いたその最後の作品『縮図』に、秋聲文学の頂上を示してゐると云う事は、まことに偉観といふべきであらう。」——そしてこの「秋聲文学の辿りつくところを示した素晴しい傑作」が「或事情で」書き続けることが不可能になったことを惜しんでいるのである。言うまでもなく「縮図」は昭和十六年『都新聞』に連載中、八十回で情報局（軍部）の干渉によって中絶を余儀なくされた作である。初出の「或事情で」は、戦後の『わが文学論』（昭二八）に収録された際「当局の無理解で」に改められており、さすがにそれは戦中では書けなかった。しかし軍部の意向で中止に追い込まれた作品に対して、「秋聲文学の頂上を示す」「偉観」であり、「素晴しい傑作」と評価すること自体に、広津の時代に対するきわどい抵抗の姿勢を窺うことができるであろう。

いかなる作家論でもそうだろうが、論者がその論の対象とする作家に己れと共通する資性や傾向を発見する時は、筆は生き生きと冴えてくるものだ。広津和郎の「チェエホフの強み」や「志賀直哉論」がその典型であり、この「徳田秋聲論」もその例に洩れない。「徳田秋聲の文学の道は長かつた。」——と先ず広津は書き始める。それは決して飛躍やケレンを伴わない、地味な努力の道程であり、「自分の納得できない事にはどうしても手をつけたり足を踏み出したりする事が出来ないといふその特質によつて、一歩一歩自分の道を踏んで行つた」のだとする。——この特質こそ広津自身のものである——そこで広津は秋聲の歩みについて、「こつこつ」「のこのこ」「とぼとぼ」「のろのろ」「ぼつりぼつり」「とことこ」といった言葉をふんだんに用いて、その文学修練の長い道筋を形容している。但しその修練は、世の所謂「修養」とは反対のものであり、彼は言わば「投げやりからも、無為からも、失意からも、憂鬱からも、人生を学んで行った。」又秋聲は「物をきめてかかつたり、タカをくくつたりする常識と普通道徳とに常にその作品で抗議してゐる」のであって、「嘘や虚飾を極力排除する一途の正直さに頼つて切拓いて来た」その道において、例えば彼は男女の愛慾についても「世間並の卑俗な解釈などで片付けるやうな事は凡そない」のである。秋聲は又、令嬢も芸妓も子守っ子も決して区別しない。「人間の卑小をも軽蔑せず、作家として作中の人物と同じ高さに立つて、既成の観念から離れて、その人物の喜怒哀楽を味読し、それを表現して行つた」——それは言わば「無道徳の美しい世界」であり、その境地に達した秋聲文学は、日本近代文学では勿論、動乱期の世界文学にも類を見ない独自なものだ、と広津は考える。

今一つ重要なことは、広津和郎がここで、日本近代リアリズム文学に、二葉亭四迷の掘った坑道と、秋聲の掘った坑道という二つの鉱脈を探り出して、前者は「知識層の苦悶の先駆的象徴」であり、後者は「庶民階級の庶民的生活感情の愛撫者」であると規定し、この両者の比較検討によって、秋聲文学の「或限界」をはっきりさせることができるのではないか、という問題提起をしていることである。前記「一本の糸」でも明らかなように、二葉亭のリアリズムを正当に継承し得なかった日本自然主義文学の方向に不満を抱いていた広津は、二葉亭の側に身を寄せて、秋聲文学を高く評価しながらも、その「限界」を見据えることも忘れなかったのである。広津自身はその性格破産者小説と系譜物とを統合することはできなかったのであるが。しかし何れにしても、戦争の破局を迎え、いよいよ狂気に充ちた大言壮語の横行する中で、終始「文学」の問題以外何一つ語らなかったこの「徳田秋聲論」こそ、戦時中「日本文学が唯マイナスにばかり加担してはゐなかった」（これは戦後広津自身が「縮図」について言った言葉だ）[9]一つの大きな証左ではなかろうか。

＊　　＊

広津和郎は、戦後間もない昭和二十二年十一月『芸林間歩』の座談会「秋聲を語る」に出席し、「仮装人物」や「縮図」に対する「倫理批評は困ったものだ」とした上で、「日本文学が〈中略〉結局戦争させちやつたといふことについての反省までいかなければ、倫理批評といふものは成立たないよ」と発言している。我々は、戦時下の作家の身の処し方についていかに考えるべきであろうか。

しかしこれは極めて複雑な問題を孕んでいて到底一筋縄では行かない。最も唾棄すべきは、時流に便乗して常に権力の側に身を置こうとする節操なき人である。転向が国体賛美に直結し、「大御心が、われ〳〵に転向の道を開いてくれた」（林房雄『転向について』昭一六・三「文学界」）など臆面もなく言ってのけた旧左翼作家や、これに追随した作家達は論外とする。今日、転向そのものを、いかなる形であれ非難し得る人は（極く少数の非転向者を除いて）いないだろう。基本的には、戦時中の言動を自ら省みて、その歴史の進行を正確に読みとり、戦後の歴史の進行に過去の過ちを生かす努力を怠らなかった人は容認されるべきものと思う。

色々なケースがある。萩原朔太郎は南京陥落に際し「南京陥落の日に」（昭一二・一二・一三）を『朝日新聞』に発表した。これを戦後「反戦詩」と評した人がある。確かに文面は南京陥落を祝しているのだが、そのリズムのけだるさは朔太郎一流のもので、戦意昂揚に資するとは到底思えない代物である。「リズムは以心伝心である」という『月に吠える』自序が思い出される。長谷川啓氏の「太平洋戦争期の佐多稲子」（一九八七・八『近代文学研究』④）の綿密な調査によれば、転向後の佐多の言動は戦争協力の面でかなりのものがある。しかし、戦後の佐多の局面々々に対する真摯で行き届いた対処の仕方は、私には常に好感の持てるものだった。宮本百合子は非転向だった。彼女は常に正しかった。しかし松川裁判に対する百合子の見解には、正しい人なるが故に見えない部分があった。被告の自白問題に対する理解において、一度誤った道に踏み入ったという自覚を持つ佐多の方に、より深く的確なものがあったことは、「松川無罪確定の後」（昭三八・一二『新日本文学』）に明らかなように思われる。

広津和郎の場合はどうだったのだろう。彼のこの時代の言論の特徴は、逆説とバランス感覚にあったように思える。彼は時に、権力によって否定的価値として発せられる言葉や概念を逆手に取って、彼らに投げ返すというきわどい抵抗を屢々《しばしば》試みている。これは前記橋本論文（注(1)A）にも指摘があったが、「自由主義(者)」という烙印を押されては生きることが困難になった時代に、広津は「機構の自由主義」という言葉を使って、機構（軍や官僚組織を指す）の勝手な国民支配のあり方を非難し、それを更に「反国家的」と、これ又権力が抑圧の極め手とした言葉によって正当化しようとさえしているのである（「国民にも言はせて欲しい」昭十四・一〇『文藝春秋』）。この評論には当の文藝春秋社の編輯者がだいぶ危険を感じたらしいことが、広津自ら「沈黙の疑視」（昭一五・九・二七『都新聞』）で明らかにしている。しかし彼はそこで「僕は、日本を愛する国民の一人として、真情を吐露したに過ぎない」とこれ又権力の国民に押しつけてくる「愛国の至情」をそのまま投げ返すことで、彼の真実言いたいことを結局は通してしまっている。そしてその上で更に次のように言っているのである。

「或大衆作家が、純文学作家は自由主義者だから葬れと言ったといふ。そもそも自由主義とは何か、を考察することを忘れて、その大衆作家の言説に脅える純文学作家があつたとすれば、そのやうな作家は消滅してよいのだ。当局の統制に無批判に動揺する作家があるとしたら、彼も文学者の名を返上しなくてはならないだろう。」

このように、敵につけ込まれることを予め防いでおいて、真実をズバリと（時には遠回しに）言ってのけるのが、広津のバランス感覚というものだった。この時期、彼の文章で最も迎合的とみられるのは、「あゝ此尽忠」（昭一七・三・七『都新聞』）だろう（しかしこれとてその内実は、生きて帰れぬ将兵に対する哀慟の心を吐露したに過ぎぬ）。それ以外は、後に『芸術の味』（昭一七）に収められることになる「鶺鴒」「父の書斎」の如き戦局と全く無関係な随想か、「藤村覚え書」（昭一八・一〇『改造』）や前記「徳田秋聲論」のような作家論の名篇を書いて、数は少ないが、文学者としての良心を以てその責務を果した。「あゝ此尽忠」も、このような広津の作品群の中に置いて、トータルに評価して行かねばならないだろう。唯言えることは、広津は某「大衆作家」のように、同じ作家仲間を権力に売るような卑劣な真似だけは、自他ともに許さなかった、ということである。(10)

こうして戦時下の広津和郎の言説を見て行くと、戦後の活動との間に何の逕庭もないということがわかる。戦前のニヒリズムや「アイドル・シンキング」を自ら克服して、松川裁判批判に見られる如き精神の強靭な持続性と忍耐力を獲得した、などという俗説を肯じ得ない所以である。

今年一九八八年は、広津和郎の没後二十年に当る。九月二十一日が命日である。よってこの拙い一文を草した。

注

（1）A橋本迪夫「広津和郎の社会評論」（『慶応義塾志木高校紀要』）⑦、B同「十五年戦争下の言論・教育と今日の問題」（同⑮）、寺田清市「広津和郎と戦争」（一九八二・九『文学的立場』⑦→『戦争と文学者』（三一書房）収録。

（2）山田昭夫「広津和郎論」（昭四八・三『藤女子大学国文学雑誌』）

（3）山本健吉「ある大正作家の生涯」（昭三六・一一『文学界』）

（4）「座談会・大正文学史」（岩波）で広津自身が下した評価。但し広津はこの評価から志賀直哉だけは除外している。

（5）官僚・軍人等体制側の指導者だけでなく、反体制運動の理論的指導者達も亦、東大卒というエリートが多かったことは、広津の性格破産者論を考える上での興味ある一事実である。

（6）広津は再三「若き日」の最初の加筆出版を昭和十五年のこととしている。多分これは広津の思い違いなので、むしろ昭和十五年から三年間、長男の死という悲しみに耐えながら、あの悪しき時代にじっくりと旧作に手を入れ、昭和十八年出版に至ったという推定を立てたい。この点については拙稿「『若き日』の成立」（昭和六二・一二『国文鶴見』）参照。

（7）広津和郎と茅原華山については、拙稿「広津和郎と『洪水以後』」（昭六二・一二『三田國文』）に論じておいた（本書収録）。

（8）昭和十九年七月十五日小山書店発行の『八雲』第三輯は、冒頭に宇野浩二「島崎藤村」を置き、広津の「徳田秋聲論」でしめくくっている。その間に藤村、秋聲自身の短文（何れも実質的な絶筆）、柳田国男「家と文学」、中野重治「鷗外と遺言状」、折口信夫「山越しの阿弥陀像の画因」等、豪華な顔ぶれを揃え、しかも能う限り戦時色を出すまいとする意図が見えて感動的である。

（9）「世界的文学作品徳田秋聲の『縮図』」（昭二七・九『文章倶楽部』）

（10）広津和郎の「大和路」（昭二二）や「続年月のあしおと」(64)（昭四二）に、当時の大政翼賛会の文化部長岸田国士が、広津のことを情報局の役人の前で、「あんな時局をわきまへない不穏な事をいふ人間は困る」と評した、ということが、広津としては珍しく、ある怒りの感情を以て回想されている。

実名小説の傑作「あの時代」

「芥川と宇野」という副題をもつ広津和郎の「あの時代」（昭25・1～2「群像」）という実名小説は、冒頭「芥川龍之介君とはさう親しかつたわけではない」という文言で始まっている。しかし広津和郎と芥川龍之介とは、芥川の晩年急速に接近することとなった。

要因が二つあった。一は芥川の「点鬼簿」（大15・10「改造」）に、自然主義文学の大家徳田秋声がかなりの酷評を下したのに対し、広津が秋声を難じ、芥川を弁護したことによる。秋声は時事新報の文芸時評「十月の小説――読んだものから――（二）」（大15・10・7）において、近松秋江の「旧痕」を「尤も芸術品らしい感銘の深いものである」とし、それと比較して「これから見ると、芥川氏の『鬼頭《ママ》簿』なんていふ作は、何といふ幼稚な作品だと思はざるを得ない」と評し、更に「読んだものから（三）」（同10・8）では「『鬼頭簿』などの作品となると、作者が果してどれほどの芸術的感興をもつて筆を執つたものであるかを疑はざるを得ない」とも評している。

これに対し広津和郎は報知新聞の「文芸雑観」（一）（大15・10・18）において次のように述べ、芥川のために大いに弁ずる所があった。即ち

「『旧痕』は『旧痕』として見『点鬼簿』は『点鬼簿』として見るべきだと思ふ。芥川君のある気どり、思はせぶり、さういつたものが、あの小品にも感ぜられないではないが、底にひそんでゐる作者のさびしさには、十分な真実が感ぜられる。」

これに対して数日後芥川からは次のようなはがきが広津の所に届いた。

「けふ或男が報知新聞を持つて来て君の月評を見せてくれた。近来意気が振はないだけに感謝した。僕自身もあの作品はそんなに悪くないと思つてゐる。この手紙は簡単だが（又君に手紙を書くのは始めてかと思ふが）書かずにゐられぬ気で書いたものだ」（「あの時代」、この書簡は芥川新全集第二十巻に収録されている。）

芥川龍之介の文壇デビューは、「鼻」に対する漱石の激賞もあって颯爽たるものがあり、又漱石が予言したように、文壇に類のない作家として、独得の文体と作風をもつ多くの作品を発表して来た。しかし芥川は又、一面非常に気の弱い所もあり、自分の作品への批評には殊更に神経質になる傾向があった。従って「点鬼簿」に対する秋声の酷評には相当に徹《こた》えたものと思われ、広津の弁護がよほど嬉しかったであろうことが、この短いはがきの文面からも窺われるのである。

芥川晩年における、広津との親交の今一つの要因は、芥川と広津に共通の友人である宇野浩二が精神に異常を来し、斎藤茂吉の紹介で、ある精神病院に入院するに際し、茂吉への交渉、入院その他でこの二人が宇野の世話に当ったことによる。その経緯については「あの時代」に詳しく又生き生きと描かれている。この実名小説——広津の最も得意とする分野《ジャンル》がこの「実名小説」というもので、それは「あの時代」を始め『小説同時代の作家たち』（昭26文藝春秋新社）に収録されている——の大きなみどころは、芸術創造の苦しみと、作家の経済的生活との関係という点にある。

昭和二年（一九二七）六月初旬、宇野の日常生活の異常さに不安になった宇野夫人が、上野桜木町の自宅に広津を呼んで相談するということがあった。夕方宇野が急に立ち上ってこれから伊香保に行く、と言って外へ出る。広津はなるべく逆わないように宇野に同行し、わざと上野駅と反対の方へ歩いて行く。すると宇野が往来で立ち止り広津に、同居の宇野の母親を呼んで来てくれと言い、広津が母親を連れて行くと、今度は夫人を、最後に心身障害者の兄を呼んで来させ、宇野は往来のまん中で母・妻・兄を抱きかかえるようにし、大声で「これだけが宇野浩二の家族だぞォ！」「おう！　おう！」と唸るように叫び続けた、というのである。この痛ましい異常な光景を目の当りにして、広津は「家族というものの悲しさに」改めて思いを致す。

「家族」といえば、広津自身は当時三家族――父柳浪夫婦、別居中の妻と二人の子供、自分と実質上の妻松沢はまとの生活を支えるために、不本意でも通俗小説を次々と書かねばならなかった。しかし芸術至上主義的傾向をもつ宇野や芥川にはそれができなかった。従って芸術の創造にとっては、この家族の存在が非常な重荷になっていたに違いなかった。

さて、宇野一家が家に戻り、広津が宇野と話をしているうち、広津は面白い現象に気付いた。日常生活では頭の中の鎖がバラバラになって混乱している宇野が、談たまたま文学のことに及ぶと、その鎖がすぐ一本の糸に繋っていく、というのである。しかもそのあとで宇野は、自分の精神の病を医者がすっかり治してくれては困る。あまり治されたら小説が書けなくなってしまう、とも言って自己の病気について極めて自覚的だったことがわかった。

（私はこの部分を読んでいて、漱石が『文学論』の序の中で、同様のことを書いているのを思い出し、文学創造の秘密の一端に触れたように感じた。）

今一つ、「あの時代」で印象的な会話を引いておく。宇野が入院した日の午後、宇野家を訪れた広津と芥川と、宇野の友人Y・N（永瀬義郎）とが、だいぶてこずらされた宇野の入院が無事終った、と聞きほっとして宇野家を辞し、上野公園を三人で山下の方へ歩いて行った時のことである。芥川は

「併し芸術家の一生として立派なものだと思ふな」とひとりごとのように言った。

「若しあのままになつたとしても立派だよ。発狂は芸術家にとつて恥ぢやないからね。――宇野もあれで行くところまで行つたといふ気がするよ」

広津はそこに芥川の「共感」というよりも「羨望」に類するような響きを聞き、宇野の発狂をそんな風に捉えていたのか、と驚きに似た感じで芥川の言葉を聞いた。

それで広津は芥川の感想とは全く別なこと——もっと現実的なことを考えていたのでそれを芥川に告げた。

「それもさうだが、僕はそれよりも宇野があのままになつたら、宇野の家族がどうなるかとそれを考へてゐるんだよ」

その時広津は前記往来のまん中で「これだけが宇野浩二の家族だぞ！　おうお！　おうお！」と咆哮した宇野の姿を思い描いていたのである。それに対し芥川が「そんな事は併し芸術家として止むを得ないよ」と言う。それは正にそれから一ヶ月後に実際に自殺してしまった芥川と、自分の死など考えてもいなかった広津の違いかも知れないが、広津はその時芥川に対し若干の「反撥」を感じた。

「僕は芸術家の死時《しにどき》などといふものについてはてんで考へないね——僕は自分の事を云ふと、家族の者が自分よりみんな弱いやうに思ふので、僕がみんなを見送つてやらなければならないと思つてゐるね……」

芥川が自殺を決心して以来、家族の生計が成り立つように彼なりの配慮を尽していたことはよく知られている。しかしこの二人の会話には、芸術至上に生きようとした芥川龍之介という作家と、芥川自裁のあと、困難な昭和の時代をしぶとく生き抜いた広津和郎という現実主義的作家の考え方・生き方の相違が見事に浮き彫りにされている。芥川は「或旧友に送る手紙」（遺書）の中で、ある時売笑婦とその賃金の話をしたことを記し、「生きる為に生きてゐる」人間の哀れさに触れているが、広津が「あの時代」の最終章で、この芥川の賃金の話を強調している所に、広津の問題意識が如実に示されているように思われる。

広津は「芥川君とはさう親しかつたわけではない」と言いながら、芥川の追悼記、回想記を実に多く書いている。その主なものを挙げれば次の通りである。（〇印中の数字は中央公論社版　広津和郎全集の巻数。※印は全集未収録）

「芥川君の事」⑬（昭2・7・26時事新報）
「美しき人芥川君」※（昭和2・9「女性」）
「自分の遺書――芥川君の遺書」⑬
（昭2・9「中央公論」）
「宇野に対する彼の友情」※
（昭2・9「文藝春秋」）
「梅雨近き頃」※（昭3・7「中央公論」）
「『点鬼簿』と『歯車』」⑨
（『芸術の味』昭17全国書房　所収、初出は大15〜昭2）
「芥川の嘘と真実」⑨
（『愛と死と』昭22創芸社所収、初出は昭5）

これらのうち「梅雨近き頃」のみが小説の形をとったもので、「あの時代」の原型がここにある。これらを見てみると、広津和郎という作家が、自分とは芸術と人生に対する考え方を異にする、この早世した作家をいかに愛していたか、その死をいかに惜しんだか、芥川という作家の本質にいかに迫り得ているか、を理解することができる。このうち特に「美しき人芥川君」は短い文章ながら、広津の芥川に対する友情の真実に充ちあふれたものである。

「自分は去年の『点鬼簿』以来彼に感じてゐた不安を思ひ、尚且つｕ（宇野）の看護中に彼と交はした会話などを思ひ、彼が半歳以上もその〈自殺の〉覚悟をしながら、ｕの病気にあの真実を見せてゐた事を思ひ、涙のにじんで来るのを覚える。――自分は作家として勿論彼を尊敬し、彼の死を日本文学のために惜しむものだが、最近彼から受けたあの『素直さ』『真実さ』『感情の深さ』を思ふにつけ、世にも稀なる美しき人格が、突如として我等の周囲から去つてしまつた寂寥を覚える。」

広津は芥川の告別式に参列しようと思って一旦は大森の自宅を出たが、突如眩暈《めまい》を感じ、予想される告別式の光景に堪えられなくなって自宅に引返し、遂に告別式に参列できなかった。「美しき人芥川君」にそう書いたあと、最後に「自分はもっとおちついた彼に対する回想記を、他に書くつもりである。（七月廿八日）」と締め括った。広津は前記の如く幾つかの回想記を書いたが、それらの主題を芥川の死後二十年以上も暖めて来てまとめたのが、その集大成たる「あの時代」だった。この実名小説は、広津の小説のなかで最も秀れた出来栄えを示したもの、と評しても差し支えないものであろう。

ここでは資質を異にする三人の作家――芥川・宇野・広津の稀に見る美しい友情が語られている。大体大正文学を形成した作家達は、その出身大学や流派を超えて人間的に親しくつき合うという傾向があり、その交友関係自体を小説の形で示したものが文壇交友録小説と言われるものである。武者小路実篤「友情」、久米正雄「良友悪友」、芥川龍之介「あの頃の自分の事」、広津のものでは相馬泰三との愛憎をテーマにした「針」などがある。何れも大正中期に書かれたものだが、「あの時代」は、戦後に書かれた典型的な文壇交友録小説と言えるだろう。

さて宇野浩二は精神の病をいやして退院し、文壇に復帰した。それ以後の宇野は病気以前の作風を一変させ、昭和文学にある位置を占めた。その奇蹟のような復活に対して広津は「蔓草《つるくさ》のやうな強靱さ」と評し、「あの時代」の最後を次のように締め括った。

「その蔓草のやうな強靱さはちよいと類がないであらう。〈中略〉あの時彼の病気を心配してゐた三人の家族も死んでしまつたし、あの時彼を治療した小峰院長も死んでしまつたのに、彼は尚も小説を書きつづけてゐる。風にも雨にも吹き折れない強靱さで、いつまでもいつまでも書きつづけて行く事であらう。」

昭和二十年代の社会をゆるがせた松川事件は「あの時代」の半歳前に起った。広津和郎が松川事件の裁判に関わるのは昭和二十八年からであるが、嘗て文学以外のことには何の関心も示さないかに見え、「文学の鬼」とすら言われた宇野浩二が、広津と共に松川裁判の批判に進み出たのは文壇史上の一事件と称するに足ることだった。芥川龍之介が戦後まで生きていたら、と思わざるを得ない。

日本の作家と「満州」問題（上）

——夏目漱石の場合——

日本が世界を敵として戦って敗れるまで、日本人にとって朝鮮・満州問題は一つの盲点であり、知識人と雖もその盲点から脱れることはできなかった。そのことは、近代日本最高の知識人たる夏目漱石の「満韓ところ〴〵」一篇に徴してみても明らかであろう。この作品に続いて書かれた「門」（明43・3〜6）第三章に、妙にちぐはぐな会話を含む非常に示唆的な一節がある。それは初代韓国統監になった伊藤博文が、朝鮮人安重根に暗殺された事件を報ずる号外が、主人公野中宗助一家の話題になった箇所である。

この事件は日韓併合（明43・8）の直前に起った。当時日韓両国を揺がしたこの政治的事件も、「門」に登場する男性達には、夕食後のくつろいだ会話の材料にしかならなかった。しかし独り宗助の妻御米《およね》だけは、伊藤がどうして殺されたのかについて、ある種の拘《こだ》わりを抱き続けないではいられなかった。これに対し、宗助の弟の小六は「短銃をポン〳〵連発したのが命中したんです」と「正直に」的外れな答をするしか能がなく、宗助は「矢張り運命だなあ」と言って「茶碗の茶を旨さうに飲」み、なおも御米が「どうして又満洲抔《など》へ行つたんでせう」と執拗に追求するのにも、「『本当にな』と宗助は腹が張つて充分物足りた様子であつた」（圏点坂本、以下同じ）というのである。

この「門」の何気ない会話には、漱石という作家のある意味でのしたたかさを感じないではいられない。無論漱石は、御米と義弟小六との会話のずれをも十分意識して書いている。御米の素朴な、しかし執拗な疑問の底には、伊藤が暗殺されるには、何らか必然的な要因があったのではないか、という民衆の本能的とも言うべき権力への疑惑がかすかながらにも覗いているのである。しかし小六にはこのような政治的事件の意味を問う姿勢が全くなく、宗助の醒めた姿勢ともども、漱石は「時代閉塞」（啄木）下、明治四十年代知識人の退嬰的な様相を見事に写し出しているのである。しかし同時に、この男達のこの事件への対応には、伊藤暗殺への驚愕と怒りと動揺を示した国民一般の反応とは異なるものであり、そこに漱石のこの事件に対する一種の批評もあったと言えるのである。

「三四郎」「それから」「門」と続く中期恋愛三部作は、それぞれその作風を異にしているが、就中《なかんずく》「それから」はその高い思想性と社会性の故に、漱石の全作品中最も完成度の高い秀作だと私は考えている。漱石は全力を尽くしてこの作品にとり組んだ（明42「断片」及び「それから」メモ参照。漱石は珍しく綿密な構想メモを作っている）が、そのせいか完成後持病の胃潰瘍を悪化させ、それが翌明治四十三年夏の修善寺大患を誘発し、恢復はしたものの、死に至る病の最初の徴候に苦しむこととなった。

日記を見る。

「〈明42〉八月十四日『それから』を書き終る。」

「八月二十日　激烈な胃カタールを起す。／嘔気。汗、膨満、醱酵、オクビ／面倒デ死ニタクナル。／氷を嚙む。味のあるものを食ふ人を卑しむ。」

その前、まだ「それから」を執筆中の七月三十一日、東大予備門時代からの親友中村是公《よしこと》（ぜこう）が尋ねて来て漱石を「満州」旅行に誘った。当時中村は満鉄総裁だった。「それから」の前に書かれた『永日小品』の中の「変化」には、貧書生時代の漱石と中村の交流の思い出を語ったあと、「学校を出ると中村はすぐ台湾に行った。それぎりで丸で逢はなかつたが、偶然倫敦《ロンドン》の真中で又ぴたりと出喰はした。丁度七年前である。／昔の中村は満鉄の総裁になつた。昔の自分は小説家になつた。満鉄の総裁とはどんな事をするものか丸で知らない。中村も自分の小説を未《いま》だ曽《かつ》て一頁も読んだことはなからう」と書いた。漱石は中村の誘いを受け、中村の帰満に合せて一緒に「満州」に旅立つ筈だったが、胃痛烈しく、結局中村に数日遅れて日本を立つことになった。

「満韓ところぐ〵」は日本文で漱石が遺した唯一の紀行文である。旅は明治四十二（一九〇九）年九月二日から十月十七日（帰京）まで。この紀行文の朝日新聞掲載は明治四十二年十月二十一日から十二月三十日まで。七十一日間で全五十一回、二十回分の休載日があった。伊藤博文の暗殺は十月二十六日。この日から十一月七日まで十三日間で十日間の休載日がある。「満韓ところぐ〵」は撫順の炭坑見学を記した所〈五十一〉で終っている。最後に漱石は次のように書いた。

「茲処《こゝ》まで新聞に書いて来ると、大晦日になつた。二年に亘るのも変だから一先やめる事にした。」――「一先《ひとまず》」とあるが漱石はこのあとを書かなかった。だから「満韓」とあるが、「韓」は省略されたままで、そこは日記で見る他はない。書簡を見ると中止に及んだ気持（理由）がわかる。

明42・11・6　朝日新聞　池辺三山宛

満韓ところぐ〵此間の御相談にてあとをかくべく御約束致候処伊藤公が死ぬ、キチナーが来る、国葬がある、大演習がある、―三頁はいつあくか分らず。読者も満韓ところぐ〵を忘れ小生も気が抜ける次第故〈中略〉まづ後免を蒙る事に致し度候

同11・28　在ベルリン　寺田寅彦宛

急性の胃カタールでね。〈満州へ〉立つ間際にひどく参つたのを我慢して立つたものだから道中非常に難義をした。其代り至る所に知人があつたので道中は甚だ好都合にアリストクラチツクに威張つて通つて来た。〈中略〉／僕は新聞でたのまれて満韓ところぐ〵といふものを書いてゐるが、どうも其日の記事が輻輳するとあと廻しにされる。癪に障るからよさうと思ふと、どうぞ書いてくれといふ。だから未だにだらぐ〵出して

ゐる。〈以下略〉

右二つの書簡で漱石は「満韓ところぐ〵」の問題を自ずからにして語っている。先ず三山宛の「三頁はいつあくか分らず」というのは、第一回から第二十四回（11・30）まで三面（文芸面）に掲載されたが、十七回の休載を余儀なくされたことを指す（ここは佐々木啓之「夏目漱石『満韓ところぐ〵』私見」〈'01・3「境」〉の詳しい調査に拠った）。因みに十二月一日からは第六面に移された。佐々木氏は「三面に連載するだけの価値がないと評価されたような扱いを受けたのである。この扱いは漱石の自尊心をおゝいに傷つけた事であろう」と述べている。

寅彦宛の方で「癪に障るからよさうと思ふ」と書いている所に漱石の気持がよく出ている。しかし漱石の受けた一種の冷遇は、漱石の文章自体にも原因があったのではないか。小宮豊隆が岩波の全集「解説」で、「『満韓ところぐ〵』は『漱石ところぐ〵』であるに過ぎないと言つた批評は、或意味で『満韓ところぐ〵』の特徴を捉へた批評であると、言へないこともない」と書いているように、この紀行文には招待者中村是公を始めとして、昔予備門の入試を漱石と共に受けた橋本左五郎――当時東北大学教授として満鉄の調査のため来満中――や、今は何れも満鉄の要職に就いている東大英文科時代の先輩立花政樹、予備門に入る前の成立学舎以来の友人佐藤友熊、漱石の第五高等学校教授時代の教え子俣野義郎等々と出会ったため、漱石はしきりに昔の思い出を綴った。これは直接満鉄の事業と無関係の、紀行文ならぬ個人的懐旧談である。従って中村是公満鉄総裁の、著名な小説家になった旧友漱石に、満鉄事業の宣伝をさせようとした意図にも副わぬものであった。又、朝日の一般読者にとっても、かなりどうでもいいような瑣末《さまつ》な感想や描写が多く、朝日新聞も小説の時とは違ってその扱いに困惑したのも頷《うなず》けるのである。もし作品としてみるなら、この紀行文は失敗作だったと言えるであろう。

しかも「満韓ところぐ〵」が、日本の敗戦によって、日本の植民地支配への反省が漸く日本の土壌に根付こうとしてよりこのかた、批判されて来た問題点は、この紀行文に散見される、植民地の中国人に対する差別用語の、無邪気な使用ということに他ならない。

〈大連埠頭に着く〉河岸《かし》の上には人が沢山並んでゐる。けれども其大部分は支那のクーリーで、一人見ても汚ならしいが、二人寄ると猶《なほ》見苦しい。斯う沢山塊《かたま》ると更に不体裁である。余は甲板の上に立つて、遠くから此群衆を見下しながら、腹の中で、へえー、此奴《こいつ》は妙な所へ着いたねと思つた。〈中略〉船は鷹揚にかの汚ならしいクーリー団の前に横付になつて止まつた。止まるや否や、クーリー団は怒つた蜂の巣の様に、急に鳴動し始めた。〈馬車について〉馬車の大部分も亦《また》鳴動連によつて御せられている様子である。従つて何れも鳴動流に汚ないもの許《ばかり》であつた。ことに馬車に至つては、其昔日露戦争の当時、露助が大連を引上げる際に、此儘《このまゝ》日本人に引渡すのは残念だと云ふので、御叮寧に穴を掘つて、土の中に埋めて行つたのを、チヤンが土の臭を嗅いで歩いて…〈以下略〉（四）

御者は勿論チヤンチヤンで…（四十五）

如何にも汚ない国民である。（四十七）

これに対し、戦後日本の評家の殆どが、「漱石ともあろうものが」という表現で、この差別用語を極く自然に使った漱石への疑問を打ち出している。

中野重治（「漱石以来」昭33・3・5「アカハタ」）

漱石のような人のものの中にもあった中国人観、朝鮮人観、それがごく自然に帝国主義、植民主義にしみていた。〈中略〉あの漱石のような人が「チヤン」と書いてはばからなかった。

檜山久雄（「漱石の中国認識」昭53・7「東書国語」）

漱石ともあるものが、いかに旧友の誘いだったとはいえ、日本の大陸進出の先兵《ママ》ともいうべき満鉄の賓客になったばかりではない。記事もまた賓客にふさわしい内容である。現地の中国民衆を「チヤン」という不用意な呼ばわり方までしている。〈中略〉これを読んで中国人がどう思うだろうか、と考えざるを得ないのである。

佐々木啓之（前記論文）

「漱石のような人」「あの漱石のような人」が、なぜ、当時の多くの日本人と同じように、恥ずべき差別意識を持ってしまったのだろうか。

右三者に共通している「あの漱石のような人」とは何か。見て来たように、旅行に出る直前、自らの肉体を傷つけるような激しい創造的意欲を以て書いた「それから」の中で、漱石は主人公長井代助に托して鋭い文明批判と封建道徳批判を展開して来たが、それは代助の愛の悲劇に裏付けられ、極めて説得力あるものであった。その他漱石の全文業の中で、漱石が披瀝して来た金力権力に対する嫌悪感や抵抗の姿勢に親炙して来た漱石の読者は、この「満韓ところぐ〵」にある種裏切られたような失望感を味わったのではないか。それが「あの漱石のような人」の意味であろう。

ロンドン留学中の日記にはこう書いてある。

日本人ヲ観テ支那人ト云ハレルト厭ガルハ如何、支那人ハ日本人ヨリモ遥カニ名誉アル国民ナリ、只不幸ニシテ目下不振ノ有様ニ沈淪セルナリ、心アル人ハ日本人ト呼バルヽヨリモ支那人ト云ハルヽヲ名誉トスベキナリ、仮令《たとい》然ラザルニモセヨ日本ハ今迄ドレ程支那ノ厄介ニナリシカ、少シ考ヘテ見ルガヨカラウ、西洋人ハヤヽトモスルト御世辞ニ支那人ハ嫌ダガ日本人ハ好《すき》ダト云フ之ヲ聞キ嬉シガルハ世話ニナツタ隣ノ悪口ヲ面白イト思ツテ自分方ガ景気ガヨイト云フ御世辞ヲ有難ガル軽薄ナ根性ナリ　(明34・3・15)

漱石は若い時から漢籍に親しんで来た。自ら漢文の紀行文を書き、中国人からすら高く評価された漢詩も多数作っており、従って「日本ハ今迄ドレ程支那ノ厄介ニナリシカ云々」は、古典籍の世界に限定さるべきという考えも成り立つであろう。しかしそれにしても「不幸ニシテ目下不振ノ有様ニ沈淪セルナリ」という中国への同情的文言と、それから八年を経て「目下」の現状に接した漱石の実感との落差の、何という大きさであろうか。

これを漱石の矛盾と見るべきか。それとも両者それぞれ漱石の真実であって、これを統一的に捉える視点を設定すべきであるのか。又は、漱石の対アジア観が八年の間に変化したのか。「変化」と捉えると、旅行前の四月二十六日の日記の次の文言はどう理解したらよいのか。

　韓国観光団百余名来る。諸新聞の記事皆軽侮の色あり、自分等が外国人に軽侮せらるゝ事は棚へ上げると見えたり。

このあと漱石は、もし新聞論調が西洋の観光団にも同一の筆致で書くなら「感心也」と皮肉っているのである。

次に、長塚節の『土』（明45・5春陽堂）に付した漱石の序文「『土』に就て」の一節を見てみよう。

　長塚君は余の「朝日」に書いた「満韓ところ〴〵」といふものをSの所で一回読んで、漱石といふ男は人を馬鹿にして居るといつて大いに憤慨したさうである。〈中略〉成程真面目に老成した、殆んど厳粛といふ文字を以て形容して然るべき「土」を書いた、長塚君としては尤もの事である。「満韓所々《ところ〴〵》」抔《など》が君の気色を害したのは左もあるべきだと思ふ。〈中略〉長塚君はたま〳〵「満韓ところ〴〵」の一回を見て余の浮薄を憤つたのだらうが、同じ余の手になつた外のものに偶然眼を触れたら或は反対の感を起すかも知れない。

この部分具体性を欠いていて少しわかりにくいのであるが、漱石が「満韓ところ〴〵」の「浮薄」に長塚節が「憤慨した」ことを「尤もの事」として自ら認め、しかし節が自分の他の文献を読んでくれたら「或は反対の感を起すかも知れない」と述べているのは、漱石の「矛盾」を考える上に極めて示唆的である。即ち漱石自身この「満韓ところ〴〵」に不満を持っており、又他の述作については何らかの自信を示しているからである。

なおこの序文の中で、節の描く「貧しい百姓」を「蛆《うじむし》同様に憐れな」とか、「獣類に近き」と表現したことが後に物議を醸すことになるのだが、これが「満韓ところぐ〵」における「汚い」以下の差別用語と同次元のものか否か、これは厄介な問題を含んでいるので、別の機会に論じてみたいと思っている。

次に、私が前に引用し、——線を付した二ヶ所について私見を述べておきたい。㈠は寺田寅彦宛（明42・11・28）書簡中の「道中は……アリストクラチックに威張つて通つて来た」で、これが満鉄（中村是公）側の漱石への配慮によるものであることは言うまでもない。大連から北を目指して汽車に乗った時、中村総裁始め満鉄社員達が停車場《ステーション》まで見送った。是公が「貴様が生れてから、まだ乗つたことのない汽車に乗せてやる」と言って車内に案内した（三十一）。「専有の便所、洗面所、化粧室が付属した立派な室《へや》であつた」。

鉄道は西欧近代文明の象徴である。「草枕」（明39・9「新小説」）の最終章によく知られた次の文明批判がある。

> 人は汽車へ乗ると云ふ。余は積み込まれると云ふ。人は汽車で行くと云ふ。余は運搬されると云ふ。汽車程個性を軽蔑したものはない。文明はあらゆる限りの手段をつくして、個性を発達せしめたる後、あらゆる限りの方法によつて此個性を踏み付け様とする。〈中略〉
>
> 余は汽車の猛烈に見界《みさかい》なく、凡ての人を貨物同様に心得て走る様を見る度に、客車のうちに閉ぢ籠められたる個人と、個人の個性に寸毫の注意をだに払はざる此鉄車とを比較して、——あぶない、あぶない。気をつけねばあぶないと思ふ。

この「草枕」最終章の汽車には、ロシアと戦うために兵士として召集された久一が乗っている。「満州」の曠野に斃れるかも知れぬ運命を背負って「運搬され」て行くのだ。こういう兵士達の犠牲で、日露戦争に一応の勝利を収め、満鉄の権益をロシアから奪った。その満鉄の特等車に乗せられた漱石には「アリストクラチックに威張つて通つて来た」以外の感想が思い浮ばなかったのであろうか。「草枕」の「あぶない」は、「三四郎」ではもっと端的に廣田先生の「亡びるね」に繋る。止まる所を知らず自律的に発展する文明の行きつく先は亡国でしかない、という「三四郎」「それから」「行人」等での予見に充ちた漱石の未来観は、大連や奉天での西欧型近代建築、都市、鉄道に接して何も発動しなかったのであろうか。実はそれ所ではなかった。帰京直後の「満韓の文明」（明42・10・18東京朝日）に次の一節がある。

此の度旅行して感心したのは、日本人は進取の気象に富んで居て、貧乏世帯ながら分相応に何処迄も発展して行くと云ふ事実と之に伴ふ経営者の気概《ママ》であります。満韓を遊歴して見ると成程日本人は頼母しい国民だと云ふ気が起ります。従つて何処へ行つても肩見が広くつて心持が宜いです。之に反して支那人や朝鮮人を見ると甚だ気の毒になります。幸ひにして日本人に生れてゐて仕合せだと思ひました。

この漱石と、小説家としての漱石とは別人の観があるが、今はそれに対する疑問を提示するに止めておく。日本国内における鉄道敷設のスピードも早く、明治三十年代には主な幹線が全国を貫いた。しかし上野から網走まで乗り継いで行く母子三人を乗せた列車の三等車には便所《トイレ》がなかった、と志賀直哉は「網走まで」（明43・4「白樺」）に書いている。下層の民衆はただ運ばれるだけの文明の恩恵に浴したに過ぎない。「満韓ところぐ〵」では、営口の停車場で停っていた列車の下等室を漱石が覗くと、それこそただ「運搬」される「貨物」（「草枕」）として乗せられて行く中国人達が「腰掛も何もない平土間に、みんなごろ〱寝ころんでゐた」（四十）という情景が写し出されているが、漱石はこれに何のコメントも付していない。このように漱石の事実のみを語る方法で、あと一箇所、更に印象深く描かれた一節が四十五章にある。

……左り側に人が黒山の様にたかつてゐる。……黒い頭の下を覗くと、六十許《ばかり》の爺さんが大地に腰を据えて、両脛を折つたなり前の方へ出してゐた。其右の膝と足の甲の間を二寸程、強い力で刳《えぐ》り抜いた様に、脛の肉が骨の上を滑つて、下の方迄行つて、一所に縮れ上つてゐる。丸で柘榴《ざくろ》を叩き付けた風に見えた。〈中略〉…集つた支那人はいづれも口も利かずに老人の創《きず》を眺めてゐる。動きもしないから至つて静かなものである。猶《なほ》感じたのは、地面の上に手を後へ突いて、創《きず》口をみんなの前に曝《さら》してゐる老人の顔に、何等の表情もない事であつた。痛みも刻まれてゐない。苦しみも現れてゐない。と云つて別に平然ともしてゐない。気が付いたのは、たゞ其眼である。老人は曇《どん》よりと地面の上を見てゐた。／馬車に引かれたのださうですと案内が云つた。

ここにも漱石のコメントはない。そこに写し出された情景は、抗議もできない中国民衆の沈黙と諦念と悲哀の世界である。黙って創《きず》を見せている老人と、黙ってそれを見ている「支那人」の心と心がただ向き合っているだけだった。「その加害者は日本人の乗っていた馬車ではなかったろうか」と伊豆利彦「漱石とアジア」（『漱石と天皇制』'89有精堂）が推測しているが、恐らくそうに違いあるまい。「満韓ところ〴〵」ではこの部分だけに、小説家としての漱石の眼と描写力とが光っていた（注）。

続いて(二)。前記檜山久雄「漱石の中国認識」における「これを読んで中国人がどう思うだろうか……」について、勿論中国人には限らない。戦前日本の植民地支配下にあった国の出身者なら、漱石の差別意識は許せない所であろう。私の読んだ範囲では、朴裕河の二篇、A「漱石『満韓ところ〴〵』論――文明と異質性――」（'91・6「国文学研究」）、B「『インデペンデント』の陥穽――漱石における戦争・文明・帝国主義――」（'98・5「日本近代文学」）が特に厳しい批判的論点を提示しているように思われた。

Aは漱石が「大名旅行」（江藤淳）をした満鉄の果した役割について述べ、Bは漱石が連発した「汚い」「臭い支那人」等を念頭に置き、それに対し、鉄道と同じく近代文明を象徴する「衛生」観念を、朝鮮・中国侵略上の懐柔策として重視するという視点を設け、「満韓ところ〴〵」における漱石の言説を、日本帝国主義を陰で支える機能を果した、と批判しているのである。

一方、「満韓ところ〴〵」は明治四十二年の作であり、「戦後の目で非難するのは酷である」（久保尚之『満州の誕生』'96丸善ライブラリー）とか、漱石の片言隻句をとらえ、「つい最近まで様々な差別用語が平気で使われていたわれわれの実態を棚に上げて、漱石を侵略・差別・圧迫主義者のようにあげつらうのは、やはり短絡的にすぎる」（青柳達雄『満鉄総裁中村是公と漱石』'96勉誠社）という見解もあるが、「われわれの実態」はそれとして別に論議しなければならないし、少なくともこれらの見解を嘗ての日本の植民地支配が行われていた国の出身者に押しつけることはできないであろう。

しかし、日本によって侵略された中国でも、魯迅や郭沫若のように、漱石の作品を高く評価した文人のいたことはよく知られている。北京大学教授で日本文学専攻の劉振瀛は「中国で高く評価される夏目漱石」（'86夏「無限大」71号）において、戦前から中国の読者層の間でいかに漱石文学が愛されて来たか、その理由について凡そ次の点が挙げられるとしている。先ず、「草枕」等初期の作品では、漱石が陶淵明や王維等東洋の詩を深く愛したことが窺われること、又、漱石自身の作った漢詩の中で、明治社会にうごめく「小人・俗士」に対する満腔の憤りを表明しており、そこに正義感に富む漱石の面目を見せていること、「吾輩は猫である」を見ても、そこに漢語的語彙や漢文的表現が縦横自在に駆使されているばかりでなく、漱石の論理的思考の整った文脈が、その漢文的表現から来ていると推測されること、等々である。

劉氏は又、日本の近代作家では漱石が最も多く中国語に訳されているとして、次のようにその翻訳書を挙げている。即ち『日本小説集』（'23＝大正11）で魯迅が『永日小品』中の「クレイグ先生」「懸物」を翻訳して以来、『猫』（'26）、『草枕』（'30）、『夏目漱石集』（'32「坊っちゃん」他二篇）、『夢十夜』（'34）、『三四郎』（'35）が相次で訳出された。新中国になって最初に出版されたのは『夏目漱石選集』と『小林多喜二選集』の二種であった（坂本注＝夏目漱石と小林多喜二を日本近代の代表的作家としていることに興味が引かれると同時に、新中国における漱石観のありようを探ることができるように思われる）。又、最初は漱石の初期の作品が多く訳されたが、八〇年代から若い訳者によって、中・後期の作品――「三四郎」「それから」「門」「心」「道草」――も次々と訳出されているという。

そして次に、新中国で漱石の作品がなぜこれ程愛されているのかについて、凡そ次のような理由を挙げている。

㈠漱石の国士的性格――作家の社会的責任の強烈な自覚、即ち文学を以て天下・国家の役に立ちたいとする烈々たる精神のありよう。

㈡漱石の諷刺精神――ここでは先ず魯迅の「諷刺論」（'35＝昭10）における「諷刺の生命は真実にある」以下を引き、「教育界の醜い現実を暴露した作品」としての「坊っちゃん」の諷刺性を高く評価している。又、日本に留学したことのある魯迅や郭沫若など新文学の担い手達が、一様に日本自然主義文学に興味を示さなかったのは、自然主義文学の「排理想」や「現実暴露の悲哀」などの主張や、作品に表われた宿命観・虚無感にあきたらなかったからであろうとし、又、当時の中国の置かれていた苛酷な現実からして、おのずと正義感や諷刺精神に徹した漱石の作品を身近なものに感じたからであろう、としている。

㈢近代文明の批評者、漱石――漱石の全作品に、日本近代文明の批評者としての面目が至る所に見られるとして、特に「それから」を「醒めるリアリズム」の最たるものとして高く評価している。そして武者小路実篤の「友情」や「愛と死」に較べると、「それから」の社会的視野はずっと広く、その思想は遥かに深く、中国の作家の参考に資する所が多い、としている。凡そこのように論じて来た劉氏の漱石論の結論は次のようなものである。

中国の読者が漱石文学に親しみを感じ、漱石文学が大事にされている理由は、一に漱石が人生派作家の中のもっとも見識と英知に富む、もっともすぐれた作家であるということに帰するのである。……漱石ほど日本の将来を憂慮し、当時の社会現実を剴切《がいせつ》に批判した人はいないのではないか。

日本が維新から敗戦まで辿った道程は、今日からかえりみれば、漱石の憂慮してやまない危惧が、何と不幸にも事実となって日本の国民大衆を苦しめてきたことか。

中国の読者は漱石の作品を通して一人の偉大な孤高的な魂を発見した。中国で漱石を高く評価するのは、中国現代文学の伝統に立って当然に得られた結論である。今後も若い学徒の手で漱石研究が進められるにつれて、漱石文学の深い意義がいっそう認知されるであろう。

私は魯迅や郭沫若が、漱石の「満韓ところ〴〵」を読んだかどうか、又、読んだらどう反応したか、わからない。又、劉振瀛氏の右の論文にも「満韓ところ〴〵」は全く触れられていないので、劉氏が「満韓ところ〴〵」をどう捉えているのかはわからない。何れにしても、日本人も、日本によって嘗て植民地支配を受けた国の国民も、夏目漱石という作家の人間と思想と文学を、その矛盾も含めてトータルに把握した上で、新しい漱石論を展開して行くことが望まれるのである。

最後に、漱石が亡くなった日の翌大正五年十二月十日、中村是公が朝日新聞に寄せた追悼文「▲意地張で親切△坊主になる勧告」を紹介しておく。

自分は大学の予備校〈門〉が神田の一つ橋に在つた以前に成立学校〈舎〉と云つて居た頃からの知己であつた。若い時から数学がよく出来、英語も頗る堪能で、頭の緻密であつた其頃から正しい事一点張りで、理に合はぬ事は少しも受付けないと云ふ性質で、友人からも尊敬されてゐた。嘗て大学を出た計《ばか》りの頃鎌倉の円覚寺に禅の修行に行つてゐて、住職から**▲坊主になる**　やうにと切に勧告された事などもあつた。一体が世の中に阿《おもね》らぬ性格で、今頃の文学者には珍らしい。或時自分が君は近来いろいろの小説を書くが、其の中で何れが一番快心の作かと聞いたら、イヤ未だ何も無いと云つて笑つて居た。意地張りで、親切で、義理堅くて、手軽に約束をしない代りには一旦引受けたらば間違へぬ、といふ美点もあつた。

さすがに青年時代からの親友として、中村是公は漱石夏目金之助の生き方の核心をよく捉えている。しかしその

「正しい事」「理に合はぬ事は少しも受付けない」ということの中に、日本の対朝鮮・中国植民地化の正不正、「理」の是非に関する判断は除外されていた。拙稿冒頭で、戦前の日本人にとって、満韓問題が一つの盲点になっていた、と書いたが、「漱石ほどの者」でもそこから脱れることはできなかったのはなぜか、それがこれからの漱石論の一つの課題であろう。

（注）中国（「満州」）で、行き倒れの人間を傍観したままでおく理由について、クリスティー『奉天三十年』（昭13岩波新書）の第七章P. 71に別の解釈がなされている。私の叙述は、コメントを付さなかった漱石の描写の意味を推測したものに過ぎない。

日本の作家と「満州」問題（下）

——廣津和郎の場合——

私は前回（上）で、夏目漱石の「満韓ところぐ〵」（明42）の問題点を挙げ、戦後の評家達がこの紀行文について、「漱石ともあろうものが」という表現を使い、嘗《かつ》て中国（人）に対する尊敬意識や、鋭い現実批判——文明批判——金権批判を小説その他で披瀝して来た漱石が、どうしてこの紀行文では、中国人に対する差別用語を「極く自然に」使ったのか、——という疑問を提出した例を示した。

本稿（下）で、廣津和郎の「満州」観を見て行くに当り、漱石と同様「廣津和郎ともあろうものが、なぜ……」という疑問を出さざるを得ないことを先ず最初に述べておく。その生涯の最後の段階で、あの松川裁判に対し、鋭い権力批判を実証的にねばり強く展開し、遂に死刑を含む被告全員の無実を立証して見せたあの廣津和郎の、日本の植民地に対する捉え方には、大きな疑問を禁じ得ないものがあった。ただ廣津には、漱石が使った差別用語はない。廣津には凡《およ》そ人間を差別する意識がなかった。昭和十六年（一九四一）五月中旬、廣津の「満州」旅行に同行した間宮茂輔は、その著『広津和郎　この人との五十年』[1]（'69〈昭44〉理論社）の「はじめに」で次のように書いている。

「広津さんは人の長になることが嫌いであり、はなやいだこと、けばけばしいこと、威ばること、気どること、すべてこのようなたぐいのことを嫌悪してその気持を七十六年間の生涯につらぬいた。広津さんのように、おでん屋のおやじでも、質屋の番頭でも、作家でも、編集者でも、女でも、さらには大臣、大将とでも、つねに対等であった人の例をわたしは他に知らない。」（圏点坂本、以下同じ）

この間宮の廣津人物観を読んだ時、私は直ぐ、廣津和郎が戦争末期の最も困難な時期に書いた名論「徳田秋聲論」（昭19・7「八雲」）の一節を思い出した。

「実際徳田秋聲は子守っ子一人でも、決して作中の人物を軽蔑してゐない。そして恐らく実際生活に於いてもそれがこの作者の態度なのであらうと思ふが、この作者は英雄と云はれる人間をも、子守っ子をも、既成の観念や世間の定説などに煩はされずに、同じ態度で見る事が出来た人であらうと思ふ。」

「それは思想の範疇や固定の道徳や、あらゆる観念、概念を捨てて、人間生活の諸相を長い間ぢかに見て来た事の帰結である。」

これは廣津和郎が、徳田秋聲という作家の中に自己自身を投影させることで、独得の秋聲像を打ち立てたものということができる。廣津も亦、間宮が書いているように、おでん屋のおやじも、女も、大臣大将も対等に見ることのできた人であり、それは植民地のアジア人に対しても変りはなかった。「満州」へ渡る途中、京城で風邪を引いた廣津は、平壌で出迎えた金史良[2]の紹介で、朝鮮人医師の診察を受けた。間宮によるとその時廣津は、「いいねえ、何と立派な人たちだろう。朝鮮人をとやかくいう資格が日本の軍人だの官僚だのにあるのかね」と言ったという。廣津の『続 年月のあしおと』（昭42講談社）の方では、金史良について「私たちは平壌に三日間滞在したが、この金史良には心からのもてなしを受けたので、今でもそれらのことがなつかしく心に残つている」と書かれている（五十三章）。常識や既成観念で人を見ることをしなかった廣津は、朝鮮人や中国人だからという理由で軽蔑するようなことはなかった。

『続 年月のあしおと』の五十三章では、京城のホテルの食堂で話し合っている日本人の言葉を次のように伝えている。

「『何といつても朝鮮人を甘やかし過ぎているよ。もつと総督府が彼等を圧えつけなければ駄目だよ』

これは台湾でも聞いた言葉であった。」

『続 年月のあしおと』では台湾旅行（昭15〜16）[3]の回想が四十八章から五十章まで、五十三章から六十一章までは朝鮮――「満州」旅行に充《あ》てられている―漱石の「満韓ところ〴〵」から三十年後ということになる―。これら十数章の叙述の間に、廣津は「憂鬱」という言葉を六回使用している。廣津の読者なら、廣津がその小説・評論・随筆の至る所で「憂鬱」あるいは「やりきれない」を多用していることを知っていると思うが、この場合は何が彼を「憂鬱」にしたのか。「満州で見たものは私の心には何か重苦しく憂鬱なことが多かった」（同五十四）と先ず「満州」全体の印象を総括する。

それは前記「朝鮮人を甘やかし過ぎている」と言った朝鮮での日本人と同様の言動を「満州」でも見聞したからであった。ロシア人が建設したハルビンでは、駿河台のニコライ堂に感じる郷愁のようなものを体験し、神経も安らいだが、日本人が首都とした新京（長春）では、カーキ色の協和服[4]を着た「満州」政府の日系官吏が、中国人に対して威張り散らしているのをよく目撃した。五十五章「満州の日本人」では「協和服」達が、「何処《どこ》の停車場でも直ぐ駅前に忠霊塔を建て」「誰でもその前を通って一礼しなければならないようにするんだ」といった会話を交しているのを聞く。「五族協和」[5]を謳《うた》いながら、日本のために戦死した兵達の忠霊塔をすべての駅前に建て、その前で中国人にも白系ロシア人にも頭を下げることを強要する――そうすれば誰もが心の底から日本の軍部に感謝し、そこで日本の威令が行われたことになるとでも「錯覚」するのか、「どうもこの威令がおこなわれるという考え方を、日本人は余程好きらしい」と廣津は皮肉っている。（坂本注＝日本でも戦時中、市（都）電が宮城前や靖国神社前を通過する時、車掌が乗客を起立させて敬礼を強要した。小泉首相が、中国や韓国の人々の神経を逆撫でしてでも、靖国神社に参詣するのも、この「協和服」と通い合う発想からだろう。）

『続 年月のあしおと』五十章「台湾ところどころ」では、当時の日本の植民地台湾でも「皇民化運動」が盛んで、日本の官憲が本島人の信仰する媽祖を廃し、天照大神を祭ることを強要している様を叙している。五十五章の最後は次の如く締め括られている。

「何か荒々しくて、げすばつていて、露骨で、傲慢で、他国人はどんなに軽蔑してもいいと思つているかのように見える。人が、町が、新京全体がそんな空気を吐き出しているような気がする。」（坂本注＝中国の側では日本の作った「満州国」を「偽満州」、新京を「偽都新京」と呼んでいた。）

以上のことから理解されるように、廣津和郎には、日本の植民地支配下にあった朝鮮人や中国人に対する差別意識は見られない。それどころか、彼らを支配する日本人官憲の「幼稚で何ともかともいいようのない空威張り」（五十五）の実態に接して「憂鬱」だったのであり、又同じ日本人として現地人に対する「羞恥」の念すら抱いたのである。

漱石の「満韓ところぐ〵」の中に、重い豆の袋をかつぎ、何度も三階まで往復する苦力《クーリー》の強靱な肉体的な力と、その労働の激しさを叙した部分がある。ここの所は、呂元明「夏目漱石『満韓ところどころ《ママ》』私見」（『近代日本と偽満州国』'97不二出版）が、漱石の描写の「最良の部分」と言って評価した箇所である。廣津にもこれと同様の描写がある。漱石は描写だけで感想も批評も付さなかったが[6]、漱石から三十年後に略《ほぼ》同じ情景に接した廣津には、日本官憲との対比において、日本と中国の未来図を想定するような姿勢があった。

先ず『続　年月のあしおと』五十章。台湾の北投の宿舎に着いた時、「屈強な本島人」が世話をしてくれたが、「物を持つたり運んだりするこの民族の腕力には、それからも度々私は眼をみはらされた。」続いて廣津は宿舎の裏手の坂道を、小さな子供達が天秤棒で大きな薪の荷を背負ってくる風景に出会う。彼らがその荷を地面から持ち上げる時は、両足をふん張り、顔を真赤にし、渾身の力をふりしぼって「ううん」と唸りながら天秤棒を持ち上げる。荷を一度おろしたら再び担ぎ上げるのが大変なので、なるたけ休むまいとして、よろよろした足取りで我慢しながら歩き続ける。「あの肩の力だな、この民族の強さは」と廣津は考える。

「満州」でも同様の体験をした。(7) 五十七章「開拓村に密着する満人部落」を見ると、表題が示すように、今まで無人だった曠野に日本人が開拓村(8)を切り拓いて行くと、「それに食いついたように満人部落が直ぐできて行く」のだという。以下暫く廣津の感想を聞いてみよう。

「例の家畜運搬用の貨車に満載されて毎日山東省の方から流れ込んで来る中国民族（坂本注＝「満韓ところぐ〵」では、営口の停車場で、漱石が停車中の列車の下等室を覗くと、それこそただ『貨物』として乗せられて行く中国人達が『腰掛も何もない平土間に、みんなごろぐ〵寝こんでゐた』という所があり、それを私は本稿〈上〉でも引用しておいたが、この現象は三十年後も同様だったということであろう）——清朝末期以来強固な政府の庇護を受けず、自分の力だけで生きぬいて来たあの民族は、日本人が満洲で何かをやり始めると、直ぐやどり木のようにそれに密着して、強靱な根を張り、幹から栄養分を摂取してしまうのではないか」

「（前記協和服のカラ威張りについて）併しそれを裏返して見ると、それは又日本の島国育ちの、苦労を知らない人の好い間抜けさ加減を示すものと思われる。表面のカラ威張りが出来ればそれで得意になっているだけで、実質的にはこの雑草のような中国民族に太刀打ちできないのではないか」

昭和十年代、廣津個人の困難な事情（長男や義母の死その他）に加え、時代が大きくファシズムの方向に動いて行く中で、彼は文章を通して時代へのぎりぎりの抵抗を試みた。そのことは拙著『評伝　廣津和郎』（'01翰林書房）八章に詳述したが、その抵抗の主題は、官憲の理不尽と傲慢と横暴に対し、制限された言論の範囲で巧みに批判する所にあったが、日本の暴慢は、植民地支配下の民族の、強靱な肉体と生活力によって相対化されているのである。

そのことの発見が、戦時中のこの「台湾満州」旅行の一つの収穫だったのは間違いない。

『続 年月のあしおと』の「台・満」旅行に関わる章で、最も問題なのは五十六章「折角のチャンスを失つた日本」であろう。この表題そのものが、本稿冒頭の「廣津和郎ともあろうものが、なぜ……」という疑問を私に抱かせた。この章にはD・クリスティーの『奉天三十年』（注7参照）からの相当に長い引用があり、新京のホテルでこれを読んだ廣津には、廣津を「満州」で「憂鬱」ならしめた日本人の言動が、クリスティーの書いていることを裏付けているように思われた。日露戦争時の日本軍の主脳には立派な人物が多かったのに、彼らが引き揚げたあとに残った下級官吏、及びその後日本から入って来た日本人は驚く程低劣な人間ばかりであり、「戦勝者が満州の農民と永久的友誼を結ぶべき一大機会」を失ってしまった、とクリスティーは言う。クリスティー『奉天三十年』第二十章「無辜《むこ》の苦しみ」の結びの一節を引用しておこう。

　平和になると共に、日本国民中の最も低級な、最も望ましくない部分の群衆が入つてきた。支那人は引きつづいて前通り苦しみ、失望は彼等の憤懣をますます強からしめた。戦争が終つた今、居残つた多くの普通民から、引きつづき不正と搾取を受ける理由を彼等は解しなかつた。〈中略〉／かくして一般の人心に、日本人に対する不幸なる嫌悪、彼等の動機に対する猜疑、彼等と事を共にするを好まぬ傾向が、増え且つ燃えた。これらの感情は、これを根絶することが困難である。

クリスティーが『奉天三十年』をロンドンで出版したのは一九一四年（大3）であるが、廣津の訪満は一九四一年（昭16）であるから、クリスティーから二十七年を経ても、クリスティーの指摘したことが反省されるどころか、特に「満州事変」以降、その傾向は増幅されるばかりだったのである。

廣津の『続 年月のあしおと』には、日露戦争当時中学生だった廣津の回想として、中学校で手に負えない生徒がいると、「あんなのは満洲にでもやるより仕様がない」という言葉が流行した、という話が添えられている。[9] 明治の始めに日本の近代化を指導しに来た優秀な西欧人達を思い出すまでもなく、もしも日本が「優秀な指導者を送り、正直で人間を愛することのできる民衆を送つていたら」「日本の満洲に対する支配は確立したであろう。そうすれば満洲事変も起らず、満州国などを建てて、五族協和などとうたわずとも、満洲は日本のものになつていたろう」――この廣津の文言が、戦前でなく、戦後になって、日本の中国への侵略の歴史が明らかになってからのものであることに、驚きを禁じ得ないのである。

前記『近代日本と「偽満州」』の中には、漱石（「満韓ところぐ〵」）を始め、「満州」に行ったことのある日本近代作家達の「満州」観が論じられている。中で中村青史「『先遺隊』をめぐる徳富蘇峰と徳永直」では、嘗てのプロレタリア作家徳永直の「満州」を見る目にはかなりリアルなものがあるが、「大前提ともなるべき『満州侵略』が欠落していた」と書かれている。この「大前提の欠落」が、漱石や廣津和郎も免れ得なかった盲点だったことは既に見て来た通りである。

なお、本書でとり挙げられた作家達の中で、最も苛酷且つ悲惨な運命に終ったのは葉山嘉樹であろう。葉山については浅田隆「抵抗と挫折の果てに―葉山嘉樹と『満州』」がある。嘗て初期プロレタリア作家として、熱烈な民衆解放の念に燃え、「淫売婦」（大14）、「セメント樽の中の手紙」（大15）、「海に生くる人々」（同）等の名作を残した葉山は、プロレタリア文学運動への弾圧によって、日本国内での孤立を強いられ、結局「満州」への開拓団に加わって渡満した。そこで「〈日本〉国内で実現できなかった民衆解放の夢を幻視」するのだが、敗戦でその夢も破れ、日本へ引き揚げる途中の列車内で死去（昭20・10・18）したという。誰よりも民衆を愛した葉山嘉樹にも、開拓団そのものが「満州」侵略の役割を担ったという「大前提が欠落」していた以上、日本開拓団に強制的に土地を奪われた中国の側の「民衆」の犠牲は見えてこなかったのではないか。葉山嘉樹の作家としての魅力や、その人間性に愛着を持つ浅田氏はこの論の最後で、そういう葉山を批判する以上に、葉山をそこまで追い込んだ「日本帝国主義の犯罪性」を糾弾せざるを得なかったのである。

最後に私は、廣津和郎が昭和十六年十月、雑誌「改造」に発表した「開拓地児童と絵本」という一文をとり挙げてみたい。

昭和十六年（一九四一）十月と言えば、日米開戦（昭16・12・8）の直前ということになる。これは前述の、間宮茂輔と「満州」を訪れた時の体験を叙した文章としては戦前唯一のものである。『続 年月のあしおと』が、戦後一応言論の自由を恢復《かいふく》した時のものであるのに対し、昭和十六年と言えば、日本近代言論史上でも、未曾有《みぞう》の言論抑圧が行われた時であり、筆者である廣津も「改造」の編集者も、その活字化には並々ならぬ配慮を必要とした。我々が今これを読むには、廣津の文章に言外の意を探らなければならないのであるが、そういうものとして見た場合、これは一種の名論ではないかと、私は思うのである。

「弥栄《いやさか》村の国民学校の校長から頼まれた事を書く」――これがこの一文の冒頭である。

続いて

「『文化の方面は？』といふわれわれの質問に対して、校長はかう答えたのである。

『それが困つた問題なのです。その点が私が最も心配してゐるところなのですが、どうもこの村の青年層に知識欲がなくて困るのです。〈中略〉実際新聞さへも読まうとしないんですから』」

こういうやりとりから廣津が書き出したのは深い考えがあってのことだろうと思う。この「開拓地児童と絵本」には、戦前の出版物によくみられた「×××」「○○○」等の伏字《ふせ》というものがない。ではこの文章が全体として内務省の検閲を無事通ったかというと、無論そんなことはなかった。『続 年月のあしおと』六十章には、「私は当時の雑誌『改造』に、この満州で見た見聞記を書いたが、活字になつたところを見ると、無残な削除で意味をなさないようなものになつていた」とあるが、この「活字になつたところ」というのは雑誌掲載前のゲラの段階で、ということだろう。こうして筆者と編集者の苦心で何回も朱を入れ、今日我々が見ることのできる形になったのであろう。日米開戦を控え、もはや伏字すら禁じられたのだという（坂本注＝伏字は寧ろそこに反政府的言辞が組み入れられていたことを読者に悟られるのを、官憲が恐れたということか。）

廣津が「文化」を先ず問題にしたのは、次のような意図からだろうと思われる。即ちこの冒頭部は、本文四、五頁先の「わが国の国防の第一線に立ち、五族協和の指導的立場に立つてゐる民族として、文化を軽蔑したり、知識を無視したりする事がいつまでも続いてよいといふ法はない」に照応し、日本が己れの傀儡《かいらい》政権たる「満州国」に押しつけた建国理念としての「五族協和による王道楽土」[5]を一応肯定した上でそれを逆手に取り、日本が五族の指導者たろうとする以上、文化を蔑《ないがし》ろにしてはならないのだ――という風にもって行く。昭和十年代廣津の評論によく見られる〝戦略〟である。而も廣津はこの文章の前に次のように書いている。

「〈開拓民が〉命を的に匪族[10]と戦ひながら、かうして開拓事業を完成して行くといふ事は、非常な熱と勇気と努力を必要とすることである。」「幾多の困難と戦ひ、尊い犠牲者まで出して、今日を築き上げて来た幾多の人々の英雄的な話に感動した。――さうした物の創《はじ》められる時代には、ヒロイズムが相当粗暴を交へるやうな傾向がたとひあつたところで、それは止むを得ない事だらうと一方は思ふ」が、いつまでも「粗暴」でよいわけはなく、文化力でも他の民族をリードすべきだ、となるのである。これは「五族協和」とは名のみであり、その実「粗暴」極まりない一族（日本）支配だった「偽満州」への痛烈な皮肉・批判であることは言うまでもない。

そこで最初の弥栄村の校長の話に戻ると、今は致し方ないとしても、次代を背負う児童達は何とかして「知識慾を持つた立派な若者に育てたい」が、困ったことに、児童達は非常に絵本を喜ぶのに、それが手に入らない。横浜の本屋に二十円送って注文したのに、始め三冊送ってよこしただけであとは梨のつぶてだという。この国民学校に最初八十人入学したのに、あと一、二年もすれば八百人にも達する。(11)その時子供達が文化を理解する立派な人間に育てたいという、校長の情熱が窺《うかが》われたので、廣津は、日本へ帰ったら絵本を送るよう極力努力しようと校長に約束した。——以上の話がこの「開拓地児童と絵本」の第一主題である。

続いて第二主題。廣津は、今少し奥地を歩きたいという間宮茂輔とハルビンで別れ、満鉄アジア号に乗って帰国の途に就いたのだが、その時その汽車の中で、顔見知りの「或開拓地の主脳の或人」に会う。そして「差障りがあるといけないからその名を記さない」と断った上で、新京（長春）へ行く「その人」と食堂車で話し合った。その話の内容は次の通りである。少し長いが、短い〈中略〉を除いて全文を引用する。

私が弥栄村の校長に約束した絵本を東京に帰つたら送らうと思つてゐるといふ話をしたら、その人は言下に答へた。／「それはあんた、なかなか六ヶ敷《むつかし》いですよ。本なんか来やしませんよ」／「何故ですか？」／「何故にも何も……まあ一冊か二冊郵便で送るならとどくかも知れませんが、纏めてそんなもの送つたつてとどきやしませんよ。——それはどうしてとどかないつて、そんな風に出来てゐるんですよ。すらすら滑かに行かないやうに出来てゐるんですよ。われわれの方だつて学校があるので、いろいろ骨折つてゐるんですが、生徒に必要な本がなかなか手に入らないんですよ。——まああんたやつて御覧なさい。なかなかうまく行きませんから」／〈中略〉「われわれが何といつても、どうもならんです。一つあなたの柔かな筆でさういふ不便でわれわれが困つてゐるといふ事を書いて呉れませんかな。なるほど、聞けばもつともだ、何とかしてさういふものはとどくやうにしてやらなければ気の毒だ、と衝に当る人達がうなづくやうな工合に一つ……」

その人はなかなかざつくばらんな物のいい方をする人であつた。弥栄村の青年層が知識慾がないといふ事

を国民学校の校長さんが憂へてゐたといふ話を私がすると、

「それは一つはイデオロギーを押しつけるのが悪い。弥栄村に限らず、何処でもですが、狭い意味での国家主義が悪いですよ。日本国民は決して祖国を忘れやしません。腹の底の底から国家を思つてゐます。それだから朝から晩まで国家、国家と押しつける必要はないんですよ。それだからどうも国士気取りになり、鍬をふり上げふり下ろすのも国家につくしてゐるんだといふ気分になる。そんな事は解り切つてゐるんだから、そんな事は側にどけて置いて、鍬をふり上げる時は、自分の生活をこの鍬によつて切り拓いて行き、基《ママ》き上げて行くのだといふ気持になつて貰ひたい。この満州の地に住んでゐる他民族はなかなか勤勉です。生活開拓でも、決してさういふ勤勉な他民族に負けてはならないといふ気持になつて貰ひたい。――私などはさう考へてゐますよ。それでないと、どうも一種の思ひ上りが来て、地に足がつかない……」

　随分思ひ切つた言葉ではあるが、私はなかなか肯綮に値するところがあると思つた。


　校長と絵本の話もさることながら、この一文で廣津の最も訴えたかったことは以上の部分だったろうと思う。引用部は、届かない絵本を何とか届くように廣津の「柔かな筆」で書いてくれという「或開拓地の主脳の或人」の要請を受けてこの文を書くのだ、と表面思わせておき、その最も訴えたい廣津の主旨が、「狭い意味での国家主義が悪い」にあることは容易に見て取れる。当時の日本には――これは筆者である私自身が体験したことだが――「内ヲ虚ニシテ大呼スル」（漱石、明34・3・21日記）狂信的国家主義者が跋扈《ばっこ》していたのだから、「国家主義」を正面切つて批判することは不可能であり、そのため廣津は注意深く「国家主義」批判の謂わば外堀を埋めて行く。「イデオロギーを押しつけるのが悪い」（坂本注＝「イデオロギー」が当時の左翼の使用常套語であったことは注意されてよい）、「狭い意味での国家主義が悪い」等の他、「日本国民は決して祖国を忘れやしません」等々検閲担当の内務官僚の喜びそうな「甘言」（奥出健「広津和郎の『満州』」〈’94・12「湘南文学」⑦〉）もそこにちらつかせている。奥出氏が「無残な削除」が意味をなさないほどの「強烈な当局への批判がある」と評した通りであろう。奥出氏はこれを廣津の「芸」としているが、あの汽車の中で廣津が会ったという「或開拓地の主脳の或人」の話など、邪推をすれば、廣津の作り話とまでは行かなくとも、そこに廣津の自説が色濃く反映されていたことは確実であろう。日頃廣津が言い、書いて来たことと、その内容から口調までが酷似しているからである。「校長」や「開拓地の主脳」等、検閲当局も批判しにくい指導者級人物の口を借りて、廣津を「憂鬱」にした日系官僚の「カラ威張り」から、引いては「国家主義」までを暗に批判しているのである。

この「開拓地主脳の或人」の話を受け、今度は廣津自身の言葉で次のように述べている。

「狭い意味の国家主義に思ひ上つてはいけないといふ事は、実際だと思ふ。それはあらゆる方面で。——もつと冷静で、勤勉で、優しく、温く、そして忍耐強くならなければいけないと思ふ。直ぐ殺気立つたりしてはいけないと思ふ。三年、五年、十年の問題ではなく、二十年、三十年、五十年、百年の問題なのであるから、地味な地歩を油断なく、確実にきづき上げて行かなければいけないと思ふ。」

——これなどかの「散文精神について」（昭11・10・18「人民文庫」主宰講演会）を彷彿とさせる内容と口調である。

こうして廣津は極端な言論統制下の困難な戦争期、「満州」視察報告にこと寄せ、巧みな言葉の操作を駆使して権力への批判を続けて行った。なお『続 年月のあしおと』の方では、以上の他に、開拓農民に必要な農具が届かないこと、日系官吏の官僚主義的怠慢から、ある農家で緬羊三百頭のうち、百頭を撲殺せざるを得なくなった事情等、何れも彼ら開拓民からは、内地に帰ったら是非この実状を書いて欲しい、と頼まれたのだが、そのことは「無残な削除」によって文面から消され、結局「絵本」の問題だけが記述を許された、という経緯が述べられている。

『続 年月のあしおと』五十八章「緬羊百頭を撲殺する」の最後は、次のように締め括られている。

「強固な政治の保護がなくても、雑草の根のように強靭に土著して行く中国民族、辿りついたところの境遇で、そこで人生を楽しめたら楽しんで行かうとしている白系露人。——内地で日本人だけの中にいては思いもよらないようなこうした様々の民族の生き方について、改めて考えて見る気にさせられたのも、はるばる満洲までやつて来たお蔭かも知れない。」

ここには、日本の中国侵略という「大前提の欠落」はあるが、そもそも文学や作家に「国家の保護」は要らぬとして、自らが「雑草の根のように強靭」に生きて来た、その廣津和郎らしい眼によって捉えられた中国民族の逞《たくま》しい姿が回想されている。しかしそれは歴史が証明した戦後の眼というばかりではなく、「開拓地児童と絵本」の中でも、「あの民族の根強さ」に対して「日本人は此処に余程反省しなければならない」と、日本の植民地支配に驕る日本官憲へのひそかな批判が織り交ぜられていたのである。

開拓農民の「満州」移住は国策として行われたものである。而もその移住先は多くソ満国境に近い所であり、関東軍は日本の「生命線」としての「満州」を守るため、武装させた開拓農民を自らの盾とした。国家は開拓農民を送りながら、彼らの教育や文化の面は勿論、肝心の農事に関しても、官僚主義的縄張り争いが災いして、配慮に欠ける所が多々あった。廣津が見たものはその一端に過ぎないとしても、自分達の窮状を偶々《たまたま》訪れた一作家に訴えるより術なかったとすれば、その悲惨は思い半ばに過ぐるものがあろう。

官も軍も彼らを守らなかった。廣津が弥栄や千振で接した農民も校長達教員も、昭和二十年八月に敗戦となり、ソ連軍が進攻して来た時、自分達を守ってくれるとばかり信じていた関東軍は、彼らを見捨てて我先に逃げ帰ってしまった。廣津はこう書いている。

「併しこの国にはどんな愚かなことでも、『精神力』とか『やまと魂』とかでやれないことはないといい出す人間があとを断たない。殊に軍人たちには自分が国民を守ろうとせず、国民の犠牲によつて自分らが生きのびようとするのではないかと人に疑いを抱かせるような傾向が戦争が末期になるに従つて露骨に目立つて来た」（『続　年月のあしおと』六十一章「頭にかぶさる暗雲」)。——有事法制なるものが取り沙汰されている現在、今から三十五年も前に言われた廣津のこの言葉は極めて示唆的である。

注

(1) 間宮茂輔『広津和郎』。本書の記事中、廣津和郎の兄俊夫と相馬泰三の死の時期に誤りがある。特に前者については、その死のありようを含め、姪の廣津桃子氏が怒っておられたことを私は記憶している。

(2) 金史良。(大3〜昭25) 平壌生れ。来日して旧制佐賀高校から東大文学部へ進学。「文芸首都」同人。朝鮮戦争で北朝鮮側従軍記者となり、以来行方不明になったとされる。

(3) 台湾旅行。『続年月のあしおと』によると、X子として登場する若き才媛との関係を清算したい意図もあり、真杉静枝の誘いに乗り、夫人はまと三人で真杉の故郷台湾へ旅したとある。昭和十五年末から十六年へかけてのことである。X子は間宮茂輔の前著(注1)では秋月伊里子。

(4) 協和服。戦争が困難な状況を迎えると、女性はモンペと称する簡易服を着ることを半ば強制され、普通の着物を着て街を歩くと非国民扱いされた。男はこれも反強制的にカーキ色の詰襟《つめえり》を着ることが慫慂された。廣津は「あの国民服が感覚的に虫が好かない」のでなるべく着ないようにしたと『続あしおと』六十四章で書いている。「満州」の日系官吏の着た協和服なるものも、一種の国民服のようなものであったろう。

(5) 五族協和。日本の傀儡国「満州国」は、「五族協和による王道楽土」を建国の理念とした。「五族」とは満・漢・蒙・日・朝の各民族で、関東軍参謀石原莞爾の提唱によるものだという。現実には、日本という「一族」による支配が行われたのだから、このようないかがわしい理念が破れ去ったのは当然である。

(6) 伊豆利彦氏は『漱石と天皇制』('89有精堂)で、漱石が「黙々と働く中国人労働者の内部に秘めたエネルギーを強烈に感じとり、ある威圧感を覚えている」と評した。

(7) デュガルト・クリスティーの『奉天三十年』(矢内原忠雄訳、昭13岩波新書、上下二冊)には「支那人」の肉体の頑健さと、病気になっても「不思議な回復力」のあることが注意されている。クリスティーはスコットランド出身の伝道医で、大正十一年、故国へ帰るまで、四十年に亙って「満州」人のための医療と伝道に生涯を捧げた。

（8）「満州国」建国の昭和七年（一九三二）、関東軍は、十五年間十万戸の日本人開拓移民を計画した。第一次武装移民団が弥栄村に入ったのは昭和七年、第二次は千振に入った。彼らは鍬と銃を持って、所謂「匪族」と戦いながら、開拓して行った。

（9）漱石の「草枕」「三四郎」「門」「彼岸過迄」「明暗」には、日本では何らかの事情で生き得なくなった男達が、「満州」、朝鮮に「落ちて行く」例が様々に描かれている。又、関東大震災（大12〈一九二三〉・9・1）の大混乱に乗じ、無政府主義者大杉栄、その妻伊藤野枝、幼き甥橘宗一の三人を惨殺した甘粕正彦大尉は、出獄後「満州国」建国に参画している。

（10）匪賊。盗賊の意であるが、「満州事変」の導火線となった張作霖も匪賊出身であり、日本が「満州」に進出して以来は、その日本への抵抗を各地で試みた中国民衆をも関東軍は匪賊と呼んだ。

（11）坂本龍彦『孫に語り伝える「満州」』（'98岩波ジュニア選書）P. 49に、廣津が昭和十六年に訪れた千振小学校の校庭に、大勢の、それぞれ赤ん坊を抱いた若い母親数十名の写真が載っている。彼女達は皆政府筋の宣伝句「大陸の花嫁」として開拓村に嫁いで行ったものだ。この写真は、廣津が「開拓地児童と絵本」で、弥栄国民学校の校長が、一、二年後には児童数が八百人にもなると言ったことを裏付けているような気にさせるものだ。又坂本氏は前記著作P. 3に、著者が幼少時絵本を買って貰った時、嬉しくて枕の下に入れて寝たという話を書いていて、これも弥栄村の校長の言を裏付けているように私は思った。

廣津和郎の徳田秋聲観

野口富士男の大著『徳田秋聲傳』（昭40、筑摩書房）の巻頭には廣津和郎の次の言葉が記されている。「秋聲の小説はその一つを取出してその好さを理解するといふことはなかなかむづかしい。異常な正直な眼をもつたこの作者が、半世紀の間一貫して何を見て行つたか、そして人間生活を見戍《まも》つて行くことによつて、どういふ心境に達したかを調べてみることによつて、その全貌が解つてくるやうな作家だからである。」（雪華社版『秋聲全集』13巻解説）――このような秋聲への廣津の理解を野口自身この『傳』で認めているし、野口の今一つの大著『徳田秋聲の文學』（昭54、同）でも、それが秋聲の「私小説の特質」であるとして廣津の説を支持している。又『傳』の中では廣津の「徳田秋聲論」から度々長い引用を試み、そこに「卓見」「余人の追従し得ぬ深い理解」といった評言を付し、廣津の秋聲観への共感を示している。

廣津は大正五年文芸評論家として文壇に出て以来、多くの秋聲論を書いて来た。ある時は文芸時評の中でその時々の作品に触れ、又ある時は「秋聲氏の歩んだ道」（昭12・1『改造』）、「秋聲文学小論」（昭18・11・20～23、東京新聞）等、正面から秋聲の人と文学を論じて来た。右「歩んだ道」では「いつか一度は纏つた徳田秋聲論を書きたいと思つてゐた」と言っているが、結局その「纏つたもの」は、秋聲最後の傑作「縮図」が書かれ、秋聲がそれを軍部の意向で中絶させられたままで他界した後で、長篇評論「徳田秋聲論」（昭19・7「八雲」第三輯）として結実させることができた。それ以前に論じて来た廣津の秋聲論は殆どこの「徳田秋聲論」の中に繰り入れられているが、やはりこれを通読してみれば、廣津の秋聲への愛と理解が並々ならぬものであったことが改めて読者の胸に響いてくる。それは嘗ての「志賀直哉論」（大8・4「新潮」）と並んで、表題はいかめしいが、読後秀れた小説を読んだ時と同質の文学的感銘を受ける、といった意味で、確かにこれは廣津和郎の代表的名評論と評すべきものだった。

ここに至るまでの廣津の秋聲論を見渡してみると、廣津が秋聲について否定的に論評した例が二回ある。一は秋聲が例の愛欲事件を背景にした「順子もの」への評価で、これは「元の枝へ」と「仮装人物」以外に対してはかなり厳しいものであった。二は同じ頃、秋聲が芥川龍之介の「点鬼簿」（大15・10「改造」）を酷評した（「十月の作品」（二）（三）大15・10・7〜8、時事新報）のに対し、廣津が芥川を弁護した（「文芸雑観」（一）〜（三）大15・10・18〜20、報知新聞）もので、芥川が、時代の転換期への身の処し方に苦悩した所からくる作品の暗さに自分は十分魅かれるものがあるとし、秋聲があの愛欲事件を背景にした最近の「興奮とせつかち」から公平を欠く評を試みたのには賛成しかねる、といった内容であった。因みに、他人の批評を意外に気にする芥川が、廣津のこの弁護に対して深い感謝の意を表したことの経緯は、廣津の実名小説「あの時代」（昭25・1〜2「群像」）に詳しい。

ここでそれまでの廣津の秋聲論の集大成である「徳田秋聲論」を瞥見してみたい。これが掲載された「八雲」第三輯は昭和十九年七月小山書店から上梓された。昭和十九年と言えば敗戦を間近に控え、軍国主義が一段と狂暴化した時代で、言論は極度に制限されていた。第一輯第二輯が小説集で第三輯が評論集。その冒頭が宇野浩二の「島崎藤村」論。そして廣津和郎の「徳田秋聲論」で締め括った全三六九頁の見事な編輯である。時局に迎合したものもあるが、藤村・秋聲という自然主義の老大家を、その自然主義の流れを汲む宇野・廣津という二人の早稲田派が論じたこの二篇には、戦争のセの字もなく、ひたすら老大家の文学をのみ情熱的に論じたその姿勢自体に時局への抵抗が感じられるものだった。

廣津和郎はこの「徳田秋聲論」を、「徳田秋聲の文学の道は長かつた」で始めている。この一句には、作家として生き続けることがいかに困難であるかという廣津の思いが籠められている。廣津は「文壇といふ決勝点のないトラック」を、生活を支えるために走り続けて半世紀に及んだ秋聲の痛苦を思いやった。秋聲は「一茎の花」（昭9・7、「文芸春秋」）が正宗白鳥に批判された時、「私は書かないと食つていけないので〈中略〉商売の邪魔をすることは控へていただきたい」と「正宗氏へのお願ひ」（昭9・10、「新潮」）という一文で訴えた。廣津はこれに対し「数年間の失業失意からやつと再起して来た秋聲の、その苦しみを知らない批評に対する憤りの勃発だつた」と評したが、そこには一本の筆で三家族を養わねばならなかった廣津の深い共感が示されていたとみるべきであろう。

次に廣津は言う。「彼は人が常識によつて卑しとしたり〈中略〉顔をそむけたりするものを少しも軽蔑することなく、彼自身の眼で見て行く。彼は物をきめてかかつたり、タカをくくつたりする常識と普通道徳とに常にその作品で抗議してゐる。」「どうしてこの老作家が、あらゆる既成の概念や範疇から此処まで脱け出る事が出来たか、そして何ものにもまやかされず、彼の眼で真実を探究する事が出来たかといふ事は、考へれば考へる程、深い興味と驚異とを与へる。」――秋聲が自己の素質と信条に飽くまで忠実に従いながら、日本近代文学に現れては消えて行った諸潮流や流行にも惑わされず、「のろのろ」「とことこ」歩いて来たその息の長い道程に、廣津は熱い尊敬の念を披瀝しているのである。

その道程の果てに秋聲は生涯の傑作「縮図」（昭16、都新聞）をあの戦時中に書いた。廣津は書いている。「『縮図』は秋聲最後の作で、彼が七十一歳の時の努力であるが、まことに秋聲文学の辿りつくところを示した素晴しい傑作であると云つて好いであらう。この作は或事情で書き続ける事が出来なくなり、終に完成しなかつたといふ事は残念であるが……」

「〈その題材は〉花柳の巷を彷徨する若い女達の生活を取扱つた愛欲の絵巻に過ぎない。……ちよいと類がない高雅な美しさである。」（圏点引用者）――文中「或事情」で中絶を強いたものを示唆し、その権力が戦時に相応しくないとして否定したこの「愛欲の絵巻」について、「素晴らしい傑作」「高雅な美しさ」と最大級の賛辞を呈したそのことに、作家としての廣津の、「縮図」を中絶せしめた者への抗議を読み取ることができるだろう。

廣津は秋聲が評価しなかった二葉亭四迷を重く見、日本近代文学に二つのリアリズムの鉱脈をなすものとして二葉亭と秋聲を挙げている。前者は知識人の苦悶の象徴、後者は庶民階級の生活感情の愛撫者として。こういう形で両者の存在を認めた所に廣津の独自の位置があり、彼の後年の松川裁判批判の根源もここに求められるのであるが、それは「徳田秋聲論」から十年先のことであり、又別に論じられるべきものであろう。

廣津柳浪「女子参政蜃中楼」論

（一）

「女子参政蜃中楼」は廣津柳浪の処女作である。柳浪は松川裁判批判で知られた廣津和郎の父であるが、柳浪の方は日本近代文学の研究者でもなければ既に遠く忘れられてしまった作家である。しかし彼は明治二十年代から三十年代にかけて、明治文学に特異な存在を示した小説家であり、現代においても見直されて然るべき、秀れた、そして重要な作家の一人である。この処女作は明治二十年（一八八七）に作られているが、明治二十八年に「変目伝」なる小説を発表して以来、世に深刻小説（悲惨小説）と言われる数々の作品を発表し、明治文学史上特別の位置を占めた（以上詳細後述）。

この処女作が世に出るまでの経緯は、彼の数々の回想録[1]を見る限り、実に驚くべき波瀾に充ちたものだった。廣津柳浪（幼名金次郎、本名直人《なおと》）は、文久元年（一八六一）医者としての父廣津俊蔵（後、弘信）の次男として長崎材木町に生れた。長崎で開業して名医と謳われた柳浪の父弘信は、どういうわけか医業を抛《なげう》って幕末――明治維新の国事に参画し、明治四年外務省に勤めるために上京した。七年一家を長崎から呼び寄せて麴町に住み、子供達は皆番町小学校に通った。弘信は嘗て自分が携わった医業を継がせるため、直人を東大医学部予備門（高等中学校）に入学させたが、二年程で退学してしまった[2]。医者になることを嫌ったとも、体調を崩したからとも言われているが、ここから柳浪廣津直人の、人生苦難の道が始まることとなる。弘信は国事に奔走する過程で明治の豪商五代友厚(3)を知り、直人を五代に預けた。五代は自らが会頭を勤める大阪商法会議所に書記見習として直人を送り込んだが、実業に向かぬことを悟って自ら辞任し、上京してこれも五代の世話で農商務省に入り、下級の官員になった。しかしいつの時代にも変らぬ官僚社会の窮屈な形式主義、上役の傲慢と、それにとり入らなければ出世できないこの世界に愛想を尽かし、ここも辞めてしまった。しかし直人には五代という実力者の後楯《うしろだて》があって、役所も最初はなかなか辞めさせてくれなかったのだが、直人は怠け放題怠け、遂には給料日にだけ出勤するという不埒《ふらち》なことをして、とうとう五代が明治十八年他界する前後にやっと非職になった。既に明治十六年両親を失っていた直人は親と後見人、つまり保護者のいない世界に一人で放り出されたことになる。職とも離れ何もすることのなくなった直人は、金のなくなるまで放蕩の限りを尽くした。そして食い詰めた彼は昔の女を頼って熊谷――館林を放浪して歩いたが、結局どこにも自分を生かす道を見出せず、再び東京に戻って来ざるを得なかった。

腕に何の覚えもない人間が、会社なり官庁なりで上司に阿《おもね》ったり、上手に立ち回ることを嫌う人間は、どこにも生きる道はなく餓死する他はない。彼が関東に放浪の旅に出た時、その費用を用立てたのは画家山内愚仙（慶応2～昭和2）だった。愚仙は兄山内文三郎が記者をしていた「東京絵入新聞」を紹介し、そこに小説を書くよう奨めてくれた。愚仙は前から直人の文才を買っていたのである。しかし直人はその大阪時代、勤め先の仲間と中国の小説を読む研究会に出席したことはあるが、特にこれと言って文学を研究したこともなく、自分の書いた小説――持込み原稿――が果たして新聞社に受け容れられるか大いに不安だったのだが、結局それは「東京絵入新聞」に採用される所となった。それが「女子参政蜃中樓」で、明治二十年六月一日～八月十七日まで連載されたのである。

（二）

前号（「火の群れ」88号）で廣津柳浪がその処女作「女子参政蜃中楼」（明20・6・1〜8・17東京絵入新聞）を発表するに至った経緯について簡単に記しておいた。彼は父の友人五代友厚が用意してくれた職業の道を棄て、殆ど餓死寸前にまで追い込まれた。その放蕩と放浪生活のありようは、後に回顧して次のように述べた位のものであった（『柳浪叢書・前編』序文、明42・12博文館）。「所謂る放縦不羈で、箸にも棒にも掛らないものだッた。」――切羽詰まって書いた小説を、東京絵入新聞で採用してくれたからいいようなものの、没になったら文字通り餓死していたかも知れなかった。ただ後から考えれば、この小説は明治二十年代初頭の他のいかなる作品と比べても決してひけを取るようなものではなかった。

それにしても、「どうして、このような堂々たる長編を、短日月に書き得たのであろうか」（和田繁二郎「『女子参政蜃中楼』試論」昭和61・3「廣津柳浪研究」創刊号）という疑問には今の所、誰も答えられないのではないかと思う。

その他この作には次のような問題点がある。

（1）この小説は政治小説・未来記・時事小説等様々の規定が可能であるが、当時明治二十年前後のこれらに類する小説の中でどのように位置付けられるか。

（2）その他この時期の一般の小説作品の中ではどのような位置付けが可能であるか。

（3）柳浪の全作品の中ではどのように位置付けられるか。

これらの問題点に触れる前に、先ずこの小説の内容はいかなるものであったか、その梗概から述べてみたい。

東京女子参政党幹部の女学士[4]山村敏子《さとこ》は、党から大阪での女子参政権運動を命じられ西下する。この小説は第一

回から第二十回まであるが、すでにその第一回の、山村敏子西下の車中、彼女が著名な女子参政権運動の指導者たることを知った男性客達が、敏子に当てつけるように、女子参政権などは女の「血の道」によるものだ、という揶揄的な反女子参政権論を展開する所から始まる。以て女子参政権実現の先行きが困難なものになるだろうことが予め示唆されているのである。敏子は次のように反論する。

「此血の道は何物が起させたのでありませうか。人体《にんたい》否社会の如何なる不調和から起ッたのでありませうか。嗚《あ》呼妾等《わたくしら》同胞姉妹が日夜苦楚辛痛《くそしんつう》に沈みつゝある血の道は、何等の神薬を用ひて全快致しませうか。清婦蕩でありませうか。実母散でありませうか。否々是等の草根木皮でハありません。正理公道によりて調剤しました参政権と云ふ一粒の万金丹であります。」

いつの世でも保守的な男性どもの、山村敏子に対する冷たい視線や、からかい気味の「血の道」発言に対するこの敏子の反論は筋の通った正論と言うべきものであろう。何より敏子自ら己が参政権論を「正理公道」と称したことに示された彼女の自信を評価すべきであろう。敏子の女子参政論は天賦人権論に拠ったものであり、その論旨は今日にも十分通用するものだった。

抑々日本で女性に国政レベルでの参政権が実現したのは昭和二十一年（一九四六）四月のことで、この小説が書かれた明治二十年（一八八七）から五十九年後のこと、それも自力で獲得したものではない、日本が戦争に負け、占領軍主導の国政改革の一環として与えられたものである。[5] この未来記小説が想定した物語の舞台は明治四十年代であり、だとしてもまだその時点では、政治の季節であった明治二十年前後よりも——大逆事件に象徴されるように——政治社会状勢は寧ろ後退し、女子参政権獲得のプログラムは姿を現わさなかった。それだけにこの山村敏子の展開する女子参政権論が、大阪での演説会で十分の説得力を持ち、その情熱的な語り口で聴衆を魅了したという柳浪の設定は、日本近代史の実際の進行に徴しても、革新的意味を十分に持ち得るものだった。

さて敏子の西下前に、大坂改進党の久松幹雄に興味を示し、その人物像に好意を抱いた敏子は、しかしやがて久松の反女子参政権論に失望する。久松の論が時期尚早論であったとしても、基本的には敏子の西下の車中における男性共の反参政権論と同じレベルだったからである。始め敏子の参政論に同調した敏子の友人松山操も久松の反対論に安易に与《くみ》し、種々の経緯の後久松と結婚することとなる。折しも女子参政権運動を支持し、敏子を励ましてくれた敏子の父も死に、女子参政権案は政府によって議会に上程されたが否決される。失意にうちひしがれた敏子は、久松と操の結婚式の夜、失踪して行方知れずとなる。

――以上がこの小説の梗概であるが、この小説で柳浪はいかなる思想的立場に立ち、どのような主題を展開させようとしたのであろうか。柳浪はこの小説の完成後、明治二十二年十月金泉堂から出版したが、その「序」で次のように書いている。全文を挙げる。

蜃中楼とは蜃《はまぐり》が吐出した気の中《うち》に玲瓏たる楼門が層々畳々巍乎《ぎこ》として出現せるを申せしものなるは、何人《なんぴと》も御《ご》存《ぞんじ》の事にて、彼《か》れ蜃何等の幻術ありてかゝる手品を遣《つか》ふか、如何《どう》も不思議だ虚説《うそ》だらうと或人に質《ただ》せし所、イヤ一概にないとは云へぬ、理外の理と申て随分奇幻《けげん》な事もあるものなりとの説法に、成程と又或人に尋て見ると、そんな馬鹿な事があるものか、それは海天の水蒸気に陸地の楼閣が映写《うつ》ったので、森羅万象どんな事物《もの》でも理屈に合はぬと云ふ事はない、理外の理が聞いて呆れると一本遣込《やりこ》められ、成程之も御尤なり、扨何方《さてどちら》に理屈が有《ある》のか無《ない》のか薩張理由《さつぱりわけ》が訳らず考へて見《みて》もわからないから如此事《こんなこと》は如何《どう》でもよいと有耶無耶《うやむや》にしてうつちやつて仕《しま》つた。此小説も之と一般で如此《こんな》出来事が出来様《やう》が出来まいが有《あらう》が無《なか》らうが、女子に参政の権が有《ある》と云ば無《ない》と云ひ、なんといへばかんと云《いふ》。作者の意匠も有耶無耶《うやむや》で有から、寓意も有耶無耶の中《うち》に有でもよし無でもよし。標題《かんばん》に偽《いつはり》なし。うやむやと筆を擱《さしお》く。

柳浪子

こういう言わば戯作調の「序」は、いかにも女子参政権などはどうでもいゝと言ったような一見なげやりな調子に見えるが、この小説のすぐあとに書かれた二葉亭四迷「浮雲」（明20・6↓）の「はしがき」も戯作調で書かれ、その小説本文の深刻な内容と対照的であったことが思い出される。この柳浪の「序」を以て、柳浪が女子参政権をどうでもいいものとして考えていたということは言えないのであり、そのことは作品の内容自体が、この戯作調の「序」のいい加減さを裏切っているからである。

因みに誰でも知っている通り、右「浮雲」は口語文体（言文一致体）で書かれ、日本で最初の近代文学としての実質を以て世に問われた小説であった。「蜃中楼」はほんの僅かではあるが「浮雲」に先んじて発表されたもの、文体から言うと、地の文は文語体であるが、会話は口語体であり、その内容と形式から言って、日本近代文学の成立に関わる重要な位置を示すものであったと言えるのである。

この作品の女主人公《ヒロイン》山村敏子は、作品終末近く、恋に敗れ、父を亡《うし》ない、女子参政権獲得の夢破れ、作者は言わばこのヒロインを徹底的に苦しめ、敗北せしめている。そこに当時の他の政治小説とは異なる性格が生れたのであり、そうすることでこの作品は、日本の将来を遥かに見透した現実性を持つことができたのである。この小説の舞台と想定される明治四十年代には、「青鞜」のような女性の手になる文芸雑誌は生れたが、女性参政権の課題は捨て置かれたまま、昭和二十年夏の敗戦を迎えることになったのである。

(三)

今回は、前々号（「火の群れ」88号）の記述に関し思い出したことがあるので、補足的感想を述べる所から始めたい。

それは萩原朔太郎における「詩人の成立」に関わる事情である。朔太郎は中学卒業後、熊本第五高等学校（旧制）に入学するが、凡そ学校という場になじめなかった彼は出席常ならず、二年に進級できなかった。以来、岡山第六高等学校、東京の慶応義塾大学予科（旧制高校）と転校を重ねるが、結局五年かかって高校二年生になれず、学業を諦めて故郷前橋に帰る――彼は言わば極端な学校不適格者だった。朔太郎の父は苦学して医者となり、前橋に開業して名医と謳われた人物である。廣津柳浪の父も、前述の如くその後半生は国事に奔走するという経歴の持ち主だが、その前半生は長崎で開業し、特にコレラの治療で名を挙げた名医だった。朔太郎の父萩原密蔵も柳浪の父廣津弘信も、息子を医者にして自分の後を継がせたいという期待を完全に裏切られる。密蔵は学業を放棄して空しく帰郷した朔太郎に対し、この先どうやって生きて行くのかと問うたが、朔太郎はいくら考えても己を生かす職業を見出すことができなかった。一九一〇年（明43）彼は友人佐藤一郎に宛ててその苦衷を訴え、その最後に次のように書いた（3月2日付）。

「小生は今や決心致し候。小生の前途只こゝに三つあるのみ。

1．Kaufmann（商人）、2．Mediziner（医者）、3．Pistol

就中《なかんずく》最後の者は最も痛切に感ぜられ候」。

朔太郎は大正二年（一九一三）五月、「朱欒《ザムボア》」終刊号に投稿した六篇の詩が主宰者北原白秋によって採られ、活字化された。その「朱欒」を手にした時、彼は次のような歌をそのノオトに書きつける。

かなしくもふるさとに帰り居て
うたつくりとは成りはてにけむ

朔太郎の父は「うたつくり」という存在を理解することができなかった。柳浪が作家に「なりはて」た時、父弘信はすでにこの世にいなかった。「ピストル」か「饑餓」かの違いはあっても、ともに「商人」や「医者」の道を拒み、それによって将来どうやって生きられるのかもわからない、「文学」創造の道を選ばざるを得なかったのである。

＊　　＊　　＊

ここで「女子参政蜃中楼」の問題に戻る。

先ず三人の主要人物について。

(1)山村敏子《さとこ》――主人公《ヒロイン》、東京女子参政党幹部、女学士。

(2)久松幹雄――山村敏子の政敵、大坂改進党主幹、「浪華タイムス」主筆。

(3)松山操――久松幹雄の許婚《フィアンセ》。始め山村敏子の主張に同調していたが、久松の影響でいとも安易に反女子参政権論者となる。(生れ育ちはよいが、こういう節操なき女性の名に「操」を当てたのは柳浪の皮肉か)女学士。

あと五、六名の登場人物がいるが、それらの人物の作り出す物語は、女子参政権の是非をめぐる葛藤の物語とは一応関係のない、当時の通俗小説の趣向を思わせるものなので、本稿では特に触れないこととする。

本稿（二）で西下車中における山村敏子に対する乗客たちの、揶揄的反参政権論と、それに対する敏子の反駁を引用した(第一回)。「血の道」を単に女性の生理として捉えるのではなく、社会的問題として捉えた所に、敏子の論の正当性と説得性があった。

第四回では、敏子の大坂女子参政党倶楽部における演説が引用されている。

「世には非参政論者なるものがありますが、其説を聞きますのに男女は同権なるものにあらず、女子《をんな》は其精神力に於て男子《をとこ》に劣ること数等なり、故に参政権を与ふべからず、と云ふのであります。」

人間の幸福は上帝（天）に受け得た能力を動かすべき自由権にあるにも拘わらず、婦人にばかりその「権理」を

西下車中における山村敏子の演説

与えないわけがない。男女同権については三条の説がある。㈠婦人は全く権利なきもの、㈡婦人は全く権利がないというわけではないが、その権利は男子に比べれば「数等を下だれり」というもの、㈢婦人と男子は同権なりというもの。――この三説のうちの㈠に対し敏子は、これを天の「道理」に徴して「馬鹿気た説」とし、㈡については、日本・西欧の秀れた女性の実例――神功皇后、紫式部、皇后「セノビア」、女王「マリアセンザア」その他十数人の名を挙げ、自説を補強している。ここでは男子にも女子にも、秀れたものと劣等なものとがそれぞれあり、それを一律に男が女より秀れていると断ずることの誤りが指摘されている。続いて敏子は女子教育に触れて次の如く言う。

「婦人は常に学問思想熟練ともに男子の様には益なし、また女子は中学大学の様な男子を教育する場所に入れても其功あるものにあらず。又婦人の心思《こゝろ》より顕れた事跡を見るに、大志を抱えて之を事業に企てたものが稀少《すくな》い。また婦人は如何に奨励するも之が志を引立《ひきたて》るの功を奏したる稀れなり、と申す人が随分世にはありますが、寔《まこと》に道理のなき説であッて、斯様《かやう》な思想を抱きて居つて女子の教育を致しますから、其教育法も宜しからず、女子の精神力のあり丈《た》けを働かせませせぬから、其儘《そのまま》宝の持腐《もちぐされ》になるのであります。」

右のように、女子教育の実際が女性のもつ個性や能力を引き出そうとするものになっていないので、「宝の持腐」になる云々と言った所など、よく教育というものの本質を衝いた正論であろう。これを読んだ松山操が感動して「妾《わたしも》も敏子と共に参政権に尽力しやうかしらん」と言ったのを、久松幹雄に反論され、一転操は頑迷な反女子参政論を展開して行くようになるのである。

女子参政案が政府によって東京の議会に上程される日が近付いた。久松幹雄は東京で反女子参政の演説をするために上京する。この久松について前記和田繁二郎は次のように書いている。「政治家として理想的な人物に描かれている。作者は、主人公敏子の政敵（久松）を決して否定的形象をもっては描いていない。」そして久松によって反参政権論に鞍替えし、後に久松と結婚する松山操は「敏子に次ぐ肯定的形象」であるとし、作者柳浪はこの二人に「肩入れ」しているとしている。果たしてそう言えるだろうか。勿論久松と操は、浮田青萍や横田奸吉の如き（姓名のつけ方から言っても）わかり易い否定的人物に描かれてはいない。しかし私はこの小説全体の成り行きを見て、この二人が肯定的に描かれているとは到底思えないのである。

久松幹雄は21世紀の現代日本のそこここにも見られる、一見スマートで革新的にすら見える、しかも内実は単純な保守派よりも、一層謂わば悪質な保身の術に長けた御用知識人的政治家なのである。その久松の敏子批判に軽薄に賛同した松山操の演説内容が新聞に載った（第十八回）。これは久松の思想の鸚鵡返し的代弁であり、これを読んで山村敏子は始めてこの二人に対し激しい怒りを覚え、新聞紙を引き裂かんばかりに「激昂」したのである。操の言説は概ね次の通りである。

「諸君、女子の男子に劣れる事は特《ひと》り身体の上ばかりでハありません。智術道徳の上にも亦懸隔があります。女子は概《おほむ》ね正理公道の何物たるを精究しない風が御在ます。」

「斯様に論じて見ましたならば、女子で以て投票権を望む人は唯妬婦か、娼婢か、さなくバ無学にして不幸に遭遇せる女子輩《たち》で有ませう（ヒヤ〳〵ノー〳〵の声沸くが如く起る）。諸君斯《かく》の如き人々を政治世界に入らしむればとて、空想と柔弱と血の道騒ぎのほか何の利益を持来たさうか。」

「然るを一朝政治上に男女の同権を許したならバ、其結果はどうなりませうか。唯国の繁栄を妨げ、人の知識を害《そこな》ふばかりであります（ヒヤ〳〵ノー〳〵）。諸君の中には女のくせに自己の権利を伸長しやうとハせず却ッて男子の肩を持ち、女権を駁撃するのは女子にして女子にあらずなど批判する方々もありませうが、妾《あたくし》も女権の張らざるべからざるは希望しないではない。人なみ過《す》ぐれて希望する方で御在ますが、唯政治上の一点に付ては雷同する事が出来ません。」

この操演説は、反参政権論としても極めて空疎なもので、勿論その主旨に作者が賛同しているわけではない。ここに興味あることは、これを読んで「激昂」した敏子の前に、桜田艶子（敏子の従姉）が姿を現わし、男（夫・浮田青萍）の不実と暴虐を訴え「妾はモウ生きて居る気は御在ません」と嘆き悲しむ場面を設定したことである。操の演説中の、男の方が女より「智術道徳の上に」秀れているという主旨が、艶子の出現で事実上否定されているのだ。この対照を示す所にこそ、作者柳浪の意図は明白に示されている。

山田有策は「初期柳浪の文学世界」（昭48・7「國語と國文学」）で、初期柳浪のこの作にかけた「真のモティーフはどこにあるのだろうか」と問い、それは「市井の人々」を描くことで山村敏子の所属する上流社会を批判することにあった、としている。「市井の人々」とは第十七回で描写される「裏店社会」の無知な貧民を指している。大坂の女子参政党員達は、女子参政権案上程を間近かに控えて盛に宣伝活動に従事し、「下等社会」の女達に向けても男女同権の理を説いた。このため「無知な貧民」の間では滑稽な理解による茶番劇も行われたが、結局それは真山の示威会に二万人もの「下等女子」を動員し、気勢を挙げるという事態に発展した。「権利平等女子参政万歳」などと書いた旗を立てて府庁に押し寄せ、警察では鎮圧できず、鎮台（軍隊）を繰り出して漸く収まる、という事件になった（第十七～十八回）。

敏子をとりまくのはすべて上流階層であり、裏店社会の人々が決して踏み込めない世界である。「敏子のいる華美な上流社会を市井の人々を描くことで相対化し、その世界の浮薄さをきわやかに描き出そうとしているのである。ここにこの一篇にこめられた柳浪の意図を読み取ることができる」と山田有策は言う。だが果たしてそう言えるであろうか。

又、亀井秀雄も「政治への期待が崩れるとき――『女子参政蜃中楼』論――」（昭53・10「日本近代文学」）の中で、第十七回におけるドタバタ騒ぎを引用したあと、「敏子の熱心な女子参政権運動も、庶民の間ではわらい話の種にしかならなかったのである。この作品で、庶民に焦点を合せたただ一回の箇所がこんな場面でしかなかったということは、つまり柳浪自身、敏子たちの運動を『上つ方』の騒ぎとして揶揄したいという衝動が抑えられなかったからであろう」と述べている。

私は右山田・亀井両説には疑問を抱く者である。ドタバタ劇とは、ある女としての女房が、男としての亭主から理不尽な乱暴の仕打ちを受けた話で、にも拘わらず女房の方は「何と云ったつて稼人《かせぎにん》だから仕方がねェ」と我慢せざるを得ない――という話である。勿論これはここに書かれた一夫婦間のことだけではあるまい。だから大坂の女子参政党員の彼女達への働きかけも次のような内容になっていて、貧民街の女達にもそれなりに有効だったのである。

「男と女とハ身体《からだ》の構造《つくり》にこそ少しの違ひはあれ、其《その》権理に於てハ相違あるべくもあらず、おん身等姉妹《きやうだい》が日々夫《をつと》の圧制を受けてどうかすると忽ちに打ち叩かるゝ、男に女を打ってもよいと云ふ途方もない残酷な権理を、天から許されたものであらふか、イヤ〳〵決してそんな訳があるものでハない、天はそんな横贔屓《よこひいき》をする筈はない、これは東洋殊に日本なぞに於て、女には七去三従など云ふ馬鹿〳〵しい義務を負はせたので、素《もと》より正当な理由がないので、女も男同様に男がする義務は社会に対して立派に尽しているのじや、男に兵役と云ふ事があれば女には産といふ大役がある、してみれば差引甲乙のない筈、それをかやうに圧制されて居るのハあまり気の利かぬ話でハないか、これは女の方に充分理屈があるからして、おん身等姉妹も共に心を合して、先ず政治上の権利を取返してハどうであらう……」

これは前記山村敏子の演説（第一回、第四回）よりいくらか噛みくだいたわかり易い内容であるが、女子参政権論として筋の通ったもので、「下等女子」ら無識の者にも、日常亭主から「圧制」を受けている自分達生活の実態から、本能的に女子参政権獲得の意味は理解され、真田山の大集会やデモ行進にも発展したのである。

確かに女子参政権に関する思想と論理は、「下層貧民」が近付くことのできない上層富有階級に芽生え、彼らによって担われた。しかし歴史上いかなる革命も、その最初の理論が貴族階級や上層ブルジョア階級に発したことは、イギリス革命、フランス革命の経緯を見ても理解される所である。従って「蜃中楼」においても、上層階級を、市井の人々を描くことで相対化し、作者が山村敏子をつき放して見たり、冷たく見ている（前記山田有策）という説には左袒し難い。伯爵であり政府高官たる山村高潔《たかきよ》も、女子参政権の熱心な主唱者であり、その娘敏子と共に全肯定的筆致で描かれているのである。

主人公山村敏子の女子参政権理論が、今日実現されている自明の婦人参政権――それは本稿注（5）に掲げておいた戦後の諸改革の中でも、絶対に後戻りすることの考えられない唯一のものである――から見ても間然する所のない完璧なものであることは前述の通りであるが、彼女の人物、生き方についても、例えば第十一回冒頭には次の如く書かれている。

「山村の敏子は女子にしては過激の方丈《だけ》に、愛憎の情も亦常人《ただびと》に勝れぬ。さハれ人の能を嫉み才を憎むにもあらねば、好言《ママ》令色の人を愛するにもあらず、唯善を愛し悪を憎む、云はば義侠の質にて、殊に慈愛の心深し。」

だから病に倒れた操を誠意を以て看病し、一時齟齬を来した政敵久松と操の仲を取り持った。「こは尋常一様の女子《をなご》が容易になし得べき事ならねど、敏子は女子参政の熱心者なり、狂人なり、脳中唯だ一の女子参政と云ふ思想のみとも申すべき希有《けう》の女侠なるにぞ…」

ここだけではない。どの場でも敏子は肯定的に描かれている。女子参政権を主張するあまり、自らを「狂人」とすら自認する敏子像を、作者が肯定しているか、「冷たくつき放し」（山田有策）しているか、「〝上つ方〟の騒ぎとして揶揄し」（亀井秀雄）ているか、によってこの作品の評価は違ってくる。「蜃中楼」が政治的な題名と内容を持っている故に、それは昭和三年（一九二八）年に亡くなった柳浪が体験できなかった戦後改革としての婦人参政権実現の場から捉えると、柳浪が山村敏子の口を籍りて述べている参政論は極めて予言的であると言うことができるだろう。

久松幹雄と松山操の反女子参政権論の影響大で参政権案は議会で否決されたが、その内容が敏子の主張を悉く批判しているばかりか、敏子を前記の如く「妬婦娼婢」と極めつける感情的挑発的発言もあり、彼女を怒らせ、彼女は孤立する。この時の彼女の感想「万一斯《かか》る議論が世に勢力を得る事しあらば、ア…ーア我邦《わがくに》人智の進歩尚ほ斯く浅増しき地位に止りつゝあるか、歎くべく憾むべし」（第十七回）、「アーアあんな薄弱な議論が尚ほ勢力を得んとするとハ、実に残念な社会の有様……だ」（第十九回）――も、日本の近代史の進行から見ればやはり予言的と言わざるを得ない。

久松と操はめでたく結婚し、父と参政権とを失った敏子は行方不明となる。女子参政権論者を不幸の底に追い落し、反参政権論者に勝利と幸福を与えるのが作者柳浪の主意であり、そうすることで柳浪は日本の近代の歴史的現実を批判したのである。そこにこの時代の他の政治小説の中における「蜃中楼」の独自性があった。――

ここで、作品の外側における明治二十年前後の事実について触れておきたい。

湘煙岸田俊子（文久3〜明34後中島俊子）は明治十五年四月一日、大坂道頓堀朝日座で女性として始めて政談演説を行った。日本立憲政党新聞はその前日俊子を次の如く紹介した。

「世に珍しき閨秀にて〈中略〉実に驚くべき奇婦人と謂ふべし近日又頻に女権論を主張さるゝと云ふ」。又同新聞（明15・4・5）は俊子の演説について「〈弁士の中でも〉岸田とし女の如きは容儀も端麗にして語音も清朗にして且つ其論旨も高妙なりしかば聴衆も皆心耳を済《すま》し且つ喝采も一段盛なりき」と伝えた。これらは「蜃中楼」における山村敏子の演説を彷彿とさせるものである。

次に久松幹雄の思想の基盤について。これは大体「女学雑誌」（明18・7〜明37・2）の傾向に類似したものであったように思われる。「蜃中楼」第三回で山村敏子は、久松幹雄の女子参政権についての意見を松山操に聞く。操は、久松の意見として、男女は同権たるべきだが、「女子と云ふものは何処迄も順良なるがよし、美徳を傷つけぬが肝心だ」と言っていたという。「女学雑誌」創刊号（明18・7・20）の「発行の主旨」に、「希《ねが》ふ所ハ欧米の女権と吾国従来の女徳を合せて完全の模範を作り為《な》さん」とあり、女権は主張したが、過激な女権運動——女子参政権運動などは否定した。「女学雑誌」の主宰者巌本善治と久松幹雄とは、右の点で一致するものがあったと思われる。

このように作者柳浪は、明治二十年前後の政治・思想状況を踏まえた上で、女子参政権実現に象徴される民主主義的要求を葬り去り、日本近代史の暗黒の未来を予測したのである。

注

（1）「をさなきほど」（明31・11「太陽」）、「小説界に入れる由来」（明34・1「新小説」）、「小説家としての経歴」（明41・5「文章世界」）等々による。

（2）医学を学んだことは、「蜃中楼」にその反映を見せている。

（3）五代友厚（天保6〜明18）については、小寺正三「起業家五代友厚」（昭63現代教養文庫）等参照。

（4）戦前では、女性が「学士」の称号を得ることは殆どあり得なかった。その点でも廣津柳浪の時代を超えた新しさがあった。

（5）女性参政権は敗戦後の一九四六年（昭和21）占領軍による矢継早の国政改革——天皇神格化の否定、農地改革、教育改革、戦争犯罪人の処罰、新憲法の制定等々、戦前の日本人の自力ではなし得なかった諸改革と共に実現された。因みに女性存在を小児・未成年者と同等のものとする戦前の日本で、明治十年代に女子の参政権を主張した者は、植木枝盛、大岡育造、星亨等極く少数に過ぎなかった。

廣津和郎と廣津桃子

「神経病時代」（大正6〈一九一七〉・10「中央公論」）は作家廣津和郎の文壇的処女作である。この小説は引き続いて彼が大正六年から大正八年の間に発表した「本村町《ほんむら》の家」「思ひ出した事」（↓「崖」）、「師崎行」「静かな春」「やもり」「波の上」等々の、当時評判のよかった純然たる私《わたくし》小説とは趣《おもむき》を異にしており、題材を政治と関わりの深い新聞社にとっていることもあって、社会的視野を含むと同時に、性格破産者小説（1）という、廣津和郎の手がけた私小説以外の問題小説の最初のものでもあり、かなり意欲的な作品であった。その題材は三つに分れている。一は新聞社内のこと、二は友人達との交わり、三は家庭内における妻との不和――これらは必ずしも事実そのものではないが、主人公鈴本定吉の心象風景は、作者廣津和郎自身のものであると言ってよい。

民衆生活の不幸などはなるべく小さく扱い、スキャンダルを含む政治的社会的大事件を待望する社の方針に鈴本定吉は抵抗を感じるが、編集に携わっているうちに、いつか自分自身も「事件」を待望するようになり、それに気付いて自己嫌悪を感じる。愛してもいない妻との生活に嫌気がさし、帰宅の時間を遅らせるために、友人達といつまでも喫茶店で話し込む。妻との夜の生活は悲惨であり、朝目が覚めると激しい後悔に苛《さいな》まれる。新聞社の非人間的なやり方に反撥を感じても、それに対して己が正義を主張することもできず、ずるずると社の方針に従わざるを得ない。結局勤務生活も妻との生活も、明確な自己主張や意志の強さを発揮できず、果てしない苦悩と憂鬱の裡《うち》に時を過して行かざるを得ない。

事実は次の通りである。大正二年四月早稲田大学英文科を卒業した廣津和郎は、翌三年父廣津柳浪の口ききで東京毎夕新聞社に入社する。折しも父が母と共に名古屋に保養に行っている間に、和郎は一人で麴町永田町の下宿屋永田館に下宿し、翌大正四年一月頃から下宿の娘である神山ふくとの性的関係に入った。やがて恐れていたふくの妊娠が告げられ、前記私小説に書かれた通りの苦悩に呻吟することになる。その年の十二月長男賢樹《けんじゅ》（小説では進二）が生れるが、それだけでは終りにならなかった。「神経病時代」の最後で、妻は長男進一に頰ずりをしながら「あたしね、何ですか又出来たやうなんですよ」と夫に告げる。

「『あっ！』と定吉は叫んで、頭を両手で抱へながら、仰向けに畳の上に転《ころが》つた。彼の頭の中は恐ろしい程の速かさで旋回し初めた……恐ろしい絶望があつた。何とも云はれない苦しさがあつた。が、それと同時に彼は、妻のために下女を雇《やと》つてやらなければならない事を考へた……」

「中央公論」掲載の本文末尾には「六年九月二十二日　脱稿」の日付が記されている。事実に即して言えばこの時、大正七年三月二十一日生れの廣津桃子が母の胎内にいたことになる。(2)

右「神経病時代」最後の文言は、廣津和郎という作家の人生のなりゆきを自ら予言したかの観がある。いかにしても愛し得ぬ妻との間に、二人まで子を生《な》した彼は、妻と別居の道を選びながら戸籍は抜かず、正式な妻の座をふくに与え続けた。廣津としてはそれが精一杯のふくに対する責任の取り方だったのであろう。その後廣津は女性遍歴の末、松沢はまなる女性と同棲し、はまの死（昭37・1・4）まで三十八年間同棲生活を続けた。(3)長男賢樹と桃子は実母ふくの実家で育てられた。

廣津和郎の前記私小説群は、妻への憎悪と自責の念に引き裂かれた若き廣津和郎の苦悩の表現であるが、ここにただ一篇「静かな春（大7・2「新日本」）のみは、いっときの平和で平穏な生活を写し出すものになっていた。大正五年末から鎌倉で柳浪夫妻、和郎一家が共に暮した数ヶ月である。事実としてはこの平和ないっときも、妻ふくと両親の仲がうまく行かず、廣津家は再びばらばらになるのだが、少なくとも小説「静かな春」では、廣津としては珍しく平穏な生活が、鎌倉の自然と歴史を背景に描写されていた。

この小説については、廣津桃子に「断片――父和郎について」（「日本近代文学館」第20号、昭49・7・15）という一文がある。これは廣津父娘の関係を考える上で非常に含蓄のある重要な発言だと思うので、少し長いが引用する。

「昨秋から、父の全集[4]の刊行がはじまり、すでに六冊が世に送り出されている。こうしてまとめられてみると、父という人間がなにを考えて生き続けてきたかが、私にとっても一層明確になるとともに、それらの作品に向かい合う自分というものにも、かつてとは異なる時日の流れを思わずにはおられない。昔、読もうとして、息苦しさを覚えて中止した初期の私小説風の作品に眼を向けながら、まさしく私の父親である若い主人公の悪戦苦闘する姿への同情の思いとともに、その姿が、後年の父と、どう結び合わされてゆくのかという思いが胸にくるのは、時の流れが、私の心にあたえてくれた〝ゆとり〟というものであろう。

全集第一巻収録の初期の短篇『崖』『師崎行』などと一連をなす私小説に『静かな春』がある。この作品については、作者自身、一部を抹殺したこと、〝中途半端のそしり〟を受けるかもしれないが、〝何故かこの作品に愛着《ママ》を感ずる〟との旨をのべている[5]が、いま、作品の出来、不出来は別問題として、ここに描かれているいくつかの場面は私の眼には印象深い。

作品の舞台は、鎌倉、極楽寺に近い家であり、知多半島の療養先から、父と母とを迎え、妻と幼い男の子（桃子の兄賢樹）との生活にはいった主人公の心には、ささやかな一家の平和と幸福を願う思いが溢れている。〝家族《ファミリー》〟と、彼は心の中で叫ぶ。」〈中略〉

「……肉親の熱い絆で結ばれた彼等の姿を眼にすることは、家庭崩壊後の記憶しかない私にとって、やはり、印象深いものである。一つには又、この一家にとって、『静かな春』は、ほんの束の間であっただけに、かえって心

に残るのかも知れない。」〈後略〉
廣津和郎全集第一巻に収められた初期の前記私小説群は、「静かな春」を除いてはすべて妻との確執に悩む廣津自身の姿を描いたものだから、その妻が桃子の母ふくであってみれば、「息苦しさを覚えて〈読むのを〉中止した」というのも尤もである。もしこの全集第一巻の末尾に収録された「小さい自転車」（大13・7「改造」）を桃子が読んだとすれば、「息苦しさ」どころではない、描き出された夫婦生活には全く読むに堪えない醜悪さを感じたに違いない。その妻とのbed-roomでのありようは、余りに露骨であり、文芸作品としても決して上々のものになってはいなかった。「自分は彼女とのsexualな関係の不愉快さに比べれば、いかなるprostituteとの交渉でも、ずっと明るくて愉快であるやうに思はれた」とすら書かれているのだ。

このような父と、晩年の、特に松川裁判批判に全力を挙げて取り組んだ父と「どう結び合わされてゆくのかという思い」は、桃子にとって恐らく解決不能の難問であるに違いなかった。

普通の健全な家庭から見れば確かに廣津家の家庭は「崩壊」していた。母の実家で育てられた兄妹のうち、兄賢樹は、自分の母を捨てて他の女性（松沢はま）と同棲している父に対し、妹桃子ほどのこだわりを示さなかった。学校の帰りにしばしば父の家を訪れ、松沢はまとも親しくなった。一つには、父和郎とはまの夫々《それぞれ》の人間的魅力に魅《ひ》かれたということもあろう。又賢樹自身に、人生に対する行き届いた理解と寛容の心とがあった。年齢の割に彼は大人《おとな》だったのである。

「おやじは、まあ上等の部類に属するんじゃあないかと、僕あ思うぜ」

「全部を、そのままのかたちで認めたいと、僕あ思うんだがね」

右は、父に対してともすれば心を閉ざそうとする妹桃子に対して兄の言った言葉である（廣津桃子「木洩れ陽の道」昭42・12「群像」）。又「山の見える窓」（昭46・5同）では、兄と二人で豪徳寺の父の家を訪れた際、予め兄は妹に

「小母さんがいるけど……」「気にすることはないぜ、Mちゃん」「神経質になることはないと僕は思うんだ」とM（桃子）の緊張をほぐすように注意を与えている。

二人は〈父の愛人〉松沢はまを「小母さん」と呼んでいた。桃子はこの時以来徐々に父と「小母さん」に近付き、二人の世界に心を開いて行った。その兄が昭和十四年、早稲田大学在学中二十四歳の若さでこの世を去った。死因は腎臓結核、当時としては不治の病であった。父和郎の衝撃は大きく、考えられる限りの治療を試みたが、効がなかった。賢樹の病とその死については、「愛と死と」（昭14・12「婦人公論」）や、廣津の自伝的回想録『続　年月のあしおと』（昭42講談社刊）に詳しい叙述がある。

廣津和郎のある側面をそっくりそのまま受け継いだような賢樹の死は、和郎にとっては自己の存在を否定されるような哀しみであった。出棺の時、中をじっとのぞき込んで動こうとしなかった、と桃子は「木洩れ陽の道」に書いている。「それは長い年月のなかで私がたった一度だけ眼にした、全く自己を失った父の姿であった。」

賢樹が父の分身とすれば、桃子にとっても兄は「分身的存在」（「木洩れ陽の道」）であったばかりでなく、桃子が父の存在を理解するための仲介者であった。だから始めて書いた小説「窓」（昭24・1「文学行動」）の題材を兄に求めたのも言わば必然であった。

廣津和郎は明治の作家廣津柳浪の次男である。少年時代から「女子文壇」や「萬朝報」の懸賞小説に投稿して賞金を得て来た和郎は、前記の通り生涯に一度だけ新聞社に勤めたが、あとは物書きとして終始した。彼は、作家である父を持つことは、文壇に出る時多少の便宜はあるかも知れないが、それは一回限りのことで、作品が続かなければ文壇で生命を保つことはできない、「〈文壇では〉実力が物を云ひ、実力がなければ……直ぐ化けの皮をひん剝かれる」「親の威光も利かなければ、師の威光も利きはしない」のだから、文壇という社会は他の社会と比べて

「公明正大」であり、力のない者は去らねばならない（「派閥なし」昭16・4・16〜19「中外商業新聞」）――と、凡そこのようなことをくり返し述べていて、勿論それは娘桃子にも言い含められて来た。従って作家となれば三代目となるはずの桃子にも、筆一本で生きることの困難については身に沁みて覚悟ができている所だった。桃子の「筆の跡」（昭44・6「群像」）の中に、老舗《しにせ》の和菓子屋などと違って「我家の生業だけは」子供が手堅く親の跡を継いで行くわけには行かないのだ、と三代目を桃子に期待する風の人に向かって言う所があるが、これも父から言われていることのくり返しに過ぎなかった。

ただ一般的に言ってどういうわけか、作家を父に持った娘が作家になる例が多いのも事実だった。桃子の他には、森茉莉・小堀杏奴（鷗外）、幸田文（露伴）、萩原葉子（朔太郎）、佐藤愛子（紅緑）、津島佑子（太宰治）、吉本ばなな（隆明）、江国香織（滋）、円地文子（国語学者上田万年）等々数え立てればきりもなく多い。なぜ息子でなくて娘なのか、ということが議論されたこともある。(6) だから柳浪を父に持つ廣津和郎は例外ということになろう。

前記の通り、文壇では親の威光は利かないと娘に教えて来た和郎は又、「作家は、ペンを片手に決勝点のない道を一生歩み続けるんだからね。歩み続ける唯一のコツは正直に自分の地金をみがく以外にはないんだ」（廣津桃子「春の音」昭45・5「群像」）、あるいは「親父のことばかりにかかわっていると、さきにはすすめないものだよ」（『父広津和郎』昭48毎日新聞社刊↓中公文庫「あとがき」）と言って来た。又阿川弘之によると、正宗白鳥が幸田文に「おやじのことを書いている間は、幸田文、認めないぞ。露伴のことだけ書いている間は一人前と認めないぞ」と言っていたと、阿川が廣津和郎に聞かされた（前記中公文庫版『父広津和郎』〝解説〟）ということである。

しかし廣津桃子はやはり、他の女流作家たちと同様、父を語る所から作家の道を志して行った。確かに前記小説「窓」は、兄の思い出を綴ったものとして、処女作と言っても桃子の力量を十分窮わせるものであり、後に小説集『春の音』（昭48講談社刊）の中に収録されたが、他の作品に比べて遜色のないものだった。ところがそれから二十年間、桃子は父のことを中心に随筆類を書いただけだった。それだけの長い間、桃子は父の教えの通り「正直に自分の地金」をみがいて来た、と言えるだろう。父についての随筆を集めたものが前記『父広津和郎』である。本書が出版された時、佐多稲子は「小説と同じ質の感銘」（昭48〈一九七三〉・4「群像」）と題して書評を書いた。——

「著者は、父に見られる自分を描いており、自分の、父に対する姿と心理とを描いている。そこにはこの父と娘の深い愛情と堪えがたい悲しみがあって、しかもそれは感情におぼれ込まずに書かれていて、従って一層読むものにリアルに伝わる。全体に『父広津和郎』の感銘が小説のそれと同じ質であるのは、著者のこの態度によるものであろう。」——というものである。私は嘗て廣津和郎を論じた一文で、次のように書いたことがある。

「抑々《そもそも》廣津には文芸ジャンルに拘《こだ》わる気持が希薄だった。小説・評論・随筆の区別についても極めて自由なものがあった。右の「序」（文芸春秋新社版『小説同時代の作家たち』昭26）でも、創作と随筆の違いを認めながら、敢えて〝小説〟として一書にまとめた事情に言及している。確かに『あの時代』などは、評論としても随筆としても読まれ得るものであり（全集では第三巻小説の部に収録されている）、『志賀直哉論』『徳田秋聲論』といったいかめしい表題の評論も、人はその読後に極めて秀れた小説を読んだ時と同質の感銘を受けるに違いない。『松川裁判』など小説ではないが、人間探求の秀れた文芸書であることは間違いないのである。」（『評伝廣津和郎』'01翰林書房刊　第七章）

このことは廣津和郎自身よく自覚していて、娘桃子に「おれは文学者以外の何者でもないが、どうも、小説家といったものではなさそうだよ」と言っていたという（「木洩れ陽の道」）。そしてそれは何らかの意味で廣津桃子にも当てはまるのである。

桃子が〝小説〟というものにとり組み始めたのは父が亡くなってからである（廣津和郎の死は昭43〈一九六八年〉9月21日）。その没後、文芸雑誌「群像」（昭43・12）で「特集・廣津和郎」を組み、作家批評家達の追悼文を並べた最後に、廣津桃子が「波の音」という一文を寄せている。これは勿論小説ではなく、父の思い出を綴ったものである。

しかし私は、この一文から桃子は明らかに作家への道に踏み切ったと思う。

廣津桃子の小説はすべて「群像」に掲載されている。従って作品への批評も「群像」誌上のものが多い。その批評の方から、この遅く文壇に登場した桃子の作品を、文壇でどう評価したのかを見てみよう。先ず前記「筆の跡」(昭44・6、桃子51歳)。これは父の思い出を書いたものとしては「波の音」と変る所はない。しかしここにはその中心に〝劇〟が用意されていた。「私」(桃子、作中M)が父のアパートを尋ねる。父は原稿用紙を前にして呻吟しているらしく不機嫌である。娘に次から次へと用を言いつけ、しまいには帰れと言わんばかりのことを言う。

「『帰ってもいいことよ』

と、私が答えた。そして、台所から書斎に戻ると、なにか言いかけようとした父の顔に眼を向けながら、私は、自分でも思いがけない言葉を、はっきりと言ったのである。

『お父さんは、優秀で魅力に富んでいらっしゃるけど、でも親という意味ではどういうことになるんだろう』

父は一瞬、私の顔を見、そして無言のまま下を向いた。」

少しあとで和解する。

「そして部屋にもどると、父の側に座った。

『……ああいうことは言うべきではありませんね。お父さん』

なにか相談事でもするように、低目の調子になっていた私の言葉に、父は一寸頭をふると、恐縮したように言ったのである。

『いや、どういたしまして』」

——こういうさりげない会話の妙は桃子の小説の身上である。しかし父の思い出を書いたものを「小説」とすることには、評者の間にもとまどいがあった。「筆の跡」の「創作合評」(昭44・7「群像」)を見る。評者は佐々木基

一（S）、安岡章太郎（Y）、上田三四二（U）。

S　これは典型的な私小説というのかな。

Y　そんなことは絶対ない。私小説というよりこれは小説ではない。……随筆と小説とは別のものだよ。

U　小説という点ではりっぱな小説だと思います。

S　随筆的小説というのかな。

U　……回想記に近いものだと思いますけれども、それでいてこれはりっぱな小説だと思うんです。

次は「山の見える窓」（昭46・5「群像」）。この小説が秀作であることはどの評者も一致していて、「筆の跡」の時のようなとまどいはない。「創作合評」（昭46・6同）は、平野謙（H）、瀬戸内晴美（S）、（今一人小島信夫は省略）。評価の核心の所だけを断片的に引用してみる。

H　純然たる私小説といってもいい。この私小説は作者なりの心境小説といえる。

S　いい小説ですね。後味のいい小説です。広津さんの小説は大人の小説です。私は非常に感心して拝見しました。

H　文学になっていますね。

S　〈エピソードの〉はめこみ方がちゃんといい場所にはまり込んでいる。くろうとですね。私は自分では私小説というものを卒業したいと思っているんですけれども、こういうものを読むとほんとうにいいもんだなと思って感動しました。

H　年齢のせいもありますけれども、心境の安定というところを目ざした作者の人知れない心の苦闘というものがあると思うんだな。だから安定している。

このH（平野謙）の評中「作者の人知れない心の苦闘」というのは、「静かな春」について桃子が述べた前記「断片」の、「時の流れが私の心にあたえてくれた〝ゆとり〟」に照応するだろう。ゆとりを得るまでには桃子自身の、父に対する思いの悪戦苦闘があった、ということだ。しかし何はともあれ、新進作家にとって、「くろうと」という評価は最高の賛辞であろう。

私としては、この「山の見える窓」では次の二つの描写に言及してみたい。一は、嘗て廣津兄妹が「小母さん」と呼んでいた人（「父の家の主婦」「その人」「彼女」）の臨終に桃子が立ち合うことになるまでの経緯。もうここには「その人」に対する「私」の側のわだかまりは消えてい、寧ろ「彼女」から信頼される人になっていた。そして「その人」の急死の状況がある感慨を以て、しかし冷静に描かれていた。「Mちゃん、苦しい」と言ったのが「その人」の最後の言葉だった、というのはまことに示唆的だった。

二は、この小説の最終場面。「私」とその母の住む湘南の家では、数多い故人たちの命日には、母が手料理を作って仏壇に供えることになっていた。明日ちらし寿しを作るからゆばを買ってくるように、と母に頼まれた「私」は、それが祥月命日ではないが「彼女の日」であることに気付く。故人たちの世話は自分が、と思い始めている「今の母」にとっては、誰であろうと問題ではないのであろう、と「私」は思う。

「『で、お花はいいの』

なんのためというでもなく、私は言った。

『庭の沈丁花が盛りだから、あれにしましょう』

と、母が答えた。」

この小説のこのような終り方は、さすが評家に「くろうと」と言わしめたほどの余韻の絶妙さを示していた。兄賢樹が病死した時、弔問に訪れた「その人」を、母が絶対に許そうとしなかったことは、廣津桃子の「胡蝶蘭」（昭57・8「群像」）に描かれている。そのときから二十年が経っていた。時が、この母にも〃ゆとり〃を与えたのであろう。

廣津和郎の「あの時代」（昭25・1〜2「群像」）に、廣津が芥川龍之介に向かって「僕は自分の事を云ふと、家族の者が自分よりみんな弱いやうに思ふので、僕がみんなを見送つてやらなければならないと思つてゐるね……」と述べる所があるが、廣津家の中で最後に残ったのは桃子であり、桃子は、廣津・神山両家の祖父・祖母、兄賢樹、「小母さん」の松沢はま、父和郎、父と親しかった宇野浩二や志賀直哉、志賀に師事し、桃子とも親交のあった作家網野菊、そして九十一歳で世を去るまで桃子と住んだ母ふくを見送った（「胡蝶蘭」）。そして自らは誰に見とられることもなく、昭和六十三年（一九八八）十一月二十四日、鵠沼の自宅で急死した。七十歳だった。これで廣津家は断絶した。

多くの人を見送った廣津桃子の文学は、「窓」から網野菊の評伝『石蕗《つわ》の花』（昭56講談社）に至るまで、その文学の主題は一貫して「死」であり、見送った人々の死に至るまでの追憶を形象化したものであった。

注

（1）「性格破産者」とは、良心や正義感はあるが、むしろその故に実行力や決断力を欠く知識青年に対する廣津和郎独自の命名である。ロシア文学の主題を受け継いだ二葉亭四迷の「余計者」、夏目漱石の「高等遊民」とも一脈相通ずるものがある。「神経病時代」の主人公鈴本定吉は、廣津和郎の描いた性格破産者の第一号である。

（2）「桃子」は祖父柳浪の命名。和郎の「波の上」、桃子の「祖父柳浪」（『定本廣津柳浪作品集』別巻、昭57冬夏書房刊）参照。

（3）廣津和郎に、松沢はま宛遺言状があり、法律上廣津家の者となし得なかったことを詫びている。神奈川近代文学館蔵。谷中霊園の廣津家墓地の墓誌には、廣津和郎の前に廣津はまの名が刻まれている。桃子の配慮であろう。

（4）中央公論社版『廣津和郎全集』全13巻（昭48〜49）。

（5）『明るみへ』（大8新潮社刊）収録「静かな春」末尾の「作者附記」参照。

（6）拙稿「広津家三代」（昭57・12「國文鶴見」）参照。なお、山本容朗「文壇二世作家活躍の道筋」（'89・5・15「週刊読書人」）に文壇二世―主として女性―に関する考察がある。

廣津和郎の中のチェーホフ

帝政ロシアの末期にアントン・チェーホフ（一八六〇〜一九〇四）という作家がいた。今でも時に上演される「桜の園」や「三人姉妹」の作者である。ツルゲーネフ、ドストエフスキー、トルストイなどロシア文学の文豪達の次の世代に属する作家だが、ロシア革命の直前に亡くなった。従って革命後に活躍したショーロホフやソルジェニツインより前の世代ということになる。こういうロシアの巨匠達が何れも大河小説を数多く書いているのは、いかにもロシアの広大な土地とロシア皇帝《ツァーリ》という途方もない大権力の支配する国の作家という気がする。ところがチェーホフはロシアに始めて短篇小説を魅力ある形で完成させた作家で、最も長い小説「決闘」でも中央公論社版全集で136頁しかない。トルストイはチェーホフの「可愛い女」を「これは真珠の如き文字だ」と評したが、チェーホフの短篇は諸家から、真珠とか小さな宝石のようだと評される。

このチェーホフを日本で最初にロシア語から訳したのが瀬沼夏葉という女流であった。その最も早いのが「月と人」（明36・8「新小説」）、「写真帖」（明36・10同）であり、後にこの二篇を含む十三篇を訳した『露国文豪チエホフ傑作集』（明41獅子吼書房）を上梓した。ここにはケーベルの序言、夏葉自身の「序」「チエホフ小伝」が付されている。目次を見るとチェーホフの十三篇の後、最後にドストエフスキーの「薄命」〈「貧しき人々」〉の名が見える。僕はこの目次を眺めていて夏葉という女流の、僕にとってはまことに好ましい文学鑑賞眼に共感する所があった。冒頭は「六号室」である。これは私見では全チェーホフ作品中の最高傑作である。それから「たはむれ」がある。これは6頁程の美しく懐しい、それこそ珠玉の名品である。「薄命」はドストエフスキーの処女作であるが、ド氏の中では僕の最も愛する作だ。これらの作を特に選んで訳した瀬沼夏葉という明治の女流に、僕は不思議な魅力を感じるのだ。

さて一方廣津和郎（明24〜昭43）は明治の硯友社系作家廣津柳浪の次男で、昭和二十四年に起きた松川事件という大フレームアップ《でっちあげ》事件に関わる裁判への批判を十年に亙って続け、無実の被告達を極刑から救った作家である。この廣津は麻布中学（旧制）五年生の時に右夏葉訳『傑作集』を読んで共感し、早稲田大学英文科に入学した頃、日本に輸入されたR・E・Cロングの二冊のチェーホフ英訳本を読み、その中から最初に「悲痛」を母校麻布中学の校友会雑誌（明42・12）に発表した。続いて「二つの悲劇」（明43・5「文芸倶楽部」）、「ねむたい頭」（大2・1「奇蹟」）等を訳出し、日本におけるチェーホフ受容に貢献した。彼二十歳前後の話だから驚く。そればかりか、その頃から発表し出した彼のチェーホフ論の数々は極めて個性の強い独得のものであるが、今日のチェーホフ学の水準から言っても十分通用するものだと、これはロシア文学研究家の池田健太郎、佐藤清郎、旭季彦らが保証している所で、これは更に一層驚異的なことだった。

廣津和郎は大正五年『接吻外八篇』（金尾文淵堂）を出版した（昔の本は何と美しい装いかと感嘆する程の美本なり）。「接吻」を最初に据え、「六号室」で締めた。そして冒頭に序論として「チェーホフの強み」を掲げた。当時日本ではトルストイの流行現象があり、廣津はトルストイとは極めて対蹠《たいせき》的なチェーホフを重くみることで、流行のトルストイイズムに一つの異議を唱える形になった。幾つかの文言を引いてみる。

「チェーホフの真の偉さは範疇を作らなかったと云ふ点にある。彼は人生を円の中にも角の中にも入れ込まうとはしなかった。何故なら彼はセンチメンタルな分子を少しも持ってゐなかつたから。彼は聡明であつた。驚くばかり聡明であつた。彼は人間の喜劇をも悲劇をもあるがまゝに見た。そのどん底までをも解剖し、而もそれを常に愛を以て描いてゐた。」「正直についで彼は人間に『謙遜』を教へる。それも決して言葉で教へるのではない。チェーホフの作物はまるで心の照魔鏡のやうに、人の魂に反省を与へる。えらがつたり英雄がつたりする人物は、その不自然な姿をそのまゝチェーホフの照魔鏡に照らされる。」「彼は人の心に食ひ入つてゐるさまざまな『虚偽』に対して、一歩も容赦しない。彼は人生の曠野から虚偽を狩り立て行く。如何に錦を著ても、黄金の褥《しとね》に横たはつても、高位高官に就いてゐても結局『豚は豚である』ことを彼はちやんと見抜いてゐる。」

これだけでも廣津の描くチェーホフ像がいかに独創的であったかがわかる。夏葉の『傑作集』が出るずっと以前に、廣津は「女子文壇」、時事新報の懸賞小説に応募して賞金を得ている――チェーホフの文学的出立と酷似している――が、これらの小説には既にチェーホフの短篇の味わいと共通する、人生のそこはかとない悲しみの風景が、中学生とは思われない熟成した筆致で描かれている。廣津少年に性来あったチェーホフ的なものがチェーホフに触れることで共鳴し、チェーホフの文献の少ない当時の誰もが思い及ばなかったチェーホフの魅力的な新しい像を作り上げることができたのだ。

「チェーホフの強み」から四半世紀の後廣津は「アントン・チェーホフの人及び芸術」(昭8・7「婦人公論」)を書いた。これは従来書いて来た廣津のチェーホフ論の集大成であり、実に周到にチェーホフの人と芸術を論じたものである。その最終章で廣津はチェーホフの写真の「美しい霊的な顔」について述べている。「美しく聡明な眼、徳の高い額、処女のやうな謙遜さと哲人の冷厳さｅｔｃ」――チェーホフのどの写真かは不明だが、僕がこれだ！と思ったのは前記中公全集⑧の扉の写真である。一八九〇年に写したものだ。

僕の好きなチェーホフの作品は、「三人姉妹」「六号室」「たわむれ」「犬を連れた奥さん」の四作だが、廣津は後の二作についてはまったく言及していない。こういう抒情詩的《リリカル》な傾向のものは、散文家廣津和郎のめがねには適わなかったのであろうか。

資料

広津文庫資料について

一九九八年は作家広津和郎の没後三〇年に当る年だった。偶然ながらこの年は又、和郎の父広津柳浪の没後七〇年、娘桃子の没後一〇年という、広津家三代にとって記念すべき年に当っていた。

明治二四年生れの広津和郎は、昭和四三年九月二一日、七六歳で亡くなった。二人の子どものうち、長男賢樹《けんじゅ》は昭和一四年二四歳で早世し、桃子は昭和六三年七〇歳で世を去った。賢樹も桃子も結婚せず子供を生まなかったので広津家は断絶し、著作権相続者はいなくなった。熱海市旧宅及び鵠沼の桃子宅から夥しい遺品が出、これら六四〇〇点余は神奈川近代文学館に寄贈された。

そこで神奈川近代文学館では、九八年四月一一日から五月一七日まで「広津柳浪・和郎・桃子展―広津家三代の文学」と称して展示会を開催し、同時に同名の図録を発行した（以下この図録は『広津展』と略称する）。ここまでに至った経緯については、展示編集委員阿川弘之氏の「広津家の人々・広津家の資料」（『広津展』）がそのあらましを語っている。

図録『広津展』には、「父と子」というタイトルが四回出てくる。それぞれ①矢来町のころ、②柳浪の死、③賢樹と桃子、④桃子の追憶――というサブタイトルを伴って。広津家三代の文学を考えるということは、柳浪以来の文学の魂がどのように子や孫に伝えられ、それが又、明治・大正・昭和・戦後と続く時代の変遷の中でどのような相貌を呈しつつ、それぞれの〝父と子〟が愛と憎、尊敬と悲哀の感情の裡《うち》に葛藤しつつ生きて行ったのかを検証することである。そのために、この度蒐集保存されることになった当館「広津文庫」の膨大な資料は、広津家三代の文学に新しい光を当てるものとなることは間違いない。

広津和郎という作家は、娘桃子が「父は、日頃家系について語ることの少ない人であり…」（「祖父柳浪」〈『定本廣津柳浪作品集・別巻』〉昭57冬夏書房）と言っているように、自分の中に流れる祖先からの「血」に拘わるといった性情を有たない作家であった。ただ「広津和郎の親孝行」という言葉が大正文壇に喧伝されたように、和郎の、父柳浪への敬愛の念は大変珍しいものとして仲間には受け取られていた。なぜなら大正期の作家達は、父との対立抗争を経て作家への道を選びとる例が多かったからである。

ところが久留米市で昭和三六年に発行した『先人の面影』（久留米人物誌）を読んでから、和郎は多少先祖のことを考えるようになり、そこに出ていた系図によって今まで漠然と伝え聞いていた遠祖広津藍渓や、父柳浪の号のもととなった藍渓次男の馬田《まだ》昌調（雨香園柳浪）からの血を確認した、と思った。従って和郎はそのような認識を抱いたままこの世を去ったのである。

ところがその後、広津和郎の研究家橋本迪夫氏や当館野見山陽子氏が、新しく今回発見された※「広津家過去帳」（以下「広津文庫」所収の資料には※印を付す）その他の資料によって、和郎の曾祖父が他家から広津家に養子として入ったことを明らかにしたため、和郎の祖父広津弘信以前の血は弘信以降に流れていないことが略《ほぼ》確定的となった。ただ親孝行の和郎としては自分はともかく、父柳浪のためには雨香園柳浪の血が流れていることを望んだ、ということはあったかも知れない。

一方、広津桃子の、父に対する感情には余人の窺うことができぬ大変複雑なものがあり、又そのことが桃子を作家たらしめるに至った一つの原動力になったであろうと推察される。和郎はその若き日、桃子や兄賢樹を生んだ〈神山〉ふくと結婚したが、「神経病時代」以下数々の私小説に書いているように、どうしてもふくを愛し得ず、他の女性と関わりを持ち、最終的には松沢はまという女性と実質的な夫婦生活を営み続けた。和郎の※「はま宛遺言状」に次の文言がある。

　御身と一緒になってから足掛けにすると実に三十八年の長きに亘る。その間に御身は私の両親の最後は見取ってくれたし、終始一貫実によく私に尽してくれた。私は心から感謝してゐる。ただ御身に済まないと思ってゐるのは、真実の妻である御身を、法律上広津家の者となす手続きを取り得なかったことだ。」（以下略、表記原文のまま）

　右の文面からも窺われるように、はまは広津にとって非常に優れた良き伴侶であったようで、そのために晩年（はまは昭和三七年一月四日広津に先立って亡くなった）は桃子もわだかまりなくつき合ったようであるが、それにしても桃子の心情の複雑さは変らなかった。私自身も桃子の生前に直接その複雑な心境を聞いたことがある。

　さて「広津文庫」であるが、当館作成の「文庫」リストでも、その冒頭に掲げられているのは、広津柳浪作「雨」（「新小説」明治三五・一〇）の※原稿であり、『広津展』でも、表紙及び原稿第一頁が色刷りで掲載されている。本原稿の全容は前記『作品集・別巻』に、白黒写真ではあるが、第一頁から最終頁（完）とある所まで完全に再現されたものである。これは和郎の『年月のあしおと』（十）「永井荷風」の章にもみられるように、中央公論社の嶋中鵬二の尽力で丁寧に製本された上、嘗ての柳浪の弟子永井荷風に、表紙の題簽《だいせん》と扉の字を書いて貰ったという見事なものである。『作品集・別巻』の解説で紅野敏郎氏が述べているように、明治文学の「名作の短編」がこのような形で保存されたものは極めて少ないということであり、ルビまで含め、直筆の気韻が力強く伝わってくるものである。

　広津柳浪は若い頃堅苦しい役所勤めに耐えられず、辞めて放浪したあげく、餓死寸前、知人の紹介で処女作「女子参政蜃中楼」（明治二〇）を「東京絵入新聞」に連載することができ、作家としての道を歩み始めた。この作品はこの作品で重要な意義を有っているが、何といっても柳浪の本領は明治二〇～三〇年代にかけての所謂深刻小説（悲惨小説）――「変目伝」「黒蜴蜓《とかげ》」「今戸心中」「河内屋」等々――に見られる。「雨」は深刻小説の盛りをやや過ぎた頃、突如柳浪が示した最高傑作であり、家制度に痛めつけられた貧民層の姿を、重厚なリアリズムで描いたものである。その充実した表現世界と、この原稿全体が放つ重い雰囲気とは、両々相俟《ま》って「広津文庫」の中に際立った存在感を示すものとなっている。

その他この「広津文庫」には、柳浪「目黒小町」他三十数点の作品原稿、柳浪日記、広津和郎の油絵数点――柳浪の亡くなった日（昭和三年一〇月一五日）の日付のある柳浪のデスマスクを含む――がある。和郎は画家の伯父正人の血を引いてか、若い頃美術学校を志望した程達者な腕を有していた。次に書簡類であるが、柳浪宛書簡は尾崎紅葉、幸田露伴、与謝野寛等、明治の文人のもの五六通、和郎宛では岩本素白、宇野浩二、斎藤茂吉、志賀直哉、武者小路実篤等、延べ一一三〇通余、何れも日本近代文学研究の立場から見て貴重なものばかりである。

広津和郎の文壇的処女作は「神経病時代」（「中央公論」大正六・一〇）である。題材は、和郎が生涯に一度だけ勤めというものを経験した東京毎夕新聞社を中心としている。主人公鈴本定吉は、広津の生涯の文学テーマである性格破産者――良心的ではあるが決断力に欠けた青年知識人――であり、広津自身ではないが広津の実生活に基いて造型されている。広津自身のこの新聞社への入社の経緯は『年月のあしおと』四十三章に書かれている。それによると、父柳浪が和郎の生活を心配して、自分自身は給料生活に耐えられなかったのに、「私の知らない間に、当時毎夕新聞の編集局長をしていた小野瀬不二人氏を訪ねて、私を同社に入れることを頼んで来てしまつた」となっている。ところが今度「広津文庫」に収められた和郎の※父柳浪宛書簡（大正三年六月三日）では、軍隊除隊後は何としてでも働いて父親のために「奮闘する覚悟」であるから「御都合の宜しい時毎夕新聞の方の事を小野瀬氏に頼んで置いて下さいまし」となっていて、両者のニュアンスの違いはまことに甚しい。因みに今一つ。その東京毎夕新聞に連載した「島村抱月氏のために」が今回の展示に出ていたのを見た時私は驚いた。この記事については、和郎の最も得意とする実名小説「島村抱月」（『小説同時代の作家たち』収録）に言及されており、その裏付けとなる毎夕新聞が長いこと発見できなかったからである。読んでみると「島村抱月」の内容と「島村抱月氏のために」とはこれまた相当にニュアンスの異なるものであった。――以上二例は広津文芸のありように一つの示唆的な問題を提起するものと私は思っている。

広津和郎の小説から傑作を三つ選べと言われれば、私は「神経病時代」、「悔」（後「若き日」）、「あの時代――芥川と宇野」の三作を挙げたい。「あの時代」は前記『小説同時代の作家たち』にも収録された実名小説として最高の出来映えを示したものである。その内容を裏付ける※斎藤茂吉の和郎宛書簡（昭和二年六月一二日）があり、精神科医茂吉から広津に与えた宇野浩二の精神病院入院への注意を示していて面白いが、紙幅の関係で省略する。

さて、広津和郎の晩年の仕事で後世に伝えられるべき最高の文業が、松川裁判への一〇年に亘る批判活動にあることは言うまでもないが、右に関し今回の「広津文庫」に入ったもののうち、私が最も感動したのは、宇野浩二が亡くなる一ヶ月程前に広津和郎に宛てた次の※はがき（昭和三六年八月一六日）である。

あれをラヂオや号外で知つた時は、「あツ」
といふ言葉より皆泣いてしまつた。
実は何といふことなく君にあひたか
つたのに今日のおたよりを見て、これ
こそ云ふべき言葉がなかつた。一日も早く
よくなつてくれ。大事にしてくれ。その
うち、あひたいね。

（表記、行分け　原文のまま）

「あれをラヂオや号外で知つた時」の「あれ」とは、昭和三六年八月八日の仙台高裁差戻し審における全員無罪の判決を指す。宇野と広津は早稲田大学時代からの親友で、共に松川裁判問題を闘った仲である。長年苦闘して来た親友と喜びを分ち合い、自分自身あと一ケ月で死を迎えるという苦しい病の床にあって、なお友人の病を気遣っている。この時三〇年以上も前の、精神病院入院時の経緯を描いた広津の「あの時代」のことを、遙かに宇野は思いやっていなかっただろうか。

私は広津家の文学は柳浪の政治小説「女子参政蜃中楼」に始まり、「雨」に代表される深刻小説を経て、息子和郎の性格破産小説や私小説・実名小説に継承され、その『松川裁判』一巻に終る、と見る。

和郎の『続　年月のあしおと』第三章「『血』の頽廃か」で、和郎の祖父弘信の次の代、即ち柳浪の兄弟の代から正業に就き得ない「血の頽廃《ディケイ》」が流れ始めた、と述べているが、橋本迪夫氏の考察（「広津和郎の家系と系族」〈『広津和郎著作選集』解説〉）によると、「デイケイ」は既に弘信から始まっている、ということである。するとそのデイケイは弘信の息子達、即ち柳浪三兄弟に流れ、更に和郎の兄俊夫に最も極端な形での発現を見たと言える。俊夫は頽落の底から遂に立ち直れず、謂わば陋巷に窮死する形で生を終えた。しかし一方、幕末の国事に参画したという弘信の今一つの側面は、松川裁判批判にその晩年を捧げた和郎の方に及んでいるとも言えよう。

桃子の文業は広津家文学総体の残照とも言えるものだが、父への複雑な思いを抱き続けながらも、松川裁判批判に苦闘する父の姿に感動し、遂に父を最後まで支え切ったのは、三代の文学を締め括るのに相応しい営為であったと言えるだろう。尚その※松川関係印刷物が多数あることを最後に付記しておく。

廣津和郎の松沢はま宛遺言状

〈前略〉御身と一緒になってから足掛けにすると実に三十八年の長きに亘る。その間に御身は私の両親の最後は見取ってくれたし、終始一貫実によく私に尽してくれた。私は心から感謝してゐる。ただ御身に済まないと思ってゐるのは、真実の妻である御身を、法律上広津家の者となす手続きを取り得なかったことだ。〈以下略〉

注　松沢はまについては本「評伝」第一章参照。はまの死は昭和三十七年一月四日。廣津は自分が先に死ぬと思ってこの遺言状を書いたのであろう。

東京都谷中霊園　廣津家墓誌及び墓地位置図

墓誌

廣津武人	明治廿二年四月廿一日歿享年二十七才
廣津須美子	明治卅一年七月十二日歿享年二十七才
廣津正人	大正七年五月廿八日歿享年五十九才
廣津賢樹	昭和十四年九月廿四日歿享年二十四才
廣津キヨ	昭和十四年十月八日歿享年六十五才
廣津俊夫	昭和二十二年六月三十日歿享年五十九才
廣津はま	昭和三十七年一月四日歿享年六十四才
廣津和郎	昭和四十三年九月二十一日歿享年七十六才
廣津ふく	昭和五十四年七月六日歿享年九十一才
廣津桃子	昭和六十三年十一月二十四日歿享年七十才

東京都谷中霊園
乙８号10側

裏
男正人
謹建之

墓誌

從六位廣津弘信之墓
室永富氏之墓

柳浪廣津直人墓

廣津家墓
裏
昭和十五年
九月吉日建之

廣津和郎
志賀直哉

裏
明治廿四年十二月五日
柳浪次男として東京
牛込矢來に生まる
昭和四十三年九月廿一日
熱海にて死去　享年
七十六歳
谷崎精二　誌
昭和四十四年九月　廣津桃子建之

右脇
勝解院釋廓然大悟居士
明治十六年五月十九日
卒享年六十有三

左脇
昭和三年十月十五日没
享年六十八

左脇
解脱院釋妙證大姉
明治十六年六月廿五日
歿享年四十有六

佐多稲子の著者宛未発表書簡（昭和59年9月22日）

拝啓

先日はお手紙と御本を頂きましてありがたうございました。お名前を拝見して、存じ上げているとおもいましたのは、自分の本に署名をいたしましたとき、あなたのお名前を書かせて頂いたからでございましたらう。山内和子さまを通してといふのは、山内さんがお買求め下すって、私が署名をしたといふことでございまして、お礼をおっしゃって下すって却って恐縮いたします。

「日本近代作家の道程」(注1)に佐多稲子を取上げて下すってありがたくおもいます。今日拝見いたしました。御好意の論評を過分とも拝見しながら、しみ〴〵と身にしむおもいでございました。

お礼を申上げます。

昨二十一日は、広津和郎さんの十七回忌(注2)でございました。桃子さんからお招きを頂き、谷中にお墓まいりをしまして、夜は上野の池の端で夕食をおよばれしながら広津さんを偲びました。作家は阿川弘之、渋川驍、池田みち子さんで、それに志賀直吉さんと松川の大塚弁護士、そして松川の人たち十人ほどの方たちと桃子さんの親しい方たち数人のお集りでした。丁度広津さんを偲びましたあとで「広津和郎」を拝読しました。

広津和郎の「性格破産者」についてのお説を意味深く拝見し、勉強させて頂いたとおもいました。

「広津和郎」を拝見しているとき、桃子さんからお電話がありましたので今「広津和郎」を拝見しているところというのを申上げたりいたしました。
ありがとうございました。どうぞおさわりなくお過し下さいまし。御本を大切にいたします。
二十二日
佐多稲子
坂本育雄様

この佐多稲子の著者宛書簡の、本書への掲載につき、御子息窪川健造氏の御許可を頂いた。篤く御礼申上げます。

廣津桃子の著者宛書簡（昭和59年8月8日）

残書御見舞申上げます。

お便りいただきまして、まことにありがとうございます。この前御本を御恵贈いただきながら、ろくに御挨拶も申上げず、心にかかりながら、打過ぎておりましたのに、又々御見舞いたゞき、厚くお礼申上げます。私の病は、パーキンソン氏病とのことで、昨秋以来、東大病院へ通院いたしております。全治しがたい病気とかで、一時はいさゝか気持がめ入ってしまいましたが、このところ覚悟をきめまして、仕事にかかっております。ものを書くということは、疲れることでもあり、よくこんなしんどい事を、明治以来、続けているものだと思うこともあります。とにかく、スタミナがないせいか、ろくなことしないのに、くたびれていて、困ったことです。

「日本近代作家の道程」、感銘深く拝読いたしました。核心をついていて、しかも、心くばりがあたゝかく、こまやかで、さわやかさが心にのこる御文章でした。読後、さわやかな後味を感じさせる評論は稀であり、貴重であると思います。やはりお人柄からくるものなのでしょう。巻中私までとりあげていたゞき、恐縮しました。(注3)

最近「洪水以後」の復刻版が不二出版社よりでました。「本郷だより」(注4)にたのまれて、一文を書きました。同封いたします。

残暑と申しましても、まだまだお暑さきびしい折柄、お身なにとぞ御大切に。御健康念じあげます。
今年は父の十七回忌に当ります。

八月八日

廣津桃子

坂本育雄様

注

（1）坂本育雄著　昭59・2・3　三青社
「佐多稲子を取上げ下すって…」は『日本近代作家の道程』所収「佐多稲子」＝初出は「佐多稲子論」（昭42・3「日本文学」↓昭58・8『近代女流文学』有精堂）

（2）「広津和郎さんの十七回忌」は昭59・9・21 廣津桃子書簡参照

（3）『日本近代作家の道程』収「広津家三代」＝初出「広津家三代」（昭58・12「國文鶴見」）参照

（4）「本郷だより」（第五号 84・7 不二出版）所収　広津桃子「『洪水以後』雑感―洪水以後と広津和郎」を指す

廣津和郎略年譜

注　△　翻訳

年号	西暦	年齢	経歴	小説	評論・随筆	著作	同時代
明治24	1891		12月5日東京牛込に生まる　父廣津直人（柳浪）次男				大津事件5 明27—28日清戦争 明29「今戸心中」（柳浪）
31	1898	7	赤城小学校入学 母寿美を喪う				荷風、柳浪門に入る
35		11	義母潔子（高木氏）を迎う 南山小学校（転校）				「雨」（柳浪） 明37〜38日露戦争
37		13	麻布中学校入学				
38		14	麻布区霞町に転居、以後大学卒業まで住む				「吾輩は猫である」（漱石） 明39「坊っちゃん」（同）
40	1907	16	正宗白鳥「妖怪画」を読み影響を受く	この年より「女子文壇」「万朝報」その他に投稿し、しばしば懸賞金を獲得す、その多くは中央公論社版全集第一巻に収録さる			荷風アメリカからフランスへ渡る 明41川上眉山自殺 明41「何処へ」（白鳥） △『チエホフ傑作集』（瀬沼夏葉）
42		18	麻布中学卒業 早稲田大学文科予科入学	△悲痛（チエホフ、12麻布中学校友会雑誌）			「それから」（漱石） 「ヰタ・セクスアリス」（鷗外）

43 1910	19	大学本科英文科進学	チェーホフ、モーパッサンなどの翻訳を始める			大逆事件 韓国併合 「白樺」「三田文学」第二次「新思潮」 明44「青鞜」 明45「奇蹟」「興津弥五右衛門の遺書」（鷗外）
			△二つの悲劇（チェーホフ、5文芸倶楽部）			
45	21	志賀直哉に会う	夜（9・奇蹟）			
大正 元		舟木重雄・葛西善蔵らと「奇蹟」創刊9	△犠牲（ヴェデキント、10奇蹟）	同人感想（11奇蹟）		
2		早稲田大学卒業3、「奇蹟」廃刊5、級友山本飼山自殺11	△ねむたい頭（チェーホフ、1奇蹟）握手（2同）疲れたる死〈→朝の影　大7・3〉（3同）		△女の一生（モーパッサン）10	「第三帝国」 「花ちる頃」（柳浪） 第三次「新思潮」
3		世田谷野砲連隊に入営4～7 東京毎夕新聞社入社 麹町永田館に下宿		三保の松原にて（9婦人評論） 島村抱月氏のために（12・5東京毎夕新聞）	△キッス（チェーホフ）11	第一次世界大戦
4	24	永田館の娘神山ふくと交渉生ず 東京毎夕新聞社退社			△貧しき人々（ドストエフスキー）10	中国に対華21ヶ条要求
5		2 長男賢樹生る 「洪水以後」の文芸時評担当、森田草平に認めらる 予備召集1解除後、三浦半島へ、又師崎に		思想の誘惑（1洪水以後） 誘惑との戦ひ（2同） チェーホフ小論（3新公論）→チェエホフの	△接吻外八篇（チェーホフ）5	「洪水以後」、第四次「新思潮」

6 1917	7 27
保養中の両親を尋ねる 鎌倉坂の下に住む12 「怒れるトルストイ」に反響あり、「神経病時代」で小説家として文壇に出る M子（「お光」の主人公）と知る 友人今井白楊、三富朽葉　大吠崎で溺死	ふくとの婚姻届を出す1 桃子生れる3 伊豆西海岸へ旅行する3
神経病時代（10中央公論） 転落する石（11黒潮） 本村町の家（11文章世界） 思ひ出した事↓崖（11新潮）	師崎行（1新潮） 静かな春（2新日本） 朝の影（3新時代） 五月（3中外） 波乗り（3女子文芸） 二人の不幸者（4〜7読売） 線路（10文章世界）
強み トルストイとチエホフ（10新潮） トルストイとチェーホフ（12トルストイ研究） 私の好きな白鳥氏（1文章世界）↓正宗白鳥論 彼等は常に存在す（2新小説） 怒れるトルストイ（2〜3トルストイ研究） アルツィバアシェフ論（5早稲田文学） 自由と責任とに就いての考察（7新潮） 性格破産者の為めに（12新潮）	「変目伝」の序（8『変目伝』） 最近の感想（二葉亭のリアリズム、他）（10雄弁）
△コサック（トルストイ叢書）4 △クロイツェル・ソナタ　附　吹雪（同）9 日記一年　9　新潮社	△女の一生（モオパッサン）1 神経病時代（新進作家叢書）4 二人の不幸者　10
日蔭茶屋事件 文壇新旧交替期 「明暗」（漱石）、漱石死 『月に吠える』（朔太郎） ロシア革命 カインの末裔（有島武郎）	米騒動 シベリア出兵 第一次大戦終る 「地獄変」（芥川龍之介） 「赤い鳥」 素木しづ、島村抱月死 大正文学ピークを迎う 「十一月三日午后の事」（志賀直哉）

8	「死児を抱いて」を書くために三保の松原に出かけ、スペイン風邪に冒され苦しむ 1 M子と約四ヶ月奈良に住む3 早大時代の級友峯岸幸作を喪なう 妻ふくと籍はそのままにして別居す	やもり（1新潮） 悔（↓千鶴子↓若き日、1太陽） 波の上（4文章世界） 死児を抱いて（4中央公論） 奥瀬の万年筆（5改造） お光（7解放） 鵯の子（9解放）	読んだものから（2雄弁） 志賀直哉論（4新潮） 「蔵の中」を読む（4・1時事新報） チェーホフの強み（『六号室』）11	握手3 明るみへ7 六号室（チエホフ全集2）11	「あの頃の自分の事」（芥川） 「蔵の中」（宇野浩二） 「或る女」（有島） 「我等」 「改造」 「解放」 「人間」 「幼年時代」（室生犀星） 「友情」（武者小路実篤）
9		感情衰弱者（1新潮） 針（1解放）	鎌倉より（3文章世界）	作者の感想3 朝の影5 横田の恋12	最初のメーデー 日本社会主義同盟
10 30	この年直木三十五、久米正雄、菊池寛らと親しくなる	山の小舎（6人間） 寂しき影（6我等） 珈琲（10婦人世界）	二葉亭を想ふ（6・17〜23東京日日）	お光と千鶴子10 二人の女11	「種蒔く人」同東京版
11	「宣言一つ」をめぐり有島武郎と論争す	窓（10改造）	ブルジョア文学論（1・1〜3時事新報） 有島武郎氏に与ふ（3表現）	死児を抱いて8 △美貌の友（10モウパッサン）	「宣言一つ」（有島武郎） 『近代の恋愛観』（厨川白村）
12	出版事業に失敗す 牛込で大震災に会う 松沢はまと知る――その死〈昭37〉まで生を共にす	兄を捜す（8改造）	有島氏と武者小路氏（11文芸春秋）	隠れ家2	有島武郎自殺（6・9） 関東大震災 大杉栄・伊藤野枝ら憲兵に虐殺される
13	事業失敗による窮乏から一転奮起して小説を書く	指（2改造） 小さい自転車（7改造）	散文芸術の位置（9新潮）		「文芸戦線」 「文芸時代」 「新感覚派の誕生」千葉亀雄

年	事項	作品	評論	翻訳	社会
14	本郷菊坂の菊富士ホテルを執筆所とする。M子との生活を清算す	車掌の復讐（5女性） タイピスト（6新潮） 青桐（10～大15・7女性）	再び散文芸術の位置について（2新潮）		「女工哀史」（細井和喜蔵） 「淫売婦」（葉山嘉樹）
15 昭元	大森馬込に松沢はまと住む 伊豆湯ヶ島で梶井基次郎と知る	さまよへる琉球人（3中央公論） △脂肪の塊（モーパッサン）8『ボヴリイ夫人・女の一生』新潮社）	沖縄青年同盟よりの抗議書（5中央公論） 文芸雑観（10・18～21報知）	△女の一生・脂肪の塊8	改造社『現代日本文学全集』刊行始まる。円本時代がくる。
昭2 36	宇野浩二を入院せしむ 芥川龍之介の自殺に衝撃をうく	生きて行く（1～3婦女界）	芥川君の事（7・26時事新報） 美しき人芥川君（9女性） 文芸雑感（12文芸春秋）	生きて行く8	△『ボヴリイ夫人・女の一生』新潮社版『世界文学全集』20 芥川龍之介自殺（7・24） 第一回普通選挙
3	父柳浪死（10・15）	薄暮の都会（1～4・4主婦の友） 梅雨近き頃（7中央公論）	葛西善蔵の思ひ出（9中央公論）		「戦旗」 「女人芸術」 「キャラメル工場から」（佐多稲子）
4	長男賢樹麻布中学に入る 出版事業に再び失敗す	探海灯の下を（10新潮）	最近の女流作家（3・27～29朝日新聞） 父柳浪について（3『現代日本文学全集』7） わが心を語る（6改造） 政治的価値と芸術的価値（9・17～18朝日）	薄暮の都会6	「『敗北』の文学」（宮本顕治）
5 1930	『明治大正文学全集』⑨として『廣津柳浪・廣津和郎集』（春陽堂）が刊行され	昭和初年のインテリ作家（4改造） 女給（8～7・2婦人公論）	文士の生活を嗤う（7改造）	△テス（ハーディ）5	「芸術派宣言」（雅川滉） 「ドレフュス事件」（大仏次郎） 『測量船』（三好達治）

			る				
6		40	世田谷に新築 宮本顕治が「同伴者作家」（4思想）で廣津をとり上げる	落葉（10・1週刊朝日）		女給3 新選廣津和郎集5	満州事変9 『中野重治詩集』
7				白壁のある風景（1〜2現代）		女給君代3	上海事変1 満州国建国1 国際連盟非承認
8				過去（3改造） 訓練された人情（6文芸春秋） 風雨強かるべし（8〜9・3報知新聞）	アントン・チェーホフの人及び芸術（7婦人公論） おもひでの記（11〜9・3文芸首都）	女給（2改造文庫）	小林多喜二虐殺2 「橋の手前」（芦沢光治良）、瀧川事件5 佐野学ら転向6 学芸自由同盟7 「文学界」 転向論議盛
9			執筆所を菊富士ホテルから新宿ホテルに移す		チェエホフ私観（6文芸） 人物のステロタイプ化について（12文芸）	過去2 昭和初年のインテリ作家6 風雨強かるべし7	プロレタリア文学壊滅す
10	1935		X子との交渉始まる（「続年月のあしおと」）	一時期（2中央公論）		一時期10	美濃部達吉の天皇機関説問題 フランス人民戦線6 「日本浪曼派」
11		45	人民文庫主催の「散文精神を訊く」に出席す		心臓の功罪（3文芸懇話会） 民衆は真相を知りたい（4改造） 散文精神について（10・18講演、於築地）	風雨強かるべし11	メーデー禁止5 二・二六事件2

12 1937	長男賢樹腎臓手術を受く	真理の朝（1〜12日本評論） 心臓の問題（1文芸春秋）	秋聲氏の歩んだ道（1改造） 強さと弱さ（4新潮） あをまつむし（10新潮）		「★東綺譚」（荷風） 日中戦争開始7 日独伊防共協定11 南京大虐殺事件12
13	X子の行動に悩ませられる		朝顔日記の作者（6・9〜10都新聞）	△脂肪の塊（新潮文庫）12	従軍作家戦地に行く 「歌のわかれ」（中野重治）
14	長男賢樹、義母潔子を相次いで失なう		一本の糸（9中央公論） 国民にも言はせて欲しい（10文芸春秋） 愛と死と（12婦人公論）	青麦12	国民徴用令公布7 ドイツ、ポーランドに侵攻、第二次世界大戦に突入9
15	はまと台湾旅行、X子との関係清算	巷の歴史（1改造）	政治と文学（2文芸春秋）	巷の歴史8 愛と死と11	日独伊三国同盟9 大政翼賛会10
16 1941 50	間宮茂輔と朝鮮、満州を旅行 志賀直哉と親しく往来す	流るる時代（3改造） 歴史と歴史との間（5改造） 若い人達（6中央公論）	豪徳寺雑記（9日本評論） 開拓地児童と絵本（10改造）	闘ふ母7 生きる強さ12	「縮図」（秋聲）中絶す 太平洋戦争勃発12
17	大和地方を旅行、舌禍を戒めるはまの電報に接す		あゝ此尽忠―特別攻撃隊に寄す（3・7都新聞） 鶺鴒（4文芸）	美しき樹海5 芸術の味12	日本文学報国会結成、会長徳富蘇峰5 「近代の超克」10
18			「蔵の中」物語（5〜6文芸） 藤村覚え書（10改造） 秋聲文学小論（11・20〜23東京新聞）	若き日6（「悔」改題）	「細雪」（谷崎）掲載禁止 3 学徒出陣式10

年齢	西暦	事績	作品	評論	著書	社会
19		熱海へ疎開す		一つの時期（1新潮） 徳田秋聲論（7八雲）		横浜事件1 特攻隊結成10
20	1945 54	熱海で敗戦を迎う（8・15）				◎敗戦、日本無条件降伏8・15
21				幽霊列車（1新生） 作家の日記（11～12人間）	若き日8	天皇の人間宣言1 初の婦人参政4
22		兄俊夫死去（59歳、6月30日）		大和路（1新生） 日本人の根性（8文芸春秋） 公僕か公撲か（10社会）	風雨強かるべし2前、7後 散文精神について6 動物小品8 愛と死と8	日本国憲法5 「ヴィヨンの妻」（太宰治） 「斜陽」（太宰）
23		志賀直哉、熱海大洞台に転居したので再び往来す	狂つた季節（7～24・3風雪） 冬の芽（7・6～12・6時事新報）	再び散文精神について（10光）	波の上4 薄暮の都会5 別離12	太宰治自殺6 極東軍事裁判判決下る11
24		日本文芸家協会会長 バスと接触して倒れ入院	再会（1～2文芸春秋） ひさとその女友達（10中央公論）	熱海にて（8改造文芸）	女給6 冬の芽10	下山、三鷹、松川事件続いて起る 「夕鶴」（木下順二） 「女坂」（円地文子）
25	1950	熱海大火で天神町の家に移る 宇野浩二と共に芸術院会員	あの時代（1～2群像） 島村抱月（4改造）	「チヤタレー夫人」の問題（11文芸）	狂つた季節1 若い人達3	朝鮮戦争6 チヤタレイ裁判6 金閣寺炎上7
26	60	中村光夫との間に「異邦人」論争 松川事件に関心をもち始める	靴（3別冊文芸春秋） 壁の風景画（6中央公論） 雪の翌日（11文学界） 傷痕（12別冊文芸春秋）	カミュの「異邦人」（6・12～14東京新聞） 再び「異邦人」について（10群像）	小説 同時代の作家たち6 壁の風景画11	サンフランシスコ講和条約、日米安保条約調印9

27	「回れ右」で始めて松川事件にふれる、仕事場を本郷森川町双葉館に持つ	秋（5小説新潮） 兄（8小説新潮） 兄弟（9新潮） 鶴巻町（9別冊小説新潮）	回れ右（4・6朝日新聞） 熱海にて（7群像）	巷の歴史9 同時代の作家たち10（新潮文庫）	チャタレイ裁判判決1 「裁判」（伊藤整）
28	宇野浩二と松川裁判第二審傍聴のため仙台に赴く（五月、七月）	泉へのみち（8・15〜29・3・26朝日新聞）	裁判長よ、勇気を（3改造・臨増） 真実は訴へる（10中央公論）	△女の一生（角川文庫）7 わが文学論7	松川事件について仙台高裁に公正判決要求（広津、宇野、志賀ら） 「世にも不思議な物語」（宇野浩二）
29 1954 63	四月から松川裁判批判を四年半に亙って「中央公論」に連載		裁判と国民（1中央公論） 愛情は壁を透して（同題序） 真実を阻むもの（判決批判。4〜昭33・10中央公論）	ひさとその女友だち（2角川文庫） 風雨強かるべし（6〜7岩波文庫）	『プロレタリア文学史』（山田清三郎）
30	筑摩書房刊「現代日本文学全集」32に宇野浩二と共に作品収録	少年と投書（3文芸） 海の色（11オール読物）	福島行き（8文芸）	誘蛾燈5 松川裁判6	「太陽の季節」（石原慎太郎） 第一回原水禁広島大会8
31	松川裁判批判に専念す	街のそよ風（1〜12婦人公論）	風雨強かるべしから松川裁判（8学生生活） 必ず理解される（10・3 12松川通信）	松川裁判第二 若き日（河出文庫）	「金閣寺」（三島由紀夫） ハンガリー事件11
32	松川問題講演のため各地に旅行する	少年の復讐（3小説新潮） 総長の温情（4別冊文芸春秋） 女と車掌（7群像）	裁判は野球の審判とは違う（7中央公論）	美しき隣人5	最高裁「チャタレイ裁判」上告棄却3 「二葉亭四迷伝」（中村光夫）

33	松川事件対策協議会（松対協）会長に就任 定本「松川裁判」を刊行		気の知れぬ裁判官への脅迫（10・9朝日「声」欄） 松川裁判（10中央公論・臨増） どういう点に注意すべきか（11中央公論）	自由と責任とについての考察4 松川裁判第三10 定本松川裁判11	「飼育」（大江健三郎） 『昭和文学盛衰史』（高見順）
34	松川事件につき、最高裁は二審判決を破棄し、仙台高裁に差し戻す（8・10）		諏訪メモの意義について（2かいな） 今や最後の段階にきた（6・24松対協） 松川判決に思う（8・14朝日新聞） 七対五の示す意味（9中央公論臨増）	松川裁判のうちそと　3 松川裁判の問題点7 広津和郎著作集（全六巻1～11）	キューバ革命1 岩戸景気 荷風死4
35 1960	四月、五月仙台での差し戻し審を傍聴。	あさみどり（9小説新潮）	松川差し戻し裁判（7中央公論）	広津和郎集（現代知性全集44日本書房）	『無用者の系譜』（唐木順三） 「風流夢譚」（深沢七郎12「中央公論」）
36 70	九月から桃子を伴い講演旅行 仙台差し戻し審で全員無罪（8・8） 宇野浩二逝く（9・21）	腕の嚙みあと（1小説新潮）	年月のあしおと（1～38・4群像） 信頼できる裁判官（10世界） 宇野浩二の思い出（11中央公論）		「セヴンティーン」（大江健三郎） 国立国会図書館開館11
37	はまを失なう（1・4）	春の落葉（10小説新潮）	松川事件・問題の新証拠（7　中央公論） 検察官の論理（11～38・10世界）		東京都の人口一千万人を超す 「砂の女」（安部公房）

38			『年月のあしおと』で野間文芸賞、及び毎日出版文化賞を受ける 松川全員無罪確定（9・12）	裁判の公正は守られた（11世界） 松川問題と志賀さん（「現代文学大系」21月報）	年月のあしおと8	最高裁松川事件に無罪判決9・12 ケネディ暗殺11 日本近代文学館開館10
39			松対協会長辞任	続年月のあしおと（～42・3群像） 「松川の塔」（9・12）	松川事件と裁判ー検察官の論理ー（8岩波書店）	東海道新幹線開業9
40	1965		痛風、血圧上昇等で悩む	青梅事件上告審傍聴記（6～7世界）	廣津和郎初期文芸評論8	家永三郎教科書検定を告訴6
41				松川事件と私（12法学セミナー）		日本の人口一億人を超す
42		76		しかし希望はもてる（1・3朝日新聞） 八海事件について（5～10世界）	続年月のあしおと6	美濃部亮吉が都知事になる4
43	1968		9月12日心臓発作、16日熱海国立病院入院、9月21日死去			学校紛争激化 「蘆花徳富健次郎」（中野好夫）

あとがき

本書は嘗て上梓した『評伝廣津和郎』('01・9・21翰林書房)、『廣津和郎論考』(昭63・9・21笠間書院)の二冊を中心に、その間に「民主文学」「社会文学」「火の群れ」その他の諸雑誌に書いた作家廣津和郎に関する諸論考及び数篇の資料を併せ一書にまとめたものである。

私は慶応義塾大学文学部に在学中、予科・本科(国文学専攻)を通じ、故佐藤信彦教授の講義を聴講し、その魅力に捉われ、卒業してからも、先生が亡くなるまで約三十年間、九品仏のお宅に通ってお話を伺って来た。佐藤先生はものを書くことはお嫌いで、書かれたものは極く僅かであったが、その代り講義と座談はとび抜けて面白かった。昭和五十二年二月三日七十四歳で亡くなられたあと、お弟子さん達の手で、先生の遺された三十篇の論考・随筆がまとめられ、汲古書院から出版されたのが『人間の美しさ』という一冊本であった。

私が折口信夫教授に提出した卒業論文は、古典和歌に関するものだったが、卒業後高等学校の国語教師をしているうち、日本の近代文学を学ばなければよい授業はできないと考えるようになり、近代文学の勉強を一から始めることになった。それから十年経った頃、佐藤先生の奨めで慶応義塾大学国文科の紀要に書いた論文が、『国文学論叢第五輯・近代文学研究と資料』(昭37・9至文堂)掲載の「広津和郎論」であった。

私はもともと日本近代作家の中では夏目漱石が好きで、廣津和郎の研究を進めている間にも、漱石の勉強に時間を費していた。本書収録の「夏目漱石と廣津和郎」でも触れたように、日本近代文学史上この二人の作家は殆ど関係がなく、廣津が漱石に触れた文章も一、二あるのみである。しかし私には、この二人の作家が、日本の近代社会に対する批評的関心が強いこと、何よりその文体の平易明快であることに共通性があるように思われ、又二人の文学的主題としては、漱石の「高等遊民」と廣津の「性格破産者」には一脈通ずるものがある、という認識を持っていた。私の、漱石論の方は『夏目漱石』（'92・10永田書房）にまとめたが、漱石には何と言っても多くの研究者がいて、現在でも次々と論考・著述の類が発表されて来ている。対して廣津和郎については、私の慶応義塾の先輩であり、『廣津和郎全集』（昭48〜49中央公論社）の編集者である橋本迪夫氏以外、研究者が多くは見当らず、廣津和郎に関する論考を今まとめておくことが私のつとめであるように感じ、翰林書房から刊行することにしたのである。ただ長年に亙って一人の作家を色々な所で論じて来たので、各論の間に多少の重複があることはお許し頂きたいと思う。

巻末の「初出誌一覧」に明らかなように、本書収録の廣津和郎論は多く鶴見大学関係の諸雑誌に掲載したものである。昭和五十七年、当時東京都立駒場高等学校に在職していた私を、鶴見大学に呼んで下さったのは、今は亡き森武之助先生である。森先生は佐藤信彦先生と同じく、慶応義塾大学文学部の教授を勤めておられたが、そのあと鶴見大学文学部に五年間在職された。その五年目に、私が慶応義塾の紀要に発表した漱石の「『それから』論」を読んで、当時の鶴見大学文学部長の池田利夫氏に、私の採用を推薦して下さった。

私はもし鶴見大学で多くの研究時間と研究の便宜を与えられなかったら、本書収録の廣津和郎論の大部分は書けなかったろうと思う。私の先任者で同じく近代担当の大屋幸世教授は、大学図書館に命じて廣津和郎に関する文献を出来る限り買い求め、私の研究に力を添えて下さった。以上ここに記した諸先生方には、私として言葉に尽くせない感謝の念を抱いている。

尚又、本書巻頭の写真を提供して下さったのは古屋恒雄氏で、古屋氏は廣津和郎と松川裁判の集まりにはいつも加わって記念の写真を多く残された。又、表紙と中扉の題字は、友人の書家斎藤千鶴氏に書いて頂き、校正は鶴見大学文学部大学院の卒業生梶谷陽子氏を煩わした。これらの方々、及び本書の刊行をお引き受け頂いた翰林書房の今井肇・静江御夫妻にはあつく御礼申し上げる。

坂本育雄

二〇〇六年九月二十一日

初出誌一覧

文学・戦争・『松川裁判』―序にかえて―　'06・1　火の群れ

■第一部　評伝

『評伝　廣津和郎』（'00・1〜12　民主文学）　'01・9・21　翰林書房

補論　夏目漱石と廣津和郎　'01・1　火の群れ

「さまよへる琉球人」をめぐる問題　'01・3　民主文学

廣津和郎『松川裁判』への批判について　'01・8　民主文学

■第二部　論考Ⅰ

『廣津和郎論考』　昭63・9・21　笠間書院

初期の廣津和郎

（1）文学的出発　昭59・2　鶴見大学紀要㉑

（2）「洪水以後」　昭62・3　三田國文⑧

性格破産者論　昭60・3　鶴見大学紀要⑳

論争

（1）「宣言一つ」論争　昭58・3　鶴見大学文学部論集

（2）「異邦人」論争　昭58・3　鶴見大学紀要⑳

廣津和郎とその周辺

（1）麻布中学校　昭60・7　源流⑤

（2）相馬泰三　昭60・12　国文鶴見⑳

（3）兵本善矩と舟木重雄　昭58・12　国文鶴見⑱

■第三部　論考II

戦時下の広津和郎　'88・7　社会文学

実名小説の傑作「あの時代」　'04・1　国文学解釈と鑑賞（別冊）

日本の作家と「満州」問題

（上）夏目漱石の場合　'02・7　民主文学

（下）廣津和郎の場合　'02・8　民主文学

廣津和郎の徳田秋聲観　'01・1　徳田秋聲全集月報20

廣津和郎「女子参政蜃中楼」論　'04・1・4・7　火の群れ

廣津和郎と廣津桃子　'04・12　民主文学

廣津和郎の中のチェーホフ　'01・6・8　鶴見大学国語教育研究

■資料

広津文庫資料について　'99・6・18　神奈川近代文学館年報

廣津和郎の松沢はま宛遺言状
谷中霊園廣津家墓誌及び墓地位置図　｝『評伝廣津和郎』'01・9・21　翰林書房

佐多稲子の著者宛書簡　昭59・9・22

廣津桃子の著者宛書簡　昭59・8・8

廣津和郎略年譜　『評伝廣津和郎』'01・9・21　翰林書房

索　引

人名

【あ行】

【か行】

【さ行】

【は行】

【ま行】

【や行】

【ら行】

【わ行】

作品

【さ行】

【た行】

【な行】

【は行】

【ま行】

【や行】

【ら行】

【わ行】

事項

【あ行】

【か行】

【さ行】

【た行】

【著者略歴】
坂本育雄（さかもと　いくお）
1928（昭３）東京に生れる。
1950（昭25・９）慶応義塾大学文学部文学科（国文学）卒業。
静岡県立富士宮高校、東京都立葛飾野高校、同文京高校、同駒場高校各教諭を経て鶴見大学文学部同大学院教授。1999年定年退職。この間横浜商科大学、白百合女子大学文学部、慶応義塾大学文学部講師（非）を勤める。
＜主要編著書＞
『廣津和郎論考』（昭63・９・21　笠間書院）
『夏目漱石』（'92・10　永田書房）
『廣津和郎評論名作集』（昭63・９・21　三青社）
『廣津和郎著作選集』（'98・９・21　翰林書房）
『評伝廣津和郎』（'01・９・21　翰林書房）
住所　〒152-0023 目黒区八雲５-11-23

廣津和郎研究

発行日	**2006年 ９ 月 21 日** 初版第一刷
著　者	**坂本育雄**
発行人	**今井 肇**
発行所	**翰林書房**
	〒101-0051 東京都千代田区神田神保町 1-14
	電 話 (03) 3294-0588
	FAX (03) 3294-0278
	http://www.kanrin.co.jp
	Eメール● Kanrin@mb.infoweb.ne.jp
印刷・製本	シ ナ ノ

落丁・乱丁本はお取替えいたします

ISBN4-87737-232-6